Ashley Dyer

TATTOO

Ashley Dyer

TATTOO

Thriller

Deutsch von Bettina Spangler

blanvalet

Die Originalausgabe erschien 2018 unter dem Titel
»Splinter in the Blood« bei Corsair, an imprint of Little, Brown Book Group, London.

Das Zitat auf S. 65 stammt aus William Shakespeare:
»Macbeth«, in der Übersetzung von Dorothea Tieck.

FSC
www.fsc.org
MIX
Papier aus verantwortungsvollen Quellen
FSC® C014496

Verlagsgruppe Random House FSC® N001967

1. Auflage

Redaktion: Susann Rehlein
Umschlaggestaltung und -motiv: © www.buerosued.de
WR · Herstellung: sam
Satz: Uhl + Massopust, Aalen
Druck und Bindung: GGP Media GmbH, Pößneck
Printed in Germany
ISBN 978-3-7341-0651-4

www.blanvalet.de

Für Murf

1

Die Frau steht im Wohnzimmer von Detective Chief Inspector Greg Carver. In ihrer Hand ein Colt 1911. Nach außen hin wirkt sie ruhig, gefasst. Sie hat einen Job zu erledigen. Sie stellt sich auf die Zehenspitzen, dreht sich einmal im Kreis und nimmt jedes einzelne Detail ihrer Umgebung in sich auf. Nichts wurde verändert. Eine leere Whiskyflasche liegt umgekippt auf dem Boden. Greg Carver sitzt zusammengesackt in einem Sessel, ein Bein angewinkelt, das andere ausgestreckt. Während sie auf ihn hinunterschaut, empfindet sie Wut und Verachtung, aber auch eine gewisse Portion Mitleid. Seine Augen sind geöffnet, Blut sickert aus der Schusswunde in seiner Brust. Sie verlagert das Gewicht der Pistole in ihrer behandschuhten Hand und sichert die Waffe. Ein beißender Geruch nach Alkohol, Pistolenrauch und Blut liegt in der Luft, ihr Magen rebelliert. Sie atmet kräftig aus und befreit so ihre Nase von dem Gestank.

Sie geht weiter in die Küche. Sein Laptop steht aufgeklappt da, Unterlagen sind über den Tisch verstreut. Der Boden ist übersät mit zusammengeknülltem Papier. Auf einem Stuhl neben dem Tisch steht eine Archivbox aus Pappe. Die Frau wirft zwei der Aktenordner vom Tisch hinein und schlägt anschließend die Pistole vorsichtig in einen Bogen Papier ein. Behutsam legt sie die Waffe obenauf in die Archivbox.

Zwischen den über den Tisch verteilten Dokumenten entdeckt sie ein gerahmtes Foto, das umgekehrt daliegt. Es zeigt DCI Carvers Ehefrau Emma auf der gemeinsamen Hochzeitsreise. Sie sitzt auf einem Felsvorsprung unweit eines Wasserfalls. Emma ist blond und schlank. Sie trägt eine enge Jeans, dazu Sandalen mit Keilabsatz und ein blaues Folkloreoberteil. Ihre langen, seidig glänzenden Haare sind in der Mitte gescheitelt. Sie lächelt. Die Frau trägt das Foto in Carvers Wohnzimmer, wischt ihre Fingerabdrücke ab und stellt es oben auf den Schrank, wo es immer steht.

Im Schlafzimmer hängen mehrere Bögen im Format A3 an der Wand. Auf einem sieht man fünf Fotos von fünf lächelnden Frauen, daneben handgeschriebene Notizen.

1. *Tali Tredwin* – Todestag: 3. Januar. Alter: 27, 1,62 groß, braune Haare, braune Augen. Geschieden, 2 Kinder. Rücken und Schultern tätowiert – blaue Tinte. Tattoo stark verwaschen und unscharf, fleckig. Maori-Symbole & Augen – geschlossen/halb geöffnet. Dorn einer Berberitze.
2. *Evie Dodd* – Todestag: 10. März. Alter: 25, 1,65 groß, schwarze Haare, grün-braune Augen. Verheiratet, 3 Kinder. Torso, Hals, Arme, Beine, Füße/Sohlen, Hände/Handflächen tätowiert – blaue Tinte. Stilisierte Pflanzen, Sigillen & Augen – geschlossen/halb geöffnet/geöffnet. Tattoo verwaschen. Dorn einer Berberitze.
3. *Hayley Evans* – Todestag: 6. Juni. Alter: 28, 1,60 groß, braune Haare, braune Augen. In einer Beziehung, 1 Kind. Torso, Hals, Arme, Beine, Füße/Sohlen, Hände/Hand-

flächen tätowiert. Stilisierte Pflanzen, Dornen, Sigillen & Augen – geschlossen/halb geöffnet/geöffnet. Blaue Tinte. Tattoo weniger verwaschen. *Pyracantha*-Dorn.

4. Jo Raincliffe –Todestag: 2. September. Alter: 35, 1,68 groß, braunes Haar, braune Augen. Verheiratet, 2 Kinder. Torso, Hals, Arme, Beine, Füße/Sohlen, Hände/Handflächen tätowiert – blaue Tinte. Stilisierte Pflanzen, Dornen, Sigillen usw. Tinte nicht verwaschen. *Pyracantha*-Dorn.

5. Kara Grogan – Todestag: 22. Dezember. Alter: 20, 1,78 groß, blonde Haare, blaue Augen. Torso, Hals, Arme, Beine, Füße/Sohlen, Hände/Handflächen tätowiert – schwarze Tinte. Keine Unschärfe. Stilisierte Pflanzen, Dornen, Sigillen & Augen – sehr viele Augen. *Pyracantha*-Dorn.

Sie nimmt die Bögen von der Wand, faltet sie zusammen und nimmt sie mit in die Küche. Dort sammelt sie die restlichen Unterlagen ein – inklusive der zusammengeknüllten Notizen –, legt sie ebenfalls in die Box und schließt den Deckel.

Sie wischt über Türklinken, Lichtschalter, den Sessel. Dann hebt sie den Karton hoch und verlässt das Haus. Vorsichtig steigt sie die Feuerleiter an der Rückseite des Gebäudes hinunter und geht über die Einfahrt. Obwohl erst kürzlich geräumt wurde, sind ihre Fußabdrücke im frisch gefallenen Schnee deutlich zu erkennen. Es ist stockdunkel, in den meisten Häusern entlang der Straße sind die Vorhänge zugezogen. Sie ist sich so gut wie sicher, dass niemand sie gesehen hat.

Wenige Minuten später kehrt sie ohne Handschuhe und ohne die Box zurück und geht die Stufen zur Haustür hoch.

Dort wischt sie die Klingel sauber. Dann presst sie ihren Daumen darauf. Ohne abzuwarten zieht sie ein Schlüsselbund aus der hinteren Hosentasche und sperrt mit einem der beiden Schlüssel daran auf. Im Haus folgt sie ihrem Weg von vorhin, berührt bedächtig die Oberflächen, die sie eben erst gesäubert hat. Sie beendet ihren Rundgang vor Carvers Sessel, und als ihr Blick erneut auf die leere Flasche fällt, zupft etwas am Rande ihres Bewusstseins, eine Art Jucken, an das sie nicht herankommt. Doch für all das hat sie keine Zeit – was geschehen ist, ist geschehen.

Sie geht in die Hocke, hält sich an den Armlehnen fest und starrt ihm ins Gesicht. Ein kurzes Schnappen nach Luft, dann schnellt sie wieder hoch.

Schwer atmend und mit klopfendem Herzen betrachtet sie ihn. *Das hast du dir nur eingebildet.* Sie beugt sich erneut zu ihm, hält die Luft an, fixiert seinen starren Blick. Greg Carvers Augen sind hellbraun mit goldenen Sprenkeln. Manchmal scheinen diese hellen Flecken zu schimmern, doch nicht jetzt. Stattdessen wirken sie trüb, tot. Sie schiebt sich noch dichter an ihn heran, beobachtet, wagt kaum zu atmen – und wieder sieht sie das eine Augenlid leicht flattern. Sie stößt einen verhaltenen Fluch aus.

2

Tag eins

Die Frau hielt den Sanitätern die Tür zu Greg Carvers Haus auf. Langsam stiegen sie die Stufen hinauf, der Schnee darauf hatte sich durch das viele Rein und Raus in Matsch und dann in Eis verwandelt. Ihre eigenen Fußabdrücke, die von der Feuerleiter an der Seite des Hauses die Einfahrt entlanggeführt hatten, waren dank des stetigen Schneefalls rasch unter einer weißen Decke verschwunden. Der Polizeihubschrauber, der über ihren Köpfen kreiste, schaltete die Suchscheinwerfer aus und drehte unvermittelt ab. Höchstwahrscheinlich war er von der Einsatzleitung zurückbeordert worden, weil der Schneesturm stärker wurde. Die Rettungsfahrzeuge standen mit blinkendem Blaulicht da, die Einfahrt zu Carvers Haus wurde vom Licht der Fahrzeugscheinwerfer erhellt, zu beiden Seiten waren Bereiche mit Absperrband abgeriegelt, um Schaulustige fernzuhalten. Sie folgte den Sanitätern bis zu dem bereitstehenden Rettungswagen und wechselte ein paar Worte mit ihnen. Dann sah sie zu, wie Carver ins Innere des Fahrzeugs geschoben wurde.

Innerhalb der Absperrung stand ein Einsatzwagen der Kriminaltechnik. Zwei CSIs und der Crime Scene Manager standen in voller Montur dahinter, bereit, ins Haus zu gehen, sobald sie grünes Licht bekamen.

Die Frau atmete tief durch, ehe sie auf die beiden Männer zusteuerte. »Sie können dann übernehmen«, teilte sie ihnen mit.

»Ist es wirklich wahr?«, fragte der leitende Beamte.

»Es ist Carver, ja«, bestätigte sie.

»Du lieber Himmel, Ruth.« Sanft berührte er sie am Ellbogen.

Detective Sergeant Ruth Lake wandte sich ab. »Augen überall«, murmelte sie leise vor sich hin. Jenseits der Absperrung hatte sie bereits zwei Vertreter der örtlichen Presse ausgemacht.

»Wo bringen sie ihn hin?«, fragte einer.

»Ins Royal.« Ihr schnürte es die Kehle zu, sie brachte keinen Ton mehr heraus.

»Kann ich irgendetwas für Sie tun?«

»Erledigen Sie Ihren Job bitte gründlich.«

»Das versteht sich von selbst.«

Ruth Lake senkte den Kopf, eine Geste der Entschuldigung. »Ich habe die Türen angefasst – Klinken und Schlösser …« Sie runzelte die Stirn, als versuchte sie, sich weiterer Details zu entsinnen. »Ein paar Lichtschalter und den Sessel – im Wohnzimmer im vorderen Wohnbereich. Er war … dort habe ich ihn …«

Er nickte. »Verstehe. Wir werden Ihre Schuhe benötigen.«

Sie strich sich über die Augenbraue. »Ich lasse sie Ihnen bringen.«

»Wie sind Sie denn reingekommen?«

»Die Tür stand sperrangelweit offen«, gab sie zurück. Doch ihre Finger schlossen sich unwillkürlich um das Schlüsselbund in ihrer Tasche. Sie wandte die Augen ab.

Er senkte den Kopf, um ihren Blick einzufangen. »Wenn es da drinnen Beweise gibt, werden wir sie finden, Ruth.«

Sie blinzelte zweimal. »Ich weiß.« Ein Lächeln brachte sie nicht zustande.

Ein Fahrzeug kam in die Straße gebogen und hielt an, ein stämmiger Mann stieg aus. Er knöpfte seinen Mantel zu und bahnte sich mit weit ausholenden Schritten seinen Weg durch die Menge der Schaulustigen, als wären sie Luft für ihn. Detective Superintendent Jim Wilshire war der Presse nicht sonderlich zugetan.

Die beiden Journalisten an der Absperrung drehten sich einen Sekundenbruchteil zu spät um, um ein brauchbares Foto schießen zu können. Der Polizeibeamte hatte sich bereits darunter durchgeduckt und war schon ein ganzes Stück weiter, ehe sie sich wieder gefangen hatten.

»Superintendent«, rief einer von ihnen. »Sir – war es der Dornenkiller?«

Ruth Lake wechselte einen Blick mit dem Crime Scene Manager. »Ich komme später auf Sie zu«, sagte sie.

Während die CSIs ins Haus gingen, drückte sie den Rücken durch und wartete auf den Superintendent.

»Detective Sergeant Lake«, begrüßte Wilshire sie.

»Sir.«

»Kommen Sie mit mir.« Er ging ans andere Ende der äußeren Absperrung, wo weniger Leute standen. Dort spannte er einen riesigen schwarzen Regenschirm auf, mehr, um sie beide vor den neugierigen Blicken der Umstehenden abzuschirmen, wie sie annahm, und nicht so sehr als Schutz vor dem garstigen Wetter. »Greg Carver?« Seine Stimme klang heller, als man es von einem so massigen Kerl erwartet hätte.

Sie nickte.

»Wer war der erste Officer vor Ort?«

Sie sah ihn mit möglichst argloser Miene an. »Das war ich.«

»Sie waren aber schnell hier.«

»Ich habe ihn gefunden.«

Er runzelte die Stirn. »Das ist jetzt wie lange her… dreißig Minuten?«

»In etwa, ja.«

Er sah auf die Uhr. Sie wusste, dass es zehn Minuten nach Mitternacht war.

»Eigenartige Zeit für einen Freundschaftsbesuch, Sergeant, es ist mitten in der Nacht.« Er klang, als lüde er sie höflich ein, ihm eine Erklärung zu liefern, nicht als verlangte er ausdrücklich eine.

»Er wollte mit mir über den Fall sprechen.«

»Trotzdem, seltsame Zeit und seltsamer Ort für ein solches Gespräch«, sagte er, jetzt in etwas schärferem Tonfall.

Sie nickte und spürte, wie ihre Augenbraue zu zucken begann, sparte sich aber jede weitere Bemerkung.

Einige Augenblicke musterte er sie eindringlich, sodass sie sich zwingen musste, langsam und regelmäßig zu atmen, um Ruhe zu bewahren.

Plötzlich war die Straße hinter ihr in helles Licht getaucht. Sie hörte, wie sich ein Wagen näherte, Motorengeräusche und das Knirschen von Reifen auf dem frisch gefallenen Schnee. Sie warf einen Blick über die Schulter, als das wuchtige Gefährt abbremste und zum Stehen kam. *Mersey View* – ein lokaler Kabelsender. Wilshire hasste diese Typen mehr als irgendjemand sonst.

»Sir?«, sprach sie ihn an.

Er spähte an ihr vorbei zu dem Fernsehteam, das aus dem Van geklettert kam. »Na schön, lassen wir das vorerst auf sich beruhen«, lenkte er ein. »Aber Sie haben diese Presseheinis bei meiner Ankunft ja gehört. Die wollen wissen, ob das hier das Werk des Dornenkillers ist. Sie müssen mich also schnellstmöglich mit den Einzelheiten vertraut machen.«

Sie holte tief Luft, atmete langsam aus und sammelte sich mental so weit, um ihrem Chef die nötigen Details mitzuteilen.

»Er saß im Wohnzimmer in seinem Sessel«, erklärte sie. »Man hat ihm aus nächster Nähe in die Brust geschossen.« Sie räusperte sich. »Sieht mir nach einer Kleinkaliberkugel aus.«

»Und Sie folgern das woraus …?«

»Ich war früher selbst CSI«, teilte sie ihm mit. »Ich hatte schon mit der einen oder anderen Schusswunde zu tun. Außerdem … war da nur eine geringe Menge Blut.«

Allerdings hatte sie es deutlich gerochen. Der kupfrige Gestank drohte, ihr erneut in die Nase zu steigen.

»Alles in Ordnung mit Ihnen?«, erkundigte sich Wilshire.

»Alles gut«, versicherte sie ihm. »Nur …«

Er nickte, dann verlagerte er kaum merklich sein Gewicht, und ihr wurde bewusst, dass er dem Fernsehteam die Sicht verstellte. »Verständlich. Aber nehmen Sie sich bitte zusammen. Sie sind verantwortlich für diesen Tatort, bis der befehlshabende Officer eintrifft.«

»Ich sagte, alles ist gut.«

Als er die Augen missbilligend zusammenkniff, wurde ihr bewusst, dass ihre Antwort viel zu schroff geklungen hatte. *Ach, verdammt.*

»Wer ist denn der befehlshabende Officer?« Wilshire blähte die Nasenflügel, weshalb sie hinzufügte: »Wenn Sie mir die Frage erlauben, Sir.«

»DCI Jansen«, antwortete er steif. »Spätestens in zwanzig Minuten sollte er eintreffen. Er wird wissen wollen, ob Sie am Tatort irgendetwas verändert haben.«

Kurz stockte ihr das Herz, dann setzte es wieder ein, das langsame, dumpfe Pochen in ihrer Brust. »Ich bin ausgebildeter CSI«, erwiderte sie.

»Trotzdem, im Eifer des Gefechts…«

»Ich war vorsichtig«, versicherte sie ihm wahrheitsgetreu.

»Hat er irgendetwas gesagt?«

»Carver?«, fragte sie törichterweise.

»Ja, Carver. Hat er irgendetwas *geäußert?*«

»Ich hielt ihn für tot.« Mit Schrecken stellte sie fest, dass ein Lachen in ihrer Brust nach oben drängte. Krampfhaft umklammerte sie das Schlüsselbund in ihrer Tasche, so fest, dass die scharfen Kanten in ihre Handfläche schnitten.

»Das ist nicht die Antwort auf meine Frage.«

Sie biss sich auf die Unterlippe.

»Sergeant Lake?«

Ruth schluckte das beschämende Bedürfnis zu lachen hinunter und schüttelte den Kopf. Stattdessen konzentrierte sie sich auf eine Stelle mit strahlend weißem Schnee, der das Licht der Einsatzfahrzeuge reflektierte, abwechselnd rot und blau. Im Geiste sah sie Carvers Augen vor sich, die sie fixierten, das Flackern des Blaulichts rief ihr das leichte Zucken seines Lids in Erinnerung, der Moment, als sie erkannt hatte, dass er immer noch atmete.

Sie fing an zu zittern.

»Sergeant«, zischte Wilshire und stellte sich so dicht vor sie, dass sie unwillkürlich einen Schritt zurückwich. Sie sah ihm ins Gesicht, und sofort hörte das Zittern auf.

»Hören Sie, der Rettungswagen wird jeden Moment losfahren. Begleiten Sie ihn, wenn Sie möchten – diese Medienclowns werden sonst nicht lockerlassen, ehe sie nicht einen Kommentar von Ihnen kriegen.« Nach und nach trafen noch weitere Vertreter der Presse ein – zu den örtlichen Journalisten gesellten sich landesweite Übertragungsteams von Fernsehsendern, die wegen der Berichterstattung im Fall Kara Grogan ohnehin in der Stadt waren. Sie bauten ihre eigenen Scheinwerfer auf und riefen ihnen vom Rande der Absperrung aus Fragen zu, ungeduldig auf ein Update zur aktuellen Lage hoffend.

»Ich muss an die Arbeit«, sagte sie.

»Sie können hier am Tatort nichts mehr tun, und an den Ermittlungen können Sie sich in diesem Fall auch nicht beteiligen, das wissen Sie genau.«

»Aber i-ich bin eher von N-nutzen, wenn ich etwas tue«, stammelte sie, dann machte sie lieber den Mund zu, weil ihre Zähne so unkontrolliert klapperten.

»Wo steht Ihr Wagen?«

Lake deutete mit einer ruckartigen Bewegung ihres Kopfs auf den Renault Clio, der innerhalb der Absperrung gegenüber von Carvers Haus parkte. Carvers Akten und die Pistole befanden sich nach wie vor im Kofferraum. Sie hätte ihn wegfahren sollen, nachdem sie den Notruf abgesetzt hatte. Denn nun musste der Wagen offiziell als Bestandteil des Tatorts betrachtet werden.

»Kommen Sie.« Wilshire nahm sie sachte am Ellbogen. »Wir unterhalten uns da drin weiter.«

»Wie bitte?« *Die Unterlagen. Die Waffe.* »Nein!« Panisch riss sie sich von ihm los.

»Mäßigen Sie Ihre *Stimme,* Sergeant«, fauchte Wilshire.

»Entschuldigen Sie, Sir. Ich … ich denke, ich sollte vor Ort bleiben.«

»Sie zeigen typische Anzeichen eines Schocks«, stellte ihr Vorgesetzter fest. »Wir müssen Sie hier wegschaffen, bevor der Sturm über uns hereinbricht.«

Natürlich meinte er den Schneesturm, und dennoch kam ihr der Gedanke, dass er selten etwas gesagt hatte, das mehr der Wahrheit entsprochen hätte.

»Steigen Sie in den Wagen, ich lotse Sie unmittelbar hinter dem Krankenwagen raus. Es sei denn, Sie möchten lieber, dass Sie jemand nach Hause fährt? Dann organisiere ich einen Fahrer.«

Eine Welle der Erleichterung überkam sie. »Nein. Ich kann fahren, kein Problem. Vielen Dank.« Sie kramte in ihrer Manteltasche nach dem Autoschlüssel und setzte sich ans Steuer. Eine Weile starrte sie wie benommen geradeaus, während uniformierte Polizeibeamte die Fernsehvans aus dem Weg scheuchten, damit der Rettungswagen durchkam. Das Blaulicht des Fahrzeugs und die blinkenden Kameras schmerzten in ihren Augen wie Stroboskoplicht und blendeten sie derart, dass sie kaum etwas sah. Doch sie umklammerte so entschlossen das Lenkrad, dass es knarzte, und biss die Zähne zusammen. Dann gab sie Gas und fuhr hinter dem Krankenwagen her.

3

Die verschiedensten Geräusche sirren Carver in den Ohren wie Störgeräusche aus dem Radio oder wie fremdartige Klänge von einer Art Fernmesssystem eines anderen Planeten.

Er liegt auf dem Rücken. Was nicht recht Sinn ergibt: Schließlich sollte er in seinem Sessel sitzen, ein Glas in der Hand. Hat er nicht genau das gerade noch getan? Ja, er ist sich sicher und freut sich darüber, als könnte die Erinnerung diesem chaotischen Durcheinander aus Licht und Lärm eine feste Substanz verleihen. Er war am Trinken. Whisky – in nicht geringen Mengen.

Dann steht die Welt plötzlich kopf, und er weiß nicht mehr, wo oben und unten ist. Er spürt den Luftzug unter sich, vernimmt das Tosen der Triebwerke und verspürt ein panisches Flattern in der Brust. *Ich sollte nicht hier sein, sondern in einem Fall ermitteln.* Über ihm jagen Lichter vorbei, sie erinnern an die Pistenfeuer einer Landebahn. Was natürlich Unsinn ist, die Befeuerung einer Landebahn ist nicht auf dieser Höhe. Und egal, ob oben oder unten, eigentlich dürfte da nichts Vergleichbares sein. Denn um das zu sehen müsste er sich schließlich außerhalb des Flugzeugs befinden.

Himmel, Carver, du bist betrunken. Allerdings spürt er

das dumpfe Pochen sich anbahnender Kopfschmerzen, was darauf hindeuten könnte, dass er gerade aus einer Ohnmacht erwacht ist. Möglicherweise ist längst ein neuer Tag angebrochen.

Ein Schatten bewegt sich durch das Licht: ein Mensch, aber seltsam formlos.

Wie eigenartig, denkt er, und auf einmal steht er auf dem St. James's Cemetery. Die groben Sandsteinmauern des in einer Senke gelegenen Friedhofs ragen zu beiden Seiten fast fünfzehn Meter empor, errichtet auf einem großflächigen, ebenen Areal – dem Grund des einstigen Steinbruchs. Von hier stammt der Sandstein, aus dem im achtzehnten und neunzehnten Jahrhundert der Großteil Liverpools erbaut worden war. In westlicher Richtung reicht die steil ansteigende Böschung bis zur Liverpool Cathedral heran. Ein schneidender Wind fegt vom Mersey herüber, der eine Meile entfernt liegt, und gewinnt noch einmal an Kraft, sobald er den höchsten Punkt erreicht hat und zur Sohle des alten Steinbruchs abfällt.

DS Lake neben ihm betrachtet versonnen den Leichnam einer jungen Frau, der auf einem Hochgrab aufgebahrt liegt. Scharf zeichnet der Körper sich gegen den groben Sandstein der Friedhofsmauern ab.

»Wie eigenartig«, sagt sie und bedient sich seiner eigenen gedanklichen Formulierung. Nur dass sie auf das erste Opfer des Dornenkillers blickt, das war vor einem Jahr, also bedient *er* sich in Wirklichkeit *ihrer* Worte. Ach ja, und war er nicht vor einer Minute noch ganz woanders? Mit Rotorenlärm im Hintergrund und grellen Lichtern, die über ihn hinwegjagten?

Das Opfer ist vollständig bekleidet, doch es ist genug nackte Haut zu sehen, um zu erkennen, was man ihr angetan hat. Die Muster sind in ihre Haut geätzt: Augen, die etwas verbergen, halb geschlossen. Die etwas verbergen? Wie kommt er denn *darauf?* Tali – Tali Tredwin lautet ihr Name. Zu dem damaligen Zeitpunkt kannten sie ihn noch nicht, aber jetzt erscheint er ihm wichtig.

Jemand ruft: »Greg. Greg Carver?«

Im ersten Moment denkt er, es sei Ruth.

»Verdammt, nicht so laut«, will er brüllen. »Merkst du nicht, dass ich höllische Kopfschmerzen habe?« Doch unvermittelt ist er in Dunkelheit gehüllt, und Ruth ist verschwunden. Ein gleißender Blitz, gefolgt von stechenden Schmerzen hinter den Augäpfeln.

»Beide Pupillen sind gleich groß und reagieren auf Licht«, sagt jemand.

Die Stimme kommt Carver nicht bekannt vor. Er versucht zu sprechen.

»Relativer afferenter Pupillendefekt positiv, linkes Auge«, stellt die Stimme fest. »Können wir bitte einen mobilen CT-Scanner bekommen?«

Carver hat das Gefühl, antworten zu müssen, kriegt aber immer noch keinen Ton heraus.

Die Schatten huschen geisterhaft über ihn hinweg. Wenigstens sind die Triebwerke verstummt. Irgendetwas stimmt hier nicht. Er war in seiner Wohnung und trank. Da war noch jemand. Eine Frau. Er weiß noch, dass sie Sex hatten. *In der Wohnung?* Nein, woanders, aber der Ort fühlt sich vertraut an. Er schreit die Frau an. Eine Waffe. *Hatte ich eine Pistole in der Hand?* Wieder dieses grelle Blitzen, dann weitere Schatten. Jemand geht durch seine Wohnung. *Jetzt – oder damals?* Die Zeiten geraten durcheinander. *Außerdem warst du nicht in der Wohnung – nicht mit dieser Frau.*

Aber wo dann? Plötzlich trifft ihn die Erkenntnis: da/nicht da; geisterhafte Gestalten; Düsentriebwerke; und die Landebahnbefeuerung über seinem Kopf – das alles folgt der wirren Logik eines Traums. Er braucht nur aufzuwachen.

Im nächsten Augenblick ist er wieder in der Wohnung, die Präsenz im Raum ist greifbar, ein vager Umriss, ein dunkles *Etwas,* das sich seinem Sichtfeld entzieht. Er will den Kopf drehen, ist aber wie gelähmt. Die Angst ist erdrückend, schwer lastet sie auf seiner Brust. *Nachtschreck,* denkt er. Er hatte schon des Öfteren solche Angstzustände – in der Regel nach einem heftigen Besäufnis. Wenn er sich nur bewegen könnte – einen Finger, eine Augenbraue –, dann würde er aufwachen, und der Albtraum hätte ein Ende.

Der Schatten senkt sich auf ihn herab, starrt ihm ins Gesicht. *Ruth.* Eine Welle der Erleichterung durchströmt ihn. *Ruth,* will er sagen, *ich bin stockbesoffen, dieser Traum ist grauenvoll. Weck mich verdammt noch mal auf.*

Aber er blinzelt nur, und sie ist verschwunden.

Geräusche, Bewegung. Seine Augen wollen nicht scharfstellen. Er kann sich nicht bewegen, doch die Furcht einflößende Präsenz ist fort, und die bleierne Schwere auf seiner Brust lässt nach – er kann wieder normal atmen. Jenseits der Vorhänge seines Wohnzimmers blinkt Blaulicht, er muss an ein Rave-Event denken, auf dem er mit Emma war. Er hört das Knattern von Hubschrauberrotoren. Dann senkt sich erneut Dunkelheit über ihn.

4

Jenseits des Mersey, keine zwanzig Minuten Fahrt von Greg Carvers Wohnung entfernt, sitzt in einem in einer ruhigen Seitenstraße gelegenen Haus aus den Dreißigerjahren der Killer vor dem Fernsehgerät und sieht sich die News 24 auf BBC an.

Die Sanitäter tragen den Patienten auf einer Bahre die steilen Stufen vor dessen Haus hinunter; das konstante Dröhnen des Polizeihelikopters, der über dem Tatort kreist und seine Suchscheinwerfer darauf gerichtet hat, übertönt die Stimme des Reporters. Kurzzeitig ist DCI Carver in gleißendes Licht getaucht. Er sieht aus, als wäre er tot.

Unwillkürlich springt der Killer auf und geht rastlos im Zimmer auf und ab. Monate der Planung, gefolgt von dreiwöchiger schwerer Arbeit, die Finger voller Schwielen und Schrunden, die Hände schmerzend und verkrampft, Augen, die im grellen Licht brannten. Drei Wochen Arbeit am Kunstwerk Kara, die langwierigen Vorbereitungen … für *das* hier?

Carver, so gut wie tot. Und selbst wenn er überleben sollte, was hätte er noch für einen Nutzen? Ein irritierter Blick auf den Fernseher, und er sieht Ruth Lake, die den Sanitätern über die Stufen vor Carvers Haus nach unten folgt. Die Kamera zoomt auf sie, sie hat einen Mantel übergezogen. Plötzlich schert sie aus und unterhält sich mit einem Kriminaltechniker, doch ihr Blick bleibt unverändert auf Carver gerichtet, der nun mitsamt der Bahre in den bereitstehenden Krankenwagen geschoben wird. Ihre Miene zeigt keinerlei Regung. Der Killer bleibt unvermittelt stehen und dreht sich ganz zum Bildschirm um. Nicht zum ersten Mal stellt er sich die Frage, welche Gedanken ihr wohl durch den Kopf gehen. Schnee sammelt sich wie Konfetti in Sergeant Lakes langen wallenden Haaren. Im Scheinwerferlicht wirken sie dunkel, aber der Killer weiß genau, dass diese Locken in Wirklichkeit hellbraun sind. Im richtigen Licht sehen vereinzelte Strähnen sogar leicht rötlich aus.

Wie aus dem Nichts taucht die imposante Gestalt von Superintendent Wilshire auf. Er ist bereits auf der anderen Seite der Polizeiabsperrung, mit dem Rücken zur Kamera. Eine Gruppe von Journalisten schart sich hinter ihm zusammen, lautstark verlangen sie nach Antworten.

Ups – der ist euch wohl entwischt, Jungs.

»Superintendent«, schreit einer der Zeitungsleute ihm nach. »Sir – war es der Dornenkiller?«

Detective Sergeant Lake wechselt ein paar Worte mit dem Kriminaltechniker, dann wendet sie sich ihrem Boss zu. Sie richtet sich zu voller Größe auf, die Schultern gestrafft, mit trotzig erhobenem Kinn.

Sieh an, diese Frau stählt sich offenbar für etwas. Die Wut des Killers legt sich ein wenig, wird verdrängt von der Neugier auf diese schwer zu durchschauende Person.

Detective Lake verschwindet einen Moment lang aus dem Bild, verdeckt von Wilshires Schirm. Welch tiefe Symbolik!

Der Van eines Fernsehsenders fährt jenseits der Absperrung vor, und einen Sekundenbruchteil später wechselt der

Nachrichtensender zu einer noch viel interessanteren Einstellung. Die Aufnahme ist eingebettet in das eigentliche Filmmaterial, doch die Qualität ist eine andere. Die Verantwortlichen bei dem Low-Budget-Kabelkanal, der *diese* Perspektive erwischt haben muss, lachen sich bestimmt ins Fäustchen bei der Aussicht auf das viele Geld, das von den Nachrichtensendern kommen wird. Denn die bekümmerte Miene von DCI Carvers Mitarbeiterin und engsten Vertrauten wird jeder zeigen wollen. Nur dass es unmöglich war, von diesem hübschen, blassen Gesicht irgendwelche Emotionen abzulesen.

In dieser Einstellung ist die Menschenansammlung im Hintergrund gut zu erkennen, deshalb wendet der Killer den Blick von Ruth und ihrem Superintendent ab und richtet sein Augenmerk auf die umstehenden Schaulustigen. Auf den Mienen zeichnen sich Neugier und freudige Erregung ab. Ein solcher Mord lässt niemanden ungerührt.

Der Superintendent sagt ein paar Worte, und Detective Sergeant Lake antwortet. Ihre gerunzelte Stirn lässt auf Unsicherheit schließen. Wieder sagt er etwas, und für den Bruchteil einer Sekunde spannen sich ihre Schultern kaum merklich an. *Sie steht unter immenser Anspannung.* Dann hebt sie den Kopf, und das Blaulicht der Rettungsfahrzeuge spiegelt sich im Weiß ihrer Augen. Ist es möglich, dass Ruth Lake sich etwas aus Carver *macht? Zittert* sie etwa? Ja, *tatsächlich* – sie scheint die Fassung zu verlieren. Der Killer geht näher an den Bildschirm heran: Sieh an, jetzt wird es interessant.

Eine scharfe Zurechtweisung durch Superintendent Wilshire bringt sie wieder zur Räson, doch ihre scheinbare Gefasstheit trügt. Sie nickt in Richtung des Autos (es ist *ihres* – er weiß das und noch so manches mehr über

Ruth Lake). Wilshire fasst sie am Arm, doch sie reißt sich unsanft los. Man kann ihre Worte nicht hören, aber man muss nicht groß Lippenlesen können, um zu erraten, was Sergeant Lake sagt. »Nein.« Sie weicht zurück, ihr Körper widersetzt sich dem Superintendent, der sie in Richtung des Wagens führen will. Sie zeigt klassische Anzeichen der Weigerung, stemmt buchstäblich die Fersen in den Schnee. Sie will nicht gehen, das ist nicht zu übersehen. Und plötzlich folgt sie ihm doch, sie bewegt sich schnell, zieht die Autoschlüssel so hastig aus der Tasche ihres Mantels, dass sich das Innenfutter nach außen stülpt. *Tja, das ist … sehr eigenartig.*

Zurückspulen, Pause, noch einmal abspielen. Es ist noch mehr zu erkennen. Er liest von Sergeant Lakes Gesicht Beunruhigung ab, gefolgt von Erleichterung. Das ist nicht nur eigenartig, das ist sogar *hochinteressant.*

Er spielt die Sequenz noch einmal ab. Konzentriert neigt er sich vor, wartet den Moment ab, in dem aus dem beunruhigten ein erleichterter Ausdruck wird.

Die Kamera zoomt auf Ruths Gesicht, während sie dem Krankenwagen durch die Polizeiabsperrung folgt. Ihr Kiefer ist angespannt, so sehr, dass man um ihre Backenzähne fürchten muss.

»Sergeant Lake, was haben Sie *getan?*«

5

Vierzig Minuten später fuhr Ruth Lake hinüber ins Krankenhaus, aber erst nachdem sie die Akten und die Waffe sicher verstaut hatte. Ein Polizeiwagen stand in einer der Nothaltebuchten; der Fahrer hatte sich zum Schutz gegen den beständig fallenden Schnee unter eine Markise gestellt und paffte genüsslich an einer E-Zigarette. Als er sie sah, ließ er den elektrischen Glimmstängel hastig verschwinden.

»Sie haben Emma Carver hierhergebracht?«, fragte sie.

»Ja, vor einer halben Stunde, Sergeant.«

»Und worauf warten Sie noch?«.

»Es ist momentan recht ruhig, da dachte ich …«

»Sie wissen sicher, was Sie zu tun haben, sobald Sie etwas Luft haben, nicht wahr?« Als der Constable nicht gleich mit einer Antwort aufwarten konnte, fuhr sie fort: »Sie fahren Streife, sehen zu, dass Sie Präsenz zeigen, verhindern Verbrechen, bleiben wachsam. Sie helfen denen, die im Schnee stecken bleiben. Das Aufrechterhalten von Recht und Ordnung wird dafür sorgen, dass Ihnen nicht kalt wird. Und gesünder ist es obendrein.« Sie legte den Kopf schief, gab ihm deutlich zu verstehen, dass ihr das mit der Zigarette nicht entgangen war.

Sie betrat die Klinik durch den Personaleingang, die

Türen glitten automatisch hinter ihr zu. Sie trat sich die Schuhe auf der Gummimatte ab und klopfte den Schnee von ihren Schultern und ihren Haaren. Eine Krankenschwester kam aus einer Kabine gegenüber dem Schwesternzimmer. Sie warf Ruth einen Blick zu, gab einer Person, die für Ruth nicht zu sehen war, ein Zeichen und lief dann weiter.

»Greg Carver?«, rief Ruth.

Die Schwester zügelte ihre Schritte, im selben Moment tauchte ein Mann vom Sicherheitsdienst auf. »Sind Sie eine Angehörige?«, wollte die Schwester wissen.

»Polizei.« Sie zeigte ihren Dienstausweis vor.

»Sein Zustand erlaubt es derzeit nicht, dass Sie ihm Fragen stellen«, erklärte die Frau knapp und ging weiter. »Und ich habe leider keine Zeit …«

»Emma, Gregs Ehefrau, ist vor einer halben Stunde eingetroffen. Ich wollte mich nur erkundigen, wie es ihr geht …«

Die Schwester runzelte die Stirn.

»Hören Sie«, fuhr Ruth fort. »Greg ist ein guter Freund, ich …« Dieses Wort, *Freund*, machte sie fertig. Ihr Mund zuckte, sie holte tief Luft und ließ sie ganz langsam wieder entweichen.

Die Schwester blieb stehen und musterte sie neugierig. »Lassen Sie mich bitte noch mal Ihren Dienstausweis sehen.«

Ruth reichte ihn ihr bereitwillig. Die Frau sah ihn sich mit prüfendem Blick an und gab ihn mit einem Nicken in Richtung des Sicherheitsbeamten zurück.

»Wir hatten schon Reporter hier, die versucht haben, sich widerrechtlich Zutritt zu verschaffen«, sagte sie zur Erklärung. »Mrs. Carver sitzt im Wartebereich – durch die Tür rechts.«

»Bevor ich zu ihr gehe und mit ihr rede«, sagte Ruth und hielt die Schwester noch einmal zurück. »Gibt es irgendetwas, das ich wissen sollte?«

»Es gab Komplikationen auf dem Weg hierher«, erklärte die Schwester mit gesenkter Stimme. »Aber vorerst ist sein Zustand stabil.«

»Vorerst? Was soll das heißen?«

»Das soll heißen, dass sein Blutdruck dramatisch abgefallen ist, aber nur vorübergehend. Alles ist wieder unter Kontrolle. Jetzt steht er unter ständiger Beobachtung.«

Keine besonders detaillierte Antwort, doch Ruth konnte nachvollziehen, dass im medizinischen Sektor genau wie bei der Polizei strenge Vorschriften galten, deshalb bedrängte sie die Frau nicht weiter.

Emma saß alleine im Wartezimmer. Als ihr Blick auf Ruth fiel, sprang sie sofort auf und ergriff Ruths Hände. Die ihren waren eiskalt. Ihr Teint hatte normalerweise die Farbe von Milch und Honig, worum Ruth sie stets beneidet hatte. Doch heute Abend wirkte sie leichenblass, ihre Haut schien sich viel zu straff über die Wangenknochen zu spannen.

»Sie sagen, er sei angeschossen worden?« Sie ließ es wie eine Frage klingen, so als erschiene es ihr viel zu unrealistisch, um wahr zu sein.

Ruth nickte.

»Und was sie in den Nachrichten sagen … stimmt das auch?«, wollte sie wissen. »War es der Dornenkiller, Ruth?«

»Ich habe keine Ahnung«, gab sie zurück. Sie wollte vermeiden, sich unnötig in irgendwelche Lügen zu verstricken. Am Ende verlor sie vielleicht selbst noch den Überblick.

»Hat Greg bei seinen Ermittlungen einen Durchbruch erzielt? Er hätte es dir doch erzählt, oder? Sie sagen, du hättest ihn gefunden – hat er irgendetwas zu dir gesagt?«

»Er war nicht…« Sie schaute Emma unverwandt in die blauen Augen, und Carvers Frau erwiderte ihren Blick voller Entschlossenheit. »Er konnte nicht…« *Verdammt.* »Er war nicht bei Bewusstsein«, sagte sie schließlich. Näher an die Wahrheit wagte sie sich derzeit nicht heran.

Ihr Handy summte in der Tasche ihres Mantels, sie warf einen prüfenden Blick auf das Display. John Hughes, der Crime Scene Manager. Sie entschuldigte sich knapp und ging hinaus in den Behandlungsbereich der Notaufnahme, um den Anruf entgegenzunehmen.

»Dürfte ich Sie bitten, zum Telefonieren vor die Tür zu gehen?« Die Schwester war mit einer Schachtel Einmalhandschuhe zurückgekehrt.

Ruth entschuldigte sich und trat hinaus in die eisige Nachtluft, ehe sie über das Display wischte, um ranzugehen. Der Himmel war nun wolkenlos, der Sturm vergessen, zurück blieben zwanzig Zentimeter Neuschnee, der sich über die vereiste Oberfläche, die noch vom letzten Schneefall stammte, gelegt hatte. Das frische Weiß ließ die Konturen der Taxis und der Rettungsfahrzeuge draußen auf dem Vorplatz weich erscheinen und reflektierte das gespenstische Licht der LED-Straßenbeleuchtung.

»Wie geht es ihm?«, erkundigte sich Hughes ohne Umschweife. »Wissen Sie Näheres?«

»Ich bin in der Klinik. Er steht nach wie vor unter Beobachtung«, antwortete sie. »Wie ist es bei Ihnen – sind Sie fündig geworden?« Dass Hughes sich so schnell mit ihr in Verbindung setzte, konnte zweierlei bedeuten: Entweder die Techniker hatten etwas gefunden, oder sie glaubten nicht mehr daran, auf etwas Nennenswertes zu stoßen. Gespannt hielt sie den Atem an.

»Eine kleine Menge Blut auf dem Sessel. Nichts, das auf einen Kampf hindeuten würde, etwas vergossener Whisky auf dem Boden – möglicherweise ist er ohnmächtig geworden und hat deswegen nicht gehört, wie der Schütze die Wohnung betreten hat.«

»Irgendwelche Fußspuren, Fingerabdrücke?«

»Die Sanitäter haben leider überall Trittspuren hinterlassen«, sagte er bedauernd. »Allerdings haben wir einen Abdruck auf dem Teppich im Schlafzimmer gefunden. Eine relativ kleine Schuhgröße. Könnte von einer Frau stammen.«

Mist. Es wäre halb so wild gewesen, hätte sie im Wohnzimmer Spuren hinterlassen, aber im Schlafzimmer… Wilshire hatte recht. Sie musste unter Schock gestanden haben, wenn ihr eine so simple Sache entgangen war. Aber sie würde zu Vergleichszwecken einfach ein anderes Paar Schuhe einreichen, deshalb war das kein großes Problem.

»Es hat ganz den Anschein, als wären Oberflächen, Lichtschalter und Türgriffe gesäubert worden«, fuhr er fort. »Die einzigen Fingerabdrücke, die wir finden konnten, waren unsere eigenen.«

Sie seufzte und hoffte, dass es nicht zu aufgesetzt klang.

»Außerdem haben wir eine Vertiefung im Teppich des Schlafzimmers gefunden. Wie es aussieht, stand dort über längere Zeit ein schwerer quadratischer Gegenstand. Aller Wahrscheinlichkeit nach ein Karton. Und es deutet alles darauf hin, dass erst kürzlich Haftpunkte von der Wand entfernt worden sind. Es ist also gut möglich, dass er sein Schlafzimmer zu einer inoffiziellen Kommandozentrale umfunktioniert hatte.«

»Kann sein.«

»Kommen Sie, Ruth, nun seien Sie mal nicht so wortkarg. *Wenn* jemand etwas weiß, dann Sie.«

»Er hat mich nie in sein Schlafzimmer gebeten, aber ich würde wetten, dass er zu Hause an dem Fall weitergearbeitet hat.«

»Jansen ist unser befehlshabender Officer, nicht wahr?«

»Ja.«

»Tja, dann setzen Sie ihn besser ins Bild.«

»Ich wüsste nicht, warum.«

»Himmelherrgott, Ruth – jetzt strengen Sie doch bitte Ihr Oberstübchen an! Nehmen wir einmal an, dass Carver *tatsächlich* zusätzliche private Ermittlungen angestellt und darüber Buch geführt hat: Was immer wir zu den Mordfällen hatten ...«

»... könnte jetzt in den Händen des Dornenkillers sein«, beendete sie den Satz für ihn. »Und wenn das der Fall ist, waren unsere gesamten Anstrengungen für die Katz.« Hughes hatte recht, sie musste ihre grauen Zellen mehr anstrengen. Offenbar war sie gerade nicht zu klarem Denken fähig. Sie bekam dieses Bild nicht mehr aus dem Kopf: Greg Carver in seinem Sessel, Blut, das aus der Schusswunde in seiner Brust sickerte, den Blick auf sie geheftet, während sie die Spuren beseitigte.

»Also, wollen Sie es Jansen sagen, oder soll ich das übernehmen?«, wollte Hughes wissen. »Nur finde ich, dass es ratsamer wäre, wenn es von Ihnen käme.«

»Ich mach das schon«, versprach sie. »Geben Sie mir nur eine Stunde, damit ich in Erfahrung bringen kann, wie es mit Greg weitergeht.«

»Na schön«, erklärte er sich einverstanden. »Und, Ruth?«

»Ja?«

»Danach gehen Sie bitte heim und erholen sich, ja? Schlafen Sie sich richtig aus.«

Als Ruth ins Wartezimmer zurückkehrte, kam ein Arzt in OP-Kleidung durch eine Seitentür herein und rief Mrs. Carver auf. Emma sah sich panisch nach Ruth um. Die beiden Frauen trafen gleichzeitig bei dem Arzt ein, was den Mann sichtlich in Verwirrung stürzte.

»DS Lake. Ich bin eine Freundin und Kollegin von Greg«, stellte Ruth sich vor, um die Situation zu erklären.

»Am besten unterhalten wir uns an einem Ort, wo wir ungestört sind«, antwortete der Arzt, an Gregs Ehefrau gewandt, und hielt ihr die Tür auf.

Emma griff nach Ruths Hand.

»Sergeant Lake darf Sie gern begleiten, wenn Sie das wünschen«, sagte der Arzt. Er führte sie in sein Sprechzimmer, an einen niedrigen Tisch mit bequemen Sesseln und einer Box mit Papiertaschentüchern in greifbarer Nähe. Die Schwester, mit der Ruth vorhin gesprochen hatte, stand neben der Tür.

»Geht es ihm gut?«, fragte Emma sofort. »Kann ich ihn sehen?«

»Wir haben eine CT-Untersuchung durchgeführt«, erklärte der Arzt. »Die Kugel sitzt in etwa hier« – er deutete auf die Mitte seiner eigenen Brust –, »zwischen der Aorta, also der Hauptschlagader, und der Wirbelsäule. Wir verabreichen Ihrem Mann Antibiotika, um die Infektionsgefahr möglichst gering zu halten. Hat er irgendwelche Allergien, die Ihnen bekannt wären?«

»Nein«, gab Emma zurück.

Der Arzt wandte sich an die Schwester. »Sagen Sie den anderen Bescheid, sie können anfangen.«

»*Anfangen?«,* fragte Emma verunsichert. »Haben Sie ihn denn noch nicht operiert?«

»Die Gesamtsituation ist etwas komplizierter«, sagte er mit fester, ruhiger Stimme. »Er hat eine Bluttransfusion erhalten, und seine Vitalwerte sind stabil, deshalb besteht kein Grund zur Eile. Nur leider hat Ihr Ehemann zudem eine Schwellung im Gehirn.«

»Ich verstehe nicht«, stieß Emma mit vor Panik schriller Stimme hervor. »Sie sagten doch, die Kugel habe ihn in die Brust getroffen.«

»So ist es«, bestätigte der Mediziner. »Die Kopfverletzung ist auf den ersten Blick nicht zu erkennen, wir überprüfen das in Fällen wie seinem routinemäßig. Ob diese Schwellung mit der Schussverletzung in Zusammenhang steht, ist vorerst unklar.« Er richtete den Blick auf Ruth. »Man hat ihn in einem Sessel sitzend vorgefunden?«

»Ja«, bestätigte sie. »Ich war das.«

»Besteht Anlass zu der Vermutung, dass er gestürzt ist und sich den Kopf angeschlagen hat, nachdem er angeschossen wurde? Und dass es ihm anschließend gelungen ist, sich auf den Sessel hochzuziehen?«

Ruth dachte kurz nach. Es war kein Blut verspritzt worden, nirgends im Raum hatten sich Blutspuren gefunden, mit Ausnahme des Sessels. Nachdenklich schüttelte sie den Kopf. »Eher unwahrscheinlich.«

»Nun ja, so eine Hirnschwellung kann auch noch längere Zeit nach einem Trauma auftreten. War er in letzter Zeit in eine Schlägerei verwickelt oder hatte einen Autounfall?«

Hilflos wandte Emma sich Ruth zu.

»Greg und Emma haben sich erst kürzlich getrennt«, erklärte Ruth. »Er und ich arbeiten eng zusammen, ich bin mir sicher, dass er mir gegenüber so etwas auf jeden Fall erwährt hätte. Doch als er mich an diesem Abend anrief, mit der Bitte, bei ihm vorbeizukommen, da klang er… na ja« – sie warf einen kurzen Seitenblick auf Emma –, »betrunken. Ich nehme an, er könnte durchaus *vor* dem Schuss gestürzt sein.«

»Na schön, die Kopfverletzung ist also möglicherweise neueren Datums. Was grundsätzlich positiv zu werten ist, denn das bedeutet, dass wir sie noch rechtzeitig behandeln können.«

»Sie scheinen wegen dieser Hirnschwellung in größerer Sorge zu sein als wegen der Kugel, die immerhin knapp neben der Wirbelsäule sitzt«, stellte Ruth misstrauisch fest.

»In Mr. Carvers Schädel hat sich eine besorgniserregende Menge Wasser angesammelt, das verstärkt den Druck auf das Gehirn«, erklärte der Arzt und tippte sich leicht an seine eigene Schädeldecke. »Den Hirndruck zu verringern hat für uns daher oberste Priorität. Ein Neurochirurg wird Schläuche in die Hohlräume im Gehirn einführen, um die überschüssige Flüssigkeit ablaufen zu lassen. Das sollte zu einer raschen Besserung führen.«

»Und wenn nicht?«, hakte Emma ängstlich nach.

»Uns stehen noch andere, radikalere Optionen zur Verfügung. Ein Team von Spezialisten am Aintree Neurosciences Center hält sich derzeit bereit, notfalls zu operieren.«

»Aber das ist ja meilenweit entfernt«, jammerte Emma. »Warum können Sie das denn nicht hier machen?«

»Dort hat er die besseren Chancen, Mrs. Carver«, erwiderte der Arzt mit besänftigender Stimme. »Für Verletzungen wie diese gibt es im gesamten Nordwesten keine Klinik, die personell und technisch besser ausgestattet wäre.«

Sie stieß ein zittriges Seufzen aus.

»Wir verlegen ihn auf dem Luftweg, das geht schneller

und ist sicherer, so schließen wir die Gefahr von Erschütterungen während des Transports weitestgehend aus. Doch bevor ich den finalen Startschuss hierfür gebe, muss ich Sie noch eine Sache fragen, und es ist von größter Wichtigkeit, dass Sie absolut aufrichtig antworten.«

Emma blinzelte verstört. »Selbstverständlich.«

Er sah ihr ins Gesicht, als wollte er ihre Reaktion möglichst genau abschätzen können. »Mr. Carvers Blutalkoholspiegel ist gefährlich hoch. Wir können zwar trotzdem operieren, aber das Team muss wissen, ob dies ein einmaliger Ausrutscher war oder ob Ihr Mann ein schon länger bestehendes Alkoholproblem hat.«

»Er trinkt schon seit geraumer Zeit regelmäßig zu viel, aber ich kann nicht glauben, dass es inzwischen so schlimm ist.« Emma schaute zu Ruth, weil sie sich von ihr eine Bestätigung erhoffte.

»Er trinkt. Vielleicht ein bisschen mehr als die meisten«, merkte Ruth an. Immerhin konnte sie diesmal absolut ehrlich sein mit ihrer Antwort. »Aber …« Sie erinnerte sich an die leere Whiskyflasche, die neben Carvers Sessel am Boden gelegen hatte. »Das ist … ungewöhnlich.«

Der Arzt nickte. »Gut. Das hilft uns weiter.«

Emma nickte ihm dankbar zu.

Er warf einen Blick zu Ruth. Sie war lange genug bei der Polizei, um zu wissen, dass in Fällen von Gehirntraumata die Aussichten für schwere Gewohnheitstrinker nicht so rosig waren. Dies erklärte sie Emma jetzt.

Der Arzt fuhr fort: »Mr. Carvers Trinkgewohnheiten bedeuten ein erhöhtes Risiko im Zusammenhang mit der Narkose, schon vor der Operation«, führte er aus. »Aber die Gefahr, dass er einen schweren bleibenden Gehirnschaden davonträgt, ist noch größer, wenn wir nicht umgehend operieren.«

Emma nickte benommen, und der Arzt wandte sich Ruth zu und hob kaum merklich die Schultern. Er sah jung aus für seine Position. Die größte Herausforderung in seinem Job war nicht unbedingt der Umgang mit dem Tod an sich – Ruth selbst war erst vierundzwanzig gewesen, als sie an ihrem ersten Mordfall mitgearbeitet hatte –, sondern vielmehr mit dem, was danach kam. Sie war auch damals schon dankbar gewesen, dass die Aufgabe, den engsten Verwandten die traurigen Neuigkeiten zu überbringen, anderen zukam. Wie schlimm musste es erst sein, mit Familienangehörigen in Situationen sprechen zu müssen, in denen es um Leben oder Tod ging, wenn man ihnen in folgeschweren Entscheidungen beistehen musste, in Fällen, wo ein Überleben im schlimmsten Fall weniger wünschenswert war als der Tod.

»Emma, er bittet dich um deine Zustimmung zu der Operation«, sagte sie schließlich sanft.

»*Meine* Zustimmung? Aber wir … Ich habe Greg seit über einem Monat nicht gesehen. Wir … oh Gott!« Sie ließ die Schultern sacken. »Ich habe die Scheidung eingereicht.«

»Trotz allem sind Sie als nächste Verwandte aufgeführt«, erwiderte der Arzt in entschuldigendem Tonfall. »Wenn es jemand *anderen* gäbe … Aber wie ich es verstanden habe, hat er ansonsten keine Angehörigen.«

Gregs Ehefrau presste die Finger an die Lippen.

»Emma?«, forderte Ruth sie auf.

Emma schob die Hände über die Wangen, als müsste sie sich buchstäblich zusammenhalten, damit sie nicht auseinanderfiel.

»Sag mir, was ich machen soll«, flehte sie.

Wenn man bedachte, was sie getan hatte, hatte sie kein Recht auf eine Mitsprache. Und trotzdem sagte Ruth genau das, was von ihr erwartet wurde: »Ich fürchte, dir bleibt keine Wahl.«

Emma Carver nahm die Hände von ihrem Gesicht und verschränkte sie auf ihrem Schoß. »Dann haben Sie mein Einverständnis«, sagte sie schwach.

6

Carver liegt auf der Intensivstation und träumt.

Sefton Park, vor sieben Tagen. Eine feine Schicht Pulverschnee, die Luft klirrend kalt.

Sie sitzt auf einem großen, flachen Stein unter einem Baum, der mit einer Lichterkette geschmückt ist, im Hintergrund ein zu Eis erstarrter Wasserfall. Er sieht sie zunächst aus einer Entfernung von vielleicht dreißig Fuß, ihm bleibt das Herz stehen. Blond und schlank, in hautenger Jeans und mit Keilsandalen, dazu ein blaues Folkloreoberteil. Ihre Haare sind seidig und lang, in der Mitte gescheitelt.

Der Hintergrund, das blonde Haar, der Mittelscheitel, ihre Kleidung – das alles erinnert ihn an das Foto von der Hochzeitsreise, das auf dem Schrank in seinem Wohnzimmer steht.

Emma, durchfährt es ihn voller Panik. Ehe er weiß, was er tut, rennt er los.

Zwanzig Fuß Entfernung, er wird langsamer. Seine Nerven sind zum Zerreißen gespannt, sein Herzschlag geht stotternd.

Es ist nicht Emma. »Gott sei Dank«, murmelt er, auch wenn er nicht stolz auf sich ist.

»Greg!«, ruft Ruth ihm vom Weg aus zu. »Bleib stehen!«

Er dreht sich zu ihr um, sieht seine Spuren im frostüberzogenen Gras. Ansonsten ist die Rasenfläche unberührt. Er denkt bereits über mögliche zeitliche Abläufe nach – der genaue Zeitpunkt des Schneegestöbers, der Frost, der erst danach kam, all das wird ihnen Aufschluss geben darüber, wann der Leichnam hier abgelegt wurde.

»Fass die Tote *nicht* an«, ruft Ruth ihm warnend zu.

Er wirbelt herum, um einen weiteren Blick auf die Szene zu werfen. Tätowierungen bedecken jeden Zentimeter ihrer Haut, sodass man den Eindruck bekommt, sie trage ein Oberteil mit langen Ärmeln. Die festliche LED-Girlande im Baum taucht ihre Züge in ein bläulich-kaltes Licht, auf ihren Wimpern glitzert Frost wie winzige Diamanten.

»Komm her zu mir«, fordert Ruth ihn auf. »Du kennst die Vorschriften: immer alle schön den gleichen Weg gehen; am besten trittst du in die bereits vorhandenen Spuren.«

Im nächsten Moment befindet er sich im Obduktionssaal, kann sich aber nicht erinnern, wie er hierherkommt. Der Leichnam liegt auf dem Seziertisch. Mittlerweile weiß er, dass es sich bei dem Opfer um eine gewisse Kara Grogan handelt. Er sieht zu, wie die Gerichtsmediziner die Leiche nach und nach entkleiden und sie zwischendurch immer wieder von allen Seiten fotografieren. Nun werden die Tätowierungen, die auf Kara Grogans Körper geätzt wurden, vollständig sichtbar. Der Blitz der Kamera lässt die feinen Muster aufleuchten: Köpfe auf grotesk in die Länge gezogenen Hälsen, die Gesichter nach oben gewandt, ausdruckslose Mienen. Dazwischen sind Lücken zu erkennen, und aus diesen Lücken starren dem Betrachter Augen entgegen – Tausende Augen.

Die Augen auf Talis Körper waren, anders als diese

hier, geschlossen oder halb geschlossen. Die Tinte auf Karas Haut ist schwarz, alle anderen Opfer waren mit blauer Tinte tätowiert worden. Die Augen auf Karas Körper sind allesamt weit aufgerissen. In einigen liegt ein gieriger Ausdruck, andere haben fast etwas Bedrohliches. Er kann es nicht erwarten, sich das alles zu notieren, damit ihm auch kein Detail abhandenkommt. Denn in seiner Traumlogik besteht für ihn nicht der Hauch eines Zweifels, dass des Rätsels Lösung – und die Identität des Mörders – in den Tattoos zu finden ist.

Der forensische Pathologe hebt eine Strähne von Karas Haaren hoch und macht sich bereit, sie auf der Suche nach Spurenmaterial durchzukämmen. Dabei legt er die silbernen Ohrringe von Ola Gorie frei. Carver erkennt die Schmuckstücke, weil er für Emma damals ein Paar als Verlobungsgeschenk gekauft hat. Sie hat sie auf ihrer Hochzeitsreise getragen und auch auf diesem Foto von damals.

»Was zum …?«

»Greg?«, ruft Ruth ihn erneut.

Schwer atmend steht er da, Helligkeit blitzt vor seinen Augen auf.

»Greg, du hyperventilierst ja«, sagt Ruth.

»Wenn er ohnmächtig wird, dann sehen Sie bitte zu, dass er nicht auf meine Leiche kippt«, sagt der Pathologe trocken.

Ruth bugsiert ihn in die Ecke des Obduktionssaals.

»Diese Ohrringe«, keucht er. »Es sind Emmas.«

»Sie sehen aus *wie* die von Emma, meinst du vermutlich, nicht wahr?«

»Nein, es *sind* ihre. Die Kollektion war streng limitiert – ihre waren plötzlich nicht mehr auffindbar, als ich ausgezogen bin. Wir hatten einen heftigen Streit, weil sie dachte, ich hätte sie mir unter den Nagel gerissen.«

»Wir lassen sie auf Emmas DNA untersuchen«, verspricht Ruth.

Plötzlich steht er wieder am Obduktionstisch, vor Karas nacktem Körper. Er hört ein glitschig-feuchtes Schmatzen, als das scharfe Messer ins Fleisch eindringt. Er wirft dem Pathologen einen fragenden Blick zu, doch der breitet unschuldig die Hände aus, als wollte er ihm demonstrieren, dass er darin kein Skalpell oder dergleichen hält. Außerdem weiß Carver, dass er den Leichnam nicht berührt hat, noch nicht. Sie senken beide den Blick auf das Opfer. Und dann sehen sie, wie sich entlang eines der tätowierten Hälse eine Öffnung bildet. *Flitsch, flitsch, flitsch, flitsch, flitsch* – und aus dem feinen Schnitt wird eine klaffende Wunde.

Karas Haut fällt entlang der Linien auseinander und beginnt, sich in blutigen Streifen abzuschälen. Kara schreit und windet sich vor Schmerzen, während die Fetzen Stück für Stück abfallen und Sehnen und Muskeln freigelegt werden. Unter den blutigen Hautlappen bewegt sich etwas.

Entsetzt weicht Carver zurück, doch er kann die Augen nicht von dem Anblick losreißen. Mit einem Mal schält sich auch die Haut im Gesicht des Mädchens und fällt ab, darunter erkennt Carver Emmas Züge, besudelt von Karas Blut, die Augen schreckgeweitet. Sein Herz hämmert wie verrückt, Carver wendet sich den umstehenden Leuten zu, fleht um Hilfe. Sie fixieren ihn mit ihren Blicken, haben keine Augen für den Leichnam auf dem Tisch. Unvermittelt ertönt ein durchdringendes Piepen, und jemand sagt: »Sie haben den Feueralarm ausgelöst.«

Schwestern eilten von allen Seiten an Carvers Bett. Ein tiefes Dröhnen sorgte dafür, dass das hektische Piepsen des Herzmonitors kaum zu hören war.

»Eine Tachykardie«, stellte die Erste fest.

Die Zweite berührte Carvers Hand. Er zuckte und schüttelte sie ab. »Reaktion auf Berührung positiv«, sagte sie mit einem hektischen Blick zu ihrer Kollegin. Dann richtete sie das Wort an Carver. Sie sprach laut und deutlich, um den Lärm der Apparate zu übertönen. »Mr. Carver? Greg – Sie befinden sich im Krankenhaus. Alles in Ordnung. Mr. Carver – hier kümmert man sich gut um Sie. Sie müssen sich bitte beruhigen. Versuchen Sie stillzuhalten. Die Ärztin müsste jeden Moment da sein.«

Carvers rechtes Bein zuckte, und als die Ärztin eintraf, wurde sein Körper bereits von einer Folge von Krämpfen geschüttelt.

»Halten Sie ihn fest«, befahl die Frau. Mit ein paar wenigen geschickten, sicheren Handgriffen erhöhte sie die Zufuhr von Propofol in den Infusionsschlauch.

Innerhalb von zwei Minuten war das Herzrasen vorbei, und Carvers Zustand stabilisierte sich. Die Ärztin sah auf die Uhr und machte einen Eintrag auf Carvers Krankenblatt. Die drei Frauen wechselten erleichterte Blicke, die verrieten, wie knapp die Sache gewesen war. Eine der Schwestern blieb bei ihm, um ein letztes Mal die Monitore zu überprüfen. Dabei bemerkte sie die Tränen, die unter Carvers Lidern hervorsickerten, die dünnen Klebebänder, die seine Augen geschlossen hielten, hatten sich ganz leicht gelöst. Sanft tupfte sie ihm die Tränen mit einer sterilen Kompresse ab und brachte neue Klebestreifen an.

Geistesabwesend fasst Carver in die unförmige Masse aus Haut und Blut, die einst zu Kara gehört hat, und versucht, seine Frau aus den arg zugerichteten Überresten des Mädchens zu befreien. Zumindest scheint der Pathologe mitbekommen zu haben, was sich auf seinem Obduktionstisch abspielt, doch statt ihm zu Hilfe zu eilen, verbindet er Carver die Augen mit einer Binde.

»Damit sie den Tatort nicht verunreinigen«, hört er ihn zur Erklärung sagen.

7

Da Ruth nun einmal die Anordnung bekommen hatte, nach Hause zu gehen, versuchte sie, sich auszuruhen und etwas zu schlafen. Doch sobald sie die Augen schloss, starrte ihr Greg Carver aus seinem Sessel entgegen. Irgendwann gegen fünf schlummerte sie dann ein, nur um fünfzehn Minuten später vom Klingeln ihres Handys aus dem Schlaf gerissen zu werden. Es war Emma, die anrief, um ihr mitzuteilen, dass Greg eine Art Krampfanfall erlitten hatte.

»Geht es ihm gut?«

»Sie untersuchen ihn gerade. Um sicherzugehen, dass die Kugel sich nicht von der Stelle bewegt hat.«

»Hat man die denn immer noch nicht entfernt?«

»Erst müssen sie den Schlauch legen, damit die Flüssigkeit in seinem Gehirn ablaufen kann. Der Arzt sagte, die Gehirnschwellung hat oberste Priorität – erinnerst du dich?«

Hatte er das gesagt? »Ja. Ja, natürlich, ich erinnere mich.« *Um Himmels willen, Ruth – reiß dich zusammen.* »Entschuldige«, fügte sie hinzu. »Aber ich dachte, man hätte ihm Beruhigungsmittel gegeben?«

»Sie mussten ihm eine etwas niedrigere Dosis des Schmerzmittels verabreichen, als sie normalerweise geben würden, wegen seines hohen Blutalkoholspiegels. Er ist nur kurzzeitig aus dem Koma erwacht.«

Ruth richtete sich gerade auf. »Er ist aufgewacht?« *Aber das ist viel zu früh,* wäre es um ein Haar aus ihr herausgeplatzt. Stattdessen erkundigte sie sich: »Hat er irgendwas gesagt?«

»Er war nicht richtig wach«, entgegnete Emma. »Aber er war kurz davor. Die Ärzte halten das für ein gutes Zeichen.«

»Das … Das ist großartig, Emma«, sagte Ruth. Im Stillen aber dachte sie, dass sie schnellstmöglich zu Carver musste, bevor er noch irgendjemandem erzählte, was geschehen war. »Ich nehme an, sie stellen ihn weiter ruhig, bis der Druck in seinem Schädel nachgelassen hat?«

»Ja.«

Sie verkniff sich einen Seufzer der Erleichterung. »Würdest du mir einen Gefallen tun, Emma? Würdest du mich anrufen, sobald die Ärzte beschließen, ihn aufzuwecken?«

»Aber sicher doch«, antwortete Emma. »Dir ist schon klar, dass du ihm das Leben gerettet hast?«

Ruth schmeckte bittere Galle in ihrer Kehle und musste schlucken. »Es ist äußerst wichtig, Emma – du musst es mir sagen, bevor du mit jemand anderem redest. In Ordnung?«

»In Ordnung.« Sie glaubte, Verunsicherung in Emmas Stimme zu hören. »Ruth, gibt es da etwas, das du mir verheimlichst?«

Oh, da ist so vieles … »Ich will nur Bescheid wissen, das ist alles«, gab Ruth zurück.

»Tut mir leid – für dich muss das ja genauso schrecklich sein.«

»Ich muss auflegen«, sagte Ruth. »Die Arbeit ruft.« Das zumindest war nicht gelogen: DCI Simon Jansen, der Senior Investigating Officer, der die Ermittlungen in Gregs Fall leitete, hatte für acht ein Meeting einberufen.

Ruth kam nur wenige Minuten zu spät. Jansen begrüßte sie mit einem Nicken, und da keine Sitzplätze mehr frei waren, lehnte sie sich hinten an die Wand. Ihre Schultertasche platzierte sie zwischen ihren Füßen. Simon Jansen war ein hochgewachsener, schwermütiger Mann mit dunklen Haaren, die am Ansatz bereits grau wurden. Er arbeitete seit fünfunddreißig Jahren in diesem Beruf, aber von ihm als Champion der Europäischen Polizeimeisterschaften im Judo und als einem von drei Trainern der Nationalmannschaft erwartete man nicht, dass er so schnell in Ruhestand gehen würde. Außerdem war er bekannt dafür, sich über den Stand der Ermittlungen stets genauestens auf dem Laufenden zu halten. Ruth kannte ihn als tüchtigen, strengen Vorgesetzten, der so wenig Mitgefühl an den Tag legte, dass es schon an Kaltherzigkeit grenzte. Sein Team bestand aus zehn Detectives, die bereits warteten, dazu weitere dreißig uniformierte Polizisten, die die Ermittlungen unterstützen sollten, indem sie von Haus zu Haus gingen und an Türen klingelten. Der Fall wurde strikt getrennt von den Ermittlungen im Fall des Dornenkillers – was allerdings Standardvorgehen war.

Der Eigentümer der Wohnung unter der von Carver war bereits befragt worden: Er war auf einer Party gewesen und erst in den frühen Morgenstunden nach Hause zurückgekehrt. Er gab an, in den letzten Tagen weder etwas Ungewöhnliches gesehen noch gehört zu haben. Das Haus stand separat auf einem Privatgrundstück, keiner der Bewohner der Straße hatte irgendwelche außergewöhnlichen Vorkommnisse beobachtet. Tatsächlich waren die meisten von ihnen entweder vom Blaulicht von Polizei und Krankenwagen oder vom Knattern der Hubschrauberrotoren aus dem Schlaf gerissen worden.

CSIs durchsuchten Greg Carvers Haus, doch John Hughes, der Crime Scene Manager, berichtete, dass die Wohnung größtenteils sauber gewischt worden war, sodass man lediglich die Fingerabdrücke von Ruth Lake und DCI Carver gefunden hatte.

»Wenn wir also auch nur den Hauch einer Chance haben wollen, den Schützen aufzuspüren, sind die Stunden vor dem Schuss entscheidend«, sagte Jansen. »Was haben wir bisher?«

»Keinerlei Konflikte mit den örtlichen Kriminellen, soweit ich das überblicken kann«, sagte ein Detective Constable, der Ruth nicht bekannt war. »Und er hatte keine Verabredungen gestern Abend. Zumindest keine, die er in seinem Terminplan vermerkt hätte.«

»DS Lake?«, forderte Jansen sie auf.

Ruth stemmte sich von der Wand weg. »Ich kann Ihnen leider auch keine hilfreichen Auskünfte geben«, sagte sie. »Aber ich nehme an, mein nächtlicher Besuch bei Carver stand nicht in seinem Terminplan. Er wollte mit mir über die Serienmorde sprechen.« In ihren Ohren hörte es sich so an, als würde sie viel zu ausschweifende Erklärungen liefern, zumal sie bekannt dafür war, nie mehr zu sagen als zwingend notwendig. Aber sie wollte auch nicht, dass man sie in die Defensive zwang, daher hielt sie es für das Beste, auf ihr Treffen mit Carter hinzuweisen, ehe Jansen sich explizit danach erkundigen musste. Einige der Männer rutschten auf ihren Sitzen herum, um einen verstohlenen Blick auf Carvers nächtliche Besucherin zu werfen.

»Hat er auch gesagt, *warum* dieses Gespräch nicht bis heute warten konnte?«

Auf diese Frage war sie vorbereitet. »Er meinte, er wolle

nicht am Telefon darüber reden, aber die Sache sei dringend.« Ihre Antwort enthielt eine einfache Wahrheit, aber auch eine komplizierte Lüge. Selbstverständlich hatte sie gelogen, was den Zeitpunkt ihres Eintreffens betraf, den hatte sie um zehn Minuten zurückverlegt; dass ein paar Leute missbilligend die Augenbrauen hochzogen wegen eines außerplanmäßigen Treffens, war ihr geringstes Problem. Jansen knurrte. »Bislang haben wir Carvers Entscheidungsprotokoll und die Verfahrensakten zu den Ermittlungen«, stellte Jansen fest. »Wenn er sich private Notizen gemacht hat, möchte ich die sehen.«

John Hughes drehte sich auf seinem Stuhl zu Ruth um und sah sie mit großen Augen an, als wollte er sagen: *Was soll das?*

Sie hatte dem CSM versprochen, Jansen von Carvers verschwundenen Aufzeichnungen zu erzählen. *Du hast dich wieder einmal nicht an die Absprachen gehalten, Ruth.* Unter normalen Umständen hätte sie nicht erwartet, dass John Hughes sie deckte, aber von *normal* konnte in dieser Angelegenheit keine Rede sein. Entweder er half ihr oder nicht, deshalb holte sie tief Luft und sagte: »Ich gehe davon aus, dass er sie irgendwo in seiner Wohnung hatte.«

Nach einer Pause, die eine Ewigkeit zu dauern schien, in Wirklichkeit aber nur ein bis zwei Sekunden lang war, sagte Hughes: »Wenn das stimmt, sind sie nicht mehr da, weder in seiner Wohnung noch in seinem Auto. Wir haben einen Abdruck im Teppich seines Schlafzimmers vorgefunden, der auf eine große, schwere Schachtel hindeutet. Sie muss eine Weile da gestanden haben. Außerdem hatte er mehrere A3-Bögen an der Wand seines Schlafzimmers kleben, die erst kürzlich entfernt wurden.«

DCI Jansen rieb sich das Kinn. Keiner sagte einen Ton.

Bis Jansen schließlich das Wort ergriff: »Wie steht es mit seinem Laptop?«

»Die Computerspezialisten nehmen ihn sich gerade vor«, erklärte Hughes. »Aber die Daten sind vollständig verschlüsselt, wie es das Protokoll vorsieht.«

Jansen saugte an seinen Zähnen. »Selbstverständlich. Nur seine *Ausdrucke* lässt er überall herumliegen.«

»Es besteht die minimale Chance, dass er sein Passwort in seinen offiziellen Unterlagen notiert hat, wenn auch vielleicht kodiert, oder es könnte sich in seinem Handy befinden«, schlug Hughes vor.

»Darauf können wir uns aber nicht verlassen.« Jansen rang sich ein Lächeln ab. »Nun, wir werden eben hoffen müssen, dass Carver keine Ermittlungsergebnisse preisgegeben hat, nicht wahr?« Er holte tief Luft und atmete dann ganz langsam wieder aus. »Na schön. Sein Mobiltelefon wurde bereits als Beweismittel sichergestellt. Wir müssen wissen, mit wem er telefoniert hat – und wann.«

»Die gute Nachricht ist, dass sein Handy nicht passwortgeschützt ist«, sagte Hughes. »Sein Anrufprotokoll, die SMS-Nachrichten und so weiter stehen uns also sofort zur Verfügung. Auf seine dienstliche E-Mail-Adresse konnte er von seinem Handy aus nicht zugreifen, aber wenn er einen privaten Account hat …«

»Okay, sagen Sie Ihren Leuten, sie sollen dem Handy oberste Priorität geben.« Jansen nickte dem Detective Sergeant zu, der sich um die Aufgabenverteilung kümmerte. »Wir brauchen ausreichend Kopien von seinen Entscheidungsprotokollen und den Verfahrensakten.« Er deutete auf zwei Detectives, die ein Stück weiter vorne saßen. »Sie beide sehen seine Unterlagen bitte nach Passwörtern, Login-Daten, Codes und solchen Sachen durch.« Er richtete seine

Aufmerksamkeit wieder auf den Mann, der für die Aufgabenverteilung zuständig war. »Außerdem hätte ich gern, dass sich jemand seine Kreditkartendaten, Kontoauszüge und Bargeldabhebungen ansieht. Wir müssen lückenlos in Erfahrung bringen, was Carver die vergangene Woche getrieben hat. Ob er sich mit jemandem getroffen hat, ob sich am Muster seiner Ausgaben irgendetwas verändert hat, ob er mit irgendjemandem in Konflikt geraten ist. Ich will sämtliche Fakten.« Endlich wandte er sich Ruth Lake zu. »Wenn Ihnen in der Zwischenzeit noch etwas einfällt, Sergeant…«

»Dann lasse ich es Sie wissen, Sir.«

John Hughes wartete auf sie, während das Team auf dem Flur an ihr vorüberzog. »Hätten Sie eine Minute Zeit?«, fragte er.

Sie deutete mit einem Nicken auf den Notausgang, der ins Treppenhaus führte. Dort stiegen sie hinauf zum nächsten Absatz.

»Ich dachte, Sie wollten Jansen *vor* der Besprechung von Gregs inoffiziellen Aufzeichnungen erzählen.« Hughes hatte die wettergegerbte Haut eines Mannes, der schon seit Kindheitstagen gern in die Berge ging und segelte. Normalerweise bargen die Fältchen in seinem Gesicht stets die Spur eines Lächelns, doch nicht jetzt.

»Stimmt«, sagte sie. »Das wollte ich.«

»Warum haben Sie es nicht getan?«

Wirklich vergessen hatte sie es nicht. Nein, Jansen weiszumachen, dass die Akten verschwunden waren, wo sie doch genau wusste, wo sie sich befanden, wäre ihr zu weit gegangen. Sie wollte nicht noch mehr Lügen erzählen, deshalb hatte sie es einfach vor sich hergeschoben, bis es zu spät war.

»Tut mir leid, John«, sagte sie. »Da habe ich wohl Mist gebaut.«

Er sah ihr fest in die Augen. »Haben Sie geschlafen?«

»Ein bisschen.« Ruth griff in ihre Schultertasche und brachte ein Paar Schuhe zum Vorschein, ordentlich in eine Tüte verpackt.

Er hielt sie hoch gegen das Licht und spähte durch das Zellophanfenster der Papiertüte.

»Die haben Sie bei Ihrem Treffen mit Greg getragen?«, fragte er argwöhnisch.

»Sie hatten mich um die Schuhe gebeten.«

»Na ja, es ist bloß ... die sehen so sauber aus, dafür, dass Sie damit im größten Schneesturm unterwegs waren.«

»Ich war nur auf der Straße damit, nicht oben auf dem Ben Nevis. Und ich habe sie ausgezogen, sobald ich zu Hause war.«

»Hm«, machte er, während er den Inhalt der Tüte misstrauisch beäugte.

»Was denn?«

»Ich konnte bereits einen kurzen Blick auf Carvers Anrufliste werfen. Und da ist mir sofort eine Ungereimtheit aufgefallen.«

Der Schreck fuhr Ruth in die Glieder. *Er weiß nichts von dem, was du getan hast,* beschwichtigte sie sich. Sie schüttelte ihre Schuldgefühle ab.

»Bestens«, sagte sie. »Etwas, womit ich arbeiten kann?«

»Eher etwas, das Sie mir erklären könnten.«

Mit ernster Miene starrte sie ihm ins Gesicht und wiederholte im Stillen: *Er weiß es nicht.*

»In Ihrem Bericht geben Sie an, Greg habe Sie um elf Uhr fünfundzwanzig angerufen. Aber in Wirklichkeit fand das Telefonat zwölf Minuten früher statt.«

»Ist das so?«

»Ruth, was ist hier los?«, fragte John.

»Ich weiß momentan nicht, wo mir der Kopf steht, John.« Die Fältchen und Linien in seinem Gesicht sortierten sich zu einem verständnisvollen Ausdruck, sodass Ruth mit den Schultern zuckte und sogar zaghaft lächelte. »Es gab viel Schnee, auf den Straßen kam man nur langsam voran.«

Er hob einen Finger, eine weitere Frage auf den Lippen.

Sie sah auf die Uhr. »Tut mir leid, John, ich muss los – der Boss will mich meinem neuen DCI vorstellen.«

Das Ablenkungsmanöver schien zu wirken.

»Jetzt schon?«, fragte John. »Er lässt nichts anbrennen, wie?«

»Tja, er denkt, wir hätten den Dornenkiller in die Enge getrieben.«

»Weiß er wenigstens schon, dass der Killer Carvers Fallakten hat?«

Ruth biss sich auf die Unterlippe. »Ich habe ihm noch nicht erzählt, dass die Akten verschwunden sind.«

»Sie müssen sich angewöhnen, mit den Chefs zu reden, Ruth.«

»Ich weiß«, gab sie zu und dachte sich insgeheim, dass sie sich sehr gut würde überlegen müssen, was sie weitergab und was nicht. »Es deutet also nichts darauf hin, dass noch jemand in Carvers Wohnung war?«

Er hob die Beweismitteltüte mit ihren Schuhen hoch.

»Nur der Schuhabdruck.« Ein Schatten huschte über Hughes' Gesicht. »Dieser Mistkerl kommt mir vor wie ein Geist«, sagte er. »Wir haben jeden Zentimeter abgesucht – keinerlei Hinweis darauf, dass je jemand anderer als Greg in dieser Wohnung war.«

Damit kam er der Wahrheit gefährlich nahe, weshalb sie eine mitleidige Miene zog und ihm viel Glück wünschte, ehe sie sich verabschiedete, um mit Superintendent Wilshire zu reden.

8

Tag drei

Silvesterabend, auf BBC News läuft ein Bericht über »die Morde des Dornenkillers«. Die Berichterstattung der letzten beiden Tage konzentrierte sich vor allem auf Carver: die Szene draußen vor seinem Haus in Dauerschleife; Berichte über seinen gesundheitlichen Zustand – »kritisch, aber stabil«; Pressekonferenzen mit Aufrufen an die Öffentlichkeit, sich mit sachdienlichen Hinweisen an die Polizei zu wenden. Da diese Hinweise aus der Bevölkerung allerdings ausbleiben und sich an Carvers Zustand nichts ändert, lenkt die Presse ihren Fokus wieder auf die Morde.

Die Person, um die es in dem Bericht geht, trinkt Kaffee und verfolgt interessiert das Geschehen auf dem Bildschirm. Sie ist sich darüber im Klaren, dass sie dabei ist, Geschichte zu schreiben.

»Es ist nun neun Tage her, seit Kara Grogans Leichnam gefunden wurde«, verkündet der Sprecher gerade, und sein feierlicher Ton deutet fast auf aufrichtiges Bedauern hin. »Sie gilt als das fünfte Opfer des sogenannten Dornenkillers.« Fotos der fünf Frauen erscheinen nacheinander auf dem Bildschirm. »Ganz nach dem inzwischen leider beängstigend vertrauten Muster verschwand Kara, Studentin am Liverpool Institute of the Performing Arts, vor etwas mehr als drei Wochen, ehe man sie tot auffand«, fuhr der Kommentator fort. »Die Polizei geht davon aus, dass sie noch am Leben war, kurz bevor man ihren Leichnam im Sefton Park in Liverpool entdeckte, an einer Stelle, die allgemein bekannt ist unter dem Namen *The Fairy Glen.*«

Der Reporter spricht weiter, während Aufnahmen von den bizarren Felsformationen und dem Baum zu sehen sind, unter dem man Kara gefunden hat. Am Fuße dieses Baumes liegen jetzt in Zellophan gehüllte Blumensträuße, zum Teil unter Schnee begraben. Die Kamera fährt ein Stück zurück, und ein Wasserfall erscheint im Bild, mit malerischen Schneeverwehungen auf den Felsnasen und vereinzelten glitzernden Eiszapfen, die an den höchsten Stellen hängen.

Kara ist am schönsten von allen in Szene gesetzt. Der Hintergrund hätte nicht effektvoller sein können; die Kleidung, das Licht, das Make-up, alles ist perfekt aufeinander abgestimmt und inszeniert. Der nächtliche Frost verleiht der Kulisse einen besonderen Glanz und verwandelt die ohnehin schon zauberhafte Szenerie in etwas Einzigartiges.

»Wie schon bei den anderen vier Opfern war Miss Grogans Körper großflächig mit Tätowierungen bedeckt. Die Polizei geht davon aus, dass sie mit einem spitzen Dorn oder Ähnlichem in die Haut geritzt wurden.«

Ihre Haut – so bleich! Die Tinte scheint darüber zu schweben, sodass die Augen, die in ihr Fleisch geätzt sind, lebendig, bewegt wirken.

Die verschneite Szene an der Grotte wird überblendet von Aufnahmen einer lächelnden Kara Grogan neben einem neueren Foto von Emma Carver, darunter ihr Name und dass sie mit DCI Greg Carver verheiratet ist, jenem Detective, der dem Sprecher nach »für die Ermittlungen in der Serie von Mordfällen« verantwortlich ist. Das Foto von Emma hat man bearbeitet und retuschiert, um sie jünger zu machen, doch selbst ohne Photoshop würden die beiden Frauen sich verblüffend ähnlich sehen.

Der Reporter rekapituliert, dass man Karas Leichnam wie die anderen auch an einem Ort zur Schau gestellt hat, an dem man sie leicht finden musste. »Dieses Mal jedoch wurde eine Nachricht von Kara Grogans Mobiltelefon an Detective Chief Inspector Carver verschickt. Diese enthielt ein Foto der Szene inklusive Anweisungen, wo er sie finden würde.« Die Miene des Sprechers zeigt keinerlei Regung, nur seine Stimme verrät ihn, als er aufgeregt ergänzt: »Wie uns ein Informant heute mitteilte, trug Kara, als man sie fand, ein Paar Ohrringe, die nach einer DNA-Analyse als Eigentum von Mrs. Carver identifiziert werden konnten.«

Als Nächstes ist ein Foto der Ohrringe zu sehen, mit dem Hinweis, es handle sich lediglich um »das gleiche Modell« wie jene, die Kara bei ihrem Auffinden trug, nur damit keine Missverständnisse aufkommen.

Oh … Das ist neu. Da hat wohl jemand an die Presse weitergetratscht. Der Killer spürt, wie die dumpfe Wut zurückkehrt, die ihn bei der Nachricht, dass Carver angeschossen wurde, überfiel. Die Ohrringe stellen eine Botschaft an Carver dar. Sie sind nicht als Anlass für billigen Tratsch und öffentliche Spekulationen gedacht.

»Eine unerwartete Wendung hatten die Ermittlungen erst vor zwei Tagen genommen, als Chief Inspector Carver in seiner eigenen Wohnung angeschossen wurde. Die Polizei zieht die Möglichkeit in Betracht, dass der Schuss auf ihn mit den Ermittlungen im Falle des sogenannten Dornenkillers zusammenhängen könnte.«

Als Nächstes sind netterweise Bilder aus der Pressekonferenz zu sehen, bei der DCI Jansen die üblichen Plattitüden über die Objektivität der Polizei von sich gibt und darauf hinweist, dass Spekulationen nicht zielführend sind. Beendet wird das Ganze mit einem Aufruf an die Öffentlichkeit, mit der Bitte, man möge der Polizei mit sachdienlichen Hinweisen weiterhelfen.

Seine Warnung scheint nicht bis zur Presse durchgedrungen zu sein. Die bislang beliebteste Theorie ist die, dass DCI Carver dem Dornenkiller zu dicht auf den Pelz gerückt ist und nur knapp dem Schicksal als sein sechstes Opfer entkommen war. *Wie können diese Banausen Karas magische Grotte mit dem ungeordneten Chaos in Carvers Wohnung vergleichen?* Das war eine dreiste Beleidigung, eine Frechheit sondergleichen.

»Detective Chief Inspector Carvers Zustand gilt weiterhin als kritisch. Er steht derzeit rund um die Uhr unter Beobachtung, im Aintree Neurosciences Centre am Stadtrand von Liverpool«, erklärt der Reporter.

Es ist allgemein bekannt, dass man Carver auf dem Luftweg in die neurowissenschaftliche Spezialklinik gebracht hat, doch verwundert ihn das, denn der Killer ist einer der wenigen, die mit absoluter Gewissheit sagen können, dass Carver in die Brust geschossen wurde.

»Die Polizei von Merseyside hat Chief Inspector Carvers Ehefrau vorsorglich unter Schutz gestellt.«

Im Ernst?

Der Nachrichtensprecher wendet sich nach links und stellt einen Detective Superintendent der Met im Ruhestand und einen schon etwas älteren forensischen Psychologen vor. Der Expolizist erklärt, die Polizei von Merseyside müsse aufgrund der äußeren Ähnlichkeiten zwischen

Kara und Emma Carver und der noch beunruhigenderen Tatsache, dass die DNA an den Ohrringen des Opfers von Mrs. Carver stammt, über die Möglichkeit nachdenken, dass sie ernsthaft in Gefahr ist. *Oh, um Himmels willen …*

Dann wendet der Reporter sich an den forensischen Psychologen und erkundigt sich, wie dieser die neue Beweislage sieht. Der ältere Herr liefert mit viel Murren und Schnaufen eine Erklärung aus dem Lehrbuch der *Übertragung* und unternimmt den halbherzigen Versuch, das Ganze aufzupeppen mit wirrem Psychologengerede von einer *wahnhaften Missidentifikation des Objekts* – was sich ironischerweise als eine Missidentifikation seinerseits herausstellt, weil er dabei, ganz ohne es zu merken, das Weibliche insgesamt als Objekt darstellt.

Tatsache ist, dass es sich in keinem Fall um eine Missidentifikation handelt. Kara wurde bewusst gewählt, weil sie aussah wie Emma Carver in den Anfangstagen ihrer Ehe. Kara sollte also keine Drohung darstellen, die auf Emma gemünzt war. Sie war als direkte Botschaft an Carver gedacht.

Der Psychologe schwadroniert weiter: »Möglicherweise steht Emma sinnbildlich für eine verhasste Person aus dem früheren Leben des Täters.«

Oh bitte, verschonen Sie mich …

»Ebenso könnte er durch die Wahl eines Opfers, das Chief Inspector Carvers Ehefrau ähnelt, das bedrohen wollen, was Greg Carver das Liebste ist, weil er – der Killer – sich zu diesem Zeitpunkt von *ihm* bedroht fühlte.«

Geniale Logik: Wenn es nicht X ist, ist es vielleicht Y, und wenn es nicht Y ist, dann ist es möglicherweise Z.

Die von der BBC müssen wirklich verzweifelt sein, wenn sie die Meinung dieses altersschwachen Aufschneiders einholen.

Und apropos Psycho-Hack: »Bedrohen, was Greg Carver das Wertvollste ist«? Da blitzt doch wieder einmal die Objektifizierung des Weiblichen durch, oder nicht?

Kara war nie als Drohung gemeint – sie sollte Carver nur daran erinnern, dass er sich doch eigentlich immer noch etwas aus seiner Frau macht. Und wenn man sich Carvers Reaktion an dem Abend, als er Karas Leichnam fand, ansieht, ist die Botschaft laut und deutlich angekommen – zumindest bei der Person, an die sie gerichtet war.

Als der alte Mann auch noch etwas von offenen Rechnungen und der Bedeutung des Dorns als Objekt der Penetration faselt, hält der Killer den Augenblick für gekommen, nach der Fernbedienung zu greifen. Doch dann werden auf dem Bildschirm plötzlich neue Aufnahmen gezeigt. Man sieht, wie Detective Sergeant Lake die Klinik verlässt. Der Killer hält inne, der Finger schwebt über dem roten Ausschaltknopf. Presseleute rufen das Übliche, Betroffenheitsfloskeln und Fragen zu Carvers Gesundheitszustand. Eine Stimme übertönt die anderen und brüllt: »Hat der Dornenkiller auf Chief Inspector Carver geschossen, Sergeant?«

In den vorangegangenen beiden Tagen hat Detective Sergeant Lake derlei Fragen der Presse schlichtweg ignoriert. Doch jetzt bleibt sie stehen.

»Ich bin nicht in der Position, einen Kommentar zu Chief Inspector Carvers Gesundheitszustand abzugeben«, sagt sie. »Und ich bin nicht unmittelbar in die Ermittlungen in seinem Fall involviert.«

Aha, du wurdest wohl vom Büro des Pressesprechers gebrieft, meine Liebe, wie?

»Das damit betraute Team wird sämtlichen Möglichkeiten nachgehen«, fährt sie fort. »Es ist noch zu früh, um hierzu etwas zu sagen, und Spekulationen bringen uns nicht weiter. Ich bin aber zuversichtlich, dass die Person, die dies zu verantworten hat, ihrer gerechten Strafe zugeführt werden wird.«

Lake erklärt das Gespräch mit einem knappen Nicken für beendet und bahnt sich ohne einen einzigen Seitenblick ihren Weg durch das Gedränge aus Reportern und Fotografen.

Sie sagen zwar genau die richtigen Dinge, glauben aber selbst kein Wort davon. Liegt das daran, dass Sie kein Vertrauen in Chief Inspector Jansen haben, oder wissen Sie etwas, das Sie uns nicht sagen wollen?

Es reicht nicht, zurückzuspulen und sich alles noch einmal von vorne anzusehen, um das Chaos zu entwirren, aber eines ist sicher: Ruth Lake sagt das eine, ihre Haltung und die Gestik aber erzählen eine ganz andere Geschichte.

Wie wunderbar! Sergeant Lake wird ja mit jeder Begegnung interessanter!

9

Tag fünf

Ruth Lake wohnte in einem Reihenhaus in Wavertree, nicht weit von Carvers Wohnung entfernt, die in einer etwas besseren Gegend lag. Doch in Wirklichkeit waren Welten dazwischen. Das Haus hatte ihren Eltern gehört, sie hatten es in den Achtzigerjahren im Zuge der Einführung des *Right to Buy* von der Gemeinde gekauft. Es grenzte an eine Reihe edwardianischer Klinkerbauten und an ein Dutzend weiterer Straßen wie diese.

Eine schmale Gasse hinter den Häusern, die sich die gesamte Straßenlänge entlangzog, war gerade breit genug, um an Abholtagen Platz für die Mülltonnen zu bieten. In den späten Neunzigerjahren hatten ihnen die vielen Drogenabhängigen, die hier Schlange standen, weil die Dealer in der Straße wohnten, zu schaffen gemacht. Ruth, die damals noch ein Kind gewesen war, hatte man stets gewarnt, die Gasse nie als Abkürzung zu benutzen. Sie hatte es zwar geschworen, sich aber selbstverständlich nicht daran gehalten. Deshalb war sie eines Tages Zeugin eines Streits zwischen zwei Junkies geworden, von denen vor ihren Augen einer durch einen Messerstich zu Tode kam. Die strafrechtliche Verfolgung dieses Falls, eine Reihe von Zwangsräumungen und an strategischen Punkten der Gasse errichtete Schranken hatten schließlich dafür gesorgt, dass die Drogenabhängigen fernblieben. Mittlerweile galt die Gegend wieder als familienfreundlich.

An die Rückseite des Gebäudes schloss ein zweistöckiger Anbau an. Darin waren Küche und Badezimmer untergebracht, er nahm aber auch den Großteil des winzigen Gartens ein. Den verbliebenen schmalen Streifen hatte Ruth komplett zugepflanzt. Im Frühling blühten hier Krokusse und Narzissen, während im Sommer Geißblatt an der Mauer emporrankte und seinen betörenden Duft verströmte. Im Augenblick allerdings war der Garten unter zwanzig Zentimetern Schnee begraben.

Zitternd stand sie auf der Schwelle ihrer Hintertür und nahm einen tiefen Zug von ihrer E-Zigarette. Sie hatte schon seit Monaten nicht mehr das Bedürfnis danach gehabt, doch der ganze Stress und die Furcht, aufzufliegen mit all ihren Lügen, hatten in ihr ein gieriges Verlangen nach Nikotin ausgelöst. Als sie diesen uniformierten Polizisten vor dem Krankenhaus hatte qualmen sehen wie eine Dampflok, hatte sie es nicht mehr ausgehalten – es fehlte nicht viel, und sie hätte ihn angeschnorrt. Mit Müh und Not hatte sie dem Drang widerstanden, am nächsten Kiosk haltzumachen und sich eine Schachtel Zigaretten zu kaufen, hatte dann aber schließlich der Verlockung der E-Zigarette nachgegeben. Wieder ein gebrochenes Versprechen.

Sie blies den Dampf in den Himmel und murmelte leise vor sich hin: »Entschuldige, Mum.« Es war sechs Uhr morgens und noch dunkel, abgesehen von den schmalen hellen Rechtecken an den Häusern auf der anderen Seite der Gasse, wo Licht durch die Schlafzimmervorhänge sickerte.

Seit Detective Superintendent Wilshire ihr DCI Parsons vorgestellt hatte, war es ihr erfolgreich gelungen, ihm aus dem Weg zu gehen. Man hatte ihm die Verantwortung für den Dornenkiller-Fall übertragen. Die letzten beiden Tage hatte er überwiegend damit verbracht, Greg Carvers Entscheidungsprotokolle und die Verfahrensakten durchzulesen. Diese Protokolle und Akten galten laut der gängigen Handbücher als die *wichtigsten Elemente im Entscheidungsfindungsprozess des Senior Investigating Officer*. Doch in dem Jahr, seit sie mit Carver zusammenarbeitete – und besonders in den letzten vier Monaten –, hatte Ruth regelmäßig miterlebt, wie er aus einer Laune heraus Entscheidungen getroffen und sie erst hinterher gerechtfertigt hatte. Seine Verfahrensakten waren deshalb in Wirklichkeit allenfalls ein Witz, seine intuitiven und manchmal absolut willkürlichen Handlungen hatte er mit einer völlig aus der Luft gegriffenen, fadenscheinigen Logik zu untermauern versucht. Während ihr neuer Boss also über Carvers fast schon fiktionaler Darstellung des Ermittlungsverlaufs brütete, machte Ruth sich mit seinen inoffiziellen Aufzeichnungen vertraut.

Sie bemerkte, wie im Haus nebenan in der Küche das Licht anging. Auf einen Plausch mit Peggy, ihrer schon etwas älteren Nachbarin, hatte sie keine große Lust, deshalb machte sie die E-Zigarette aus und ging zurück in die Küche, um sich einen frischen Kaffee aus dem Automaten zu lassen, den sie sich kurz vor Weihnachten gegönnt hatte. Sie wärmte sich die Finger an ihrem Becher, setzte sich an den Tisch und unterdrückte ein Gähnen.

Zu Kara hatte Carver eine besonders intensive Recherche angestellt. Er hatte YouTube-Videos, SoundCloud-Podcasts und Aufnahmen von medialen Lesungen gefunden, allesamt verlinkt zu einer WordPress-Website, welche die Studentin selbst angelegt hatte.

Ruth klappte ihren Laptop auf und folgte einem der Links zu einem You-Tube-Video mit dem Titel »Kara Grogan als Lady Macbeth – Schlafwandelszene (Generalprobe)«. Sie klickte darauf und sah sich die Aufzeichnung an.

Es handelte sich um eine Produktion von Studenten zum Semesterabschluss, gefilmt im Halbdunkel. Die Tonqualität der Aufnahme ließ zu wünschen übrig, doch das Talent dieser jungen Frau war wirklich bemerkenswert.

In ihren Augen glitzerten Tränen, in ihrem Ausdruck lag dumpfes Grauen, als würde sie direkt in die düsteren Abgründe der Hölle blicken. Sie hielt ihre makellose Hand vor eine Kerzenflamme und flüsterte: »Noch immer riecht es hier nach Blut; alle Wohlgerüche Arabiens würden diese … kleine Hand nicht wohlriechend machen.«

Ihre Theaterkollegen saßen um sie herum im Kreis und rutschten unbehaglich auf ihren Stühlen hin und her, während sie ganz langsam die Luft entweichen ließ. Das Atmen schwoll in Tonlage und Lautstärke zu einem verängstigten Geheul an. Ein Student wich mitsamt seinem Stuhl zurück, als sie ihn ansprach, ihn tadelte, er solle nicht so blass aussehen, ihn drängte, ins Bett zu kommen. »Komm«, sagte sie. »Komm, komm, komm!« Entnervt schaute der Student zu seinen Sitznachbarn. Für einen kurzen Moment sah es sogar so aus, als würde er die ihm dargebotene Hand ergreifen. Nur dass sie sich dann abrupt abwandte, die Kerze nahm und sie in einem Halbkreis herumbewegte, sodass sie aufloderte und ihr flackerndes Licht auf die Gesichter der Umsitzenden warf. Ein vernehmliches Schnappen nach Luft, gefolgt von unruhigem Gemurmel aus dem Publikum. Dann wurde die Kerze gelöscht, und sie verschwand in der Dunkelheit, während sie leise vor sich hin sprach: »Zu Bett, zu Bett!«

Das Bild verblasste und wurde schwarz, dann erschien eine gerahmte Fotografie von einer lächelnden Kara. Darunter ihr Name und ihr Geburts- sowie ihr Todesdatum in einer schnörkellosen weißen Schrift.

Ruth durchfuhr ein Schauder, der nicht von der Kälte herrührte.

Jetzt, da sie ihr Bild von Kara wieder aufgefrischt hatte, widmete sie sich erneut den Autopsieberichten über die fünf Opfer. Kara Grogan, Jo Raincliffe, Hayley Evans, Evie Dodd, Tali Tredwin.

Tali Tredwin war die Erste gewesen, ihr Leichnam war vor knapp zwölf Monaten entdeckt worden, Anfang Januar. Talis Rücken und Schultern waren mit Kreisen und Spiralen bedeckt, das Ganze erinnerte an die zeremoniellen Tätowierungen der Maori. Einige Kreise hatten in der Mitte Augen – geschlossen oder halb geschlossen. Die Arbeit war unvollständig, allem Anschein nach war der Killer unterbrochen worden, gerade als er eine neue Spirale begonnen hatte, ausgehend vom Augenwinkel eines halb geschlossenen Auges. Als hätte er mittendrin das Interesse verloren oder als wäre er in seinem Tun gestört worden.

Bei den anderen Frauen sah es anders aus. Obwohl deren Gesichter keinerlei Tätowierungen trugen, war es unmöglich, auf dem Rest ihrer Haut auch nur einen freien Flecken zu finden, der nicht tätowiert war. Ihre Oberkörper, Arme, Beine, Hände – selbst die Fußsohlen – waren mit grob stilisierten Tattoos bedeckt: Blumen, Bäume, Kreise, keltische Knoten, Schlangen. Die Zwischenräume füllten Köpfe auf in die Länge gezogenen Hälsen oder Augen an langen Stielen. Einige der Augen waren geschlossen, andere geöffnet. Die Tinte war viel zu tief in die Haut geätzt worden und in die unteren Schichten vorgedrungen, sodass die Ränder der Muster verwaschen wirkten – Tätowierer sprachen in diesem Fall von einem Blowout, ein typischer Anfängerfehler.

Die Haut des Opfers war von Hand gestochen worden, nicht mit der Maschine. Tausende von winzigen, schmerzhaften Wunden, die über Tage und Wochen gestochen und mit Tinte behandelt worden waren, um das Muster zu erzeugen. Zwei der Opfer hatten Anzeichen einer allergischen Reaktion gezeigt, die Linien waren an einigen Stellen entzündet. Das Ganze musste eine ziemliche Tortur gewesen sein. Winzige Partikel von hölzernen Fasern waren in den Stichwunden gefunden worden und bewiesen, dass der Mörder eine Art Dorn verwendet hatte. Und binnen einer Woche war die erste Schlagzeile aufgetaucht, in der vom »Dornenkiller« die Rede war.

Die Gerichtsmediziner hatten in mühsamer Kleinarbeit winzige Splitter von Dornen aus der Haut der ersten drei Opfer gezogen und sie zur Identifikation an das Institut für integrative Biologie an der Universität von Liverpool geschickt. Aufgrund der geringen Menge an zur Verfügung stehendem Material hatte man nur zähe Fortschritte gemacht. Erschwerend kam hinzu, dass in hölzernem Gewebe nur wenig DNA enthalten ist, doch bis April war man sich sicher, dass der Mörder bei den ersten beiden Opfern den Dorn einer Berberitze verwendet hatte.

Es bestand kein offensichtlicher Zusammenhang zwischen den beiden Ablageorten, doch das Spurenmaterial gab Anlass zu der Vermutung, dass die beiden Frauen an ein und demselben Ort festgehalten und getötet worden waren. An einem kalten, feuchten Ort, vermutlich unterirdisch gelegen: Die Gerichtsmediziner hatten in den Atemwegen beider Opfer die gleiche Zusammensetzung an Pilzsporen gefunden. Todesursache war in beiden Fällen Asphyxie, doch wie genau es dazu gekommen war, war noch unklar. Abgesehen von Tali waren sämtliche Opfer über mehrere Wochen am Leben gehalten worden.

Chemische Analysen hatten Aufschluss darüber gegeben, dass es sich bei der Tinte um natürlichen Indigo-Farbstoff handelte, den professionelle Tätowierer niemals verwenden würden, weil die Gefahr allergischer Reaktionen zu groß ist. Außerdem kommt es viel häufiger zu einer Narbenbildung. Bei seinem zweiten Opfer, Evie Dodd, hatte der Mörder die Tätowierungen zu Ende gebracht, allerdings erinnerte das Ergebnis Ruth an manche der dilettantischen Gefängnistattoos, die sie im Laufe der Jahre zu Gesicht bekommen hatte: schlampig ausgeführt, einfache Motive, die Tinte verlaufen.

Man musste kein Experte sein, um festzustellen, dass die Tätowierungen bei Hayley Evans auf ein größeres Können hindeuteten, da die Farbe nicht so verwaschen wirkte und viel klarere Konturen aufwies. Außerdem war das Muster viel filigraner gearbeitet.

»Übungssache«, sagte jemand.

»Bestimmt zehntausend Stunden«, hatte ein Witzbold bemerkt.

Aber es war eine Botanikerin gewesen, die ihnen die viel wahrscheinlichere Erklärung geliefert hatte: Der Dornenkiller hatte sein nicht ganz so geeignetes Werkzeug gegen ein besseres ausgetauscht.

Nur wenige Mitglieder des Ermittlerteams wussten, dass der Killer Dornen von Sträuchern verwendete, die millionenfach in Gärten im ganzen Land wuchsen, und bislang hatten sie diese Information erfolgreich von der breiten Öffentlichkeit fernhalten können.

Hayley Evans' Leichnam hatte man im Juni gefunden, und zwei Monate danach waren Ruth Lake und Greg Carver erneut auf dem Weg den Brownlow Hill hinauf zum Institut für Biologie gewesen. Dr. Grace Furlong, die Botanikerin, die die Dornen ursprünglich identifiziert hatte, hatte an den Proben gearbeitet, die man im Körper von Hayley Evans sichergestellt hatte. Es war Ende August, das Wetter heiß und schwül. Die Hitze strahlte vom Asphalt des Parkplatzes ab und verdoppelte den Effekt der Spätsommersonne. Ruth hatte sich aus ihrer Jacke geschält, kaum war sie aus dem angenehm klimatisierten Auto gestiegen.

»Hat sie gesagt, worum es geht?«, fragte Carver.

»Nur dass es wichtig ist«, gab Ruth zurück.

Sie mussten die Vorderseite des Gebäudes umrunden und dann klingeln, damit man sie zur Rezeption vorließ. Dr. Furlong traf nach nicht einmal einer Minute ein. Sie war klein und zierlich, mit schwarzen Locken, die stellenweise bereits grau wurden. Von ihr schien eine starke Energie auszugehen. Sie schritt voran in Richtung Aufzug und bedankte sich, dass sie persönlich vorbeigekommen waren.

»Sie sagten, es ist wichtig«, erwiderte Carver.

»Ich denke, das ist es«, bestätigte sie und nickte entschieden. »Bitte … kommen Sie.« Sie führte die beiden in ein kleines Labor. Am Gehäuse eines digitalen Mikroskops war neben anderem Zubehör ein Tablet befestigt, auf dem mehrere Schichten schlauchartiger Strukturen zu sehen waren. Diese waren rötlich-pink gefleckt.

»Ist das der Dorn?«, erkundigte sich Ruth.

»Das hier«, erklärte Dr. Furlong, »ist ein *winziges* Partikel vom Dorn der *Berberis stenophylla* im Längsprofil – soll heißen, es wurde der Länge nach aufgeschnitten. Man hat es Miss Tredwins Hautgewebe entnommen. Die pinkfarbenen Strukturen stellen hölzernes Gewebe dar.«

»Okay …«, sagte Carver.

Dr. Furlong entfernte mit geschickten Handgriffen den ersten Objektträger, ersetzte ihn durch einen anderen und stellte das Bild wieder scharf. »Und *das* hier ist ein Bruchstück von dem Dorn, der vom jüngsten Opfer stammt.«

Ruth Lake und Greg Carver standen Schulter an Schulter und betrachteten das Bild, das vom Mikroskop auf das Acht-Zoll-Tablet projiziert wurde.

»Haben wir hier dieselbe Vergrößerung?«, erkundigte sich Ruth.

»Ja, so ist es …« Dr. Furlong schien erfreut über die Frage. »Die Vergrößerung liegt bei zwei-zwanzig.«

»Diese Fasern wirken dunkler und erheblich dichter.«

»Mhm?« Die Akademikerin sah Ruth forschend ins Gesicht, ihre Augen strahlten.

Ruth spürte, dass Carver zunehmend genervt war von dem langsamen Tröpfeln der Informationen, doch sie selbst genoss es. Hier im Labor zu sein erinnerte sie an all das, was sie an ihrem früheren Job als CSI so geliebt hatte. »Also … stammt er von einer anderen Pflanze?«, mutmaßte sie.

Die Botanikerin lächelte und nickte aufmunternd. »So ist es.« Sie rutschte auf der Bank weiter zu einem Stereomikroskop und forderte sie auf, einen Blick hineinzuwerfen. Anders als das digitale Mikroskop war das Stereomikroskop dafür gedacht, größere Proben als Ganzes zu betrachten, bei vergleichsweise geringer Vergrößerung. Dieses hier war auf eine fünfzehnfache Vergrößerung eingestellt. Da es kein Projektionsgerät gab, beugte Ruth sich als Erste darüber.

»Ich habe Proben von den beiden Dornen nebeneinander platziert«, erklärte Dr. Furlong.

Ruth passte die Schärfe an: Der linke Dorn war relativ kurz und leicht gekrümmt, mit einer Orangefärbung an der Spitze. Sie erkannte ihn als Berberitzendorn – wie der Mörder ihn bei den ersten beiden Opfern verwendet hatte. Der andere war dunkler, viel holziger und viermal so lang wie der Dorn der *Berberis*. Er war gerade wie ein Dolch und hatte eine extrem scharfe Spitze.

»*Der* sieht aber gefährlich aus«, kommentierte Ruth und trat zurück, um Carver einen Blick in das Okular werfen zu lassen.

Dr. Furlong zog eine Augenbraue hoch. »Ja, nicht wahr?« Sie ging zu einem Beistelltisch und reichte Ruth einen länglichen Plastikbehälter. Darin befand sich ein dünner, rötlich brauner Zweig, ungefähr so lang wie ihr Unterarm, aber nur fingerdick.

»Das ist ein *Pyracantha angustifolia* – oder auch Feuerdorn«, erklärte Dr. Furlong.

Ruth holte ihn aus dem Behältnis. Am Zweig hingen dichte Trauben feuerroter Beeren zwischen glänzend grünen Blättern und dornenbesetzten Trieben, die vom Ast abgingen. Die etwa drei Zentimeter langen Dornen traten in kurzen Abständen zueinander auf und standen in so unterschiedlichen Winkeln ab, dass es fast unmöglich war, das Ding anzufassen, ohne hängen zu bleiben und schmerzhafte Stiche zu erleiden.

»Den hier hat er also bei Hayley Evans verwendet?«, erkundigte sich Carver.

»Das bestätigt die DNA-Analyse, ja«, sagte Dr. Furlong.

»Warum hat er gewechselt?« Stirnrunzelnd betrachtete Carver den Zweig. »Reine Zweckmäßigkeit?«

Dr. Furlong neigte den Kopf, äußerte sich aber nicht dazu.

»Kommt die Pflanze häufig vor?«, fragte Carver.

»Die Angustifolia kommt in Großbritannien seltener vor als die Berberitze und wird nicht so gern angepflanzt wie andere Pyracantha-Arten.«

»Höre ich da ein Aber heraus?«

Dr. Furlong senkte bedauernd den Kopf. »Die Pflanze kommt dennoch relativ häufig vor und wächst im Grunde überall.«

Es würde also nichts bringen, die Suche auf ein bestimmtes Gebiet einzugrenzen.

Ruth nahm den Zweig weiter in Augenschein, stach sich dabei aber in den Finger und zuckte zusammen. »Vielleicht wollte er nur, dass die Schmerzen, die er seinen Opfern zufügte, schlimmer waren?«, schlug sie vor und saugte das Blut von ihrem Finger.

»Das lässt sich schwer sagen«, gab Dr. Furlong zurück. »Aber ich habe ein paar schnelle praktische Tests durchgeführt – ein Pyracantha-Dorn ist viel weniger biegsam und bricht auch nicht so leicht wie der der Berberitze, wenn man ihn in Gewebe stößt, das von der Festigkeit her mit menschlicher Haut vergleichbar ist.«

»Wir haben es also mit einem recht pragmatischen Serienmörder zu tun, der seine Fähigkeiten weiter verfeinert und sich ein besseres Werkzeug zugelegt hat«, sagte Ruth nachdenklich, während sie den Zweig vorsichtig zwischen den Fingern drehte. Sie konzentrierte sich auf einen längeren Seitentrieb, der in einem fünf Zentimeter langen Dorn endete.

»Das Ding sieht fies aus, nicht wahr?«, sagte Dr. Furlong.

Ruth testete den Dorn mit der Kuppe ihres Zeigefingers. Er war wirklich *höllisch* scharf.

»Was denkst du?«, fragte Carver.

Ruth sah sich im Labor um und entdeckte eine Gartenschere. »Darf ich?«

Dr. Furlong reichte die Schere an Ruth weiter, die sich sofort daranmachte, den Seitentrieb vom Ast zu trennen. Der abgetrennte Teil war etwa fünfzehn Zentimeter lang, mit vier seitlich abstehenden Dornen zusätzlich zu dem an der Spitze. »Wenn ich die hier abzwicke…« Sie drehte den Trieb und schnitt nacheinander die seitlichen Dornen ab, sodass nur noch der gefährlich aussehende Dorn an der Spitze übrig war. Dann nahm sie ihn umgedreht zwischen Daumen und Zeigefinger wie einen Stift.

»Da hast du ja eine richtige Tätowiernadel«, stellte Carver fest.

Dr. Furlong musste lachen. »Genial.«

Carver schien die Begeisterung der Wissenschaftlerin, was das Mordwerkzeug des Killers betraf, nicht zu teilen. Aber schließlich war er Bulle und nicht Biologe.

»Liegt gut in der Hand«, sagte Ruth und reichte den Trieb weiter an Carver, damit er ihn testen konnte. »Damit hätte er eine viel bessere Kontrolle über die Tiefe der Einstiche gehabt, was erklären würde, warum Hayleys Tätowierungen weniger verlaufen sind.«

»Am besten ziehen Sie auch einen Toxikologen zurate«, schlug die Botanikerin vor.

»Aus welchem Grund?«, hakte Carver nach.

»Sie erwähnten in Ihrer Laboranfrage, dass die Opfer an einer Asphyxie gestorben sind.«

Carver hob interessiert das Kinn und nickte.

»Die vorliegende Art der Pyracantha enthält Cyanwasserstoff – zwar nur in geringen Mengen und hauptsächlich in den Beeren«, sagte Dr. Furlong. »Nichtsdestotrotz sollte man sich das ansehen. Weil dieser Stoff nämlich Atemnot auslösen und im schlimmsten Fall zum Tod führen kann.«

Carver richtete den Blick auf Ruth. Er hatte das Gefühl, dies wäre ein entscheidender Moment, wenn nicht gar ein Wendepunkt. Die üblichen toxikologischen Screenings nach verdächtigen Todesfällen nahmen eine relativ geringe Anzahl an häufig verwendeten Giften ins Visier. Es konnte Wochen dauern, manchmal sogar Monate, wenn man nach weniger bekannten Toxinen suchte. Und jedes Mal, wenn im Labor ein Test durchgeführt wurde, wurden Proben der Körperflüssigkeiten des Opfers aufgebraucht, deshalb musste man gezielt vorgehen. Dank dieser neuen Information aber konnten die Laboranten nach einem bestimmten Gift suchen und sich ganz darauf konzentrieren.

Wie sich herausstellte, fingen die schlechten Nachrichten aber schon an, noch bevor der Toxikologe mit seinem Screening loslegen konnte. Cyanwasserstoff war nur bis zwei, maximal drei Tage nach dem Tod eines Menschen im Körper nachweisbar, wie er ihnen erklärte. Es bestand noch ein winziger Funken Hoffnung, weil eine jüngere Studie eine höhere Konzentration einer Chemikalie namens ACTA im Lebergewebe von Cyanwasserstoff-Vergiftungsopfern hatte nachweisen können. Diese Chemikalie, so erklärte er, verblieb Wochen, wenn nicht gar Monate im Gewebe, weshalb sie als zuverlässiger Biomarker gelten konnte.

Doch noch einmal wurden ihre Hoffnungen zunichtegemacht: Zwar zeigten die Lebern der Opfer Anzeichen von Entzündungen, aber die Konzentration von ACTA war als unauffällig zu bezeichnen.

Als im September das vierte Opfer aufgetaucht war, hatte Carver den Gerichtsmediziner gebeten, sofort nach Anzeichen einer Cyanwasserstoff-Vergiftung Ausschau zu halten und dies gleich in das erste toxikologische Screening mit einzubeziehen. Er kümmerte sich sogar um die Genehmigung, die Untersuchungen im Schnellverfahren durchführen zu lassen. Doch leider war das Ergebnis negativ.

Das Wissen, dass der Dornenkiller sich mit dem Pyracantha-Trieb ein neues, präziseres Werkzeug zugelegt hatte, verriet ihnen etwas über seine Methoden und seine Psyche, aber letzten Endes bewies es doch nur eines: nämlich dass er anpassungsfähig war.

10

Bis sieben Uhr morgens hatte Ruth eine Liste sämtlicher noch ausstehender Labortests zusammengestellt und eine Reihe von E-Mails mit der Bitte um Updates rausgeschickt. Die Weihnachtszeit hatte sämtliche Prozesse zum Erliegen gebracht, selbst in einem so wichtigen Fall wie dem ihren. Während der Weihnachtswoche hatte sie es sich verkniffen, die Leute im Labor zu belästigen, aber mittlerweile hatten sie den zweiten Januar. Die Feiertage waren offiziell vorbei, daher befand sie es nicht für nötig, sich länger zurückzuhalten. Ganz oben auf ihrer Liste standen die restlichen toxikologischen Befunde. Zwar hatte der Gerichtsmediziner Cyanwasserstoff als Ursache für das Ersticken ausgeschlossen, doch die Tatsache, dass es bei keinem der Opfer Hinweise auf körperliche Gewalteinwirkung gegeben hatte, hatte ihn überzeugt, dass irgendeine Art von Neurotoxin verwendet worden sein musste. Aber die exakte Bestimmung dieses Toxins stand noch aus, ebenso wie die Beantwortung der Frage, in welcher Form es verabreicht worden war.

Nur wenige Tage vor dem Schuss auf ihn war Ruth mit folgender Frage zu DCI Carver gekommen: Da der Killer so besessen schien von Tätowierungen, wie hoch standen wohl die Chancen, dass er das Gift unter die verwendete Tinte gemischt hatte?

Hierüber hatte sie mit Darshan Singh gesprochen, einem Toxikologen, mit dem sie in ihren Tagen als CSI zusammengearbeitet hatte, und ihm hatte die Idee gefallen. Brachte man ein Gift durch nicht ganz so tiefe Stiche in die äußeren Hautschichten ein, wirkte es weniger schnell, als wenn man es in eine Vene injizierte. Doch um auch nur die geringste Chance zu haben, ein solches Toxin zu isolieren, würde er Hautproben von Karas Tattoos benötigen, da sie die frischesten waren. Carver hatte sein Okay für die Proben gegeben und die Kosten genehmigt. Toxikologische Analysen dauerten oft quälend lang, trotzdem schickte sie eine E-Mail an Dr. Singh mit der Bitte, auf den neusten Stand gebracht zu werden, dann machte sie sich über Carvers Notizen zu den polizeilichen Befragungen von Karas Freunden von der Schauspielschule her.

Sobald man exakt bestimmen konnte, wann und wo eine Person das letzte Mal gesehen worden war, konnte man eine bestimmte Gruppe isolieren, um sie weiteren Verhören zu unterziehen. Bei Zeugenbefragungen hoffte Ruth stets auf die Worte »wahrscheinlich hat es nichts zu bedeuten, aber …« Diese Aussage jagte ihr jedes Mal einen erwartungsvollen Schauder über den Rücken. Ein achtlos hingeworfener Kommentar, eine scheinbar nebensächliche Begebenheit konnte der entscheidende Hinweis sein in einem Fall, der in einer Sackgasse angelangt war – er konnte sogar zurückweisen zum Schauplatz des Mordes, und auf einmal waren Beweise da, die einem bis zu diesem Moment entgangen waren. Carver hatte sämtliche Zeugenverhöre zusammengefasst, hatte häufig verwendete Formulierungen farblich hervorgehoben – ein Regenbogen an Neonfarben, als wollte er eine Sprachmusteranalyse durchführen, deren Hintergrund nur er kannte.

»Verdammter Mist, Greg«, murmelte sie. Es grenzte an ein Wunder, dass er überhaupt noch Zeit zum Schlafen gefunden hatte. Einen Satz hatte er in Knallpink markiert: »Kara war reserviert und zurückhaltend.« Am Rande hatte Carver Folgendes vermerkt: *Warum »reserviert« – warum nicht »ruhig« oder »schüchtern«?*

Etwas weiter unten, als diese Worte erneut auftauchten, hatte er wieder eine Anmerkung gemacht – *Einstudiert?* Eine halbe Seite weiter hatte er geschrieben: *Ist diese Formulierung abgesprochen?!!*

In den Abschriften der Zeugenbefragungen wurde Kara wieder und wieder als »zurückhaltend« beschrieben und dass sie bevorzugt »für sich geblieben« sei.

Carvers Kommentare wurden immer unleserlicher, doch es gelang ihr, sein Gekritzel zu entziffern: *Kara abs. isoliert?,* dann *Wer zieht hier die Strippen?* Und noch ein Stück weiter: *Noch mal mit diesen kleinen Scheißern reden!*

Ruth ging davon aus, dass Carver stockbesoffen war, als er dies zu Papier brachte – seine Beherrschtheit hatte sich immer umgekehrt proportional zu seinem Alkoholkonsum verhalten. Doch sie verstand, was er meinte – es drängte sich einem wirklich das Gefühl auf, als hätten diese jungen Leute Schwierigkeiten gehabt, etwas Nettes über Kara zu sagen, und deshalb waren sie mit irgendwelchen Plattitüden dahergekommen. Sie würde selbst noch einmal mit Karas Schauspielkollegen sprechen.

Als Nächstes wandte sie sich den Fotos von Kara zu, wie sie unter dem Baum saß, im Hintergrund die Grotte, der Boden schneebedeckt, glitzernde Eiszapfen an den Felsen unterhalb des Wasserfalls. Selbst an den Wimpern der Toten hing Frost. Wie sich herausgestellt hatte, handelte es sich bei diesem »Frost« zum Teil um Bastelglitter. Für diese Nacht war Schnee vorhergesagt gewesen, doch möglicherweise hatte der Mörder sichergehen wollen, dass der gewünschte Effekt erzielt wurde. Offenbar wollte er nichts dem Zufall überlassen.

Anders als die meisten Mordopfer, denen im Tod der letzte Rest Würde verwehrt war, waren die Opfer des Dornenkillers sorgfältig bekleidet gewesen, jede einzelne Leiche war in friedlicher Pose drapiert und kunstvoll in Szene gesetzt worden.

»Kunstvoll«? Im Ernst? Ruth nahm die Fotos von Kara noch einmal genauer in Augenschein. Das Ganze wirkte wie eine Theaterszene: die Eisjungfrau in ihrer Grotte.

Ja, dachte sie, *man kann es tatsächlich kunstvoll nennen.*

Damals, als Ruth ihre kriminaltechnische Ausbildung begonnen hatte, hatte einer der Dozenten seine Studenten ermuntert, sich *Die Abenteuer des Sherlock Holmes* zu Gemüte zu führen. Als pflichtbewusste Schülerin hatte Ruth das Buch von vorne bis hinten gelesen. Das war nun mehr als zehn Jahre her, viele der Geschichten waren in ihrem Gedächtnis verblasst zu einer einzigen, doch der eine oder andere Satz war hängen geblieben – darunter auch der folgende: »Einzigartigkeit birgt fast immer einen Schlüssel.« Die Tatsache, dass der Killer seine Opfer mit einer solch immensen Sorgfalt präparierte, war zweifelsohne einzigartig oder zumindest ungewöhnlich. Der Mörder entsprach nicht dem Archetyp, der Frauen als Spielzeug betrachtete; welche Mühe er in die Opfer investierte und wie er sie anschließend zurückließ, das alles zeugte von einer gewissen Achtung. Sein Vorgehen passte auch nicht zum typischen Verhaltensmuster eines Serienkillers. Hilfsmittel, Methoden und Zurschaustellung waren allesamt einzigartig. Das Außergewöhnlichste von allem aber war, dass er Kara ausgewählt hatte.

Zum ersten Mal, seit sie zusammenarbeiteten, machte Ruth Lake sich aktiv auf die Suche nach ihrem neuen Vorgesetzten. Es war sieben Uhr fünfundvierzig, als sie am Canning Place eintraf, DCI Parsons saß bereits im Büro und las in Greg Carvers Akten und Notizen. Parsons war vierzig, sah nett aus, war gekleidet wie ein Versicherungsvertreter und hatte den Ernst eines Bestatters. Auf seinem Schreibtisch türmten sich fünf ordentliche Aktenstapel, einer für jedes der Opfer. Carvers gebundenes A4-Notizbuch lag vor ihm und rechts davon ein gelber linierter Block. Die aufgeschlagene Seite war bereits mit seiner engen, sauberen Handschrift vollgeschrieben.

Parsons blickte zu Ruth auf. Er wirkte leicht abwesend, vielleicht war er aber auch schon etwas benebelt wegen des Bergs an Unterlagen, den er bereits durchgesehen hatte. Er kam sofort auf den Punkt: »Mir sind… einige Unregelmäßigkeiten aufgefallen bei der Durchsicht der Bilanzen.«

Gütiger Gott, ein Kollege ringt mit dem Tod, und ein neues Mordopfer liegt, noch nicht vollständig erkaltet, in der Leichenhalle, und er führt eine Buchprüfung durch.

Ruth hatte schon mit Typen wie ihm zu tun gehabt: Immer auf dem aktuellen Stand, was die Rechtslage betraf, stets auf Protokolle und Verfahren pochend, penibel in der Buchführung. Menschen wie Parsons wussten die Dienstvorschriften auswendig, als könnten sie jeden Moment abgefragt werden. Der DCI hatte eine recht beachtliche Aufklärungsrate, weil die Vorschriften meistens griffen. Doch er war keiner, der ein Risiko einging oder Wetten abschloss, was im gehobenen Polizeidienst bisweilen beides unumgänglich war.

»Einiges hier passt einfach hinten und vorne nicht zusammen, Sergeant«, sagte er in vorwurfsvollem Ton.

Ruth setzte ein möglichst unbeteiligtes Gesicht auf. »Oh«, machte sie, um ihn nicht unnötig zu weiteren Feststellungen zu ermuntern.

Ungeduldig tippte er auf seinen Block. »Nun, was haben Sie dazu zu sagen?«

»Ich bin mir sicher, dass DCI Carver die Sache klarstellen wird, sobald er dazu in der Lage ist«, sagte sie und starrte an seinem linken Ohr vorbei auf einen Bilderhaken an der Wand.

»Haben Sie beide denn nicht miteinander *geredet?*«

»Jeden Tag, Sir.« Sie erinnerte sich, was an diesem leeren Bilderhaken vorher gehangen hatte: ein Foto von Striding Edge, das Greg im Lake District vom Gipfel des Helvellyn aus gemacht hatte. Eine Schachtel voll mit DCI Parsons' Fotos stand neben dem Schreibtisch am Boden. Wie es aussah, hatte ihr neuer Vorgesetzter vor, sich hier auf längere Sicht häuslich einzurichten.

»Ich warte auf eine Antwort, Sergeant.«

»Auf... welche Frage genau, Sir?«

»Was zum Teufel hat Carver für ein *Spiel* gespielt?«

Sie runzelte die Stirn, den Blick unverändert auf den Haken an der Wand gerichtet. »Ich befürchte, Sie werden schon etwas konkreter werden müssen.«

Er gab ein missmutiges Schnauben von sich. »Wenn Sie ihm gegenüber auch so begriffsstutzig waren, verstehe ich, dass er Sie nicht einweihen wollte.«

Sie ignorierte diesen Seitenhieb, und er seufzte schwer. Sie wartete ab, bis er endlich aufsah, als wäre er überrascht, sie immer noch in seinem Büro vorzufinden.

»Wollten Sie etwas von mir, Sergeant?«, fragte er.

»Ich habe bei den Laboren um aktuelle Zwischenstände und Statusberichte gebeten«, erwiderte sie. Sie wusste, dass dies bei Parsons mit seinem Bedürfnis nach Ordnung Anklang finden würde.

Widerwillig nickte er.

»Und ich habe über Kara Grogan nachgedacht.«

»Opfer Nummer fünf«, stellte er fest und warf einen Blick auf den entsprechenden Aktenstapel auf seinem Schreibtisch.

»Die Studentin«, bestätigte sie. »Kara passt eigentlich nicht in das Beuteschema des Killers. Was ungewöhnlich ist«, fügte sie noch hinzu.

Er warf ihr einen scharfen Blick zu, seine Augen wanderten über ihr Gesicht, auf der Suche nach Anzeichen dafür, dass sie ihn auf den Arm nahm.

»Kara war so etwas wie das Fotonegativ vom bevorzugten Opfertypus des Killers: Sie war hellhäutig und blond, wohingegen alle anderen …«

»Ja, ich habe die Akten gelesen«, unterbrach er sie barsch. »Ich weiß, dass sie dunkler und älter waren und so weiter. Aber Kara hat er doch sicherlich aus dem Grund ausgewählt, weil sie Carvers *Ehefrau* so ähnlich sah, oder? Sie war sogar gekleidet wie sie, um die Ähnlichkeit noch zu betonen – und sie trug Emma Carvers Ohrringe.«

»Wenn der Mord an Kara als Warnung für Carver gedacht war, würde man doch erwarten, dass der Mörder den größtmöglichen Schaden anzurichten versucht – dass er sie entführt, sie umbringt und sich ihrer dann schnell wieder entledigt«, sagte Ruth. »Aber das hat er nicht getan. Der Gerichtsmediziner geht davon aus, dass Kara bis zu fünf Wochen festgehalten wurde. Und der Mörder hat Kara mit viel mehr Sorgfalt tätowiert als die anderen Opfer, eine andere Tinte verwendet, sie ordentlich bekleidet, sie quasi *in Szene gesetzt.*«

»Es war etwas Persönliches«, überlegte Parsons. »Carver ist ihm zu dicht auf die Pelle gerückt. Er wollte ihn – und seine Ermittlungen – aus dem Gleichgewicht bringen.«

»Carver erfuhr als Erster von Kara, weil er den Anruf erhielt mit dem Hinweis, wo ihr Leichnam zu finden war.«

»Schocktaktik«, sagte Parsons. »Damit wäre mein Punkt bewiesen.«

»Aber wenn der Mörder die Ermittlungen zum Erliegen bringen wollte, hätte er Carver dann nicht viel eher wissen lassen, dass er dabei war, ein Mädchen zu foltern, und dass er es ermorden wollte? Ein Mädchen, das sich von den anderen Opfern wesentlich unterschied – ein Mädchen, das aussah wie Carvers Ehefrau?«

Parsons nickte. »Wie lautet Ihre Theorie?«

»Sie wissen ja, wie der frauenfeindliche Soziopath in der Regel tickt. Er sieht etwas, wonach ihm der Sinn steht, er nimmt es sich, und dann wirft er es wieder weg. Dieses *Es* ist normalerweise ein weibliches Wesen, das a) die richtigen Attribute besitzt, um seine Fantasie zu beflügeln, und b) das Pech hat, ihm über den Weg zu laufen«, erklärte Ruth. »Aber Kara hat er nicht auserwählt, weil sie rein äußerlich seinen Vorstellungen entsprochen hätte, daher muss es etwas anderes gewesen sein, das ihn auf sie hat aufmerksam werden lassen. Dieser Typ lässt sich ausgiebig Zeit, lernt seine Opfer erst einmal kennen. Deshalb spielte es auch keine Rolle, dass Kara blond und schlank war, wohingegen die anderen dunkel und eher kurvig waren. Ich denke, er wählt gezielt *Personen* aus, nicht *Objekte.*«

Parsons lehnte sich auf seinem Stuhl zurück und dachte über das Gesagte nach. »Ich leite das an den forensischen

Psychologen weiter, mal sehen, was er davon hält – ich bin mir allerdings nicht sicher, wie es uns helfen soll, den Mörder zu finden.«

»Wenn ich die Opfer als Menschen kennenlerne«, sagte Ruth, »kann ich vielleicht herausfinden, was es ist, das ihn anzog.«

»Charaktereigenheiten?«, hakte er nach. Endlich waren sie auf einer Wellenlänge. »Viktimologie?«

Es machte den Anschein, als zählten für Parsons allein Lehrbuchinhalte, die er Punkt für Punkt abhaken konnte.

»Kara ist den Leuten noch ganz frisch im Gedächtnis«, sagte Ruth. »Ich muss wissen, wer Kara war, Sir.«

»Na schön. Sie haben die Zeugenaussagen: Gehen Sie die noch einmal durch, überprüfen Sie, ob Ihnen irgendetwas auffällt.«

»Das habe ich bereits getan, Sir – ich muss mich mit den Leuten persönlich unterhalten.« Sofort bereute sie, dass sie die Maske der Höflichkeit hatte fallen lassen, wenn auch nur kurz. Parsons brauste natürlich sofort auf. »Ihre Kolleginnen und Kollegen haben sich *persönlich* mit diesen Leuten unterhalten, als sie diese Zeugenverhöre durchführten.«

»Trotzdem, ich möchte noch einmal mit ihnen reden.«

Unwirsch schüttelte er den Kopf. »Das könnte Monate dauern.«

»Muss es aber nicht«, sagte sie. »Ich habe ein paar wenige im Auge, von denen ich glaube, dass es sich lohnt, sich ein zweites Mal mit ihnen zu befassen.«

»Weil?«

»Sie lügen«, erklärte sie rundheraus.

»Was um alles in der Welt bringt Sie auf diesen Gedanken?«

Wenn sie ehrlich war, war es Carvers wütendes Gekritzel

an den Rändern der Abschriften gewesen, das sie zu dieser Überzeugung gebracht hatte. Das konnte sie Parsons allerdings schlecht sagen. Stattdessen beschloss sie, ihren früheren Vorgesetzten zu zitieren.

»Ihre Antworten wirken einstudiert«, sagte sie. »Diese jungen Leute verwenden zum Großteil genau die gleichen Formulierungen. Alle sind zu *nett* …«

Parsons starrte sie an und strich mit dem Daumen über die Ecke des Protokolls, das er gerade gelesen hatte. Wieder und wieder ließ er die Seite flappen, *zapzapzap,* ein enervierendes Geräusch.

»Das heißt also«, sagte er schließlich und sah sie dabei an, als vermutete er in ihren Worten eine Falle, »Sie wollen noch einmal all die verhören, von denen Sie glauben, dass sie etwas zurückhalten oder verbergen?«

»So ist es«, bestätigte Ruth.

Er schien seine Zweifel zu haben. »Sie wissen schon, wie das aussieht, wenn wir alles noch einmal aufwärmen, oder?«

»Ich denke, es sieht so aus, als würden wir unseren Job gründlich machen, Sir.«

Er legte den Kopf schief, ein Zeichen dafür, dass er aufmerksam zuhörte, doch überzeugt wirkte er nicht.

»Es wird den Anschein machen, als würden wir eine neue Richtung einschlagen in unseren Ermittlungen, weil wir neue Hinweise haben.« Es widerstrebte Ruth, dieses »wir« zu verwenden, das alle mit einbezog, doch sie brauchte Parsons Zustimmung, um voranzukommen – die Detectives, die die ursprünglichen Befragungen durchgeführt hatten, wären sicher nicht glücklich darüber, dass man ihre Arbeit in Zweifel stellte und überprüfte.

»Beim Superintendent wird das nicht gut ankommen,

wenn Sie die jungen Leute an Weihnachten von ihren Familien wegholen.«

Wer hätte das gedacht – Parsons, ein sentimentaler Mensch?

»Die Weihnachtszeit ist fast vorüber, Sir. Die Studenten sind bestimmt längst wieder zurück auf dem Campus. Das Frühjahrssemester beginnt in etwas über einer Woche, die meisten von Karas Freunden befinden sich im Abschlussjahr, sie werden da sein, da bin ich mir sicher.«

Er dachte noch einmal kurz nach. »Na schön«, erklärte er schließlich gedehnt. »Aber gehen Sie die Sache bitte mit viel Taktgefühl an.«

»Selbstverständlich.«

»Ich hätte allerdings gern eine Auflistung Ihrer Fragen«, fügte er hinzu, als könnte man sich an ein strenges Skript halten, wenn man genau wusste, dass man von bestimmten Zeugen belogen wurde.

»Kein Problem«, sagte Ruth aalglatt, wie es jeder Soziopath getan hätte. Doch wenigstens war sie sich der Ironie bewusst.

»Bevor Sie damit anfangen, würde ich aber gerne wissen, wer diese Information über die Ohrringe an die Presse hat durchsickern lassen.«

»Die Ohrringe wurden zur Analyse in ein Privatlabor geschickt«, erklärte Ruth. »An der Autopsie waren CSIs, amtliche Leichenbeschauer und Rechtsmediziner beteiligt – sie alle wurden Zeugen von Carvers Reaktion, als er die Ohrringe an Kara entdeckte. Sie können versuchen, das herauszufinden, aber ich würde meine Zeit nicht darauf verschwenden.«

Er hielt ihrem Blick stand, denn sie hatte ihm mehr oder weniger Folgendes zu verstehen gegeben: *Das können Sie alleine machen, viel Glück damit, Sie werden es brauchen.* Für einen Moment, in dem keiner von beiden ein Wort sagte, spürte sie, dass er kurz davor war, ihr den Marsch zu blasen, doch schließlich nickte er nur und ließ sie gehen.

Die Einsatzzentrale war ein Großraumbüro ganz nach Ruths Geschmack. Darin waren knapp über zwanzig Schreibtische ziemlich beliebig über den Raum verteilt. Da der Killer im vergangenen Jahr kontinuierlich weitergemordet hatte, war die Anzahl der in die Ermittlungen einbezogenen Officers stetig gestiegen. Deshalb hatten sie neue Arbeitsplätze geschaffen, wo immer sich Platz fand, neue Steckdosen verlegt und Computer zur Verfügung gestellt.

Sobald Ruth wieder an ihrem Schreibtisch saß, kontaktierte sie alle Zeugen, die sie noch einmal befragen wollte, und vereinbarte Termine mit ihnen. Einige waren nicht erreichbar; diesen Leuten schickte sie E-Mails mit der Bitte, sich umgehend bei ihr zu melden.

Um acht Uhr fünfundvierzig stellte sie gerade eine Liste von Fragen zusammen, mit denen sie Parsons abspeisen wollte, als sie eine Bewegung zu ihrer Linken registrierte. Sie blickte auf.

»Sergeant?« Vor ihr stand ein junger Detective mit feinem, rotblondem Haar, das sich an der Stirn bereits zu lichten begann. Er war blass und sommersprossig und wirkte unruhig wie ein halb verhungerter Windhund vor dem Rennen. Ruth erkannte ihn wieder, sie hatte vor einigen Jahren bei einer Fahndung von Haus zu Haus, die sie geleitet hatte, mit ihm zusammengearbeitet. Damals hatte er noch Uniform getragen.

Sie hörte auf zu tippen und wartete ab, dass er weitersprach.

Er hüstelte. »Ähm, DCI Jansen würde gerne wissen, ob Sie vielleicht eine Minute Zeit hätten«, sagte er.

»Nun, dann hat er sich wohl endlich Manieren zugelegt, seit ich das letzte Mal mit ihm gesprochen habe.«

Dem jungen Detective stieg eine leichte Röte ins Gesicht.

»Also, was hat er in Wirklichkeit gesagt?«

Der junge Mann linste verlegen auf seine Füße.

»Wie lautet Ihr Name, Constable?«

»DC Ivey, Sergeant.«

»Haben Sie auch einen Vornamen, DC Ivey?«

»Tom.«

»Okay, Tom. Dann lassen Sie mich mal raten.« Sie furchte die Stirn, senkte die Stimme und fügte eine ordentliche Portion Nord-Liverpooler-Klangfärbung hinzu: »*Sagen Sie Lake, sie soll ihren Hintern herschwingen.* Na, liege ich richtig?«

Ivey reagierte mit einem entschuldigenden Lächeln. »Na ja, er hat *Sergeant* Lake gesagt...«

Sie lehnte sich auf ihrem Stuhl zurück und grinste verständnisvoll. »Sie können ja nichts dafür, DC Ivey.«

Jetzt wurde er wirklich rot, deshalb ließ sie ihn gehen und nahm sich die Zeit, ihre Jacke anzulegen und sich an ihrem Computer auszuloggen, bevor sie den Einsatzraum durchquerte und gemütlich den Flur hinunterschlenderte.

Jansen war gerade mitten in einem Briefing. Anfangs ignorierte er ihre Anwesenheit völlig, weshalb Ruth sich in den Türrahmen lehnte und die Arme verschränkte, als wäre sie nur kurz auf ein kleines Pläuschchen vorbeigekommen. Auf dem Projektionsschirm hinter ihm war ein Tatortfoto von Carvers Wohnzimmer zu sehen. Die Überprüfung seiner Finanzen hatte nichts Ungewöhnliches zutage gefördert, wie sie erfuhr. Keine Kreditkartentransaktionen, Scheckeinsätze oder andere Geldtransfers, die ihnen bei der Rekonstruktion der zeitlichen Abläufe bis zu dem Schuss auf ihn geholfen hätten. Die Fahndung von Haus zu Haus war noch nicht abgeschlossen, doch bislang hatte man nichts Verdächtiges feststellen können.

Als Jansen sich einige Minuten später endlich dazu herabließ, ihre Anwesenheit zu registrieren, begrüßte er sie und dankte ihr, dass sie sich die Zeit genommen hatte zu kommen. »Auch wenn Ruth sich nicht aktiv an den Ermittlungen beteiligen kann, wird sie uns beratend zur Seite stehen. Sie kennt DCI Carver besser als jeder andere von uns. Zudem war sie von Anfang an in die Ermittlungen im Falle der Serienmorde involviert«, erklärte er.

Ruth spürte, wie sich sämtliche Blicke auf sie richteten, doch sie konzentrierte sich auf Jansen und setzte ein freundliches Gesicht auf. Ihr war nicht entgangen, dass er sich nicht die Mühe gemacht hatte, auf ihren Rang hinzuweisen.

»Was kann ich für Sie tun, Simon?«

Sofort versteifte er sich und wandte sich ein wenig zu scharf an den jungen Mann, den er zu ihr geschickt hatte. »Tom, würden Sie Sergeant Lake bitte auf den neusten Stand bringen, was das Telefon betrifft?«

Detective Constable Ivey saß in der Mitte des Raums, in der zweiten Reihe von vorne. Er drehte sich zu ihr um, damit er sie direkt ansprechen konnte. »Die Techniker sind immer noch an DCI Carvers Mobiltelefon dran«, sagte er. »Das Einzige, was sie bislang finden konnten, ist eine Mobilfunknummer, die er im vergangenen Monat mehrfach angerufen hat. Allerdings ist sie nicht zurückzuverfolgen, sie gehört zu einem Prepaid-Handy.«

»Wie lautet die Nummer?«, fragte sie.

Jansen drückte auf die Fernbedienung des Projektionsbildschirms, auf dem ein Screenshot von Carvers Verbindungsnachweis erschien.

»Kommt Ihnen die irgendwie bekannt vor?«, wollte Ivey wissen.

»Nein, leider nicht.« Ruth blickte an dem jungen Constable vorbei und bemerkte, dass DCI Jansen sie intensiv beobachtete. Hatte er Ivey aufgefordert, ihr diese Frage zu stellen, damit er währenddessen ihre Reaktion einschätzen konnte?

»Könnte es einen Informanten geben?«, fragte Jansen. »Jemanden, der ihm bei den Ermittlungen geholfen hat?«

»Möglich.«

»Aber Sie wissen es nicht.«

»Nein.« Sie beließ es bei dieser knappen Antwort, sodass er kurz darauf fortfuhr.

»DCI Carver hat diese Nummer am Abend, als er angeschossen wurde, angerufen. Wir haben uns die Bänder der Überwachungskameras angesehen, Verkehrsüberwachung und so weiter, und konnten seinen Wagen vom Polizeirevier bis zum Ziel verfolgen. Um zwanzig Uhr fünfzehn hielt er, stieg aus dem Auto und ging zu Fuß weiter.« Jansen machte eine Pause und musterte sie beharrlich.

»Okay«, sagte sie, doch fiel es ihr schwer, das unruhige Flattern in ihrer Brust zu unterdrücken.

»Wir konnten seinen Weg bis zu einem Hotel verfolgen.« Wieder drückte der DCI auf die Fernbedienung und ließ eine Videoaufzeichnung laufen. Ruth glaubte, das Hotel zu erkennen: Es handelte sich um ein erstklassiges Boutique-Hotel unweit des Geschäftsviertels der Stadt. Leute eilten die Straße in beide Richtungen entlang: manche gut gekleidet, manche weniger gut, aber nur die in den teuren Sachen betraten das Hotel. Wohlbeleibte Männer in maßgeschneiderten Anzügen; elegante Damen in Kaschmirmänteln, die auf hohen Absätzen aus Taxis stiegen. Dann erschien Carver im Bild. Er war zwar nur von hinten zu sehen, aber seine Gestalt, sein Gang, alles war ihr derart vertraut, dass sie sein Gesicht nicht zu sehen brauchte, um ihn zu erkennen.

»Er blieb ganze zwei Stunden, dann ging er zurück zu seinem Wagen und fuhr auf direktem Weg nach Hause«, sagte Jansen.

Ruth nickte, als fände sie diese Information äußerst hilfreich.

»Wissen Sie, wen Carver im Old Bank Hotel getroffen haben könnte?«

»Wissen Sie denn ganz sicher, *dass* er sich mit jemandem getroffen hat?«, stellte sie die Gegenfrage.

»Einer der Hotelangestellten hat ausgesagt, er habe Carver in den Fernsehberichten erkannt«, sagte Tom Ivey. »Er hat ihn auf die Fahrstühle zugehen sehen, die hinauf zu den Zimmern führen.«

»War er in Begleitung?«

»Nein, er war allein, und er hatte den Büchern nach auch kein Zimmer gebucht«, erklärte Ivey.

»Haben Sie die Überwachungskameras in den Fahrstühlen überprüft?«, fragte sie. »Wenn Sie mir die Aufnahmen zeigen, erkenne ich die Person vielleicht, falls er mit jemandem zusammen war.«

»Im Inneren des Gebäudes gibt es leider keine Kameras«, erklärte Jansen, der nun wieder die Gesprächsführung übernahm.

»Dann wüsste ich nicht, wie ich Ihnen helfen könnte«, sagte sie.

11

Kara Grogan hatte sich mit fünf anderen Studenten ein Haus in der Canning Street geteilt, nur einen kurzen Fußmarsch vom Institut der darstellenden Künste entfernt. Es befand sich im unlängst gentrifizierten Georgian Quarter, oben auf einer Anhöhe, mit Aussicht über die Stadt – von der Liverpool Cathedral bis hinunter zum Royal Liver Building am Fluss. Um diese Jahreszeit peitschte ein stetiger, schneidend kalter Wind vom Mersey heran, weshalb Ruth Lake ihren Mantel zuknöpfte und den Schal um ihren Hals enger zog, während sie ihr Auto absperrte. Das Haus war ein eindrucksvolles dreistöckiges Gebäude, auch wenn die Fenster den Eindruck erweckten, als müssten sie dringend ausgetauscht werden.

Es war mittlerweile fünf Tage her, seit man auf Carver geschossen hatte, die Schneewolken waren in Richtung Norden weitergezogen, sodass die Stadt nun unter einem eisblauen Himmel lag. Der Schnee war erst zu Matsch geworden und hatte anschließend eine vereiste Fläche gebildet, weshalb Ruth ihre Schritte vorsichtig setzte, als sie die Stufen zur Haustür erklomm.

Sie hatte am Tag zuvor angerufen, um ein Treffen zu vereinbaren, deshalb wurde sie erwartet. Eilige Schritte näherten sich, kaum hatte sie auf die Klingel gedrückt. Ein hochgewachsenes Mädchen in Jeggings, einem rosa Tunikaoberteil und einem rot karierten Wolltuch um den Hals riss die Tür weit auf und forderte sie mit einer Geste auf, einzutreten. »Kommen Sie rein, verdammt«, sagte sie. »Man friert sich ja den *Hintern* ab!«

»Mach diese beschissene Tür zu, Angela!«, brüllte jemand ein Stück weiter den Flur hinunter.

Angela lachte, ein sattes, kehliges Kichern, das einstudiert wirkte. »Ich schwöre bei *Gott*«, sagte sie. »Wenn die Stadtverwaltung in diesen alten Kühlkästen endlich doppelt verglaste Fenster zulassen würde, wäre unser Planet gerettet.« Auch wenn Angela fluchte wie ein Bierkutscher, verriet sie durch ihre geschliffene Aussprache, dass sie aus privilegierten, wohlhabenden Verhältnissen stammte.

Ruth widersetzte sich den Bemühungen des Mädchens, sie mit Witz und Obszönitäten um den Finger zu wickeln, und blieb auf der Türschwelle stehen. »Wollen Sie denn gar nicht meinen Dienstausweis sehen?«, fragte sie.

»Oh, *Sie* kenne ich, Sergeant«, sagte Angela und setzte zu einem weiteren rauen Kichern an. »Im Grunde sind Sie doch schon fast so etwas wie eine *Berühmtheit!*« Sie riss die Arme weit auseinander, machte auf dem Absatz kehrt und marschierte voran, wobei die hohen Absätze lautstark über die schwarz-weißen Fliesen klackerten.

Ruth trat ins Haus und schloss die Haustür hinter sich, gerade als Angela in einem fröhlichen Singsang rief: »Versteckt die Crackpfeifen, Leute – die Bullen sind da!« Lachend verschwand sie in einem Zimmer zur Linken.

Ruth wartete kurz ab, ehe sie auf die Tür zusteuerte, durch die Angela eben verschwunden war. Dahinter befand sich ein hoher, quadratischer Raum, der unpassenderweise mit mehreren hässlichen schwarzen Ledersofas und Clubsesseln möbliert war. Eine schwarze Granitplatte auf einem Stahlgestell diente als Wohnzimmertisch, und ein Kamin, so groß wie ein industrieller Brennofen, gab genügend Hitze ab, um die Polkappen zum Schmelzen zu bringen. Ruth lockerte ihren Schal und betrachtete die vier neugierigen Gesichter, die sich ihr zugewandt hatten, drei Mädchen und ein Junge. Sie verwendete gedanklich die Bezeichnung »Mädchen und Jungen«, dabei war keiner von ihnen unter einundzwanzig.

Sie erkannte den jungen Mann aus einem der Videos, die sie im Internet gefunden hatte; er war es gewesen, der fast schon ein wenig verängstigt zusammengezuckt war, als Lady Macbeth ihn gebeten hatte, zu Bett zu kommen. Sie wusste, dass das Jake sein musste. Er saß vornübergebeugt auf einem der Sessel gleich neben dem Kaminofen und wärmte sich die Hände daran. Die anderen saßen über die beiden Sofas verteilt, und Angela hatte sich über die Rückenlehne des einen gebeugt, die Arme weit ausgebreitet, wobei ihr Haar ihr in blonden Locken über die Schultern fiel.

»Nun, hier wären wir also alle versammelt«, sagte Angela, »in Erwartung Ihres *Dénouements,* Sergeant Lake.«

Ruth blickte die Studentin an und ließ zu, dass ein feines Lächeln dabei ihre Lippen umspielte. Von ihrem Standpunkt aus konnte sie die ganze Gruppe gut überblicken. Eins der Mädchen, Lia hieß sie, kaute nervös auf ihrer Unterlippe herum. Die andere, Helen, warf Angela einen bitterbösen Blick zu.

Angela wirkte plötzlich verlegen unter Ruths bohrendem Blick, doch sie war nicht der Typ, der sich leicht einschüchtern ließ. Sie hob die Schultern. »Was denn, keine niederschmetternden neuen Erkenntnisse?«

»Ich hatte gehofft, von *Ihnen* neue Erkenntnisse zu erhalten«, sagte Ruth. »Wo Sie doch mit Kara befreundet waren und alles …«

»Oh, das ist ja so was von süß«, gluckste Angela und rieb sich energisch über das Näschen. »Wir haben zusammen *gewohnt,* Sergeant …«

Lia rang sich ein verschämtes Lächeln ab, doch Helen machte den Eindruck, als hätte sie kein Problem damit gehabt, ihre Mitbewohnerin eiskalt zu erwürgen.

»Habe ich irgendetwas verpasst?«, fragte Ruth.

Wie erwartet sprach Angela als Erste. »Kara war ein … tja, wie soll ich sagen … recht *eigener* Mensch.«

»Und reserviert«, schickte Lia hinterher und nickte zustimmend.

»Ja, diese Charakterisierung taucht auch in Ihren Zeugenaussagen wiederholt auf«, sagte Ruth. »Aber *eigen* ist mir neu.«

Angela warf Lia einen amüsierten Blick zu, nach dem Motto: *Arme Polizistin, der muss man aber wirklich alles erklären.*

Ruth spielte das Spielchen artig mit und hielt den Stift gezückt über den Notizblock, ganz dem Klischee entsprechend. Dazu setzte sie eine Miene auf, mit der sie einfältiges Interesse vorgaukelte.

»Oh, ich meinte damit nur, dass sie uns allen ein Rätsel war, aber auch unwiderstehlich … auf ihre ganz eigene Art«, sagte Angela mit einem Schulterzucken.

Ruth wahrte einen möglichst gleichmütigen Ton und sagte: »Und *ich* dachte, Sie hätten so was wie *undurchsichtig* gemeint, nur mit zu viel Persönlichkeit, um als langweilig zu gelten.«

Angela errötete, und Jake schaute finster in die Flammen und kaute auf dem Daumennagel herum. Lia ließ die Schultern hängen und klemmte die Hände zwischen ihre Knie. Das war nicht gut – sie hatte eigentlich beabsichtigt, die Wortführerin zum Schweigen zu bringen und nicht die ganze Gruppe.

»Hören Sie«, setzte Angela wieder an. »Wir haben uns die Mühe gemacht, heute alle hier zu sein. Einige von uns haben an einer Dissertation zu arbeiten, die Abschlussprüfungen beginnen nächste Woche. Wir hätten nicht zwingend …«

»Sie haben recht«, fiel Ruth ihr ins Wort und setzte einen stärkeren Akzent auf als sonst. »Unten im Revier lassen die mich kein Wort sagen, bevor ich nicht meine morgendliche Dosis Koffein intus habe.« Sie schenkte Angela ein strahlendes Lächeln. »Wie wäre es also mit einem hübschen Tässchen Tee, und dann fangen wir noch einmal ganz von vorn an?«

Das hatte den gewünschten Effekt. Als Angelas Augen sich weiteten, las Ruth eine Mischung aus Faszination und kalter Verachtung in ihrem Blick. »Tja, dann wollen wir es mal versuchen – holt unserem Gast ein *hübsches Tässchen*«, forderte Angela ihre Mitbewohner auf und imitierte Ruths Aussprache dabei halbwegs perfekt.

»Ich mache das schon«, sagte Helen mit angespannter Stimme.

Das Mädchen weckte Ruths Interesse. Angela und Lia waren beide in mehrere bunte Schichten Stoff gehüllt. Helen dagegen trug eine Cordhose, Hemd und Pullover, dazu dunkle Turnschuhe. Sie schien bei der Wahl ihrer Kleidung eher auf Funktionalität zu achten.

»Helen«, sprach Ruth sie an. »Warum bleiben Sie nicht? Ich bin mir sicher, Angela und Lia übernehmen das gern.«

Die Mädchen blinzelten verstört. Lia machte ein Gesicht, als hätte ihre Mutter sie zurechtgewiesen, sie solle ihren Gast nicht so schlecht behandeln.

»Selbstverständlich«, säuselte sie und klemmte sich eine Strähne hinters Ohr. »Wir hätten fragen sollen.« Sie warf Helen einen besorgten Blick zu. »Ich nehme doch an, wir *haben* Tee?« Helen rollte die Augen, und Lia entschuldigte sich erneut. Sie wandte sich ab und hielt auf die Tür zu, doch Angela blieb stur hinter dem Sofa stehen.

»Ganz schön sexistisch, finden Sie nicht?«, fragte sie, an Ruth gewandt. »Was ist denn mit Jake?« Sie deutete genervt mit einer ruckartigen Bewegung ihres Kinns auf den Jungen, der immer noch finster in das Feuer im Kaminofen starrte. »Er weiß sogar, welche Seite des Wasserkochers zum Ausgießen gedacht ist.«

»Das bezweifle ich nicht«, sagte Ruth. »Aber ich möchte mich gern mit Jake unterhalten.«

Der junge Mann rutschte nervös auf seinem Sessel herum, wich ihrem Blick aber beharrlich aus.

Auf einmal schien Angela beunruhigt und fragte: »Ist das okay für dich, Jake?«

Ruth sah, wie er blinzelte und die Nasenflügel blähte, beides Anzeichen dafür, dass er sich ohne Angela im Raum viel wohler gefühlt hätte.

»Er schafft das schon«, versicherte Ruth ihr.

Angela saugte an ihren Zähnen und betrachtete sie mit unverhohlener Verachtung. Ruth fixierte das Mädchen mit ihrem ruhigen, leicht neugierigen Blick, bis es schließlich mit der Schulter zuckte und aus dem Zimmer stolzierte. Lia, sichtlich nervös, machte Anstalten, ihr zu folgen, als Ruth in scharfem Ton sagte: »Ich habe es mir anders überlegt. Lia, *Sie* können bleiben.«

Röte kroch über Lias schneeweiße Haut, und plötzlich sah sie aus, als würde sie jeden Moment in Tränen ausbrechen.

12

Als Angela das Zimmer verließ, hatte man den Eindruck, als würden ihre drei Mitbewohner einen kollektiven Seufzer der Erleichterung ausstoßen. Helen warf sich aufs Sofa und murmelte ein Schimpfwort; Lia lächelte stumm in sich hinein, biss sich dann auf die Unterlippe, als sie es bemerkte. Die auffallendste Veränderung allerdings vollzog sich in Jake. Er gab seine geknickte Haltung auf und richtete sich zu voller Größe auf.

»Hören Sie, ich möchte nur eins, nämlich denjenigen schnappen, der Ihrer Freundin das angetan hat«, erklärte Ruth, die jetzt in einem der Clubsessel Platz nahm. »Wenn Sie also *irgendwelche Informationen* für mich haben …« Als keiner mit der Sprache herausrückte, versuchte sie es anders: »Na schön, dann wage ich eine vorsichtige Vermutung: Kara war anscheinend nicht besonders beliebt.«

»Nein … *nein!* Das ist nicht wahr!« Es klang wie ein gequälter Aufschrei, Lia schien entsetzt über ihre eigene Reaktion. Nach einigen Augenblicken, als sie sich weitestgehend gefasst hatte, schob sie hinterher: »Kara … sie war nur … ein wenig reserviert, das ist alles.«

»Da ist es ja wieder, dieses Wort«, bemerkte Ruth. »Reserviert. Wie eine Karte fürs Theater oder ein Tisch im Restaurant.«

Das Mädchen verstand ihre Bemerkung offenbar nicht, vielleicht waren es aber auch Schuldgefühle, die sie veranlassten zu sagen: »Nein, das meinte ich nicht... Ich meinte *reserviert* als Charakterzug. Sie war ruhig, verstehen Sie?«

»Nein, Lia, ich verstehe nicht. Deshalb bin ich ja hier«, erklärte Ruth. »Ich weiß, dass sie großes Talent hatte, ich habe mich mit ihren Dozenten unterhalten, und ich habe Videos von ihren Auftritten auf YouTube gesehen...« Ihr entging keineswegs der gequälte Ausdruck, der über Jakes Gesicht huschte.

»Sie sind auch in diesem *Macbeth*-Clip zu sehen, nicht wahr, Jake?«

Der Junge nickte stumm. Er war dunkelhaarig und schlank, Ruth vermutete, dass er mit seinem guten Aussehen und seiner schwermütigen Art bei den Mädchen großen Anklang fand.

»Ich war nur überrascht von Ihrer Reaktion.«

»Wie meinen Sie das?« Er klang alarmiert.

»Sie müssen Kara gut gekannt haben, aber es kam mir beinahe so vor, als hätten Sie Angst vor ihr gehabt.«

Er blieb ihr eine Antwort schuldig.

Lia setzte sich neben ihn. »Sie konnte ziemlich intensiv sein«, sagte sie.

»Und deshalb war sie unbeliebt? Das kann ich nachvollziehen.«

»Nein – das war es nicht«, gab Lia zurück.

»Ihre Dozenten sagten etwas davon, dass aus Rivalitäten zwischen den Studenten gerne Hass wird.« Tatsächlich hatte einer der befragten Akademiker sogar von »blutigem Hass« gesprochen.

»Gewiss gab es Leute, die eifersüchtig waren.« Lia warf unwillkürlich einen Blick in Richtung Tür, durch die Angela eben erst verschwunden war. Was zweifelsfrei einiges erklärte. »Aber mit Kara zu spielen war… Ich weiß auch nicht… etwas Besonderes. Sie…« Lia sah Hilfe suchend zu Jake, doch der schien schon wieder in seinem eigenen Elend zu versinken.

Helen beäugte das andere Mädchen mit eisigem Blick, und Ruth entging nicht, dass Lia noch nicht einmal in ihre Richtung sah. Sie musste sich korrigieren, was Helens geschätztes Alter betraf – sie wirkte viel reifer als der Rest, bestimmt war sie ein paar Jahre älter.

»Sie war… fordernd«, sagte Lia. »Aber nur, weil sie gut sein wollte in ihrer Rolle«, fügte sie hastig hinzu. Sie furchte die Stirn und rang offenbar um die richtigen Worte. »Nein, nicht nur *gut*. Kara musste *perfekt* sein. Sie hat oft *stundenlang* geprobt. Und wenn man neben ihr spielte, erwartete sie von einem das Gleiche. Das ging so weit, dass sie darauf bestand, eine Szene wieder und wieder zu spielen, bis man das Gefühl hatte, der Kopf würde einem gleich platzen. Trotzdem wollten alle – na ja, *fast* alle – mit ihr in einer Gruppe sein.«

Das deckte sich tatsächlich mit dem, was einer der Dozenten gesagt hatte: »Sie mochten Kara zwar zum Großteil nicht, aber nur, weil sie so *sein* wollten wie sie.«

Die Lehrer schienen dagegen so gar nichts gegen Karas Zurückhaltung gehabt zu haben: Mehr als einer schien überzeugt, dass ein Hang zur Introvertiertheit die beste Voraussetzung für eine Zukunft als hervorragende Schauspielerin war.

»Wenn sie Sie zu sehr bedrängt hat, warum sind Sie dann nicht einfach gegangen?«, wollte Ruth wissen.

Lia zuckte mit den Schultern. »Im Theatergeschäft muss man mit den Besten spielen, wenn man selbst zu den Besten gehören will.«

»Und Kara war die Beste?«

»Sie war ein Genie«, mischte Jake sich ein. Dies war sein erster freiwilliger Beitrag zu ihrem Gespräch. Ruth wandte sich ihm zu und neigte den Kopf, um ihm zu signalisieren, dass sie zuhörte. Er aber senkte den Blick und zog sich sofort wieder zurück in sein Schneckenhaus.

»Genie.« Ruth schnaubte. »Tja, das Wort hat heutzutage keine allzu große Bedeutung mehr.«

Ihre Provokation schien den gewünschten Effekt zu erzielen. Jakes strahlend blaue Augen blitzten wütend auf, als er ihrem Blick begegnete. »Kara hatte die besondere Begabung, einen so zu beeinflussen, dass man über sich selbst hinauswuchs und bessere Leistungen erbrachte, als man es sich je erträumt hätte«, sagte er. Seine Stimme klang belegt, so aufgewühlt war er. »Sie hätte alles erreichen können …«

Das laute Klackern von Absätzen aus dem Flur warnte sie, dass Angela auf dem Weg zurück zu ihnen war. Jake stieß ein genervtes Stöhnen aus und wandte sich wieder dem Feuer im Kamin zu. Lia sprang hysterisch auf und setzte sich auf das andere Sofa, neben Helen.

»Ich würde den Tee nicht trinken, wenn ich Sie wäre«, sagte Helen leise.

Ruth lächelte ihr dankbar zu. Es war gut zu wissen, dass sie unter den jungen Leuten wenigstens eine Verbündete gewonnen hatte.

Grinsend kam Angela zur Tür herein. »Heiße Schokolade für die Kinder«, flötete sie und reichte jedem ihrer Mitbewohner eine Tasse. »Und Tee für die Erwachsenen.«

Ruth nahm ihren Becher entgegen und sah Angela fest in die Augen, scheinbar desinteressiert, aber offen. Dieser Blick hatte ihr all die Jahre gute Dienste geleistet. In der

Miene der Studentin glaubte sie, boshafte Schadenfreude zu erkennen.

»Also gut, jetzt, da Sie alle hier sind«, sagte sie und stellte die Tasse auf dem Kaminsims ab, »möchte ich Sie fragen: Ist einem von Ihnen aufgefallen, dass jemand in den Wochen vor Weihnachten im Haus gewesen wäre oder draußen auf der Straße herumgelungert hätte?«

Die jungen Leute wechselten ratlose Blicke.

»Hat Kara irgendetwas Ungewöhnliches erwähnt, ein unvorhergesehenes Ereignis vielleicht?«

»Was denn zum Beispiel?«, wollte Angela wissen.

»Verraten Sie es mir.«

Angela hob die Schultern. »Wie ich schon sagte, wir haben uns ein Haus geteilt, nicht das Bett.«

»*Verdammt* noch mal, Angela«, knurrte Helen.

»Na gut«, probierte Ruth es anders. »Wirkte sie irgendwie unruhiger als sonst?«

Darauf antwortete niemand etwas, und Ruth wurde das Gefühl nicht los, dass plötzlich keiner mehr den anderen in die Augen schauen wollte. Sie ließ zu, dass der Moment sich in die Länge zog, bis das Schweigen unerträglich wurde. Lia war die Erste, die nachgab und einen verstohlenen Blick auf Jake warf.

»Lia?«

Sie fuhr hoch. »Was denn?«

»Wirkte Kara besonders unruhig oder nervös?«

Angela antwortete an ihrer Stelle: »Wir mussten für Januar eine öffentliche Aufführung vorbereiten und hatten vor Semesterende ein Konzept für unsere Diplomarbeit einzureichen. Wir waren *alle* nervös.«

Ruth hielt ihren Blick auf Lia gerichtet. »Möchten Sie dem irgendetwas hinzufügen, Lia?«

Das Mädchen hielt krampfhaft ihre Knie umklammert, doch Ruth entging nicht, dass ihre Hände trotzdem zitterten.

»Sie ist *tatsächlich* abends ein paarmal verschwunden«, gab Lia zu. »Das war ungewöhnlich.«

»Und keiner weiß, wo sie war?«

Darauf folgte ein einstimmiges »Nein«.

Ruth seufzte. Was auch immer diese jungen Menschen vor ihr verbargen, sie würde es nicht in Erfahrung bringen, solange sie einander im Auge behielten. »Okay«, sagte sie schließlich, mehr zu sich selbst. »Ich möchte gerne Karas Zimmer sehen. Wäre wohl jemand von Ihnen so freundlich, mich hinaufzubegleiten?«

»War's das jetzt?«, fragte Angela in gespielter Empörung. Nur dass sie mit ihrem plötzlichen Tatendrang kaum verhehlen konnte, wie groß ihre Erleichterung war. »Wollen Sie uns nicht ordentlich in die Zange nehmen? Uns derart zusetzen, dass wir einknicken?«

»Hör auf, so mit Metaphern um dich zu schmeißen«, sagte Helen trocken.

Angela warf eine Haarsträhne über die Schulter zurück. »Und wer hat *dich* zur Sprachpolizei ernannt?«

Helen schnaubte spöttisch, und Angela wandte sich wütend an Ruth, weil sie genau wusste, dass sie mit diesem Wortwechsel wertvolle Punkte eingebüßt hatte. »Und, wollen Sie nicht wenigstens Ihren Tee trinken?«

»Danke, dass Sie sich die Mühe gemacht haben«, sagte Ruth. »Aber wenn ich ehrlich sein soll, war das bloß ein Trick, um Sie loszuwerden.«

Angela ließ ihren Blick erst zu Lia und dann zu Jake wandern. Einen kurzen Moment wirkte sie panisch, doch Lia lehnte sich auf dem Sofa vor, die Augen weit aufgerissen, und Ruth glaubte, ein kaum wahrnehmbares Kopfschütteln zu bemerken.

Angela entspannte sich etwas. »Na schön«, sagte sie beleidigt. »Viel Glück. Ich bin mir nämlich nicht so sicher, ob Sie da überhaupt reinkommen. Es gibt keinen Zweitschlüssel.«

Ruth setzte ein Lächeln auf und tätschelte ihre Manteltasche. »Keine Sorge. Ich bin vorbereitet.«

»Oh.« Angela sah sich ratlos unter ihren Mitbewohnern um und versuchte, die Neugier in ihrem Blick unter Kontrolle zu bringen. »Wenn das so ist, führe ich Sie selbstverständlich nach oben«, sagte sie und fügte dann mit einem Schulterzucken hinzu, »vorausgesetzt ... Sie möchten das.«

»Himmel, Angela, du hast wohl gar keinen Respekt vor den Toten«, sagte Helen kopfschüttelnd.

Angela richtete sich zu voller Größe auf. »Warum, ist doch wohl ganz normal, dass man unter diesen Umständen Interesse zeigt«, erklärte sie, wie immer restlos von sich selbst überzeugt. Als Helen nichts erwiderte, fügte sie noch hinzu: »Als wärst du nicht selbst scharf darauf, einen Blick auf den Tatort zu werfen.«

Helen bedachte sie mit einem verächtlichen Blick. »Das ist kein verdammter Tatort.«

»Da haben Sie recht, Helen«, bestätigte Ruth. »Noch handelt es sich nicht um einen Tatort, sondern einfach nur um Karas Zimmer. Und das würde ich mir jetzt gerne ansehen.« Vielleicht würde sich Helen gesprächiger zeigen, wenn sie sich zu zweit unterhielten? Einen Versuch wäre es wert. »Also, wenn es Ihnen nichts ausmacht, mich zu begleiten ...«

Während Helen vorausging, um ihr den Weg zu weisen, fischte Ruth ein paar Visitenkarten aus der Tasche. »Falls

Ihnen sonst noch irgendetwas einfällt, das Sie mir erzählen möchten – ganz egal, was es ist…«

Angespannter Kiefer, gerunzelte Stirn, Jake sah aus, als würde er einen inneren Kampf ausfechten; Lia wirkte alarmiert; Angela spielte nervös mit ihren Haaren herum und wandte den Kopf leicht ab, als Zeichen des Trotzes, weil sie die Karte nicht entgegennehmen wollte. Ruth legte nichtsdestotrotz eine für jeden von ihnen auf den Wohnzimmertisch. »Falls Sie Ihre Meinung doch noch ändern«, sagte sie.

Helen wartete am Ende des Flurs am Fuß der Treppe auf sie. Dann ging sie Ruth voraus nach oben.

»Sie wissen schon, dass die drei da drinnen Sie für ihre Charakterstudien verwenden werden? Und zwar bevor Sie richtig zur Tür raus sind?«, fragte sie. »Dann werden sie Dialoge improvisieren, bei denen sie Ihren *authentischen* Ortsdialekt imitieren.«

»Kein Problem, ich habe mir ein dickes Fell zugelegt.« Sie nahm an, dass die junge Frau bereitwilliger auf ihre Fragen antworten würde, wenn sie direkt fragte: »Sagen Sie, wurde Kara oft kritisiert?«

Helen wurde langsamer, gerade als sie den Treppenabsatz erreicht hatten. »Sie glauben doch nicht, dass das etwas zu tun hatte mit… mit dem, was passiert ist?«

»Nein«, sagte Ruth. »Ich versuche nur, mir ein möglichst genaues Bild von Kara zu machen.«

»Okay…« Helen wartete, bis Ruth sie eingeholt hatte, sodass sie den Rest der Stufen nebeneinander hochgingen. »Kara wurde von den anderen nie wirklich akzeptiert, aber ich würde nicht unbedingt behaupten, dass man auf ihr herumgehackt hätte. Angela und Lia verschwören sich gern gegen andere – aber Lia tut das bloß, weil sie Schiss vor

Angela hat. Jake ist... na ja, Jake ist einfach nur total launenhaft, auch wenn er vielleicht ganz gut aussieht. Er hält sich selbst für den neuen Colin Farrell.«

»Autsch.«

Helen legte den Kopf schief, als wollte sie sagen: *Sie wollten es ja unbedingt hören.*

»Und Angela?«

»Angela ist im Grunde die Einzige, mit der ich ein echtes Problem habe.«

»Sie ist also mehr als nur ein bisschen nervig?«

»Sie kann richtig grausam sein, und sie hat einen denkbar schlechten Einfluss auf Lia.«

»Welchen Einfluss hatte sie denn auf Kara?«

Helen lächelte, während sie zum zweiten Stockwerk hinaufstiegen. »Gar keinen. Kara hat sich ausschließlich von Theater- und Filmgrößen beeinflussen lassen. Die Möchtegernschauspieler um sie herum haben sie nicht im Geringsten interessiert.« Am Ende der Treppe blieb sie auf dem schmalen Absatz stehen. »Tja, hier wären wir.«

Die Leute vom CSI hatten die Tür mit einem Polizeisiegel versehen, der Vermieter hatte strikte Anweisung bekommen, es keinesfalls zu entfernen, da man eventuell noch einmal würde kommen müssen.

»Ziemlich weiter Weg bis hier oben«, stellte Ruth fest. Ihr kam das Wort »abgeschottet« in den Sinn.

»Kara hat die Aussicht von hier oben geliebt.« Helen zögerte. »Wissen Sie, die Leute von der Spurensicherung haben ihr Zimmer ganze drei Tage besetzt gehalten. Sie haben ihren Laptop und ihr Tablet mitgenommen.«

»Ich weiß«, gab Ruth zurück. »Trotzdem würde ich gerne ein Gefühl für ihr persönliches Umfeld bekommen.«

»Na gut – dann lasse ich Sie mal allein.«

»Nein, bleiben Sie ruhig«, beeilte Ruth sich zu sagen. »Ich habe das Gefühl, dass das kurze Gespräch mit Ihnen mir mehr gebracht hat als die letzten zwanzig Minuten mit den anderen da unten.«

Helen nickte. »Sie haben etwas zu verbergen, daran besteht für mich kein Zweifel.«

»Irgendeine Vorstellung, was das sein könnte?«

»Ich wünschte, ich könnte Ihnen weiterhelfen«, sagte Helen und fügte dann mit einem bedauernden Schulterzucken hinzu: »Kara war nicht die einzige Außenseiterin hier im Haus.«

Helen schien tatsächlich nicht besonders gut zu den anderen zu passen. Während Ruth ihr auf dem Weg nach oben zugehört hatte, hatte sie geglaubt, einen leichten Liverpooler Akzent herauszuhören. Die anderen dagegen hatten alle die präzise Aussprache privilegierter Privatschulabsolventen.

»Lia scheint zu Ihnen aufzuschauen«, bemerkte Ruth.

Helens Mundwinkel zuckten. »Ja, wie zu einer großen Schwester. Von der man hilfreiche Tipps zu Geschlechtskrankheiten und der Pille danach bekommt.«

»Warum kommt sie mit solchen Fragen ausgerechnet zu Ihnen?«

»Tja, über so etwas spricht man nicht unbedingt mit seinen Kommilitonen. Es sei denn, man hätte gern, dass es am Ende des Tages jeder auf dem Campus weiß.«

»Sie studieren selbst also nicht am LIPA?« In der Niederschrift der Zeugenaussage wurde Helen als Studentin geführt – da würde wohl jemand einen ordentlichen Anschiss kassieren, sobald sie zurück im Büro war. Aber sie schluckte ihren Unmut hinunter und fragte: »Ich dachte, das ist hier eine reine Studenten-WG.«

»Zu achtzig Prozent, ja«, gab Helen zurück.

»Und, was machen Sie beruflich?«

»Ich bin Krankenschwester.«

Das erklärte den praktischen kurzen Bob, die vernünftige Kleidung und den warmen Pullover. Ruth zog eine Augenbraue nach oben. »Dafür wohnen Sie nicht schlecht.«

»Klar, alles hat seinen Preis.« Helens Mundwinkel verzogen sich, und auf ihrer Miene zeigte sich ein Ausdruck der Verbitterung. Ruth aber hatte den Eindruck, als spräche sie nicht vom Finanziellen.

Ruth holte den Schlüssel aus der Tasche und durchtrennte das Siegel, ehe sie die Tür aufschloss. Helen scheute nun doch zurück.

»Ich weiß nicht, ob ich …«

»Schon gut«, sagte Ruth beschwichtigend. »Es ist nur ein Zimmer.«

Helen stand mit dem Rücken gegen das Treppengeländer gelehnt und sah aus, als wollte sie am liebsten wegrennen.

»Sie kannten sie gut«, stellte Ruth fest. »Und ich glaube, sie hat Ihnen etwas bedeutet.«

In Helens Augen schimmerten Tränen.

»Vielleicht findet sich hier drin etwas, das mir selbst entgehen würde, das Ihnen aber sofort auffällt.« Entschlossen trat sie ins Zimmer.

Der Raum befand sich direkt im Dachgiebel. Der große, offene Wohnbereich war vollgestopft mit Büchern, jedes Fleckchen Wand war zugekleistert mit Postern von Schauspielern in ihren größten Rollen, in Stücken von Shakespeare bis Beckett; von Miller bis Pinter. Durch die drei Schiebefenster, die kleiner waren als die im Erdgeschoss, aber immer noch relativ groß, flutete helles Tageslicht. Hinter einer gerundeten Wand zur Linken befand sich ein kleiner Waschraum, rechts gab es eine kleine Küche.

»Dafür, dass Sie sich das Haus geteilt haben, war sie hier oben recht unabhängig«, stellte Ruth fest.

Helen, die immer noch unschlüssig in der Tür stand, sagte: »Das ist typisch Kara. Sie war bereit, tiefer in die Tasche zu greifen, nur um ihre Privatsphäre zu haben.«

Ruth blickte der jungen Frau direkt ins Gesicht, fand darin aber nichts als Zuneigung zu dem toten Mädchen.

Schließlich wagte sich Helen doch ins Zimmer und setzte sich auf den Schreibtischstuhl. Sie ließ den Blick von dem weißen Blatt vor ihr zu dem Marmeladenglas voller Stifte wandern.

»Jake hat nicht übertrieben, wissen Sie? Kara war wirklich ein Genie.«

»Sie haben sie bei einem ihrer Auftritte erlebt?«

»Ich habe mir ein paar der Studentenvorführungen zum Semesterende angesehen. Ach ja, und ich habe sogar ein paarmal ihren Text mit ihr geprobt.« Helen schüttelte den Kopf, offenbar fehlten ihr die Worte.

»Sie war wirklich gut?«

»Kara schaffte es, alle Blicke auf sich zu ziehen. Manchmal hatte man das Gefühl, als hätte sie einen fest im Griff, man konnte kaum atmen…« Sie verstummte, und für einige Sekunden verlor sich ihr Blick, reglos starrte sie zum Fenster hinaus. »Aber sie wollte keine Kompromisse eingehen. Was zu einem ernsthaften Problem werden kann, wenn man zusammenwohnt – vor allem für jemanden mit eher mittelmäßigem Talent.«

»Für jemanden wie Angela?«

»Nicht nur für sie. Ich habe schon eine ganze Reihe von diesen Leuten auf der Bühne gesehen, war bei Vorführungen, einige von denen sind sogar richtig groß rausgekommen. Aber die meisten halten sich mit Gelegenheitsjobs über Wasser, Werbeaufnahmen oder Lehrfilme für Firmen, und überbrücken so die Zeiten ohne Engagement. Bis sie irgendwann zu der Einsicht gelangen, dass der große Moment *niemals* kommen wird.«

»Das klingt fast so, als wüssten Sie mehr darüber, als Ihnen lieb ist.«

Sie stieß ein kurzes Lachen aus. »Sie denken also, ich wäre eine von denen, die sich letzten Endes doch einen richtigen Job zugelegt haben?«

Ruth zog fragend die Augenbrauen hoch.

»Ich habe schon hier gewohnt, als diese Häuser noch richtige Rattenlöcher waren und die Straßen zwischen der Canning und der Huskisson vor Nutten und Freiern nur so wimmelten.«

Ruth nickte. So lange war das noch gar nicht her.

»Irgendwann kam der große Run, kurz bevor Liverpool im Jahr 2008 zur Kulturhauptstadt ernannt wurde.«

»Ich weiß noch, der Kaufrausch, der damals losbrach«, bestätigte Ruth. »Bauträger aus London kauften sämtliche Behausungen in Kensington, Liverpool, auf, so schäbig sie auch waren, als handelte es sich um Kensington in London.«

»Eine ganze Reihe von Leuten haben sich damit übernommen«, sagte Helen. »Aber Angelas Daddy hat den Jackpot geknackt. Er hat dieses Haus hier ungesehen für ein paar Hunderttausend Pfund gekauft, bei einer Auktion 2005. Heute bringt es ihm jährlich zwanzigtausend Pfund an Mieteinnahmen ein – und dabei wohnt Angela selbst mietfrei.«

Ruth stieß einen leisen Pfiff aus. »Ich hoffe, Sie haben ein geschütztes Mietverhältnis.«

Helen lächelte. »Ich zahle keine horrende Summe, ungefähr ein Viertel von dem, was die anderen bezahlen. Das Beste aber ist, dass mein Vertrag unbefristet ist. Oder zumindest läuft er so lange, bis ich meinem dringenden Bedürfnis nachgebe, Angela eine saftige Ohrfeige zu verpassen, mitten in ihr selbstgefälliges Gesicht.«

»Ich werde das Gefühl nicht los, dass sie die anderen an der kurzen Leine hält«, sagte Ruth.

Helen verzog das Gesicht. »Ihr Daddy hat Lia und Jake bloß dreimonatige Mietverträge gegeben – die sind im Dezember ausgelaufen. *Kein Mensch* braucht das, dass er sich während der Abschlussprüfungen eine neue Bleibe suchen muss.«

Ruth sah sich im Zimmer um und fragte sich, ob Kara wohl einen ähnlichen Vertrag gehabt hatte. Sie musste unbedingt mit diesen jungen Leuten reden, wenn Angela nicht da war.

Kara musste kiloweise Möbelpakete diese Treppe heraufgeschleppt haben, wenn man sich bewusst machte, wie viele Regale es hier gab. Einige standen im rechten Winkel zu den Wänden, sodass kleine Lesenischen entstanden waren. Ein Sitzsack diente als Lesesessel. Bücher über Dramentheorie, kritische Studien, Texte über Bühnenbild und Bewegung sowie über die Stimme füllten die Regale in doppelten Reihen, und obendrauf türmten sich Ordner, Akten, weitere Bücher und Kopien. Ein Team der Spurensicherung war diese Unterlagen bereits durchgegangen und hatte alles auf Hinweise untersucht, irgendwelche Namen beispielsweise. Trotzdem fing Ruth nun erneut an zu blättern.

»Kam Kara Ihnen kurz vor ihrem Verschwinden irgendwie verändert vor?«, fragte sie, einer plötzlichen Eingebung folgend.

»Nein«, erklärte Helen entschieden. »Aber ich habe oft

nachts gearbeitet, deshalb haben wir uns nur selten gesehen, abgesehen von dem Abend, als sie in *Macbeth* aufgetreten ist. Ich hatte mich bereit erklärt, an Weihnachten zu arbeiten, damit ich hingehen konnte.«

»Und, hat es sich gelohnt?«

»Sie war umwerfend. Genau wie ich es ihr immer gesagt habe.«

Ruth blickte von einem Text über kulturelle Kontexte in Theaterstücken auf. »Musste man ihr das denn extra sagen?«

»Einige Wochen vorher hatte sie eine schlechte Erfahrung gemacht. Das hat ihrem Selbstvertrauen einen ziemlichen Dämpfer verpasst.«

»Ach ja?«, hakte Ruth nach.

»Sie weigerte sich, darüber zu reden«, sagte Helen. »Sie meinte damals nur, das sei eine Lektion gewesen, die sie so schnell nicht vergessen würde.«

Ruth hatte den Eindruck, dass das, was die anderen vor ihr verbargen, etwas mit dieser *Lektion* zu tun haben musste.

Als Nächstes öffnete sie den Kleiderschrank. Der gab nur leider nicht viel Interessantes her, abgesehen davon, dass Kara eine Vorliebe für schwarze Kleidungsstücke hatte. Dann fiel ihr Blick auf ein niedriges Bücherregal mit drei Fächern, das unter einem der Fenster stand. Eine Sammlung von Biografien fand sich darin: über Laurence Olivier, Judi Dench, Sheila Hancock, Benedict Cumberbatch, Barbara Streisand, Hayden Panettierre – und viele weitere, alle mit unzähligen Post-its versehen.

»Sie war eine richtige Kunstliebhaberin«, murmelte Ruth vor sich hin und nahm eines der Bücher zur Hand, um darin zu blättern. Der Text war neben den Post-its mit vielen Markierungen versehen: ganze Passagen waren mit Bleistift unterstrichen oder in Leuchtfarben markiert; dazu gab es Randnotizen in einer winzigen, sauberen Handschrift. Fragen, Beobachtungen, Kommentare.

Kara war völlig fokussiert gewesen, es grenzte fast schon an Besessenheit – und doch hatte sie eine Freundin gehabt, die auf Weihnachten verzichtet hatte, um ihr in einer Lebenskrise beizustehen, Mitstudenten, die sie als Genie beschrieben, und Dozenten, die von ihr sprachen, als wäre sie auf bestem Wege gewesen, eine gefeierte Schauspielerin zu werden. Sie nahm das nächste Buch zur Hand und wieder das nächste, bis sie eine zweite Reihe Bücher hinter der ersten entdeckte. Texte über Parapsychologie und Wahrsagetechniken, eines trug den Titel *Wie man zum Medium wird.*

»Wussten Sie, dass sie Interesse an solchen Dingen hatte?«, fragte Ruth.

Helen runzelte verwundert die Stirn. »Sie scheint mir eigentlich nicht der Typ dafür gewesen zu sein. Vielleicht hat sie sich auf eine Rolle vorbereitet?«

»Vielleicht.«

Ruth sah ein paar der Biografien durch. Karas Notizen und Bemerkungen – selbst die Passagen, die sie markiert hatte – zeugten von einer gewissen Herzenswärme. Vielleicht konnte sie so Karas wahren Charakter ergründen.

Helen hatte ihr Interesse wohl gesehen, denn sie fragte jetzt: »Haben Sie etwas gefunden?«

Ruth zog ihr Handy aus der Tasche. »Noch nicht, aber ich glaube, das könnte genau das sein, wonach ich gesucht habe.« Sie wählte John Hughes' Nummer. »John, könnten Sie bitte in die Wege leiten, dass man einige Bücher aus Karas Zimmer als Beweismittel sicherstellt und ins Revier an meinen Arbeitsplatz bringt?«

»Welche denn?«, wollte er wissen. »Die Jungs, die ich hingeschickt habe, meinten, die Bude sei besser bestückt als die British Library.«

Sie konnte sich ein Lächeln nicht verkneifen. »Ich lasse Ihnen eine Liste zukommen.«

Eine halbe Stunde später hielt sie auf den Stufen zu dem georgianischen Haus inne und atmete tief die kalte, klare Luft ein. Sie bedauerte Kara nun noch mehr, nachdem sie gehört hatte, was deren Mitbewohner über sie gesagt hatten. Die Studentin musste sich in diesem Haus schrecklich isoliert vorgekommen sein – bewundert und verachtet zugleich.

Als weiblicher Detective in einer entgegen anderslautender Behauptungen von Männern dominierten Welt wusste Ruth genau, wie es war, Außenseiterin zu sein. Im Laufe der Jahre war es ihr gelungen, sich mit einer Aura des Geheimnisvollen zu umgeben; war es das, was Kara im Sinn gehabt hatte? Wenn ja, hatte sie sich offensichtlich verkalkuliert: In ihrem Beruf gehörten Ausdruck und starke Gefühle zum Handwerk. Karas ruhige, reservierte Art musste die Leute irritiert haben, zumindest ihre Kommilitoninnen und Kommilitonen. Ruth hatte herzlich wenig in Erfahrung bringen können, doch eines war sicher: Karas Mitbewohner hielten eindeutig etwas vor ihr verborgen.

13

Ruth Lake ging auf ihren Wagen zu, den Schlüssel bereits in der Hand, als ihr Handy klingelte. Sie sah auf das Display: Es war Emma.

»Ruth?« Ihre Stimme klang erstickt.

»Emma, ist alles in Ordnung?«

»Ich dachte, du würdest es bestimmt wissen wollen.«

Er ist tot. Eine bedrückende Enge legte sich um ihre Brust. »Ist er …«

»Er ist wach.«

Sofort ließ der Druck nach. »So schnell?« Es war erst fünf Tage her, seit man ihn angeschossen hatte.

»Ja … Ich hätte nie gedacht …«

Das Team in der Intensivstation des Krankenhauses hatte die Dosis an Beruhigungs- und Schmerzmitteln zurückgefahren, nachdem die Schwellung in Carvers Gehirn nachgelassen hatte. Allerdings hatte man sie vorgewarnt, dass es Wochen dauern konnte, bis er aus dem Koma erwachen würde.

»Ist er ansprechbar?«

»Nicht bloß ansprechbar – er ist richtig wach.«

Ruth verspürte einen kalten, stechenden Schmerz unterhalb ihres Brustbeins. Sie dachte zurück an den Moment, als sie vor Carver in die Hocke gegangen war, die Pistole in der Hand, und ihr Entsetzen, als sie sein Augenlid hatte flattern sehen. *Was weiß er? Seine Augen waren geöffnet, er musste alles mitbekommen haben.*

»Man hat die Beatmungsschläuche entfernt«, sagte Emma gerade. »Er hat mit mir *gesprochen,* Ruth.« Carvers Ehefrau stieß ein keuchendes Lachen aus, das in ein Schluchzen überging.

Lieber Gott. »Was hat er gesagt?«

»Er sagte, es täte ihm leid. Und dass er mich liebt.«

»Das ist … gut, Emma«, presste sie mühsam hervor. Sie verfluchte sich innerlich für ihre hölzerne Antwort. *Gut? Du solltest über die Maßen erfreut sein, dass er nicht sofort mit dem Finger auf dich gedeutet und dich beschuldigt hat.* »Ich … ich komme sofort vorbei.«

»Danke. Er sagt, er würde dich gerne sehen.«

Wieder breitete dumpfe Furcht sich in ihr aus. Ruth stützte sich auf die Kühlerhaube ihres Autos und bemühte sich, gleichmäßig zu atmen. Nach wenigen Augenblicken gelang es ihr zu sagen: »Warum?« *Dumme, wirklich dumme Frage.*

»Ich habe ihm erzählt, dass du es warst, die ihn gefunden und den Krankenwagen gerufen hat«, sagte Emma. »Himmel, Ruth. Wenn du nicht gewesen wärst …«

Ruth wurde speiübel, so überwältigend waren ihre Schuldgefühle. *Du hast ja keine Ahnung, was ich getan habe.* »Ich muss jetzt auflegen«, sagte sie.

»Verstehe … Du willst ihn schnellstmöglich sehen. Ich habe ihm versprochen, dass du kommst. Ich gehe jetzt heim, duschen und mich umziehen, und dann werde ich ein paar Stunden schlafen«, erklärte Emma. »Es wird ihn freuen, ein bekanntes Gesicht zu sehen – sie lassen nur Angehörige zu ihm, und von denen hat er wahrlich nicht viele, wie du weißt. Abgesehen von mir natürlich. Und dir.«

Ruth überrollte eine weitere Welle der Übelkeit. »Emma …«

»Schon gut«, gab Emma mit einem zittrigen Lachen zurück. »Ich rede zu viel – aber ich kann nicht anders. Ruth, er ist wach! Noch vor wenigen Tagen hat der Neurochirurg mir gesagt, ich solle die Hoffnung nicht aufgeben. Wie hätte ich aufgeben sollen, wo ich doch nie zu hoffen gewagt habe? Ich hatte mich schon vorbereitet auf … weit Schlimmeres … Und jetzt sagen sie, er könnte sich wieder vollständig erholen.«

Ruth konzentrierte sich auf ihre Atmung und ließ die Worte der anderen Frau über sich hinwegrauschen, ohne richtig hinzuhören. Langsam wurde sie ruhiger.

Als sie ihre Aufmerksamkeit wieder auf das Gespräch richtete, sagte Emma gerade: »Ich schaue heute Nachmittag noch einmal bei ihm vorbei.«

»Ich bin schon auf dem Weg«, sagte Ruth. »Bin in einer halben Stunde dort.«

DS Ruth Lake wird von einem geparkten Fahrzeug aus beobachtet, als sie das Haus verlässt, in dem Kara gewohnt hat. Sie steht in der Kälte, als wäre die kühle Luft ihr eine willkommene Abwechslung zur drückenden Atmosphäre im Haus. Ihre Miene gibt nicht viel preis – schließlich hat sie jahrelange Erfahrung als Polizistin, sie weiß, wie man die äußere Erscheinung möglichst hart und abweisend wirken lässt. Doch als sie die Stufen hinuntersteigt, scheint sie doch etwas heiterer gestimmt zu sein als noch bei ihrer Ankunft. Was glaubt sie, in dieser Brutstätte von engstirniger Privilegiertheit und kleingeistigem Neid gefunden zu haben?

Detective Sergeant Lake geht die Straße entlang, und als sie an dem Fahrzeug vorbeigeht, in dem er sitzt, klingelt ihr Handy. Sie ist ihm nahe genug, dass er sie berühren könnte, und es kostet ihn alle Willenskraft, sie nicht zu rufen, sie nicht etwas zu fragen, nicht eine Bemerkung zu machen, die sie zwingt, sich umzudrehen und zu ihm herzusehen.

»Emma«, sagt Ruth gerade, »ist alles in Ordnung?«

Die Dringlichkeit in ihrer Stimme setzt seinem Bedürfnis, direkt mit ihr in Kontakt zu treten, ein jähes Ende. Greg Carvers Frau übermittelt ihr vermutlich gerade die frohe Botschaft, dass DCI Carver wieder bei Bewusstsein ist. In den letzten fünfzehn Minuten wurde es bereits auf allen örtlichen und landesweiten Radiosendern verkündet, außerdem wurde die Nachricht so oft in den sozialen Medien geteilt und getwittert, dass sie zum Thema Nummer eins avanciert ist. Doch wie sie so dasteht, den Autoschlüssel in der Hand, sieht es aus, als würde Ruth erst jetzt davon hören.

Sonderbar, dass sie so erschüttert wirkt.

Sie bewegt sich auf ihr Auto zu. Vieles von dem einseitigen Gespräch wird vom Wind davongetragen oder vom Verkehr übertönt, doch dann sagt sie: »Ist er ansprechbar?« In ihrer Stimme liegt eine Schärfe, sie sagt es fast schon im Befehlston – wirklich eigenartig.

Der Wortwechsel geht noch eine Weile weiter, dann scheint sie plötzlich in sich zusammenzusacken.

Wieso denn das? Da habe ich die Neuigkeiten ja noch besser aufgenommen als Sie, Sergeant.

Sie ist wirklich eine auffällige Erscheinung – dunkle, lange Haare, um die dreißig, attraktiv. Vielleicht ein bisschen zu athletisch, aber das gleicht sie mit anderen Vorzügen wieder aus. Darunter vor allem die simple Tatsache, dass sie nun die Ermittlungen weiterführt. Vorerst ist sie ihm ein mehr als willkommener Ersatz für Chief Inspector Carver.

Die vergangenen fünf Tage hat der Dornenkiller Ruth Lake aus respektvoller Distanz beobachtet. Er hat gesehen, wie sie von ihrem Zuhause aus zu Carver fuhr und von dort zum Polizeirevier weiterraste; wie sie in der Universität in irgendwelchen Dozentenbüros vorbeischaute, dann von einer Studentenwohnung zur nächsten hastete, weiter zu irgendwelchen Aufführungen, wo sie versuchte, diejenigen Kommilitoninnen und Kommilitonen von Kara zu erwischen, die nicht so leicht zu kontaktieren waren. Die ganze Zeit hatte sie einen absolut konzentrierten und entschlossenen Eindruck erweckt, trotz der zusätzlichen Belastung, die sie aufgrund von Carvers Schussverletzung plötzlich zu tragen hatte. Und doch wirkte sie jetzt, da sie die guten Neuigkeiten gehört hatte, dass Carver auf dem Weg der Besserung war … nun ja, wie wirkte sie eigentlich? *Besorgt?* Möglich. Auf jeden Fall irgendwie angeschlagen.

Frauen, die ein Geheimnis hegen, findet der Killer besonders faszinierend.

Aha, sie macht sich auf den Weg.

Ruth Lake setzt sich ans Steuer ihres Autos. Es steht parallel zum Bordstein geparkt, zwei Fahrzeuge weiter in seine Richtung. Die Entfernung und der Effekt der Windschutzscheiben und Rückfenster dazwischen sorgen dafür, dass sie nur schwer auszumachen ist. Einige Augenblicke sitzt sie reglos da. Ihre Hände zeichnen sich im dämmrigen Licht des Wageninneren weiß ab, sie hält das Lenkrad fest umklammert. Endlich lässt sie den Motor an und fährt los.

Da der Killer genau weiß, wo sie hinwill, wartet er ab, bis Ruth einen Straßenzug entfernt ist und langsam wendet. Er sieht keinerlei Veranlassung, ihr zu dicht auf die Pelle zu rücken, deshalb bleibt er lieber zwei bis drei Fahrzeuge hinter ihr.

Zu Beginn fand er es schmeichelhaft, dass Carver den Ruf hat, selbst die schwierigsten Fälle zu lösen. Das macht es zu einer gewissen Herausforderung, ihm immer einen Schritt voraus zu sein, das Katz-und-Maus-Spiel mit dem Detective hatte ein angenehmes Prickeln in ihm ausgelöst. Außerdem sagt man dem Mann nach, dass er sich gern über die Regeln hinwegsetzt, etwas, das immer einen näheren Blick wert ist, schließlich deutet es auf narzisstische Züge hin, vielleicht sogar auf eine leichte psychopathische Neigung. Carver hatte die Erwartungen nicht enttäuscht und im Laufe der Ermittlungen im Mordfall Tali Tredwin gegen eine ganze Reihe von Regeln verstoßen. Dieses Verhaltensmuster hatte sich mit jedem weiteren Opfer verstärkt, doch in der vergangenen Woche war ihr Spiel jäh zum Erliegen gekommen.

Kara, die er allein für Carver so sorgfältig und kunstvoll in Szene gesetzt hat, war reine Verschwendung. Carver ist nun schon seit fünf Tagen außer Gefecht gesetzt, und unter diesen Umständen fällt es ihm schwer, sich nicht betrogen zu fühlen. Dieses Gefühl ist aber auch typisch für die Leere, die in den Wochen nach einem Mord folgt. Doch dieses Mal hat sich bei ihm der Wunsch, ein neues Opfer zu finden, schon viel früher wieder bemerkbar gemacht, noch dazu mit weit größerer Brisanz. Der Jagdtrieb ist drängender als sonst, beinahe überwältigend.

Und als hätten die Götter sein Bedürfnis erkannt und Vorkehrungen getroffen, ist Sergeant Lake nun hier. Der Killer sieht zu, wie ihr Wagen sich durch den dichten Verkehr schlängelt, und nimmt unvermittelt eine Verschiebung wahr. Nicht im tektonischen Sinne, wie man es nach einem Erdbeben erwartet, nachdem das Grollen verstummt ist und der Boden, der sich zuvor zu verflüssigen schien, sich wieder zu Fels und Erdreich verfestigt hat. Nein – diese Veränderung ist viel subtiler: Ruth Lake ist vergleichbar mit der angenehm frischen, wohlriechenden Luft nach einem heftigen Regenschauer. Sie spielt die Rolle der ernsthaften Ermittlerin, Freundin und Retterin perfekt, doch gleichzeitig *verbirgt* sie etwas, und das lastet schwer auf ihrem Gewissen.

Der hysterische Narzissmus, der einem in diesem neuen konfessionellen Zeitalter als Offenheit verkauft wird, ist dem Killer zutiefst zuwider. Doch diejenigen, die ihre Geheimnisse vor der Welt verschließen, sie still in sich tragen, bedächtig und diskret, die fesseln ihn. Das Vertrauen einer solchen Frau zu erobern, ihre Geheimnisse zu erkunden, ist ein sehr intensives und intimes Privileg. Wie wenn man eine Auster öffnet und eine Perle darin findet.

14

Schatten. Umrisse, als wären sie aus Rauch. Geisterhaft … Schmerz. Ein plötzliches Aufblitzen von Licht.

Du hast dich in der zeitlichen Abfolge geirrt, mein Freund. So hat sich das nicht abgespielt. Der Blitz kam vor den Schatten. Vor dem Schmerz.

Greg Carver schlug die Augen auf.

Ruth Lake stand neben seinem Bett.

»Hey.« Seine Stimme war nicht viel mehr als ein Krächzen.

Aufgeschreckt wandte sie sich ihm zu, und er sah, dass sie das gerahmte Foto von Emma in Händen hielt. Das Foto von ihrer Hochzeitsreise.

»Greg, hi.« Sie stellte das Bild auf den Nachttisch zurück. »Du hast ein Nickerchen gemacht, als ich reinkam.«

»Habe ich verschlafen?«

»Du brauchst Ruhe, Greg«, besänftigte sie ihn.

»Wovon redest du? Was hast du hier zu suchen?«

Sie starrte ihn aus ruhigen braunen Augen an, unberührt von seiner offensichtlichen Erregung. »Was glaubst du denn, wo du bist?«

Fangfrage – diese Frage hatte man ihm schon einmal gestellt. Das letzte Mal hatte er sie falsch beantwortet, wie er sich zu erinnern glaubte. Er sah sich um: vier Betten in Kabinen, die nach vorne offen waren. Körper, die kaum als Menschen erkennbar waren, allesamt am Tropf, drei mit Beatmungsgeräten; der beißende Geruch nach Desinfektionsmittel und das konstante Summen der elektronischen Überwachungsgeräte.

Nicht zu Hause, so viel ist sicher. »Lass mich raten«, sagte er. »Krankenhaus?« *Das muss aber ein Saufmarathon gewesen sein, den du dir da zugemutet hast, Freundchen.* Er bekam einen Hustenanfall, weshalb sie ihm etwas zu trinken reichte – einen von diesen Plastikbechern mit Deckel und einem Strohhalm darin. *So weit ist es also gekommen – jetzt trinke ich schon aus einer Seniorentasse.* Mit einem leichten Gefühl der Beschämung nahm er das Trinkgefäß entgegen, konnte es aber nicht richtig halten. Ruth übernahm das daher für ihn. Als er genug getrunken hatte, tippte er kurz auf ihre Hand. Ausnahmsweise war er einmal dankbar für die undurchdringliche Ruhe, die stets auf ihrem Gesicht lag. Zumindest konnte er sicher sein, kein Mitleid darin zu finden. »Welches Krankenhaus?«, fragte er.

»Das Aintree Neurosciences Centre.«

Die Station für Kopfverletzungen also.

»Weißt du, was passiert ist?«, fragte sie.

Wieder so eine Fangfrage. »Warum stellen mir eigentlich alle die immer gleichen Fragen?«

»Ach, ist das so?«

»Ja, und sie wollen wissen, wie der Name unseres derzeitigen Premierministers lautet.«

Ihre Augenbrauen zuckten. »Und, wie heißt er?«

»Google ihn doch«, gab er barsch zurück. Er konnte sich beim besten Willen nicht an den Namen erinnern, aber der Rest kam allmählich wieder zurück. Schlaglichtartige Erinnerungsbruchstücke der vergangenen beiden Tage, als würde er sie durch einen feinen Nebelschleier wahrnehmen. Die Bilder wurden abwechselnd scharf und wieder unscharf. Zu Beginn waren da Stimmen gewesen, körperlos, wie von einer Unterhaltung im Radio. Dann Gesichter – war das von Emma darunter gewesen? Und immer wieder dieselben Fragen: »Können Sie nach meiner Hand greifen/die Augen öffnen/das hier spüren, Greg? Wissen Sie, wo Sie sind? Können Sie sich erinnern, was geschehen ist?«

Das alles kam ihm vor wie eine wiederkehrende Traumsequenz, in der er, nur halb bei Bewusstsein, in einer Prüfung abgefragt wurde, auf die er sich nicht vorbereitet hatte.

Ruth musterte ihn immer noch mit leicht neugieriger, aber leidenschaftsloser Miene. Sie schien nichts Bestimmtes von ihm zu wollen, sondern wirkte einfach nur interessiert an dem, was er sagen würde.

»Ich bin gestürzt und habe mir den Kopf angeschlagen.«

»Wie?«, fragte Ruth.

»Keine Ahnung. So muss es passiert sein.« Eine plausible Annahme, zumal er sich in einer Spezialklinik für Kopfverletzungen befand. Außerdem hasste er es, den Eindruck zu erwecken, er hätte keine Ahnung – zumal Ruth gegenüber.

Sie zog einen Stuhl heran und setzte sich. Dann blickte sie ihn forschend in die Augen.

Er sah einen Schatten, eine Gestalt, die durch seine Wohnung huschte. Ruth, die sein Gesicht betrachtete, ihr Blick überschattet.

»Warst *du* da?«, fragte er.

»Was meinst du?«

»Warst du da, als es passiert ist?«

Sie wich kaum merklich zurück, hielt seinem Blick aber stand.

»Ich habe die Sache gemeldet.« Sie musterte sein Gesicht. »Weißt du das nicht mehr?«

Herrje, warum habe ich eigentlich die ganze Zeit das Gefühl, geprüft zu werden? Er schloss die Augen und sank zurück auf das Kissen. »Nein, Ruth, ich erinnere mich nicht.«

»Du wurdest angeschossen, Greg.«

Schlagartig riss er die Augen auf. Er hob eine Hand an den Kopf, tastete nach empfindlichen Stellen und stieß auf den Verband. »In den Kopf?«

Sie beobachtete ihn nun sehr genau. »In die Brust.«

»Und was ist das hier?« Er strich über die Bandagen.

»Du hast außerdem eine Gehirnerschütterung.« Sie machte eine ruckartige Bewegung mit dem Kinn. »Man hat dort die angestaute Flüssigkeit abgeleitet. Die Ärzte sagen, die Kopfverletzung hast du dir möglicherweise schon Stunden vor der Schussverletzung zugezogen. Du erinnerst dich also, wie du gestürzt bist?«

Er schüttelte den Kopf. »Ich weiß noch nicht einmal mehr, dass ich überhaupt gestürzt bin«, gab er zu.

Schweigend wartete sie ab.

Er holte tief Luft und atmete dann ganz langsam wieder aus. »Ich habe über den Akten gesessen. Habe mir eine Flasche Single Malt aufgemacht. Ich muss mich wohl so richtig volllaufen lassen haben, anders kann ich es mir nicht erklären.« Sie verkniff sich eine Bemerkung hierzu. Er fuhr fort: »Danach … weiß ich nichts mehr.«

»Du erinnerst dich an nichts von dem, was danach war?«

Sie glaubt mir nicht. »Nein, Ruth, ich erinnere mich *wirklich* nicht. Habt ihr den Schützen?«

»Leider nein.«

»Und gibt es einen Verdächtigen?«

»Jansen ist gerade dabei zu überprüfen, ob es der Dornenkiller gewesen sein könnte.«

Sie schien darauf zu warten, dass er dazu etwas sagte. »Was denkst du denn?«, fragte er.

»Unser Killer hat nicht auf dich geschossen.«

»Wie kannst du dir da so sicher sein?«

»Du weißt, warum, Greg.«

»Ruth, ich habe eine Kugel in die Brust abbekommen; dazu noch einen Schlag auf den Kopf, und zugedröhnt war ich auch bis obenhin. Sei bitte nachsichtig mit mir.«

Sie hob eine Schulter und ließ sie wieder fallen. »Weil unser Mörder sich Zeit lässt«, erklärte Ruth. »Wie es aussieht, betrachtet er sich selbst als Künstler. Kara hat er in einer romantischen Grotte in Szene gesetzt und Glitzerstaub auf ihren Wimpern verteilt. Der Dornenkiller würde so etwas Banales nie tun. Das hat keine … Ästhetik.«

»Dann sag du mir, was passiert ist.«

»Das kann ich nicht«, erklärte sie. »Ich kann dir nur erzählen, was hinterher war.«

»Dann muss das reichen«, gab Carver zurück und überlegte, was für eine sonderbare Antwort das doch war.

Ruth berichtete, wie sie ihn angeschossen im Wohnzimmer gefunden und den Notruf verständigt hatte.

»Meine Akten?«

»Verschwunden.«

Warum hatte sie das nicht gleich erwähnt, warum musste er danach fragen?

»Irgendwelche Spuren?«

»Die einzigen Fingerabdrücke in deiner Wohnung stammen von uns beiden.«

»Keine Fasern, Fußabdrücke, Anzeichen eines gewaltsamen Eindringens?«

»Ein Fußabdruck.«

Ruth war nie gut darin gewesen, mehr Informationen weiterzugeben als nötig, aber das hier ging so quälend voran, als würde man ihr einen Zahn ziehen.

»Wie sieht es mit der Tatwaffe aus?«

Sie zögerte. »Eine Kleinkaliberpistole – .22 vielleicht.«

»Weiß man das denn noch nicht?«

»Die Kugel steckt in dir drin, Greg«, sagte sie.

Er riss die Hand an seine Brust. »Und die Pistole hat man nicht gefunden?«

»Nein.«

»Hör zu, was wird hier gespielt, Ruth?«

»Ich weiß nicht, was du meinst.«

»Diese Maske, die du dir zugelegt hast – ich verstehe das nicht, genauso wenig wie alles andere, aber ich merke, wenn du mir etwas verheimlichst. Du weichst mir aus.«

»Ich habe dir alles erzählt, was ich weiß, Greg.«

»Hast du den Tatort verunreinigt – ist es das? Herrje, Ruth, du hattest mich angeschossen aufgefunden; es kümmert mich einen Dreck, wenn du in der Situation einen Fehler gemacht hast.«

»Ich war fünf Jahre lang CSI, Greg; Crime Scene Manager bin ich seit zwei Jahren. Ich weiß sehr gut, wie man sich am Tatort verhält.«

»Da, du tust es schon wieder. Es ist fast so, als würdest du eine Geheimsprache verwenden, und ich kapiere einfach nicht, was du sagst.«

»Wen hast du im Old Bank Hotel getroffen?«, fragte sie unvermittelt.

»Was?« Sein Herz begann wild zu rasen.

»Du hast an dem Abend, als du angeschossen wurdest, zwei Stunden dort verbracht.«

Der Raum um sie herum schien sich zu verdüstern, und für einen kurzen Moment fürchtete er, er könnte das Bewusstsein verlieren. Dann lichtete sich die Dunkelheit wieder, und er sah, dass sie von einem orangefarbenen Leuchten umgeben war.

»Ich habe dir doch erklärt, ich kann mich partout nicht erinnern, was an dem Abend passiert ist.«

»Verstehe. Aber man hat dich dort erkannt, Greg – die Angestellten wussten genau, dass du das warst. Und was hattest du all die *anderen* Male dort zu suchen?«

Sein Kopf begann im Takt seines Pulses zu pochen. »Ich kann mich nicht erinnern.«

Das orange Leuchten um sie herum gewann an Intensität. »Man hat beobachtet, wie du auf die Fahrstühle zugegangen bist. Hast du jemanden besucht?«

»Ich weiß es nicht.«

Sie warf einen Blick auf die vielen Monitore um ihn herum. »Dieser Herzmonitor deutet aber auf etwas anderes hin.«

Er kniff die Augen zu und konzentrierte sich auf seine Atmung, bis der Monitor wieder zu einem gleichförmigen Piepsen zurückkehrte.

»Wen hast du in diesem Hotel getroffen?«

Er sah sie an und versuchte, die gelassene Neugier in ihrem Blick zu imitieren.

»War es ein Informant?«

Er antwortete nichts darauf.

»Versteh das nicht falsch«, sagte Ruth. »Jansen will nur wissen, wo du überall warst, um eine mögliche Verbindung zum Dornenkiller zu überprüfen. Er ist auch nicht überzeugter von dieser Theorie als wir. Im Grunde prüft er das nur, um sich Superintendent Wilshire vom Leib zu halten –

der wird nämlich von der Presse belagert und will diese Möglichkeit schnellstens ausschließen. Woran Jansen am *meisten* interessiert ist, bist *du,* Greg.«

»An mir? Wieso?«

»Er mag dich nicht. Ich weiß, er ist ein Schwachkopf, aber seinen Job macht er gut. Also, gibt es da irgendetwas, das ich wissen sollte?«

»Was denn zum Beispiel?«

»Wenn ich das wüsste, würde ich dich wohl kaum fragen, oder?«, konterte sie, und in ihren Augen blitzte ein leichter Anflug von Zorn auf.

Was weiß sie? Carver lauschte dem konstanten Piepen des Monitors und zwang sich zur Ruhe, damit es so blieb.

Sie holte ihr Notizbuch hervor. »Jansens Team hat eine Nummer auf deinem Handy gefunden, die sich nicht zurückverfolgen lässt«, sagte sie.

Das Piepen des Monitors beschleunigte sich. Er überspielte es, indem er sagte: »Warum haben die mein Handy?«

»Du wurdest mit angeschlagenem Kopf und einer Schussverletzung eingeliefert, Greg.« Sie hielt das Notizbuch hoch, damit er das Geschriebene lesen konnte. »Diese Nummer taucht in deinen Telefonverbindungen über zwei Dutzend Mal auf.«

Er atmete ruhig weiter.

»Du hast sie an dem Abend angerufen, an dem du angeschossen wurdest. Dann bist du zu diesem Hotel gelaufen, nachdem du deinen Wagen etwas weiter weg geparkt hattest, etwa einen Fußmarsch von fünfzehn Minuten entfernt. Um wen geht es, Greg? Wen hast du dort getroffen?«

»Ich weiß es nicht.«

»Das glaube ich dir nicht.«

Sie verhielt sich nicht fair ihm gegenüber, ihm ging es

nicht gut, deswegen konnte sie in ihm lesen wie in einem offenen Buch.

»Ich bin müde.« Das war eine glatte Lüge: Ihm war übel, und er fühlte sich matt und entkräftet, doch sein Verstand war hellwach, in seinem Kopf schrillten ein Dutzend Alarmglocken.

Ruth schrieb etwas auf eine neue Seite in ihrem Notizbuch und riss sie heraus. »Okay, hör zu, ich bin nicht zuständig – Jansen ermittelt in deinem Fall, nicht ich. Er wird nach Antworten verlangen, und dabei wird er keine gesonderte Rücksicht auf dich nehmen.« Sie klatschte ihm das Stück Papier auf die Bettdecke. »Die Nummer… nur falls du sie vergessen haben solltest.« So wütend hatte er sie noch nie erlebt.

Er schloss die Augen, geblendet von dem grellen Schein, der sie umgab. *Ich verliere den Verstand,* dachte er. Er spürte, wie sie noch eine Zeit lang zögernd stehen blieb. Als er sich sicher sein konnte, dass sie gegangen war, nahm er das Blatt und zerknüllte es in der Faust.

15

Tag sieben

Fünf Bücher lagen aufgeschlagen auf Ruth Lakes Schreibtisch, ein weiterer Stapel türmte sich daneben. Karas Randnotizen waren ihr ein Rätsel. Sie brauchte Hilfe, wenn sie verstehen wollte, wozu diese ganzen Hintergrundinformationen gut waren. Deshalb rief sie kurzerhand einen der Dozenten der Studentin an.

»Mindestens zehn Bücher über Menschen mit übersinnlichen Kräften, Parapsychologie, Vorahnungen, Wahrsagetechniken«, erläuterte sie. »War sie dabei, sich auf eine Inszenierung vorzubereiten?«

»*Alle* ihre Mitstudenten sollten das eigentlich tun, wo doch im Februar und März Aufführungen bevorstehen«, erwiderte der Mann. »Aber Kara hatte meines Wissens vor, eine Szene aus *Antonius und Cleopatra* zu spielen und ein Stück aus *Educating Rita* als Kontrast dazu.«

»Dieses Interesse für Paranormales kann also nicht mit ihrem Studium zusammenhängen?«

»Das bezweifle ich – sie hätte sich das von mir absegnen lassen, aber mir ist das alles völlig neu.« Er machte eine kurze Pause. »Allerdings könnte sie sich für ein Vorsprechen vorbereitet haben.«

»Sie meinen für einen richtigen bezahlten Job? Hätte sie das Ihnen gegenüber nicht erwähnt?«

»Manchmal geht es hier zu wie im Irrenhaus, alle drehen durch – vor allem je weiter das letzte Semester voranschreitet«, sagte er. »Da werden die Studenten bisweilen paranoid, weil sie Angst haben, sie könnten den großen Durchbruch verpassen. Deshalb lassen sie keine Gelegenheit aus, um ihre Chancen durch Sprechproben zu verbessern.«

Ruth beendete das Telefonat und wählte die Nummer von Crime Scene Manager John Hughes.

»Wie geht es Ihnen, Ruth?«, erkundigte er sich höflich. »Konnten Sie irgendetwas Nützliches in diesen Büchern finden, die ich Ihnen habe bringen lassen?«

»Deshalb rufe ich an«, sagte sie. »Diese Texte über Medien und Parapsychologie, die Kara hinter ihren Biografien versteckt hatte – ich denke, die könnte sie als Vorbereitung auf eine Rolle gelesen haben. Es besteht die Möglichkeit, dass sie einen Schauspieljob in Aussicht hatte.«

»Okay – wir sollten also nach E-Mails von Theatern, Fernsehanstalten oder Filmproduzenten Ausschau halten …«

»Und von Agenten fürs Theater«, ergänzte Ruth. »Ach, und können Sie bitte auf alles achten, bei dem im Betreff von einem *Vorsprechen* die Rede ist?«

»Ich setze einen von meinen Leuten darauf an.«

»Danke.« Sie wollte schon auflegen, als er weitersprach.

»Wie geht's Greg?«, wollte er wissen.

Diese Frage hatte sie befürchtet. »Emma sagt, er ist auf dem Weg der Besserung.«

»Sie haben ihn nicht gesehen?«

»Seit ein paar Tagen nicht mehr, nein«, sagte sie.

»Oh.« Er klang schockiert. »Tja, ich schätze, er ist dort in guten Händen …«

»Sicher«, gab Ruth zurück, weigerte sich aber, sich schuldig zu fühlen, dass sie Greg Carver so vernachlässigt hatte. Tatsächlich hatte sie um das Krankenhaus einen weiten Bogen gemacht, seit sie ihn wegen des Hotels und der verdächtigen Handynummer konfrontiert hatte. Bis Carver sich endlich entschied, ehrlich zu ihr zu sein, würde sie ihn schmoren lassen. Als ihr Handy klingelte, sagte sie: »Ich muss auflegen, John. Danke für alles.« Sie legte den Hörer auf und sah aufs Display ihres Mobiltelefons. Es war Darshan Singh, der Toxikologe, der Hautpartikel von Kara analysieren wollte. Sie hatten schon an mehreren Fällen zusammengearbeitet, als Ruth noch CSI war. Um ihr einen Gefallen zu tun, hatte er die toxikologische Analyse in Karas Fall etwas beschleunigt.

»Ruth«, sagte Singh, »ich habe die Ergebnisse für Sie. Sie lagen goldrichtig mit Ihrer Theorie; das Gift *war* unter die Tinte gemischt.«

»Konnten Sie das Gift identifizieren?«

Er räusperte sich, und vor ihrem geistigen Auge sah sie seinen Adamsapfel auf und ab hüpfen.

»Das war eine etwas kompliziertere Angelegenheit«, sagte er. »Man hat den Wirkstoff ziemlich stark verdünnt, bevor man ihn mit den Farbpigmenten vermischt hat, um die Tinte herzustellen. Hinzu kommt, dass wir uns mit einem winzigen Stück frisch tätowierter Haut begnügen mussten, mehr stand uns nicht zur Verfügung. In den älteren Tätowierungen war leider nichts mehr von dem Toxin zu finden.«

»Darshan.«

»Ja, Ruth?«

»Wissen Sie nun, was es ist?«

»Selbstverständlich«, sagte er, und es klang nicht selbstgefällig, sondern mehr wie eine Entschuldigung, weil er abgeschweift war. »Es handelt sich um ein Alkaloid.«

»Ein Alkaloid«, wiederholte sie. »Wie in Kartoffeln oder in der Tollkirsche?«

»Und im Schlafmohn und Tabak – sowie in grob geschätzt viertausend anderen Pflanzenarten.«

»Tja, da wird es schwer, die Möglichkeiten einzugrenzen, nicht wahr?« Ruth spürte, wie ihre Schultern nach unten sackten. »Na gut, vielen Dank, Darshan – einen Versuch war es wert.«

»Warten Sie«, sagte er. »Sie haben ja noch nicht die guten Neuigkeiten gehört. Es handelt sich um ein Alkaloid, ja, aber wir haben bei der HPLC-Analyse drei eindeutige Spitzenwerte gefunden.«

Das klang doch schon vielversprechender – die Hochleistungsflüssigkeitschromatografie war ein biochemisches Verfahren zur Identifizierung von Arzneien über organische Chemikalien bis hin zu Sprengstoff. Drei eindeutige Spitzenwerte, das bedeutete, dass Darshan drei spezielle Typen von Alkaloiden identifiziert hatte, und das brachte sie schon einmal drei Schritte näher an den Namen des Gifts.

»Sprechen Sie weiter«, forderte Ruth ihn auf und nahm einen Stift zur Hand, bereit, sich alles sorgfältig zu notieren.

»Mesakonitin, Hypakonitin und Akonitin«, zählte der Toxikologe auf.

»Es ist also Akonit, Eisenhut?«

»Ja«, bestätigte er, wie jemand, der bitter enttäuscht ist, weil man ihm seine Pointe vorweggenommen hat. »Ich habe Ihnen den vollständigen Bericht per E-Mail geschickt;

sollten Sie noch Fragen haben, wissen Sie ja, wo ich zu finden bin.« Er klang immer noch gekränkt.

»Nein, warten Sie«, beeilte sie sich deshalb zu sagen. »Ich sehe ihn mir sofort an. Wenn Sie zehn Minuten Zeit haben, gehen wir ihn gemeinsam durch, einverstanden?«

»Na schön …«

Von allen Laborberufen war der des Toxikologen der undankbarste, selten erntete man in diesem Bereich die gebührenden Lorbeeren, Erfolge wurden kaum honoriert. Die toxikologischen Befunde trafen leider oft erst sehr spät ein, lange nachdem die anfängliche Aufregung sich gelegt hatte. Außerdem erschienen Toxikologen nur selten im Licht der Öffentlichkeit – sie waren in erster Linie in ihren Labors anzutreffen, und selbst in ihrem unmittelbaren Umfeld galten sie noch als isoliert und unnahbar.

»Okay, ich öffne jetzt die Datei«, sagte sie und fügte ergänzend hinzu: »Eisenhut ist eine Gartenpflanze, nicht wahr?«, obwohl sie die Antwort längst kannte.

»Andere gebräuchliche Namen sind Wolfswurz oder Sturmhut. Es gibt viele Unterarten, und es ist eher unwahrscheinlich, dass wir exakt bestimmen können, woher die Pflanze stammt, dafür gibt es einfach zu viele Möglichkeiten. Aber die Alkaloide des Akonits sind sowohl *neuro-* als auch *kardio*toxisch.«

»Sie gehen also auf Nerven und Herz …«, murmelte sie. »Und reicht ein simpler Hautkontakt aus, um einen Menschen zu vergiften?«

»Schon wenn man die Pflanze mit bloßen Händen pflückt, kann es gefährlich werden«, sagte er und schien sich zusehends für das Thema zu erwärmen. »Ich bin auf einen Artikel im *Journal of Analytical Toxicology* gestoßen. Lassen Sie mich für Sie daraus zitieren: ›Kommt es zu einer

Absorption, setzt unverzüglich ein prickelndes Gefühl ein, das sich bis in Arme und Schultern fortsetzt, bis das Gift sich schließlich auf das Herz auswirkt.‹ Stellen Sie sich vor, wie viel destruktiver die Wirkung sein muss, wenn die Haut zusätzlich noch verletzt ist – durchstochen zum Beispiel.« Er klang überaus zufrieden mit sich selbst, was sie freute.

Sie las aus seinem Bericht vor: »›Symptome einer Akonitvergiftung nach Hautkontakt umfassen oberflächliche Taubheitsgefühle, Muskelschwäche, Tachykardie, Vorhofflimmern … Bradykardie.‹«

»Ja«, bestätigte er. »Es kann zu Herz*rasen* führen *oder* den Herzschlag verlangsamen.«

»Und wenn er langsamer wird …«

»Kann das zu Asphyxie führen«, beendete er den Satz für sie. Sie glaubte, ihn förmlich vor sich zu sehen, wie er am anderen Ende der Leitung nachdrücklich mit dem Kopf nickte. »Der einzige *gutta artemisia* … ich wollte sagen …«

»Der einzige Wermutstropfen. Ja, schon verstanden.« Ruth hatte kein Problem damit, sein Ego ein bisschen zu streicheln, aber sie wollte sich auch nicht gänzlich unterbuttern lassen. »Und was ist dieser Wermutstropfen?«

»Die relativ schwache Konzentration an Akonitin – Kara hat offensichtlich nur eine geringe Menge abbekommen.«

»Wie viel ist denn nötig, um einen Menschen zu töten?«

»Ungefähr zwei Milligramm in unverdünnter Form. Das reicht aus, um einen gesunden Erwachsenen umzubringen. Aber sehen Sie sich den Chromatografen an.«

Da waren zwei kleinere Spitzen, wie nicht ganz so hohe Ausschläge bei einem Kardiografen.

»In diesem Fall war das Gift aber nicht unverdünnt«, sagte sie.

»Ganz genau«, pflichtete der Toxikologe ihr bei. »Hinzu kommt, dass die Wirkung von Akonitin nicht zuverlässig vorherbestimmbar ist – manche Menschen scheinen von Natur aus mehr zu vertragen.«

»Und andere reagieren viel empfindlicher darauf.« Sie musste an Tali Tredwin denken, das erste Opfer, getötet zehn Tage nach ihrem Verschwinden. Ihre Tätowierungen waren unvollendet gewesen. Eine zu hohe Dosis vielleicht.

»Wie viel hat man Kara verabreicht?«

»Es ist unmöglich, die ursprüngliche Konzentration auch nur annähernd zu bestimmen – aber sie war wohl sehr gering. Außerdem kann man davon ausgehen, dass der Farbstoff die Wirkweise des Toxins noch beeinflusst. Wir konnten die schwarze Tinte bislang nicht identifizieren, die er bei Kara verwendet hat, aber bei allen anderen hat er Färberwaid verwendet, einen natürlichen Indigo-Farbstoff. Der ist leicht alkalisch, und wir wissen, dass ein hoher PH-Wert die Wirkung des Akonitin schwächt.«

»Könnte es zu einer kumulativen toxikologischen Gesamtwirkung kommen?«, erkundigte sie sich. »Wir wissen, dass der Killer die Opfer über einen Zeitraum von mehreren Wochen diesem Stoff ausgesetzt hat. Könnte es sein, dass es … keine Ahnung … ihre Herzen ganz allmählich geschwächt hat?«

»Das ist eher eine Frage für die Pathologie«, sagte er bedauernd.

Für ihre nächste Frage war Darshan im Grunde auch nicht der richtige Adressat, daher bedankte sie sich höflich bei ihm und legte auf, ehe sie den Bericht ausdruckte und sich auf die Suche nach DCI Parsons begab.

Parsons überflog die Details und legte den Bericht beiseite. »Wie weit sind Sie mit der neuerlichen Befragung der Zeugen?«, wollte er wissen.

»Fast fertig«, sagte sie, weil sie noch nicht bereit war, die Einzelheiten mit ihm zu teilen.

»Tja, es hilft uns vermutlich weiter, wenn wir das Gift kennen«, sagte er mit einem weiteren flüchtigen Blick auf den Ausdruck vor ihm auf dem Tisch. »Damit wir später darauf zurückgreifen können.«

Ihr drängte sich das Gefühl auf, dass es ihm darum ging, wieder eine Sache abzuhaken.

»Ich denke, das bringt uns *jetzt schon* weiter, Sir«, widersprach sie und bemühte sich um einen möglichst arglosen und neutralen Ton, schließlich wollte sie ihn nicht provozieren.

Parsons blinzelte. »Und wie genau?«

»Der Killer wählt seine Opfer sehr sorgfältig aus und hält sie über einen längeren Zeitraum fest. Er benutzt als Werkzeug einen natürlichen Pflanzenbestandteil – den Feuerdorn –, um aufwendige Tätowierungen auf ihren Körpern zu hinterlassen. Bei den ersten vier Opfern hat er einen pflanzlichen Farbstoff verwendet, und wie wir heute herausgefunden haben, hat man Kara ein Neurotoxin injiziert, das als mögliche Todesursache gelten könnte. Außerdem handelt es sich dabei ebenfalls um einen pflanzlichen Wirkstoff – entnommen von einer Pflanze, die so gefährlich ist, dass allein eine Berührung einen Menschen töten kann.« Sie wartete ab, bis ihr Boss die einzelnen Punkte miteinander in Bezug gesetzt hatte.

Parsons runzelte die Stirn. »Um aus einer solchen Pflanze Gift zu extrahieren, braucht es doch gewiss ein Mindestmaß an Fachkenntnis«, sagte er schließlich.

»Ich bin auch schon am Überlegen. Wer könnte über dieses Wissen verfügen?«, sinnierte Ruth. »Ein Herbologe? Ein Toxikologe – oder ein Anthropologe?«

»Wollen Sie mich etwa bitten, einen unabhängigen forensischen Berater hinzuzuziehen?«

Sie zuckte mit den Schultern. »Kann ja nicht schaden.«

16

»Ich habe hier die Ergebnisse Ihres CT-Scans.« Der Neurochirurg stand an Greg Carvers Bett in der Reha-Station, ein Tablet in der Hand.

»Okay …«

»Sie wirken verunsichert. Erinnern Sie sich noch, wie wir die Untersuchung durchgeführt haben?«

Ein riesiges cremeweißes Gerät, der konstante Luftzug von dessen Gebläse. Dann das rauschende Dröhnen des Düsentriebwerks. Rote Laser-Fadenkreuze hatten seinen Körper markiert, als er in die Röhre gerollt war. Er hatte die ganze Zeit an ein riesiges Zielfernrohr denken müssen.

»Ich erinnere mich an den Scan«, sagte Carver. Seit er im Krankenhaus aufgewacht war, stellten die Leute ihm unablässig Fragen wie diese. Manchmal log er in Bezug auf sein Erinnerungsvermögen, und manchmal gab er vor, nichts mehr zu wissen. Dieses Mal antwortete er wahrheitsgetreu, nachdem er dem grauhaarigen Mann im Anzug, der an seinem Bett stand, forschend ins Gesicht gesehen hatte: »Nur an *Sie* erinnere ich mich nicht.«

»Ich war bei dem Scan auch nicht anwesend«, erklärte der Arzt. »Aber wir beide haben uns schon des Öfteren unterhalten …« Er schien auf einen Moment der Erleuchtung bei Carver zu warten, der allerdings ausblieb.

Der Mann lächelte. »Nun, für Ihre Behandlung steht ein recht umfangreiches Team zur Verfügung.« Er stellte sich ihm noch einmal vor. Carver vergaß den Namen sofort wieder. »Die Schwellung in Ihrem Gehirn hat sich gelegt, alles ist wieder wie immer«, fuhr der Arzt fort. »Aber wir werden Sie zur Beobachtung hierbehalten müssen.«

Carver nickte und versuchte, sich diese Fakten einzuprägen.

»Also, haben Sie irgendwelche ungewöhnlichen Wahrnehmungen oder Empfindungen gehabt?«

»Wie was zum Beispiel?«

»Gerüche, die Ihnen falsch vorkamen – ein Gestank nach Verbranntem zum Beispiel oder ein starkes Parfüm? Oder haben Sie Dinge gesehen, die gar nicht da sind?«

Er meint Halluzinationen.

»Nein«, sagte Carver und dachte an die Schatten, die ihn in den Momenten des Wachseins verfolgten, das Aufblitzen von Licht, die *Präsenz,* von der er wusste, dass sie ihm Böses wollte, die er aber nicht visualisieren konnte.

Der Arzt hielt seine blauen Augen für wenige ausgedehnte Sekunden auf Carver gerichtet, schien dann aber zu dem Schluss zu kommen, dass er den Patienten nicht weiter bedrängen sollte. Er drehte sein Tablet um und zeigte Carver eine anatomische Zeichnung, auf der in schwarzen Umrissen ein menschlicher Körper zu sehen war. Das Herz und die Blutgefäße waren rot markiert.

»Die Kugel sitzt nach wie vor direkt hinter der absteigenden Aorta.« Er deutete auf ein dickes Blutgefäß, das vom Herzen aus in einem Bogen nach hinten und dann abwärts führte. »Sie steckt exakt zwischen der Aorta und diesen beiden Wirbeln – T4 und T5 – in der Thoraxregion der Wirbelsäule.« Er drehte sich um und deutete mit dem Daumen auf eine Stelle an seinem eigenen Rücken zwischen den Schulterblättern.

»Können Sie sie rausholen?«

»Das könnten wir, aber wir werden es nicht tun – nicht, wenn es sich vermeiden lässt«, erklärte der Arzt.

Will er mir damit nur schonend beibringen, dass ich mein Leben lang ein Krüppel bleiben werde? Doch diese Frage hätte entweder ein Ja oder ein Nein zur Folge gehabt, und mit einem Ja wäre Carver im Moment nicht zurechtgekommen. Deshalb sagte er stattdessen: »Doktor, ich muss wieder an meine Arbeit.«

»Sie müssen sich vor allem auf Ihre Genesung konzentrieren, Mr. Carver.«

»Wie soll ich das denn schaffen, wenn eine Kugel in mir drinsteckt?«

»In neun von zehn Fällen richtet die operative Entfernung einer Kugel mehr Schaden an, als dass sie hilft«, wehrte der Arzt ab. »Infektionen, Schädigungen des umliegenden Gewebes, während wir den Fremdkörper auszumachen versuchen – ganz zu schweigen von dem Risiko, das mit dem Öffnen der Brust einhergeht. Weil wir das nämlich *tun* müssten, um dieses kleine Mistding herauszuholen.«

Er wischte über das Display des Tablets, und ein neues Bild erschien. »Das ist der tatsächliche Scan.«

Es sah ein wenig aus wie ein leicht unscharfes Graustufen-Foto, doch Carver konnte die Kugel gut erkennen, sie glich einer leuchtend hellen Schnecke, die sich zwischen Arterie und Knochen eingenistet hatte. Bei dem Gedanken, dass dieses fremdartige Ding in der Nähe seines Herzens saß, schnürte es ihm die Brust zu, und sein Magen schien sich zu verflüssigen.

»Die Position der Kugel bedeutet leider ein erhöhtes

Risiko, dass wir die Aorta selbst schädigen – die Hauptschlagader also, die den Brustraum und die unteren Körperregionen mit Blut versorgt«, fuhr der Arzt mit seinen Ausführungen fort. »Nerven, welche die obere Brusthälfte, den mittleren Rücken und den Bauchbereich sowie die unteren Extremitäten kontrollieren, verteilen sich in diesem Bereich von der Wirbelsäule aus. Vielfältige Beschwerden könnten die Folge sein, von Atemnot bis hin zu Paraplegie.«

»Aber wenn sie drin bleibt, kann sie doch bestimmt ähnliche Schäden anrichten, oder?« Carver widerstand dem Drang, sich die Hand an die Brust zu pressen.

»Bislang sind Ihre Tests allesamt positiv verlaufen«, beruhigte der Arzt ihn. »Keine Muskelschwäche, kein Kribbeln und keine Taubheitsgefühle in den unteren Gliedmaßen. Und das Physioteam hat mir erzählt, dass Sie heute schon auf den Beinen waren und gelaufen sind – gerade mal eine Woche, nachdem Sie bewusstlos hier eingeliefert wurden. Es sieht gut aus für Sie.«

Doch Carver gelang es nicht, die panische Angst abzuschütteln, dass eine einzige ruckartige Bewegung ihn für immer zum Invaliden machen könnte und er für den Rest seines Lebens im Rollstuhl sitzen würde. »Was, wenn sie sich bewegt?«, fragte er. »Dann verletzt sie meine Wirbelsäule doch trotzdem, oder nicht?«

»Wir werden Sie genau unter Beobachtung behalten, während Sie wieder zu Kräften kommen«, erklärte der Doktor. »Sobald wir irgendwelche besorgniserregenden Veränderungen feststellen, werden wir die Risiken einer OP noch einmal neu bewerten und die Vorteile gegenüber den Nachteilen abwägen. Vorerst aber gilt meine größte Sorge der Kopfverletzung. Sie haben keinerlei Vorstellung, wie es dazu gekommen sein könnte oder wann es passiert ist?«

»Nein.«

»Ich frage, weil jede unnötige Verzögerung in der Behandlung einer Gehirnerschütterung zu Langzeitschäden führen kann«, erklärte der Facharzt. »Und Sie scheinen ja *tatsächlich* Probleme zu haben, sich an gewisse Dinge zu erinnern.«

»Mir geht es gut«, wiegelte Carver ab.

»Wissen Sie denn meinen Namen noch?«

Carver blieb ihm die Antwort schuldig; weil er den Namen nicht wusste.

Der Arzt verkniff sich eine Bemerkung, doch kurz darauf fuhr er fort: »Den Schwestern und Physiotherapeuten ist außerdem aufgefallen, dass Sie Mühe haben, sich zu konzentrieren. Was völlig normal ist, wenn man eben erst aus dem Koma erwacht ist.« Er machte eine kurze Pause. »Aber in Ihrem Fall liegen da gewisse Faktoren vor, die die Sache verkomplizieren.«

Carver hob den Blick: Komplikationen waren nie gut.

»Die Gehirnerschütterung ist nur ein Teil davon«, sagte der Arzt. »Sie haben außerdem ein schweres körperliches Trauma erlitten, als Sie angeschossen wurden, und schon davor hatten Sie eine akute Alkoholvergiftung.«

Carver ließ den Kopf hängen.

»Würden Sie sich selbst als schweren Trinker einstufen?« Der Arzt wartete geduldig ab, bis Carver wieder Blickkontakt zu ihm herstellte. »Ich will Sie nicht in Verlegenheit bringen, Mr. Carver – es hilft uns nur, eine präzisere Prognose zu treffen, wenn wir zuverlässige Informationen haben.«

Carver wischte sich mit der Hand übers Gesicht. »Seit ich an diesem Fall arbeite, leide ich an erheblichen Schlafstörungen«, gab er zu und näherte sich über Umwege an die eigentliche Frage an.

»Wie schlimm ist es?«

»Ich schlafe zwei Stunden, in guten Nächten drei.« Einoder zweimal hatte er sogar schon Halluzinationen gehabt.

»Okay... Schlafentzug könnte noch so ein Faktor sein, der Ihre Gehirnfunktionen einschränkt. Und der Alkohol sollte Ihnen helfen, besser zu schlafen?«

»Genau.«

»Ich nehme an, dass Sie meist gegen drei Uhr nachts schweißgebadet aufgewacht sind.«

Carver nickte. Er hatte aufgehört zu zählen, wie oft er mitten in der Nacht aus dem Schlaf hochgeschreckt war, weil ihm die Kehle vor Durst brannte und sein Herz raste. Dabei hatte er sich wenige Stunden zuvor noch bewusstlos getrunken.

»Die gute Nachricht ist, dass Ihre Leber das relativ gut weggesteckt zu haben scheint, auch wenn die Werte leicht erhöht sind«, sagte der Arzt. »Sie wird sich mit der Zeit wieder vollständig regenerieren. Doch leider kann anhaltender Alkoholmissbrauch das Gedächtnis beeinträchtigen. Wir haben es also mit einem komplexen Krankheitsbild zu tun.« Der Doktor legte sein Tablet auf den Nachttisch und setzte sich auf einen Stuhl, den er herumdrehte, um Carver direkt anzusehen. »In der Medizin ist es ähnlich wie bei polizeilichen Ermittlungen«, sagte er. »Je mehr Details man kennt, desto klarer wird das Bild. Ärzte sammeln wie Kriminalpolizisten auch Beweismaterial, um den Schuldigen zu identifizieren – nur dass die Leute leider allzu oft nicht offen sagen, was sie wissen. Das behindert die Ermittlungen und kann dafür sorgen, dass noch größerer Schaden entsteht.«

Carver atmete bedächtig aus.

Der Arzt wartete ab, bis der Detective so weit war und

ganz langsam anfing zu erzählen, als müsste er die Wahrheit aus einem tiefen Brunnenschacht ans Tageslicht holen. »Sie haben sich nach Halluzinationen erkundigt«, sagte er. »Ich rieche immer wieder Pistolenrauch, und ich bekomme manchmal so einen beißenden, metallischen Geschmack im Mund. Hin und wieder wache ich auf und sehe ... Schatten.« Er beobachtete die Reaktion des Arztes, doch der legte nur den Kopf schief, um ihm zu demonstrieren, dass er zuhörte.

»Es fühlt sich an, als ob ...« Carver schluckte. »Als ob da jemand im Zimmer wäre, und ich weiß, dass jemand da ist, nur dass ich niemanden sehen kann. Er ist da und auch wieder nicht. Und – das ist das Seltsamste – wenn meine Kollegin Ruth mit mir spricht, nehme ich farbige Lichter um sie herum wahr. Ich weiß, das klingt verrückt.« Er verstummte.

»Der Geruch nach Pistolenrauch könnte so was wie eine Erinnerung an den Abend sein, an dem auf Sie geschossen wurde«, mutmaßte der Neurochirurg. »Was den Rest anbelangt, so beschreiben Sie *Auren* – ein häufig vorkommender Nebeneffekt bei neurologischen Schädigungen, in der Regel gehen sie einher mit Kopfschmerzen. Manche Patienten erleben darüber hinaus auditive Störungen – sie hören Stimmen oder Geräusche. Aber visuelle Beeinträchtigungen sind typischer.«

»Wodurch werden sie verursacht?«, wollte Carver wissen. Er hatte Mühe, sich zu erinnern, ob die Lichter in Verbindung mit Kopfschmerzen aufgetreten waren.

»Es kommt zu Fehlzündungen im Gehirn«, erklärte der Arzt. »Dadurch werden ungewöhnliche Verbindungen hergestellt, weil die Informationen auf Umwegen durch unbeschädigtes Gewebe weitergeleitet werden – so wie der

Schatten, der da ist und auch wieder nicht. Das kann verstörend auf den Patienten wirken, aber es ist Teil des Genesungsprozesses.«

»Es besteht also Aussicht auf Besserung?«

»Möglich. Aber um sicherzugehen, werde ich weitere Tests anordnen. Wir werden die CT- und die MRT-Scans wiederholen, und ich lasse ein EEG durchführen, um die elektrische Aktivität in Ihrem Gehirn zu überprüfen. Außerdem habe ich eine Neuropsychologin gebeten, vorbeizukommen und sich mit Ihnen zu unterhalten. Das weitere Vorgehen können Sie dann mit ihr besprechen.«

»Aber ich *werde* doch wieder arbeiten können?«

»Dass Sie offen zu mir waren, bringt uns ein gutes Stück weiter«, wich der Chirurg aus. »Wie ich schon sagte, es sieht gut aus, aber ich befürchte, es ist noch zu früh, um eine endgültige Prognose stellen zu können.«

Carver fragte sich, ob der Arzt auch dann noch behaupten würde, es sähe gut für ihn aus, wenn er wüsste, dass die Schatten ihm erst kurz vor seinem Eintreffen einen Besuch abgestattet hatten. Dieses Mal hatte einer der Schatten zu flackern begonnen und sich zu etwas – *jemandem* – verformt, den er kannte. Nur einen Sekundenbruchteil später war er in einer grellen Supernova aus Licht aufgegangen. Allerdings war in seinem Geiste ein Nachbild von Ruth zurückgeblieben, und sie hatte eine Pistole in der Hand gehalten.

17

Ruth Lake saß an ihrem Schreibtisch im Einsatzraum und sah sich auf YouTube ein *Medium* in Aktion an. John Hughes hatte sich schon wenig später wieder bei ihr gemeldet – Kara Grogan hatte *tatsächlich* einen Vertrag bei einer Schauspielagentur unterschrieben – der erste Kontakt war bereits im vergangenen November erfolgt. Und sie hatte offenbar wirklich ein Vorsprechen – es sollte ausgerechnet am heutigen Nachmittag um vier Uhr dreißig stattfinden, in einem Studio in London.

Ruth hatte wiederholt versucht, die Agentin zu erreichen, leider ohne Erfolg. Sie hatte mehrere Nachrichten hinterlassen, wartete aber immer noch vergebens auf einen Rückruf. Mittlerweile war es vier Uhr.

Kara hatte außerdem eine ganze Reihe von Sendungen auf ihrem Festplattenrekorder gespeichert, sowohl Realityshows als auch Spielfilme, und sie hatte umfassende Recherchen im Internet angestellt zu Medien, Geistsehern und Wahrsagerei. Hughes hatte Ruth eine Reihe von Links aus der Suchhistorie auf Karas Computer geschickt, von denen sie sich einige bereits näher angesehen hatte. Ausdrucke von Dokumenten aus Karas Ordnern, die mit Schlagwörtern wie *Mentalismus, Nonverbale Signale* oder *Körpersprache* versehen waren, lagen auf ihrem Schreibtisch. Unter den Websites, die Kara besucht hatte, waren Blogs und YouTube-Videos mit Titeln wie *Lügner entlarven*, *Körpersignale richtig deuten*, *Wahrsagetechniken* und *Die Trickkiste des Paranormalen* – Letzteres ein Artikel aus einer populärwissenschaftlichen Zeitschrift.

Gut zu wissen, dass Kara sich von zwei gegensätzlichen Seiten an paranormale Phänomene angenähert hatte, dachte Ruth. Es war nur sehr schade, dass ihr all dieses Wissen nichts genutzt hatte. Es hatte sie nicht retten können. Allerdings konnte man davon ausgehen, dass Kara wachsamer gewesen war als so manch anderer Mensch. Der Killer musste ein guter Lügner sein. Kurz keimte in Ruth ein Funken Optimismus auf, aber letzten Endes hatten sie das auch vorher schon gewusst: Dass sie es mit einem Psychopathen zu tun hatten und mit einem geborenen Lügner.

Sie seufzte, machte sich eine Notiz und sah sich das nächste Video an.

Während sie James Randi zuschaute, wie er einen weiteren Scharlatan entlarvte, erreichte ein Anruf von John Hughes sie.

»Kara hat soeben eine wütende E-Mail von ihrer Agentin erhalten. Darin reißt die sie quasi in Stücke, weil sie ein wichtiges Vorsprechen verpasst hat.«

Ruth sah auf die Uhr. Es war schon nach fünf. »Die Frau geht nicht ans Telefon. Wie kann es sein, dass sie noch nichts davon gehört hat, was Kara zugestoßen ist?«

»Keine Ahnung«, erwiderte er. »Jedenfalls schreibt sie, sie hätte Kara aus ihrer Kartei gestrichen. Sie solle sich nicht die Mühe machen, sich noch einmal bei ihr zu melden. Ich habe Ihnen die Nachricht gerade weitergeleitet.«

Ruth überprüfte ihren Posteingang. »Okay«, sagte sie. »Ich habe sie erhalten.«

Im Betreff stand *Verpasstes Vorsprechen – soll das ein verdammter Witz sein?* Sie überflog den Text.

Ich habe für dich Kopf und Kragen riskiert. Eine Studentin ohne Abschluss bekommt die Chance, geradewegs zu Starruhm zu gelangen, und dann tauchst du nicht auf? *Merk dir das ein für alle Mal: Du bist ganz unten am Fuß eines gewaltigen Berges an potenziellem Talent, und du hast eben deine größte Chance in diesem Jahr vertan – vielleicht sogar in deiner gesamten Karriere. Also halte dich gut fest, meine Liebe, denn du hast eine holprige Fahrt vor dir, und die wirst du ohne deine Agentin durchstehen müssen. Ich werde dir garantiert nicht mehr dein schwitziges Händchen halten.*

»Sie ist *richtig* sauer«, stellte Ruth fest. »Danke, John – ich übernehme.«

Sie kopierte die Mailadresse der Agentin und fügte sie in eine neue Nachricht ein. Dann fing sie an zu schreiben, wobei sie darauf achtete, möglichst neutrale Formulierungen zu verwenden und lediglich darzulegen, dass sie mit Miss Frinton über ihre Klientin Kara Grogan sprechen müsse. Nachdem sie die Nachricht abgeschickt hatte, rief sie wieder in der Agentur an. Die ersten beiden Male war der Anschluss belegt. Beim dritten Mal veränderte sich der Klingelton, was ihr verriet, dass der Anruf umgeleitet wurde. Schließlich landete sie bei Hayley, Miss Frintons Assistentin.

»Miss Frinton ist nicht im Haus«, erklärte sie mit jugendlich wirkender Stimme.

»Wo hält sie sich denn auf?«

»Oh, sie ist mal hier, mal da… Sie ist immer auf der Suche nach neuen Talenten.«

»Nun gut, Hayley, dann richten Sie ihr bitte aus, dass sie

sich umgehend bei mir melden soll – es ist dringend.« Ruth hinterließ ihre Kontaktdaten, hatte aber keine große Hoffnung, je einen Rückruf zu erhalten.

Sie hatte noch nicht einmal die Hand vom Hörer genommen, als das Telefon erneut klingelte.

Es war Carver. »Ruth«, sagte er. »Wir müssen reden.«

»Worüber denn?«, fragte sie, um einen möglichst neutralen Ton bemüht.

»Die Lügen, die ich dir aufgetischt habe.«

»Okay ...«, erwiderte sie zögernd. »Ich höre.«

»Nicht am Telefon«, sagte er. »Ich will mit dir persönlich reden. Du solltest herkommen.«

So wütend sie auf Carver sein mochte, durch das Jahr, in dem sie so ein eingeschworenes Team gebildet hatten, fühlte sie sich ihm verbunden, genauso wie durch das, was sie in jener schrecklichen Nacht in seiner Wohnung getan hatte.

Sie überprüfte ein letztes Mal ihren Posteingang. »Na schön«, sagte sie schließlich. »Ich bin in einer halben Stunde bei dir.«

18

Carver war mit einer Gedächtnisübung auf dem Tablet beschäftigt und versuchte, nicht in Panik zu geraten, weil die Aufgabe, die für ihn noch vor wenigen Wochen ein Kinderspiel gewesen wäre, jetzt seine gesamte Konzentration in Anspruch nahm. Er war auf die Reha-Station verlegt worden, auf der anderen Seite des Krankenhausgeländes. Dort hatte man ihm ein Einzelzimmer zugewiesen – worüber er sehr froh war, weil es ihn vor neugierigen Blicken von Besuchern auf der Station schützte.

»Greg.«

Er hob den Blick. Ruth Lake stand in der Tür und strich mit der rechten Hand über die Naht ihres Hosenbeins. Für einen winzigen Augenblick schien das Licht um sie herum sich zu einem herben Orangeton zu wandeln, und es sah so aus, als hielte sie etwas Hartes, Metallisches locker in ihrer Hand. Dann schlug ihm beißender Pistolenrauch entgegen, und der Lichtschein wurde wieder kalt-weiß, wie es für Energiesparlampen typisch war.

Sie wirkte abgekämpft. Carver kannte DCI Parsons als jemanden, der sich immer stur ans Protokoll hielt und für alles eine Genehmigung einholte, daher ging er davon aus, dass Ruth in den laufenden Ermittlungen den ganzen Druck zu tragen hatte.

»Du siehst schon viel besser aus«, stellte sie fest.

Carver saß auf einem Lehnstuhl neben seinem Bett; Emma hatte ihm einen frischen Pyjama und einen Bademantel mitgebracht, was ihm wenigstens die Illusion einer Rückkehr zur Normalität gab.

»Mir … geht es deutlich besser, danke.« Er legte das Tablet zur Seite und holte Luft. »Hör zu, ich finde es nicht gut, wie wir das letzte Mal auseinandergegangen sind.«

»Du hast doch gesagt, du willst über die Lügen reden, die du mir erzählt hast.«

Wie üblich gab ihr Ton nicht viel preis, doch ein schwacher Nachhall des orangen Leuchtens von vorhin schien sie zu umgeben. *Sie ist wütend,* dachte er.

»Die Lügen, ja.« Er verkniff es sich, zu sagen: *Und die Lügen, die du mir aufgetischt hast.* Aber vielleicht würde er das später noch nachholen.

»Also …«, fing er an. »Jansen war zu Besuch – um mich zu *befragen*, sollte ich wohl hinzufügen. Du hattest recht, er kann mich wirklich nicht ausstehen.« Er bemühte sich um ein Lächeln, doch Ruth verzog keine Miene.

»Was hast du ihm gesagt?«

»Was ich dir auch erzählt habe.«

»Du hast mir gar nichts erzählt.«

»Ich hab dir doch gesagt, ich erinnere mich an nichts.«

»Was eine glatte Lüge war.«

Er empfand ihren eindringlichen Blick als grelles Leuchten. Der orange Lichtschein glomm auf und verschwand wieder, sodass ihre Gesichtszüge leicht verschwommen wirkten. Er zögerte, bevor er zugab: »Das stimmt zum Teil.«

»Und zum Teil war es gelogen.« Er bemerkte, wie für den Bruchteil einer Sekunde ein Lächeln in ihrem Gesicht aufflackerte, aber es lag nichts Humorvolles darin.

»Sei nicht so eine Klugscheißerin, Ruth. Ich erinnere mich an einiges von dem, was passiert ist, nur kann ich nicht sagen, was real ist und was… keine Ahnung… ein Traum? Fantasie?«

Er glaubte, etwas wahrzunehmen, nichts, das so eindeutig gewesen wäre wie ein Zusammenzucken oder ein Stirnrunzeln; es war etwas viel Subtileres, als hätte sich ein grauer Schleier über ihre Hornhaut gelegt. Er hatte das schon ein paarmal an ihr bemerkt, bei Verhören von besonders aggressiven Kriminellen und auch dann, wenn sie ihren Vorgesetzten Lügen aufgetischt hatte.

»Zum Beispiel?«, hakte sie nach.

»Schatten«, sagte er. »Einen Geruch, etwas wie Pistolenrauch – die Ärzte reden von Halluzinationen. Nur… sie wirken so real auf mich.«

»Also, dann erzähl mal, was sind das für Schatten?«, fragte sie.

»Gestalten«, sagte er und sah ihr unumwunden ins Gesicht. »Personen. Ich will ihnen ins Gesicht sehen – kann mich nur leider nicht bewegen. Aber ich weiß, dass sie da sind.«

Ein violetter Schein um ihre Augen, er war da und in Sekundenschnelle wieder verschwunden. Doch er war zweifelsohne da gewesen.

»Du. . weißt nicht, wer…?«

»Es ist alles verschwommen.«

»Kannst du dich denn an den Morgen des Tages erinnern?«, fragte sie. »Wie du aufgestanden, zur Arbeit gegangen bist, all das?« Es kam ihm vor, als wollte sie vom Thema ablenken.

»Ich habe mich mit dir getroffen, wir sprachen über Kara. Ich sagte, ich glaube nicht, dass sie als Drohung für mich gedacht war oder für Emma. Du warst mit mir einer Meinung.«

Sie nickte. »Genau so war es. Das ist doch schon mal gut, nicht wahr? Dass du wenigstens das noch ganz klar weißt?«

Er erwiderte nichts darauf, weil er seine Lügen auf ein Minimum begrenzen wollte.

»Also, ab wann wird es dann undeutlich?«

»Tja, ungefähr um die Zeit, als ich das Büro verließ.« Das war nun glatt gelogen.

Wieder registrierte er ein kurzes Aufflackern von Orange um sie herum. *Wütend,* dachte er. *Orange bedeutet, sie ist wütend.*

»Du hast das Büro gegen acht verlassen«, sagte sie. Ihre Stimme klang plötzlich abweisend, und da wusste er, dass er richtiglag mit seiner Vermutung. »Das wäre dann gewesen, unmittelbar nachdem du die unbekannte Handynummer, die wir in deinem Verbindungsnachweis gefunden haben, angerufen hast.«

Tja, er war wohl nicht der Einzige, der hier log. »Einer der Schatten hält eine Pistole in der Hand«, konterte er.

Das wütende Auflodern von Farben verebbte.

»Wer?«, fragte sie.

»Ich weiß es nicht. Wie ich schon sagte, es war ein Schatten.«

Sie starrte ihn an, und jetzt war sie wieder einfach nur Ruth, ganz ohne Pyrotechnik, ohne Lichter und völlig undurchschaubar.

»Wo sind meine Akten?«, fragte er.

»Weißt du das nicht mehr? Ich habe dir doch erklärt, sie sind verschwunden.«

»*Wohin* verschwunden?«

»Die einzigen Anzeichen dafür, dass sie je in deiner

Wohnung waren, sind ein paar Klebereste an den Wänden deines Schlafzimmers und der Abdruck einer Schachtel im Teppich.«

Er wurde allmählich müde, doch er glaubte, aus dem Augenwinkel ein grünes Leuchten zu erkennen.

»Du weichst mir schon wieder aus«, sagte er.

»Du mir auch«, gab sie zurück.

»Was ist aus der Pistole geworden?« Er stellte die Frage, ohne eine direkte Antwort zu erwarten. Im Grunde wollte er nur ihre Reaktion testen.

»Die wahrscheinlichste Erklärung ist die, dass der Schütze sie mitgenommen hat.« Die Luft um sie herum schien nun eindeutig grün zu schimmern.

»Du hast gesagt, du glaubst nicht, dass der Dornenkiller auf mich geschossen hat.«

»Nein, tue ich auch nicht.«

»Und wer war es dann? Und wer hätte diese Akten mitnehmen sollen?« Carver kam wieder zurück auf seine vorherige Frage, um sie auf die Probe zu stellen. »Wieso sollten diese Akten für irgendwen von Interesse sein, wenn es nicht der Dornenkiller war?«

Sie ging in die Defensive. »Ich dachte, du hättest mich hierhergebeten, weil du mir die Wahrheit erzählen willst?«

»Ich verstehe nicht, wie du dir so sicher sein kannst, dass es nicht der Dornenkiller war, der auf mich geschossen hat«, konterte er. »Da muss etwas in den Akten sein – warum sollte er sie sonst mitgenommen haben?«

Sie stöhnte auf. »Was gibt dir die Gewissheit, dass *er* es getan hat? Vielleicht hast *du* die Unterlagen ja irgendwo versteckt .. oder verbrannt.« Ihre Stimme verhärtete sich noch mehr. »Oder du hast sie dorthin zurückgebracht, wo sie hingehören, wohl verwahrt beim Rest der Fallakten.«

»Tolle Theorie«, sagte er. »Nur dass ich an dem Abend, an dem ich angeschossen wurde, noch in den Akten gelesen habe. Bei mir daheim.«

»Es überrascht mich, dass du das mit einer solchen Bestimmtheit behauptest«, sagte sie. »Hast du mir etwa die ganze Zeit nur etwas vorgemacht?«

»Wenn der Dornenkiller die Akten nicht hat mitgehen lassen, wer war es dann?«, gab er zurück.

»Der, der dich angeschossen hat.« Die violetten Farbverwirbelungen um ihre Augen tauchten wieder auf.

»Ich beschäftigte mich nun schon seit einem Jahr ausschließlich mit diesem Fall. Wer außer dem Dornenkiller würde mich genug hassen, um eine Pistole zur Hand zu nehmen und auf mich zu schießen?«

»Ich weiß es nicht«, gab sie zu, und der violette Schein verwandelte sich in ein gallig grünes Leuchten.

Die Farbe der Lüge, dachte er. »Du *weißt* es«, stellte er fest, und ihm wurde übel vor Erschöpfung. »Oder du glaubst, es zu wissen.«

»Was soll das, wofür hältst du dich?«, fragte sie, jetzt wieder in Abwehrhaltung. »Denkst du, du bist eine Art Hellseher?«

»Ich erkenne doch eine Lüge, wenn ich sie vor mir habe.«

»Du meinst, wenn du eine *hörst.*«

»Ich rede von nonverbalen Signalen«, sagte er. »Da ist etwas, das du mir vorenthältst.«

Sie zuckte mit den Schultern. »Sieht fast so aus, als hätten wir beide unsere Geheimnisse, nicht wahr, Greg?«

Nachdem sie sich verabschiedet hatte, sackte Greg auf dem Stuhl zusammen. *Nonverbale Signale? Ich fasse es nicht, dass du Ruth diesen Mist auftischst.* Gerade sie hatte es verdient, dass man ehrlich zu ihr war. Doch er wurde die Erinnerung nicht mehr los, die ihm gekommen war, als er sich das letzte Mal mit dem Neurologen unterhalten hatte: die leuchtend helle Supernova; das Nachbild von Ruth mit der Pistole in der Hand. Ruth, wie sie am Eingang zu seinem Krankenzimmer steht, der matte Glanz von etwas Metallischem, das sie locker in der Hand hält. War dies ein weiteres Beispiel für die Fehlzündungen in seinem Gehirn, die mit der Genesung einhergingen? Nervenimpulse, die wild in die eine Richtung schossen, wo sie doch eigentlich die andere Richtung einschlagen sollten, Verbindungen, die geknüpft wurden und zu einer Art Kurzschluss führten? Möglich. Aber er konnte die Existenz der Lichter, der Auren – oder wie auch immer man das nennen wollte – nicht leugnen. Sie waren da, wann immer sie zu ihm sprach. Er hatte es so klar und deutlich gesehen, als hätte sie es ihm selbst gestanden: Ruth belog ihn auf ganzer Linie.

19

Wieder zurück beim Revier, traf Ruth auf eine Ansammlung von Reportern, die unweit des Haupteingangs herumstanden. Sie fuhr weiter um das Gebäude herum zum Parkplatz und ging durch den Hintereingang hinein, um unangenehmen Fragen auszuweichen. Sie rannte die vier Treppenabsätze nach oben, zum Teil, um ihrem Zorn Luft zu machen, zum Teil, um Parsons aus dem Weg zu gehen, der gerade den Lift betrat, als sie durch die Tür trat.

Im zweiten Stock riss sie die Brandschutztür auf, gerade als Constable Ivey sie von innen aufdrückte. Er stolperte vorwärts, konnte sich aber zum Glück fangen.

»Sorry, Sergeant«, sagte er und trat einen Schritt zurück, um sie eintreten zu lassen.

»Meine Schuld«, sagte sie. »Tom, nicht wahr?«

Er nickte, und eine leichte Röte stieg ihm ins Gesicht. Bestimmt litt er unter seinem zarten Teint, wenn es ums Dating ging.

»Wie geht es Ihnen?«, erkundigte sie sich.

»Kein Glück, was das Treffen im Hotel anbelangt«, sagte er. »Oder mit dem Prepaid-Handy.«

Wem sagen Sie das.

»Wie geht es DCI Carver?«, erkundigte sich der junge Detective.

»Ihm geht's … *gut.*« Sie hatte es sich im letzten Moment verkniffen, zu sagen: »Ihm geht's *viel zu* gut«, denn das war es, was ihr in Wirklichkeit durch den Kopf ging. »Jedenfalls ist er auf dem Weg der Besserung.«

»Wenn man den Boss so hört, funktioniert sein Gedächtnis aber noch nicht richtig«, bemerkte Ivey.

»Wundert Sie das?«, fragte sie, und ihr Ton wurde schärfer, weil ihr wieder einfiel, wer Tom Iveys Boss war.

»Wie kommen Sie mit dem Fall voran?«

»Zäh«, sagte sie. »Trotzdem danke der Nachfrage.«

Sie nickte ihm zu und ging weiter in den Einsatzraum. Langsam beruhigte sie sich wieder. Es war schon spät, die meisten Detectives, die an dem Fall arbeiteten, waren längst nach Hause gegangen. Doch Ruth war immer noch viel zu aufgewühlt, um für heute ans Schlussmachen zu denken. Sie checkte ihre E-Mails und den Anrufbeantworter. Nach wie vor keine Rückmeldung von der Agentin.

Es musste doch etwas im Internet zu finden sein über dieses Interview oder das Vorsprechen oder wie immer die das nannten, überlegte sie und machte sich daran, den Namen der Frau und das Stichwort *Schauspielagentin* in der Suchmaschine einzugeben. Tatsächlich lief sie unter der Bezeichnung *Talentscout*, und die Fachpresse feierte die Wendy Frinton Talent Agency als eine der besten in London. Es gab keine Ankündigung von Events, nur eine beeindruckend lange Auflistung der Namen aller Schauspielerinnen und Schauspieler, die sie unter Vertrag hatte. Auf der gesamten Website war nichts über irgendwelche Vorsprechen oder Veranstaltungen zu finden. Soweit Ruth das beurteilen konnte, diente die Website als eine Art Puffer oder Firewall zwischen Frinton und der Masse an Möchtegern-Schauspielern, die um ihre Aufmerksamkeit buhlten.

Ein Stück weiter unten in der Google-Trefferliste stieß Ruth auf Dutzende von Links zu YouTube-Videos; Wendy Frinton hatte demnach ihren eigenen Kanal. Ruth überflog die Titel und blieb bei einem hängen, der aus den ganzen praktischen Lehrvideos hervorstach. Ein Link mit dem Untertitel »OMFG, guckt euch an, wie Wendy Frinton AUSRASTEN kann!!!«. Datiert war das Video auf den heutigen Tag, gerade einmal vor vierzig Minuten war es gepostet worden. Sie klickte auf den Link und hatte eine Miniaturaufnahme der Frau höchstpersönlich vor sich, offenbar mitten in einer Schimpftirade, wenn man nach dem wütend verzerrten Mund ging. Ruth klickte auf »Play«. Wendy Frinton erwachte auf dem Bildschirm zum Leben und war geladen wie eine Hornisse auf Speed. Ihre Haare waren hellblond und standen ihr wild vom Kopf ab. Das auffällige gelb-schwarze Oberteil perfektionierte den Look noch. Sie saß an einem weißen Melamintisch, dahinter ein hastig aufgehängter Hintergrund, vielleicht ein alter Vorhang oder dergleichen. Sie klammerte sich an den Kanten des Tisches fest, als wollte sie ein Stück abbrechen und den Computermonitor damit bewerfen. Miss Frinton stellte sich hastig vor, sprach aber dann kurzzeitig langsamer, um den Namen ihrer Agentur klar und deutlich zu artikulieren.

»Okay, wir haben Viertel nach fünf am Abend, hier in Großbritannien«, fing sie an. »Und ich befinde mich mitten in einer Odyssee kreuz und quer durchs Land, um angehende Schauspieler vorsprechen zu lassen und mir eine *Million* Auftritte anzusehen (keine Übertreibung!), auf der Suche nach den Stars von morgen. Wenn ich also leicht erledigt aussehe, liegt es daran, dass ich es verflucht noch mal *bin.*« Mit drohendem Blick schaute sie in ihre Laptopkamera. »Ihr wisst, dass ich euch liebe, Leute, und ich möchte, dass ihr das Beste aus euch herausholt, aber ich bin NICHT eure verdammte MUTTER. Ich werde euch also ein paar Fragen stellen, die ihr euch eigentlich selbst stellen solltet, und übrigens solltet ihr sie euch jedes Mal aufs Neue stellen, sobald ihr auch nur den Hauch einer Chance wittert. Am besten nehmt ihr euch einen Stift und einen Zettel zur Hand und schreibt euch das auf. Okay? Bereit?« Sie machte eine kurze Pause, um tief Luft zu holen. »Also, Folgendes: Erstens – seid ihr gut vorbereitet? Zweitens – habt ihr den Text für euer Vorsprechen ausreichend und auf unterschiedliche Arten einstudiert? Drittens – wenn es sich um eine Blind Audition handelt, habt ihr dann das Blind Reading geübt?« Sie hob einen Finger und richtete ihn auf den Bildschirm. »Erzählt mir bitte nicht, für ein Blind Reading kann man nicht üben – UND OB IHR DAS KÖNNT! Weil ihr nämlich jedes Mal, wenn ihr irgendwas, egal was, das erste Mal lest, an Selbstvertrauen gewinnt.«

Sie ließ sich auf ihrem Stuhl zurückfallen, als wäre sie es leid, ihren Schützlingen Dinge zu erklären, die in ihren Augen eigentlich selbstverständlich sein sollten.

»Wo war ich stehen geblieben?«, murmelte sie und richtete den Blick auf etwas abseits des Bildschirms. »Drittens. Okay, dann kommen wir zu viertens – wenn ihr an der Reihe seid, tretet ihr dann auch mit einem strahlenden Lächeln ins Rampenlicht? Fünftens – habt ihr den Casting Director begrüßt? Und noch eine Bemerkung am Rande, weil ich das eigentlich *wirklich* nicht extra sagen müssen sollte: Habt ihr euch auf Google über sie oder ihn informiert, bevor ihr zum Vorsprechen gefahren seid?« Sie rollte genervt mit den Augen, als hätte jemand außerhalb des Bildschirmbereichs etwas Empörendes geäußert. »Kommt schon – ihr gehört zur Generation Y, den *Millen-*

nials, ihr seid doch angeblich ständig im Internet, seid gut vernetzt, und das vierundzwanzig Stunden am Tag. Ihr seid damit *aufgewachsen*. Also rein ins Netz, macht eure Hausaufgaben, Leute!« Sie schob das Kinn vor und stieß genügend Luft aus, um ihre Haare aus der Stirn zu pusten. »Und das bringt uns wohl zu Punkt Nummer sechs, dem wichtigsten überhaupt. Schreibt euch das am besten hinter die Ohren: VERHALTET EUCH WIE EIN PROFI. Siebtens – seid ihr pünktlich da gewesen? Seid ihr *überhaupt* aufgetaucht? Bleibt *nie* unentschuldigt einem Vorsprechen fern.« Sie machte eine kurze Pause und schlug sich die Hand vor den Mund. Für den Bruchteil einer Sekunde machte es den Eindruck, als wollte sie die Aufzeichnung stoppen, sie streckte sogar die Hand aus, als würde sie genau das tun. Doch im letzten Moment riss sie die Hand zurück und schlug mit beiden Händen auf den Tisch. »Hört zu«, fuhr sie fort, jetzt in einem etwas versöhnlicheren Tonfall. »Ich will etwas mit euch teilen, weil es mich *so sehr* verärgert hat und ich NICHT möchte, dass ihr den gleichen Fehler begeht. Um es kurz zu machen: Ich habe für eine Klientin ein Vorsprechen organisiert. Es handelt sich um eine junge, aufstrebende Schauspielerin, die noch nicht einmal mit dem College fertig ist. Aber sie ist talentiert – und zwar so RICHTIG ...« Sie seufzte. »Ich habe ihr also dieses Vorsprechen organisiert, bei einer großen Fernsehproduktionsfirma. Eine *Riesen*chance für sie – ich meine, echt gigantisch.« Sie wandte den Blick kurz vom Bildschirm ab, und Ruth entging nicht, dass sie Mühe hatte, nicht die Beherrschung zu verlieren. »Heute Nachmittag bekomme ich dann diesen Anruf – sie ist einfach nicht aufgekreuzt.« Sie klatschte sich die Hand an die Stirn, als hätte sie den Anruf eben erst erhalten, einen Ausdruck des Entsetzens und der

Fassungslosigkeit im Gesicht. »Sie hat das verdammte *Vorsprechen* versäumt!«

Ruth neigte sich näher zum Bildschirm. *Sprach sie etwa von Kara?*

»Glaubt mir, meine aufstrebenden Sternchen von morgen«, sagte Frinton. »Chancen – und damit meine ich *jede* noch so *minimale* Chance, aber ganz besonders Gelegenheiten wie diese – die WACHSEN. NICHT. AUF. BÄUMEN.« Wütend funkelte sie in die Kamera. »Ich habe versucht sie anzurufen. Sie hat mich nicht zurückgerufen. Ich habe ihr eine E-Mail geschrieben. Nichts, keine Reaktion.« Sie vergrub ihre Finger in ihrem Haar und zog sie durch die ohnehin schon ziemlich zerzauste Mähne. »Was *soll* das denn bitte? Ich sag euch eins, meine talentierten Freunde. Mit der nächsten E-Mail von mir flog sie raus.«

Ja, tatsächlich – sie spricht von Kara. Ruth streckte die Hand nach dem Festnetzapparat auf ihrem Schreibtisch aus und gab Miss Frintons Geschäftsnummer ein.

»Das *geht* nicht, dass man zu einem Vorsprechen einfach nicht auftaucht«, fuhr die Agentin fort. »Auf dieser Welt ist euch keiner auch nur so viel schuldig.« Sie hielt Zeigefinger und Daumen ein winziges Stück auseinander, um es zu demonstrieren. »Und wenn ihr glaubt, das ist ein hartes Pflaster da draußen, dann merkt euch eins: Das Leben ist ein Spaziergang im Vergleich zum Schauspielbusiness. Keiner ist verpflichtet, euch eine Chance zu geben in diesem Geschäft. Wenn man also eine solche Gelegenheit geboten bekommt und lässt sie sich entgehen… dann braucht man nicht zu erwarten, dass man eine zweite Chance kriegt.« Sie holte Luft. »Tut mir leid, das mag sich hart anhören«, sagte sie und klang nicht die Spur bedauernd, »aber so läuft das nun mal.«

Im Hintergrund sagte jemand etwas, und sie warf einen Blick über die Schulter.

»Okay, meine Assistentin teilt mir mit, dass ich aufhören muss. Denkt darüber nach, meine Lieben. Und seht zu, dass ihr gut vorbereitet seid, wenn der entscheidende Anruf kommt. Ich wünsche euch allen viel Erfolg in der kommenden Vorsprech-Saison.« Sie warf eine Reihe von Luftküssen in die Kamera, dann war das Video zu Ende.

Ruth wurde wieder umgeleitet auf eine Handynummer. Einen Augenblick später sprach sie mit Hayley, der Assistentin.

»Detective Sergeant Lake noch einmal«, sagte Ruth. »Sie erinnern sich?«

»Tut mir leid, aber Miss Frinton …«

»Ich weiß, sie befindet sich auf einer Odyssee kreuz und quer durchs Land. Ich habe mir gerade ihr Video angesehen. Aber ich habe sie um dringenden Rückruf in Polizeiangelegenheiten gebeten, und da ich nun weiß, dass sie die Zeit gefunden hat, ein Video auf YouTube zu posten, nehme ich an, dass sie auch eine Minute für mich erübrigen kann.«

»Tut mir leid, sie ist mitten in einem …«

»Vorsprechen, ich weiß. Und ich befinde mich mitten in den Ermittlungen in einem Mordfall, also hören Sie mir bitte ganz genau zu, Hayley. Sie holen sie jetzt sofort ans Telefon, sonst mache ich Sie persönlich und vielleicht sogar die ach so göttliche Miss Frinton dafür verantwortlich, dass die Ermittlungen in einem Mordfall behindert wurden. Habe ich mich deutlich genug ausgedrückt?«

In weniger als zwei Minuten hatte sie Wendy Frinton höchstpersönlich am Apparat.

»Hören Sie zu, Sergeant. Es ist mir egal, wer Sie sind – Sie können meiner Assistentin nicht einfach so drohen …«

»Nettes YouTube-Tutorial«, fiel Ruth ihr ins Wort. »Die talentierte Schauspielerin, die nicht zum Vorsprechen erschienen ist, das war Kara Grogan, nicht wahr?«

»Ich habe keine Namen genannt. Und überhaupt ...« Sie verstummte, und Ruth malte sich aus, wie sie eins und eins zusammenzählte und die Verbindung herstellte zwischen Kara Grogans Namen und der Polizistin, die in einem Mordfall ermittelte. »Sie wollen doch nicht etwa andeuten, dass Kara ...«

»Gute Entschuldigung für ihr Fernbleiben, nicht wahr?«, sagte Ruth. »Dass sie tot ist.«

Sie hörte, wie Miss Frinton ganz leise das Wort »tot« wiederholte.

»Ermordet.«

»Gott, ich fühle mich beschissen, dass ich so auf sie geschimpft habe. Wie ist es ... Ich meine, unter welchen Umständen ist es passiert?«

»Lesen Sie denn keine Zeitungen, Miss Frinton?«

»Um diese Jahreszeit lese ich ausschließlich *The Stage, Entertainment Weekly* und *Spotlight* – und in den letzten fünf Tagen nicht einmal das. Sie sehen also, es ist ...«

»Vorsprech-Saison, ich weiß. Aber Kara wurde vor bald zwei Wochen ermordet.«

»Oh.« Sie klang ernüchtert.

»Wir glauben, dass sie von einem Serienmörder entführt wurde.«

»Dem Dornenkiller?«

»Sie haben also *doch* Nachrichten gesehen?«

»Ich mag ja in meiner kleinen Theaterblase leben, aber die befindet sich immerhin auf dem Planeten Erde«, erklärte Miss Frinton.

Ruth hörte im Hintergrund Stimmen, worauf die Agentin schroff antwortete: »Sag ihnen, sie sollen warten.« Dann fuhr sie fort. »Okay – was wollen Sie von mir wissen?«

»Sie sind wie selbstverständlich davon ausgegangen, dass Kara das Vorsprechen hat sausen lassen, doch ihre Kommilitoninnen und Kommilitonen sowie ihre Dozenten behaupten, sie sei die gewissenhafteste und ehrgeizigste Studentin ihres Jahrgangs gewesen.«

»Ich dachte, es läge an ihrer verdammten Phobie.«

»Welche Phobie?«

»Lampenfieber. Ich dachte, sie hätte gekniffen, weil sie Angst hatte.«

»Das ergibt doch keinen Sinn«, sagte Ruth. »Ich habe auf YouTube eine ihrer Vorstellungen gesehen, sie war genial.«

»Das heißt gar nichts. Auch gute Schauspieler können zu einem kotzenden, zitternden, völlig unzurechnungsfähigen Häuflein Elend mutieren, kurz bevor sie auf die Bühne gehen, und dann aber die Darstellung ihres Lebens abliefern, wenn sie erst im Rampenlicht stehen. *Jeder* Mensch leidet unter Lampenfieber. Bei den besten Schauspielern ist es oft am schlimmsten, weil sie von sich selbst nichts weniger als Perfektion erwarten. Ich habe ihr das immer wieder gesagt. Ich habe ihr eine Liste mit den Besten der Besten gegeben, die allesamt erst lernen mussten, trotz ihres höllischen Lampenfiebers auf die Bühne zu gehen. Ich habe ihr empfohlen, deren Biografien zu lesen, und sie gebeten, sich im Anschluss zu fragen, warum es bei ihr anders sein sollte.«

»Waren unter den *Besten der Besten* auch Laurence Olivier, Judi Dench, Sheila Hancock, Benedict Cumberbatch und Barbara Streisand?« Ruth spulte die Namen aus dem Gedächtnis herunter.

»Ja, genau, die und noch ein paar mehr …« Es lag ein fragender Unterton in der Stimme der Agentin.

»Sie hat sich die Biografien gekauft, Miss Frinton. Sie hat sie allesamt von vorne bis hinten durchgelesen und sich am Rand Notizen gemacht.«

»Ich hätte es wissen sollen«, sagte die Agentin. Sie klang, als wäre ihr richtig elend zumute. »Dieses Mädchen war bestens vorbereitet. Sie hat mir sogar erzählt, sie hätte sich Hilfe geholt.«

»Welche Art von Hilfe denn?«

»Ich nahm an, sie sprach von einer Therapie.«

Sie hatten keine Hinweise darauf gefunden, dass Kara bei einem Therapeuten in Behandlung war. Aber Ruths Kopfhaut fing an zu prickeln, weil sie genau wusste, dass sie auf eine heiße Spur gestoßen war.

»Sie hat Ihnen also nicht erzählt, *wen* genau sie traf oder wo?«

»Tut mir leid, normalerweise mische ich mich nicht in das Privatleben meiner Klienten ein.«

»Wie war sie denn so ... als Klientin?«

»Sie hatte Starqualität. Ich mochte Kara, sie hatte etwas, und sie war bereit, bei ihrer Arbeit aufs Ganze zu gehen. Sie hat Sachen ins Netz gestellt, hatte eine Reihe von Rollen in petto – sie stellte ihr Talent gern zur Schau, dabei erwarten die meisten der Kids, dass man sie *entdeckt.*« Die Agentin stöhnte. »Oh, ich hätte es wissen müssen ... Das sah ihr so gar nicht ähnlich. Aber mir war die Sache peinlich, und ich war wütend, dass sie nicht zu dem Vorsprechen erschienen ist.«

»Es ist ungewöhnlich, sich eine Agentur zu suchen, bevor man den Abschluss in der Tasche hat, oder nicht?«, fragte Ruth.

»Sie haben sie auf YouTube ja gesehen. Wie ich schon sagte, Kara hatte großes Talent.«

»Und trotzdem wollte sie nicht, dass ihre Mitbewohner erfuhren, dass sie einen Vertrag bei Ihnen unterschrieben hatte…«

»Natürlich nicht – man will ja schließlich nicht ausgerechnet die Leute gegen sich aufbringen, mit denen man bei den Abschlussprüfungen zusammen auftreten muss.«

»Ist es möglich, dass ihre Kommilitonen nichts von ihrem Lampenfieber wussten?«

»Wer kann das schon so genau sagen? Wir alle verheimlichen etwas. Kein Mensch zeigt gern Schwäche oder macht sich angreifbar.«

»Das kann ich nachvollziehen«, sagte Ruth mit für sie ungewöhnlicher Offenheit. »Aber geht es bei der Schauspielerei nicht genau darum, die eigenen Gefühle ungeniert zur Schau zu stellen und seine Schwächen zu zeigen?«

»Volltreffer«, sagte Miss Frinton. »Aber es tut mir leid, Ihnen sagen zu müssen, dass Sie über Karas Charakter am besten mit ihren Kommilitonen sprechen sollten.«

»Nicht einmal ihr Dozent wusste etwas von diesem Vorsprechen.«

»Das läuft folgendermaßen…« Die Agentin verfiel in denselben Modus wie in dem YouTube-Video. »Nur zwei Prozent der Schauspielschüler landen im West End. Und die bestens Jobs gehen an die RADA- und LAMDA-Schüler. Der Rest kann von Glück sagen, wenn sie in den ersten sechs Monaten nach ihrem Abschluss überhaupt irgendeinen Schauspieljob ergattern. Die Wahrheit sieht so aus, dass die meisten von diesen blauäugigen Träumern schon nach weniger als einem Jahr die Schauspielerei vollständig aufgeben, und selbst wenn sie dabeibleiben, verdienen sie meist weniger als zehntausend im Jahr. Aber es gibt noch einen weiteren, wichtigeren Grund, warum Kara keinem etwas davon sagen wollte. Sie *durfte* ganz einfach nicht.«

»Wie, sie durfte keinem erzählen, dass sie ein Vorsprechen hatte?«

»Man ist auf mich zugekommen, weil der zuständige Casting Director genau weiß, dass ich nichts ausplaudere, auch wenn ich eine große Klappe habe. Es geht hier um eine Angelegenheit, die wirklich top-secret ist. Wissen Sie, die Produzenten konnten einen Schauspieler der A-Liste für die Hauptrolle gewinnen, deshalb gilt strengstes Geheimhaltungsgebot, bis … ach, jetzt tue ich es schon wieder, mein Mundwerk geht mit mir durch. Sie brauchen das ja gar nicht alles zu wissen«, sagte sie. »Tut mir leid.«

»Sie hat recherchiert zu den Themen Parapsychologie, Wahrsagerei, solche Dinge.«

»Für die Rolle«, bestätigte Miss Frinton, dann fügte sie kleinlaut hinzu: »Scheiße. Verraten Sie bitte *niemandem,* dass Sie das von mir haben.«

»Es war also wirklich eine Riesenchance für sie«, stellte Ruth fest.

»Eine *gigantische* Chance.« Miss Frinton stieß ein Seufzen aus. »Es tut mir so leid für die Kleine – aus ihr hätte etwas Großes werden können, vielleicht hätte sie es sogar unter die Besten geschafft.«

Wieder eine gedämpfte Unterbrechung, dann sagte die Agentin: »Tut mir leid, ich kann sie nicht länger hinhalten. Brauchen Sie noch etwas von mir?«

»Ja«, gab Ruth zu. »Vielleicht nehmen Sie Ihre Hasspredigt besser wieder aus dem Netz.«

20

Ruth Lake legte den Hörer auf, schob ihren Stuhl vom Schreibtisch zurück und starrte an die Decke. Ein Rauchmelder hing einige Meter entfernt, sie konzentrierte sich auf das rhythmische Blinken des LED-Lämpchens.

Konkurrenzdenken, Eifersucht, Heimlichtuerei … alle diese Worte tauchten immer wieder auf, und jetzt auch noch Lampenfieber, ein neues Puzzleteil in dem Rätsel, das Kara Grogan für sie darstellte.

Karas Mitbewohner logen, da war sie sich sicher. Hatten sie von der schrecklichen Angst des ermordeten Mädchens vor der Bühne gewusst? Wären sie bereit gewesen, diese Furcht auszunutzen, um einen Vorteil daraus zu ziehen? Ihr Dozent hatte Ruth erzählt, dass der Konkurrenzkampf bisweilen hässliche Züge annahm, und sie begann sich zu fragen, wie hässlich das genau werden konnte. Spielte es überhaupt eine Rolle? Schließlich waren es nicht Karas Freunde gewesen, die sie ermordet hatten. Doch die Erkenntnis, dass die Studentin an Lampenfieber gelitten hatte, war neu, und es war Ruths Pflicht, dem weiter nachzugehen, doch gleichzeitig wollte sie es auch *selbst* unbedingt wissen.

Möglicherweise hatte Kara sich Helen anvertraut, ihrer Mitbewohnerin, die sie beim Einstudieren ihrer Texte unterstützt hatte. Vielleicht wusste Helen sogar, bei wem Kara sich Hilfe geholt hatte, um mit ihrem Lampenfieber klarzukommen.

Ruth warf einen Blick auf ihre Uhr. Es war schon nach sieben – vielleicht hatte sie Glück und traf die Mitbewohner jetzt zu Hause an.

Angela öffnete die Tür. Sie hatte eine dampfende Tasse in der Hand und ein Sandwich zwischen den Zähnen, vermutlich damit sie die andere Hand frei hatte, um ihr aufzumachen. Sie stieß ein undeutliches Geräusch aus, mit dem sie ihren Unmut zum Ausdruck brachte, riss sich das Sandwich aus dem Mund und breitete die Arme weit aus.

»Sergeant Lake!« Etwas von ihrem heißen Getränk schwappte über den Becherrand und landete auf dem Fliesenboden, doch sie schenkte dem keine Beachtung. »Was für eine Überraschung!« Sie trat einen Schritt zurück, um Ruth Lake einzulassen.

Helen kam kurz darauf die Treppe heruntergeeilt. »Gibt es Neuigkeiten?«, erkundigte sie sich ohne Umschweife.

»Ich habe nur ein paar Fragen«, sagte Ruth. »Wenn Sie eine Minute für mich Zeit hätten?«

Helen war angezogen, als wollte sie das Haus verlassen, mit Parka und dickem Schal, und sie hatte eine Umhängetasche quer über die Brust hängen.

»Ich bin gerade auf dem Weg zur Arbeit«, erklärte sie. »Spätschicht. Aber klar – wie kann ich Ihnen helfen?«

Angelas Mundwinkel verzogen sich zu einem höhnischen Grinsen. Sie machte kehrt und ging voraus ins Wohnzimmer.

Dort war niemand, aber Ruth entging nicht, dass die beiden Visitenkarten, die sie auf dem Wohnzimmertisch hinterlassen hatte, immer noch dort lagen.

»Könnten Sie bitte Jake und Lia rufen?«, bat sie.

»Die sind nicht da«, erklärte Angela mit einer Bestimmtheit, die deutlich machte, dass sie nicht vorhatte, Ruth in irgendeiner Weise entgegenzukommen, und nahm auf einem der Sofas Platz.

»Okay… Wusste jemand von Ihnen, dass Kara sich auf ein wichtiges Vorsprechen vorbereitete?«, erkundigte sich Ruth.

Angelas Züge verhärteten sich kaum merklich, aber nur für den Bruchteil einer Sekunde. *Da ist es wieder: Eifersucht, das grünäugige Monster,* dachte Ruth Lake.

»Kara, und ihr Glück mit uns teilen? Die war doch verschlossen wie eine Auster, keine Chance«, winkte Angela ab. Sie wirbelte herum. »Du bist so still, Helen«, sagte sie und linste sie über den Rand ihrer Tasse an, während sie einen Schluck nahm.

Helen warf ihrer Mitbewohnerin einen eisigen, harten Blick zu. »Das liegt daran, dass ich nichts zu sagen habe.«

»Was wissen Sie über Kara und ihr Lampenfieber?«, fragte Ruth.

Helens Miene wirkte besorgt, doch Angelas Gesicht glich von einem Moment zum nächsten einer undurchdringlichen Maske. »Wieso sollten wir etwas darüber wissen?«

Das ist interessant – dass sie auf meine Frage mit einer Gegenfrage reagiert. Ruth beschloss, ihrerseits mit einer Frage zu kontern.

»Besteht die Möglichkeit, dass Kara deshalb einen Therapeuten aufsuchte?«

»*Möglich* ist alles«, entgegnete Angela. »Aber es ist nicht so, als hätte sie mit *uns* über solche Sachen geredet.«

»Tut mir leid, mir gegenüber hat sie auch nichts dergleichen erwähnt«, bekannte Helen mit einem gehetzten Blick auf ihre Armbanduhr. »Ich muss jetzt leider wirklich los…«

»Gut, aber wenn Ihnen noch etwas einfällt…« Ruth klaubte eine der Visitenkarten vom Wohnzimmertisch auf und reichte sie Helen.

»Geht klar«, sagte die und ließ die Karte in ihrer Tasche verschwinden.

Ruth verließ das Haus keine fünf Minuten später, überzeugt, dass Angela log, dass sich die Balken bogen: Sie wusste Bescheid über das Lampenfieber. Ihr Auto war eine Straße weiter geparkt, und während sie sich ihm näherte, summte ihr Handy. Sie hatte eine SMS erhalten.

Treffen Sie mich im Quarter in der Falkner Street – Helen.

Das war einen Fußmarsch von weniger als fünf Minuten entfernt, aber Ruth fuhr lieber mit dem Wagen, weil sie Angst hatte, Angela könnte sie beobachten.

In ihren Anfangsjahren bei der Polizei hatte die Falkner Street noch als Inbegriff des Elends gegolten. Damals hatte dieses Stadtviertel zu ihrem Revier gehört, an jeder Straßenecke zwischen Falkner Square und Hope Street waren Prostituierte ihrem Gewerbe nachgegangen. Eine Frau konnte nicht bis zur nächsten Bushaltestelle gehen, ohne von einem Freier oder, schlimmer noch, von einem Zuhälter auf der Suche nach neuen Mädchen angesprochen zu werden. Jetzt gehörten dieselben Straßen zum trendigen Hope Quarter, in dem es reihenweise Fünf-Sterne-Restaurants, Bistros, Cafés und Boutique-Hotels gab.

Ruth quetschte sich in eine freie Parklücke auf der Hope Street und ging die letzten paar Meter zu Fuß. Der Laden befand sich inmitten mehrerer Restaurants in einer georgianischen Häuserzeile mit nostalgischen Fassaden. Das

Kopfsteinpflaster und die Gehsteige wurden beschienen von pseudo-viktorianischen Straßenlampen, die dem Ganzen noch mehr Eleganz verliehen. Es war eisig kalt, und im Schutz der hellgelben Sandsteinwand, die den Hof des Blackburne House einschloss, hielten sich nach wie vor kleine Fleckchen Schnee, der vom Kaminruß allerdings schon ziemlich geschwärzt war.

Das Restaurant war gut gefüllt, doch Helen hatte einen Tisch draußen ergattert. »Entschuldigen Sie«, sagte sie. »Einen besseren Platz habe ich leider nicht gefunden.«

»Kein Problem.« Ruth ließ die Hand in der Tasche verschwinden und brachte eine E-Zigarette zum Vorschein. »Das gibt mir wenigstens die Gelegenheit, mir eine von denen hier zu gönnen.«

Helen lächelte verlegen und hob ihre behandschuhte Hand, um ihren eigenen elektronischen Glimmstängel herzuzeigen, den sie zwischen den Fingern hielt. »Man möchte meinen, ich müsste es besser wissen, bei meinem Beruf – aber was soll ich sagen? Es ist eben eine Sucht, gegen die man nicht ankommt.«

»Oh ja, so ist es«, bestätigte Ruth und nahm sachte einen Zug von ihrer Zigarette.

Einen Augenblick später erschien ein Kellner mit zwei hohen Gläsern.

»Ich habe mir erlaubt, Kaffee für uns zu bestellen«, sagte Helen. »Ich hoffe, das ist in Ordnung?«

»In Ordnung? Das ist großartig«, sagte Ruth und griff mit einem dankbaren Lächeln nach ihrem Glas. Sie nahm den ersten, mehr als willkommenen Schluck. »Also, wollten Sie wirklich zur Arbeit, oder war das nur ein Vorwand, um aus dem Haus zu kommen?«

»Nein, ich bin wirklich auf dem Weg zur Arbeit – aber als

ich Ihre Stimme im Flur hörte, habe ich mir sofort überlegt, wie ich Sie am besten unter vier Augen spreche.« Helen atmete tief durch. »Angela lügt.«

»Da bin ich ganz Ihrer Meinung. Ich würde mich deshalb gerne mit Lia und Jake allein unterhalten – ohne Angela wären die beiden viel … zugänglicher. Ich nehme an, Sie wissen nicht, wo ich sie finde?«

Helen grinste. »Was denken Sie, warum ich Sie hierhergelockt habe? Die zwei leiten gerade unter dem Motto *Spuk in Liverpool* eine Stadtführung durch das Georgian Quarter. Die sollte gegen acht zu Ende sein, letzte Station ihrer Tour ist der St. James's Cemetery.«

Ruth warf einen Blick auf die Uhr. »Dann bleiben mir noch fünfzehn Minuten, um in Ruhe meinen Kaffee zu trinken und mir eine weitere Dosis Nikotin zu gönnen, bevor ich schleunigst dorthin düse.«

Es war fast auf den Tag genau ein Jahr her, seit Ruth das letzte Mal hier auf dem St. James's Cemetery gewesen war. Als sie sich jetzt der Kathedrale näherte, verlangsamte sie unwillkürlich ihre Schritte. Gerade kam ihr die Erinnerung, wie sie den Leichnam von Tali Tredwin, aufgebahrt auf einem Hochgrab am Fuß der alten Mauer, gefunden hatten.

Der Eingang zum Friedhof lag zur Linken des Gotteshauses, ganz am Ende des mit Spitzen bewehrten schmiedeeisernen Gitterzauns, der das Oratory schützte – einen griechischen Tempel im Miniaturformat. Am oberen Ende der Böschung war ein Zugangstunnel zum alten Steinbruch und jetzigen Friedhof in den Sandstein geschlagen worden. Zu beiden Seiten waren die Wände dieses Tunnels von Grabsteinen gesäumt, die man aus dem darunterliegenden Friedhof geborgen hatte. Der Tunnel beschrieb eine Linkskurve und führte in leichter Neigung bergab in die Dunkelheit. Ein schwaches Licht wurde von den Sandsteinwänden reflektiert, und Ruth zwang sich weiterzugehen, obwohl sie zitterte. Ihre Schritte hallten dumpf vom gepflasterten Boden wider. Als sie den tiefer gelegenen Friedhof erreicht hatte und aus dem Tunnel trat, vernahm sie Stimmen. Die Luft hier unten war merklich kühler, hauchfeine Nebelschwaden waberten knapp über dem Boden, wo sie mit den Schneeresten verschmolzen. Ein Stück weiter zeigte sich, woher das Licht kam, das Ruth so irritierte: Es war eine Sturmlaterne, die an einem in den Boden gerammten Lampenpfosten hing. Eine Gruppe von ungefähr zehn Personen scharte sich um ihren hellen Schein.

Eine klare, männliche Stimme deklamierte in der salbungsvollen Sprache Shakespeares: »Zweihundertfünfzig Jahre lang wurde inmitten dieser antiken Mauern Stein abgetragen. Chroniken dieser längst vergangenen Zeiten sprechen von Feen, Geistern und Kobolden, die an diesem Ort Nacht für Nacht auf unterschiedlichste und unziemliche Weise ihr Unwesen trieben, zum großen Schrecken jedes Schuljungen und jeder Dienstmagd, die den Mut aufbrachten, sich über diese finsteren Pfade zu wagen.« Der Sprecher machte eine Pause.

Ob das Jake war? Es klang ganz und gar nicht nach dem undeutlich murmelnden, maulfaulen jungen Mann, mit dem Ruth in der Wohngemeinschaft gesprochen hatte, doch leider konnte sie ihn nicht sehen, weil die Menge der Zuschauer zwischen ihnen stand.

»Doch nichts auf dieser Welt ist von Dauer, und bis zum Jahr 1825 waren die Ressourcen des Steinbruchs erschöpft«, fuhr er fort. »Die Stadtverwaltung hielt nach einer Verwendung für das Areal Ausschau, und im Jahr 1829 verlieh man dem Friedhof, auf dem wir heute Abend stehen, seine heilige Weihe. Seither wurden an diesem Ort siebenundfünfzigtausend Seelen zur letzten Ruhe gebettet.« An dieser Stelle senkte er die Stimme, doch sie war laut und deutlich zu hören in der dünnen Nachtluft.

Plötzlich der Ruf einer Eule, dann stob das aschfahl aufleuchtende Tier über ihre Köpfe hinweg.

»Oh mein Gott!«, stieß jemand panisch aus.

Der Sprecher wartete ab, bis die leisen Schreckenslaute und das anschließende unterdrückte Gelächter wieder verstummt waren.

»Es sind nicht die Eulen allein, die auf diesen düsteren Wegen ihr Unwesen treiben«, sagte er. »Nur ein Jahr nach Eröffnung des Friedhofs geriet The Right Honourable William Huskisson bei der offiziellen Eröffnung der Bahnlinie von Liverpool nach Manchester unter die Räder der Dampflokomotive von Mr. Stephenson, auch genannt The Rocket, und erlag noch an Ort und Stelle seinen Verletzungen. Dies brachte ihm die zweifelhafte Ehre ein, als der erste Mensch, der von einem Zug getötet wurde, in die Geschichte einzugehen. Seine sterblichen Überreste liegen in jenem prächtigen Mausoleum dort drüben begraben.«

An dieser Stelle drehte der Sprecher sich um und hob einen Arm, und sofort löste sich der Kreis der Umstehenden auf, um in Richtung des zylindrischen Gebäudes mit der kleinen Kuppel zu blicken, das im Zentrum des Friedhofs stand. Das Licht der Sturmlaterne traf die eine Gesichtshälfte des Sprechers, und sofort erkannte Ruth die grüblerischen Züge: Es war tatsächlich Jake, Karas Mitbewohner. Er trug einen langen dunklen Gehrock und einen

Zylinder, und er machte einen erstaunlich souveränen, selbstbewussten Eindruck.

»Aber Mr. Huskissons Seele ist kein Frieden vergönnt. Deshalb sieht man ihn oftmals mitten in der Nacht stöhnend und ächzend um das Fundament seines Denkmals humpeln.«

Unruhe kam auf, ein anerkennendes Gemurmel ging durchs Publikum. Dann hob eine zweite Person an zu sprechen: »Ein weiterer Geist, der an diesem schaurigen Ort angeblich herumspuken soll, ist der einer viktorianischen Lady, die ganz in Schwarz gekleidet ist. Man sieht sie des Nachts über die Wege des Friedhofs wandeln.«

Das war die nervöse Kleine, Lia, auf deren Kopf sich eine riesige Perücke mit winzigen Löckchen türmte. Auf ihrer Frisur saß ein zierliches Hütchen mit Federn. Sie zitterte in ihrem seidenen Reifrock und dem Samtjäckchen. Ihrer hohen, piepsigen Stimme fehlte es an der nötigen Kraft, um sich großräumig Gehör zu verschaffen.

»Die letzte Ruhestätte der Lady wurde von Grabräubern geplündert, man sagt, sie würde deshalb weinend über den Friedhof ziehen auf der Suche nach ihren entwendeten Juwelen. Oft rast sie in ihrer Verzweiflung von einem Ende des Geländes zum anderen, ehe sie im Tunnel verschwindet. Und dorthin werden auch wir uns nun begeben, denn unsere Reise ist hiermit beendet.« Sie hob den Unterarm in die Horizontale und machte eine weit ausholende Geste, wobei sie sich um hundertachtzig Grad drehte, um auf den Durchgang zu deuten, wo Ruth stand.

Lia schnappte erschrocken nach Luft, als sie Ruth erblickte, und auch einige Teilnehmer der Stadtführung stießen spitze Schreie aus vor Schreck. Doch schon bald lachten alle darüber, und dann löste die Gruppe sich nach und nach auf. Paare hakten sich beieinander unter, andere unterhielten sich aufgeregt und lächelten Ruth im Vorbeigehen zu.

Nur die zwei Schauspieler blieben zurück. Ihre Mienen waren ernst.

»Was tun Sie hier?«, wollte Jake wissen. »Woher wussten Sie…«

»Ich war vorhin bei Ihnen zu Hause«, sagte sie und ließ sie glauben, Angela hätte ihr erzählt, wo sie zu finden waren. »Ich hätte da noch ein paar Fragen an Sie.«

»Wann *kapieren* Sie es endlich? Wir *wissen* nichts«, platzte es aus Lia heraus. Die Feder an ihrer Kopfbedeckung wippte wütend.

»Es sind neue Beweise aufgetaucht«, erklärte Ruth.

Sie erzählte ihnen von dem Vorsprechen, und sofort sackten Lias Schultern nach vorn, als hätte sie das Gefühl, ihr wäre eine weitere Chance entgangen. Jake kniff für einen Moment die Augen zu, als würde er körperlichen Schmerz empfinden.

»Das Vorsprechen war heute«, sagte Ruth. »Karas Agentin war ziemlich aufgebracht, weil sie nicht aufgetaucht ist.«

Jakes besorgter Gesichtsausdruck verriet Ruth, dass er eigentlich gern reinen Tisch gemacht hätte, doch Lia weigerte sich, ihr in die Augen zu sehen.

»Suchen wir uns doch etwas, wo wir uns setzen können«, schlug Ruth vor.

»Ich will nicht mit Ihnen reden«, protestierte Lia. Sie verkniff es sich gerade noch, mit dem Fuß aufzustampfen. »Ich *weigere* mich.«

»Kommen Sie, Lia«, versuchte Ruth, sie zu besänftigen. »Es ist doch nur ein formloses Gespräch.«

»Nein!« Lia hob den Saum ihres Kleides an, und der Stoff strich raschelnd über die Grabsteine, als sie davonlief.

»Okay, dann sind wir also nur noch zu zweit, Sie und ich«, sagte Ruth. »Netter Vortrag übrigens.«

»Er war beschissen. Lia spielt ihre Rolle nicht überzeugend. *Man sagt, sie würde deshalb weinend über den Friedhof ziehen.* Ernsthaft?« Er schnaubte missbilligend. »Wenn Sie selbst nicht überzeugt ist, warum sollte ihr das Publikum glauben? *Oft rast sie in ihrer Verzweiflung über den Friedhof*? Was soll das überhaupt *heißen?*«

Plötzlich verstand Ruth. »Das war eigentlich Ihre und Karas Tour, richtig?«

Er runzelte die Stirn und schien leugnen zu wollen, doch dann überlegte er es sich anders. »Kara gelang es, den Teilnehmern solche Angst einzujagen, dass sie sich ständig nach allen Seiten umsahen und bei jedem Schatten zusammenschraken«, erklärte er. »Ich hätte nicht weitermachen sollen ohne sie … Es ist – keine Ahnung –, es kommt mir respektlos vor.«

»Nun, wenigstens haben Sie es sich verkniffen, darauf hinzuweisen, dass man Tali Tredwin hier gefunden hat.«

Er sog die Luft scharf durch die Zähne ein. »Angela hat das für sich beansprucht. Sie plant eine Dornenkiller-Tour und will sämtliche Orte aufsuchen, an denen die Opfer gefunden wurden.«

»Und was halten Sie davon?«

»Es ist einfach schrecklich. Zufrieden?« Ohne ein weiteres Wort nahm er die Sturmlaterne zur Hand und zog den Stab aus dem Boden. Er wollte gerade an ihr vorbeigehen, als sie einen Schritt nach vorn machte und ihm den Weg verstellte.

»Sie finden es also schrecklich – das ehrt Sie. Aber was wollen Sie dagegen unternehmen?«

»Was kann ich tun? Wir leben in einem freien Land.«

»Sie könnten Angela beispielsweise die Meinung sagen.«

»Ja, klar, und wenn ich mich mit ihr anlege, ruft sie Daddy an und erzählt ihm, dass ich gemein zu ihr war. Dann sitze ich auf der Straße und kann mir während der Abschlussprüfungen eine neue Bleibe suchen. Das packe ich einfach nicht.« Seine Stimme brach, und im Licht der Laterne sah sie, dass seine Augen sich mit Tränen gefüllt hatten.

»Was verbergen Sie vor mir?«, wollte sie unumwunden wissen.

»Nichts.«

»Nein«, entgegnete sie entschieden. »Da ist *definitiv* etwas. Es ist eine Last, die Sie herumreichen, von einem zum anderen: Sie, Lia und Angela. Sie haben etwas getan – Sie und die anderen.« Als seine Stirn sich in Falten legte, wurde ihr klar, dass sie allmählich zu ihm durchdrang. »Hören Sie, ich weiß, Sie sind nicht stolz darauf, und ich bin mir so gut wie sicher, dass Sie anders handeln würden, würden Sie eine zweite Chance bekommen.«

Er sah ihr tief in die Augen, und sie erkannte, wie sehr er mit sich rang.

»Kara ist tot – ich werde es nie mehr gutmachen können«, presste er hervor.

»Aber Sie können mir helfen, ihren Mörder zu finden.«

»Ich wüsste nicht, wie«, gab er zurück. Seine Worte klangen verzweifelt.

»Ich muss wissen, was sich in Karas Leben zu dem Zeitpunkt getan hat. Wenn irgendetwas sie beunruhigt hat – sie aus dem gewohnten Gleichgewicht gebracht hat –, dann hat sie vielleicht etwas getan, das ihr eigentlich nicht ähnlich sah, möglicherweise ist sie ein Risiko eingegangen, das sie normalerweise nicht auf sich genommen hätte.« Ihr entging nicht, dass er genau zuhörte. »Wenn wir wissen, wie Karas Gemütszustand war, dann können wir vielleicht rekonstruieren, was sie in den letzten Tagen vor ihrem Verschwinden getan hat, was uns wiederum zu der Person führen könnte, die sie umgebracht hat.«

Ganze zehn Sekunden lang starrte er an ihr vorbei in die Schatten und Nebelschwaden. Dann seufzte er. »Na schön«, sagte er. »Na schön. Ich sag es Ihnen. Aber nicht hier.«

Schließlich landeten sie im Roscoe Head, nur einen kurzen Fußmarsch entfernt. Hier war es unwahrscheinlich, dass Jake irgendwelche Kommilitonen traf. Ruth sah zu, wie der Student sich in eine ruhige Ecke des Pubs setzte, dann ging sie an die Bar. Sie kannte die Wirtin, Carol Ross, aus ihrer Zeit, als sie noch auf Streife gegangen war.

»Sind Sie im Dienst, oder haben Sie frei?«, erkundigte sich Carol.

»Im Dienst«, sagte Ruth und zog ein verkniffenes Gesicht, als würde sie das bedauern. Wäre sie nicht im Dienst gewesen, hätte sie sich ein halbes Glas von dem Bier genehmigt, das Carol ihr empfohlen hätte. Aber im Dienst trank sie ausschließlich Tonic Water mit Eis und Zitrone.

»Wie sieht es denn mit dem kleinen Lord aus, den Sie dabeihaben?«

»Rum und Dr. Pepper.« Als Carol die Augen verdrehte, sagte Ruth: »Der Rum darf ruhig ein doppelter sein.«

Sie setzte sich im Fünfundvierzig-Grad-Winkel zu dem Studenten, was für sie den doppelten Vorteil hatte, dass sie sein Gesicht gut beobachten konnte, ohne das Gespräch zu konfrontativ wirken zu lassen.

»Kara war manchmal ein bisschen sehr von sich eingenommen«, sagte er.

»Prahlte sie gern?«

»Nein … nur … sie wusste genau, dass sie gut war.«

Ruth konnte den Zusammenhang nicht eindeutig herstellen, doch sie ließ sich nichts anmerken.

»Sie war *super*organisiert. Ich meine, fast schon zu pingelig, wenn ich ehrlich sein soll.«

Karas Agentin schien der Ansicht zu sein, dass sie getan hatte, was sie eigentlich alle tun sollten, aber Ruth sah ihn weiter mit großen Augen an und achtete auf eine interessierte und einfühlsame Körpersprache. Sie beugte sich leicht zu ihm vor und nickte zwischendurch aufmunternd.

»Als ich in Angelas Haus zog, verstanden sich alle prächtig«, erzählte Jake. »Alles war bestens – die Partys waren einfach fantastisch …«

»Bis …«, spornte Ruth ihn an.

Seine Mundwinkel wanderten nach unten. Ein saurer Geschmack, bittere Erinnerungen. Er stieß ein weiteres Seufzen aus. »Einmal spielten wir *Pflicht oder Wahrheit*, mit Wodka. Wir waren alle stockbesoffen. Kara entschied sich für *Wahrheit*.« Der Junge schüttelte den Kopf und starrte in sein Getränk, als er sich erinnerte. »Sie hat uns erzählt, sie habe in den Nächten vor einem Auftritt immer schreckliche Albträume. Das Übliche – dass sie zum Beispiel auf der Bühne steht und ihren Text nicht mehr weiß, oder sie kann sich beim besten Willen nicht erinnern, welches *Stück* gespielt wird. Für die anderen wäre das kein Problem gewesen, aber sie war das viele Trinken nicht gewöhnt, und deswegen hat sie mehr erzählt, als gut war.«

Ruth wartete ab.

»Sie hätte einfach den Mund halten sollen«, sagte er. Es klang fast nach einer Rechtfertigung.

»War denn so schlimm, was sie erzählt hat?«

»Nicht schlimm, nur… riskant.« Er hielt inne, und als von ihr kein weiterer Kommentar kam, seufzte er, und seine Schultern sackten nach unten. »Sie sagte, sie wolle ihr Skript zum Üben holen – das war alles in ihrem Traum, wohlgemerkt –, und als sie es gefunden hatte, war alles weg, ihre Regieanweisungen, Unterstreichungen, Skriptanalysen, Hervorhebungen.« Er sah Ruth gehetzt ins Gesicht, und ihr wurde bewusst, wie sehr diese Vorstellung ihn selbst schreckte.

»Sie haben die Notizen, die sie sich gemacht hat, gesehen? Und dass sie alles markiert hat?«

Ruth nickte.

»Angela hielt es für eine witzige Idee, sich Karas Skript zu schnappen, es durch ein Skript ohne Markierungen zu ersetzen und auch noch Passagen zu vertauschen.«

»Sie wollte sich also Karas schlimmste Ängste zunutze machen«, stellte Ruth fest. Im Grunde war das keine Überraschung. Sie erinnerte sich an ihren ersten Besuch in diesem Haus. Angela hatte ihr viel Glück gewünscht, als sie sich Zutritt zu Karas Zimmer verschafft hatte.

»Angela hat also gelogen, als sie sagte, sie hätte keinen Schlüssel?« Denn wenn sie einen hatte, konnte das heißen, dass sie Beweismittel manipuliert hatte. Und das konnte ernsthafte Konsequenzen haben.

»Nein – als Sie bei uns waren, hatte sie keinen. Darauf komme ich noch zu sprechen.«

Er atmete tief ein und dann ganz langsam wieder aus, und Ruth wusste, dass jetzt der entscheidende Teil kam, auf den alles hinauslief.

»In einem der Kurse führen wir sehr viele Stücke auf«, sagte er. »Wir sollen beweisen, dass wir dazu in der Lage sind, eigenständig eine Inszenierung auf die Beine zu stellen. Sie wissen schon, das ganze Organisatorische, die Aufführung an Schulen und in Gemeindeeinrichtungen. Sogar eigene Einnahmequellen sollten wir suchen, wenn wir keinen richtigen bezahlten Schauspieljob finden konnten.«

In seiner Stimme schwang Verachtung mit, was Ruth zu dem Schluss brachte, dass er sich eigentlich höhere Ziele gesteckt hatte.

»Eine der größten Herausforderungen bestand darin, dass wir innerhalb von nur einer Woche ein Stück aus dem Stegreif entwickeln, aufschreiben und proben sollten, um es dann öffentlich vorzuführen – in einer Schule, dem Gemeindesaal einer Kirche oder in einer Betreuungseinrichtung, was auch immer. Es ging dabei hauptsächlich um Teamwork. Sie wissen schon, so was wie der Gemeinschaftssinn innerhalb der Wandertruppen der alten Zeiten – Nicholas Nickleby, Die Crummles-Truppe und dieser ganze Mist.«

»Das klingt mir ganz so, als hielten Sie nicht viel davon.«

»So dachte ich anfangs wirklich, aber …«, er zuckte mit den Schultern, »es war gut. Hat irgendwie Spaß gemacht. Kara war einfach genial, wie immer. Wir wussten, dass sie uns alle in den Schatten stellen würde, deswegen waren wir eifersüchtig, nehme ich an.« Bei der Erinnerung schüttelte er kaum merklich den Kopf, und Ruth sah Bedauern und Selbsthass in seinen Zügen.

»Bei den letzten Proben, als Kara mal nicht da war, sagte Angela, sie habe beschlossen, das Skript zu ändern. Nicht ganz, nur eine Seite. Kara sollte nichts davon erfahren. Ich wollte da nicht mitmachen, aber die anderen meinten, es werde doch von uns erwartet, dass wir uns gegenseitig vor Herausforderungen stellen, damit wir lernen, wie man improvisiert, wenn jemand seinen Einsatz verpasst oder eine Zeile überspringt oder mitten in der Vorstellung einen Hänger hat.«

»Sie haben sich also breitschlagen lassen und mitgemacht.«

»Mir gefiel die Sache nicht. Aber es war ja nur eine Seite – ich meine, das ist ungefähr eine Minute der gesamten Vorstellung. Wir wären ja sofort wieder zum Skript zurückgekehrt. Wir sind bloß eingesprungen, irgendeine Gemeindevorstellung, keine große Sache. Wir sollten noch nicht einmal allzu viele Punkte für den Kurs dafür kriegen. Sie hätte sich einfach hinstellen sollen und nichts sagen, und beim nächsten Einsatz hätte sie wieder einsteigen können, niemandem wäre das aufgefallen. Schließlich ließ sie *uns* oft genug so dastehen. Sie wissen schon, dass wir uns nutzlos fühlten und als wären wir nicht gut genug. Aber als wir mit dem abgeänderten Text anfingen und auf unsere neuen Positionen gingen, da dachte ich, sie kriegt einen Herzinfarkt. Sie fing an zu zittern, bekam keine Luft mehr. Wir waren in einer Tageseinrichtung für Kinder. Das Publikum war verstört, einer der Angestellten dort erkundigte sich bei Kara, ob alles in Ordnung sei. Ich ging zu ihr und berührte sie an der Schulter, worauf sie zusammenfuhr, als hätte ich sie verbrannt. Sie sah mich an. Ich meine, sie sah mir *tief in die Augen.*« Wieder ein Seufzen. »Dann drehte sie sich auf dem Absatz um und verließ den Raum.«

»Was haben Sie unternommen?«

»Tja, wir konnten ja nicht einfach so von der Bühne gehen. Wir brachten die Vorstellung zu Ende, und das Publikum schien am Schluss sogar überzeugt, das alles habe zur Vorstellung gehört. An diesem Abend kam sie nicht nach Hause. Als sie am nächsten Tag auftauchte, ließ sie das Schloss an ihrer Tür austauschen und redete mit keinem von uns mehr ein Wort. Angela hat sich noch nicht einmal getraut, sich bei ihrem Vater über sie zu beklagen.«

»Ach, nach allem, was Sie mir vorhin erzählt haben, hätte ich schon erwartet, dass Angela ihren Vater informiert.«

Er zuckte mit den Schultern. »Kara hätte uns das Leben schwer machen können, wenn sie das, was wir getan hatten, gemeldet hätte. Aber das tat sie nicht. In gewisser Weise machte das alles bloß noch schlimmer. Wenn sie wütend gewesen wäre, hätte ich wenigstens darauf reagieren können. Aber sie ignorierte uns komplett. Sie aß nicht mehr mit uns gemeinsam, ging nicht mehr mit uns aus, wollte nicht mit uns zusammen fernsehen … Ich wollte mich entschuldigen, aber sie sagte nur: *Schon gut, Jake. Ich habe eine wertvolle Lektion gelernt.* Es war fast so, als hätte sie entschieden, dass sie alleine dastand, und sie würde damit klarkommen, koste es, was es wolle. Sie wechselte in eine andere Workshop-Gruppe, fing an, abends alleine auszugehen. Der einzige Mensch, mit dem sie noch redete, war Helen.«

»Und Helen war die einzige Person, die nicht wusste, was passiert war.« Ruth gab sich alle Mühe, nicht wertend zu klingen. »Die Abende, an denen sie alleine ausging – haben Sie irgendeine Ahnung, wo sie da hin ist?«

»Nein. Ist das denn wichtig?«

»Ihre Agentin glaubt, dass sie sich Hilfe gesucht haben könnte wegen ihres Lampenfiebers.«

Jake lockerte seinen Schal und knöpfte den Mantel auf. Sein Gesicht war gerötet, weil er so sehr litt. »Wir haben ihr das angetan. Herr im Himmel … ich bin so ein Arschloch.« Er hielt inne. Sämtliche Farbe war aus seinem Gesicht gewichen, und ein entsetzter Ausdruck trat an die Stelle des Selbstmitleids und der Selbstrechtfertigungen.

»Denken Sie denn, dass wir sie dem Psycho, der sie umgebracht hat, in die Arme getrieben haben?«

21

Tag acht

Am nächsten Morgen fuhr Ruth Lake unmittelbar nach der Teambesprechung ins anthropologische Museum der Universität, wo sie ein Treffen mit Doktor Lyall Gaines vereinbart hatte, ihrem neuen forensischen Berater. Das Museum war in einem georgianischen Gebäude am Abercromby Square untergebracht. Der Großteil des Platzes war Fußgängern vorbehalten, und die Zufahrt zum Museum war durch eine Schranke abgesperrt, die man nur mit dem entsprechenden Ausweis passieren durfte. Auf der Suche nach einem Parkplatz fuhr sie zehn Minuten lang im Kreis, bis sie es aufgab und unten am Fuß des Hügels auf der Mount Pleasant parkte.

Die zwei wichtigen Bildungseinrichtungen der Stadt, ein College und das Institute of the Performing Arts, waren in diesem Stadtviertel über verschiedene Gebäude verteilt, deshalb wimmelte es auf den Straßen nur so vor Studenten auf dem Weg zur ersten Vorlesung des Tages. Ruth wich den gemächlich dahinschlendernden Gruppen aus und bog an der Ecke Abercromby Gardens rechts ab. Sie kam nur wenige Minuten zu spät.

Die Dame am Empfang kündigte mit einem kurzen Anruf

ihr Eintreffen an und wies dann auf das östliche Treppenhaus. »Bis ganz nach oben«, erklärte sie und reichte Ruth einen Besucherausweis.

Der Flur und die Treppe waren mit praktischem grauen Linoleumboden bedeckt, doch die alten Gesimse und das Treppengeländer aus Mahagoni waren noch im ursprünglichen Zustand. Das Museum selbst war im Erdgeschoss und im ersten Stock untergebracht, die Büros im zweiten Stock. Dr. Gaines' Büro befand sich abgeschieden hinter einer Brandschutztür, jenseits des schmalen, knarzenden Treppenabsatzes.

Sie klopfte an und spürte, wie die Bodendielen unter ihren Füßen nachgaben, als sie auf die Tür zutrat und diese geöffnet wurde.

Dr. Gaines war vermutlich Ende vierzig, aber viel jugendlicher gekleidet, mit seiner Khakihose und dem Kapuzenpulli. Er hatte die Ärmel hochgeschoben, sodass die Armbänder an beiden Handgelenken gut zu sehen waren: Silikonschnüre, Bänder mit Steinen, Lederbändchen und Stoffstreifen sowie eines, das stark nach einem geflochtenen Haarzopf aussah. Sein Haar trug er schulterlang und ziemlich zerzaust, und er hatte graue Strähnen, die zu gleichmäßig in der Farbe waren, um natürlich zu sein.

Er lächelte sie an, als er die Tür weit aufzog. »Willkommen in meinem Reich.«

Der Raum war nach akademischem Standard groß, und Gaines hatte eine Reihe von afrikanischen und südamerikanischen Masken darin aufgehängt. Auf seinem Schreibtisch stapelten sich Prüfungsunterlagen und Essays.

»Ich korrigiere gerade«, sagte Gaines mit einem Grinsen.

»Nett von Ihnen, dass Sie sich Zeit für mich nehmen«, bedankte sie sich.

»Keine Ursache. Damit…«, er deutete mit einer wegwerfenden Geste auf die Unterlagen auf seinem Schreibtisch, »verdiene ich nur meinen Unterhalt…« Er nahm einen Stapel Fotografien zur Hand, die auf dem Stuhl vor seinem Schreibtisch lagen, und Ruth erhaschte einen Blick auf ein posthum aufgenommenes Foto von Kara Grogan. Er hatte die Fotos angefordert, um sich auf ihr Treffen vorzubereiten. »Wegen so was hier erscheine ich jeden Tag zur Arbeit«, beendete er seinen Satz. Er ging zum Sofa, das neben einem Bücherregal stand.

»Kommen Sie, setzen Sie sich.«

Auf einem niedrigen Tischchen vor dem Sofa bemerkte Ruth vier weitere Stapel Fotografien, einer für jedes der Opfer des Dornenkillers. Sie hob den Blick und sah, wie er sie aus seinen blassblauen Augen musterte.

Sie setzte sich ans äußerste Ende der Couch, während er in der Mitte Platz nahm, näher als eigentlich nötig gewesen wäre, und es entsprach auch nicht unbedingt den Regeln des Anstands.

»Wunderschön, nicht wahr?«, stellte er fest, während er die Tätowierungen auf den Körpern der Opfer bewunderte.

»Sie finden sie schön?«, hakte sie mit möglichst neutralem Tonfall nach.

»Sehr primitiv, zugegeben, aber trotzdem wunderschön.«

Er wandte den Blick ab, dann nahmen seine harten, blauen Augen sie scharf ins Visier und musterten sie wachsam, als hätte er versucht, sie in einem unbedachten Moment zu ertappen. »Tätowierungen sind in vielen Kulturen fester Bestandteil von Initiationsriten.« Er drückte ihr ein Tablet in die Hand. Darauf hatte er eine Reihe von Fotos zusammengestellt, allesamt von Frauen, in erster Linie afrikanischer Abstammung, ihre Gesichter vernarbt oder eingefärbt. »Sie können Zeichen von Status und Schönheit sein, lenken die Aufmerksamkeit auf die Vorzüge eines Menschen. Augen, Zähne, Lippen, Wangenknochen, sie alle werden durch diese Bemalungen besonders zur Geltung gebracht.«

Er wischte nach links, und ein neuer Satz Fotos erschien. Auf diesen waren junge Mädchen und Frauen zu sehen, wie ihre Haut gerade geritzt oder eingefärbt wurde, die Gesichter blutig und geschwollen.

»Sie sind währenddessen bei vollem Bewusstsein«, sagte er. »Man stellt ihren Mut und ihre Tapferkeit auf die Probe.«

Ruth spürte, dass er sie genau beobachtete. Sie lenkte ihren Blick auf sein Gesicht und reichte ihm das Tablet mit kühler, unbewegter Miene zurück.

»Unser Mann aber lässt ihre Gesichter aus«, sagte sie.

»Hm… das ist in der Tat interessant, nicht wahr? Ist vielleicht eine Frage, die Sie Ihrem forensischen Psychologen stellen sollten.«

Interessant, dass er darüber genau Bescheid wusste, ihr diese Bilder aber dennoch zeigte. Und interessant war auch, dass dieser besagte forensische Psychologe zwar Gaines für diesen Job empfohlen hatte, Gaines aber nicht die Höflichkeit besaß, ihn beim Namen zu nennen.

»Ich werde es Dr. Yi gegenüber erwähnen«, sagte sie und behielt ihren neutralen Ton bei. »Er meinte, Sie könnten vielleicht etwas dazu sagen, dass der Killer Dornen verwendet.«

»Hm«, machte Gaines. »Das ist eigenartig. Dornen werden heutzutage normalerweise zum Ritzen benutzt, aber Ihr Killer scheint die Hand-Tap-Methode anzuwenden – und das mit einem einzigen Dorn. Es ist die älteste bekannte Methode, sehr langsam und *extrem* schmerzhaft.«

»Wenn die Technik so alt ist, besteht dann die Möglichkeit, dass unser Mörder aus einer bestimmten ethnischen Gruppe stammt?«

»Die Methode findet tatsächlich auch heute noch Anwendung, bei den Kalinga auf den Philippinen ...« Er spielte an den Armbändern um sein Handgelenk herum, während er darüber nachsann. »Aber es gibt nur wenige, die sie noch beherrschen. Außerdem sind die Tätowierungen der Kalinga sehr filigran, komplex und stark stilisiert. Im Vergleich zu den Versuchen des Dornenkillers ist das so, als würde man eine Kinderzeichnung neben ein Gemälde von Rembrandt hängen und sie als Kunst bezeichnen.«

Sie nickte. »Können Sie mir irgendetwas über die symbolische Bedeutung der Tattoos sagen?«

Er nickte bedächtig. »Es ist vielleicht noch etwas verfrüht, das mit Gewissheit zu sagen, aber die Augen auf dem Körper von Opfer Nummer eins erinnern mich an die frühen Darstellungen des Gottesauges, auch bekannt als das Auge der Vorsehung.«

»Tali Tredwin«, steuerte Ruth automatisch bei.

Verstört blinzelte er angesichts ihres Zwischenrufs.

»Das erste Opfer – so lautet ihr Name – Tali.«

Er zog eine Augenbraue hoch. »Das Auge der Vorsehung ist ein Symbol dafür, dass Gott über die Gläubigen wacht«, überging er ihre Bemerkung. »Es hat aber auch Ähnlichkeit mit dem Horusauge. In der antiken ägyptischen Kultur war das Horusauge ein Symbol des Schutzes und der Heilung.«

»Tali hat es nicht viel geholfen, nicht wahr?«, sagte Ruth.

Er kicherte, als hätte sie einen Witz gemacht. »Da haben Sie recht. Mit jeder neuen Tätowierung brachte das Symbol der Heilung Tali dem Tod ein Stück näher.« Wieder senkte Gaines den Blick und schaute dann rasch wieder auf.

Diese unsteten, stechenden Blicke hatten eine fast schon verstörende Wirkung auf Ruth, er ließ seine Aufmerksamkeit von ihren Augen zu ihrer Stirn, ihrem Mund und dann hinunter zu ihren Händen wandern, dann wieder hoch in ihr Gesicht. Sein offensichtlicher Versuch, in ihr zu lesen wie in einem Buch, sollte sie zweifelsohne verunsichern, sie aus dem Tritt bringen.

»Die Tätowierungen auf Karas Körper sind schwarz«, sagte sie. Sie weigerte sich, sich provozieren zu lassen. »Der forensische Chemiker denkt, der Mörder ist auf eine andere Farbe umgestiegen. Irgendeine Idee, was ihn dazu gebracht haben könnte?«

»Wissen Sie denn, woraus der neue Farbstoff besteht?«

Ruth schüttelte den Kopf. »Wir warten noch auf die biochemische Analyse.«

»Sie wissen ja bereits, dass das Indigo, das er bei den Opfern eins bis vier verwendet hat, nicht optimal geeignet war. Färberwaid ist extrem ätzend, die Haut kann darauf äußerst unschön reagieren – das steht alles in Ihrem Bericht. Also wollte er vielleicht auf etwas wechseln, das weniger Gewebeschäden verursacht? Bei Opfer Nummer fünf sind die Arbeiten jedenfalls viel gekonnter ausgeführt.«

Seine Augen leuchteten.

»Kara«, sagte sie ruhig. *Lass dich nicht aus der Ruhe bringen.* »Das fünfte Opfer heißt Kara.«

22

Als Carver die Augen aufschlug, saß Emma auf dem Stuhl neben seinem Bett und starrte auf das Foto von der Hochzeitsreise. Die morgendliche Sonne schien auf ihr Haar und ließ es zitronengelb aussehen, ihre Züge wirkten weich in dem freundlichen Licht.

»Hey«, sagte er lächelnd. Ihm war vom Schlaf ganz wohlig warm, er fühlte sich benommen. Dann sah er auf die Uhr. Es war zehn Uhr fünfundvierzig. »Du hättest mich wecken sollen.«

»Die Ärzte meinten, du bräuchtest Ruhe«, sagte sie.

»Mir geht's gut«, entgegnete er. »Die Physio heute Morgen war anstrengend, das ist alles.«

»Dein Gleichgewichtssinn wird von Mal zu Mal besser, sagen sie.«

Zu Beginn der Reha-Sitzungen hatte er Probleme mit gelegentlichen Schwächeanfällen und einer ungleichförmigen Gangart gehabt.

»Ja. Die Gehirnerschütterung hat mich ziemlich mitgenommen, aber ich bin …« Er verstummte, weil die schmutzig braune Aura um sie herum seine Aufmerksamkeit fesselte. »Emma, alles in Ordnung mit dir?«

Sie richtete den Blick auf ihn, und er sah so viel Schmerz und Verwirrung darin, dass er es nicht ertrug, sie anzusehen. Stattdessen senkte er den Blick auf seine Hände. Sie fühlten sich leicht taub an, und manchmal, wenn er sie wie jetzt untätig auf der weißen Bettdecke liegen sah, überkam ihn das surreale Gefühl, dass sie nicht zu ihm gehörten. Die Knöchel wirkten viel zu knubbelig, die Finger zu lang. Anfangs hatten die Ärzte sich noch Sorgen gemacht, dass die Kugel sich verlagert haben könnte und womöglich gegen seine Wirbelsäule drückte, doch eine Untersuchung ergab, dass sie nach wie vor an derselben Stelle festsaß. Möglicherweise verspürte er eine Art Kater von der Gehirnerschütterung, wie sie ihm erklärten. Sehr wahrscheinlich würde das mit der Zeit verschwinden. Doch er hatte ihnen nicht erzählt, dass sich diese Taubheit bereits bemerkbar gemacht hatte, bevor er im Krankenhaus gelandet war. Er hatte die Symptome recherchiert, als sie das erste Mal aufgetreten waren, daher wusste er, dass das Prickeln und die Taubheit in den Händen eines der Anzeichen für Alkoholismus war – ein Kater, der vielleicht niemals wieder wegging. Er hatte das für sich behalten, weil sie es sonst Emma erzählt hätten, und er schämte sich ohnehin schon genug vor ihr.

»Es tut mir leid, Emma«, sagte er.

»Bitte?« Sie legte den Kopf schief, als hätte sie ihn nicht richtig verstanden.

»Tut mir leid… alles, was geschehen ist. Alles, was ich dir angetan habe.«

Ihre Miene verdüsterte sich – nicht im übertragenen Sinne, sondern in echt, richtig sichtbar, als hätte sich ein dunkler Schatten darübergelegt, sodass es unmöglich war, ihre Augen, ihren Mund, ihren Gesichtsausdruck zu erkennen.

Sie berührte den Bilderrahmen mit dem Foto ganz leicht

mit den Fingerspitzen. »Hättest du je gedacht, dass es einmal so endet mit uns?«

»Nichts von alledem war deine Schuld«, sagte er.

»Zu einer funktionierenden Ehe gehören immer zwei, Greg«, entgegnete sie, und es klang ganz nach einer Antwort, wie man sie von einem Therapeuten zu hören bekommen würde – logisch, einfühlsam, aber ohne die Emotionen, die man erst entwickelte, wenn man eine solche Ehe durchlebt hatte.

»Aber zerstört wird sie meist von einem allein«, konterte er. Das Flattern in seiner Brust erkannte er als Panik. »Und es tut mir wirklich *aufrichtig* leid.«

»Ich weiß«, sagte sie kaum hörbar.

»Emma, ich ... Ich möchte es noch einmal versuchen.« Sie blieb ihm eine Antwort schuldig, deshalb fuhr er fort: »Können wir es noch einmal wagen?«

Für einen kurzen Moment tauchte ihr Gesicht aus den Schatten auf, und er war sich sicher, sie würde Nein sagen. Dann verwirbelte die bräunliche Aura um sie herum sich erneut und war mit einem Mal durchsetzt von einem tintigen Blau; wie Benzin auf Wasser verschwamm alles und reflektierte das Licht, ein Farbspiel, das er nicht deuten konnte.

»Jetzt ist nicht der richtige Zeitpunkt«, sagte sie. »Du solltest dich auf deine Genesung konzentrieren.«

»Ist das ein Nein?«, hakte er nach. Sein Herz hämmerte heftig in seiner Brust. Er wagte es kaum, sie anzuschauen, aus Furcht vor dem, was er gesehen hätte. Doch sie schwieg, und als er sie dann doch ansah, entdeckte er denselben wirren Strudel aus Farben und Dunkelheit, aber mit zwei hellen Lichtreflexen darin.

»Das ist kein Nein«, sagte sie besänftigend. »Aber es ist

zu früh, um über die Zukunft nachzudenken, Greg. Meine Gefühle sind durcheinander, seit…« Er dachte, sie würde »seit du angeschossen wurdest« sagen, aber sie wechselte rasch den Kurs. »Seit der Sache mit dir«, sagte sie stattdessen. »Du warst in so einem schrecklich schlechten Zustand, als man dich hier einlieferte. Tagelang wussten wir nicht…«

Sie verstummte, und er sah ein grelles blaues Licht aufblitzen. Da wusste er, dass es ihr Schmerz war, den er sah, eine Manifestation ihrer Qualen, und ihm wurde das erste Mal so richtig bewusst, wie schwer das alles für Emma sein musste. Er wollte sich noch einmal bei ihr entschuldigen, doch sie hob eine Hand, als wollte sie ihn davon abhalten.

»Du kannst mich noch einmal fragen, wenn du wieder auf den Beinen und wohlauf bist«, sagte sie.

»Ich war doch schon auf den Beinen. Ich brauche bloß…«

Wieder gebot sie ihm Einhalt. »Du hast ein vormittägliches Nickerchen gehalten, als ich hierherkam«, sagte sie und milderte den herben Schlag etwas ab, indem sie ihre Mundwinkel nach oben zucken ließ.

Er lächelte ihr schwach zu und sank zurück in die Kissen.

»Ich werde nicht aus Mitleid zu dir zurückkommen, Greg. Wenn ich es tue, dann nicht als deine Pflegerin, und ich mache auch nicht so weiter wie früher.« Sie sprach ganz ruhig und ohne jegliche Spur von Zorn. »Du musst dein Leben wieder in den Griff bekommen: die Trinkerei, deine Besessenheit von diesem schrecklichen Fall. Dann können wir uns wieder unterhalten.« Sie erhob sich und küsste ihn auf die Stirn, und fast hätte er nach ihrer Hand gegriffen, als sie sich aufrichtete. Aber er wusste, wenn er es versuchte, würde sie sich ihm entziehen, sich losmachen von ihm, und er befürchtete, dass das die Distanz zwischen ihnen nur noch vergrößern könnte.

An der Tür drehte sie sich noch einmal zu ihm um und winkte ihm verhalten zu, bevor sie ging.

Seine Beine fühlten sich schwer an, als er sie aus dem Bett schwang, und der Raum geriet in Schieflage, die Schwerkraft zog derart heftig an ihm, als befände er sich im freien Fall. Als der Raum sich nur noch ganz leicht drehte, griff er vorsichtig nach dem Foto. Er hatte Mühe, seinen Kopf gerade zu halten. Sie sah glücklich aus, als wäre sie sich sicher, dass sie mit ihm ein gutes Leben haben würde. Hatten sich die Dinge seither denn so stark verändert?

Es tat unfassbar weh, ihren unbekümmerten Gesichtsausdruck zu sehen, weil er wusste, wie sehr sich ihre Züge in den Jahren darauf verhärtet hatten. Carver wusste nämlich genau, dass er die Ursache dafür war. Also legte er den Rahmen mit dem Foto nach unten auf den Nachttisch und bat kurz darauf einen Pfleger, ihm ein Telefon zu bringen. Er wählte die Mobiltelefonnummer von dem Zettel, den Ruth ihm dagelassen hatte – die Nummer des Prepaid-Handys, das er in den letzten Wochen so viele Male angerufen hatte. Er hatte das zerknüllte Stück Papier in der Schublade seines Nachtkästchens aufbewahrt, aber er brauchte gar nicht erst nachzusehen: Er kannte die Nummer auswendig. Als der Freiton erklang, traten die Geräusche um ihn herum in den Hintergrund, und das Licht schien schwächer zu werden. Er hörte Stimmen, die laut wurden – seine, die einer Frau. Dann das Splittern von Glas. Ein Schrei. Finsternis. Der Geschmack von Whisky in seinem Mund, der Gestank des Alkohols auf seiner Haut und an seiner Kleidung. Er spürte, wie ihn heftige Übelkeit überkam, deshalb legte er auf, bevor am anderen Ende jemand abnahm.

Eine halbe Minute lang saß er auf der Bettkante, den Telefonhörer mit der Hand umklammert. Er drängte sie zurück, unterdrückte die überwältigende Übelkeit in seinem Magen, blies die Luft aus den Nasenlöchern, um den Gestank nach Whisky loszuwerden.

Dann atmete er. Er atmete einfach.

23

Ruth Lake tippte ihre Notizen zu ihrem Gespräch mit Dr. Gaines ab. Sie hatte im Laufe der Jahre mit so zahlreichen forensischen Experten zu tun gehabt, dass sie ein gewisses Maß an Arroganz von deren Seite zu akzeptieren gelernt hatte. Je enger der eigene Bereich gesteckt war, desto größer war ihrer Erfahrung nach das Ego. Es störte sie nicht besonders, und bisweilen fand sie sogar Spaß an einem verbalen Schlagabtausch, den sie meist mit irgendeinem abgelegenen wissenschaftlichen Detail für sich entschied. Gaines gehörte zur übelsten Sorte und war noch dazu ein grässlicher Schleimer. Das war nichts, was sie in ihren Notizen vermerken konnte, doch sie war schon lange genug bei der Polizei, um auf ihre Instinkte zu vertrauen.

Als der Job erledigt war, rief sie den forensischen Psychologen an, der Gaines' Namen ins Spiel gebracht hatte. Er nahm nicht ab, deshalb hinterließ sie eine Nachricht mit der Bitte zurückzurufen, sobald er die Zeit fand. Dann machte sie sich an den Bericht über Jakes Geständnis, zusammen mit den neuen Informationen, die sie von Karas Agentin erhalten hatte.

Das alles leitete sie weiter an DCI Parsons und druckte gleichzeitig ein Exemplar aus, um es ihm persönlich zukommen zu lassen. Sie wollte die Kopie schon einem der

Verwaltungsbeamten aushändigen, beschloss dann aber, sie ihm direkt ins Büro zu bringen. Er war nicht da, alles wirkte penibel aufgeräumt – so ordentlich hatte sie den Raum nie gesehen, als Greg noch seinen Arbeitsplatz hier gehabt hatte. Sie legte ihren Bericht auf einen der Stapel auf dem Schreibtisch, der praktischerweise mit einem orangen Post-it versehen war, auf dem *BERICHTE* stand. So stach er zwischen den ganzen anderen braunen Aktenordnern hervor, die auf dem Schreibtisch herumlagen. Wieder zurück im Einsatzraum, checkte sie ihre E-Mails. John Hughes hatte eine Reihe von Links mit Bookmarks geschickt, welche die IT-Techniker auf Kara Grogans Computer gefunden hatten. Daran saß sie die folgenden Stunden, auf der Suche nach irgendwelchen Mustern, die sie weiterbringen konnten. Wie erwartet waren da zahlreiche Links zu Parapsychologen, Hellsehern und dergleichen und eine ähnliche Anzahl zu Skeptikern und Webseiten im Stil von *MythBusters*.

Unter den Parapsychologen waren auch einige aus der Gegend. Ruth schob sie in einen Ordner und stellte fest, dass einige doppelt vorkamen, manche sogar dreimal. Nach näherem Hinsehen wurde ihr allerdings klar, dass Kara die Veranstaltungsseiten und die Homepages von einigen der Medien mit Bookmarks versehen hatte. Ruth druckte alles aus und nahm dann einen Leuchtmarker zur Hand. Sechs der Parapsychologen hatten Anfang November in Liverpool *mediale Lesungen* gehalten – in etwa um die Zeit, als Kara verschwand. Hatte Kara an diesen Terminen im Rahmen ihrer Nachforschungen für das Vorsprechen teilgenommen?

Ruth notierte sich die Namen der Medien und ihre Kontaktdaten zusammen mit den Terminen und den Veranstaltungsorten ihrer Auftritte. Einige *intuitive Wahrsager* boten sogar Sitzungen am Telefon oder über Skype an. Ruth war zwar kein Hellseher, aber sie betrachtete sich selbst als jemanden, der intuitiv in den Menschen las. Ihrer Erfahrung nach war es schwerer, eine Lüge zu verbergen, wenn man sich persönlich gegenübersaß. Daher sah sie sich die für Januar bevorstehenden Veranstaltungen auf den jeweiligen Seiten an und stellte fest, dass drei der sechs schon in den nächsten paar Tagen nach Liverpool zurückkehren würden.

Der Jahreswechsel war dem Anschein nach eine Zeit, in der Parapsychologen besonders gefragt waren: Bei trauernden Menschen, die verzweifelt mit denen in Kontakt treten wollten, die sie im Laufe des Jahres verloren hatten. Dann wäre da noch die nicht unerhebliche Anzahl von völlig überarbeiteten, mit Truthahn vollgestopften Leuten zu nennen, die der nachweihnachtliche Blues überfallen hatte und die am Boden zerstört waren, weil der Jahreswechsel keine merkliche Veränderung in ihrem Leben gebracht hatte.

Sie hinterlegte die Termine in ihrem Kalender auf dem Handy. Gerade als sie fertig war, marschierte eine Gruppe Beamter an der Tür zum Einsatzraum vorbei. Man hatte mitten am Vormittag ein Team mit Fotos von Kara ausgeschickt. Die Aufgabe hatte darin bestanden, sämtliche Fahrzeughalter und Jogger rund um den Sefton Park zu befragen. Jetzt hatten sie gerade eine Vier-Stunden-Schicht hinter sich. Die Leute, die von Haus zu Haus zogen, und dieser Trupp teilten sich einen der größeren Seminarräume ein Stück weiter den Flur hinunter. Sie wussten immer noch nicht, wann genau Karas Leichnam am Fairy Glen abgelegt worden war, aber nach einem Aufruf an die Öffentlichkeit in Fernsehen und Medien hatte sich tatsächlich ein Paar gemeldet. Der junge Mann hatte seiner Freundin im Schnee einen Antrag gemacht, direkt vor dem gefrorenen Wasserfall. Sie waren gegen Mitternacht dort gewesen, hatten aber nichts Auffälliges gesehen. Ruth hoffte, die makabre Entdeckung wenige Stunden später hatte dem jungen Paar nicht das Gefühl gegeben, ihre Beziehung stünde unter einem schlechten Stern. Das Trampeln von Stiefeln und die Unterhaltungen wurden leiser, und im nächsten Moment blieb der Sergeant, der diese Leute anführte, an der Tür zum Einsatzraum stehen.

»Irgendwas gefunden?«, erkundigte sich Ruth.

Er verzog das Gesicht und schüttelte den Kopf.

»Vielleicht stößt die zweite Schicht ja auf etwas Brauchbares.« Ein etwas kleineres Team sollte um Mitternacht starten; sie würden dort ihre Runden machen, bis in den frühen Morgenstunden die ersten Jogger kamen.

»Wollen wir es hoffen«, sagte er und setzte seinen Weg fort.

Ruths Handy klingelte.

»Ruth, Greg hier. Ich weiß, du hast viel um die Ohren, aber ...« Er verstummte, als versagte ihm die Stimme.

»Was ist passiert?«

»Es ist wegen Emma ... Ich dachte, sie wäre ... Ich dachte, wir hätten noch eine Chance, aber ... ach, verdammt, tut mir leid. Ich weiß, ich sollte dich nicht damit behelligen.«

Sie sah auf die Uhr; es war schon weit nach Mittag, und sie hatte noch nicht einmal eine Kaffeepause eingelegt. Da konnte sie genauso gut schnell ins Krankenhaus rüberfahren und rechtzeitig für die Einsatznachbesprechung am Nachmittag zurück sein.

Er saß in einem Lehnstuhl neben seinem Bett, bekleidet mit einem langärmeligen Shirt und einer Jogginghose. In der Hand hielt er einen grünen Gel-Ball, den er alle paar Sekunden von einer Hand in die andere wechselte, eine Physio-Übung vermutlich. Die Stelle, an der der Schlauch in seinen Schädel geführt hatte, heilte langsam ab, die Wunde war als violetter Streifen erkennbar, und es wuchs bereits wieder ein leichter Haarflaum darauf. Er wirkte hager, wie ausgehöhlt. Ruth zog sich einen Stuhl heran und setzte sich ihm gegenüber. »Gib ihr Zeit«, sagte sie. »Sie war völlig außer sich vor Sorge. Vermutlich ist sie im Moment viel zu erschöpft, um einen klaren Gedanken fassen zu können.«

Er hob den Blick und sah sie an. Normalerweise blitzten die hellbraunen Augen mit den goldenen Flecken vor Intelligenz.

»Nein«, sagte er. »Sie sieht die Dinge absolut realistisch.«

»Sie hat also angekündigt, dass sie dich verlassen wird?«

»Ich habe ihr erklärt, dass ich es noch einmal versuchen möchte. Sie meinte, jetzt wäre nicht der richtige Zeitpunkt dafür.«

»Sie hat also nicht Nein gesagt …«

»Sie meinte, ich könne sie gern noch einmal fragen, sobald ich *die Dinge* wieder unter Kontrolle habe.«

»Ist damit der Alkohol gemeint?«

»Das und der Fall.«

Ruth wusste nicht, was sie erwidern sollte. Sie wollte ihn nicht belügen, aber konfrontieren musste sie ihn irgendwie.

»Nun, du hast schon seit über einer Woche nichts mehr getrunken. Aber der Fall – tja, *das* ist eine echte Sucht …« Sie zuckte mit den Augenbrauen, um ihm zu signalisieren, dass sie Witze machte, und bemühte sich um ein aufmunterndes Lächeln.

»Hör zu«, sagte er. »Ich habe nachgedacht. Vielleicht kann uns ein Anthropologe etwas zu den Tätowierungen sagen.«

»Hast du mit jemandem vom Revier gesprochen?«, wollte Ruth wissen.

Er machte ein ratloses Gesicht, doch dann hellte sich seine Miene plötzlich auf, als wäre Licht ins Zimmer geflutet. »Du meinst, du hast bereits mit einem Anthropologen gesprochen? Was hat er gesagt?«

Einen Augenblick starrte sie ihn an. »Warum hast du mich herkommen lassen?«, fragte sie.

»Ich kann dir nicht folgen.«

»War das wirklich deshalb, weil du dir Sorgen machst, du könntest Emma verlieren?«

»Du weißt genau, dass es so ist.« Er wirkte verletzt.

»Du hast gesagt, du bräuchtest jemanden zum Reden, deshalb nahm ich an, es würde um dich und Emma gehen. Aber jetzt, da ich hier bin, scheinst du über nichts anderes als den Fall reden zu wollen.«

»Ruth …«

Sie schüttelte den Kopf, sie hatte genug von seinen Ausflüchten. »Du wirst sie gleich noch einmal verlieren, weil du so vom Dornenkiller besessen bist. Greg, du musst dich endlich von dem Fall lösen.«

»Aber es ist *mein* Fall«, wandte er ein.

»Und er hätte dich um ein Haar das Leben gekostet.«

»Ja, aber ich bin noch nicht tot.«

»Ich fasse es nicht. Ist dir eigentlich klar, wie knapp die Sache war?«

»Ich versuche nur, meinen Job zu erledigen, Ruth.«

Mit einem empörten Schnauben warf sie die Hände hoch.

»Hör mir zu«, sagte er. »Nur noch ein Mal, dann werde ich … Ich höre auf damit, versprochen.«

Leider nahm sie ihm das nicht ab. Sie ließ ihn zwar ausreden, doch das war für sie das letzte Mal – das *allerletzte* Mal –, dass sie auf sein Gerede hereinfiel, von wegen, er sorge sich um seine Frau oder seine Ehe.

»Ich versuche schon die ganze Zeit, die Akten in meinem Kopf zu rekonstruieren, auf das zu kommen, was ich dachte, bevor auf mich geschossen wurde. Ich glaube, ich hatte irgendeine Verbindung zwischen den Opfern hergestellt.«

Jetzt war sie trotz allem hellhörig geworden.

»Und das war …?«

»Ich … Ich kann mich nicht erinnern«, sagte er schulterzuckend. »Aber er hat die Akten mitgenommen. Warum hätte er das tun sollen, wenn es nicht etwas Entscheidendes war?«

»Du täuschst dich.«

»Nein, bestimmt nicht. Die Antwort liegt in diesen Akten, Ruth. Da bin ich mir sicher.«

Sie stand auf, entfernte sich ein paar Schritte von ihm, dann wirbelte sie herum. »Hör dir doch mal selbst zu: ›Warum hat er die Akten mitgenommen?‹ – ›Ich versuche, die Akten zu rekonstruieren‹. Es geht hier nicht allein um diese verdammten *Akten,* Greg.«

»Oh *doch*. Es muss so sein. Warum hätte er sie sonst mitnehmen sollen?«

Er hat sie nicht mitgenommen; er hat sie nicht mitgenommen; er hat sie nicht mitgenommen. Es kostete sie grenzenlose Selbstbeherrschung, den Mund zu halten, wo sie im Grunde nichts lieber wollte, als dem Schrei in ihrem Inneren zum Ausbruch zu verhelfen. Sie holte Luft und stieß sie wieder aus. »Lass es sein, Greg. Zum Wohle deiner Ehe, zum Wohle deiner geistigen Gesundheit, hör bitte auf damit.«

»Ach, willst du dich jetzt zu meiner persönlichen Eheberaterin aufspielen?«

Pikiert gab sie zurück: »Du hast mich doch angerufen, schon vergessen?«

Er schloss die Augen und senkte das Kinn auf die Brust. »Ich weiß. Tut mir leid … ich bin nur so … frustriert, weil ich hier drin festsitze.«

Ruth starrte auf die heilende Narbe auf seiner Kopfhaut. »Du bist nicht mehr für den Fall verantwortlich. Wenn du das akzeptieren kannst, dann habt du und Emma vielleicht eine Chance – aber du *musst* damit aufhören.«

»Ich kann nicht«, gab er zurück. »Nicht mit dieser Kugel in mir drin, die mich laufend daran erinnert, dass mich jemand tot sehen wollte.« Er drückte mit dem Finger auf eine Stelle an seiner Brust, wohl dort, wo der Verband saß, und Ruth zuckte zusammen.

»Wer könnte denn einen solchen Hass auf dich haben, dass er dich tot sehen will, Greg?«

»Ich weiß es nicht.«

»Du sagtest doch gerade, der Dornenkiller habe die Akten mitgenommen«, konterte sie. »Denkst du, er war es?«

»Ich weiß es nicht …« Er hielt inne und starrte mit einem so eigenartigen Ausdruck im Gesicht an ihr vorbei, dass sie glaubte, jemand sei ins Zimmer getreten.

Sie warf einen Blick über die Schulter. »Was denn?«, fragte sie.

»Mit deinen Farben stimmt etwas nicht.«

Sie blickte hinunter auf ihre schwarze Jacke, die Hose und die Schuhe.

»Ach, vergiss es«, sagte er. »Ich bin durcheinander. Ich wollte sagen, du wirkst traurig.«

»Du hast ja keine Ahnung.«

Er schien seine Benommenheit abzuschütteln. »Also, ich habe mir Folgendes überlegt: Wenn ich Zugang zu den offiziellen Fallakten hätte …«

»Herrje, Greg!« Ruth ging zum Fenster und starrte hinaus auf den Flecken nasses Gras und den einzelnen Baum, von dem es tropfte. *Er wird nie Ruhe geben.* Sie fasste einen Entschluss, streckte den Rücken durch und drehte sich langsam zu ihm um.

»An wie viel von diesem Abend erinnerst du dich?«, fragte sie.

»An so gut wie gar nichts.«

»So gut wie?«, wiederholte sie, überzeugt, dass er sie belog.

Er zuckte mit den Schultern.

*Okay. Na schön. Wollen wir doch mal sehen, wie du mit der Wahrheit zurande komm*st. »Ich habe dich aufrecht in deinem Sessel sitzend vorgefunden, mit einem Einschussloch in der Brust.«

Abwehrend runzelte er die Stirn. »Das weiß ich doch längst.«

Sie nickte. »Was du allerdings vorgibst, nicht zu wissen, ist, dass die Pistole neben dir auf dem Boden lag.«

»Nein«, sagte er. »Da war keine Waffe.«

»Du wurdest angeschossen«, sagte sie. »Es muss eine Waffe gegeben haben.«

»Komm mir bloß nicht mit solchen oberschlauen Sprüchen«, knurrte er. »Wer immer auf mich geschossen hat, hat sie mitgenommen.«

»Irgendjemand hat es sicher getan, ja.«

Er wirkte eher verwundert als verängstigt, als ihm dämmerte, was sie da andeutete. Und als die Erkenntnis ihn schließlich mit voller Wucht traf, weiteten sich seine Augen.

»Oh nein. Ruth. *Du* hast sie mitgenommen?«

»Die Akten, die Kiste, die Pistole.«

»Das warst also wirklich du dort in den Schatten?«

»Das sage ich dir doch schon die ganze Zeit.«

Er wischte sich mit der Hand übers Gesicht. »Was hast du dir bloß dabei *gedacht?*«

»Was denkst du denn?«

Eine schreckliche Wahrheit bahnte sich aus den nebligen Untiefen seines Gehirns den Weg ans Licht. Entsetzt starrte er sie an. »Du denkst, ich wollte Selbstmord begehen?« Es kam ihm vor, als würde der Boden unter ihm in Schieflage geraten.

»Du warst deprimiert. Der Fall hat dich beinahe in den Wahnsinn getrieben.«

»Und da dachtest du, ich hätte mir die Pistole an die Brust gesetzt und abgedrückt? Herr im Himmel, Ruth! Warum sollte ich so etwas tun?«

Sie starrte ihn an. *Sollte sie sich derart geirrt haben?* »Du hast dir selbst die Schuld an Kara Grogans Tod gegeben«, erklärte sie. »Und schon davor hast du dich regelmäßig bis zur Besinnungslosigkeit volllaufen lassen, und das über viele Monate.«

»Ich habe wirklich viel getrunken«, gab er zu. »Aber …«

»Ist das dein Ernst? Du willst dir also immer noch einreden, du hättest alles unter Kontrolle gehabt?« Sie legte den Kopf in den Nacken und starrte zur Decke. »Denkst du, ich hätte das Zittern in deinen Händen nicht bemerkt, wenn du morgens nach deinem ersten Kaffee greifen wolltest?«

Er wandte den Blick ab. »Ich war müde.«

»Sicher«, gab sie zurück. »Du warst an jedem einzelnen Tag in der Woche müde – gegen Ende hing der *Gestank der Erschöpfung* regelrecht an dir.«

Er wollte protestieren, doch sie sprach einfach weiter. »Weißt du eigentlich, aus welchem Grund ich an jenem Abend wirklich in deiner Wohnung war?«

»Ich hab's dir doch gesagt, ich erinnere mich nicht.«

»Du hast mich angerufen, völlig aufgelöst, stockbesoffen, und hast irgendwelches zusammenhangloses Zeug von dir gegeben. Ich bin zu dir gekommen, weil ich dir sagen wollte, dass du dich an eine Kontaktstelle der Anonymen Alkoholiker wenden und dich krankmelden sollst, sonst würde ich dich melden.« Sie beobachtete ihn sehr genau. »Neben deinem Sessel lag eine leere Whiskyflasche. Du hast bestialisch nach dem Zeug gestunken – deine ganze Wohnung roch danach. Ich hätte an diesem Abend nicht gewagt, ein offenes Feuer zu machen, nicht im Umkreis von einer Meile.«

Er starrte auf seine Hände in seinem Schoß und vergrub die Nägel in dem Gel-Ball. »Ich erinnere mich nicht«, murmelte er undeutlich.

»Das ist ja gerade der Punkt, Greg«, sagte sie, jetzt in einem sanfteren Ton. »Es war ein Muster. Und das wusstest du – wir wussten es beide. Wir redeten bloß nicht darüber.«

Er rieb sich fest mit der Hand übers Kinn. »Nun«, meinte er. »Du hast die Akten mitgenommen und die Waffe auch. Du hast also den Tatort manipuliert. Warum, Ruth? Wie konntest du nur auf eine so dumme Idee kommen?«

Wie sollte sie auch nur annähernd ihr Entsetzen erklären, als sie ihn zusammengesackt in seinem Sessel vorgefunden hatte? Ihre Panik, als sie festgestellt hatte – oder zu erkennen glaubte –, was sie angerichtet hatte. Ganz zu schweigen von den Schuldgefühlen, mit denen sie sich seither herumschlagen musste.

Tränen traten ihr in die Augen. Sie hasste es, Schwäche

zu zeigen, und versuchte, das Gefühl stattdessen mit Zorn zu überspielen. »Siehst du das?« Sie nahm das Flitterwochen-Foto zur Hand, das auf dem Nachttisch stand. »Ich habe das hier zusammen mit den Fotos vom Tatort und den Bildern von Kara auf deinem Küchentisch gefunden. Wenn ich die Waffe nicht an mich genommen hätte, weißt du, zu welcher Schlussfolgerung die Leute gelangt wären? Dass die Psychospielchen des Dornenkillers dir viel zu sehr zugesetzt haben. Dass du dem Druck nicht mehr standhalten konntest.«

Langsam und mit geschlossenen Augen schüttelte er den Kopf.

»Weißt du, was sie gesehen hätten? Einen erbärmlichen Trinker. Einen Feigling, der den einfachen Ausweg suchte, von eigener Hand sterben wollte, allein in seiner leeren Wohnung krepieren.«

Mit aschfahlem Gesicht sah er sie an. »Ach Ruth … Ich dachte, du würdest mich besser kennen.« Er sog die Luft ein, und für einige Augenblicke waren die einzigen Geräusche sein flatternder Atem und das entfernte Gemurmel von Angestellten und Patienten jenseits der Tür. »Ich mag ja ein Idiot sein«, sagte er schließlich. »Ich weiß, dass ich ein Trinker bin. Aber ein Feigling bin ich nicht – was bringt dich überhaupt auf die Idee?«

Als sie ihm forschend ins Gesicht sah, wurde ihr bewusst, dass er die Wahrheit sagte. *Oh Gott, Ruth … Was hast du getan?* »Was hätte ich denn sonst denken sollen?«, entgegnete sie. Ihre Stimme klang schwach in ihren Ohren.

»Was alle anderen auch dachten«, feuerte er zurück. »Dass ich in diesem Fall kurz vor einem Durchbruch stand – dass es der Dornenkiller war, der seine Spuren verwischen wollte.«

»Nur dass wir beide wissen, dass er so etwas nie tun würde, nicht wahr?«, fragte sie mit sanftem Nachdruck.

Er zögerte kurz, doch dann nickte er. Nach einer weiteren kurzen Pause sagte er: »Okay … Wie schlimm ist der Schaden?«

Ruth kehrte zurück zu dem Stuhl ihm gegenüber und atmete ein paarmal tief durch, ehe sie weitersprach. Er sah sie gebannt an, und sie wurde das seltsame Gefühl nicht los, dass er den Blick wieder auf eine dritte Person im Raum gerichtet hatte.

»Die einzigen Fingerabdrücke, die wir in der Wohnung sicherstellen konnten, stammen von mir, weil *ich* sämtliche Oberflächen sauber gewischt habe.« Sie fluchte verhalten. »Ich habe quasi hinter dem Schützen aufgeräumt.« Ihre Hände zitterten, weshalb sie sie zwischen ihre Knie klemmte.

»Ruth«, sagte er.

Anfangs brachte sie es nicht über sich, ihn anzusehen, doch dann senkte er den Kopf, um ihren Blick einzufangen, bis sie schließlich aufschaute.

»Der Schütze hatte vielleicht schon sauber gemacht, bevor du gekommen bist.«

»Klar«, gab sie zurück. »Das versuche ich mir auch schon die ganze Zeit einzureden. Aber das macht das, was ich getan habe, nicht besser, oder?« Als ihr Handy summte, warf sie einen Blick aufs Display.

Dringende Besprechung, lautete die Nachricht. *Fünfunddreißig Minuten.*

»Ich muss los«, sagte sie.

»Aber du kommst doch wieder?«

»Ja«, antwortete sie. »Natürlich komme ich wieder.«

24

Carver sah mit einem flauen Gefühl zu, wie Ruth den Raum verließ. Die Ahnung einer Bedrohung rührte aber nicht allein daher, dass er keine Erinnerung daran hatte, sie an dem Abend angerufen zu haben. Es war ja nicht so, als wäre dies das erste Mal gewesen, dass er sich besinnungslos getrunken hatte. Aber wenn er sich noch nicht einmal an die simple Tatsache erinnern konnte, mit ihr telefoniert zu haben, was hatte er an dem Abend sonst noch getan, von dem er nichts mehr wusste?

Ein Streit, in den er geraten sein musste, füllte seinen Kopf, eine Explosion aus Licht und Lärm: Schreie, Scherben von splitterndem Glas. Er hielt inne. Vor diesem Streit hatte er Sex gehabt – daran erinnerte er sich jetzt deutlich. Doch weiter reichte sein Gedächtnis nicht, er wusste nicht mehr, was nach dem Streit geschehen war, nach den Schreien, den Scherben.

War es denn ein Streit gewesen – war er handgreiflich geworden? War er gewalttätig geworden gegenüber einer Frau? *War* es so?

An dem Tag, an dem Emma ihn vor die Tür gesetzt hatte, hatte sie gesagt: »Ich erkenne dich nicht wieder, wenn du betrunken bist, Greg. Dann bist du ein ganz anderer Mensch. Man fühlt sich nicht sicher in deiner Nähe, wenn du so bist.«

Er wischte sich den Schweiß von der Stirn. Seine Haut war kalt und klamm, und seine Hände zitterten. Delirium tremens oder nackte Angst? Es war schwer zu sagen, worin der Unterschied bestand. Und noch schwieriger war es, den exakten Moment zu bestimmen, als aus seinem Alkoholkonsum regelmäßige Komabesäufnisse und schließlich eine echte Abhängigkeit wurden.

Das tägliche Gläschen Whisky war für ihn zu einem lieb gewonnenen Ritual geworden, nachdem er und Emma sich getrennt hatten. Ein schnelles Essen zum Mitnehmen, ein Schlückchen Whisky, um dem Schmerz die Schärfe zu nehmen, während er die täglichen Berichte seines Teams durchlas, Details der einzelnen Morde verglich und nach einem Muster Ausschau hielt, das ihnen helfen konnte, in diesem Fall einen Durchbruch zu erzielen. Nur dass aus dem gelegentlichen Schlückchen Whisky irgendwann ein großer Schluck wurde, und während die Monate ins Land zogen und der Dornenkiller sich ein Opfer nach dem anderen holte, hatte er zunehmend Probleme mit dem Einschlafen gehabt. Und dann genehmigte er sich jedes Mal einen Drink – nur einen, wie er sich selbst einredete, während er die Flasche fest verschloss. Um dann eine halbe Stunde später erneut auf den Beinen zu sein, weil ihm noch nach einem letzten Absacker war. Und wenig später genehmigte er sich einen weiteren Shot. So trank er viele Stunden ununterbrochen, brütete über seinen Akten und wartete auf die erhoffte Bewusstlosigkeit, damit er sich erholen konnte. In den frühen Morgenstunden wachte er dann mit klopfendem Herzen auf, fing an, über die immer gleichen Fragen nachzugrübeln, stets mit diesem Gefühl des Versagens in sich, weil er auch den nächsten Mord nicht hatte verhindern können.

In der Nacht, in der er die Nachricht erhalten hatte, er solle sich auf die Suche nach Kara machen – eine SMS, abgeschickt von einem Prepaid-Handy, in der man ihm den genauen Ort genannt hatte, unterzeichnet mit dem Kürzel DK –, hatte er bereits eine Viertelflasche Scotch intus gehabt, die er eben erst geöffnet hatte. Er hatte die Finger vom Alkohol gelassen, während er seine CSIs einberief, Superintendent Wilshire auf den neusten Stand brachte und mit seinem Team sprach. Er trank Kaffee, während er sich mit Ruth Lake über die Priorisierung der Aufgaben unterhielt und das Pressebüro briefte. Später, als er mit dem Pathologen des Innenministeriums sprach, war er stocknüchtern – berauscht lediglich von Koffein und dem Adrenalin in seinen Adern. Doch als die Arbeit des Tages erledigt war, hatte er den Rest vom Scotch in sich hineingeschüttet.

Nein, es war nicht der erste Abend gewesen, da er sich ins Koma getrunken hatte, und es war nicht das erste Mal gewesen, dass er die Dinge, die ihn quälten, mit Alkohol ausgeblendet hatte. Die Streitereien, die Beleidigungen, die reumütigen Anrufe bei Emma. Wie viele Male hatte er die morgendlichen Besprechungen mit Kopfschmerzen bestritten, Kopfschmerzen, die sich anfühlten, als hätte ihm jemand einen frisch angespitzten Bleistift ins Auge gerammt?

In den Monaten, seit er und Emma sich getrennt hatten, schien ein Ring aus Schmerz sein Herz einzuengen. Anfangs hielt er es für ein Geschwür, er dachte, der Stress, das viele Koffein, das schlechte Essen und das viele Trinken hätten ihm ein Loch in den Magen gebrannt. Doch jetzt erkannte er den Schmerz als körperliche Manifestation seines Selbsthasses. Er hatte geglaubt, nicht mehr tiefer sinken zu können, nachdem Emma ihn vor die Tür gesetzt hatte. Doch jetzt wurde ihm klar, dass der Mord an Kara eine Abwärtsspirale in Gang gesetzt hatte, die ihn letzten Endes in diese Klinik gebracht hatte. Und dann glaubte Ruth auch noch, er habe Selbstmord begehen wollen. Ruth Lake hatte in den vergangenen Monaten schon Dutzende Male für ihn den Kopf hingehalten, um ihn zu decken. Sie hatte ihm Trost zugesprochen, ihn besänftigt mit ihrer ruhigen, zurückhaltenden Präsenz. Was für ein arroganter Scheißkerl er doch war, dass er sie zurechtgewiesen hatte, weil sie dachte, er hätte einen Selbstmordversuch unternommen. Dabei war er schon seit Monaten auf dem besten Weg, sich zugrunde zu richten – nur dass er es viel langsamer tat, mit Alkohol.

25

Ruth Lake rief DCI Parsons erst auf dem Festnetz an und anschließend auf dem Handy. Er ging nirgends ran, weshalb sie es bei John Hughes versuchte.

»Wurden Sie auch zu dieser Notfall-Besprechung einbestellt?«, fragte sie.

»Ja«, bestätigte er.

»Irgendeine Ahnung, worum es geht?«

»Ich schätze, es ist wegen der neuen Leiche, die man gerade im Beetham Tower gefunden hat.«

»Ist sie eines von unseren Opfern?«, wollte sie wissen. *Das ist nicht möglich. Nicht so kurz nach Kara.*

Im Hintergrund sagte jemand etwas, der Crime Scene Manager entgegnete: »Ich bin gleich da.« Und dann zu Ruth: »Tut mir leid, Ruth. Ich muss los.«

Sie legte auf und rannte zu ihrem Wagen. Es war unter den Hauptmeldungen im Radio: Der Leichnam einer Frau war im Beetham Tower aufgefunden worden. Das Gebäude war nur halb so hoch wie der gleichnamige Wolkenkratzer in Manchester, aber er war immer noch hoch genug, um die Uferpromenade des Mersey zu dominieren. Weniger als eine Meile von der Polizeidienststelle Merseyside entfernt, die Strand Street hinunter, gehörte das Hochhaus zu den teuersten Wohnanlagen der Stadt.

Die Ansammlung von Presseleuten und Medienvertretern, die den Eingang zum Revier belagert hatten, war verschwunden, als Ruth Lake dorthin zurückkehrte. Ein Constable, der draußen auf den Stufen Wache schob, stampfte mit den Füßen und blies Atemwölkchen in die eisige Luft. Ruth konnte sich die Hektik gut vorstellen, die ausgebrochen sein musste, als die Neuigkeiten bekannt wurden: Reporter und Fotografen und Social-Media-Profis mussten auf die verfügbaren Taxis losgestürmt sein, um sich zum Tatort bringen zu lassen in der Hoffnung, ein weiteres Opfer des Dornenkillers vorzufinden.

Sie hastete hinauf zum Einsatzraum. Das Zimmer war leer, doch etwas weiter den Flur hinunter hörte sie aufgeregte Stimmen aus dem größeren Seminarraum dringen. Der war zum Bersten voll. DCI Parsons stand vorne und machte Notizen auf einer Tafel, die im rechten Winkel zum Schreibtisch stand, auf dem Tisch mehrere Stapel Unterlagen, dazwischen ordentlich aneinandergereiht einige Whiteboard-Stifte.

Ruth stellte sich neben John Hughes. »Der Mord am Beetham Tower«, raunte sie ihm leise zu und hielt den Blick fest auf Parsons gerichtet. »Wie sieht es aus, ist es unser Opfer?«

»Adela Faraday«, sagte Hughes. »Börsenmaklerin. Man hat sie auf der Terrasse ihres Penthouses gefunden.«

»Aha«, machte Ruth und merkte, wie die nervöse Unruhe allmählich abebbte: Die Opfer des Dornenkillers waren alle an öffentlichen Orten abgelegt worden. »Todesursache?«

DCI Parsons klopfte auf den Tisch, um die Versammelten zur Ordnung zu rufen, deshalb bekam sie leider keine Antwort. Heute trug ihr Vorgesetzter einen dunkelgrauen

Anzug mit weißem Hemd und dunkelblauer Krawatte. Er räusperte sich, strich die Krawatte glatt und fixierte die Anwesenden dann mit ernstem Blick.

»Vor etwa einer Stunde fand man den Leichnam einer Frau in ihrer Wohnung im Beetham Tower«, fing er an. »Es dauerte nicht einmal eine Viertelstunde, da war die Nachricht bereits online.« Er nahm die Fernbedienung für den Datenprojektor zur Hand und klickte auf einen Link. Die Website eines Boulevardblatts zeigte ein Foto vom Beetham Tower mit der Schlagzeile: *Ermordete Geschäftsfrau Opfer des Dornenkillers?* Ein zweiter Link führte zu der noch reißerischeren Überschrift: *War die erschossene Frau tätowiert?*

»Wie Sie sehen, sind die Medien nicht gewillt abzuwarten, bis wir echte Fakten vorzuweisen haben. Dennoch hoffe ich inständig, dass niemand aus unseren eigenen Reihen denen auch noch Material für ihre fantastischen Auswüchse liefert. Denn es wäre absolut inakzeptabel, mit jemandem, der nicht in die Ermittlungen involviert ist, über den Fall zu sprechen.« Wieder drückte er auf die Fernbedienung, und die nächste Schlagzeile erschien, dieses Mal aus der *Daily Mail: Adela Faradays Tod: ein Mysterium, so verlautet aus Polizeikreisen.*

Gerade einmal eine Stunde nach ihrer Ermordung kannte die Presse ihren Namen – und das auch noch »aus Polizeikreisen«. Kein Wunder, dass Parsons so eine grimmige Miene zog.

»Lassen Sie es mich in aller Deutlichkeit sagen«, erklärte er und sah einem nach dem anderen forschend ins Gesicht. »Jeder, der dabei erwischt wird, wie er vertrauliche Informationen an die Presse weitergibt, kann sich auf ein Disziplinarverfahren gefasst machen.«

Keiner rührte sich, doch Ruth spürte die Anspannung im Raum. Am meisten ärgerte sie sich über die Vorstellung, dass im Grunde jedes Mitglied ihres Teams der Schuldige sein konnte. Möglicherweise fragte sich der eine oder andere bereits, ob nicht ein unbedachter Kommentar seinerseits hinter der ominösen Quelle steckte.

»Könnte bitte jemand die Tür schließen.« Als man dem nachgekommen war, schaltete Parsons den Bildschirm aus und ließ den Blick über seine Leute schweifen. »Was ich jetzt gleich sage, ist nur für Ihre Ohren bestimmt«, sagte er. »Es ist höchst unwahrscheinlich, dass Miss Faraday in irgendeiner Weise mit unseren Ermittlungen in Verbindung steht. Sie passt nicht ins Beuteschema unseres Killers. Tatsächlich gibt es keinerlei Gemeinsamkeiten zwischen dieser Dame und den bestätigten Opfern. Sie wurde zu Hause aufgefunden – wie es aussieht, lag sie dort schon eine Woche oder länger –, und es finden sich *keine* Tätowierungen auf ihrem Körper.«

Ein Raunen ging durchs Zimmer: Die fehlenden Tattoos räumten die letzten Zweifel aus, die es in dieser Hinsicht noch gegeben hatte.

Parsons wartete ab, bis der Lärm sich gelegt hatte, bevor er fortfuhr: »Ich erwarte von Ihnen allen, dass Sie jeglichen Mutmaßungen Einhalt gebieten.« Er sah sich im Raum um. »Also … wenn man an Sie herantritt, werden Sie folgende Antwort abliefern: ›Wenden Sie sich bitte an unsere Pressestelle, dort wird man Sie mit aktuellen Informationen versorgen.‹ Sagen Sie *nicht,* dass Sie nicht in den Fall involviert sind, denn dann interpretieren diese Leute Ihre Worte nach Belieben so, dass sie eine hübsche Schlagzeile ergeben. Ihre Antwort auf *jede* Frage lautet: ›Wenden Sie sich an unsere Pressestelle, dort wird man Sie mit aktuellen Informationen versorgen.‹ Es ist mir egal, ob man Sie nach der *Uhrzeit* fragt oder wonach auch immer – so wird Ihre Standardantwort lauten. Ist das klar?«

Einige nickten, andere murmelten ein leises »Ja, Boss«.

Er machte eine Pause und atmete hörbar, ehe er seine Unterlagen zusammensammelte und in ruhigerem Tonfall erneut zu sprechen begann: »Na schön. Kommen wir zurück zu Kara Grogan: Die Fahndung von Haus zu Haus läuft, wir befragen die Fahrer sämtlicher Fahrzeuge im Umkreis des Tatorts und sind dabei, die Mitbewohner und Dozenten von Kara erneut zu verhören. Wer will anfangen?«

Ruth hörte nur mit halbem Ohr hin, als die Teammitglieder ihre Berichte ablieferten, denn sie bestätigten im Grunde allesamt das, was sie ohnehin schon wussten: Der Killer war von niemandem gesehen worden, als er Karas Leichnam im Park abgelegt hatte. Parsons schien es nicht für nötig zu befinden, die Erkenntnisse zu kommentieren, deshalb ließen einige betrübt die Köpfe hängen.

Dann ergriff Ruth das Wort: »Ihr wisst doch, wie das läuft, Leute – es ist nie leicht bei einem Opfer, das schon eine Weile vermisst wurde, ehe es aufgefunden wird. Wir alle müssen wachsam bleiben, unermüdlich Fragen stellen und ganz genau auf die Antworten hören.«

Parsons wirkte verärgert, dass sie die aufmunternde Ansprache hielt, die eigentlich er hätte liefern sollen. »Sie waren in den letzten Tagen selbst unterwegs, um unermüdlich Fragen zu stellen, Sergeant Lake«, sagte er. Sein Ton legte nahe, dass ihm ihr Alleingang nicht gerade gefiel. »Möchten Sie hierzu irgendwelche Erkenntnisse mit uns teilen?«

»Sir.« Ruth Lake hatte sich bereits ein Stück zur Mitte hin bewegt, sodass sie eine bessere Sicht auf die beiden Detectives hatte, die zunächst die Befragungen von Karas Mitbewohnern durchgeführt hatten. Keiner von beiden sah sie an, doch ihr Unmut war deutlich zu spüren.

»Kara hat sich in den Wochen vor ihrem Verschwinden völlig von ihren Mitbewohnern zurückgezogen«, begann Ruth. »Dieses ewige Gerede von wegen, sie sei *reserviert* gewesen, das war blanker Blödsinn. Sie hatte in Wirklichkeit einige sehr persönliche Ängste mit ihrer Projektgruppe geteilt, und die bestand rein zufällig aus ihren Mitbewohnern. Sie litt unter der krankhaften Angst, sie könnte auf der Bühne einen Blackout haben und ihre Zeilen vergessen. Deshalb spielten sie ihr einen gemeinen Streich, der sie am Ende so dastehen ließ, als wäre ihr genau das vor Publikum passiert.« Sie machte eine kurze Pause und bemerkte, was für einen betretenen Eindruck die beiden verantwortlichen Detectives machten. »Das versetzte ihrem Selbstvertrauen eine Zeitlang einen ziemlichen Dämpfer. Doch das Mädchen hatte Glück, ihr Talent war vielversprechender als beim Rest, wenn man ihren Dozenten glauben kann. Deshalb wechselte sie in eine andere Studiengruppe, schottete sich komplett von den Verrätern ab und zog sich mehr und mehr zurück. Währenddessen bereitete sie sich auf ein Vorsprechen für eine wichtige Rolle vor.« Sie nickte John Hughes zu. »Diese Information haben wir unseren Computertechnikern zu verdanken.«

»Und das ist von Bedeutung, weil …«, drängte Parsons.

»Karas Mitbewohner gaben an, sie sei abends oft verschwunden, konnten aber nicht sagen, wohin. Unsere Techniker waren daher so freundlich, jene Websites zu identifizieren, die sie oft besucht hat. Dort ging es vor allem um Parapsychologie und Ähnliches …«

»Recherchen für ihr Vorsprechen«, warf Parsons ein,

während er den Bericht in die Hand nahm, den sie einige Stunden zuvor auf seinen Schreibtisch gelegt hatte, und einen kurzen Blick darauf warf. Er schien immer noch nicht überzeugt zu sein, dass diese Tatsache relevant sein könnte.

»Ich gehe davon aus, dass sie an einigen medialen Lesungen teilgenommen hat«, erklärte Ruth.

Parsons bedankte sich mit einem Nicken, dann warf er einen prüfenden Blick auf seine Tagesordnung. In dem Moment wurde ihr schlagartig bewusst, dass er zum nächsten Thema wechseln wollte.

»Ich würde mich gerne mit den Parapsychologen und Medien unterhalten, die in etwa um die Zeit ihrer Entführung Auftritte in Liverpool hatten«, sagte Ruth. Er runzelte die Stirn, da er offenbar immer noch nicht verstand.

»Das könnte die Lücken schließen, was die zeitlichen Abläufe betrifft«, sagte sie, als würde sie einfach im Thema fortfahren. Es würde nichts bringen, Parsons in die Defensive zu treiben. »Das könnte uns weitere Einblicke in ihren Gemütszustand in den Tagen vor ihrem Verschwinden gewähren.«

Einer der Detectives, die für die ursprünglichen Zeugenbefragungen von Karas Mitbewohnern verantwortlich gewesen waren, meldete sich nun zu Wort: »Glauben Sie, die können in der Geisterwelt mit ihr in Kontakt treten, Sergeant?«

»Hätten Sie Ihren Job beim ersten Mal zuverlässig ausgeführt, hätten wir diese Informationen vielleicht längst«, pflaumte Parsons ihn an und erstickte damit das aufkommende Gelächter im Keim. Schweigen senkte sich über die Versammelten, während eine ganze Reihe von Leuten aus seinem Team ihn insgeheim vom reinen Bürokraten heraufstuften zu jemandem, den man nicht unterschätzen durfte.

Ruth fuhr fort, als hätte es die Unterbrechung nicht gegeben: »Ich habe in Karas Recherchenotizen gelesen. Wie es aussieht, sind alle diese Parapsychologen Experten im Cold Reading, der Wahrsagerei also. Ihre Mitbewohner haben keinen blassen Schimmer, was Kara so trieb – aber wenn sie mit einigen der Parapsychologen und Medien auf ihrer Liste in Kontakt getreten ist …«

»Sie wollen damit doch wohl nicht andeuten, dass wir diese … Leute um Rat fragen sollten, oder?« Parsons wirkte wie vor den Kopf gestoßen.

»Nein, Sir. Ich würde sie gerne verhören. Kara war ein sensibler Mensch. Vielleicht hat sie das dazu gebracht, die falschen Entscheidungen zu treffen. Vielleicht hat einer von ihnen sie mit jemandem zusammen gesehen, oder sie hat während der Auftritte mit ihnen gesprochen und irgendetwas geäußert, das uns weiterhelfen könnte …« Sie hob die Schultern, als wollte sie sagen: *Einen Versuch ist es doch wert?*

Parsons starrte auf sein Whiteboard. »Na schön«, sagte er schließlich. »Aber ich will morgen früh keine Schlagzeilen lesen wie *Dornenkiller-Cop konsultiert Wahrsager.* Ist das klar?«

Sie nickte.

»Ich will, dass Sie es laut und deutlich aussprechen, Sergeant Lake.«

»Ist klar«, sagte Ruth.

26

Es war schon gegen Abend, als Ruth Lake die Veranstaltungsseiten für Liverpool durchging, um sicher zu sein, dass ihr nicht einer der Parapsychologen oder eines der Medien entgangen war, an denen Kara Interesse gezeigt hatte. Die Nachrichtenseiten waren voll mit Berichten über den Mord an Adela Faraday, auf den meisten waren Miniaturbilder von polizeilichen Absperrbändern und Polizisten in der exklusiven Wohnanlage, in der sie gelebt hatte, zu sehen. Eine Boulevardzeitschrift schrieb, dass die Polizei Merseyside *keinen Zusammenhang mit den Dornenkiller-Morden* annehme. Man zitierte sogar eine Quelle *aus Polizeikreisen*, die geäußert habe, es fänden sich nicht die inzwischen zum *Markenzeichen* des Killers erklärten typischen Tätowierungen auf dem Körper von Adela. Parsons wäre gewiss nicht begeistert darüber. Ruth aber war nun neugierig geworden und klickte sich durch eine Reihe von Links, bis sie schließlich auf der Website vom *Liverpool Echo* landete. Dort hatte man offenbar ein Foto der Toten zugespielt bekommen, eines, auf dem sie auf einer Art Geschäftstreffen zu sehen war. Sie kam ihr vage bekannt vor.

Ruth klickte auf das Bild, um es zu vergrößern.

Adela Faraday war groß, schlank und blond, trug sichtlich teure Kleidung, ein schwarzes Kleid und dazu ein Diamantarmband ums Handgelenk. Sie hatte roten Lippenstift aufgelegt und, wie in dem dazugehörigen Text stand, eine Birkin-Krokodilledertasche umhängen. Für so eine Handtasche zahlte man angeblich fünfstellige Beträge. Adela sah über die Schulter, eine Augenbraue hochgezogen, und machte den Eindruck, als würde sie jeden Moment loslachen wollen.

Ich kenne dieses Gesicht.

Ruth musste an die Videoaufzeichnung von der Überwachungskamera denken, auf der Carver das Old Bank Hotel betrat, an dem Abend, an dem er angeschossen wurde.

Eine Stunde später machte sie sich hastig daran, die Bänder der Überwachungskamera in DCI Jansens Einsatzraum durchzusehen. Sie hatte eine ganze Weile warten müssen, bis sie den Raum unbesetzt vorgefunden hatte, doch zum Glück war einer der Computer noch an und der Kollege eingeloggt. Ansonsten hätte ihr das gar nichts genutzt, da ihre eigenen Zugriffsrechte es ihr nicht erlaubten, die Daten, denen ihr Interesse galt, zu öffnen: Denn die Ermittlungen im Fall Carver gingen sie offiziell nichts an. Sie saß am Schreibtisch von Tom Ivey. Vor ungefähr einer halben Minute hatte sie beobachtet, wie er den Raum verlassen hatte. Wenn sie jetzt erwischt wurde, würde Ivey mindestens genauso viel Ärger kriegen wie sie, weil er seinen Computer unbeaufsichtigt gelassen hatte, sodass sie sich unbefugt Einsicht in die Fallakten hatte verschaffen können. Doch sie musste einfach wissen, ob sie richtiglag, und wenn sie schnell war und gut aufpasste, würde nie jemand etwas von ihrem Verstoß erfahren. Sie war in höchster Alarmbereitschaft, immer wieder warf sie einen nervösen Blick zur Tür, weil sie glaubte, im Flur Schritte zu hören. Um ein

Haar hätte sie deshalb verpasst, wie Greg Carver auf dem Bildschirm die verschneite Straße entlang auf das Old Bank Hotel zuging. Sie ließ die Aufnahme noch ungefähr fünf Minuten weiterlaufen, dann spulte sie zurück und lehnte sich näher zum Bildschirm. Ihr Blick huschte nervös hin und her, weil sie auf keinen Fall etwas übersehen wollte.

Da war Greg, wie er rückwärts aus dem Hotelfoyer trat und plötzlich nicht mehr zu sehen war, weil er außerhalb des Aufnahmebereichs der Kamera war. Sie sprang zurück zum Zeitpunkt zehn Minuten vor seiner Ankunft, machte einen tiefen Atemzug, dann spulte sie wieder vorwärts.

Etwa fünf Minuten weiter auf dem Band fand sie, was sie gesucht hatte: eine Frau, die die Straße entlangeilte. Sie hatte den Mantelkragen hochgeschlagen und hielt das Revers mit einer Hand am Hals zusammen. »Dreh dich um«, murmelte Ruth. »Zeig dich bitte.«

Als hätte die Frau sie gehört, warf sie exakt in diesem Moment einen Blick über die Schulter. Schlagartig blieb Ruth das Herz stehen. Erneut spulte sie zurück, ließ das Band wieder laufen und drückte auf die Pausentaste, als die Frau genau in Richtung der Kamera schaute. Fassungslos stieß Ruth die Luft aus. »Greg …«, flüsterte sie leise vor sich hin. »Oh Gott, Greg, sag bitte, dass das nicht wahr ist.«

Allerdings täuschte sie sich so gut wie nie in einem Gesicht. Sie klappte ihren eigenen Laptop auf, stellte ihn neben Iveys Computer und klickte sich durch die Fotos auf der Seite vom *Liverpool Echo*. Die Fotos von der ermordeten Frau.

Die Frau war Adela Faraday. Sie hatte nur wenige Minuten vor Greg Carver das Old Bank Hotel betreten.

Ruth machte einen Ausdruck vom Standbild, das Adela auf der Überwachungskamera zeigte, außerdem von dem

Foto von ihr auf der Website des *Liverpool Echo*. Mit hämmerndem Herzen steckte sie einen Memorystick in den USB-Anschluss an Iveys Computer und lud die Sachen unerlaubterweise herunter, bevor sie schleunigst den Raum verließ. Ivey kam ihr entgegen.

»Hi, Tom«, rief sie und ging einfach weiter, ohne ihm groß Beachtung zu schenken.

»Wollten Sie etwas von mir, Sergeant?«, fragte er.

Ruth verlangsamte ihre Schritte und blieb dann stehen. Sie drehte sich um und begrüßte den jungen Detective nun ganz förmlich. »Ich wollte nur hören, wie es mit den Ermittlungen vorangeht. Wie es aussieht, sind für heute schon alle nach Hause gegangen – alle außer Ihnen.« Sie hatte gelernt, dass Schmeicheleien sich immer gut als Ablenkungsmanöver eigneten.

»Wollen Sie das immer noch wissen?«, erkundigte er sich. »Ich könnte Sie bei einem Kaffee auf den neusten Stand bringen.«

Sie begegnete seinem Blick mit kühler Gelassenheit und nahm ihn fest ins Visier, sodass er errötete.

»Ich… Das war nur als… Ich wollte nicht…« Inzwischen war er feuerrot. »Ähm, sorry, Sergeant.«

»Tom, schon gut«, sagte sie. Sie entspannte sich ein wenig, da er sich nicht über ihren Besuch hier zu wundern schien. »Normalerweise sehr gerne, aber es ist schon spät, ich wollte auf dem Heimweg noch kurz im Krankenhaus vorbeischauen und sehen, wie es Greg geht.«

Erst als sie auf der betonierten Feuertreppe stand, rammte sie die geballte Faust in die Tasche und ließ den USB-Stick hineingleiten.

Damit, dass sie sich unerlaubt Zugriff auf Iveys Computer verschafft hatte, konnte sie sich ein Disziplinarverfahren einhandeln, aber dieser Download würde sie hinter Gitter bringen, wenn das je ans Licht kam. Als ihr Herz nicht mehr ganz so heftig schlug, kehrte sie ins Büro zurück, schnappte sich ihre Umhängetasche und verstaute ihren Laptop darin.

Dann fuhr sie auf direktem Weg ins Krankenhaus.

Ein unberührter Teller mit Essen wurde auf dem Rollwagen neben Carvers Bett kalt, während er am Fenster stand und in die Dunkelheit hinausstarrte. Langsam drehte er sich um, als sie das Zimmer betrat. Dabei strich er mit den Fingerspitzen leicht über das Fensterbrett, was sie auf den Gedanken brachte, dass er Probleme mit dem Gleichgewicht haben musste.

»Alles in Ordnung mit dir?«, fragte sie.

Er lächelte. »Mir geht's besser, jetzt, wo ich dich sehe.«

»Hast du einen Moment Zeit, um dir etwas anzusehen?«

Er machte mit der freien Hand eine ausholende Geste in den leeren Raum hinein. »Ich ersticke nicht gerade in Arbeit.«

Sie ließ die Hand in der Tasche verschwinden und holte ihren Laptop heraus. Dann räumte sie auf dem Nachtkästchen ein wenig Platz frei, damit sie ihn abstellen konnte, und zog den Memorystick aus der Tasche.

»Was ist das?«, wollte Carver wissen.

»Das Material von einer Überwachungskamera.«

»Hat es mit dem Fall zu tun?«

Sie legte den Kopf schief und ließ ihn in dem Glauben, während sie das Video aufrief und startete. Sie beobachtete seine Reaktion. Als er die Frau auf den Hoteleingang zueilen sah, war er plötzlich wie erstarrt.

»Du kennst sie?«, fragte sie.

Er erwiderte nichts darauf. Sie spulte vor zu der Stelle, an der er die Straße entlangkam.

»Tja, *die* Gestalt kennst du aber sicher.«

Ein kaum merkliches Zögern, dann sagte er leise: »Du weißt, dass ich das bin.«

Sie stoppte das Video und legte die zwei Ausdrucke vor ihn hin: Adela Faraday im *Liverpool Echo* und Adela Faraday auf den Überwachungsbändern des Old Bank Hotel.

»Diese Frau wurde heute ermordet in ihrer Wohnung unten am Fluss aufgefunden. Und hier sieht man sie in das Hotel gehen, nur wenige Minuten vor dir, an dem Abend, an dem du angeschossen wurdest. Findest du das nicht eigenartig?«

»Kann Zufall sein.«

»Du weißt nicht, wer das ist?«

»Ich bin mir nicht sicher.«

»Sagst du das, um deinen Arsch zu retten, falls ich Beweise finde, dass du das warst?«

Er blieb ihr eine Antwort schuldig.

»Sie war schon eine Weile tot, Greg. Vielleicht sogar schon seit du im Krankenhaus bist.« Sie bemerkte, wie er die Augenbrauen ganz leicht zusammenzog. »War das dein Werk? Hast *du* ihr das angetan, Greg?«

Ihre Frage schien ihn zu verletzen, aber er sagte immer noch kein Wort.

»Ich mache mich schon die ganze Zeit verrückt, weil ich mir einrede, ich hätte niemals an dir zweifeln sollen. Aber jetzt denke ich, dass ich vielleicht doch recht hatte. Bezüglich deiner Lügen und dass du an diesem Abend alles im Alkohol ersäufen wolltest. Und was die Waffe angeht, die neben deinem Sessel lag.«

Energisch, beinahe verzweifelt, schüttelte er den Kopf.

»Dann erklär es mir. Sag mir, warum ich …« Sie versuchte, zu Atem zu kommen, doch ihr wurde eng um die Brust, und sie verspürte einen stechenden Schmerz unter den Rippen. Schnell klappte sie den Laptop zu und sammelte die beiden Ausdrucke auf.

»Ruth«, sagte er mit flehender Stimme.

Abwehrend hielt sie eine Hand hoch. »Du musst …« Sie kriegte keine Luft mehr, und mit einem Mal verengte sich ihr Blickfeld, sie sah nur noch verschwommen. Sie beugte sich vornüber, die Hände auf die Knie gestemmt, und Carver machte einen Schritt auf sie zu. Mit einer fahrigen Geste scheuchte sie ihn weg.

»Du musst endlich ehrlich zu mir sein«, keuchte sie schließlich.

Als Carver wieder allein war, setzte er sich in den Lehnstuhl und drückte auf den Einschaltknopf der Fernbedienung. BBC News 24 brachte die Hauptthemen des Tages in Dauerschleife. Er hatte sich die Nachrichten angesehen, kurz bevor Ruth aufgetaucht war. Kaum hatte er das Bild der Toten auf dem Bildschirm gesehen, hatte er gewusst, dass es Adela Faraday war. Sie hatte zwar bei ihm einen anderen Namen verwendet, aber sie war es, kein Zweifel. Er stellte den Apparat wieder aus, doch die Ereignisse jener Nacht spulten sich vor seinem geistigen Auge ab, als wären sie auf den Bildschirm projiziert.

Er erinnerte sich lebhaft, wie er ihr ins Hotel gefolgt war – hatte er sie nicht von der Lobby aus beobachtet, sich im Hintergrund haltend, während sie an der Rezeption eingecheckt hatte? Und war dann an ihr vorbeigeeilt, um vor ihr in den Lift zu treten? Damit er sich hinter sie stellen konnte, wo er mit den Fingerkuppen ganz leicht über den

Stoff ihres Mantels streifte und ihren Duft einsog? Sie war zurückgewichen, hatte ihren Mantel gerafft und sich näher zur Tür gestellt.

Sie stieg im zweiten Stockwerk aus, während er in die dritte Etage weiterfuhr und dann über die Feuertreppe wieder nach unten lief. Dort sah er sie hastig mit ihrer Magnetkarte an der Tür hantieren. Offenbar hatte sie es eilig, ins Zimmer zu gelangen. Er hatte abgewartet, bis sie die Tür weit geöffnet hatte. Das Licht ging automatisch an. In dem Moment rannte er los und befürchtete schon, er hätte zu lange gezögert. Sein Herzschlag geriet ins Stolpern, er strengte seine Ohren an und lauschte auf das doppelte Klicken, das ertönte, sobald das Schloss einrastete. Doch er schaffte es gerade noch rechtzeitig und hielt sie im letzten Moment auf. Den Mantel schon halb abgestreift, drehte sie sich um. Ihre Augen weiteten sich, und die Lust, die er in dem Augenblick verspürt hatte, war animalisch, leidenschaftlich.

Sie hatten Sex. Er erinnerte sich an den Streit und dass Adela voller Panik war. Er wusste allerdings nicht mehr, wie sie gegangen war, und das jagte ihm Angst ein. Er erinnerte sich auch nicht, dass er anschließend Ruth angerufen hätte – er wusste ja noch nicht mal mehr, wie er selbst nach Hause gekommen war. Doch an eines erinnerte er sich sehr genau: an einen Pistolenschuss, den schwefligen Gestank von Rauch. Danach verblasste alles zu schemenhaften Schatten.

»Wie geht es dir, Greg?«

Eine männliche Stimme. Carver löste den Blick von dem schwarzen Bildschirm. Das Gesicht des Mannes wirkte fahl und abgespannt im kalten Krankenhauslicht. Um ihn herum violette, gelbe und graue Farbverwirbelungen, die sich allmählich auflösten.

Urplötzlich wurde ein Auge des Mannes ganz groß, die Farbe verwandelte sich zu einem tiefen Braun, an den Rändern blutunterlaufen. Es drehte sich wie das Blatt einer Kreissäge, seine Gesichtszüge schienen in einzelne Segmente zu zerfallen. Seine rechte Kinnhälfte rutschte nach unten, die Wangenknochen splitterten, zerbarsten in tausend silbrige Scherben. Carver stählte sich gegen das Herabprasseln der Splitter, bereitete sich darauf vor, dass Blut fließen würde.

»Greg, können Sie mich hören?«

Für einen kurzen Moment klang die Stimme des Mannes verzerrt, dann verblasste das Bild – *eine Erinnerung? Halluzinationen? –,* und Carver erkannte seinen Neurologen.

Der Arzt griff nach dem Trinkbecher auf dem Nachtkästchen und ging neben Carvers Stuhl in die Hocke. »Hier«, sagte er. »Nehmen Sie einen Schluck.«

Carver wollte ihm das Gefäß am liebsten aus der Hand schlagen, der Inhalt könnte schließlich vergiftet sein. Aber ihm mangelte es an der nötigen Kraft, es gelang ihm noch nicht einmal, die Hand zu heben. Doch der Arzt begegnete ihm mit sanfter Beharrlichkeit. Also nahm er einen Schluck. Es war Wasser.

»Halluzinationen?«, fragte der Arzt. »Ein Flashback?«

Carver schüttelte den Kopf, war sich aber nicht sicher, was genau er gesehen hatte. Er war nicht in der Lage, etwas zu entgegnen, seine Zunge fühlte sich dick und geschwollen an in seinem Mund.

»Haben Sie Schmerzen?«

»Nein.« Er nahm noch einen Schluck Wasser.

»Also keine Kopfschmerzen?«

»Halluzinationen, glaube ich… ein bisschen wie ein schlechter Trip.«

»Tut mir leid, dass es so lange dauert, Ihnen die ärztliche Überweisung an einen Neuropsychologen zu besorgen.«

»Aber Sie sagten doch, der Scan sei unauffällig gewesen.« Erst antwortete der Arzt nicht, deshalb befürchtete Carver schon, er hätte sich getäuscht und man hätte ihm nichts dergleichen gesagt. »Stimmt das nicht?«

»Ja. Ja, das hab ich gesagt«, gab der Neurologe zu. »Die EEGs geben keinen Anlass zur Beunruhigung – Sie leiden nicht an epileptischen Anfällen. Die MRT- und CT-Untersuchungen belegen, dass Sie sich gut von der Gehirnerschütterung erholen. Doch selbst auf so einem MRT sind kleinere Schädigungen an den Nerven nicht immer gleich gut zu erkennen. Wenn es sich ausschließlich um visuelle Störungen handeln würde, wenn also, sagen wir, Lichtblitze und Muster aufträten, dann würde ich auf eine Migräne als Ursache tippen.«

»Ich habe keine Kopfschmerzen, nachdem ich Auren gesehen habe. Tatsächlich leide ich seit meiner ersten Woche hier kaum mehr unter Kopfschmerzen.«

»Migräneauren ohne Kopfschmerzen sind gar nicht mal so selten«, erklärte der Arzt. »Sie können sich die Auren als eine Art elektrische Störung im visuellen Bereich des Gehirns vorstellen. Nach Kopftraumata kommt das im Grunde recht häufig vor. Nur dass die meisten Patienten Lichter und Muster wahrnehmen, wohingegen Sie Menschen und Dinge zu sehen glauben, die gar nicht da sind, und das ist … ungewöhnlich.« Der Neurologe war wie immer der Inbegriff von unerschütterlicher Ruhe, die Farben um ihn herum waren blass und pastellig. Für einen kurzen Augenblick intensivierten sie sich, und Carver sah, wie um das Gesicht des Arztes herum kontrastierende braunrote und zitronengelbe Farbtöne schimmerten.

»Es sieht nicht gut aus, richtig?«, fragte Carver vorsichtig.

»Ihre Genesung schreitet gut voran«, versicherte der Arzt ihm. »Aber Sie haben schwere psychische und körperliche Traumata davongetragen. Daher müssen wir davon ausgehen, dass wir es mit einer psychosomatischen Reaktion zu tun haben.«

Carver verspürte eine stechende Angst. »Sie spielen auf eine posttraumatische Belastungsstörung an, nicht wahr?«

»Ich sage nur, dass es mit Stress zusammenhängen könnte. Schließlich sagen Sie, diese Auren stünden mit bestimmten Emotionen in Zusammenhang. Noch ist es aber so, dass wir sämtliche Möglichkeiten in Betracht ziehen.«

Oh Gott…

»Hören Sie«, sagte der Arzt. »Ich werde einige Anrufe tätigen und versuchen, das mit der Überweisung ein wenig zu beschleunigen, einverstanden?«

Carver nickte stumm. »Danke«, brachte er schließlich hervor. Er kannte in seinem Arbeitsumfeld verschiedene Leute, die ein solches posttraumatisches Stresssyndrom erlitten hatten. Keiner von ihnen war nach der Diagnose je wieder in seinen Job zurückgekehrt.

27

Etwa zehn Minuten lang saß Ruth auf dem Krankenhausparkplatz im Auto, ehe sie den Motor anließ. So einen Zusammenbruch hatte sie schon seit Jahren nicht mehr gehabt. Warum hatte sie ausgerechnet jetzt die Kontrolle verloren? *Weil du einen Tatort verunreinigt, Beweismittel unterschlagen und für Carver deine Karriere aufs Spiel gesetzt hast,* regte sie sich schon wieder auf. *Und was war sein Dank?* Er hatte ihr eine Lüge nach der anderen aufgetischt. Sie hatte genug Bücher und Artikel über traumatische Erlebnisse gelesen, um die eigentliche Antwort zu kennen: Dass sie Carver, einen Mann, der ihr sehr viel bedeutete, aufgefunden hatte, nachdem er dem Anschein nach einen Selbstmordversuch unternommen hatte, hatte eigene traumatische Erinnerungen in ihr wachgerufen, die sie sonst sehr gut in Schach hielt. Ein Therapeut hatte einst zu ihr gesagt: »Man darf die Folgen eines Traumas nicht ignorieren. Die sind so was wie lebende Tote. Man kann sie zurückdrängen und tief vergraben, aber irgendwann kämpfen sie sich wieder nach oben und holen einen ein.«

Es war kurz nach zwanzig Uhr dreißig, der Carver-Einsatzraum war unbesetzt, als sie zurück ins Büro kam. Nur Tom Ivey saß noch an seinem Schreibtisch und starrte angestrengt auf seinen Computermonitor, als schaute er durch ein schlieriges Fenster. Als sie den Raum betrat, sah er auf.

»Was hatten Sie an meinem Rechner zu suchen?«

Sie trat neben seinen Schreibtisch. Wie zu erwarten, war er dabei, das Material der Überwachungskamera durchzusehen. Die digitale Zeitanzeige verriet ihr, dass er den entscheidenden Moment verpasst hatte.

»Sie sind noch nicht fündig geworden?«

»Ich stoße schon noch drauf«, gab er zurück, die Lippen zu einer schmalen Linie verzogen.

Sie verstand. Ein Polizist, der die Login-Daten von einem Kollegen benutzte, führte selten Gutes im Schilde. Hinzu kam, dass Ivey noch relativ neu im Revier war, und ihrem Wort würde man viel mehr Gewicht beimessen als dem eines kleinen Constable, falls ihr Vergehen je ans Licht käme.

»Spulen Sie acht Minuten zurück«, sagte sie. Zornig funkelte er sie an, weshalb Ruth hinzufügte: »Sie haben jedes Recht, wütend zu sein. Aber ich spiele keine Spielchen. Spulen Sie bitte zurück.«

Dieses Mal entging es ihm nicht. »Das ist …«

»Adela Faraday«, bestätigte Ruth.

Er wirbelte derart schnell herum, dass sie einen Schritt zurückweichen musste, damit sie nicht mit den Köpfen zusammenstießen. »Sie haben sie erkannt und nichts *gesagt?*« Fassungslos starrte er sie an, und es war nicht zu übersehen, dass er sich alle Mühe gab zu verstehen, wie tief sie in die Sache mit Carver verstrickt war und wem er das als Erstes melden sollte. »Der Boss hat Sie das schon vor *Tagen* sehen lassen.«

»Ich weiß«, gab sie zurück, in der Hoffnung, der Selbsterhaltungstrieb des Detective Constable würde ihn davon abhalten, sie ans Messer zu liefern. Schließlich steckte er dann selbst in der Klemme, weil er gegen die Sicherheitsvorschriften verstoßen hatte. Es war das Beste, sich anzuhören, was sie zu ihrer Verteidigung zu sagen hatte, selbst wenn es nur darum ging, sich die beste Angriffsstrategie zu überlegen. »Aber zu dem Zeitpunkt habe ich sie nicht erkannt.«

»Dann … wie … Ist es Ihnen erst später eingefallen, eine Art spontane Erleuchtung, oder was?«

»Nein«, entgegnete Ruth. Sein Sarkasmus blieb von ihr nicht unbemerkt, und im Stillen dachte sie: *Respekt, Sie Grünschnabel.* »Ich bin ihr persönlich nie begegnet. Aber Adela Faradays Fotos sind gerade überall im Netz.« Sie hob das Kinn und deutete auf das Bild auf seinem Computermonitor. »Sie kam mir bekannt vor, und …«

»Da hat es bei Ihnen irgendwie … klick gemacht?« Er stieß ein harsches Lachen aus. »Sie erwarten von mir doch nicht allen Ernstes, dass ich Ihnen den Mist abkaufe?«

»Ich habe Sie belogen, was den Grund meines Besuchs hier betrifft«, erklärte sie ganz ruhig. »Ich habe Ihren Rechner widerrechtlich benutzt. Also nein, Tom. Ich erwarte nicht, dass Sie mir glauben.« Sie machte eine kurze Pause. »Aber es ist die *Wahrheit.*«

»Sie war – wie lange? – fünf Sekunden auf den Überwachungsbändern zu sehen? Entschuldigen Sie, Sergeant, wenn ich sage, dass das einfach …«

»Blanker Unsinn ist?«, beendete sie den Satz für ihn. »Mir ist klar, dass es diesen Eindruck machen muss. Es klingt unmöglich, aber bei mir ist das eben so«, fuhr sie fort. »Sie kennen das doch, manche Menschen behaupten, sie würden nie ein Gesicht vergessen? Bei mir ist das wirklich so.«

Er schüttelte den Kopf und griff nach seinem Telefon.

»Nicht«, sagte sie. »Hören Sie, ist Ihnen der Ausdruck *Gesichtsblindheit* geläufig? Das kann beispielsweise durch eine Schädigung des Gehirns verursacht werden. Ist das der Fall, erkennen die Betroffenen keine Gesichter mehr, nicht einmal die von Verwandten, der eigenen Kinder, des Ehepartners …«

Ein zaghaftes Nicken seinerseits. »Meine Tante litt darunter, nach ihrem Schlaganfall.«

»Nun, es gibt auch das genaue Gegenteil, vereinzelte Leute, die genau am anderen Ende der Skala anzusiedeln sind … die sogenannten *Super-Recognisers*. Wir erkennen Gesichter wieder, die wir nur einmal flüchtig gesehen haben, selbst wenn das viele Jahre zurückliegt.«

Er wirkte nicht restlos überzeugt, doch vorerst ließ er die Finger von seinem Telefon.

»Es gibt sogar eine Harvard-Studie dazu«, erklärte sie. »Und die Met verfügt über eine Spezialeinheit, Sie brauchen das nur zu googeln.«

Er griff nach seinem Handy, immer noch zweifelnd.

»Los, machen Sie«, forderte sie ihn auf. »Ich kann warten.«

Nachdem er einige Minuten lang durch diverse Texte gescrollt hatte, hob er den Blick. Verwirrung, aber auch Staunen standen ihm ins Gesicht geschrieben. »Sie sagen tatsächlich die Wahrheit.«

»Ja, es war nicht gelogen.«

»Da steht, man könne einen Test machen«, sagte er.

»Ich habe glänzend abgeschnitten.«

»Und warum machen Sie das nicht hauptberuflich?«

»Weil ich kein Bedürfnis habe, irgendwann den Verstand zu verlieren.« Zu Beginn ihrer Laufbahn beim CID hatte sie sich tatsächlich dem Druck von oben entgegenstellen müssen, weil man sie vor den Computer zwingen wollte. »Jedenfalls macht mir das Ermitteln *viel* mehr Spaß.«

Er sann über ihre Antwort nach und nickte kurz darauf. »Also hat Carver zugegeben, dass er Adela kannte? Deshalb wollten Sie so schnell ins Krankenhaus, nicht wahr?«

»Ja.« Sie bewunderte seine Fähigkeit, sich an Gegebenheiten anzupassen und Dinge zu akzeptieren, die die meisten Menschen in sprachloses Staunen versetzen würden.

»Und?«

Ruth senkte den Kopf. »Er sagt, er könne sich nicht erinnern.«

Ivey stieß die Luft aus.

»Ich weiß, schwer zu glauben«, sagte sie. »Hören Sie, vielleicht lügt Carver. Oder es ist nur ein eigenartiger Zufall.«

»Ein Zufall, dass die beiden an dem Abend, als Carver angeschossen wurde, im selben Hotel waren? Möglicherweise sogar am gleichen Tag, an dem Adela ermordet wurde?«

»Wow, wo Sie es jetzt so sagen, klingt es wirklich schlimm.«

»Das ist nicht witzig.«

»Nein«, gab sie zurück. »Nein, ist es nicht. Und deswegen werde ich jetzt mal kräftig am Baum rütteln und warte ab, was so herunterfällt. Wollen Sie mich begleiten?«

Er umklammerte die Armlehnen seines Stuhls, als befürchtete er, sie könnte ihn packen und hochzerren. »Ich sollte wohl besser meinen Vorgesetzten anrufen«, sagte er.

»Na klar. Wenn Sie das für das Richtige halten.« Sie fing seinen Blick ein, so gut wie sicher, dass er sich die Gelegenheit nicht entgehen lassen würde, sich hervorzutun. Dennoch griff er nach dem Telefon und fing an, durch seine Kontaktliste zu scrollen.

»Wenn an der Sache *tatsächlich* etwas dran ist, müsste man selbstverständlich *Ihnen* das Verdienst dafür anrechnen«, fügte sie hinzu.

Er sah von seinem Smartphone auf mit einem Ausdruck amüsierter Entrüstung im Gesicht. »Na, das ist ja nett von Ihnen.«

»Nun, ich bin ein großzügiger Mensch.«

»Kommen Sie mir nicht so«, sagte er. »Sie wollen doch nur Ihre Haut retten.«

Sie grinste. »Tja, jetzt haben Sie mich durchschaut.« Sie atmete langsam und gleichförmig und versuchte mit keiner Wimper zu zucken, während sie ihn abwartend ansah. Gute dreißig Sekunden starrte er auf das Telefon in seiner Hand wie auf ein Deck Tarotkarten. Dann steckte er es unvermittelt wieder ein.

»Was haben Sie denn vor?«, fragte er.

Der Mann an der Rezeption des Old Bank war dunkelhaarig und gut aussehend. Er stand hinter dem Mahagonitresen, der früher vermutlich einmal zur Inneneinrichtung der Bank gehört hatte, nach der das Hotel benannt war, und wirkte selbst fast so poliert und glänzend wie das Holz.

Er erkannte Adela auf dem Foto, das Ruth ihm gereicht hatte, sofort. Und er wusste auch gleich, dass es die Geschäftsfrau war, die man ermordet in ihrer Wohnung aufgefunden hatte. Aber er hatte sie nicht unter diesem Namen gekannt.

»Sie hat als Anna Flynn eingecheckt.«

»Das wissen Sie, ohne nachsehen zu müssen?«, fragte Ruth zweifelnd.

»Sie hat immer den besten Champagner bestellt – und sie hat immer ein großzügiges Trinkgeld gegeben.«

»Immer?«, wiederholte Ruth. »Sie kam also regelmäßig hierher?«

»Zwei- bis dreimal im Monat, und das seit einem halben Jahr. Immer nur für eine Nacht.«

Ruth wechselte einen Blick mit Tom Ivey: Ihr fielen gleich mehrere Gründe ein, weshalb eine Frau, die nur eine Meile entfernt wohnte, sich ein Hotelzimmer für eine Nacht nehmen könnte. Mindestens zwei der Gründe hatten mit Sex zu tun.

»Hat sie diesen Champagner mit irgendwem geteilt?«, fragte Ruth.

»Ich habe sie nie mit jemandem zusammen *gesehen*«, erklärte der Rezeptionist. »Aber sie bat jedes Mal um zwei Champagnerflöten, und manchmal bestellte sie auch Essen für zwei aufs Zimmer.«

»Sie kam nie nach unten ins Restaurant?«

»Ich glaube, dafür war sie zu beschäftigt, wenn Sie verstehen, was ich meine.« Der Mann schaute an ihr vorbei zu Ivey, wenn auch nicht aus den üblichen Gründen. Männer gingen nämlich oft automatisch davon aus, dass in einem Duo der männliche Beamte das Sagen hatte. Aber in diesem Fall schenkte der Rezeptionist ihr keine Beachtung, weil Tom Ivey ihm ganz offensichtlich besser gefiel.

»Haben Sie eine Überwachungsanlage?«

Bei dieser Frage verzog der Mann amüsiert das Gesicht.

»In den Fahrstühlen?«, fragte sie, obwohl sie die Antwort längst kannte.

Er neigte mit leicht tadelnder Miene den Kopf. »Das Old Bank ist stolz auf seine Exklusivität und Diskretion«, erklärte er, den Blick immer noch interessiert auf Tom geheftet. Irgendetwas schien zwischen den beiden zu passieren, denn der junge Detective errötete.

Ach, dachte Ruth, *wie konnte mir das nur entgehen?* Auf dem polierten Messingschild am Kragen des Hotelangestellten stand »Lucien Lloyd, Reception Manager«.

»Na schön, Lucien«, sagte sie und klopfte auf den Tresen, um seine Aufmerksamkeit von Ivey auf sich selbst zu lenken. »Wann hat Miss Faraday das letzte Mal hier eingecheckt?«

Seine Finger flogen über die Tastatur eines Computers, der unter dem Tresen verborgen stand, abgeschirmt vor neugierigen Blicken. Und tatsächlich, Adela Faraday, auch bekannt als Anna Flynn, hatte vor acht Tagen ein Zimmer im Hotel reserviert, genau an dem Abend, als Carver angeschossen wurde.

»Ist in dieser Nacht irgendetwas Ungewöhnliches geschehen?«, fragte sie.

»Unser Hotel wird vor allem von Prominenten und Berühmtheiten frequentiert«, antwortete er. »Definieren Sie bitte *ungewöhnlich.*«

Sie ließ sich nicht anmerken, dass sie genervt war. Sie sah ihn reglos an und wusste genau, dass sie den längeren Atem hatte, sie würde warten.

Nach wenigen Augenblicken zuckte er gereizt mit den Schultern. »Nun, Ihre Partnerin versteht wohl keinen Spaß, wie?«, fragte er mit einem vorwurfsvollen Blick in Richtung Tom.

»Sie ist meine Vorgesetzte«, erklärte Tom und legte gerade die richtige Portion Schärfe in seinen Ton. »Und Sie antworten besser auf ihre Frage.«

Der Rezeptionist unterdrückte ein Seufzen. »Es gab einen kleinen Aufruhr – ein Gast im angrenzenden Zimmer hatte sich beschwert, ich musste den Sicherheitsdienst benachrichtigen.«

»Was war die Ursache für den Aufruhr?«, erkundigte sich Ruth.

»Ach, im Grunde war das nicht weiter schlimm.« Entnervt rollte er mit den Augen. »Harmloses Geschrei. Ein Spiegel war zu Bruch gegangen.«

Sie nickte und machte sich im Geiste sofort eine Notiz. *Kriminaltechnik. Beweise.* »Nun, Sie führen gewiss Buch über Reparaturen und Instandhaltungen?«

»Das tun wir.«

»Ich hätte gerne eine Kopie. Und wir werden uns das Zimmer ansehen müssen.«

»Tut mir leid, aber das kommt nicht infrage«, erklärte der Mann. »Gerade wurde es von einem Gast bezogen.«

Ein Mann näherte sich von links dem Tresen, und Ruth drehte sich um und zückte ihre Dienstmarke. »Polizeiangelegenheiten, Sir, wären Sie bitte so freundlich, dort drüben zu warten?« Sie deutete auf eine Sitzgruppe, ein Stück von der Rezeption entfernt. Der Gast wirkte leicht konsterniert, aber auch beunruhigt. Jedenfalls hatte es die gewünschte Wirkung auf den Rezeptionisten. Er war sichtlich erschüttert.

Sie behielt die Dienstmarke in der Hand, bewegte sie spielerisch zwischen ihren Fingern und klopfte damit auf den Tresen. Während der junge Detective sich nervös im Hintergrund hielt, sprach sie weiter: »Ich möchte Sie vor die Wahl stellen, Lucien. Entweder wir schicken ein paar unscheinbare, sehr zurückhaltende CSIs bei Ihnen vorbei, die sich auf Zehenspitzen durch den Diensteingang ins Hotel schleichen und ihre Ermittlungen mit größter Diskretion durchführen, sodass kaum einer Ihrer Gäste etwas davon mitbekommen wird. Oder ich fahre jetzt zurück ins Revier, hole mir einen offiziellen Durchsuchungsbefehl, und dann fällt eine ganze *Truppe* Detectives und CSIs hier ein und bringt genügend Absperrband mit, um das gesamte Hotel großräumig abzuriegeln.«

Sie starrte an ihm vorbei auf eine Stelle knapp über seinem Kopf, als würde sie scharf überlegen. »Selbstverständlich wird man die komplette Belegschaft befragen wollen, vielleicht sogar die Gäste. Ach, und die Presse liegt schon seit zwei Wochen vor dem Revier auf der Lauer. Wenn die Wind davon kriegen, dass Adela Faraday in Ihrem hübschen kleinen Schmuckstück von einem Hotel wer weiß was getrieben hat, und das gleich zwei- oder dreimal im Monat …«

Sie hob die Schultern und ließ sie wieder fallen. Sollte er sich dieses Szenario doch selbst ausmalen. Nach außen hin blieb der Rezeptionist vollkommen ruhig, aber hinter seiner Stirn ratterte es.

Sollten die Kriminaltechniker tatsächlich Hinweise finden, die auf einen Zusammenhang mit dem Schuss auf Carver hindeuteten, dann würde es ohnehin unschön werden, ob man sich im Hotel nun kooperationsbereit zeigte oder nicht. Doch je schneller sie sich dieses Zimmer ansehen konnten, desto besser.

Offenbar lag dieses Problem außerhalb des Kompetenzbereichs des Mannes. Er rief den Front of House Manager, der dem Gast, welcher Adela Faradays Zimmer gegenwärtig belegte, diskret ein Upgrade auf eine Suite gewährte. Ruth und Ivey stürzten sofort nach oben und hinterließen einen ziemlich erleichterten Rezeptionisten, der sich sogleich um den Gast kümmerte, den er hatte warten lassen.

Kurz darauf stand Ruth mit Tom Ivey im zweiten Stock am Eingang zum Fahrstuhl, fünfundzwanzig Schritte von dem Zimmer entfernt, in dem Adela Faraday abgestiegen war. Sie hatten es gut im Blick. Ruth überließ es ihrem jungen Kollegen, alles Nötige in die Wege zu leiten. Das Hotelzimmer stellte eine mögliche Verbindung zwischen dem Schuss auf Carver und Faradays Ermordung dar, deshalb hatte sie es sich verkniffen, ihrer Neugier nachzugeben und sofort reinzugehen: Schließlich wollte sie sich nicht vorwerfen lassen müssen, einen Tatort verunreinigt zu haben.

Schon ironisch, dachte sie, *wenn man bedenkt, was du in Carvers Wohnung getan hast.*

Den Blick auf die Tür zu Zimmer 214 geheftet, sagte sie: »Irgendwelche Fragen?«

»Nein, ich glaube, das bekomme ich hin.« Dennoch spielte Ivey nervös mit dem Smartphone in seiner Hand herum.

»Kennen Sie dieses Sprichwort, von wegen, die einzig dumme Frage ist die, die man nicht stellt? Das ist absolut wahr.«

»Ich wüsste nicht, wie uns das jetzt weiterbringen sollte«, entgegnete er. »Wir wissen, dass Carver hier war, aber das beweist noch nichts.«

»Sie haben recht«, gab sie zu. »Aber je mehr Informationen wir haben, desto mehr Querverbindungen lassen sich herstellen. Und wir können die zeitlichen Abläufe besser rekonstruieren.«

Er nickte, wirkte aber nicht restlos überzeugt.

»Hören Sie«, sagte sie. »Wir wissen, dass Carver zur gleichen Zeit wie Adela Faraday hier im Hotel war. Was wir nicht mit Gewissheit sagen können, ist, ob er in ihrem Zimmer war. Und wenn ja, wissen wir trotzdem nicht genau, ob er an dieser nächtlichen Störung beteiligt war. Wir haben noch nicht einmal einen Anhaltspunkt, ob Adela das Hotel wieder verlassen hat.«

Die Augen des Constable weiteten sich. »Wollen Sie damit andeuten, dass DCI Carver …«

»Ich will damit nur sagen, dass wir unbedingt in Erfahrung bringen müssen, was in diesem Zimmer geschehen ist.«

»Klar. Aber ohne Überwachungskameras …«

Ivey war ein Neuling, und sie mochte ihn, deshalb verfiel sie in den CSI-Ausbildermodus. »Die Kriminaltechnik hält nach Spurenmaterial Ausschau wie zum Beispiel …«

»DNA?« Er zog die Mundwinkel nach unten. »Dieses Zimmer wurde sicher schon unzählige Male gereinigt, seit das alles passiert ist.«

»Das stimmt. Aber eine zehnminütige Putzaktion und ein Bettenwechsel beseitigen noch lange nicht sämtliche Spuren«, gab sie zu bedenken. »Die Leute vom CSI werden das Zimmer außerdem nach Überresten von zerbrochenem Glas von dem Spiegel absuchen.«

»Ich wüsste nicht, was uns das bringen sollte.«

»Das liegt daran, dass Sie nicht wie ein Detective denken. Überlegen Sie doch, bei jedem Kontakt bleiben Spuren zurück, und DCI Carvers Kleidung ist bestimmt als forensisches Beweismittel sichergestellt worden.«

»Oh«, stieß er hervor. »Sie suchen also nach Glaspartikeln auf seiner Kleidung?«

»Jetzt kommen wir der Sache schon näher«, bestätigte sie. »Wenn man bei der Spurensicherung ein passendes Stück Glas findet, könnten wir belegen, dass er in diesem Zimmer war. Auch wenn das noch nicht zwingend beweist, dass er in den Streit involviert war. Er könnte beispielsweise auch erst hinterher ins Zimmer gekommen sein. Man sucht also zusätzlich nach Adelas Haaren auf seiner Kleidung. Das würde bestätigen, dass er in näheren Kontakt mit ihr gekommen ist.«

Stirnrunzelnd blickte er auf sein Handydisplay. Er schien nachdenklich.

»Haben Sie Fragen hierzu?«, hakte sie nach, da ihre Geduld allmählich überstrapaziert war.

»Nur…« Er zuckte mit den Schultern. »Ich dachte, Sie wären auf Carvers Seite.«

Ruth Lake brachte normalerweise nichts so leicht aus der Ruhe, aber das warf sie nun doch etwas aus der Bahn. »Eine Frau wurde ermordet, Ivey. Es geht hier nicht darum, dass man einen Kollegen deckt, der blaugemacht hat, weil er sich ein Spiel ansehen wollte.«

»Tut mir leid, Sergeant.«

»Man folgt den Spuren, wo immer sie einen hinführen, nicht, wo man gerne möchte, dass sie einen hinführen.«

Schuldbewusst nickte er.

Sie hielt seinem Blick noch eine Weile stand, aber nur, weil sie genau wusste, dass er ihr nicht anmerken würde, wie krank der Gedanke sie machte, Carver könnte tatsächlich schuldig sein.

»Na schön«, sagte sie schließlich. »Ich gehe jetzt nach unten. Aber ich bleibe im Haus, bis Parsons eintrifft. Führen Sie die nötigen Telefonate. Lassen Sie niemanden hier rein oder raus, bis die Jungs von der Kriminaltechnik vor Ort sind. Und Sie registrieren bitte jeden, der durch diese Tür geht. Ist das klar?«

»Klar«, bestätigte er.

Damit drückte sie auf den Aufzugknopf.

Während sie warteten, fing Tom Ivey an, nervös von einem Bein aufs andere zu treten, und er räusperte sich. »Ähm, diese… Sache«, sagte er mit leiser Stimme. »Mit dem Rezeptionisten.«

»Was denn?«, fragte sie. »Meine kleine Notlüge, von wegen, ich würde eine ganze Truppe kommen lassen? Machen Sie sich deswegen mal keine Gedanken.«

»Nein…« Er warf einen nervösen Blick hinter sich. »Diese andere Sache.«

»Dieser *Blick* zwischen Ihnen beiden, meinen Sie den? Entspannen Sie sich, Tom, er wollte doch bloß flirten.«

Der Detective Constable wurde noch zappeliger.

»Sie haben sich noch nicht geoutet?«, fragte Ruth.

»Doch, schon… Nur nicht im Job.«

»Okay.«

»Also…« Es lag etwas Fragendes in seiner Stimme, was sie nun doch verletzte.

»Ach so«, sagte sie. »Sie wollen wissen, ob *ich* vorhabe, Sie zu outen?«

»Nein«, wiegelte er sofort ab. »Ich meine… Ich möchte bloß nicht, dass es alle erfahren.«

»Ihr Privatleben geht keinen außer Ihnen etwas an.« Die Türen zum Fahrstuhl glitten auf, und Ruth trat hinein. »Fragen Sie gerne nach, ich bin nicht bekannt dafür, dass ich gern tratsche.«

»Ich weiß«, sagte er mit einem leisen Lächeln im Gesicht, das ihr verriet, dass über sie sehr wohl allerhand Tratsch im Umlauf war. Sie kümmerte das herzlich wenig – und selbst wenn, hätte sie sich das nie anmerken lassen. Sie drückte auf den Knopf. »Los, greifen Sie schon zum Telefon«, forderte sie ihn auf, ehe die Türen sich schlossen.

Im Erdgeschoss angekommen, durchquerte Ruth das Foyer und fand schließlich die Feuertreppe, die auf den Hof hinter dem Gebäude hinausführte. Das Management hatte sich bereit erklärt, den Türalarm zu deaktivieren, um den Leuten von der Spurensicherung ungehindert Zutritt zum Hotel zu gewähren. Sie kundschaftete rasch die Treppe nach möglichen Hindernissen aus und streckte im zweiten Stock den Kopf in den Flur, um zu überprüfen, in welche Richtung die Leute zu Adela Faradays Zimmer würden laufen müssen. Ivey stand immer noch vor Zimmer Nummer 214. Er hatte ihr den Rücken zugewandt, doch sie konnte die Anspannung in jedem Muskel seines Körpers erkennen.

Als sie auf dem Weg nach unten wieder die Feuertreppe nahm, trat im ersten Stock jemand vom Zimmerpersonal durch die Tür ins Treppenhaus. Verdutzt blieb die junge Frau stehen, deshalb erklärte Ruth: »Nicht erschrecken, ich will nur jemandem aus dem Weg gehen.«

Das Zimmermädchen lächelte. »Ich kenne dieses Gefühl.«

Ruth hätte es dabei belassen sollen, aber sie kam nicht dagegen an. »Ich bin von der Polizei«, sagte sie, und als das Mädchen sie erschrocken ansah, fügte sie hinzu: »Wir müssen nur eines der Zimmer überprüfen.«

»Oh«, sagte das Mädchen. »Gibt es Problem?«

Sie sprach mit starkem Akzent, osteuropäisch vermutlich.

»Sie haben nichts zu befürchten«, versicherte Ruth ihr, und sofort entspannte sich das Zimmermädchen sichtlich.

»Diese Frau …« Ruth brachte ein Foto von Adela zum Vorschein und reichte es ihr. »Erkennen Sie die wieder?«

Sie nickte. »Anna.«

Ruth zog ihr Mobiltelefon heraus und scrollte, bis sie ein Foto von Carver gefunden hatte.

»Ja«, bestätigte das Mädchen. »Er … mit ihr.« Dabei hielt sie das Foto von Adela hoch.

»Sie waren gemeinsam hier?« Wieder ein Nicken. »Wie oft?«

Die junge Frau zuckte mit den Schultern. »Fünf, sechs Mal?«

Ruth atmete ein paarmal langsam ein und aus, ehe sie weiterfragte. »Welches Zimmer?«

»Zweieinsvier. Immer gleiche.« Die Nummer des Zimmers also, in dem sich schon bald die Spurensicherung zu schaffen machen würde. »Letzte Mal. Große Streit.«

»Sie haben die beiden gesehen?«

Das Mädchen hielt wieder das Foto hoch. »Sie ist sehr wütend.« Dazu machte sie eine werfende Bewegung.

»Sie hat etwas nach ihm geworfen?«

»Schuh. Mantel. Hemd. Seine Sache.« Wieder machte das Mädchen eine Geste.

»Sie warf die Sachen auf den Boden?«

»Draußen vor Zimmer.«

Ruth fühlte sich sofort besser. Er ist gegangen. Sie hatten sich gestritten, und Greg war gegangen.

»Dann ging er …«

»Er verließ das Hotel?«, fragte Ruth, weil sie absolut sicher sein wollte.

Das Mädchen legte die Stirn in Falten. »Nein, er ging … zurück in Zimmer.«

Ruth dröhnten die Ohren. Die junge Frau lächelte nervös, bis Ruth klar wurde, dass sie sie angestarrt haben musste. Ruth zögerte, weil sie sich nicht sicher war, ob sie die Antwort auf ihre nächste Frage wirklich hören wollte. Doch sie musste sie stellen. »Was ist dann geschehen?«

»Sicherheitsdienst kommt.« Das Mädchen zuckte mit den Schultern. »Ich gehe.«

Als der Erste der CSIs eintraf, hätte Ruth das Feld räumen sollen. Ihr Job hier war damit erledigt. Ivey würde erklären, dass er Adela auf den Überwachungsbändern entdeckt und dann beschlossen hätte, ins Hotel zu gehen und ein paar Erkundigungen einzuholen. Das Letzte, was Ruth jetzt gebrauchen konnte, war, dass DCI Jansen ihr unangenehme Fragen stellte, was ihre Anwesenheit hier betraf. Doch als sie unten an der Feuertreppe stand, die Hände in den Taschen vergraben, während ihr die Kälte in die Knochen kroch, überkam sie das unbestimmte Gefühl, noch etwas tun zu müssen. Sie brauchte Antworten von Carver, und die würde sie nicht bekommen, solange sie nicht genügend Informationen hatte, um ihn zum Reden zu zwingen. In der Regel kamen einem die Verdächtigen auf halber Strecke entgegen, wenn man ein paar grundlegende Fakten hatte und mit dem nötigen Selbstvertrauen auftrat.

Ein Verdächtiger? Ist es das, was Greg jetzt ist?

Ganz unschuldig war er jedenfalls nicht, und ganz sicher erinnerte er sich an weit mehr, als er zugeben wollte. Sie war zum Beispiel überzeugt, dass er Adela kannte. Nur beherrschte Carver sämtliche Kniffe aus dem Lehrbuch der Zeugenbefragung, daher würde es nicht einfach werden, ihn so weit zu bringen, dass er zugab, was er wusste. Und sie würde weit mehr brauchen, als sie momentan hatte, um seinen Bluff auffliegen zu lassen. Crime Scene Manager John Hughes war nach dem Schuss auf Carver in dessen Wohnung gewesen, daher würde er diesmal vermutlich fernbleiben und das CSI-Team von seinem Schreibtisch aus leiten. Was bedeutete, dass sie sich an ihn nicht heranmachen und Informationen aus ihm herausquetschen konnte.

Ein Crime Scene Investigator, der bereits im Schutzanzug war, aber seine Schuhe noch nicht übergezogen hatte, kam vom Parkplatz auf sie zu. Er war noch relativ neu im Revier, sie hatte ihn noch nie in ihrem Team gehabt. Er aber erkannte sie sofort und nickte ihr dankbar zu, als sie die Tür zur Feuertreppe für ihn aufhielt, während er seine kriminaltechnische Ausrüstung, eine schwere Tasche und eine UV-Schwarzlichtlampe, ins Treppenhaus schleppte.

»Wie es aussieht, muss ich für den Rest des Abends als Türsteherin herhalten«, scherzte sie.

»Wir können doch nicht zulassen, dass Sie den Tatort verunreinigen, Sergeant«, entgegnete er mit einem Grinsen, das ihr verriet, dass er sich über seine eigene Dreistigkeit im Klaren war.

»Wie geht es mit dem Faraday-Tatort voran?«, wollte sie wissen. Ein anderes Team war gerade dabei, sich Adelas Wohnung vorzunehmen, aber bei solchen Fällen sprachen sich die Details in der Regel schnell herum.

»Wie es aussieht, hat der Mörder sie hinaus auf die Terrasse geschleift, nachdem er sie niedergeschlagen hatte«, erklärte der Mann vom CSI. »Also wird sich da kaum etwas finden.«

Der Leichnam war noch in keinem fortgeschrittenen Zustand der Verwesung gewesen. Das waren womöglich gute Neuigkeiten für Greg Carver.

»Sie war unter einer Schicht Schnee begraben«, fuhr der Mann fort. »Aber kaum fing es an zu tauen, machten sich die Möwen über sie her. Die Augen waren bereits herausgepickt.« Er schauderte. »Gott, es gibt für mich nichts Schlimmeres, als wenn die Augen fehlen.«

Ruth verspürte ein plötzliches Pochen in ihrem Hals: noch nicht verwest und von den Möwen gefleddert. Adela konnte nicht lange da draußen gelegen haben, bevor es angefangen hatte zu schneien. Und seit der Nacht, in der sie Carver gefunden hatte, hatte es keine neuen Schneefälle mehr gegeben. Adela Faraday war also tatsächlich aller

Wahrscheinlichkeit nach in jener Nacht umgebracht worden.

Sie lauschte, während der CSI sich mit seiner schweren Ausrüstung die Stufen hinaufkämpfte, und plötzlich hielt sie es nicht länger aus, sie wollte nicht mehr in der Nähe dieses Zimmers sein. Daher machte sie sich auf den Weg zu ihrem Wagen, der an der Hauptstraße geparkt stand. Sie bewegte sich wie in Trance, ihre Zähne klapperten, und ihr war übel vor Sorge.

28

Es war schon spät, als Ruth Lake das Krankenhaus betrat. Die Türen zur Station waren bereits abgesperrt. Sie drückte auf den Summer, doch keiner kam. Beim dritten Mal vernahm sie ein Klicken aus der Gegensprechanlage, dann ertönte eine Stimme, die klang, als wäre sie fünfzig Meilen weit entfernt, und forderte sie auf, den Grund ihres Besuchs zu nennen. Die Krankenschwester hörte sich mit stillschweigender Missbilligung Ruths Bitte an. Mr. Carver schlafe, teilte die Frau ihr schließlich mit. Sie solle am Morgen wiederkommen.

»Aber er will mich bestimmt sehen«, protestierte sie.

»Heute Abend nicht mehr«, erklärte die körperlose weibliche Stimme.

»Ich weiß, dass er da ist«, sagte Ruth. »Sagen Sie ihm, entweder lässt er mich zu sich, oder Detective Chief Inspector Jansen wird kommen. Er kann es sich aussuchen.«

Kurz darauf kam Greg Carver auf wackeligen Beinen an und sah sie durch das verstärkte Glasfenster der Stationstür an. Er sagte etwas, doch die dicke Tür dämpfte seine Stimme. Allerdings glaubte sie, ein Wort zu verstehen. »Orange.«

»Okay, sie kann reinkommen«, erklärte er.

Eine Schwester trat aus einem Zimmer zu ihrer Linken und drückte den Türöffner. »Die Patienten versuchen zu schlafen«, tadelte sie. »Wir können solche Störungen nicht dulden.«

»Tut mir leid«, sagte Carver. »Wir gehen in den Aufenthaltsraum.«

Die Schwester beäugte Ruth missbilligend, doch Carver schob sich einfach an ihr vorbei und trat zu Ruth hinaus auf den Flur.

»Fünf Minuten«, warnte die Schwester.

Ruth hielt ihren Blick auf Greg Carver geheftet. »So lange wird es vielleicht gar nicht dauern.«

Er ging voraus in ein Zimmer, ein Stück den Hauptkorridor entlang. Konzentriert bemühte er sich, seine Füße zu heben und abzusetzen, als würde er über unebenes Pflaster schreiten. Und als er die Hand nach dem Türgriff ausstreckte, benutzte er ihn, um sich abzustützen. »Deine Farben sind wütend, eindeutig«, murmelte er und sah ihr dabei fest ins Gesicht.

»Was?«

»Orange«, sagte er. »Das ist deine Farbe für Wut.« Er öffnete die Tür und ging voran ins Zimmer.

Der Fotodruck einer Kirschblüte bedeckte ein Drittel der Wand. Einige Sessel waren um einen kleinen Tisch herum gruppiert. Eine leere Sandwichverpackung, zwei Kaffeebecher und eine Box mit Kosmetiktüchern standen darauf. Im Raum roch es nach schlechter Verdauung und altem Kaffee.

»CSIs untersuchen in diesem Moment Zimmer 214 im Old Bank Hotel«, sagte Ruth.

Carver ließ sich in einem der Sessel nieder, während sie dies sagte. Er sah sie nicht an, aber sie glaubte zu erkennen, wie ein kaum wahrnehmbares Zucken seinen Körper durchfuhr. Er lehnte sich zurück und deutete auf den Sessel ihm gegenüber, doch Ruth zog es vor, stehen zu bleiben.

»Zwei-eins-vier«, sagte sie erneut. »Das ist das Zimmer, in das Adela Faraday am Abend, an dem auf dich geschossen wurde, eingecheckt hatte.«

Er erwiderte nichts darauf.

»Das Zimmer gilt jetzt als Tatort, Greg – vielleicht war es sogar Schauplatz eines Mordes. Das CSI-Team wird es gründlich unter die Lupe nehmen. Sag mir, werden unsere Leute dort deine DNA finden?«

»Ich weiß es nicht.«

»Greg, du bekommst von mir nur diese eine Chance.«

Er blieb ihr die Antwort schuldig.

»Ich habe mich mit einer der Angestellten unterhalten. Sie hat dich in Adelas Zimmer verschwinden sehen.«

Er zuckte mit den Schultern.

Sie stellte sich direkt vor ihn. »Du bleibst also bei dieser Amnesiegeschichte?« Er wich ihrem Blick aus, weshalb sie angewidert den Kopf schüttelte. »Ich habe deine ewigen Lügen so satt.«

»Ich lüge nicht…«

»Himmel, Greg… hörst du denn nie auf?«

Er griff mit der einen Hand nach seiner anderen und hielt sie fest umklammert, vielleicht, um das Zittern zu verbergen. Stur starrte er auf die Hände in seinem Schoß.

»Sieh mich an.«

Widerstrebend hob er den Blick und sah ihr in die Augen.

»Ich *weiß,* dass du Sex mit Adela Faraday hattest. Ich weiß über den Streit Bescheid. Ich weiß, dass sie deine Sachen hinaus auf den Flur geworfen hat, sie hat dich rausgeschmissen. An diesem Abend ging in ihrem Zimmer ein Spiegel zu Bruch.«

In Carvers Gesicht machte sich ein leichtes Flackern bemerkbar, aber seine Miene war schwer zu deuten.

»Finden wir Adelas Blut in diesem Zimmer?« Sie wartete ab. »Oder deines?«

Er holte tief Luft und zögerte wieder.

»Na schön«, sagte sie. »Du willst nicht reden. Aber DCI Jansen weiß bereits, dass du in diesem Hotel warst, am selben Abend wie Adela. Ich habe weniger als eine Stunde gebraucht, um jemanden zu finden, der dich in diesem Zimmer hat verschwinden sehen. Jansen wird auch nicht viel mehr Zeit benötigen. Und glaub mir, wenn ich sage, dass du dir von mir keine zweite Chance zu erhoffen brauchst.«

Carver schwieg beharrlich, deshalb packte sie mit einem entrüsteten Schnauben den Griff der Tür und riss sie weit auf.

»Ruth, warte.«

Sie war so wütend auf ihn, dass sie am liebsten trotzdem gegangen wäre.

»Wir haben uns regelmäßig getroffen«, sagte er.

Ruth brauchte einige Augenblicke, um sich zu fangen, ehe sie sich zu ihm umdrehte. »Ihr habt euch getroffen?«

»Für Sex.« Er hob einen Finger an die Augenbraue, ein untrügliches Zeichen seiner Verlegenheit. »Ich kannte noch nicht mal ihren richtigen Namen. Sie wollte es so«, fügte er hinzu, als wäre ihm wichtig, dass Ruth keine schlechte Meinung von ihm bekam. »Sie – Adela – sagte, sie wolle nur eine unverbindliche Beziehung.«

Ruth betrachtete ihn sehr genau und beschloss, ihm zu glauben.

»Wir waren übereingekommen, nie über Persönliches zu sprechen, bloß über allgemeine Themen«, fuhr er fort. »*Nur schwache Menschen reden gern über andere*, sagte sie immer.«

»Miss Faraday war ja recht philosophisch veranlagt …« Sie verschränkte die Arme. »Okay, ich höre.«

»Wir hatten gute Gespräche und tollen Sex, aber ohne die Verpflichtungen einer konventionellen Beziehung. Ich hatte nicht das Gefühl … keine Ahnung … unbedingt über den Dornenkiller reden zu müssen, und ich musste mich nie rechtfertigen oder entschuldigen, wenn ich mal keine Zeit hatte.«

Als sie ihn nur anstarrte, fragte er: »Was ist?«

»Wie oft wart ihr zusammen?« Sie glaubte, die Antwort längst zu kennen, fragte sich aber nichtsdestotrotz, ob er ehrlich antworten würde.

»Fünf Mal«, sagte er. »Vielleicht sechs.«

Diesmal hatte er den Test bestanden, was allerdings keine Entschuldigung für die vielen anderen Lügen war.

»Fünf- oder sechsmal«, wiederholte sie. »Hast du dir je überlegt, wie es Emma damit gehen würde?«

»Damals habe ich nur an mich selbst gedacht«, gab er zu.

Sie stieß ein kurzes bellendes Lachen aus.

»Ich versuche nur, ehrlich zu sein, Ruth.«

»Das schien dir früher nicht so schwerzufallen, Greg.«

Er ließ den Kopf hängen.

»Denkst du nicht, dass du uns von dieser Frau hättest erzählen sollen? Dass sie etwas mit dem, was dir zugestoßen ist, zu tun haben könnte?«

»Nein«, gab er zurück. »Wir haben uns an dem Abend getrennt.«

Das gab er also auch zu.

»Ihr hattet eine Affäre ohne Verpflichtungen. Warum endete es auf so unschöne Weise? Warum bist du nicht einfach gegangen?«

»Sie war außer sich vor Wut, schrie mich an«, sagte er. »Ich … habe auch einige Dinge von mir gegeben.«

»Man musste den Sicherheitsdienst alarmieren, Greg … Das war dann wohl mehr als bloß ein lauter Wortwechsel.«

»Ich schätze, da führte eins zum anderen.«

»Du hast sie geschlagen?«

»Ich …« Er runzelte die Stirn, und sie sah, dass er Mühe hatte, sich zu erinnern. »Ich …« Wieder verstummte er, doch dieses Mal wirkte er verängstigt. »Ruth, ich erinnere mich wirklich nicht.«

»Also, als Adela – oder wie auch immer sie sich nannte – sich nicht bei dir meldete, dich nicht besuchen kam oder nach dir sah, nachdem du angeschossen worden warst, was dachtest du da?«

»Sie hatte mir ja gesagt, dass sie mich nicht wiedersehen will.« Er zuckte mit den Schultern. »Ich dachte, sie würde eben zu ihrem Wort stehen und ihre Ankündigung wahr machen.«

»Tja, jetzt weißt du, dass die Sache anders aussieht«, erklärte Ruth ganz ruhig.

Er nahm sie ins Visier. »Ich hätte es dir früher erzählen sollen. Aber da ist so vieles, das ich nicht verstehe, das Ganze ergibt keinen Sinn.«

»Ich will dir helfen«, sagte Ruth. »Aber du musst aufrichtig zu mir sein.«

Er seufzte. »Okay.« Er fing nicht sofort an zu sprechen, doch sie spürte, dass jetzt nicht der richtige Zeitpunkt war, ihn zu bedrängen. Also wartete sie geduldig ab, und nach einer Weile fing er von selbst an zu reden. »Mir schießen ständig Erinnerungsbruchstücke durch den Kopf. Da sind … Schatten, eine Dunkelheit, die mich in meinen Träumen verfolgt. Manchmal …« Einen kurzen Moment schien er ins

Wanken zu geraten. »Manchmal passiert es auch, wenn ich wach bin.«

Sie trat zu dem Stuhl ihm gegenüber und setzte sich. »Wir haben darüber gesprochen«, sagte sie. »Das war *ich.*«

»Das glaube ich eben nicht«, widersprach Carver. »Ich erinnere mich, dass du da warst. Aber diese andere Präsenz. Ich hatte das Gefühl… Keine Ahnung, wie ich es beschreiben soll. Es fühlte sich an, als wollte mich dieses Etwas vernichten. Mir ist klar, wie übertrieben dramatisch das klingt.«

»Du warst erst kurz zuvor angeschossen worden, Greg. Da wird ein bisschen Übertreibung wohl erlaubt sein. Aber hör zu – ich war da, und ich war fuchsteufelswild. Ich dachte, du hättest versucht, dich umzubringen. Ich war rasend vor Wut. Vielleicht hast du das irgendwie gespürt…«

Er schüttelte den Kopf und starrte in eine Dunkelheit hinein, die sie nicht sehen konnte.

»Wenn nicht ich, wer war es dann? Adela?«

»Nicht Adela. Das Gefühl ist zu stark. Mächtig… wie…« Er sah sich um. »Wie…« Er gab auf. »Ich weiß es nicht.«

»Na schön«, sagte sie. »Dann erzähl mir bitte der Reihe nach, woran du dich von diesem Abend erinnerst.«

»Es ist alles ziemlich verworren«, sagte Carver matt. »Ich weiß noch, wie ich sie anrief und ein Treffen mit ihr vereinbarte. Ich wartete in der Eingangshalle, als sie eincheckte, und folgte ihr dann in den Aufzug. Im zweiten Stock stieg sie aus, und ich fuhr weiter in die nächste Etage, um über die Feuertreppe wieder nach unten zu laufen. Das war so ein Spiel zwischen uns – wenn ich es ins Zimmer schaffte, bevor die Tür ins Schloss fiel, verbrachten wir die Nacht zusammen. Wenn ich es nicht schaffte, tja, dann kam es ganz auf ihre Stimmung an.« Er wich ihrem Blick aus, weil er ihr nicht in die Augen sehen konnte.

»Wie lief es in jener Nacht?«

»Ich habe es rechtzeitig geschafft. Wir hatten Sex, ein paar Drinks. Dann ging ich ins Badezimmer unter die Dusche, und als ich zurück ins Zimmer kam, schaute sie gerade Nachrichten im Fernsehen. Auf dem Bildschirm war ich zu sehen, wie ich über die Mordfälle sprach. Sie warf mir vor, dass ich ihr das hätte sagen müssen, aber unsere gesamte Beziehung basierte schließlich darauf, dass *keiner* von uns etwas über das Leben des anderen wusste. Ich erklärte ihr, dass sie übertrieb und sich idiotisch verhielt. Wir stritten uns. Dann warf sie mich raus.« Er verstummte. »Aber ich weiß nicht mehr, ob ich gegangen bin. Oder ob ich zurück ins Zimmer bin.« Sein Blick huschte hin und her. »Und ich erinnere mich nicht, den Spiegel zerbrochen zu haben. Ich schwöre dir, das ist die Wahrheit.«

Ruth spürte, wie sich in ihrer Brust etwas löste, sodass sie wieder frei atmen konnte. Endlich erzählte er ihr die Wahrheit – zumindest das, woran er sich erinnerte.

Abgelenkt durch Schritte und Stimmen draußen auf dem Flur, wartete Ruth ab, ehe sie antwortete. Durch die Glasscheibe in der Tür erhaschte sie einen Blick auf den vorbeieilenden DCI Jansen.

»Du bekommst Besuch«, warnte sie ihn sanft, und einen kurzen Moment später kam Jansen zurück und öffnete die Tür zum Aufenthaltsraum, ohne anzuklopfen.

»Nun, dann kann ich es mir ja wohl sparen, die Stationswache zu überreden, mich reinzulassen.« Er betrat den Raum, und nun sah sie, dass der Mann, in dessen Begleitung er gekommen war, Tom Ivey war.

Im Grunde war es das Beste, dass Jansen mit dem Rücken zu dem jungen Detective stand: Denn Ivey machte große Augen, als er sie mit Carver zusammen da sitzen sah.

»Ich bin sofort weg, Sir«, sagte Ruth.

»Oh, unseretwegen brauchen Sie nicht zu gehen, Sergeant«, entgegnete Jansen. Er verstellte ihr ohnehin den Weg nach draußen und sah auch nicht aus, als wollte er zur Seite treten. Daher versuchte Ruth, ihren Atem zu beruhigen, und wartete ab.

»Wir sind hier, weil wir wichtige Neuigkeiten haben. Wir wissen jetzt, wo DCI Carver an dem Abend, an dem er angeschossen wurde, war«, erklärte Jansen. Sein Ton war kühl, seine hochgewachsene, imposante Gestalt eine Bedrohung.

Ruth setzte eine interessierte, abwartende Miene auf.

»Sagt Ihnen der Name Adela Faraday etwas, Chief Inspector?«, erkundigte sich Jansen.

»Sie war den ganzen Abend schon in den Nachrichten«, antwortete Carver.

Ein typisches Ausweichmanöver.

»Das beantwortet nicht meine Frage«, gab Jansen zurück. Aber Carver behielt seine erschöpfte, leicht verwirrte Haltung bei und beobachtete sein Gegenüber, als wollte er ihm etwas von den Lippen ablesen. Ruth erkannte darin einen ihrer eigenen Tricks.

»Sie haben sich ein Zimmer mit ihr geteilt.« Jansen machte eine Pause. »Klingelt da immer noch nichts?«

Carver schüttelte langsam den Kopf und tat so, als bemühte er sich krampfhaft, sich zu entsinnen.

»Ich erinnere mich nur schemenhaft an jene Nacht«, sagte er, und auch jetzt wieder vermied er die direkte Lüge. *Warum rückt er nicht einfach mit der Sprache heraus?* Ruth funkelte ihn an, doch er schenkte ihr keine Beachtung.

»Sie hatten also kein Treffen mit ihr arrangiert?«

Carver hob die Schultern und ließ sie wieder fallen, einen hoffnungslos verwirrten Ausdruck im Gesicht.

»Sie erinnern sich nicht, sich mit Miss Faraday gestritten zu haben?«, fragte Jansen. »An einen zerbrochenen Spiegel? Dass der Sicherheitsdienst kommen musste?«

»Ich wünschte, ich wüsste es …«

Jetzt hatte er es doch getan. Er hatte ihnen dreist ins Gesicht gelogen.

Wütend, dass sie zugelassen hatte, sich in dieses Schlamassel mit hineinziehen zu lassen, machte Ruth einen Schritt auf die Tür zu. »Hören Sie, es war ein verdammt langer Tag«, sagte sie. »Ich brauche meinen Schlaf.«

Damit huschte sie aus dem Zimmer, gerade als die Stationsschwester sich auf die Suche nach ihrem Patienten machen wollte.

Der Dornenkiller sitzt in seinem Wagen in einer Parklücke auf der anderen Straßenseite und sieht zu, wie Ruth Lake aus der Reha-Station kommt.

Jetzt weißt du es also … das mit Carvers Sex-Dates mit der Faraday-Frau und dass er an dem Abend, als er fast draufgegangen wäre, ein Date mit ihr hatte. Das mit den Lügen. Und seinem Verrat an Emma.

Was für ein Gefühl ist das, Sergeant Lake? Angewidert? Fühlen Sie sich betrogen? Schwer zu sagen, nicht wahr? Zwei Besuche an Carvers Krankenbett an nur einem Tag, das musste allerdings etwas zu bedeuten haben. Im Moment wirkt sie sehr nachdenklich. Sie verbirgt so manches hinter diesem versonnenen Blick. Aber die unterkühlte Fassade von Sergeant Lake ist vergleichbar mit Eis auf einem Fluss: zerbrechlich, ja brüchig, das Wasser darunter reißend.

29

Ruth Lake konnte nicht schlafen. So verlockend es ihr schien, eine halbe Flasche Wein hinunterzustürzen und an einer E-Zigarette zu ziehen, bis sie bewusstlos wurde, ließ sie den elektrischen Glimmstängel lieber in der Manteltasche stecken und spielte auf ihrem Laptop *Stellaris*. Ruth war schon seit Teenietagen begeisterte Zockerin: Das Spielen half ihr beim Entspannen, und es hatte ihr einst die nötige Zuversicht verliehen, dass man in einer Zeit, da das Leben auseinanderzufallen drohte, dennoch Ordnung ins Chaos bringen konnte. Doch heute Abend kreisten ihre Gedanken pausenlos um das, was Carver ihr am Abend erzählt hatte. Seine Beziehung zu Adela konnte durchaus der Grund sein, warum auf ihn geschossen worden war, und die Waffe, die sie bei sich zu Hause versteckt hatte, könnte den fehlenden Beweis hierfür liefern. Vielleicht gab sie sogar etwas über die Identität des Schützen preis. Aber sie konnte die Pistole nicht als Beweismittel ins Spiel bringen, ohne dass dies das Ende ihrer Karriere bedeutet hätte. Vielleicht würde sie sich sogar vor Gericht verantworten müssen.

Das eigentliche Problem aber war die Frage, ob sie Greg Carver trauen konnte. Sie wusste es einfach nicht. Zwar glaubte sie, dass er die Wahrheit sagte, wenn er behauptete, er würde sich nicht im Detail an das erinnern, was im Hotel passiert war, und zwar, obwohl er genau wusste, dass er dort gewesen war. Aber warum hatte er Jansen belogen? Sie stöhnte und versuchte wieder und wieder, sich auf das Spiel zu konzentrieren. Aber *Stellaris* war ein Strategiespiel, jeder Zug, den sie machte, um die Ereignisse in dem imaginären Universum zu beeinflussen, erinnerte sie wieder daran, dass ihre strategischen Entscheidungen im wahren Leben, an dem Abend, an dem Carver angeschossen wurde, katastrophal gewesen waren.

Irgendwann gab sie es auf, trug ihren Laptop in die Küche und checkte ihre E-Mails, während sie sich einen Kaffee aufbrühte. Lyall Gaines hatte ihr kurz nach Mitternacht eine Nachricht geschickt. In der Betreffzeile stand: Auf die Haut geschrieben. *Gilt das in Gaines' kleiner Welt als Witz?,* fragte sie sich.

Sie machte sich nicht die Mühe zu antworten, folgte aber den Links, die der Anthropologe geschickt hatte, und versuchte, nicht allzu viel über den Absender nachzudenken. Gaines war der Ansicht, dass die stilisierten Blumen und Weinreben, die auf die Haut des Opfers tätowiert waren, ähnlich aussahen wie Stick- oder Kreuzstichmuster. Er hatte ihr auch eine Auswahl an Beispielen mitgeschickt, damit sie sie sich ansehen konnte. Doch soweit sie das erkennen konnte, waren sie nur insofern ähnlich, als in der Stickerei ebenfalls stilisierte Bäume und Früchte verwendet wurden und die Menschen stets gleich aussahen. Weil man sie nämlich auf ihre auffälligsten Merkmale reduziert hatte.

Nachdem sie ein bis zwei Stunden auf einen Streifzug durch das Internet gegangen war, fingen die komplizierten Nadelarbeiten an, ineinander zu verfließen und sich zu einem einzigen Bild zu vereinen – bis ihr Blick auf eine Arbeit fiel, die keine grafischen Formen zeigte, sondern nur winzige, sauber gearbeitete Buchstaben. Sie klickte auf das Bild, um es zu vergrößern, und stieß auf etwas, das laut Website ein religiöses Mustertuch war.

Das Seidentuch mit der Stickerei war vergilbt und hier und da mit Flecken besprenkelt, vermutlich verblasste Wasserflecken, die roten Buchstaben hatten die Farbe von geronnenem Blut angenommen. Dennoch war jedes einzelne mit Nadel und Faden gestickte Wort klar und deutlich zu lesen, selbst annähernd zweihundert Jahre später noch.

Das Mustertuch erzählte die Geschichte von Elizabeth Parker, einem tugendhaften Mädchen, das in Dienst getreten war. Im zarten Alter von dreizehn Jahren hatte sie sich den sexuellen Avancen des Hausherrn verweigert und war aufgrund ihrer Starrsinnigkeit die Treppe hinuntergestoßen worden. Es gelang ihr, vor ihrem grausamen Herrn zu fliehen, doch da sie *jung und töricht* war, wie sie selbst sagte, erzählte sie ihren Freunden nichts von dem, was ihr zugestoßen war. Als sie eine neue Anstellung antrat, wurde sie trübsinnig und launisch und versuchte sogar, Selbstmord zu begehen. Das Mustertuch war ihr Bekenntnis, ihre Sühne für *die Sünde der Selbstzerstörung*, die sie im Sinn gehabt hatte.

Ruth dachte über ihre eigene Dummheit in einem ganz ähnlichen Alter nach, als sie eine Abkürzung über die kleine Gasse hinter dem Haus genommen hatte und dabei Zeugin einer tödlichen Messerstecherei wurde. Sie hätte genauso gut selbst Opfer eines Überfalls werden oder vergewaltigt werden können. Und sie erinnerte sich, dass auch sie sehr launenhaft und in sich gekehrt gewesen war, nachdem sie die Gewalttat hatte mit ansehen müssen.

Die Uhr über der Küchenspüle zeigte fünf nach zwei an. Die Nacht zog sich in die Länge wie eine nicht enden wollende, beschwerliche Reise. Ruth gähnte und fuhr sich mit den Fingern durchs Haar, ehe sie zum Wasserkocher ging, um sich eine frische Tasse Kaffee zu machen. Fünf Minuten später setzte sie sich wieder an den Rechner und surfte weiter. Bei ihrem Treffen hatte Dr. Gaines sich auf die Augenmotive konzentriert, die der Täter auf die Körper von Tali und Kara tätowiert hatte.

»Frühe Darstellungen des Gottesauges«, so hatte er sie beschrieben.

In der Küche war es kalt, Regen prasselte gegen das Fenster. Es war undenkbar, dass sie nach draußen verschwand und eine E-Zigarette rauchte, und sie wusste genau, wenn sie anfing, das Ding drinnen zu benutzen, wäre sie bald wieder beim Äquivalent von einer Schachtel am Tag. Sie überlegte, ob sie die Heizung aufdrehen sollte, blieb aber am Tisch sitzen, einzig aus dem Grund, weil sie zu faul war. Der letzte Link, auf den sie geklickt hatte, hatte sie zu einer Website mit einer ganzen Reihe von Fotos geführt: Strichzeichnungen, Holzschnitte, Buchillustrationen, Buntglasfenster, sogar eine Dollarnote. Sie alle zeigten eine Variante des *Gottesauges*, auch bekannt als das *Auge der Vorsehung*. Einige waren mit Wolken versehen, andere nicht, die meisten waren eingerahmt von einem Dreieck – Dr. Gaines zufolge das Symbol der Heiligen Dreifaltigkeit –, und bei jeder einzelnen Darstellung gingen von dem Auge Sonnenstrahlen aus. Sie stieg die Treppe nach oben in ihr Gästezimmer und trat an den Schrank. Von dort hob sie die Kiste mit den Akten herunter, die sie aus Greg Carvers Wohnung entwendet hatte.

Wieder zurück in der Küche, wühlte sie sich durch die

Mappen und holte die zu Tali Tredwin und Kara Grogan heraus. Unter Carvers Aktenduplikaten befanden sich durchnummerierte Fotos, die *post mortem* aufgenommen worden waren. Sie wählte einige Nahaufnahmen von Details der Tätowierungen aus und legte die Ausdrucke auf den Küchentisch, damit sie sie mit den Bildern auf dem Computerbildschirm vergleichen konnte. Keine Sonnenstrahlen und keine Dreiecke. Sie hatte sich die Darstellungen im Grunde nie im Detail angesehen. Wenn sie ehrlich war, fand sie die mutwillige Verstümmelung der Opfer schwerer zu verdauen als so manchen blutüberströmten Leichnam, dem sie in ihrer früheren Laufbahn beim CSI begegnet war. Doch indem sie sich auf dieses eine Element des Musters konzentrierte, gewann sie die nüchterne Objektivität, die sie jetzt brauchte.

Die Augen, die auf Talis Körper tätowiert waren, waren geschlossen oder halb geschlossen. Aber die auf Karas Haut starrten ihr entgegen wie etwas aus einem Horrorfilm. Sie waren allesamt weit aufgerissen. Auch ihre Form war außergewöhnlich, exotisch – ägyptisch oder indisch vielleicht. Als sie sich die Tattoos auf Karas Leichnam erneut ansah, erinnerten die Augen Ruth plötzlich von der Form her an Darstellungen vom dritten Auge des Hindugotts Shiva. Sie durchforstete verschiedene Internetseiten nach der Bedeutung des dritten Auges. In der hinduistischen Kultur, so fand sie heraus, galt Shiva als der Wahrer allen Wissens. »Wenn sein inneres Auge oder das entsprechende Chakra sich öffnet«, so schrieb ein Blogger, »fällt alles, worauf sein Blick trifft, der Vernichtung anheim.«

Das schien zu dem tödlichen Spiel zu passen, das der Dornenkiller sich für seine Opfer ausgedacht hatte. Die buchstäbliche Vernichtung.

Ruth wühlte sich durch die Unterlagen und Fotos, bis sie ihr Handy unter einer der Mappen gefunden hatte. Mit dem Daumen scrollte sie durch ihre Kontaktliste zu Dr. Gaines' Nummer. Während sie darauf wartete, dass die Verbindung hergestellt wurde, warf sie einen Blick hinauf zu der Uhr über der Spüle. Es war vier Uhr dreißig. Fluchend beendete sie den Anruf, noch bevor das erste Läuten verstummt war. Das war genau das, wofür sie Carver immer scharf kritisierte, wenn er sich so richtig in einen Fall verbissen hatte.

Kurz danach schreckte das Vibrieren des Telefons in ihrer Hand sie auf. Als es auch noch zu läuten begann, warf sie einen prüfenden Blick auf das Display. Es war Gaines. Als hätte er auf ihren Anruf gewartet.

»Ich bin froh, dass ich nicht der Einzige bin, der um diese Uhrzeit noch arbeitet.« Er klang putzmunter. »Haben Sie die Fotos von den Tattoos gerade griffbereit?«

»Ja«, bestätigte sie.

»Ich habe weiter an meiner Theorie gearbeitet, dass die Tätowierungen eine schützende Funktion haben könnten«, sagte er. »Sehen Sie sich TT drei-fünf an.«

Jedes einzelne Leichenfoto war mit einem beschrifteten Label versehen. TT35 war eine der Nahaufnahmen von Tali Tredwin. Es steckte noch in der Mappe, deshalb musste sie diese durchsuchen, bis sie es gefunden hatte.

»Okay«, sagte sie. »Ich hab's.«

»Sehen Sie die kreisförmigen Muster, die sich wiederholen? Sie sind ziemlich unscharf, aber man kann erkennen, dass die Linien ineinander verflochten sind. Unsere Tätowierer waren der Ansicht, es handele sich um die amateurhafte Darstellung einer Schlange. Ist es aber nicht – es handelt sich um einen keltischen Knoten. Jeder *Braveheart*-Fan und New-Age-Hippie kennt dieses Symbol, es wird gern für keltischen Schmuck verwendet. Diese Knoten gehen allerdings zurück bis ins fünfte Jahrhundert, möglicherweise sogar noch weiter.« Er klang aufgeregt.

»Okay …«

»Sehen Sie bitte genauer hin. Fällt Ihnen auf, dass der Knoten keinen Anfang und kein Ende hat?«

»Es ist ein Symbol für den ewigen Kreislauf und dass alles miteinander in Zusammenhang steht«, rasselte Ruth runter. Sie erinnerte sich an diese Fakten von ihren endlosen Stunden Onlinerecherchen zur Bedeutung verschiedener Symbole.

»Nicht schlecht«, sagte Gaines anerkennend. »Er kann jedoch auch für den endlosen Zyklus des Lebens stehen und wirksam vor Krankheit und Unglück schützen. Erinnern Sie sich, was ich bei unserem ersten Treffen über das Auge der Vorsehung sagte?«

»Es dient als Schutz«, sagte sie.

»Ganz genau. Und jetzt sehen Sie sich unser letztes Opfer an. Bild KG fünf-sieben.«

Ruth fand das Foto in Karas Akte.

»Sehen Sie den Kreis auf dem Bild unten links?«

»Den mit den vier nach innen gerichteten Dornen?«, hakte sie nach.

»Das sind keine Dornen«, erklärte er. »Das sind *Schwerter*. Laienhaft dargestellt, zugegeben. Und deshalb fiel es Ihren früheren Beratern auch schwer, die Bedeutung festzulegen.«

Aber offensichtlich ist das kein Problem für Dr. Gaines, dachte Ruth. Dann sagte sie laut: »Und welche Bedeutung haben sie?«

»Das Symbol ist weit verbreitet und findet sich in vielen Kulturen – die Schwerter könnten die vier Himmelsrichtungen repräsentieren, Schutzengel oder Führer. Und sie dienen dem Schutz. Ich konnte tatsächlich fünf Symbole identifizieren, die in Sigillen Verwendung finden, um böse Geister abzuwehren. Neben dem wiederholten Einsatz vom Horusauge und dem Auge der Vorsehung in den Tätowierungen.«

»Ich habe mir die Augentattoos ebenfalls näher angesehen«, erklärte Ruth.

»Ach, *haben* Sie das?« Er klang gleichzeitig interessiert und herablassend.

»Deswegen habe ich ja angerufen. In der Kultur des Hinduismus vernichtet das dritte Auge alles, worauf sein Blick fällt, sobald es sich öffnet, richtig?«

Sie hörte ein Geräusch am anderen Ende der Leitung, ein Hüsteln oder ein unterdrücktes Lachen vielleicht.

»Und daraus schließen Sie nun … was genau?«, wollte Gaines wissen.

»Nun, diese Frauen starben am Ende alle. Deshalb habe ich mich gefragt … ob die Tätowierungen eine Art Bestrafung darstellen könnten?«

»Ach herrje …« Er unterdrückte zweifelsohne ein Lachen. »Tut mir leid, aber da haben Sie das Wort *Vernichtung*, verzeihen Sie, recht naiv interpretiert. Sehen Sie, das dritte Auge ist ein Symbol des *Wissens*. Wenn es sich also öffnet, vernichtet es die Unwissenheit. Die Zerstörung, die Sie beschreiben, ist symbolischer Natur. Sie führt zu einem höheren Bewusstseinszustand, einer Enthüllung verborgener Wahrheiten.« Er legte eine kurze Pause ein. »Können Sie mir folgen?«

Ruth hatte eine Zen-ähnliche Fähigkeit, sich von Beleidigungen zu distanzieren. Es ging hier mehr um das Bedürfnis des Anthropologen, sich seiner eigenen Autorität zu versichern, als darum, ihr ihre Unwissenheit vor Augen zu führen.

»Das ist sehr hilfreich, Doktor«, sagte sie und meinte das absolut ernst. Er hatte soeben etwas gesagt, das mit ihren eigenen Gedanken von vorhin übereinzustimmen schien.

»Freut mich zu hören«, gab Gaines mit ähnlicher Aufrichtigkeit zurück. Was Ruth wieder einmal in ihrer Überzeugung bestätigte, dass man bei Männern wie Dr. Gaines mit Schmeicheleien sehr viel erreichen konnte. »Ich kann gerne bei Ihnen vorbeikommen und Ihnen ausführlich über meine Befunde berichten«, schlug er enthusiastisch vor.

»Warum nehmen Sie das nicht einfach in Ihren Bericht mit auf?«, fragte sie mit derselben instinktiven Beklommenheit, die sie schon bei ihrer Begegnung mit dem Anthropologen am Tag zuvor empfunden hatte. »Dann stelle ich Ihre Erkenntnisse meinem Team vor, sobald ich alles im Posteingang habe.«

»Oder ich mache ein paar schnelle Notizen für Sie, komme rüber zu Ihnen ins Revier und liefere dem Ermittlerteam einen groben Überblick bei der morgendlichen Besprechung.«

Er will einfach kein Nein akzeptieren. »Am liebsten ist es mir schriftlich.« Damit legte sie den Hörer auf und streckte die Hand gleichzeitig nach ihrem Laptop aus.

Sie fand das religiöse Mustertuch und dachte über das nach, was Dr. Gaines über die Enthüllung verborgener Wahrheiten gesagt hatte.

Der Pathologe hatte bei Tali Tredwins Autopsie Schädigungen an der Speiseröhre festgestellt, die typisch sind für eine Bulimieerkrankung. Nachgewiesene Knochenbrüche, die sie anfänglich für Anzeichen häuslicher Gewalt hielten, konnten letzten Endes auf beginnende Osteoporose zurückgeführt werden, die wiederum in Verbindung gesetzt werden konnte zu einer früheren Magersucht. Er hatte ihre kompletten Krankenakten angefordert. Diese hatten ihm verraten, dass sie lange an Dysmorphophobie gelitten hatte, einer Störung der Wahrnehmung des eigenen Körpers. Im Alter von fünfzehn Jahren hatte Tali – damals noch bekannt als Natalie – einen Cocktail aus Wodka und Aspirin geschluckt und eine Überdosis erlitten. Ihrem Exmann oder ihren Kindern hatte sie nie etwas von dem Selbstmordversuch erzählt.

»Verborgene Wahrheiten«, murmelte Ruth. Sie steckte die Hand in Carvers Kiste. »Wo steckst du, Jo …?«

Triumphierend zog sie Jo Raincliffes Fallakte heraus. Ihr Ehemann hatte während der zweiten Phase der Massenentlassungen, drei Jahre nach dem Bankencrash von 2008, seinen Job als Buchhalter verloren. Die Raincliffes hatten zwei Kinder, beide unter sechs, und weil die Bank drohte, die Hypothekenforderung geltend zu machen, hatte Jo sich verzweifelt auf Jobsuche begeben. Bevor sie Kinder bekommen hatte, war sie für vier Angestellte im Fachbereich Geschichte der örtlichen römisch-katholischen Hochschule verantwortlich gewesen und hatte Konfirmationsunterricht betreut. Allerdings hatte sie trotz ihrer guten Qualifikationen und Berufserfahrung Schwierigkeiten gehabt, wieder eine Anstellung zu finden. Zu einem Zeitpunkt, da die Gemeinden sogar Assistenten ohne Lehramtsstudium die Verantwortung über ganze Klassen übertrugen, war die unausgesprochene Botschaft dahinter die, dass sie zu teuer war, um sie zu beschäftigen. Schließlich bekam sie eine Anstellung als Nachhilfelehrerin in einem Community College im Stadtzentrum und stockte ihren Verdienst dadurch auf, dass sie abends noch Kurse in Ahnenforschung gab. Zumindest hatte sie das ihrem Ehemann erzählt. Doch Jo hatte sich viel zu viele Arbeitsstunden aufgehalst. Tatsächlich schuftete sie zehn Stunden als Nachhilfelehrerin und zwei Stunden an der Abendschule. Sie verließ jeden Tag um fünf das Haus, fünf Tage die Woche, und kam in manchen Nächten erst nach elf wieder nach Hause. Ihre Kontoauszüge, die sie gut versteckt hatte, gaben den entscheidenden Hinweis: Sie hatte monatliche Zahlungen an eine Agentur veranlasst, die exotische Tänzerinnen für Veranstaltungen vermittelte. Gegen eine monatliche Gebühr von ihren Klientinnen nahmen sie die Veranstalter unter die Lupe und versorgten diese im Gegenzug mit einer Auswahl an Fotos. Ausschließlich an seriöse Interessenten wurde der Kontakt vermittelt, man hatte keinen freien Zugriff auf die Portfolios der jungen Frauen übers Internet. Das erklärte zumindest teilweise, warum Jo die Wahrheit so lange vor ihrer eigenen Familie hatte verbergen können. Jahrelang war sie – bekannt unter ihrem Bühnennamen Jolene – regelmäßig in Stripclubs und auf *Underground Partys* in Liverpool, Wigan und Manchester aufgetreten. Die Barzahlungen, die sie für das Strippen erhalten hatte, waren nicht dokumentiert, doch die Hypothek war jeden Monat pünktlich bezahlt worden, und es hatte immer Essen auf dem Tisch gestanden.

Evie Dodd und Hayley Evans schienen keine verborgenen Geheimnisse oder heimlichen Laster gehabt zu haben, aber andererseits hatte es sich bei Kara Grogan nicht anders verhalten, bis Ruth angefangen hatte, tiefer zu graben und ihre Lebensumstände näher unter die Lupe zu nehmen. Erst so hatte sie von ihrem geheimen Vorsprechen erfahren – und natürlich von ihrem Lampenfieber.

Ruth nahm eines der Fotos von Kara zur Hand und sah

sich die Tätowierungen der geöffneten Augen auf dem Leichnam der jungen Frau noch einmal an. Weit aufgerissen starrten sie ihr entgegen. Ein Symbol der Wachsamkeit – des Bewusstseins vielleicht. Wollte der Dornenkiller demonstrieren, dass er sie sah, wie sie wirklich war? Oder konnten sie Karas Erwachen symbolisieren – dass sie andere sah, wie *sie* wirklich waren?

Was hatte Kara zu Jake gesagt? »Ich habe eine wertvolle Lektion gelernt.«

Shivas drittes Auge starrte Ruth aus dem Foto heraus an. Das dritte Auge, Symbol des Wissens; Zerstörer der Unwissenheit. Aber was für eine Sorte Wissen? Dass man *niemandem* trauen konnte – nicht einmal den eigenen Freunden? Wissen dieser Art zerstörte nicht nur die Unwissenheit, es erschütterte auch den Glauben an das Gute im Menschen und ließ alle Hoffnungen zu Staub zerfallen.

30

Tag neun

Es war früh am nächsten Tag, Greg Carver schaute im Fernsehen die Nachrichten. Der Stadtratsvorsitzende hastete im strömenden Regen in Richtung Hintereingang des Rathauses. Ein Reporter war ihm dicht auf den Fersen und bat um einen Kommentar zum Mord an Adela Faraday. Der Politiker eilte weiter, den Kragen hochgestellt, und der Regen, den der Wind vom Mersey heranpeitschte, drückte ihm die Haare platt. Ein zweiter Journalist gesellte sich zum ersten und hielt ihm ein Mikrofon unter die Nase. Sofort waren noch zwei weitere zur Stelle, sodass der Stadtrat allmählich doch beunruhigt wirkte, während er sich durch die Ansammlung von Leuten und Kameras kämpfte. Schließlich blieb er stehen, hob die Hände zu einer beschwichtigenden Geste und sagte: »Ich gebe eine Stellungnahme ab – in zehn Minuten. Aber zunächst muss ich mich mit meinen Kollegen im Rathaus verständigen.«

Nette Geste, dachte Carver – *die Belange des Gemeinderats vor die Bedürfnisse der Presse zu setzen.*

Der Sender schaltete zurück ins Studio, und der Nachrichtensprecher wärmte die Story von der Entdeckung von Adela Faradays Leichnam noch einmal auf. Er ging auf ihre

Tätigkeit im Finanzsektor ein, auf die Tatsache, dass man sie seit kurz vor Silvester nicht mehr gesehen hatte. »Mr. Hill tauchte fünfzehn Minuten später wieder auf, um sein Statement abzugeben«, endete er schließlich.

Jetzt war wieder der Platz hinter dem Rathaus zu sehen, das Exchange-Flags-Gebäude, Kopfsteinpflaster, das vom Regen glänzte. Mr. Hill hatte seinen Mantel abgelegt und erschien in einem anthrazitgrauen Anzug, weißem Hemd und altrosa Seidenkrawatte. Seine Haare sahen frisch gekämmt aus: dicht und schwarz und glänzend. Mit großen Schritten eilte er hinaus auf ein Podium, das so platziert war, dass die nördliche Fassade des Rathauses und der graue Stein des Nelson's Monument als Hintergrund fungierten. Der Regen hatte aufgehört, Sonnenlicht funkelte auf den vier Statuen, die, in Ketten gelegt, rund um den Sockel des Denkmals saßen.

Councillor Hill näherte sich dem Podium wie ein erfahrener Staatsmann und wartete ab, bis Ruhe eingekehrt war. Reporter scharten sich um ihn: örtliche Presse, Kabelfernsehen und Radio, BBC und ITV News sowie Reporter von Channel 4 und Channel 5.

Der Stadtratsvorsitzende war Mitte vierzig, ein energiegeladenes Paradebeispiel für die neue Garde von Leuten, die einfallsreich neue Wege beschritten, um Geld in die stets knappen Kassen der Stadt zu treiben. Councillor Hill, Geschäftsmann und Unternehmer, hatte einer Stadt, die in den Worten ihres früheren Bürgermeisters *am Abgrund* gestanden hatte, nachdem die Regierung infolge der Rezession die Mittel um zwei Drittel gekürzt hatte, wieder Grund zur Hoffnung gegeben. Aber Hill hatte sich im Zuge dessen auch Feinde gemacht, vor allem im linken Spektrum.

»Ich werde mich kurzfassen, meine Damen und Herren«,

sagte er. »Erstens möchte ich Miss Faradays Familie und Freunden im Namen des gesamten Stadtrats mein Beileid aussprechen. In unseren Gedanken und Gebeten sind wir in dieser schweren Zeit bei ihnen.« Er legte eine respektvolle Pause ein. »Miss Faraday war eine hochgeschätzte Beraterin der Gemeinde, deshalb sind wir umso schockierter, geradezu fassungslos, von ihrem Tod zu hören. Selbstverständlich werden wir alles in unserer Macht Stehende tun und die Polizei darin unterstützen, die Schuldigen ihrer gerechten Strafe zuzuführen.«

Eine Stimme aus dem Publikum wollte wissen: »Warum hat es so lange gedauert, bis man auf die Nachricht von Miss Faradays Tod reagiert hat?«

Der Vorsitzende des Stadtrats warf einen Blick auf seine Notizen.

»Aufgrund der Weihnachtsfeiertage und der Tatsache, dass Adela, äh, Miss Faraday als Freelancerin für uns arbeitete, hat sie anfangs keiner vermisst«, rang Hill um eine Antwort.

Carver nahm eine deutliche Färbung aus Senfgelb und Giftgrün um den Mann herum wahr, und er fragte sich, ob das im Falle von Councillor Hill die Farben der Lüge waren.

Du solltest bei Gelegenheit einen Blick in den Spiegel werfen, ermahnte Carver sich. *Um zu sehen, welche Farben du ausstrahlst.*

»Miss Faradays Berufung in den Stadtrat war nicht ganz unumstritten, nicht wahr, Councillor?«, erkundigte sich ein lokaler Reporter.

Councillor Hill fixierte den jungen Journalisten mit stählernem Blick. »Sie wurde nicht *berufen*, sie stand uns in beratender Tätigkeit zur Seite, John«, erklärte er. »Und jetzt ist nicht der richtige Zeitpunkt, um politische Entscheidungen anzuzweifeln. Für die nationale Presse: Miss Faraday gab uns Ratschläge, was unsere Investitionen betraf. In einer längeren Phase, da wir Kürzungen durch die Regierung hinnehmen und den Gürtel enger schnallen mussten, hat sich der Stadtrat von Liverpool bemüht, die Herausforderungen auf innovative Weise anzugehen und neue Wege zu finden«, fuhr er fort. Er wechselte mühelos in die Rhetorik des Politikers. »Entscheidungen, die den Menschen von Liverpool und dem Großraum Merseyside, wenn ich das hinzufügen darf, erhebliche Vorteile gesichert haben.«

»Haben Sie noch eine Botschaft für denjenigen, der Miss Faraday auf dem Gewissen hat?«, fragte der ITV-Berichterstatter und brachte ihn endlich zurück zum Thema.

»Ja.« Hill schien sich zu wappnen wie ein Schauspieler, der einen Mantel überzieht, um sich in seine Rolle hineinzuversetzen. Als er bereit war, blickte er direkt in die Kamera. »Was Sie getan haben, war ein Akt purer Feigheit. Das einzig Anständige – und das Tapferste – wäre, sich zu stellen.« Er schüttelte den Kopf. »Aber davon gehe ich nicht aus. Allen, die in ihrem Umfeld ungewöhnliches Verhalten feststellen, möchte ich noch mit auf den Weg geben: Wenn Sie etwas Verdächtiges beobachten, gehen Sie damit zur Polizei, übernehmen Sie Verantwortung. Jede Information, die die Ermittlungen voranbringen könnte, muss gemeldet werden. Wenden Sie sich bitte an die Polizei.«

Wieder schien die Luft um Councillor Hill herum sich zu einem Senfgelb zu verwirbeln, wie Schwefelgas in einem Reagenzglas. Carver glaubte sogar, seinen beißenden Gestank zu wittern. Er schaltete das Gerät aus und warf die Fernbedienung aufs Bett, gerade als die Tür zu seinem Zimmer aufging und Emma hereinkam. Sie war kalkweiß im Gesicht, ihre Augen wirkten verquollen.

Schlagartig verspürte er einen dumpfen Schmerz. Sie wusste Bescheid.

»Emma…«

»Nicht.« Sie hob warnend einen Finger. »Sag bloß kein Wort.«

Er stemmte sich an den Armlehnen seines Stuhls hoch, bereit, über sich ergehen zu lassen, was immer sie zu sagen hatte.

»Die Polizei war bei mir«, sagte Emma. »Sie wollten von mir wissen, ob ich Adela Faraday kenne. Nun, selbstverständlich war mir der Name ein Begriff. Über sie wird ja seit gestern Abend rund um die Uhr berichtet. Aber ich wusste nicht, dass du ein *Verhältnis* mit ihr hattest.« Sie stieß ein wütendes Schnauben aus. »*Ein Verhältnis* klingt so harmlos. Woher hätte ich das wissen sollen? Wie hätte ich denn ahnen sollen, dass du, obwohl du damit beschäftigt warst, dich zu Tode zu trinken, die Zeit gefunden hast, mich zu betrügen.« Ihre Miene war schmerzverzerrt. »Du hast mir ins Gesicht gelogen und mir erzählt, du hättest bis Mitternacht gearbeitet. Monat für Monat hast du mir diese Lügen serviert. Du wolltest mich noch nicht einmal *anfassen,* während du…«

»Nein. Emma, ich habe Adela doch erst nach unserer Trennung kennengelernt.«

»Du erwartest im Ernst, dass ich dir das abnehme? Du hast mir eine Lüge nach der anderen erzählt. Ich glaube, du weißt selbst nicht mehr, was die Wahrheit ist.«

Was sollte er dazu sagen? Es kommt irgendwann der Punkt, da glaubt man einem Lügner kein Wort mehr, selbst wenn man möchte, das ist eine Frage des Selbsterhalts.

Emma war jetzt an der Reihe zu sprechen, und er gab sich alle Mühe, sich auf ihre Worte zu konzentrieren. »Sie glauben, du hättest sie ermordet, nicht wahr?«, fragte sie.

Er zögerte.

»Ich weiß, dass sie dich verhört haben, Greg.«

»Wer hat dir das erzählt?«

»Im Gegensatz zu dir habe ich noch Freunde bei der Polizei. Also, sag bitte, dass das nicht stimmt.«

Er schwieg.

»Das dachte ich mir.«

»Denkst *du* denn, dass ich es war?«

»Solche Fragen stehen dir nicht mehr zu«, sagte sie leise.

Fragend sah er sie an und glaubte, Hass und kalte Wut in dem Mahlstrom an Farben zu erkennen, der um sie herumwirbelte.

Er biss die Zähne zusammen. »War es Ruth?«

»Glaubst du allen Ernstes, das würde ich dir verraten?«, fragte sie vorwurfsvoll. Die Farben verflossen ineinander, trennten sich, vereinten sich wieder, während sie sprach. »Denkst du wirklich, du hättest ein Recht auf diesen selbstgerechten Zorn?«

Er wandte den Blick ab, weil ihm das kunterbunte Chaos, das um sie herum waberte, in den Augen schmerzte. »Nein«, sagte er. »Das denke ich nicht.«

»Ruth Lake ist vielleicht die einzige Freundin, die dir auf dieser Welt noch bleibt«, fauchte sie. »Sorge wenigstens dafür, dass du sie nicht auch noch verlierst.«

Er kniff die Augen zu. *Zu spät,* dachte er. Als er die Augen wieder aufschlug, starrte Emma das Foto von der Hochzeitsreise an.

»Ich liebe dich immer noch, Emma«, versicherte er ihr.

Sie heftete ihren Blick auf ihn. »Ein winziger Teil von mir hofft sogar, dass du das ernst meinst.« Sie klang gefasst und kontrolliert, wären da nicht diese Farben gewesen, die die Luft um sie herum verpesteten. Offenbar war ihr sein ungläubiger Ausdruck nicht entgangen, denn jetzt fügte sie hinzu: »Nein, im Ernst. Denn dann würdest du vielleicht wenigstens ansatzweise die Qualen erleiden, die du mir zugemutet hast.«

»Ich weiß, ich ...«

»Ich habe deine ewigen Ausflüchte satt«, fiel sie ihm unsanft ins Wort. »Ich bin fertig mit dir, Greg.«

Ein eisiger Splitter dessen, was ihn im Laufe des vergangenen Jahres gequält hatte, traf ihn mitten ins Herz. Er stand auf, packte das gerahmte Foto und drückte es ihr in die Hand. »Das kannst du mitnehmen – ich weiß ohnehin nicht, warum du es hergebracht hast.«

Sie wich einen Schritt zurück, die Hände in die Seiten gestemmt. »Ach, du denkst, *ich* hätte dir das mitgebracht? Da täuschst du dich aber gewaltig.«

Er hielt ihr das Foto auf der ausgestreckten Hand hin.

»Behalte das verdammte Ding«, spie sie ihm entgegen. »Ich habe keine Verwendung mehr dafür.« Damit marschierte sie hinaus und zog die Tür hinter sich ins Schloss.

Carver hatte sich einige Sekunden lang unter Kontrolle, dann schleuderte er das Foto in Richtung Tür. Genau in diesem Augenblick ging sie auf. Der Bilderrahmen prallte gegen den Türstock, das Glas splitterte und verteilte sich über den Boden.

»Oh Gott ...« Carver machte einen Schritt nach vorn, geriet ins Wanken und stieß sich die Hüfte am Bettgestell. Er stützte sich am Gestänge ab und richtete sich wieder auf. Sein Herz klopfte. Er versuchte erneut, zur Tür zu gelangen, doch seine Beine wollten ihn nicht mehr tragen. »Tut mir leid«, rief er. »Alles in Ordnung?«

Stille.

Kurz darauf erschien eine Hand, die mit einem weißen Papiertaschentuch wedelte. Das Gesicht einer Frau folgte einen Augenblick später. »Ist die Luft jetzt rein?«, fragte sie.

»Es tut mir so leid«, sagte er. »Kommen Sie herein. Ich tue Ihnen nichts.«

»Und ich bin Laura Pendinning«, erklärte sie feierlich, obwohl da ein amüsiertes Blitzen in ihren Augen war. »Wie geht es Ihnen?«

Sie war Mitte dreißig, nicht sonderlich groß, was sie jünger wirken ließ. Dunkelhaarig und hübsch, obwohl sie kein Make-up aufgelegt hatte und ihre Haare zu einem strengen Pferdeschwanz zusammengefasst trug.

»Haben wir einen Termin?«, fragte er mit einem Anflug von Besorgnis, er könnte schon wieder etwas vergessen haben.

»Vor etwa drei Tagen. Tut mir leid, mir ist etwas dazwischengekommen.« Als er die Stirn runzelte, fügte sie hinzu: »Ich bin die klinische Psychologin. Ihr Neurochirurg hat mich gebeten, bei Ihnen vorbeizuschauen.«

Carver erinnerte sich vage an ein Gespräch mit einem grauhaarigen Mann im Anzug. Es ging darin um die eigenartigen Halluzinationen, die ihn immer wieder heimsuchten, doch er konnte sich beim besten Willen nicht an den Namen des Chirurgen erinnern oder wann sie miteinander gesprochen hatten. Er nickte und gab sich alle Mühe, keinen allzu ahnungslosen Eindruck zu machen.

Die Psychologin lächelte. »Tut mir leid, dass es eine Weile gedauert hat.«

»Tja, immer dieser Personalabbau«, sagte Carver scherzhaft.

Sie legte den Kopf schief. »So was in der Art, ja.« Sie trat ins Zimmer. »Können wir reden?«

Der Adrenalinschub, den sein Streit mit Emma bei ihm ausgelöst hatte, jagte eiskalt durch Carvers Körper. Er fühlte sich zittrig und schwach.

»Ist nicht der beste Zeitpunkt«, sagte er.

»Ach, wirklich?« Die Frau schaute belustigt auf die Scherben zu ihren Füßen. »Ich denke, der Zeitpunkt könnte nicht günstiger sein.«

Eine Krankenschwester tauchte hinter der Ärztin auf. »Schon gut«, sagte Dr. Pendinning. »Ich kümmere mich um unseren Patienten.«

»Jemand muss das wegkehren, bevor es noch Verletzte gibt«, stellte die Schwester fest.

»Das kann warten.« Dr. Pendinning klang entschlossen. »Wir plaudern jetzt ein wenig.«

Die Schwester zog sich zurück, und Carver merkte, dass die Psychologin ihn ganz genau musterte.

»Hören Sie«, sagte er. »Ich will ja nicht unhöflich erscheinen, aber …«

Sie kicherte. »Oh, ich glaube, über die Höflichkeitsfloskeln sind wir längst hinaus.« Sie ging in die Hocke, um das Foto aus den Überresten des Rahmens zu bergen.

»Seien Sie vorsichtig«, warnte Carver sie.

Sie ließ sich nicht beirren und schüttelte die Scherben behutsam vom Papier auf den Boden.

»Ich will es nicht mehr. Lassen Sie ruhig«, sagte Carver, dabei hatte das Foto in ihrer gemeinsamen Wohnung all die Jahre auf dem Schrank gestanden, dann in ihrem gemeinsamen Haus und in jüngster Zeit auf seinem Nachttisch in der Wohnung, die er sich genommen hatte, nachdem Emma ihn vor die Tür gesetzt hatte. Fünfzehn Jahre lang hatte er das Bild immer in seiner Nähe gehabt, ganz gleich, wo er gewohnt hatte. Es diente ihm als Erinnerung daran, was sie einander bedeutet hatten, sowie als Warnung, was er aufs Spiel zu setzen drohte. Was er verloren hatte.

Die Psychologin hielt ihm das Foto hin, und er konnte nicht anders, er machte den direkten Vergleich: Emma auf ihrer Hochzeitsreise; Kara, tot. Kara Grogan, das Opfer, das Emma so sehr geähnelt hatte.

Dr. Pendinning legte das Bild behutsam ans Fußende seines Bettes, dann strich sie mit den Händen ihren Rock glatt. »Manchmal ist es gut, sich an das zu erinnern, was uns am meisten bedeutet«, sagte sie, als würde sie seine Gedanken lesen. »Selbst wenn es keine Rolle mehr zu spielen scheint. Und sogar dann, wenn es uns Schmerz bereitet.«

31

»Hi, Tom.«

DC Tom Ivey fuhr hoch wie eine Katze, der man auf den Schwanz getreten war. Blitzschnell wirbelte er zu Ruth Lake herum.

»Woher zum Teufel kommen Sie denn?«

»Aus dem Schoß meiner Mutter«, sagte sie, nur um ihn zum Erröten zu bringen.

»Hören Sie, Sergeant …« Er warf einen nervösen Blick über ihre Schulter.

»Wir arbeiten im selben Gebäude«, fügte sie beschwichtigend hinzu.

Ivey hatte eben erst seinen Wagen vor dem Revier geparkt, in Wirklichkeit hatte sie am Hintereingang gewartet und darauf gelauert, ihn abzufangen. Sie hatte die Nachrichten gesehen, aber irgendetwas an Councillor Hills Antworten war ihr seltsam vorgekommen. Carver hatte sie alle belogen – Emma, sie selbst, Jansen –, aber so wütend sie auf ihn war, war sie sich trotz allem sicher, dass er in einem Punkt die Wahrheit sagte: nämlich dass er keine Erinnerung daran hatte, Adela Faradays Hotelzimmer verlassen zu haben. Außerdem kam sie in Gedanken immer wieder auf diesen zerbrochenen Spiegel zurück.

»Und, wie lief es gestern Abend?«, fragte sie.

»Ich sollte wirklich nicht mit Ihnen reden«, fauchte er.

»Kommen Sie… unser Besuch im Hotel war doch gut, oder nicht?«

Unruhig trat er von einem Bein aufs andere, und sowieso verriet jedes Detail seiner Körpersprache, dass er den Besuch im Hotel mehr als nur gut gefunden hatte.

»DCI Jansen hat sich anerkennend gezeigt, wie ich annehme?«

DC Ivey nickte widerstrebend, den Blick beharrlich an ihr vorbei gerichtet. »Aber misstrauisch war er trotzdem.«

»Ja, sicher, das liegt in seiner Natur.«

»Sergeant, ich muss gehen.«

»Ich weiß – Jansen hat Sie hierherbeordert, damit Sie an der Pressekonferenz im Fall Adela teilnehmen. Sie sind jetzt praktisch sein Schützling.« Immer noch wich er ihrem Blick aus, daher verlagerte sie ihre Position, um ihm in die Augen sehen zu können. »Eine Hand wäscht die andere, Tom.«

Kurz kniff er die Augen zu, dann sackten seine Schultern nach unten. Sofort wusste sie, dass er ihr erzählen würde, was sie so dringend wissen wollte, solange sie ihn nicht allzu sehr bedrängte. Deshalb ließ sie ihm einen Augenblick Zeit, bis er schließlich seufzte.

»Okay…«, fing er an. »Carver versteckt sich nach wie vor hinter seiner Amnesie.«

»Ist das Ihre Meinung oder Jansens?«

Seine Züge verhärteten sich. »Ich kann für mich selbst denken. Und ich spüre das, wenn ein Mensch lügt.«

»Wirklich? Ich nicht… zumindest nicht immer.« Sie hätte noch hinzufügen können: *Jedenfalls nicht bei Carver,* doch sie verkniff sich diese Bemerkung.

Er blickte finster drein und schob die Hände in die Manteltaschen, ehe er hinzufügte: »Aber wenn es irgendwelche *Beweise* gibt, ob sie nun in die eine oder andere Richtung deuten …«

Sie wartete ab und sah dem jungen Detective seelenruhig ins Gesicht. Er biss die Zähne aufeinander, jeder einzelne Muskel in seinem Nacken und den Schultern war angespannt.

»Lassen Sie mich Ihnen helfen«, bot sie an. »Das Team vom CSI, das Adela Faradays Wohnung durchsucht hat, ist auf ein zweites Handy gestoßen – ein unregistriertes Prepaid-Gerät. Darauf fanden sich drei Nummern, eine davon Carvers.«

Er zog die Hände aus den Taschen. »Das sind vertrauliche Informationen, woher wissen Sie …?«

»Das verrate ich *garantiert* nicht. Sie können sich darauf verlassen, dass alles, was Sie mir anvertrauen, bei mir sicher ist. Also, ich nehme an, Carver gibt vor, nichts von dem Prepaid-Handy zu wissen, richtig?«

Er zögerte, aber nur für einen Sekundenbruchteil. Dann fing er an, mit sanfter Stimme zu reden, er machte den Mund kaum auf, um die Worte zu bilden. »DCI Jansen hat eine DNA-Probe angefordert, aber Carver hat sie ihm verweigert. Er behauptet, er hätte keinerlei Erinnerung an jene Nacht, wenn er also eine Probe abgäbe, und wir fänden tatsächlich etwas, das ihn belasten würde, wäre er nicht dazu in der Lage, sich zu erklären. Diese Blöße will er sich auf keinen Fall geben.« Er machte eine Pause. »Eigenartige Antwort für einen Unschuldigen, finden Sie nicht?«

»In der Tat«, bestätigte Ruth. »Aber wenn ich eines im Leben gelernt habe, dann das, stets unvoreingenommen zu bleiben. Und, haben Sie versucht, die anderen beiden Nummern auf dem Handy zurückzuverfolgen?«

Wieder warf er einen Blick über ihre Schulter. »Mhm.«

»Und Adela? Ziemlich mysteriöse Frau, nicht wahr?«

»Was wissen Sie?«, fragte er barsch.

Sie verzog ihren Mund zu einem angedeuteten Lächeln. »Was wissen *Sie* denn?«

Er saugte an seinen Zähnen. »Wo steht Ihr Wagen?«

Sie hob das Kinn und deutete auf einen Bereich des Parkplatzes zur Rechten. »Hinter einem von diesen Matrix-Vans.«

Er warf einen Blick auf die gelben Einsatzfahrzeuge mit dem Karomuster, die der Serious and Organised Crime Squad gehörten.

»Ich folge Ihnen.«

Sie ging voraus, setzte sich hinters Steuer, und kurz darauf öffnete er die Beifahrertür und ließ sich neben ihr auf den Sitz fallen.

»Sie war extrem wohlhabend.«

»Apartment am Fluss«, sagte Ruth. »Das ist selbsterklärend.«

»Nicht nur die Wohnung, sie hatte ein Vermögen in *Millionenhöhe:* Rentenpapiere, Aktien, gewerbliche Immobilien, private Wohneinheiten. Wenn es hierzu je schriftliche Belege gab, konnten wir sie bislang nicht finden, und ihr Computer ist verschlüsselt. Wir müssen uns also über ihr Bankkonto Einblick verschaffen. Es könnte noch sehr viel mehr sein.«

»Wer wird das alles erben?«

»Wir haben noch kein Testament gefunden. Natürlich sind wir fieberhaft auf der Suche nach Familienangehörigen. Das Problem ist nur, sie hat ein ziemliches Geheimnis um ihre Person gemacht. Sieben Monate vor ihrem Tod hat sie sich selbstständig gemacht und ist von einem Haus mit fünf Schlafzimmern unweit vom Calderstones Park in das Apartment am Hafen gezogen, nur eines von dreißig Objekten, die sie in ihrem Immobilien-Portfolio hat. Dem Concierge nach galt es als leer stehend, außerdem hatte sie dort noch nicht einmal einen Festnetzanschluss.«

»Mobiltelefon?«, fragte Ruth. »Das offizielle, meine ich.«

»Sie hat massenhaft Kontakte darauf, aber die sind allesamt unauffällig: in erster Linie reiche Geschäftsleute, Klienten, aber auch ein paar namhafte Vertreter des Stadtrats von Liverpool.«

»Und?«

»Und was?«, hakte er nach.

»Sie haben diese Leute doch sicher befragt …«

Er starrte sie an. »Sie lassen wohl nie locker, wie?«

»Das ist eine meiner Spezialitäten. Wer mich kennt, weiß das.«

Seine Mundwinkel zuckten in dem Versuch, nicht zu grinsen.

»Miss Faraday hatte den Ruf, risikobereit zu sein«, erklärte er. »Ihren Bekannten zufolge war sie sehr clever, ja sogar genial – hatte immer einen guten Riecher, wenn es um Geld und Investitionen ging.«

»Hm«, machte Ruth. »An Investoren mit einem Gespür fürs Finanzielle glaube ich schon seit 2008 nicht mehr.«

»Wir untersuchen selbstverständlich die Möglichkeit von halbseidenen Geschäften, sobald wir Zugriff auf ihre Kontodaten haben.«

Sie nickte. »Nun, ich sollte Sie nicht länger aufhalten, Tom. Danke.«

»Nicht so schnell«, sagte er. »Eine Hand wäscht die andere, schon vergessen? Jetzt sind Sie dran.«

Allmählich fing dieser Tom Ivey an, ihr richtig gut zu

gefallen. »Als Carver hier eingeliefert wurde, fand man da Glaspartikel in seinen Haaren?«

»Ach, das ist also Ihre Gegenleistung? Sie wollen, dass ich Ihnen noch eine Frage beantworte?«

»Fragen Sie bei den Ärzten in der Notaufnahme nach und beim Chirurgen, der ihn operiert hat«, schlug sie vor.

»Und warum …?«

»Wegen der Kopfverletzung.«

»Was ist damit?«

»Keiner scheint sagen zu können, wie oder wann er sich die zugezogen hat. Aber wenn man zeitlich zurückgeht …« Sie zog eine Augenbraue hoch in der Hoffnung, der Groschen würde endlich fallen bei ihm. Doch er starrte nur zur Windschutzscheibe hinaus auf die geparkten Fahrzeuge in der nächsten Reihe.

»Der zerbrochene Spiegel in Adelas Zimmer?«, hakte er schließlich nach.

»Die Möglichkeit besteht, oder nicht? Die ärztliche Belegschaft konnte bislang keine Erklärung für Gregs Gehirnerschütterung finden.«

Er legte die Stirn in Falten. »Also … hat Adela *Carver* angegriffen?«

»Oder er ist gestürzt, oder jemand anderer hat ihn gestoßen. Aber das sind alles reine Spekulationen, ohne dass wir irgendwelche Beweise hätten.«

»Ich rede mit den Ärzten.« Damit öffnete er die Wagentür und stieg aus.

»Ach, Tom?«

Er bückte sich, um sie ansehen zu können.

»Sie sollten sich auch mit Ihrem Freund an der Rezeption im Old Bank unterhalten. Fragen Sie ihn, ob er sich an die genauen Tage erinnert, an denen Adela im vergangenen

Monat ein Zimmer gebucht hatte, und wann sie jeweils eintraf. Und dann besorgen Sie sich die Überwachungsbänder von der Straße. Wenn sie sich mit anderen Männern getroffen hat, dann kommen wir ihnen vielleicht auf demselben Weg auf die Schliche wie Greg.«

»Was bringt Sie auf die Idee, sie könnte sich mit anderen Männern verabredet haben?«

»Drei Nummern auf ihrem Prepaid-Handy, und nur eine davon gehört Greg Carver.«

Er klopfte mit der freien Hand auf das Autodach. »Er hat Ihnen etwas erzählt, nicht wahr?«

»Sagen wir es mal so, ich werde das Gefühl nicht los, Adela könnte sich vielleicht nicht mit einem Mann zufriedengegeben haben«, antwortete sie.

32

Ruth Lake saß inmitten des hektischen Bürotreibens an ihrem Schreibtisch und dachte über die enttäuschende morgendliche Besprechung nach. Die Befragungen von Haus zu Haus hatten nichts ergeben, hier waren sie in einer Sackgasse angelangt. Die großflächige Suche im Sefton Park und das Ansprechen von Passanten hatten ihnen nicht die geringste neue Information eingebracht. Zudem konnte sie unmöglich Dr. Gaines' Theorie zur Bedeutung der Tattoos vorstellen, einfach weil er ihr seinen Bericht noch nicht geschickt hatte. Vielleicht hätte sie ihn etwas zuvorkommender behandeln sollen, doch die vielen schlaflosen Nächte und die tägliche Belastung, die damit einherging, dass sie sich nach außen hin einen undurchdringlichen Panzer zulegen musste, um sich neben den ganzen Alphamännchen zu behaupten, brachten sie an den Rand der Erschöpfung. Von der Sorge um Greg ganz zu schweigen.

Kara war immer noch die einzige Verbindung zum Dornenkiller. Wenn sie in Erfahrung bringen könnten, was sie an den Abenden unmittelbar vor ihrem Verschwinden getrieben hatte, könnte sie das möglicherweise direkt zum Dornenkiller führen. Doch die junge Schauspielerin hatte nun mal kurzerhand ihre Freunde abserviert. Dieser Gedanke schien das Gemurmel im Büro für kurze Zeit in den

Hintergrund treten zu lassen. In gewisser Hinsicht war Kara über ihre Kommilitonen und Kommilitoninnen hinausgewachsen: Hatte sie nicht an der Schwelle zu einer neuen, glänzenden beruflichen Karriere gestanden? Ihre Mitbewohner, ihr Dozent und ihre Agentin hatten allesamt angegeben, sie sei völlig auf die Schauspielerei fixiert gewesen. Und in jüngster Zeit wohl vor allem auf ihr Vorsprechen.

Mit einem Anflug von Schuldbewusstsein fiel Ruth siedend heiß wieder ein, dass sie vorgehabt hatte, sich die Liste der Parapsychologen noch einmal vorzunehmen, bei deren Auftritten Kara um die Zeit ihres Verschwindens herum möglicherweise gewesen war. Mit einem verhaltenen Fluchen griff Ruth zur Maus und klickte sich durch die Daten. Sie hatte die genauen Adressen von zweien dieser Medien. Die notierte sie sich in ihrem Büchlein, fuhr den Computer herunter, schnappte sich ihr Handy und war in weniger als einer Minute aus dem Büro.

Wilson Daventry war Inhaber eines Geschenkeladens am Albert Dock. Auf seiner Website bot er seine Dienste in Wahrsagerei, Kristalltherapie, Reiki und Tarot an. In seinem Laden gab es ein Sortiment an New-Age-Zubehör, von Kristallen über keltischen Schmuck bis hin zu Engelsfiguren und Yogamatten.

Ein Mädchen mit blauen Haaren, Tätowierungen an beiden Armen und diversen Piercings im Gesicht stand hinter der Theke, doch als Ruth sich nach Daventry erkundigte, kam er durch einen Perlenvorhang in Regenbogenfarben aus dem hinteren Bereich nach vorne zu ihnen.

Er nahm Ruths Hände zwischen die seinen und starrte ihr tief in die Augen. Mit einem Ausdruck grenzenlosen Mitleids nickte er, dann verstärkte sich sein Griff ganz leicht, ehe er sagte: »Ich spüre eine dunkle Präsenz in Ihrer Nähe.«

»Oh«, sagte Ruth nur.

Sie hatte zur Genüge in Karas Recherchematerial gelesen, um zu wissen, dass es die Spezialität dieser Leute war, andere aus dem Gleichgewicht zu bringen. Und als Polizistin wusste sie, dass Menschen, die aus dem Tritt geraten waren, oftmals mehr preisgaben als beabsichtigt. Sie widersetzte sich also dem Drang, ihre Hand loszumachen, und starrte ihm ihrerseits in die Augen, um einen möglichst unergründlichen Blick bemüht.

»Ich spüre auch einen gewissen Widerstand«, sagte er mit einem bedauernden Lächeln.

Sie zückte ihre Dienstmarke, und sofort ließ Daventry ihre Hand los.

»Können wir uns irgendwo unterhalten?«

Er hielt ihr den Perlenvorhang auf und bat sie in sein Beratungszimmer. Es war einfach eingerichtet, mit zwei Stühlen, die sich an einem mit violettem Samt bedeckten Tarottisch gegenüberstanden. Nach den Karten, die aufgefächert auf dem Tisch lagen, zu urteilen, war Daventry gerade dabei gewesen zu üben, als sie eintraf. Hinter seinem Stuhl befand sich ein riesiges Fenster mit Aussicht über den inneren Hafenbereich. Licht wurde in Myriaden farbiger kleiner Flächen von den unterschiedlichsten Kristallen reflektiert, die an feinen Fäden im Fenster oder über dem Tisch hingen. Daventry ging um den Tisch herum zur anderen Seite, dann drehte er sich zu ihr und wartete ab, wobei seine Finger ganz leicht über den violetten Samt strichen.

Ehe er die Kontrolle über die Situation an sich reißen konnte, zog Ruth ein Foto von Kara aus der Tasche und hielt es ihm hin. »Kennen Sie diese Frau?«, fragte sie ohne Umschweife.

Er betrachtete das Bild. »Ich denke nicht, dass wir uns begegnet sind.«

»Sie könnte im November bei einer Ihrer medialen Lesungen gewesen sein – im Unity Theatre.«

Stirnrunzelnd schüttelte er den Kopf. »Ich wünschte, ich könnte Ihnen behilflich sein.« Er nahm das Foto in die Hand. »Tragisch, was mit ihr passiert ist.«

»Spüren Sie das?«

Er reichte ihr das Bild zurück. »Nein, ich halte mich nur auf dem Laufenden, was die aktuellen Ereignisse angeht«, sagte er mit dem Anflug eines Lächelns. »Ich schaue Nachrichten.«

Die Zweite auf Ruths Liste war Mrs. Jasmine Hart. Sie wohnte in einem viktorianischen Backsteinbau, ein Reihenmittelhaus unweit von Newsham Park im Stadtosten. Es war größer als Ruths eigenes Zuhause, hatte aber keinerlei Glanz, sodass sofort klar war, dass Mrs. Hart mit ihrer Wahrsagerei nicht gerade das große Geld machte.

Sie bat Ruth ins Wohnzimmer und ging dann los, um Kaffee zu kochen.

Zwei schlichte längliche Sofas standen zu beiden Seiten eines niedrigen dunklen Holztisches. Darauf waren direkt in der Mitte eine Box mit Papiertaschentüchern und ein silberner Visitenkartenständer platziert. Ein einzelner Ohrensessel stand am Kamin, in dem ein kleines Feuer brannte. Die Fliesen und die Einfassung sahen original viktorianisch aus. Auf dem Sims waren Dankeskarten arrangiert, das Einzige, was im gesamten Zimmer an Dekorativem herumstand. Ruth kniff die Augen zusammen und versuchte, sie zu entziffern. Sie stammten allesamt von dankbaren Klienten, die Jasmine für den Trost dankten, den sie ihnen gespendet hatte, oder für ihre Ratschläge.

Das Klappern von Geschirr warnte Ruth, dass Mrs. Hart auf dem Weg zurück war, deshalb öffnete sie ihr die Tür ganz weit, damit sie ungehindert eintreten konnte.

»Setzen Sie sich, Sergeant«, forderte Jasmine Hart sie auf. Sie war eine kleine, plumpe Frau von Mitte vierzig, und sie redete im breitesten Lancashire-Dialekt – allerdings mit sanfter Stimme, etwas, woran sie offensichtlich lange gefeilt hatte, bis sie den Ton in Perfektion beherrschte. »Am Feuer ist es am wärmsten.« Sie deutete mit einem Nicken auf den Sessel direkt am Kamin.

Sehr altmodische Umgangsformen, dachte Ruth.

Mrs. Hart stellte das Tablett mit dem Kaffee auf dem Tisch ab, schob die Schachtel mit den Taschentüchern an den Rand und bewegte den silbernen Visitenkartenständer auf die andere Seite.

Ruth erläuterte den Grund ihres Besuchs, während Mrs. Hart den Kaffee einschenkte. Kurz darauf antwortete sie mit ruhiger, einfühlsamer Stimme. Sie trug ihre mittelbraunen Haare offen, locker fielen sie ihr über die Schultern. Gelegentlich, wenn sie nachdachte, steckte sie sich behutsam eine Strähne hinters Ohr. An ihrer linken Hand war kein Ehering zu sehen, doch Ruth nahm an, dass für ein weibliches Medium der Ehestatus durchaus erstrebenswert war. Sie reichte Mrs. Hart das Foto von Kara, das die Frau ohne irgendeine Spur von Dramatik entgegennahm.

»Ja, ich erinnere mich«, sagte sie. »Im vergangenen November. Ich gab im Epstein Theatre einen parapsychologischen Abend. Ein junges Mädchen hatte die Veranstaltung gestört, weil sie mit ihrem Tablet herummachen musste.«

Sie starrte auf die Fotografie. »Wo ich das jetzt sehe, wird mir klar, dass es Kara war. Damals verschwand sie also? Im November?«

Ruth nickte. »Was für eine Störung war das denn?«

Mrs. Hart zögerte, drei steile Linien erschienen zwischen ihren Augenbrauen. »Sie sagte, sie würde sich Notizen machen, aber es … kam zu Problemen.«

»Haben sich Leute aus dem Publikum beschwert?«, fragte Ruth.

Wieder klemmte Mrs. Hart sich eine lose Strähne hinters Ohr. »An sich nicht …«

Ruth legte den Kopf schief und wartete geduldig ab.

»Sehen Sie …« Die Parapsychologin verstummte, und als sie endlich weitersprach, hatte sie die Stimme gesenkt, als würde sie Ruth ein Geheimnis anvertrauen. »Elektromagnetische Quellen können sich störend auf die Botschaften aus der Geisterwelt auswirken. Außerdem war ich so gut wie sicher, dass Kara die Sitzung heimlich aufzeichnete.«

Ruth verkniff es sich gerade noch, Mrs. Hart zu fragen, ob es je zu Störungen durch die Funkmikrofone gekommen war, die sie bei ihren Auftritten mit Sicherheit verwendete. Stattdessen machte sie sich eine Notiz, die Techniker auf Karas Tablet nach dieser möglichen Aufnahme suchen zu lassen.

Sie weitete die Augen. »Was haben Sie unternommen?«

»Ich bat sie, den Raum zu verlassen. Die Sache ist die, meine Liebe, manche Leute im Publikum sind in einem sehr labilen Zustand, wenn sie an so einer medialen Lesung teilnehmen. Ich muss Rücksicht auf ihre Gefühle nehmen – ihre Privatsphäre respektieren.«

»Selbstverständlich …«, versicherte Ruth ihr. »War Kara alleine da?«

»Ja, und Sie werden sicher wissen wollen, ob ich das

arme Mädchen mit jemandem habe reden sehen.« Bedauernd verzog sie das Gesicht. »Leider habe ich nichts dergleichen beobachtet. Wissen Sie, die Sitzung war um zehn zu Ende, da war Kara längst gegangen.«

»Erinnern Sie sich noch, wann *genau* Sie sie gebeten haben zu gehen?«

Wieder ein bedauerndes Gesicht. »Tut mir leid, meine Liebe. Aber Sie könnten Harry fragen – meinen Manager.« Sie holte eine Visitenkarte aus dem Ständer auf dem Tisch und reichte sie Ruth. »Es war kurz vor der Pause, also ungefähr gegen acht. Bei diesen Sitzungen verliere ich jegliches Zeitgefühl.«

Auf der Karte standen Mrs. Harts Mobilfunknummer und die Adresse ihrer Website sowie die E-Mail-Adresse von einem gewissen Harry Rollinson.

»Wie kommen Sie mit den Ermittlungen voran?«, erkundigte sich Mrs. Hart.

»Tut mir leid, aber darüber darf ich keine Auskünfte geben«, sagte Ruth.

»Oh, selbstverständlich. Streng vertraulich, ich verstehe, meine Liebe. Aber Ihnen geht es gut, ja? Es war doch *Ihr* Kollege, der überfallen wurde, oder nicht?«

»Wie ich schon sagte …«

»Angeschossen, nicht wahr?«

Ausweichend antwortete Ruth: »Ich werde mich mit Ihrem Manager …« – sie warf einen kurzen Blick auf die Visitenkarte, obwohl sie sich sehr gut an seinen Namen erinnerte –, »Mr. Rollinson, in Verbindung setzen.«

Du lässt dich von ihr verunsichern, Ruth.

Mrs. Hart hob eine Hand, die Handfläche nach unten, und ließ sie knapp über ihrem Scheitel schweben. »Ich empfange … Schmerz«, sagte sie.

»Er liegt in der Spezialabteilung für Kopfverletzungen, erholt sich aber gut«, erklärte Ruth.

Mrs. Hart ließ ihre Hand auf ihren Schoß sinken, und sie neigte den Kopf, als würde sie auf etwas lauschen, das aus weiter Ferne zu ihr durchdrang. Nach einem kurzen Augenblick sagte sie: »Oh«, einen verwunderten Ausdruck im Gesicht. »Ihm wurde aber doch nicht in den Kopf geschossen, meine Liebe, oder?«

Dieses Detail hatten sie tatsächlich absichtlich aus den Nachrichten herausgehalten. Ruth war sich nicht sicher, was sie verraten hatte – eine Muskelzuckung? Etwas am Ton ihrer Stimme? Weil sie selbst regelmäßig die Körpersprache anderer interpretierte, fühlte sie sich nicht sonderlich wohl damit, durchschaut zu werden.

»Tut mir *wirklich* leid, meine Liebe«, sagte die Frau. »Ich habe Sie in Verlegenheit gebracht, nicht wahr?«

Sie tut es schon wieder. »Natürlich nicht«, wiegelte Ruth ab. »Aber meine Zeit ist knapp bemessen, deshalb …«

Eine Minute später hatte sie sich verabschiedet.

Zurück im Revier, durchkämmte sie das Web nach Audio- und Videomaterial von Jasmine Hart und stellte überrascht fest, dass die Frau ihren eigenen YouTube-Kanal hatte. Ruth ließ ein paar der Aufnahmen laufen – in erster Linie kurze Clips aus ihren Shows und schlecht getarnte Werbung für ihr Gewerbe.

Ihr Blick fiel auf einen Link, etwas weiter unten in der Trefferliste.

»Jasmine Hart – eine Betrügerin«, lautete die Schlagzeile. Im dazugehörigen Text stand: *Die andere Seite von Jasmine Harts Kontakten zur »anderen Seite«.*

Ruth klickte auf den Link und gelangte auf einen You-

Tube-Kanal mit dem Titel *Falsche Heiler und Scharlatane* und stieß auf eine Aufnahme von Jasmines Auseinandersetzung mit Kara. Kara war keineswegs *gebeten* worden, den Raum zu verlassen. Stattdessen hatte ein älterer Herr sie gewaltsam hinausbefördert. War das Rollinson? Er versuchte, Kara das Tablet aus der Hand zu reißen, doch sie hielt das Gerät krampfhaft umklammert und drückte es an ihre Brust, während er sie den Mittelgang des Theaters entlangschob, stieß und in Richtung Ausgang schubste. Im Publikum wurde indessen entsetzt nach Luft geschnappt, missbilligende Bemerkungen fielen.

Eine Google-Suche nach Harry Rollinson förderte einige Teenager und Twens auf Facebook zutage, allesamt zu jung, um der Mann aus dem Video zu sein. Rollinson wurde zwar auf Jasmines Website genannt, aber es gab dort keine Fotos. Was an und für sich nicht suspekt gewesen wäre, aber die Tatsache, dass der Mann im Netz so gut wie nicht präsent war und nur eine Klientin hatte – nämlich Jasmine Hart –, war *durchaus* seltsam.

Sie spielte das Video noch einmal ab und sah zu, wie der hünenhafte Kerl eine verängstigt wirkende Kara gewaltsam aus dem Theater beförderte. Ein Mann mit einem solchen Temperament – einer, der sich nicht scheute, einer Frau Gewalt anzutun – hatte sehr wahrscheinlich Vorstrafen, wie sie annahm, daher sah sie im Police National Computer Names File nach. Es waren mehrere Henry Rollinsons aufgeführt. Zwei von ihnen waren zu alt, um der Gesuchte zu sein. Und dann war da noch ein Henry Rollinson, auch bekannt als Brian Rollinson, ebenfalls bekannt als Brian Henry Rollinson, siebenundsechzig Jahre alt. Er war ungefähr im richtigen Alter, dem Video nach zu urteilen, außerdem hatte der Mr. Robinson mit den vielen Namen Vorstrafen wegen Gewaltandrohung, Gewaltanwendung und Körperverletzung sowie Betrug.

Der Names File auf dem Police National Computer PNC lieferte auch weiterführende Links zu Fingerabdrücken und DNA-Analysen, doch leider waren keine digitalen Informationen wie Fotos zu finden. Also reichte sie einen Antrag für Fotomaterial ein und schloss die Datenbank. Als Nächstes kehrte sie zurück zu Jasmines Website, um sich ihre Veranstaltungsseite anzusehen.

Mrs. Hart hatte noch am selben Abend eine mediale Lesung im Epstein Theatre im Stadtzentrum. Ruth hatte vor, sich die Sache persönlich anzusehen.

Das letzte Medium auf ihrer Liste war ein Darsteller, der sich *Shadowman* nannte. Seine Website und die Facebook-Seite zeigten einen Mann, der, wie konnte es anders sein, im Schatten fotografiert worden war. Auf seiner Seite machte er viel Gewese darum, dass die Leute zu seinen Auftritten bitte keine Handys oder Kameras mitbringen sollten. »Die Taschen werden gründlich durchsucht und alle Handys bis nach der Vorstellung konfisziert«, lautete die Warnung unter den Buchungsbedingungen.

Shadowman hatte keine bevorstehenden Veranstaltungen, und auch wenn die Leserkommentare Bezug nahmen auf Auftritte in namentlich genannten Städten, fanden sich keine Hinweise auf die konkreten Veranstaltungsorte. *Ein reiner Publicity-Hype,* entschied Ruth für sich. Vermutlich alles nur erfunden. Eine Einladung auf der Homepage, einen Fragebogen mit dem Titel *Wie übersinnlich sind Sie?* auszufüllen, weckte ihr Interesse. *Ein Clickbait.*

»Na schön«, murmelte sie. »Ich beiße an.« Sie klickte auf den Link.

Aber ehe sie zu den Fragen gelangte, wurde sie gebeten,

ihre E-Mail-Adresse zu hinterlegen. Ruth schloss den Fragebogen wieder, da sie es vorzog, über den Zeitpunkt ihrer ersten Kontaktaufnahme selbst zu bestimmen. Keinesfalls würde sie ihm die Gelegenheit geben, sich vorab Informationen über sie zu verschaffen.

Auf Shadowmans Kontaktseite fanden sich eine E-Mail-Adresse für mögliche Kunden und Veranstalter sowie eine Festnetznummer. Diese wählte sie nun, doch ihr Anruf wurde sofort weitergeleitet zu einem Anrufbeantworterdienst in einem Geschäftszentrum im Norden Liverpools. Sie hinterließ eine Nachricht mit der Bitte um Rückruf auf ihre Mobilfunknummer, ohne zu erwähnen, dass sie von der Polizei war.

Gerade wollte sie ins Besprechungszimmer gehen, als ihr Handy zu summen begann. Eine Textnachricht von Tom Ivey. *Treffen Sie mich in 5 Min. im Cow & Co.*

Sie nahm eine Abkürzung über den Parkplatz und war in weniger als drei Minuten am verabredeten Ort. Es war fünf Uhr nachmittags und schon dunkel, ihr Atem bildete kleine Wölkchen in der eisigen Luft. Das Café lag an einem ruhigen Platz unweit der Backsteinfassade des Chancery House, das wie so viele andere Bauten Zeugnis ablegte vom städtebaulichen Wandel. Einst eine Zuflucht für die Mittellosen, war es heute ein Luxus-Apartmentkomplex, der für die meisten Bewohner Liverpools nahezu unerschwinglich war.

Mit eingezogenem Kopf trat sie in das winzige Café und entdeckte Tom Ivey in einer abgeschiedenen Ecke. Er deutete auf die beiden Tassen vor sich auf dem Tisch, also ging sie direkt auf ihn zu und schälte sich aus ihrem Mantel. Ruth saß mit dem Rücken zur Tür und trank in kleinen Schlucken von ihrem Cappuccino, während Ivey sie auf den neusten Stand hinsichtlich der Obduktionsbefunde im Fall Adela Faraday brachte. Die Todeszeit hatte endlich genauer bestimmt werden können und deckte sich ungefähr mit dem Zeitpunkt, zu dem Adela das letzte Mal gesehen worden war, und zwar im Old Bank Hotel, in der Nacht, in der Greg Carver angeschossen wurde. Der Schnee, der ihren Leichnam bedeckt hatte, war ein weiteres Indiz für die Richtigkeit dieser Annahme. Adela hatte kurz vor ihrem Tod noch heftigen, aber sehr wahrscheinlich einvernehmlichen Sex gehabt.

Ruth drängte eine Welle der Übelkeit zurück. »Todesursache?«

»Sie wurde geschlagen und dann erschossen«, sagte er. »Es war die Kugel, die sie umbrachte.«

Sie stellte die Tasse behutsam ab, damit sie auf dem Untersetzer nicht klirrte. »Welches Kaliber?«

»Die Kugel hat ziemliche Dellen abbekommen, aber es handelt sich vermutlich um eine Kaliber .22.« Sie spürte seinen Blick auf sich. »Man hat sie ihr aus dem Herzen entfernt.«

Es war heiß in dem engen Café, doch Ruth wurde plötzlich kalt. Sie nickte, ihre Gedanken rasten, doch ihre Miene war undurchdringlich, das wusste sie, darauf konnte sie sich verlassen.

»Ich darf Ihnen nicht mehr helfen«, erklärte Ivey.

Sie sah ihm in die Augen. »Warum?«, fragte sie und dachte an die Kugel in Carvers Rücken. Sie spürte ein leichtes Zucken um ihren Mund und hoffte, Ivey hatte es nicht bemerkt.

»Auf Adela Faraday wurde geschossen, genau wie auf Carver«, sagte er, offensichtlich überrascht, dass er ihr das explizit erklären musste. »Zwei Leute, die sich kennen, beide in die Brust geschossen mit einer Kleinkaliberwaffe. Vielleicht sogar etwa um die gleiche Zeit. Wie groß stehen die Chancen, dass es sich um einen Zufall handelt?«

Verschwindend gering, dachte sie.

»Konnten Sie die anderen Nummern auf Adelas Prepaid-Handy zuordnen?«

Er beugte sich vor, die Schultern leicht gekrümmt. Er war ihr so nah, dass sie den winzigen Zuckerkristall wahrnahm, der an seiner Oberlippe klebte. »Ich darf Ihnen leider nicht weiterhelfen«, wiederholte er.

Sie nahm ihren Jackenaufschlag zwischen Daumen und Zeigefinger und neigte sich vor, um die Lücke zwischen ihnen zu schließen. »Und warum sind Sie dann hier?«, flüsterte sie.

Er wurde rot und lehnte sich zurück. »Ich wollte nur … Ich wollte nicht, dass Sie es von Jansen erfahren.«

»Haben Sie Carver verhört?«

»Sergeant …«

»Hey«, unterbrach sie ihn. »Sie hätten die Verbindung zu Carver doch nie hergestellt, wenn ich nicht gewesen wäre.« Sie merkte, wie er ins Wanken kam, und fügte hinzu: »Sie *wissen,* dass Sie mir vertrauen können.«

»Himmel, Sergeant, Sie machen mich noch *wahnsinnig.*« Er rieb sich das rechte Auge mit dem Daumen, und ihr wurde bewusst, dass er ein Zittern im Augenlid zu unterdrücken versuchte.

Sie blieb ganz ruhig, hielt ihren Blick auf sein Gesicht gerichtet. »Tom …«

Er seufzte. »Ach, was soll's, es kommt ja ohnehin gleich in den Nachrichten«, sagte er, halb zu sich selbst. Er holte noch einmal tief Luft. »Aber das haben Sie nicht von mir.«

Sie machte große Augen, als wollte sie sagen: *Versteht sich von selbst.*

Wieder ein Zögern seinerseits, dann platzte es aus ihm heraus: »Eine der Telefonnummern gehört zu Councillor Hill.«

»Dem Vorsitzenden des Stadtrats?« Wenn das kein leiser Hoffnungsschimmer war…

Er nickte. »Jansen hat ihn ins Revier gebeten, aber er weigert sich.«

»Und?«

»Man hat seine Verhaftung veranlasst.«

33

DCI Parsons forderte eine Erklärung für Ruths zu spätes Erscheinen bei der abendlichen Besprechung. Als Entschuldigung berichtete sie von ihrem Treffen mit den Parapsychologen und verdiente sich sogar ein paar Pluspunkte, als sie das YouTube-Video von Karas Auseinandersetzung mit Rollinson beim Auftritt von Jasmine Hart zeigte.

»Okay, laden Sie ihn vor«, sagte Parsons entschlossen.

»Mrs. Hart hat heute Abend eine Vorführung«, teilte Ruth ihm mit. »Ich möchte mir gern selbst ein Bild machen, wie er sich dort verhält. Ich möchte einfach mehr über die beiden wissen, ehe wir den offiziellen Dienstweg einschlagen.«

Parsons dachte darüber nach. »Na schön. Aber ich möchte, dass er in aller Form verhört wird, hier im Revier. Und zwar morgen Vormittag.«

»Selbstverständlich«, willigte sie ein.

Der Rest der abendlichen Besprechung förderte nicht viel Neues zutage: Die flächendeckende Fahndung im Park, die Aufrufe an die Bevölkerung im Fernsehen, die Befragung von Fahrzeuginsassen – das alles hatte zu nichts geführt.

Sie wollten schon zusammenpacken und Schluss machen, als Parsons sagte: »Eine gute Nachricht habe ich noch …«

Köpfe wurden gehoben, begierig hoffte man auf etwas anderes als die ewigen Enttäuschungen.

»Das Team, das im Fall Adela Faraday ermittelt, konnte einen Verdächtigen festnehmen.«

Überraschtes Getuschel, vereinzelte verstohlene Blicke in Ruths Richtung. Wie es aussah, ging die Hälfte der Versammelten davon aus, dass es Carver war. Sie blieb ganz ruhig und täuschte höfliches Interesse vor, während sie darauf wartete, dass der DCI ihnen mitteilte, dass es sich bei dem Verdächtigen um Councillor Hill handelte. Als sie den Namen des Stadtrats hörten, tauschten die loyaleren Detectives bei ihr im Team erleichterte Blicke und nickten zufrieden. John Hughes, ihr alter Freund aus der Crime Scene Unit, lächelte ihr zu. Einige der jüngeren Teammitglieder scrollten bereits fieberhaft auf ihren Smartphones durch diverse Internetseiten, auf der Suche nach den neuesten Schlagzeilen. Ruth suchte Blickkontakt mit Parsons und nickte ihm dankbar zu. Jetzt, da Carver als Verdächtiger ausgeschlossen werden konnte, hatte das Team wieder den nötigen Auftrieb, um den Fall mit neuer Entschlossenheit anzugehen.

Sie wünschte nur, sie könnte selbst so von Greg Carvers Unschuld überzeugt sein.

Parsons rief sie zu sich, als der Raum sich langsam leerte.

»Gute Arbeit, das mit dieser Verbindung zu den Parapsychologen«, sagte er. »Sie hatten recht – das grenzt das Zeitfenster deutlich ein.«

»Vielen Dank, Sir.«

»Ich möchte aber, dass Sie sich für heute Abend jemanden suchen, der Sie begleitet.«

»Aber ich würde lieber unauffällig bleiben, verdeckt beobachten, statt mich aktiv zu zeigen«, sagte sie. »Wenn ich alleine hingehe, bin ich lediglich ein Gesicht in der Menge.«

Er runzelte die Stirn, und sie befürchtete schon, er würde ihr kurzerhand *befehlen*, jemanden mitzunehmen. Dann aber zuckte er kaum merklich mit den Schultern, und ihr wurde klar, dass er ihr damit sein stillschweigendes Einverständnis gab.

»DC Ivey«, sagte er völlig zusammenhanglos.

Wie es aussah, wusste er etwas. Aber Ruth kannte sich viel zu gut mit Befragungstechniken aus, um auf seinen unbeholfenen Versuch hereinzufallen. Es war einfach zu offensichtlich, dass er ihr schlechtes Gewissen dazu missbrauchen wollte, ihr eine unbedachte Antwort zu entlocken. »Sie wollen, dass ich DC Ivey mitnehme?«, fragte sie. »Ist er nicht für die Faraday-Ermittlungen zuständig?«

»Sie wissen genau, dass es so ist«, gab Parsons missmutig zurück.

Arglos sah sie ihm ins Gesicht, als würde sie auf eine Erklärung von ihm warten.

»Was auch immer Sie beide im Schilde führen, DCI Jansen ist das nicht verborgen geblieben. Also halten Sie sich von Ivey fern – der Fall Carver geht Sie nichts an.«

In einem wichtigen Punkt ging sie der Fall sehr wohl etwas an, und dennoch sagte sie: »Na schön …«, und zwar mit genau dem richtigen fragenden Unterton, um Verwunderung vorzutäuschen.

Er schnaubte. »Scheren Sie sich fort, Sergeant – und denken Sie an das, was ich gesagt habe: Ich will keine Schlagzeilen lesen, die diese Ermittlungen mit dem Paranormalen in Verbindung bringen.«

Ruth fuhr nach Hause, um sich umzuziehen, ehe sie zurück in die Stadt fuhr. Sie wollte möglichst unauffällig bleiben. Daher tauschte sie ihren Mantel gegen einen Parka aus, öffnete ihre Haare und band sie dann wieder zurück. Nicht dass sie eitel gewesen wäre, doch Ruth wusste genau, dass ihre braunen Locken gern dafür sorgten, dass sich die Leute nach ihr umsahen. Sie zog den Pferdeschwanz fest nach hinten und steckte ihn unter einer Kordkappe fest.

Im Theater angekommen, kaufte sie ihr Ticket erst, kurz bevor der Vorhang hochging. Sie wechselte mit niemandem ein Wort und ließ sich tief in ihren Sitz sinken, während das Gemurmel aus dem Publikum um sie herum allmählich verstummte.

Jasmine Hart trug einen glänzenden weißen Hosenanzug. Sie warf einen wohlwollenden Blick auf ihre Zuschauer, breitete die Arme weit aus und rief: »Willkommen.« Die Tonlage und der Klang ihrer Stimme transportierten dieselbe Wärme und Freundlichkeit, mit der sie Ruth zuvor begegnet war. Man hätte fast annehmen können, sie unterhielte sich mit ein paar Freunden zu Hause in ihrem Wohnzimmer. So schuf sie eine Atmosphäre freundschaftlicher Vertrautheit. Aber dahinter steckte auch eine exzellente Soundanlage – und nicht zuletzt lag es an der geübten und bedächtig modulierten Aussprache des Mediums.

Seit Ruth sich mit Videoaufnahmen von parapsychologischen Sitzungen auseinandersetzte, war sie zahllosen, viel zu schnell redenden Hochstaplern begegnet, die das Ziel verfolgten, ihre Zuhörer in Verwirrung zu stürzen, und die dem Publikum gar keine Zeit ließen, einen klaren Gedanken zu fassen. Sie hatte nette ältere Damen erlebt, die völlig unbefangen die Toten einluden, sich zu ihnen zu gesellen und mit ihnen zu plaudern. Sie hatte auch die feierliche und erhabene Variante erlebt; stets lächelnde Medien und nervöse; Medien, die sich laut mit den »Geistern« unterhielten, und solche, die nur gebannt lauschten und gelegentlich nickten, um dem Publikum zu zeigen, dass sie Zwiesprache mit dem Jenseits hielten.

Mrs. Hart redete gern und viel.

»Ich habe hier einen jungen Mann, der den Kontakt sucht«, verkündete sie und dann: »Ich vernehme die Worte von einer gewissen Sally – sagt dieser Name irgendjemandem etwas?« Nach einer Reihe von Versuchen, abwechselnd Erfolge und Fehlschläge, senkte sie das Kinn auf die Brust, ließ ihre Arme seitlich hängen und schwieg knapp zehn Sekunden lang.

Gerade als das Publikum unruhig zu werden begann, drehte sie ihren Kopf ganz leicht, als wollte sie jemandem aus dem Augenwinkel einen verstohlenen Blick zuwerfen. »Sei nicht schüchtern, mein Lieber.«

Ein erwartungsvolles Raunen ging durch die versammelten Zuschauer.

»Psst …«, machte Mrs. Hart. Das hochmoderne Headsetmikrofon war vom Publikum aus kaum zu erkennen, deshalb machte es den Anschein, als wäre sie mit jemandem außerhalb ihrer Sicht im Gespräch. »Beachte sie nicht«, sagte sie. »Sie tun dir nichts.«

Die Finger ihrer rechten Hand zuckten, und sie deutete eine Geste an, die einen glauben ließ, ihr Gesprächspartner stünde seitlich von ihr. Jetzt schien sie die Person zum Nähertreten zu ermuntern. »Komm her«, sagte sie dann auch. »Du darfst meine Hand halten, wenn du möchtest.« Ihre rechte Hand schloss sich, als hätte tatsächlich jemand seine Hand vorsichtig in die ihre geschoben.

Sie schloss die Augen. »So kalt …«

Im Zuschauerraum schluchzte hinter Ruth jemand auf, sodass sie sich ganz langsam umdrehte, weil sie nicht wollte, dass man auf sie aufmerksam wurde. Eine Dame zwei Reihen hinter ihr hatte die Hand vor den Mund geschlagen. Sie zitterte am ganzen Leib. Die Frau neben ihr strich ihr tröstend über den Arm. Rollinson kam bereits mit einem Mikrofon den Mittelgang entlang.

Jasmine Hart schlug die Augen wieder auf. »Jetzt empfange ich eine Stimme… ein Kind?«, sagte sie.

Die Frau schüttelte zwar nicht sichtbar den Kopf, und sie sagte auch keinen Ton, doch Ruth spürte, wie sie sich kaum merklich versteifte, sich zurückzog.

»*Unser Kind* vielleicht…«, fuhr das Medium fort, als hätte sie nichts davon bemerkt.

Die Frau schnappte entsetzt nach Luft.

»Sagt Ihnen das etwas, meine Liebe?«

Das war Liverpool – man konnte sich darauf verlassen, dass die Hälfte des Publikums wusste, was gemeint war: So nannte man hier auch einen Bruder oder eine Schwester, »unser Kind«.

Die Besucherin nickte. »Mein Bruder«, sagte sie. »Unser M…«

»Nein, verraten Sie es mir nicht. Lassen Sie ihn für sich sprechen. Er wartet schon viel zu lange, Ihnen das zu sagen.«

Ruth bemerkte die steile Falte, die sich zwischen den Augenbrauen der Frau abzeichnete.

»Zumindest kommt es ihm vor wie eine halbe Ewigkeit«, korrigierte Mrs. Hart sich. Sie hatte es wieder einmal hingebogen. Dann sagte sie leise: »Ich höre dich nicht deutlich genug, mein Lieber.« Die Aufmerksamkeit wieder auf die Frau im Publikum heftend, sagte Mrs. Hart: »Ich empfange den Namen Mark… nein… Mike?«

Die Emotionen, die sich auf dem Gesicht der Frau abzeichneten, verrieten ihr, dass sie beim zweiten Versuch richtig geraten hatte.

»Mike erzählt mir gerade, dass er vor noch nicht langer Zeit hinübergetreten ist.«

»Drei Monate ist das her«, bestätigte die Frau.

»Richtig.«

Ruth war klar, dass die Hinterbliebene in ihrer Trauer im Nachhinein schwören würde, Jasmine Hart sei von selbst auf die drei Monate gekommen.

»Es ging schnell«, sagte Mrs. Hart.

Die Frau presste die Lippen aufeinander, Tränen strömten ihr übers Gesicht, das zitternde Mikrofon in ihrer Hand erzeugte ein Geräusch wie von einem unregelmäßigen Herzschlag.

Rollinson stand ganz am Ende der Reihe, und Ruth wagte einen Blick auf ihn unter dem Schild ihrer Kappe hervor. Er war groß und mächtig und hatte Hände wie ein Schlachter. Er scannte das Publikum wie ein Sicherheitsbeamter bei einem Hochsicherheitseinsatz, nur dass er nach Gelegenheiten Ausschau hielt, nicht nach Bedrohungen.

»Geht es … geht es ihm gut?«, fragte die Frau.

»Ja.« Mit der linken Hand tätschelte Mrs. Hart die imaginäre Hand in ihrer rechten. »Er möchte Ihnen gern so viel sagen.« Kurzzeitig legte sich ein Schatten über ihr Gesicht. »Aber ihm ist kalt …«, fügte sie mit einem leisen Schaudern hinzu.

»Oh Gott …«, presste die Frau mit erstickter Stimme hervor. »Das hat er die ganze Zeit gesagt, als er …«

»Was war das, mein Lieber?«, unterbrach Mrs. Hart sie, indem sie sich wieder an den unsichtbaren Besucher wandte. Sie lachte. »Ich weiß nicht, ob das einen Sinn ergibt, aber er sagt, auf der anderen Seite würden sie Fußball spielen.«

Die Frau hielt sich die Hand vor den Mund und lachte nun ebenfalls, dann wischte sie sich Tränen und Rotz aus dem Gesicht. »Er war verrückt danach – meinte immer, wenn es im Jenseits kein Fußball gäbe, würde er zurückkommen und durchs Anfield-Stadion spuken.«

Vereinzeltes Gelächter, als die Leute nach und nach begriffen, worum es ging.

Mrs. Hart lächelte ins Publikum, den Kopf leicht geneigt, als versuchte sie, über den Lärm eine entfernte Stimme auszumachen. »Oh«, sagte sie, und ihre Miene wurde wieder ernst. »Ist gut, mein Lieber. Er zieht sich zurück… weil er müde ist.«

Die Frau streckte die Hand nach der Bühne aus, dann legte sie ihre zitternden Finger an die Lippen.

»Was war das, mein Lieber?« Mrs. Hart machte eine Drehung und blickte zum rechten Bühnenrand. »In Ordnung.« Sie richtete den Blick auf die Frau. »Er sagt, er hat eine persönliche Nachricht an Sie. Aber er entfernt sich immer mehr und ist kaum mehr zu hören. Sein erstes Mal, müssen Sie wissen. Außerdem schämt er sich ein bisschen, vor all diesen Leuten zu reden.«

Die Frau stemmte sich von ihrem Sitz hoch. »Aber wie kann ich…?«

»Wenn Sie sich nach der Lesung mit mir zusammensetzen möchten, versuche ich, ihn zu einem Treffen zu bewegen. Keine Sorge, meine Liebe, wir kümmern uns schon um Sie.«

Die Freude und die Furcht, die sich nun gleichermaßen auf dem Gesicht der Frau abzeichneten, waren mitleiderregend.

Mrs. Hart öffnete ihre Hand, als würde sie den »Geist«

ganz behutsam loslassen. Einen kurzen Augenblick geriet sie ins Wanken.

»Ich empfange noch eine weitere Stimme …« Sie streckte die Hand aus und deutete auf die vorderen Reihen. Und während Mrs. Hart zu einer neuerlichen Inszenierung ansetzte, mit einer kleinen Frau, die den Namen einer Blume trug, beobachtete Ruth, wie Rollinson der ersten Frau das Mikro abnahm und ihr einen Block und einen Stift in die Reihe reichte, damit sie ihre Kontaktdaten aufschreiben konnte.

Der zweite Geist hieß Rose, und Mrs. Hart, die nun wieder etwas fröhlicher gestimmt war, machte einen Witz darüber, dass sie ziemlich stachelig sei. Die Angesprochene, eine Frau um die sechzig, die aussah, als hätte sie schon einiges mitgemacht in ihrem Leben, fiel in das Lachen der anderen mit ein. Rose war eine Tante von ihr, so erklärte sie, und sie sei wirklich kratzbürstig gewesen, so stachelig wie ein Igel. Mrs. Hart setzte ihr Publikum im Gegenzug mit der Enthüllung in Erstaunen, Tante Rose sei froh, dass sie den Ring gefunden habe.

Wie auf ein Kommando stand die Frau auf und hielt ihre Hand hoch, damit alle im Publikum den Rubinring sehen konnten, den ihre Tante ihr hinterlassen hatte. Er sei aber so gut versteckt gewesen, dass sie ihn erst knapp ein Jahr nach deren Tod gefunden habe.

Viele der »Botschaften«, die Mrs. Hart empfing, waren so allgemeiner Natur, dass jedes Mal ein halbes Dutzend Hände in die Luft schossen in der Hoffnung, man möge auserwählt werden. Das Medium unterstrich ihre Erkenntnisse noch mit Sätzen wie »Verstehen Sie?« oder »Ergibt das für Sie Sinn?«, und gelegentlich, wenn der Zusammenhang ganz offensichtlich fehlte, erklärte sie in entschiedenem Ton: »Ist vielleicht etwas, das erst in der Zukunft relevant wird. Vermutlich ist das noch gar nicht geschehen.«

Jasmine Hart legte nach der Hälfte der anberaumten Zeit eine Pause ein, in der Ruth Harry Rollinson an Mikes Schwester herantreten sah. Er führte sie zu den Stufen seitlich der Bühne, wo Mrs. Hart sie bereits erwartete. Das Medium ergriff die Hand der Frau und führte sie in den Backstagebereich. Ruth mischte sich indessen an der Bar unter die Leute und lauschte interessiert den lobenden Worten von wegen, wie außerordentlich zutreffend die Wahrnehmungen von Mrs. Hart doch gewesen seien, dann erzählte man sich seine ganz eigenen Geschichten. Sie stellte fest, dass Harry Rollinson nicht hinter der Bühne verschwunden war, sondern sich von einer Gruppe zur nächsten gesellte und sich immer ein wenig im Hintergrund hielt, am Rande kleinerer Ansammlungen von Menschen. Ruth ließ den Blick über die Menge schweifen und fragte sich, ob einer von diesen Ratsuchenden an dem Abend hier gewesen war, als man Kara so unsanft vor die Tür gesetzt hatte. Als sie den Blick ein zweites Mal wandern ließ, stach ihr ganz plötzlich ein bekanntes Gesicht ins Auge.

Lyall Gaines?

Er war gerade dabei, sich abzuwenden, und es sah ganz danach aus, als wollte er sich klammheimlich aus dem Staub machen, als er offenbar im letzten Moment merkte, dass er aufgeflogen war. Jedenfalls drehte er sich zurück in ihre Richtung und kam direkt auf sie zu, ein selbstgefälliges Lächeln im Gesicht. »Sie wirken erstaunt, mich zu sehen«, sagte er.

»Es überrascht mich in der Tat, Sie auf einer medialen Vorführung zu treffen …«

»*Lesung*«, unterbrach er sie. »Es heißt *Lesung*.«

»Es überrascht mich, sie auf einer *medialen Vorführung* zu treffen«, fing sie erneut an, »wo ich doch immer noch auf Ihren Bericht warte. Den haben Sie mir schon vor elf Stunden versprochen.«

»Ich meine mich zu erinnern, dass ich Ihnen angeboten hatte, Ihnen den Bericht rechtzeitig zur morgendlichen Besprechung zu liefern, aber in *mündlicher* Form.« Er machte eine kurze Pause. »Das Niederschreiben von Worten dagegen ist schon eine etwas anspruchsvollere Aufgabe, nicht wahr?«, fügte er hinzu.

»Wann kann ich damit rechnen?«, fragte sie schroff.

Er grinste. »Entspannen Sie sich. Bis morgen Mittag haben Sie ihn.«

»Und warum sind Sie hier?«, wollte Ruth wissen.

»Ist das ein Verhör, Sergeant?«

»Wenn Sie es so nennen wollen …« Sie schaute ihn so streng wie fordernd an, und nach einem kurzen Moment zuckte er mit den Schultern.

»Ich bin zu Forschungszwecken hier. Als Anthropologe habe ich ein berufliches Interesse an Wahrsagerei und Parapsychologie. Die Sehnsucht des Menschen nach einem spirituellen Leben im Jenseits, das über unser weltliches Dasein hinausgeht, ist über sämtliche Kulturen verbreitet. So etwas hier …«, er sah sich unter der Ansammlung von Leuten um, » … oder Varianten hiervon gibt es in allen Winkeln der Erde …«

Sie ließ Gaines weiterreden, während sie gleichzeitig Rollinson im Auge behielt. Er stand jetzt mit dem Rücken zu einer kleinen Gruppe: zwei Frauen, zwei Männer und ein Junge im Teenageralter – eine Familie, der äußerlichen Ähnlichkeit nach zu schließen.

»Die Schamanen alter Zeiten und in Kulturen von Alaska bis Taiwan übten ihre Kunst aus, indem sie sich übersinnlicher Kanäle bedienten«, fuhr Gaines fort. »Und Schamanen waren nicht selten auch meisterhafte Tätowierer.«

Jetzt horchte sie interessiert auf und sah ihn direkt an. Sein Blick hellte sich auf.

»Dachte ich es mir doch, dass ich damit Ihre Aufmerksamkeit wecke. Tätowierungen, übersinnliche Wahrnehmungen, Religion und Rituale ziehen sich quer durch die Menschheitsgeschichte. Die Schamanen alter Kulturen bezogen ihre Macht von den Geistern ihrer Ahnen, mit denen sie in Träumen und Visionen Zwiesprache hielten. Sie haben viel gemeinsam mit unseren modernen Medien, Wahrsagern und Parapsychologen.«

»Glauben Sie wirklich?«

Er folgte ihrem Blick. Rollinson starrte auf sein Smartphone und tippte immer wieder ein paar Worte. Doch gleichzeitig lauschte er angestrengt auf das Gespräch der Familie hinter ihm.

»Schamanen oder Scharlatane. Beides hat mit dem Glauben zu tun, Sergeant.«

Gaines betrachtete sie, während sie ihrerseits Rollinson aufmerksam beobachtete. Sie spürte seinen prüfenden Blick auf sich.

»Und, haben Sie Mrs. Hart und ihren *Assistenten* schon entlarvt?«, wollte er wissen.

»Er ist mehr als nur einer, der den Leuten das Mikrofon reicht«, stellte Ruth fest. »Er passt wie ein Schießhund auf das Publikum auf. Ich denke, die beiden verwenden so etwas wie einen Geheimcode – und sie ist ziemlich gut im Cold Reading.«

»Na, darüber wissen *Sie* ja bestens Bescheid.«

»Was soll das heißen?«

»Ach, vergessen Sie's.«

Sie hob das Kinn und deutete auf Rollinson. »Vermutlich schickt er gerade eine Nachricht nach der anderen an Jasmine und versorgt sie mit wertvollen Informationen über die Familie dort drüben. Sie trauern um einen Verwandten, das ist nicht zu übersehen.«

Gaines' Augen blitzten regelrecht. »Sind Sie enttäuscht?«

»Nein, dazu hätte ich ursprünglich an derlei paranormale Phänomene glauben müssen.«

»Da ist mehr zwischen Himmel und Erde ...«

»Klar, mehr Unsinn.«

Er lachte. »Die beiden sind schon so ein Paar. Daddy hängt vor der Show an der Bar herum, um ein paar nützliche Brocken aufzuschnappen, die sie im Laufe des Abends verwenden können.«

»Rollinson ist Jasmines Vater?«

Gaines nickte. »Ihr bürgerlicher Name lautet schlicht Jane Rollinson.«

Wie es aussah, hatte sich nicht nur Papa Rollinson einen Decknamen zugelegt.

»Ich habe gesehen, wie Jasmine Mikes Schwester zu einer Unterredung unter vier Augen gebeten hat«, sagte Ruth und musste an Kara denken.

»Das ist bei solchen Sitzungen üblich«, antwortete er. »Ein Zuschauer reagiert stark bei der Erwähnung von jemandem, der ›ins Jenseits hinübergetreten‹ ist durch einen überraschenden oder gewaltsamen Tod. Diese Leute picken sie sich heraus und versuchen, Informationen aus ihnen herauszubekommen, zum Beispiel dass der ›Geist‹ Selbstmord begangen hat, bei einem tragischen Unfall gestorben ist oder ermordet wurde, solche Dinge.« Er beäugte sie neugierig, einen schelmischen Ausdruck im Gesicht. »Was, denken Sie, ist Mike zugestoßen?«

»Er hat was gesagt von wegen, ihm sei kalt«, stellte Ruth fest. »Und sie sprachen davon, dass es im Jenseits Fußball gibt. Mein Tipp wäre, dass er krank war.«

»So hätte ich das auch gedeutet«, erklärte Gaines.

»Dieses Theater mit dem Händchenhalten war ein beeindruckender Trick.«

»Diese Leute sind Meister der Manipulation«, pflichtete er ihr bei. »Einem zynischen Atheisten wie mir jagt es einen kalten Schauer über den Rücken, wenn sie sich mit den Toten unterhalten und dabei den trauernden Angehörigen schamlos in die Augen sehen. Sobald der Auserkorene kurz vor dem Zusammenbruch steht, behaupten sie, der Verstorbene hätte ihm so viel zu sagen, doch man sei der Ansicht, dies solle lieber ungestört geschehen. Oder es wird behauptet, der liebe Verstorbene entferne sich; oder da sind plötzlich andere Stimmen, die seine übertönen. Das ist eine klassische aggressive Verkaufspraktik. Man holt sich die Kontaktdaten, vereinbart eine Einzelsitzung, und aus einer Sitzung werden dann zwei, und …« Er breitete die Hände aus, als erklärte sich der Rest von selbst.

»Konzentrieren diese Scharlatane sich immer auf Menschen, die einen Verlust erlitten haben, einen Todesfall in der Familie hatten? Oder bedienen sie sich auch anderer Lebensbereiche?«

Gaines kniff die Augen zusammen. »Woran dachten Sie da konkret?«

Ihr war der Gedanke gekommen, dass Kara womöglich von ihrer Bühnenangst erzählt, vielleicht sogar eine private mediale Lesung vereinbart hatte, doch das wollte sie Gaines nicht auf die Nase binden. »Könnte es sein, dass sie auch mitbekommen, wenn ein Mensch unsicher ist oder Traumatisches durchgemacht hat?«, fragte sie stattdessen.

»Damit verdienen sie ihr täglich Brot«, sagte er. »Die Selbstwahrnehmung macht den ›nackten Affen‹ zu einem der einsamsten Wesen auf dem gesamten Planeten. Niemand versteht uns. Und trotzdem gibt es da Leute, die scheinbar unsere Gedanken lesen, sich in unseren Schmerz einfühlen ... Ziemlich interessantes Thema, aber schwer zu durchdringen.«

Als eine Glocke die zweite Hälfte der Vorstellung ankündigte, ging Ruth zurück in den Zuschauerraum. Sie spürte Gaines' Blick im Rücken, deshalb drehte sie sich im Gang zu ihm um und fragte: »Gibt es noch etwas?«

»Wo sitzen Sie? Ich könnte mich ja unbemerkt neben Sie setzen und Ihnen ein paar schnelle, schmutzige Tipps geben. Wir könnten anschließend noch auf einen Drink gehen – und unsere Notizen vergleichen.«

Sie lächelte. »Nein danke«, erwiderte sie. »Aber ich würde es sehr zu schätzen wissen, wenn Sie mir diesen Bericht bis morgen zukommen ließen.«

34

Nach der Vorstellung zückte Ruth Lake ihren Dienstausweis und verschaffte sich so Zutritt zum Backstagebereich.

Mrs. Hart saß in der Umkleide vor dem Spiegel, den Rücken zur Tür, während Rollinson es sich in einem Sessel in der Ecke bequem gemacht hatte. Als Ruth ins Zimmer trat, umklammerte er die Armlehnen und hievte sich hoch, um ihr den Blick auf das Medium zu verstellen. Er wirkte fast noch größer, jetzt, da er so dicht vor ihr stand – und stämmiger.

»Kann ich Ihnen helfen, meine Liebe?«, fragte er. Er sprach mit dem gleichen Akzent wie Jasmine, typisch Lancashire, und sein Ton war freundlich, aber der aggressive Unterton entging Ruth keineswegs.

»Vielleicht.« Zu weiteren Erklärungen ließ sie sich nicht herab, worauf sein Lächeln sich schlagartig verhärtete.

»Jasmine ist für den Rest des Abends ausgebucht, aber ich notiere mir gern Ihre Kontaktdaten«, sagte er. »Sie meldet sich dann umgehend bei Ihnen. Wie finden Sie das?«

»Eigentlich wollte ich mich ja mit Ihnen unterhalten, Mr. Rollinson.«

»*Das* bekomme ich allerdings eher selten zu hören, nicht wahr, Jasmine?«

Ruth beobachtete ihn schweigend.

Er breitete die Hände aus, immer noch ein steifes Lächeln im Gesicht. »Tja, ich stehe ganz zu Ihrer Verfügung, meine Liebe.«

Sie sagte immer noch keinen Ton.

»Soll ich vielleicht eine kleine Pirouette drehen?«

Mrs. Hart spähte um den massiven Rücken ihres Vaters herum zu ihr. »Oh ...«, entfuhr es ihr. »Harry ...«

Er achtete nicht auf sie.

Ruth musterte seine Hände und dachte daran, dass Rollinson Kara gewaltsam aus dem Theater befördert hatte. Er trug einen Ring am kleinen Finger der linken Hand; das Schmuckstück war mit einer Gravur versehen, doch sie konnte sie nicht genau erkennen.

»Hübscher Ring«, sagte sie, weil sie wusste, dass er ihn unwillkürlich umdrehen und betrachten würde. »Ein keltischer Knoten – Symbol des ewigen Kreislaufes, nicht wahr?«

»Was wollen Sie von mir?«, verlangte er zu wissen. Das Lächeln war wie weggefegt. »Sie sind wohl von der Presse, wie?«

»*Harry.*« Mrs. Hart zupfte ihn am Ärmel. »Halte dich im Zaum. Das ist die Polizistin, von der ich dir erzählt habe. Geh bitte aus dem Weg, man kann sich ja gar nicht mehr rühren hier drinnen.«

Er trat tatsächlich beiseite, und Mrs. Hart stand auf. Sie wirkte ziemlich nervös.

Normalerweise hätte sie sich damit zufriedengegeben, wie Mrs. Hart sie vorgestellt hatte, doch sie wollte sehen, wie Rollinson reagierte, wenn man ihn auf dem falschen Fuß erwischte. Also zog sie ihre Dienstmarke heraus und stellte sich noch einmal offiziell vor.

»Nun gut, wie soll ich Sie nennen – Harry? Brian? Oder lieber Henry?«

Sein Mund zuckte unwillkürlich. Ihm musste klar sein, dass sie sich mit seiner kriminellen Vergangenheit auseinandergesetzt hatte, und vermutlich ging er im Geiste gerade seine jüngsten Vergehen durch, um herauszufinden, mit welchem er sich ihr ans Messer geliefert hatte. Allerdings war er ein viel zu erfahrener Betrüger, um sich das anmerken zu lassen.

»Harry ist okay«, sagte er. »Also, weswegen wollten Sie mich sprechen, Sergeant?«

»Es geht um Kara Grogan«, sagte sie.

Er machte ein verständnisloses Gesicht. »Sie werden mir schon mehr Details geben müssen.«

Also hielt sie ihm ein Foto von Kara unter die Nase, das er stirnrunzelnd entgegennahm.

»Das ist die, von der ich dir erzählt habe«, raunte Mrs. Hart ihm zu. Es lag etwas Warnendes in ihrer Stimme.

Aber Rollinson schien nicht gewillt, um sich kooperativ zu zeigen. Unsanft drückte er Ruth das Foto in die Hand. »Du merkst dir Gesichter besser als ich, Jaz«, sagte er.

»Kara Grogan – die, die gestorben ist«, half Mrs. Hart ihm auf die Sprünge.

»Die ermordet wurde«, korrigierte Ruth sie.

Das Medium reagierte auf Ruths harschen Ton mit einem entschuldigenden Gesichtsausdruck, doch Rollinson blieb hartnäckig.

»Lassen Sie mich noch einmal einen Blick darauf werfen«, forderte er sie auf.

Erneut reichte sie ihm das Foto, und während er es anstarrte, bemerkte sie, wie er unterbewusst jeden einzelnen Muskel entspannte, die sich bei dem Wort »ermordet« unwillkürlich verkrampft hatten. Das allein ließ schon tief blicken: Sie wusste nur nicht, was genau es ihr verriet.

»Ja«, bestätigte er nach einer Weile. »Ich erinnere mich.«

»Ich habe bereits erklärt, dass du sie des Theaters verweisen musstest wegen der elektromagnetischen Störungen«, mischte Mrs. Hart sich ein. Offenbar erinnerte sie ihn damit an den Wortlaut, auf den sie sich verständigt hatten. »Sie wollen sicher wissen, um welche Uhrzeit das in etwa war – liege ich da richtig, Sergeant?«

»So ist es.«

Ruth behielt Rollinson weiter im Visier.

»Kurz vor der Halbzeitpause«, sagte er. »Acht Uhr dreißig, acht Uhr fünfundvierzig – so um den Dreh. Sie war sehr verständnisvoll. Nettes Mädchen – schrecklich, was mit ihr passiert ist.«

»Auf dem Video sieht es aber anders aus.«

»Welches Video denn?«

»Das auf YouTube.« Ruth brachte ihr Handy zum Vorschein. »Ich bin überrascht, dass Sie die elektromagnetische Störung von dem hier nicht bemerkt haben.«

»Oh, Sie sind also auch noch witzig«, stellte Rollinson fest. Sein Kiefer war derart angespannt, dass man um seine Backenzähne fürchten musste. »Sie sollten sich beim Fernsehen bewerben, so komisch sind Sie.«

Ruth spielte das Video ab, und während Rollinson es sich ansah, sagte sie: »Das ist Kara. Erkennen Sie sie wieder?«

Sein Blick verdüsterte sich.

»Auf mich macht es nicht den Eindruck, als hätte sie verständnisvoll reagiert, Mr. Rollinson«, sagte Ruth mit einem Blick auf das Video. »Auf mich wirkt sie stark verängstigt.«

Er kicherte, was nun ganz und gar nicht die Reaktion war, die sie erwartet hatte. »Na schön, ich habe ein wenig überreagiert«, gab er zu. »Bei diesen Gruppenlesungen stehe ich immens unter Druck – die Erwartungen des Publikums, Jasmine, die sich auf mich verlässt, dass ich irgendwelche Hinweise aufschnappe und sie an sie übermittle, ohne sie in ihrer Konzentration zu stören. Mir war bewusst geworden, dass ich übertrieben hatte, deshalb habe ich mich bei dem Mädchen entschuldigt. Sie bekam sogar den Eintrittspreis zurückerstattet. Und dann habe ich ihr noch Jasmines Visitenkarte gegeben – sie meinte, sie wolle eine private Lesung.«

»Weswegen denn?«

»Ich hab sie nicht gefragt«, erklärte er, jetzt wieder großspurig wie eh und je. »Ich wollte nicht aufdringlich sein.«

Ruth wandte sich wieder Mrs. Hart zu.

»*Ist* sie denn zu Ihnen gekommen?«

Die Frau warf Rollinson einen hastigen Blick zu – vermutlich, weil sie sich Hilfe von ihm erhoffte. Ruth würde dafür sorgen, dass man sie getrennt voneinander befragte, wenn sie morgen wegen der Zeugenaussage aufs Revier kamen. Sie legte den Kopf schief und sah Mrs. Hart abwartend an.

»Sie denken doch nicht ernsthaft, ich hätte etwas zu tun gehabt mit …«

»Ihrem Verschwinden? Wie kommen Sie denn auf die Idee, Mrs. Hart?«

Sie wurde rot. »Ich dachte – ich meine, sagten Sie nicht, sie sei an diesem Abend das letzte Mal gesehen worden?«

»Nein«, gab Ruth zurück. »Das habe ich nicht gesagt.« Sie fand es allerdings höchst interessant, wie das Medium zu dieser Annahme gekommen war. »Also, könnten Sie bitte meine Frage beantworten?«

»Nein. Nein – sie ist nie vorbeigekommen.«

»Das ist nichts Ungewöhnliches«, sagte Rollinson, der

nun wieder ganz in seiner Rolle als Jasmine Harts Manager aufging. »Die Leute kriegen kalte Füße, ändern ihre Meinung.«

»Okay«, sagte Ruth und richtete ihre Aufmerksamkeit auf ihn. »In welche Richtung ist sie gegangen?«

»Wie meinen Sie das?«

»In die Stadt oder in Richtung Docks?«

»Wir hatten eine laufende Lesung«, sagte er. »Ich bin gleich wieder rein, deshalb habe ich nicht gesehen, wohin sie gegangen ist.«

Der Türsteher ließ Ruth kurz vor halb elf aus dem Gebäude, wo sie noch einige Minuten auf den Stufen stand und den vorbeiziehenden Verkehr beobachtete. Er floss in Intervallen, aufgrund der Ampelanlage etwa dreißig Meter weiter die Straße hinunter. Bereits zum zweiten Mal in nur fünf Minuten hatte sich vor dem Theater eine Schlange von Fahrzeugen gebildet. Sollte Rollinson die Wahrheit sagen, und es stimmte, dass er Kara gegen acht Uhr dreißig vor die Tür gesetzt hatte, dann müsste die Studentin sich zu einer Zeit auf dem Hanover Square aufgehalten haben, zu der das Verkehrsaufkommen am größten war, weil gegen Abend die ersten Besucher von auswärts in die Stadt kamen, um auszugehen. Zwei Pubs befanden sich direkt gegenüber vom Theater, gleich nebenan war ein Restaurant mit Bar – irgendjemand musste mitbekommen haben, wie Rollinson Kara gewaltsam vor die Tür beförderte. Zugegeben, der Vorfall war schon eine ganze Weile her, und kleinere Streitereien um diese nächtliche Uhrzeit waren im Stadtzentrum nicht selten. Aber es würde sich vielleicht dennoch lohnen, nach möglichen Zeugen Ausschau zu halten. Außerdem sollten sie sich baldmöglichst auf die Suche nach der Person machen, die das Video ins Internet gestellt hatte. Karas Heimweg hätte sie hügelaufwärts in Richtung der Kathedralen geführt, die sinnvollste Strecke wäre die über die Wood Street oder Fleet Street gewesen. Jedenfalls hätte ihr Weg sie an vielen Bars, Restaurants und Diskotheken vorbeigeführt. Auch hier lohnte es sich, Ausschau zu halten. Aber Karas Zuhause war keine sichere Zuflucht für sie gewesen, und nach allem, was ihre Mitbewohner über sie gesagt hatten, wurde sie in den Wochen vor ihrem Verschwinden zusehends verschlossener. Wäre sie in dem Fall nicht viel eher in eine andere Richtung losgelaufen, um erst einmal ihren Frust abzureagieren nach ihrem Disput mit Rollinson, statt zu riskieren, ihren Mitbewohnern gegenüber Schwäche zu zeigen?

Ruth bog nach rechts in die School Lane ab, als ein leichter Nieselregen einsetzte. Die ohnehin schmale Straße war zu beiden Seiten durch doppelte gelbe Linien begrenzt, die nicht überfahren werden durften. Bei der Bluecoat Kunstgalerie wurde sie dann vollends zur Fußgängerzone, versenkbare Poller hielten Fahrzeuge fern.

Ruth zog sich die Kapuze ihres Parkas über den Kopf und ging am Old Post Office Pub vorbei. 2008 war das Stadtzentrum großflächig saniert worden, doch das Old Post Office hatte die Maßnahmen unbeschadet überlebt. Gedrungen stand das Haus direkt gegenüber der Backsteinfassade des Quakers' Meeting House. Nach dem Pub beschrieb die Straße eine scharfe Rechtskurve und mündete in ein kleines Gässchen. Im Gebäude gegenüber befand sich ein Primark, die Ecken mit Zinkplatten verstärkt, die hohen Mauern oben mit Stacheldraht versehen.

Ruth setzte ihren Weg fort und bemerkte eine Haltebucht für den Lieferverkehr zu ihrer Linken. Die zugemüllte kleine Gasse ging rechts weiter und führte dann wieder zurück in die Hanover Street, nur wenige Meter vom Theatereingang entfernt. Es gab keinen Grund, weshalb Kara diesen Weg hätte wählen sollen. Da war schon wahrscheinlicher, dass sie sich auf der besser beleuchteten Straße gehalten hatte und in Richtung Paradise Street gelaufen war.

Sie verfolgte noch einmal den gleichen Weg, und als sie um die Ecke in die School Lane bog, lauerte eine Gestalt im Dunkeln. Ein Mann. Sie wich ihm aus, doch er wollte sie am Arm packen. Ruth holte aus und schlug seine Hand mit ihrer rechten weg, tat gleichzeitig einen Schritt nach vorn und rammte ihm den linken Handballen mit voller Kraft gegen die Brust. Aus dem Gleichgewicht gebracht, taumelte er zwei Schritte rückwärts, knickte in einem Schlagloch mit dem Knöchel um und ging zu Boden, wobei er gegen eine Mülltonne prallte.

»Verdammter Mist, Sergeant!« Es war Lyall Gaines.

»Was zum Teufel treiben Sie hier?«, fragte Ruth, die immer noch in Abwehrhaltung dastand. Adrenalin rauschte durch ihre Adern.

»Ich wollte sichergehen, dass Sie da unbeschadet wieder rauskommen«, sagte er und wischte sich den Schmutz von den zerschrammten Handflächen. »Doch wie es aussieht, war meine Sorge unbegründet.«

Als ein weiterer Mann um die Ecke gebogen kam, drehte Ruth sich um, behielt Gaines aber im Auge. *»Polizei!«,* rief sie. *»Bleiben Sie zurück!«*

Der Fremde riss die Hände hoch. »Ich arbeite im Pub«, sagte er. »Ich habe nur mitbekommen, dass es hier Ärger gibt, da wollte ich nachsehen, ob Sie Hilfe benötigen.«

Die Wände zu beiden Seiten der Straße waren fensterlos, doch als Ruth nach oben blickte, entdeckte sie eine

Überwachungskamera, die seitlich am Pub befestigt war. »Danke«, sagte sie. »Mir geht's gut.«

»Das sehe ich.« Der Mann kicherte in sich hinein. »Dann lasse ich Sie mal wieder allein.«

Sie zog Gaines auf die Füße, ging mit ihm bis zum Ende der Straße und deutete in Richtung Hanover Street.

»Gehen Sie nach Hause«, befahl sie ihm. »Tun Sie das, wofür wir Sie bezahlen. Das nächste Mal, wenn Sie mir folgen, gehe ich nicht mehr so sanft mit Ihnen um.«

Ruth wartete ab, bis er humpelnd um die Ecke verschwunden war. Dann drehte sie sich um und sah nachdenklich zu der Kamera an der Wand des Pubs. Ein Stück weiter war die School Lane wieder für den öffentlichen Verkehr freigegeben und wurde am Ende etwas breiter, mit Parkmöglichkeiten und Ausweichstellen für den Lieferverkehr. Es war also gut möglich, dass Kara von ihrem Entführer an diesem Straßenstück aufgegabelt worden war. Sie ging die gesamte Strecke von der Hanover Street bis zur Paradise Street, alles in allem etwa dreihundertfünfzig Meter, und zählte unterwegs insgesamt zwölf Überwachungskameras. Lächelnd wählte sie die Nummer von John Hughes, ihrem CSM. Sollte Kara tatsächlich in dieser Gegend entführt worden sein, war es höchstwahrscheinlich von einer der Kameras aufgezeichnet worden.

35

Tag zehn

Es war erst sechs Uhr morgens am nächsten Tag, als Ruth Lake nachdenklich auf das Leichenfoto von Kara Grogan starrte. Die Nahaufnahme konzentrierte sich auf ein Detail aus einer der Tätowierungen. Es ähnelte stark dem keltischen Knoten, der auf Harry Rollinsons Siegelring zu sehen gewesen war. Sie musste dringend mit Gaines reden, aber erst, wenn er ihr seinen Bericht geschickt hatte. Ein Mann wie er würde immer versuchen, die Oberhand zu behalten, sobald er bei seinem Gegenüber irgendeine Schwäche witterte. Ein schneller Suchlauf auf ihren bevorzugten Referenzseiten zum Thema Symbolismus bestätigte, was Gaines behauptet hatte – dass dieses Symbol in vielen Fällen eine schützende Funktion erfüllte. Sie fand allerdings auch Bezüge zu den Begriffen *Klarheit*, *Erkenntnis* und *Langlebigkeit*. Es machte den Anschein, als könnte man jede Art von Bedeutung hineinlesen, wie man es gerade brauchte.

Frustriert gab sie auf und stellte sich unter die Dusche. Als sie fertig war, wartete Gaines' Bericht in ihrem Postfach auf sie, zusammen mit einem eher förmlichen Anschreiben. *Anbei der Bericht über den Symbolismus der Opfertattoos, wie von Ihnen angefordert.* In dem Bericht legte er noch einmal dar, was sie bereits am Telefon besprochen hatten: Die Symbole waren aus seiner Sicht als Zeichen des Schutzes gedacht. Mit keinem Wort erwähnte er ihren eigenen Vorschlag, die Tätowierungen könnten auf Geheimnisse und Wahrheiten hindeuten, welche die Opfer vor ihren engsten Angehörigen und Freunden verborgen hatten. Ihr machte das nichts aus – es war ihr ohnehin lieber, wenn sie ihre Theorie selbst weiterverfolgen konnte.

Im Moment wusste sie nur, dass Kara die Wahrheit über ihren großen Durchbruch beim Film und über ihr Lampenfieber verheimlicht hatte, Tali Tredwin hatte an einer Essstörung gelitten, und Jo Raincliffe hatte gelogen, was ihre Tätigkeit als Lehrerin an der Abendschule betraf, und ihr Geld mit Strippen verdient. Es war ein Anfang, aber Ruth würde sehr viel mehr brauchen als das, um mit dieser Theorie überzeugen zu können.

Sie tippte eine rasche Antwort an Gaines und dankte ihm darin für den Bericht. Außerdem bat sie ihn um seine Meinung zu dem keltischen Knoten auf Rollinsons Siegelring.

Um sieben war sie fertig angezogen. Eine Tasse Tee in der einen Hand und eine Scheibe Toast in der anderen, stellte sie das Radio an. Der Sprecher betete die morgendliche Litanei an Meldungen aus dem Mittleren Osten herunter, Nachrichten über die Beschwichtigungsversuche der Regierung, was die Wirtschaft betraf, Meldungen über Gemeinden, die über fehlende Mittel klagten. Als er zum Sport kam, wollte sie das Gerät gerade ausschalten, als der Sprecher sagte: »Eben erreicht uns die Meldung, dass die Polizei im Fall der ermordeten Geschäftsfrau Adela Faraday einen siebenunddreißig Jahre alten Mann festgenommen hat. Er liegt derzeit im Aintree Neurosciences Centre, wo er von nun an unter Bewachung steht. Die Polizei Merseyside verweigert jeglichen Kommentar, doch wird für die nächste Stunde eine Pressekonferenz erwartet. Bleiben Sie also dran, wir werden Sie auf dem Laufenden halten.«

Ihre Hand zitterte, als sie den Ausschaltknopf drückte. Um wen sonst sollte es sich handeln, wenn nicht um Carver? Unter DC Iveys Handynummer ging sofort die Mailbox ran. Sie beendete den Anruf und wählte stattdessen John Hughes' Nummer.

»Ich hab es eben in den Nachrichten gehört«, sagte er, ehe sie die Chance hatte, etwas zu sagen.

»Können Sie für mich rausfinden, was da los ist?«

»Ich höre mich um, dann melde ich mich wieder bei Ihnen«, versprach er. »Ach – und vielleicht besorgen Sie sich ein paar Uniformierte, damit die sich diese Überwachungsbänder ansehen, die Sie angefordert haben. Es sind extrem viele.«

Einen kurzen Moment wurde ihr das Herz schwer – wenn Hughes das schon für eine Mammutaufgabe hielt, wie viel anstrengender wäre es wohl, Karas Weg nachzuverfolgen, wenn sie es tatsächlich durch die gesamte School Lane geschafft hatte? Doch sie schüttelte ihre Befürchtungen rasch wieder ab. Sie würde diesen Job übernehmen.

Aber erst musste sie Greg Carver sehen.

Sie schaffte es in weniger als einer halben Stunde ins Krankenhaus. Zum Glück herrschte nicht allzu dichter Verkehr. Die Angestellten gewährten ihr ausnahmsweise einmal raschen Zutritt, und Ruth wurde von der mürrisch dreinblickenden Schwester in Empfang genommen, die es ihr vor zwei Abenden bei ihrem nächtlichen Besuch auf der Station so schwer gemacht hatte.

»Das wäre nicht nötig gewesen«, sagte sie.

Ruth folgte ihrem Blick zu dem Constable, der Carvers Tür bewachte. »Ich weiß. Wie geht es ihm?«

Die Schwester runzelte die Stirn. »Nicht so toll.«

Ruth nahm sich einen Moment Zeit, um sich die Hände zu desinfizieren, und betrachtete dabei kritisch den jungen Constable. Er war Anfang zwanzig, hatte weiche Gesichtszüge und saß zusammengesackt auf seinem Stuhl, wo er abwesend vor sich hindöste. Die Zeitung, in der er zu lesen vorgab, lag über seinen Schoß gebreitet wie eine Decke.

Sie marschierte schnurstracks auf die Tür zu Carvers Zimmer zu, wobei sie den Blick der Schwester in ihrem Rücken deutlich spürte.

Erschrocken fuhr der Constable hoch und richtete sich kerzengerade auf. »Entschuldigen Sie«, murmelte er.

Sie streckte die Hand nach dem Türgriff aus und drückte ihn nach unten.

Der junge Mann erhob sich und schickte eine Kaskade von Zeitungsseiten zu Boden. »Moment!«

Die Schwester hinter ihr gebot ihm mit einem »Pst!«, leise zu sein, woraufhin er entschuldigend die Hände hob und dann im Flüsterton weitersprach: »Was *tun* Sie da?«

»Ich besuche meinen Freund«, antwortete Ruth mit leiser Stimme und in sachlichem Tonfall.

»Er darf keinen Besuch empfangen.«

»Oh«, machte sie. »Auf Anweisung der Ärzte?«

»Polizeiangelegenheiten.«

Sie sah sich um. »Aber wir sind hier doch in einem Krankenhaus.«

»Hören Sie, Madam, er steht unter Arrest.«

»Wie ich das verstanden habe, ist er gemäß einer gerichtlichen Anordnung auf Kaution frei«, entgegnete sie. John Hughes hatte sich während ihrer Fahrt hierher gemeldet und ihr das Wichtigste in aller Kürze mitgeteilt. »Was bedeutet, dass er nicht festgehalten werden darf. Den Bestimmungen des Bail Act von 1976 nach steht es ihm frei zu sehen, wen er möchte – vorausgesetzt, dies verstößt nicht gegen die Kautionsauflagen.« Sie machte eine kurze Pause und sah ihm unverwandt ins Gesicht. »Kennen Sie die Auflagen seiner Kaution zufällig, Constable?«

Der junge Officer blinzelte hastig, doch ehe er sich wieder so weit gefasst hatte, um etwas zu erwidern, hatte sie schon einen neuen Angriff gestartet.

»Selbstverständlich darf unter den Bestimmungen des Police and Criminal Evidence Act von 1984 keine festgenommene Person länger als vierundzwanzig Stunden unter Arrest gestellt werden, es sei denn, es wird Anklage gegen sie erhoben. Es ist also von absoluter Dringlichkeit, dass wir uns sicher sind, ob Detective Chief Inspector Carver in Untersuchungshaft ist, unter Arrest steht oder auf Kaution frei ist. Denn wenn er tatsächlich unter Arrest gestellt, jedoch noch nicht angeklagt wurde, tickt die Uhr unaufhaltsam.«

Der Constable richtete sich zu voller Größe auf und bemühte sich um ein höhnisches Grinsen. »Wer sind Sie überhaupt, seine Anwältin?«, wollte er wissen.

Sie zückte ihren Dienstausweis und hielt ihn sich neben das Gesicht, damit er einen guten Blick darauf hatte. »Wie ich schon sagte, ich bin eine Freundin.«

»Oh.« Dem Constable schoss die Röte ins Gesicht. »Tut mir leid, Sergeant. Er ist tatsächlich auf Kaution frei, aber ich habe den strikten Befehl, niemanden außer dem medizinischen Personal zu ihm zu lassen.«

Sie fixierte ihn mit einem Blick. »Überprüfen Sie die Kautionsauflagen«, sagte sie. »Ich werde so lange warten.«

Als er zögerte, tippte sie ungeduldig auf ihre Uhr. »Die Zeit tickt, Constable.«

Er schien hin- und hergerissen zu sein. »Sie wissen genau, dass ich hier drin weder Handy noch Funkgerät benutzen darf«, sagte er. Er klang fast ein wenig beleidigt.

Plötzlich tauchte die Schwester neben ihm auf und fasste ihn am Ellbogen. »Sie können das Festnetztelefon im Schwesternzimmer benutzen«, schlug sie vor.

»Ich denke, ich bleibe besser bis zum Schichtwechsel hier«, widersprach er, während er die beiden Frauen argwöhnisch beäugte, als hätte er sie im Verdacht, gemeinsame Sache gegen ihn zu machen.

»Ihre Entscheidung«, sagte Ruth. »Aber ich zähle jede Minute, die Sie mir den Zutritt verweigern. Denn das bedeutet eine Minute weniger Zeit für Befragungen, wenn die hohen Tiere eintreffen und ihre Fragen stellen wollen.«

Er baute sich vor ihr auf, doch seine Füße zeigten im Fünfundvierzig-Grad-Winkel in die Gegenrichtung: Im Geiste war er schon auf halbem Weg zum Schwesternzimmer.

Sie deutete mit dem Daumen über ihre Schulter auf den Raum hinter ihr. »Und wenn er es sich in den Kopf setzt, Klage gegen Sie einzureichen, könnte das einen Shitstorm nach sich ziehen, der Sie die kommenden zehn Jahre Ihrer beruflichen Laufbahn verfolgen wird wie ein übler Geruch.«

Er saugte an seiner Unterlippe und behielt Ruth im Auge, doch es dauerte nicht lange, da sackten seine Schultern nach unten. »Wo ist das Telefon?«, fragte er.

Carver saß in seinem Lehnstuhl. Er sah auf, als sie das Zimmer betrat, und sofort erkannte Ruth den Schmerz und die Fassungslosigkeit in seinem Blick.

»Wir müssen uns kurzfassen«, sagte sie. »Ich weiß nicht, wie viel Zeit uns bleibt.«

»Jansen hat eine Festnahme veranlasst«, sagte er. »Er meinte, man habe Beweise dafür, dass ich in Adela Faradays Wohnung war.«

»Woher?«, wollte sie wissen.

»Von einer Zahnbürste, und man fand Haare im Abfluss.«

»Hat man einen Wangenabstrich gemacht und dir die Fingerabdrücke abgenommen?«, erkundigte sie sich. Eine Festnahme hätte der Polizei das Recht verliehen, von Carver zu Bestätigungszwecken eine DNA-Probe zu verlangen.

Er nickte. »Beides. Man hat einen Fingerabdruck an einem Whiskyglas gefunden.«

Er starrte auf seine Hände und drehte sie um, als würde er sie nicht als die seinen erkennen. »Woher haben die meine DNA?«, fragte er, halb an sich selbst gerichtet.

Carver hatte sich zu einem früheren Zeitpunkt der Ermittlungen geweigert, freiwillig eine Probe für einen Abgleich abzugeben. Ruth dachte, er spielte darauf an.

»In deiner Wohnung fand sich reichlich DNA-Material«, sagte sie. Im Geiste sah sie wieder diesen Sessel vor sich, voller Blut. »Die vom CSI haben Proben gesammelt. Sobald man dich mit Adela Faraday in Verbindung gebracht hatte, wurden die beiden Ermittlungen, die wegen des Schusses auf dich und die im Fall Adela, zusammengefasst. Hat man dir das denn nicht erklärt?«

»Ruth, ich habe einen Schlag an den Kopf bekommen, aber die Regeln der Beweisabnahme kenne ich.« Dies sagte er ansatzweise mit dem Feuer von früher. »Was ich allerdings *nicht* sagen kann, ist, wie meine DNA in Adelas Wohnung kommt. Ich war nie dort.« Sie zog die Augenbrauen nach oben, worauf Carver ergänzte: »Ich schwöre dir, ich sage die Wahrheit.«

»Wie kannst du dir da so sicher sein? Du hast doch zugegeben, dass du dich nicht erinnern kannst, was passiert ist, nachdem Adela dich in jener Nacht im Hotel vor die Tür gesetzt hat.«

»Ich wusste nicht, wer Adela Faraday war, und noch viel weniger, wo sie wohnte – wie hätte ich sie da finden sollen?«

»Ihr streitet euch, sie schmeißt dich raus, du hängst in der Bar ab und lässt dich volllaufen. Du wirst immer betrunkener und aggressiver. Da siehst du, wie sie das Hotel verlässt, und folgst ihr nach Hause …«

Entschieden schüttelte er den Kopf. »Nein. Nein …«

»Wir wissen nicht, was du getan hast, da ist eine Lücke von mehreren Stunden.«

»Ich weiß«, sagte er. »Aber hör zu. Diese Flashbacks, von denen ich dir erzählt habe? Die habe ich immer wieder. Ich sitze in meinem Wohnzimmer. Da ist jemand … ein Schatten …«

»Ich hab dir doch erklärt, das war *ich*«, sagte sie.

»Denk doch mal einen Augenblick scharf nach«, bat er sie. »Was, wenn *noch* jemand im Zimmer war? Was, wenn da jemand anderer war, jemand, der eine Pistole auf mich gerichtet, auf mich geschossen hat?«

»Dann habe ich die Beweise vernichtet, die uns zum Täter hätten führen können«, stellte sie fest. Der Gedanke quälte sie, doch noch mehr schmerzte sie die Vorstellung, Carver könnte Adela getötet und dann die Waffe gegen sich selbst gerichtet haben.

»Wo ist die Pistole?«, wollte er wissen, als hätte er ihre Gedanken gelesen.

»Die Pistole?«, wiederholte sie. Sie wollte Zeit schinden, damit sie ihre Gedanken sortieren konnte.

»Du hast doch gesagt, du hättest neben dem Sessel eine Waffe gefunden. Du hast sie behalten, nicht wahr?«

Sie antwortete nicht.

»Ich weiß, dass es so ist. Wo steckt sie?«

Er will, dass ich sie verschwinden lasse. »Was, wenn ich dir erzähle, dass sie am Grund des Mersey liegt?«

Er lächelte. »Einmal CSI, Ruth …« Erst glaubte sie, er würde ihre Körpersprache beobachten, doch dann wurde ihr bewusst, dass er in die Luft starrte. »Ich glaube, du hast sie behalten«, sagte er. »Ich glaube, du hast dein Bestes getan, sämtliche Beweise, die es an der Waffe womöglich gab, zu konservieren.«

»Sie ist gut versteckt«, gab sie zu. Ein Teil von ihr würde für immer Kriminaltechnikerin bleiben – in diesem Punkt hatte er recht. Und weil sie gut gewesen war in diesem Job, hatte sie die Pistole in Papier gewickelt, damit kein Spurenmaterial verloren ging. Außerdem hatte sie sie bei der erstbesten Gelegenheit in eine neue Beweismittelbox gesteckt. Sie hob das Kinn und sah ihn herausfordernd an. »Forensisch gesichert«, fügte sie hinzu. Auf diese Weise ließ sie ihn wissen, dass sie zwar für ihn gelogen haben mochte, aber einen Mord würde sie nicht vertuschen helfen.

»Du musst sie der Spurensicherung aushändigen«, sagte Carver.

Ruth blinzelte verstört. Das hatte sie nun nicht erwartet. »Warum …«

»Wer immer auf mich geschossen hat, könnte Spuren an der Waffe hinterlassen haben. Und selbst wenn nicht, ist sie vielleicht registriert – oder die Ballistik könnte uns zum Täter führen.«

»Was erwartest du jetzt von mir? Soll ich die Waffe in Parsons Büro vorbeibringen, mich entschuldigen und sagen: ›Ich befürchte, ich habe vergessen, die hier abzugeben‹?« Sie breitete die Arme aus und ließ sie dann hilflos hängen. »Ich habe meine Karriere für dich bereits zur Genüge aufs Spiel gesetzt – warum sollte ich mir nun auch noch mein eigenes Grab schaufeln?«

»Du musst dich ja nicht selbst ins Spiel bringen«, sagte er. »Du bist doch einfallsreich – bestimmt findest du einen Weg, um …«

»Um *was?* Soll ich so tun, als wäre mir das Beweisstück vom Tatort einfach so in die Hände gefallen?«

»Ich weiß, das ist viel verlangt, aber …« Er rieb sich mit der Hand über das Gesicht. »Was, wenn …« Er schloss kurz die Augen und setzte dann von Neuem an. »Was, wenn ich sie tatsächlich umgebracht habe? Was, wenn *ich* es war? Würdest du mich dann in Schutz nehmen?«

»Nein«, sagte sie, ohne zu zögern.

»Dann finde einen Weg. Bitte, Ruth. Ich kann nicht mit dieser Ungewissheit leben.«

Der Constable steckte, kurz nachdem Ruth gegangen war, den Kopf zur Tür herein.

»Wo steckt sie?«, wollte er wissen.

»Wer?«

Der Wachhabende fluchte verhalten vor sich hin, trat aber den Rückzug an und zog die Tür hinter sich zu. Carver ließ sich erschöpft auf den Stuhl zurückfallen. Ständig geistige Verwirrung vorzutäuschen war ihm mit der Zeit immer leichtergefallen, oder sein Gedächtnis ließ allmählich wirklich nach.

Plötzlich wurde die Tür aufgerissen, und er wappnete

sich, weil er dachte, der Constable sei zurückgekehrt. Doch es war nur seine Physiotherapeutin.

»Tut mir leid«, sagte er. »Aber das schaffe ich momentan nicht.«

Sie versuchte, ihn zu überzeugen, indem sie ihm darlegte, wie wichtig es sei, dass er seine körperlichen Schwachstellen trainierte.

»Das wird so oder so besser«, wiegelte er ab. »Das haben Sie selbst gesagt.«

»Irgendwann, ja«, gab sie zurück. »Aber nicht so bald und nicht hundertprozentig.« Er holte Luft, doch sie hielt die Hand hoch, um ihn zum Schweigen zu bringen. »Ich weiß, Sie wollen wieder zurück an Ihre Arbeit. Sie sind jetzt in einem Stadium, wo Ihre Muskeln heilen, aber wenn die Fasern nicht richtig zusammenwachsen, könnten sie schwach bleiben. Das Narbengewebe …«

»Schon klar«, unterbrach Carver sie. »Ich schätze Ihre Arbeit sehr, aber ich … Im Moment kann ich einfach nicht. Nicht jetzt.«

Sie betrachtete ihn eine Weile, ohne ein Wort zu sagen, dann aber schien sie zu dem Schluss zu kommen, dass es nichts nützte, ihn zu bedrängen. Also gab sie klein bei und versprach ihm, es später noch einmal zu versuchen. Fünf Minuten später tauchte Dr. Pendinning in der Tür auf.

»Hören Sie«, sagte Carver. »Ich kenne ihre Argumente zur Genüge. Und natürlich hat sie recht, aber ich bin derzeit nicht in Stimmung. In Ordnung?«

»Kein Problem«, sagte sie und fügte nach einer kurzen Pause hinzu: »Wovon auch immer Sie reden. Für mich ist das okay.«

»Oh. Ich habe der Physiotherapeutin gerade eine Abfuhr erteilt«, erklärte Carver. »Ich dachte, Sie wären …«

»Haben Sie mit etwas nach ihr geworfen?«

Er hob den Blick, doch das Lächeln in ihren Augen machte es ihm unmöglich, wütend auf sie zu sein. »Nur mit Worten«, sagte er.

»Nun, das würde ich dann als Fortschritt werten.«

Er verkniff sich ein Grinsen. »Also, weshalb sind Sie dann hier?«

Die Psychologin trat ins Zimmer und zog sich einen Stuhl heran, um sich neben ihn zu setzen. »Wie ich hörte, war eine Gefolgschaft der Polizei hier«, sagte sie und ergänzte mit einem winzigen Schulterzucken: »Und ich habe die Nachrichten gesehen …«

Seufzend kniff er die Augen zu.

»… da dachte ich, Sie möchten vielleicht reden.« Dann sagte sie nichts mehr, wartete schweigend ab, bereit, ihm zuzuhören. Erst nach einer Weile wurde ihm bewusst, dass er begonnen hatte zu sprechen.

Er gab zu, dass es ihm so schlecht ging wie nie seit der Nacht, als auf ihn geschossen worden war. Dass die wenigen Erinnerungen, die er hatte, keinen Sinn ergaben und ihm alles völlig verworren vorkam.

»Die Halluzinationen«, stellte sie fest.

»Genau das ist es ja …«

»Sie wissen nicht, ob es Halluzinationen *sind.*«

Er schlug die Augen wieder auf. Sonderbarerweise hatte es den Anschein, als wüsste sie stets genau, was ihm gerade durch den Kopf ging.

Lange Zeit sagte sie nichts, und auf Carver machte es den Eindruck, als ränge sie mit sich. Schließlich sprach sie doch weiter. »Ich möchte, dass Sie etwas versuchen. Lehnen Sie sich zurück, und schließen Sie die Augen.«

Er tat, worum sie ihn bat.

»Was sehen Sie?«

»Augen«, antwortete er.

»Wessen Augen?«

»Es sind Tätowierungen – die der Opfer.«

»Der Opfer?«

»Bevor man auf mich schoss, war ich dabei, mir die Leichenfotos anzusehen.«

»Wie kurz vorher war das?« Ihre Stimme war sanft, nicht viel mehr als ein Flüstern.

Er schüttelte den Kopf. »Ich erinnere mich nicht. Aber ich weiß, dass ich es nicht geschafft habe, mir Kara Grogans Akte anzusehen.«

Carver erinnerte sich, wie er die Hand danach ausgestreckt hatte, und dann war er wieder dort, in der Grotte. Frost, der auf Karas Leichnam glitzerte. Augen, die ihn anstarrten. *Emma,* dachte er, und sein Herzschlag wurde schneller. *Es war nicht Emma. Du weißt, dass sie es nicht war.* Dennoch konnte er die Akte nicht aufschlagen. Er wusste noch, wie er dachte: *Nein, noch nicht.*

»Ich habe mir die anderen Akten angesehen, mir Notizen gemacht. Ich kam immer wieder zurück zu Karas Unterlagen, aber ich konnte nicht … Ich konnte sie einfach nicht …« Er zwang sich, langsam und regelmäßig zu atmen.

»Ist gut«, besänftigte sie ihn. »Haben Sie eine Pause gemacht, sich vielleicht einen frischen Kaffee aufgebrüht?«

»Ich brauchte einen Drink«, sagte er. »Deshalb goss ich mir einen Whisky ein und ging damit in die Küche.«

»Aber Sie waren doch im Wohnzimmer, als Sie angeschossen wurden«, wandte sie ein.

»Wie bin ich da hingekommen?«

Stille.

Er erinnerte sich, wie er ins Wohnzimmer gegangen war.

Die Vorhänge waren zurückgezogen, und im schwachen Schein der Straßenlaternen sah er, dass es wieder schneite. Er zog die Vorhänge zu und trat an den Schrank, der in die Nische zur einen Seite des Kamins gezwängt stand, griff hinein und holte eine neue Flasche Jura Single Malt heraus sowie eines der zwei guten Whiskygläser, die er besaß. Er öffnete den Verschluss, goss sich ein großes Glas ein und stellte die Flasche zurück in den Schrank. Er nahm den ersten Schluck und genoss das angenehme Brennen. Einen kurzen Moment hielt er inne. Er wollte mehr, doch er versuchte, vernünftig zu bleiben. *Du brauchst das nicht – ist doch nicht nötig, dass du dir gleich die Kante gibst.* Aber es war ein harter Tag gewesen – er war frustriert wegen des Falls und wütend auf Adela oder Anne, als die er sie zu dem Zeitpunkt kannte.

Wieder öffnete er den Schrank und griff nach der Flasche. Das gerahmte Foto von Emma stand oben auf dem Möbelstück, neben einer Reihe von Weihnachtskarten. Er nahm Flasche und Glas in die rechte Hand und fasste mit der linken nach dem Foto. Dann ging er damit in die Küche.

»Ich habe die Flasche mitgenommen«, sagte er schließlich. »Es gab keinen Grund, zurück ins Wohnzimmer zu gehen … sehen Sie, normalerweise bin ich über den Akten immer eingeschlafen.« Er empfand keinerlei Scham, während er dieses Geständnis ablegte. Es kam einer Erkundung gleich, ohne irgendwelche Verurteilungen oder Schuldgefühle. »Aber aus irgendeinem Grund war ich dort.«

»Na schön«, sagte sie. »Sie sind im Wohnzimmer. Was sehen Sie?«

»Nichts. Es ist dunkel. Ich rieche …« Er holte Luft, atmete langsam durch den Mund aus, um die aufkommende Übelkeit zurückzudrängen. Der Gestank nach Whisky war überwältigend. »Ich sehe Schatten?« Der fragende Ton in seiner Stimme entging ihm keineswegs.

»Schauen Sie in den Schatten hinein. Da ist ein wenig Licht von der Straßenlaterne. Finden Sie den Schatten, und dann schauen Sie hinein«, forderte sie ihn auf.

Er hört ein Sirren – ein Geräusch, ein bisschen wie von einem Reißverschluss. Er kann sich nicht bewegen. Sein Atem geht stoßweise.

»Sie sind in Sicherheit«, sagte sie.

Ich bin gelähmt. Adelas Gesicht scheint im Schatten auf. Verängstigt. *Nein – das war im Hotel. Habe ich ihr Angst eingejagt?*

»Können Sie mir verraten, was Sie sehen?«

Etwas blitzt auf. Ein plötzlicher Schmerz. *Kann mich nicht rühren. Kann nicht sprechen.*

»Sie sind in Sicherheit. Sagen Sie mir, was Sie sehen.«

Er sieht Ruth, ihr Gesicht dicht vor seinem. Sie blickt ihm in die Augen, und er erkennt, dass sie versteht. Sie flucht verhalten, dann lockert sich seine Muskulatur wieder, er kann sich ungehindert bewegen.

Carver schlug die Augen auf. Er tat einen tiefen, schmerzenden Atemzug, die einströmende Luft riss an seiner Kehle.

»Sie sind in Sicherheit«, sagte Dr. Pendinning zum wiederholten Mal. »Erzählen Sie mir, was Sie gesehen haben.«

»Adela. Sie hatte Angst. Ich konnte mich nicht rühren. Bekam keine Luft. Dann stand plötzlich Ruth vor mir.«

»Sie erinnern sich, wie Ruth in Ihre Wohnung kam?«

Er dachte darüber nach. »Nein.«

»War Adela in Ihrer Wohnung?«

»Nein.« Dessen war er sich sicher. »Nur der Schatten.«

»Haben Sie in den Schatten hineingeschaut?«

Er nickte.

»Was haben Sie gesehen?«

»Nichts. Nur Dunkelheit.«

»*Das* ist es also, was Sie sehen, wenn Sie diese Halluzinationen haben?«

»Nein, sie sind…« Er wollte sagen, dass sie ihm Angst machten, aber sein Stolz ließ ihn sich eines anderen besinnen, daher sagte er: »verstörend.«

Sie warf ihm einen amüsierten Blick zu. »Und der Schatten, die Lähmung, das Gefühl zu ersticken – das alles ist *nicht* verstörend?«

Er rang sich ein schwaches Lächeln ab. Plötzlich nahm in ihm ein Gedanke Gestalt an, er starrte die Ärztin an. »Gerade ist mir etwas klar geworden«, sagte er.

Sie erwiderte nichts darauf, sah ihn nur interessiert an.

»Da sind zwei Dinge, die es zu unterscheiden gilt: Zum einen sind da die Bilder, die sich wieder und wieder in meinem Kopf abspulen. Das sind Erinnerungen, Flashbacks, wie auch immer man das nennen will. Die Halluzinationen dagegen scheinen eine Reaktion auf das zu sein, was mir zugestoßen ist. Sie sind nicht real, zumindest nicht im herkömmlichen Sinne.«

»Und das, was Sie in diesen Flashbacks sehen, ist real?«

»Ich glaube…« *Ruth, ihre Augen, wütend. Der Schatten, der sich geisterhaft durch den Raum bewegt. Ein Aufblitzen, dann etwas wie ein Faustschlag gegen die Brust.* »Ja, ich glaube schon.«

»Hilft es Ihnen, das mit Sicherheit zu wissen?«

Ich kann sie nicht stoppen, ich kann sie nicht ausblenden. Aber ich erkenne auch keinen Sinn darin. Hilft es, eine Form von psychischen Qualen von den anderen zu unterscheiden? »Ich weiß es nicht«, gab er mit einem hilflosen Schulterzucken zu. »Mein Neurologe hat mir erklärt, die Auren, die ich um Menschen herum sehe, sind ein Zeichen meiner Genesung.«

»Ich glaube, er versteht etwas anderes unter Auren«, sagte sie. »Gerüche, visuelle Störungen wie plötzliche Grauschleier oder ein grelles Aufblitzen, Geräusche. Aber Sie sagen, Sie nehmen sie um *Menschen* herum wahr?«

Carver nickte.

»Nun gut… Verändern sie sich, oder hat jeder Mensch eine bestimmte Farbe?«

»Ich glaube, die Farbe hängt ganz von der Laune der jeweiligen Person ab. Bei Ruth sind sie die meiste Zeit orange – sie ist wütend auf mich.«

Sie legte ihre Finger auf die Lippen, und er wurde das Gefühl nicht los, dass sie ein Lachen unterdrückte. »Möglicherweise ist das, was Sie da beschreiben, eine Form der Synästhesie«, erklärte sie.

»Was, so wie wenn man Musik als Farben wahrnimmt?«

»Das wäre eine Möglichkeit.«

»Wurde das durch das Kopftrauma ausgelöst?«

»Möglich. Auch wenn das äußerst selten vorkommt. Sie wussten gleich, was ich mit Synästhesie meine. Hatten Sie vielleicht als Kind schon einmal damit zu tun?«

»Nein.« Doch noch während er dies sagte, glaubte Carver, sich vage zu erinnern, wie er in der Grundschule Zahlen und Farben durcheinanderbrachte. Und noch heute dachte er an die Farbe Gelb, wenn er das Wort »Mittwoch« las.

Sie öffnete die Tür zum Flur. »Hat irgendeiner von den Leuten da draußen eine Aura?«

Kurz betrachtete er die Personen, die er auf dem Flur und im Schwesternzimmer sah. »Die Frau dort drüben an dem Schreibtisch. Sie ist violett.«

»Wissen Sie, was das bedeutet?«

Er schüttelte den Kopf. »Verschwindet das auch wieder?«

Sie lächelte. »Wieso sollten Sie das wollen?« Ehe er eine Antwort parat hatte, sagte sie: »Welche Farbe hat meine Aura?«

Er betrachtete das Licht um sie herum. Sie wirkte blass, müder als sonst, doch ihre Haut hatte immer noch etwas Makelloses, fast wie poliert. Am liebsten wollte er die Hand danach ausstrecken und sie berühren. *Unangemessen,* ermahnte er sich selbst. Die Stimmungsschwankungen, das impulsive Verhalten, die unschicklichen Gedanken – sein Neurologe hatte ihm erklärt, all das seien Folgen entweder der Gehirnerschütterung oder der Tatsache, dass sein Gehirn nach dem Schuss auf ihn nicht genügend mit Sauerstoff versorgt war. Er konzentrierte sich gute sechzig Sekunden lang auf das Gesicht der Psychologin, doch er sah nicht viel mehr als das weiße Licht, das die LEDs über ihnen aussandten. »Sie haben keine Aura«, stellte er fest.

Sie lachte. »Nun, das hätten Sie mir ruhig etwas schonender beibringen können.« Dann sagte sie ernst: »Sie glauben also, Ruth ist sauer auf Sie?« Diese Frage schien sie aus aufrichtigem Interesse zu stellen.

»Ich weiß, dass es so ist.«

Eine Weile betrachtete sie ihn nachdenklich. »Es ist eine seltene, aber wundervolle Gabe zu wissen, was ein anderer Mensch wirklich fühlt«, sagte sie. »Warum ist sie wütend?«

»Weil sie denkt, dass ich zum Teil Mitschuld trage an allem, was geschehen ist.«

»Spielt es denn eine Rolle, was sie denkt?«

Er nickte.

»Weil …?«

»Weil…« Er seufzte. »Sie hat recht. Weil sie eine gute Freundin ist. Weil sie mich gedeckt und mich in Schutz genommen hat, als ich es am wenigsten verdiente.«

»Weiß sie, wie Sie empfinden?«

Er sah ihr direkt in die Augen. »Ist das eine Fangfrage?«

36

Ruth sah auf die Uhr. Das Medium, das sich selbst als Shadowman bezeichnete, hatte sich immer noch nicht bei ihr gemeldet, und das Callcenter, auf das seine Anrufe umgeleitet wurden, befand sich im Norden der Stadt. Wenn sie schnell war, konnte sie auf dem Weg zur Arbeit kurz vorbeifahren und trotzdem noch rechtzeitig zur Morgenbesprechung im Revier sein.

Die Frau am Empfang war von mittlerer Größe, hatte braune Haare, dunkle Augen und war Mitte zwanzig. Sie war nicht allzu begeistert, Informationen über Kunden preiszugeben, bis Ruth ihr erklärte, sie würde im Mordfall Kara Grogan ermitteln. Sofort öffnete sie eine Datei auf ihrem Computer.

»Hier wären wir … Das Konto läuft auf einen gewissen Dr. Lyall Gaines.«

Gaines war Shadowman?

Die Rezeptionistin sah sie an, als wartete sie auf eine Antwort.

»Was sagten Sie?«

»Seine Adresse«, fragte die Rezeptionistin erneut. »Wollen Sie sie haben?«

»Danke, die habe ich bereits«, erklärte Ruth.

»Sie denken doch nicht, dass er …«

»Danke«, sagte Ruth wieder und verhinderte so, dass die Frau ihre Frage zu Ende formulierte. »Das hilft mir schon weiter.«

Sie wartete, bis sie wieder im Auto saß, dann rief sie ihn auf dem Handy an.

»Guten Morgen«, sagte sie. »Spreche ich mit Shadowman?«

Es folgte eine Pause. »Ah.«

Zumindest stritt er es nicht ab.

»Sie täuschen also vor, ein Medium zu sein?«

»Ich dachte, wir hätten uns darauf geeinigt, dass diese Leute sich alle auf gewisse Weise verstellen?«

»Die Website dient also bloß der Tarnung.«

»Ja-ha …« Offenbar hielt er ihre Frage für naiv.

»Ich verstehe das nicht«, sagte sie. »Was erhoffen Sie sich davon?«

»Ich habe Ihnen gestern Abend doch erklärt, dass ich mich als Anthropologe für die Parapsychologie interessiere. Ich erhoffe mir, auf diese Weise neue Erkenntnisse zu gewinnen.«

Sie hasste es, wie Gaines sich ihrer Worte bediente, als wollte er sich über sie lustig machen. Natürlich war ihr bewusst, dass er sie damit nur verunsichern wollte. *Beruhige dich.* »Was ich sagen wollte«, erklärte sie sachlich, »ist, wie können Sie Ihre Befunde für Ihre Forschung verwenden, wenn Ihre Herangehensweise moralisch alles andere als einwandfrei ist?«

Erst schien er nicht antworten zu wollen.

»Dr. Gaines?«

Sie hörte, wie er Luft holte. »Ich nehme an, in *Ihrer* kleinen Welt hat man eine klare Sicht auf das, was richtig oder falsch ist.«

Sein steifer Tonfall verriet ihr, dass sie einen wunden Punkt getroffen hatte.

»Von der Polizei wird generell erwartet, dass sie sich an die Regeln hält, ja«, gab Ruth zurück. Sie legte einen amüsierten Unterton in ihre Stimme.

»Das ist richtig«, sagte er. »Trotzdem erfordert das Studium menschlichen Verhaltens eine gewisse Flexibilität. Tatsächlich«, so fügte er hinzu, »haben viele Akademiker wie ich den Eindruck, dass es die Forschung *behindert,* wenn man sich zu sklavisch an einen Ehrenkodex hält. Ich könnte allein ein halbes Dutzend Studien aus dem vergangenen Jahr zitieren …«

»Ich denke, ich kann zwischen Richtig und Falsch unterscheiden, ohne in einer Fachzeitschrift nachlesen zu müssen«, gab Ruth barsch zurück.

»Höre ich da Sarkasmus heraus, Sergeant Lake? Ich dachte, darüber wären Sie erhaben. Sie müssen verstehen, manchmal muss man Kompromisse eingehen, wenn man ein bestimmtes Ziel im Visier hat.«

»Sie meinen, man darf unter diesen Umständen auch zweifelhafte Praktiken anwenden? Seine wahren Beweggründe vor ahnungslosen Personen verbergen?«

»Niemand hat diese Leute gezwungen, das Formular auf meiner Seite auszufüllen«, betonte er. »Und die Fakten sprechen für sich. Im Zeitraum von nur acht Wochen haben knapp *dreitausend Personen* meinen Fragebogen beantwortet. Glauben Sie etwa, dass ich dieses Ergebnis erzielt hätte, wenn ich mir erst das Einverständnis der Leute geholt hätte? Dann wäre dieses Projekt von vornherein zum Scheitern verurteilt gewesen. Unter den gegebenen Umständen aber haben erstaunliche *zwei Drittel* der Teilnehmer persönliche Details preisgegeben, dabei wussten sie *genau,* dass sie es mit einem *Medium* zu tun hatten. Die Menschen teilen ihre dunkelsten Geheimnisse mit einem Wildfremden. Und warum? Weil sie überzeugt sind, dass der Fremde, der ihnen alle diese Fragen stellt, ihre geheimsten Gedanken und Gefühle längst *kennt.* Und sie sind überzeugt, dass diese Person – dieses *Medium,* dem sie nie zuvor begegnet sind – ihnen den Frieden und die Zuversicht bringen kann, die sie sich so sehr wünschen, und sie auf diese Weise befreit von den unzähligen Fragen und Zweifeln, die sie seit Jahren quälen.«

»Das alles beweist doch nur, wie verzweifelt diese Leute sind.«

Er lachte belustigt. »*Das,* meine Liebe, ist ... genau der Punkt. Dieser ganze Feldversuch wurde nur entwickelt, um zu beweisen, wie leicht die Menschen sich manipulieren lassen.«

»Sie beweisen ihre Anfälligkeit für Manipulation, indem Sie sie täuschen. Haben Sie denn gar kein schlechtes Gewissen dabei?«

»Nicht, wenn es der Forschung dient.« Mit einem Mal klang er unendlich erschöpft. »Sie müssen sich von solchen Gefühlen befreien.« Er seufzte. »Tja, ich hatte nicht erwartet, dass Sie dafür Verständnis zeigen würden. Nicht ernsthaft ... Es soll also genügen, wenn ich sage, dass meine wissenschaftlichen Versuche legitim, aussagekräftig und nachvollziehbar sind, mit überzeugenden Ergebnissen. Ich schicke Ihnen gerne ein Exemplar, sobald ich meine Studie veröffentlicht habe.«

»Ich kann es kaum erwarten«, beendete Ruth das Telefonat und fragte sich insgeheim, ob Kara seinen Fragebogen ebenfalls ausgefüllt hatte. Fragte sich, ob er wie Kara im Publikum gewesen war bei der Lesung von Jasmine Hart im

Epstein Theatre. Fragte sich, ob Dr. Gaines in der Nacht, als Kara verschwand, ihr aus dem Theater hinaus nach draußen gefolgt war, um sicherzustellen, dass sie auch »unbeschadet« rauskam.

37

DS Lake stellte Gaines' Befunde bei der Morgenbesprechung vor. Kaum hatte sie ihr Telefonat mit dem Anthropologen beendet, hatte sie eine E-Mail an Doktor Yi geschickt, den forensischen Psychologen, der Gaines ans Ermittlerteam weiterempfohlen hatte, mit der Bitte, er möge sie schnellstmöglich zurückrufen. Sie war versucht, ihre eigene Theorie darüber vorzustellen, die Frauen könnten allesamt ein Geheimnis gewahrt haben, beschloss dann aber abzuwarten, bis sie noch einmal mit Harry Rollinson und Jasmine Hart gesprochen hatte. Ehe sie am vergangenen Abend das Theater verlassen hatte, hatte sie die beiden gebeten, ins Präsidium zu kommen, um eine offizielle Zeugenaussage abzugeben. Sie erwartete sie um neun Uhr dreißig.

Bei der Besprechung wirkte Parsons unaufmerksam und abgelenkt, während das Team sich kleinlaut gab. Als sie ihnen allerdings das mit dem Überwachungsmaterial von den Straßen rund um das Theater erzählte, hellten sich ihre Mienen auf, und DCI Parsons brachte sogar ein »Gut gemacht« über die Lippen, wenn es ihm auch offensichtlich schwerfiel.

Nach der Besprechung blieb er auf dem Weg nach draußen unvermittelt stehen. »In meinem Büro«, sagte er leise. »In fünf Minuten.«

Er hat von meinem Besuch bei Carver Wind bekommen, dachte sie panisch. Sie nickte, sammelte aber weiter ihre Präsentationsunterlagen auf. Lediglich als er zur Tür rausging, warf sie ihm einen verstohlenen Blick zu. Er wirkte eher nachdenklich als wütend.

Jansen wartete ebenfalls bei Parsons im Büro, als sie dort eintraf.

»Würden Sie bitte Ihr Verhalten heute Morgen im Krankenhaus erklären?«, kam Parsons sofort zur Sache.

Sie antwortete mit einem schlichten »Sir?«.

Jansen mischte sich nun ein. »DCI Parsons spielt auf Ihren netten kleinen Plausch mit Carver an.«

Sie warf ihm einen verwunderten, aber wohlwollenden Blick zu. »Ich besuche DCI Carver fast jeden Tag, seit er angeschossen wurde, Sir«, sagte sie.

»In *diesem* Fall aber hatte er einen Wachmann vor der Tür stehen, dem Sie den Befehl gaben abzutreten«, erklärte Jansen verstimmt.

»Nein, Sir«, widersprach sie. »Ich habe den Constable lediglich auf den Bail Act von 1976 und auf den Police and Criminal Evidence Act von 1984 aufmerksam gemacht. Und weil er sich unsicher war, was die Kautionsbestimmungen betraf, riet ich ihm, sich zu vergewissern.«

»Und während er am Telefon war, haben Sie sich Zutritt zu Carvers Zimmer verschafft.«

»Wenn ich gegen DCI Carvers Kautionsauflagen verstoßen habe, entschuldige ich mich in aller Form, Sir«, sagte sie.

Jansens Miene verdüsterte sich. »Sie hätten um Erlaubnis bitten sollen«, presste er zwischen zusammengebissenen Zähnen hervor.

»Mir war nicht bewusst, dass ich Ihre Zustimmung brauchte, Sir.«

»Das *genügt,* Sergeant Lake«, fauchte Parsons.

Sie senkte den Kopf und gestand damit ein, dass die Rüge ihre Berechtigung hatte.

»Wenn Carver Ihnen gegenüber seine Schuld zugegeben hat, sind Sie verpflichtet, uns das zu melden«, warnte Jansen sie.

Sie entschied, dass es nicht schaden konnte, ihm einige Details preiszugeben. »Er hat mir erzählt, dass er nicht versteht, wie Sie seine DNA in Adelas Wohnung finden konnten, da er nie dort war.«

Jansen schnaubte verächtlich, doch Ruth ließ sich nicht beirren. »Er meinte außerdem, dass er Adelas richtigen Namen nicht kannte, bis er ihn in den Nachrichten hörte.«

»Sie erwarten von mir, dass ich Ihnen das abnehme? Sie glauben doch nicht ernsthaft, dass DCI Carver – der Mann, der zu dem Zeitpunkt eine der am meisten beachteten Ermittlungen in ganz Großbritannien leitete – keine Hintergrundinformationen eingeholt hat zu der Frau, mit der er ins Bett ging?«

Sie blickte Jansen unverwandt an. »Sie kennen ihn nicht, Sir. Also nein. Ich erwarte nicht, dass Sie das glauben. Aber *ich* kenne ihn. Und ich weiß genau, dass er keine polizeilichen Ressourcen missbrauchen würde, um sich über eine Frau zu informieren, mit der er gelegentlich Sex hatte.«

Jansen lachte höhnisch. »Das ist wirklich köstlich. Ist das derselbe Greg Carver, der sich die Akten zu den Opfern des Dornenkillers kopiert hatte? Ich sage *hatte,* denn sie sind verschwunden. Und wohin sind sie verschwunden?«

Ruth dachte an die Kiste, die bei ihr im Gästezimmer versteckt war. *Er kann dir nichts nachweisen – lass dich nicht einschüchtern.* Sie senkte den Blick und schwieg.

»Dann sage ich es Ihnen, okay?«, schlug Jansen vor. »Der Dornenkiller hat sie mitgenommen.«

»Da wäre ich mir nicht so sicher, Sir«, sagte sie und achtete tunlichst darauf, sich ihre Erleichterung nicht anmerken zu lassen.

Er breitete die Hände aus. »Wenn nicht der Dornenkiller, wer dann?«

»Derjenige, der DCI Carver erschießen wollte.«

Jansen starrte sie an. »Wollen Sie damit andeuten, dass der Täter nicht der Dornenkiller war?«

»Davon bin ich überzeugt.«

»Und worauf gründet Ihre Annahme?«

»Es entspricht nicht seiner üblichen Vorgehensweise«, erklärte sie.

»Ach so«, sagte Jansen. »Sie berufen sich also auf ein Negativum.«

»Das ist doch recht dürftig, Detective Sergeant Lake«, meinte Parsons tadelnd. »Haben Sie nichts Aussagekräftigeres, das Ihre Behauptung stützt?«

Er schien auf ihrer Seite zu sein, was die Sache nicht einfacher machte, weil sie die Pistole hatte – das beste Beweisstück, das man sich denken konnte. Ihr fiel einfach keine Möglichkeit ein, sie ihren Vorgesetzten auszuhändigen, ohne sich selbst in die Schusslinie zu bringen.

»Nein, Sir«, sagte sie schließlich. »Aber ...«

Sie stellte sich Carvers Wohnung vor zu dem Zeitpunkt, als sie ihn fand. Die Whiskyflasche, die umgekippt auf dem Boden lag. Die Waffe. Der Gestank nach Whisky und Blut und Pistolenrauch. Das Gefühl, dass etwas nicht stimmte ... Plötzlich kam ihr die Erkenntnis.

»Da war kein Glas.«

»Was?«

»Das Whiskyglas, das man am Faraday-Tatort fand«, sagte sie. »War das ein geschliffenes Waterford-Kristallglas?«

»Was zum Teufel hat das mit der Sache zu tun?«, fragte Jansen.

»Ich denke, es könnte aus Carvers Wohnung entwendet worden sein.«

»Sie wollen doch bloß ablenken«, warf Jansen ihr vor.

»Und wenn schon«, sagte Parsons. »Ich will es trotzdem hören.«

»Als ich DCI Carver fand, war da eine leere Flasche, aber kein Glas weit und breit.«

»Er hatte fast eine ganze Flasche Scotch geleert«, sagte Jansen. »Denken Sie, er legt gesonderten Wert darauf, das Getränk aus seinem kostbarsten Kristallglas zu trinken, um Himmels willen?«

»Ja, das denke ich.« Sie wandte sich an Parsons. »Hören Sie, es stimmt, dass DCI Carver viel trank, seit Kara Grogans Leichnam entdeckt wurde …«

»Und der Rest stimmt auch«, fügte Jansen hinzu.

»Aber wann immer ich ihn zu Hause etwas trinken sah«, führte sie weiter aus, »tat er das aus einem der beiden Waterford-Kristallgläser. Sie gehörten seinem Vater – Familienerbstücke.« Sie starrte Parsons an, als wollte sie ihn so zwingen, ihr zu glauben, doch er wirkte misstrauisch. Was sie ihm nicht verdenken konnte, war sie selbst ja anfangs der festen Überzeugung gewesen, dass Carver versucht hatte, Selbstmord zu begehen. Dabei hatte sie die vorgefundene Szene bloß nicht richtig beurteilt.

»Ruth«, sagte Parsons. »Mir ist bewusst, dass Sie Carver gern helfen würden, aber …«

»Haben Sie sonst noch irgendwo in der Wohnung Fingerabdrücke von ihm gefunden?«

»Seine DNA war überall«, erklärte Jansen.

»Aber nur ein Fingerabdruck«, stellte sie fest, »auf einem Gegenstand, den man mit Leichtigkeit von anderswo in die Wohnung hatte schaffen können.«

Jansen wirkte aufrichtig entsetzt. »Sie denken, man wollte ihm das *anhängen?*«

»Fehlt in seiner Wohnung eines der Gläser?«, verlangte sie zu wissen.

»Selbst wenn, würde das noch lange nichts beweisen«, wandte er ein.

»Aber es wäre ein Hinweis«, entgegnete sie. »Und eine forensische Analyse der Whiskyreste in Adelas Glas würde uns verraten, um welche Marke es sich handelt.«

»Und die hatte Miss Faraday vielleicht wie Tausende anderer Menschen auch daheim in ihrem Barschrank stehen.«

»*Vielleicht.* Aber *wissen* tun Sie es nicht, oder?«

»Detective Sergeant *Lake.*« Parsons funkelte sie aufgebracht an, und ihr wurde klar, dass sie ihre Stimme gegen ihn erhoben hatte.

»Tut mir leid, Sir. Aber ist es nicht eine Überlegung wert, dass derjenige, der Adela ermordet hat, die Sache Carver in die Schuhe schieben wollte?«

»Wenn das der Fall wäre, wieso hat der mysteriöse Unbekannte die Waffe nicht bei Carver in der Wohnung liegen lassen?«

Er legte den Kopf schief. »Keine Idee, Sergeant?«

Darauf konnte sie nicht antworten.

»Wenn Carver wirklich unschuldig ist, warum weigert er sich zu kooperieren?«, wollte er wissen.

»Er ist durcheinander«, sagte sie. »Seine Erinnerungen an diese Nacht kommen nach und nach zurück, aber nur lückenhaft. Das alles ergibt für ihn keinen Sinn. Er denkt,

Sie hätten sich Ihre Meinung über ihn ohnehin längst gebildet, und jetzt macht er sich Sorgen, Sie könnten die Fakten der Theorie anpassen.«

»Wohingegen Sie natürlich völlig unparteiisch sind«, bemerkte Jansen höhnisch.

»Ich versuche nur, der Wahrheit auf den Grund zu gehen«, sagte sie und gab sich alle Mühe, nicht auf die Stimme in ihrem Kopf zu achten, die zeterte: *Du Heuchlerin. Du verlogene Heuchlerin. Du bringst die Wahrheit schon noch ans Licht, aber nur wenn du nicht zugeben musst, dass du die Waffe an dich genommen hast.*

38

Der Flur war voll mit Leuten, die unterwegs nach draußen waren, um irgendwelchen Jobs nachzugehen, als Ruth auf dem Weg in den Verhörraum war. Harry Rollinson und Jasmine Hart sollten inzwischen eingetroffen sein.

Tom Ivey war gerade aus der Carver/Faraday-Einsatzzentrale getreten, und eigentlich erwartete sie, dass er auf dem Absatz kehrtmachen und wieder nach drinnen verschwinden würde, sobald er sie sah. Er aber schaute ihr fest in die Augen und richtete seinen Blick dann auf den Notausgang zur Treppe.

Mit einem Nicken signalisierte sie ihm, dass sie verstanden hatte, und ließ ihn vorausgehen, während sie selbst einen raschen Umweg über ihren eigenen Einsatzraum machte, um die Liste mit den Fragen für das Verhör zu holen.

Das Treppenhaus leerte sich allmählich, nur noch wenige Beamte waren zurückgeblieben, um sich über den neuesten Klatsch und Tratsch auszutauschen. Sie verlangsamte ihre Schritte, bis die letzten Nachzügler ebenfalls den Weg nach draußen gefunden hatten, und setzte ihren Weg die Treppe hinunter fort. Nur dass der Detective Constable nirgends zu sehen war, und erst als sie sich wieder auf den Rückweg nach oben gemacht hatte, stellte sie fest, dass er in das Stockwerk über den Einsatzräumen hinaufgestiegen war.

»Ich habe mit dem Chirurgen gesprochen, der DCI Carver operiert hat«, sagte er. »Es fanden sich keine Glassplitter in den Haaren. Aber er meinte, das Team von der Notaufnahme im Royal habe den Kopf bei seiner Einlieferung auf Verletzungen untersucht, deshalb habe ich mit der Stationsschwester gesprochen, die in jener Nacht Dienst hatte. Er hatte keine sichtbaren Wunden am Kopf, aber als das CT auf eine Gehirnerschütterung hindeutete, sah sie genauer hin und fand etwas in seinen Haaren, das sie als ›feine Glitzerpartikel‹ beschrieb.«

»Splitter vom Spiegel«, sagte Ruth. »Warum stand das nicht im Bericht, als man ihn ins Aintree verlegt hat? Ich meine, gibt es denn da keine Übergaberegelung?«

Er hob eine Schulter. »Um Weihnachten und Neujahr herum geht man bei ›Glitzerpartikeln‹ wohl von Partyglitter aus. Sie sagte, sie hätte sich nicht allzu viel dabei gedacht. In dieser Nacht herrschte ziemlich Betrieb in der Notaufnahme, bei dem vielen Schnee und …« Er zuckte mit den Schultern. »Sie hat es einfach vergessen.«

»Es gibt also keine physischen Beweise und keinen schriftlichen Bericht, dass DCI Carver angegriffen wurde, bevor man auf ihn schoss?«

Er ließ den Kopf hängen. »Tut mir leid.«

»Nein, schon gut, ich weiß es sehr zu schätzen, dass Sie es mir gesagt haben«, erklärte sie. »Weiß Jansen davon?«

»Ich wollte mich gerade auf den Weg machen, um es ihm zu sagen, als ich Sie traf.«

»Danke für die Info, Tom.«

»Kein Problem. Er ist übrigens *stinksauer* auf Sie.«

»Oh, glauben Sie mir, das ist mir bewusst.«

Rollinson war wie ausgewechselt, keine Spur mehr von dem Mann, der am Vorabend versucht hatte, sie einzuschüchtern. Er verschränkte die Hände ineinander, legte sie auf den Tisch und lächelte Ruth freundlich an, als sie zur Tür hereinkam. Der Ring an seinem kleinen Finger war verschwunden.

Sie sah ihm ins Gesicht, während sie ihn darauf hinwies, dass das Verhör aufgezeichnet wurde.

»Klaro«, sagte er strahlend. »Dann legen wir mal los, oder?«

Ruth lächelte. »Sie sind ja bestens gelaunt. Ich hätte nicht gedacht, dass Sie ein Morgenmensch sind, Mr. Rollinson.«

Rollinson warf den Kopf in den Nacken und brach in schallendes Gelächter aus. »Ach herrje, tut mir leid, Sergeant. Nach so einer Show bin ich manchmal ganz schön mies drauf«, gestand er. »Aber wenn man mich erst kennt, bin ich ein richtiger Kuschelbär.«

Sie ging nacheinander die Fragen durch, die sie am Vorabend bereits gestellt hatte, und er beantwortete sie eins zu eins im gleichen Wortlaut wie schon zuvor. Der einzige Unterschied heute war, dass er tatsächlich *überzuschäumen* schien vor guter Laune.

Ein anderer Detective führte das Verhör von Jasmine Hart durch, geleitet von den Fragen, die Ruth vorbereitet hatte. Sie hatte ihn außerdem vor den Cold-Reading-Fähigkeiten des Mediums gewarnt. Für sie bestand kein Zweifel, dass Vater und Tochter mit einer Stimme sprachen, als sie sich später die Verhörprotokolle ansah. Harry Rollinsons Beteuerungen, er wisse nicht, was aus Kara nach dem Auftritt geworden sei, fanden sich fast identisch beim Verhör von Jasmine, und jeder gab dem anderen ein Alibi für die Stunden bis Mitternacht in der fraglichen Nacht.

Als sie Rollinson, der für die Kamera lächelte, ins muntere, pausbäckige Gesicht sah, hätte man ihn gut für den netten Onkel von nebenan halten können. Natürlich wusste Ruth, dass er ein Gauner war, weil sie sich in der PNC-Datenbank über ihn informiert hatte. Rollinson hatte reihenweise Leute übers Ohr gehauen und ihnen Geld abgeluchst oder ihnen betrügerische Investitionen aufgeschwatzt, er hatte mit gefälschten Schecks gehandelt, Sozialhilfe bezogen, auf die er kein Anrecht hatte – kurz, er verdiente sich seinen Lebensunterhalt auf jede erdenkliche unehrliche Weise. Sie wusste außerdem, dass er gefährlich und gewalttätig war, er hatte zwölf Monate von einer achtzehnmonatigen Haftstrafe wegen gefährlicher Körperverletzung abgesessen. Die Klägerin, eine Journalistin, die sich mit seinen Betrügereien auseinandergesetzt hatte, hatte sich mittlerweile beruflich umorientiert, bei sich zu Hause ein Videoüberwachungssystem installieren lassen und verließ das Haus nur noch selten nach Einbruch der Dunkelheit.

Als sie hörte, wie er sich besorgt zu Kara Grogan äußerte (»armes Mädchen«) und traurig den Kopf schüttelte angesichts der grenzenlosen Grausamkeit auf dieser Welt, kam sie zu der Überzeugung, dass keiner, der die Faktenlage nicht kannte, auf die Idee kommen würde, einen Verbrecher vor sich zu haben. Denn auch wenn sein Lebensstil recht unorthodox war, hatte man den Eindruck, es mit einem Mann zu tun zu haben, der seine Tochter darin unterstützte, den Trauernden Beistand zu leisten. Doch als Ruth ihm in die lächelnden Augen blickte, sah sie im Geiste das geschundene und blutende Gesicht der Journalistin vor sich, die dank Rollinson ein traumatisierter, gebrochener Mensch war.

»Tut mir leid, dass Sie Ihre Zeit mit mir vergeudet haben,

meine Liebe«, sagte er. »Aber wie ich schon sagte, als Kara das Theater verließ, erfreute sie sich bester Gesundheit. Was ihr danach zustieß, tja …« Er starrte ihr in die Augen. »Sie wissen doch, wie das so läuft: Wenn Sie für den Bruchteil einer Sekunde nicht aufpassen …« – er schnippte mit den Fingern –, »verändert Ihr Leben sich von Grund auf.«

Ruth stellten sich die Nackenhaare auf. Ihr war nicht entgangen, dass er sie direkt angesprochen hatte. Kurz war etwas in seinen Augen aufgeblitzt, ein stumpfes, eisiges Funkeln, so flüchtig, dass sie sich fragte, ob sie es tatsächlich gesehen hatte. »*Sie* wissen, wie das läuft … Wenn Sie nicht aufpassen …« Ruth hatte Erfahrungen aus erster Hand, was solche Entscheidungen in Sekundenbruchteilen und die daraus resultierenden katastrophalen Folgen betraf. Sie wusste, dass es oft nicht mehr als einen Augenblick brauchte, um eine falsche Entscheidung zu treffen, und sie fragte sich, wie viel Rollinson wohl von ihrer traumatischen Geschichte wusste.

Als sie sich die Videoaufzeichnung später noch einmal ansah, erschien er ihr umgänglich, wenn auch etwas flegelhaft. Man musste schon mit ihm in diesem Zimmer gewesen sein, um die unterschwellige Drohung in seinen Worten zu spüren.

John Hughes erwartete sie im Einsatzraum, nachdem sie ihre Sachen zusammengesammelt und Rollinson und seine Tochter entlassen hatte.

»Ich hatte nicht erwartet, Sie hier zu sehen«, sagte sie.

Er reichte ihr einen Stapel DVDs, von denen jede einzeln in einer Hülle steckte und mit einem Beweismittelaufkleber versehen war.

»Die ersten Aufnahmen von den Überwachungskameras

aus der School Lane. Die hier waren leicht zu bekommen. Wir werden einige der DVR-Festplatten klonen müssen, es wird also ein Weilchen dauern, bis die Daten auf einen Datenträger übertragen werden können. Wie es aussieht, sind da auch ein paar, bei denen wir die Daten nicht herunterladen können, deshalb werden wir das Originalequipment beschlagnahmen müssen. Das ist höllisch viel Material, Ruth.«

Sie wusste, worauf er hinauswollte: »Parsons hat zusätzliches Personal angefordert, damit wir die Arbeitslast bewältigen können«, sagte sie.

»Wann?«

»Könnte ein, zwei Tage dauern.«

»Sie wollen die aber selbst durchsehen, stimmt's?«

Sie hob eine Schulter und ließ sie wieder sacken. »Ich kann ja mal anfangen.«

»Dann stellen Sie sich besser Augentropfen bereit.«

»Das tue ich«, sagte sie und wusste genau, dass er das nicht als Witz gemeint hatte.

»Ach, wir haben übrigens den Typen aufgespürt, der das Video von Kara bei Mrs. Harts medialer Lesung ins Netz gestellt hat.« Er machte eine kurze Pause, und sofort wurde ihr klar, dass dies der eigentliche Grund seines Besuches war.

»Dann spannen Sie mich nicht länger auf die Folter«, sagte sie, und ausnahmsweise war es ihr egal, ob man ihr ihre Aufregung anmerkte.

»Er hat mich gefragt, ob wir die gesamte Aufnahme wollen.«

Sie grinste. »Und, *wollen* wir?«

»Ich habe einen IT-Spezialisten angefordert, der am späten Vormittag bei ihm vorbeifährt, um sicherzugehen, dass es keine Probleme bei der Datenabfrage gibt«, erklärte er. »Ich lasse Ihnen die Aufnahme zukommen, sobald wir sie haben.«

Ruth öffnete die erste Beweismittelbox und setzte sich, um sich das erste Band des Liverpooler Nachtlebens anzusehen. Sie spulte vor bis sechs Uhr am Abend der medialen Lesung. Leute, die im Stadtzentrum arbeiteten, und Menschen auf Shoppingtour eilten durchs Bild, dem Anschein nach auf dem Weg nach Hause. Nach und nach wurden die Passanten immer weniger, bis gegen sieben die ersten Leute in die Stadt kamen, um auszugehen. Einige waren ganz schlicht in schwarze Mäntel gekleidet – Paare und kleinere Grüppchen von Erwachsenen, wie sie annahm, die auf dem Weg zu Jasmines Lesung im Theater waren. Kara fand sich nicht unter ihnen. Als sie erst kurz bei der Polizei gewesen war, hatte Ruth es gehasst, sich mit solcherlei Aufgaben aufhalten zu müssen. Die Fähigkeit, einen Verdächtigen auf einem unscharfen Videoband in einer Menge auszumachen, war von großem Wert, ihre Erfolgsquote beeindruckend. Aber schon bald war ihr das zu langweilig geworden, aus den Massen an samstäglichen Shoppingbesuchern die bösen Jungs herauszufiltern, es kam ihr vor, als würde sie sich immer wieder das gleiche *Wo ist Walter?*-Wimmelbuch ansehen. Menschen identifizieren zu können ist eine Begabung, eine neurologische Laune der Natur. Aber den eigentlichen Kick bekam sie, wenn sie Menschen lesen durfte, deshalb war eine Last von ihr abgefallen, als sie einen DCI fand, der bereit war, ihr eine Chance zu geben. Ohne zu zögern, hatte sie der Ermittlungsarbeit am Schreibtisch den Rücken gekehrt.

Doch im Moment war sie dankbar, sich das Videomaterial ansehen zu können, weil sie wusste, dass ihr ein vertrautes Gesicht nicht entgehen würde. Trotzdem dachte sie insgeheim über ihre missliche Lage nach. Die *Glitzerpartikel*, die die Schwester der Notaufnahme in Carvers Haaren bemerkt hatte, konnten sehr gut Spiegelsplitter gewesen sein. Carver war ein hochgewachsener Kerl. War es möglich, dass Adela Faraday ihn mit solcher Wucht gegen einen Hotelzimmerspiegel geschleudert hatte, dass dieser in tausend Scherben zerbrach? Anfangs war Carver stur geblieben, doch dann hatte er zugegeben, dass seine Erinnerungen an diese Nacht verworren und lückenhaft waren. Ruth hatte ihm geglaubt. Bestand die Möglichkeit, dass die schattenhafte Gestalt, die er behauptete, in seiner Wohnung gesehen zu haben, tatsächlich im Hotel aufgetaucht war? Hatte der Streit zwischen Carver und dem Unbekannten und gar nicht zwischen Carver und Adela stattgefunden? Das fehlende Whiskyglas deutete jedenfalls in diese Richtung. Eine forensische Untersuchung der Waffe würde dieses Puzzleteil vermutlich vervollständigen, nur dass sie immer noch keine Möglichkeit gefunden hatte, sie als Beweismittel ins Spiel zu bringen.

Unwillkürlich richtete sie sich auf, als ihr etwas ins Auge fiel. Sofort schoss ihre Hand vor und bewegte die Maus auf das Rückspulsymbol. Kara? Das Bild war unscharf und schlierig, aber es war eindeutig Kara – da war sie sich sicher. Sie ging die School Lane entlang in westliche Richtung, wo diese in die Paradise Street mündete. Sie rief John Hughes an, teilte ihm die Beweismittelnummer mit und nannte ihm den Zeitpunkt der relevanten Stelle. »Können unsere Techniker das Bild noch verbessern?«, fragte sie.

»Sekunde.« Sie hörte, wie er etwas auf der Tastatur

tippte. »Ich habe hier eine Notiz von dem CSI, der das Material sichergestellt hat. Er meinte, die Linse an dieser Kamera sei ziemlich verdreckt gewesen«, sagte er. »Möglicherweise können wir das Material ein wenig verbessern, aber es wäre wohl kaum zu merken.«

Ruth spulte ein Stück weiter, aber es war niemand zu sehen bei der Studentin. Es sah auch nicht so aus, als wäre Kara verfolgt worden, zumindest nicht auf diesem Straßenabschnitt. »Lassen Sie das vorerst lieber sein«, sagte sie. »Ich mache mir einen Screenshot. Falls wir zu Vergleichszwecken doch ein saubereres Bild benötigen, komme ich auf Sie zurück.« Damit legte sie auf und machte sich eine Notiz zu Zeitpunkt und Position auf der Aufnahme: Es war acht Uhr dreiunddreißig. Also hatte Rollinson in diesem Punkt nicht gelogen. Sie ließ die Aufnahme weiterlaufen, für den Fall, dass Kara denselben Weg wieder zurückgekommen war, was allerdings nicht der Fall zu sein schien.

Eine Stunde später legte sie eine neue CD ein. Ein anderer Blickwinkel, eine andere Aufnahmetechnik; jede Kamera erzählte ihre eigene Geschichte, und vielleicht ergab sich am Ende eine lückenlose Erzählung der Geschehnisse jener Nacht. Die Zeit – und das körnige Videomaterial – würde ihnen darüber Aufschluss geben.

Diese Kamera war etwas höher angebracht als die letzte, an einem Gebäude unweit der Bluecoat Chambers. Die Bilder waren von besserer Qualität, doch die besten Aufnahmen waren die in die Ferne; alles, was näher als fünf Meter war, war nur von oben zu sehen. Club-Gänger, Pub-Besucher, Betrunkene und eine gelegentliche Ratte zogen in Sekundenschnelle vorüber. Kara tauchte gegen acht Uhr dreiunddreißig auf, blieb an der Church Alley kurz stehen und zögerte, dann ging sie weiter und verschwand aus dem Aufnahmebereich der Kamera.

Wieder ließ Ruth das Band ein zweites Mal laufen, aber Kara war allein, alles schien in bester Ordnung. Ruth spulte zurück, um einen Screenshot zu machen, und sann währenddessen wieder über die Waffe nach, die bei ihr zu Hause in einer Beweismittelbox lag. Carver hatte recht – sie hätte sie niemals entsorgen können. Ihre Ausbildung beim CSI und ihr Instinkt ließen nicht zu, dass sie ernsthaft in Betracht hätte ziehen können, ein Beweismittel zu vernichten.

Das hast du aber getan, als du in Carvers Wohnung alles sauber gewischt hast, ermahnte sie sich selbst. Doch eine Waffe im Fluss zu versenken war eine ganz andere Größenordnung, als Fingerabdrücke zu beseitigen. In Wahrheit hatte sie schon bei der ersten Lüge bereut, dass sie den Tatort manipuliert hatte. Das war an dem Abend gewesen, als der Schuss gefallen war. Hughes hatte sie gefragt, wie sie in Carvers Wohnung gelangt war. Sie hatte gesagt, die Tür hab »sperrangelweit offen« gestanden. Seither folgte Lüge auf Lüge – und mit jeder neuen Falschinformation, Ausweichtaktik oder Ablenkung waren die Schuldgefühle größer geworden.

Die Pistole, die sie vom Tatort entwendet hatte, war vielleicht genau der Beweis, der ihnen fehlte, um das Rätsel um den Schuss auf Carver und Adelas Ermordung zu klären. Sie konnte die Waffe unmöglich vernichten, aber sie konnte sie auch nicht an die Verantwortlichen aushändigen, ohne sich selbst zu belasten.

Zwanzig Minuten später, während sie die Bilder im Geiste noch einmal Revue passieren ließ, wurde ihr bewusst, dass es doch etwas gab, das sie tun konnte, ohne sich selbst in die Bredouille zu bringen. DC Ivey hatte gesagt, die Kugel, die Adela tötete, sei eine Kaliber.22 gewesen. Doch leider gab es keine Übereinstimmungen in der ballistischen Datenbank. Und das bedeutete, dass die Waffe noch bei keinem aktenkundigen Verbrechen zum Einsatz gekommen war.

Ihr Wissen in Sachen Waffenrecht war ein wenig verstaubt, doch sie wusste sehr wohl, dass die Anforderungen für den Besitz einer Handfeuerwaffe in Großbritannien sich mit der Einführung des Zusatzartikels zum Firearms Act im Jahr 1997 dramatisch verschärft hatten. Der Artikel wurde infolge des Dunblane-Massakers eingeführt, bei dem insgesamt sechzehn fünf- und sechsjährige Schulkinder und ein Lehrer von einem Einzeltäter erschossen worden waren. Die Bestimmungen dieses Zusatzartikels verhängten ein vollständiges Verbot von automatischen Schusswaffen sowie von jeglichen Waffen mit einem Lauf von weniger als dreißig Zentimetern Länge. Darüber hinaus sah die Regelung vor, dass die Gesamtlänge von Waffen nicht weniger als sechzig Zentimeter betragen durfte. Die meisten Waffennarren kamen darin überein, dass der Zusatzartikel von 1997 im Grunde Handfeuerwaffen weitestgehend untersagte. Die nette kleine Pistole, die sie bei Carver zu Hause gefunden hatte, war der Definition nach also illegal.

Selbstverständlich war es möglich, dass sie zunächst angepasst worden war, um den Bestimmungen der britischen Gesetze zu entsprechen, anschließend aber wieder in den ursprünglichen Zustand zurückversetzt worden war. Laufend wurden legale Waffen entwendet, und ein gewisser Anteil davon landete unweigerlich an den Schauplätzen von Verbrechen. Doch handelte es sich dabei meist um Flinten mit abgesägtem Lauf oder um Gewehre, die zu kurzen Stummeln umgearbeitet worden waren. Die Waffe, die Ruth bei sich zu Hause in der Kiste liegen hatte, war sauber und gepflegt. Sie sah noch unbenutzt aus. Selbst die Seriennummer war intakt.

War es möglich, dass die Waffe Adela gehört hatte? Die Statistik ließ keinen Zweifel daran, dass Frauen, die sich selbst mit Pistolen bewaffneten, viel öfter mit den eigenen Waffen erschossen wurden, als dass sie sie erfolgreich zur Selbstverteidigung einsetzten. Wenn es wirklich Adelas Waffe war, blieben zwei Möglichkeiten: Entweder sie hatte sich eine »saubere« illegale Waffe besorgt, oder sie hatte sich eine legale Waffe umarbeiten lassen.

Ruth machte eine Pause und benutzte ihr Handy, um nach Handfeuerwaffen zu suchen, die für die Benutzung in Großbritannien zugelassen waren.

Schützenvereine waren zu einer recht innovativen Lösung gekommen, was die Regelung mit der Minimallänge von sechzig Zentimetern betraf: Die Pistolen, die zum Verkauf standen und als dem britischen Recht entsprechend eingestuft waren, verfügten über eine Laufverlängerung, die man am vorderen Ende aufsetzen konnte, nicht zu verwechseln mit einem Schalldämpfer, und eine Schaftverlängerung am anderen Ende, die aussah wie eine dicke Radioantenne, welche in den Griff mündete. Aber so sah die Waffe, die sie bei Carver gefunden hatte, nicht aus.

Falls die Pistole *tatsächlich* legal registriert war, würde die Seriennummer sie direkt zum rechtmäßigen Eigentümer führen. Doch dazu würde sie sich in den Police National Computer einloggen müssen – und dann würden die elektronischen Fußabdrücke direkt zu ihr zurückführen. Sie musste einen anderen Weg finden, um den Eigentümer ausfindig zu machen.

Für einen Umbau, der einer Waffe nicht anzusehen war, bedarf es großen Geschicks – und das bedeutete wiederum, dass Kontakte und Geld nötig waren. Adela hatte das Geld, aber wo hätte sie jemanden aufgetrieben, der das nötige Können mitbrachte?

Erneut nahm sie ihr Smartphone zur Hand und suchte nach örtlichen Schützenvereinen. In ganz Merseyside gab es fünf, von denen sie sich die Telefonnummern notierte.

Die Einsatzzentrale war so gut wie leer; trotzdem begab sie sich in die hinterste Ecke, um ihre Telefonate zu führen, um ganz sicher zu sein, dass niemand sie belauschte. Beim fünften Versuch hatte sie Glück: Miss Faraday war tatsächlich im Vereinsregister eingetragen, und der Mann, der die Mitgliedschaften verwaltete und mit dem sie sprach, war auch noch bei der Polizei gewesen. Er hatte von dem Mord an Adela gehört und bot ihr bereitwillig seine Hilfe an.

»Hatte sie bei Ihnen irgendwelche Waffen registriert?«, erkundigte sich Ruth. Es war gut möglich, dass sie eine vereinseigene Pistole verwendet hatte.

»Geben Sie mir eine Minute, ich suche ihre Registrierungsunterlagen heraus«, sagte der Mann. »Okay… Ich habe hier einen Eintrag für eine Langrohrpistole der Marke Iver Johnson Low Mill 1911 – sind Sie damit vertraut?«

»Das könnte ich nicht behaupten«, sagte sie.

»Sie entspricht dem Standard«, erklärte er. »Ein Lauf von dreißig Zentimetern, Gesamtlänge mindestens sechzig Zentimeter – alles wie es sein soll.«

Die Pistole, die Ruth aus Carvers Wohnung mitgenommen hatte, war nicht länger als fünfzehn Zentimeter, Lauf und Griff, alles inklusive.

»Haben Sie zufällig eine Kopie des Waffenzertifikats da?«, fragte sie.

»Sicher. Ich könnte es Ihnen per Mail schicken, wenn Sie möchten, als PDF?«, schlug er vor.

»Schon gut. Nennen Sie mir einfach die Seriennummer. Falls wir die Unterlagen wirklich benötigen, komme ich bei Ihnen vorbei und hole sie persönlich ab.«

Als sie die Nummer hatte, legte sie auf und sah sich im Raum um. Die meisten Beamten waren draußen im Einsatz, und es war schon fast Mittag. Wenn sie nicht mehr als eine Stunde weg war, würde bestimmt keiner sie vermissen.

Zu Hause angekommen, schlüpfte Ruth in einen Schutzanzug, zog eine Maske über und schlüpfte in zwei Paar Handschuhe. Im Gästezimmer säuberte sie zuerst die Ablagefläche der Kommode mit destilliertem Wasser und sterilen Tüchern, dann legte sie ein sauberes Blatt Papier auf die Oberfläche, ehe sie die Beweismittelbox vom Schrank herunterholte und sie behutsam darauf abstellte.

Da wären wir…

Mit einem Skalpell durchtrennte sie den Tesafilm an drei Seiten der Box, und schon nach dem ersten Schnitt legte sich das Zittern in ihren Händen. Die Waffe verfügte über einen Standardlauf von zwölf Zentimetern, und sie hatte einen altmodischen Holzgriff mit einem Eulenlogo, das in der Mitte eingraviert war. Der Rahmen war mit dem Namen des Herstellers und der Nummer 1911 versehen. Alles deutete darauf hin, dass es sich um Adelas Waffe handelte, aber die Pistole, die sie registriert hatte, galt als sogenannter Karabiner. Das hier aber war kein Karabiner.

Nachdem sie einige Augenblicke gebraucht hatte, um wieder zu Atem zu kommen, nahm Ruth die Waffe zur Hand und drehte sie ganz vorsichtig um, da sie nicht wusste, ob sie geladen war. An der Seite des Griffs, wo die Verlängerung hätte sein sollen, fand sie eine Stelle, an der das Aluminium poliert aussah. Die Seriennummer war auf dem Rahmen deutlich zu erkennen, direkt unterhalb des Laufs.

Alles passte. Keine Frage. Die Pistole, die sie aus Carvers Wohnung entwendet hatte, gehörte Adela. Sie legte die Waffe zurück in die Box, holte erneut tief Luft und ließ dann ganz langsam los.

Was hatte Adelas Waffe in Carvers Wohnung zu suchen? Hatte er sie mitgenommen, nachdem er Adela erschossen hatte? Oder war die Geschäftsfrau von der schattenhaften Gestalt umgebracht worden, die Carver seiner eigenen Aussage nach in seiner Wohnung gesehen hatte? War es möglich, dass Carver angeschossen worden war, weil er sich auf Adela eingelassen hatte?

Zehn Minuten später war das Beweismittel wieder sicher verstaut, und Ruth stand in ihrem Garten und zog an einer E-Zigarette. Auf Carver wie auf Adela war mit einer Kleinkaliberwaffe geschossen worden. Die Statistik legte nahe, dass Adela mit ihrer eigenen Waffe erschossen worden war, doch der einzige Weg, dies mit absoluter Gewissheit sagen zu können, war, die Waffe ballistisch untersuchen zu lassen – was nicht infrage kam.

Sie blies den Dampf in die kalte Januarluft. Möglicherweise konnte sie Tom Ivey auf den Schützenverein aufmerksam machen, ihm sagen, dass sie einer bloßen Ahnung gefolgt war. Doch das Faraday-Team hatte vielleicht längst überprüft, ob sie im Besitz einer Waffe war. Und was würde das auch groß bringen? Sie brauchten die Seriennummer, um sie genau zuordnen zu können, und das brachte Ruth wieder zurück zu der Tatsache, dass sie über das entscheidende Beweismittel verfügte, es aber nicht für die Ermittlungen freigeben konnte.

Das Summen ihres Handys riss sie aus ihren Gedanken.

»Wo zum Teufel stecken Sie?« Es war DCI Parsons.

»Mittagspause, Sir.«

»Wie schön für Sie.«

»Was gibt es denn?«, fragte sie, und sie wollte verdammt sein, wenn sie sich bei einem Zwölfstundentag auch noch für eine einstündige Pause entschuldigte.

»Gaines hat soeben angerufen«, sagte er. »Er behauptet, auf eine versteckte Botschaft in den Tätowierungen gestoßen zu sein.«

Ein hoffnungsvolles Prickeln durchströmte ihre Adern. Sofort ging sie zurück ins Haus, schloss die Tür hinter sich und eilte in den vorderen Bereich der Wohnung.

»Ein Symbol, wie er sagt, das vielen Kulturen gemeinsam ist und der Darstellung von Geheimnissen dient«, fuhr Parsons fort.

Sie wurde langsamer, als sie hinaus auf die Straße trat. »Lassen Sie mich raten: das Horus-Auge oder das Auge der Vorsehung.«

»Er hat mir erklärt, er hätte das bereits mit Ihnen *diskutiert*. Warum haben Sie kein Wort davon gesagt?«

Der Punkt geht an Sie, Gaines, dachte sie. *Mit diesem schlauen Schachzug haben Sie mich glatt überrumpelt.*

»Er hielt es für nicht relevant, als wir darüber sprachen«, wehrte sie ab, weil sie das Gefühl hatte, es würde nicht viel bringen, sich darüber zu streiten, wer ursprünglich auf diese Idee gekommen war.

»Tja, jetzt scheint er da anderer Meinung zu sein. Und ich halte es ebenfalls für relevant. Wir müssen uns die Opfer noch einmal ansehen, überprüfen, ob es vielleicht etwas gibt, das sie verheimlicht haben. Die ehemalige Lehrerin hat als Stripperin gearbeitet, nicht wahr?«

»Jo Raincliffe, Sir. Ja«, bestätigte Ruth. »Und Tali Tredwin hat ihrer Familie eine Essstörung verheimlicht. Kara…«

»Sie haben das bereits untersucht und sind nicht auf die Idee gekommen, es mir gegenüber zu erwähnen?«

Sie holte ihre Schlüssel hervor und schloss die Haustür ab. »Ich habe die Akten durchgesehen, weil ich nach möglichen Verbindungen gesucht habe, Sir.«

»Wir sind hier nicht bei einer Quizshow, sondern ermitteln in einem wichtigen Fall, Sergeant Lake«, knurrte er mürrisch. »Ich will, dass Sie auf der Stelle zurück ins Revier kommen, und ich will alles haben, was Sie in diese Richtung bereits ermitteln konnten.«

»Sir.«

»Alles«, wiederholte er.

Der Killer sieht zu, wie Ruth Lake das Haus verlässt. Sie ist gerade dabei, ein Telefonat zu beenden, und während sie das Handy in die Tasche ihres Mantels gleiten lässt, scheint sie tief in Gedanken zu sein – sie wirkt völlig darin versunken, *gefangen* in ihrem Geflecht.

Wie gerne würde ich sie da herausholen, Schicht für Schicht, um die Wahrheit darunter zu erkennen.

Der Detective geht ohne einen zweiten Blick an ihm vorüber. *Spürst du denn nicht meine Augen auf dir?*

Vor dreißig Minuten war sie an ihrem Schlafzimmerfenster vorne erschienen. Als sie die Vorhänge zuziehen wollte, trug sie hellblaue Nitrilhandschuhe. Was versteckt sie, das eine Ausstattung wie an einem Tatort erforderlich macht?

Geheimnisse, Ruth. So viele Geheimnisse.

Jetzt sitzt sie ohne die Handschuhe in ihrem Auto. Die Minuten verstreichen. Als sie endlich den Motor anlässt, legt sie eine rasche Kehrtwende hin und tritt aufs Gas.

Soll er Ruth Lake folgen, oder will er herausfinden, was sie da drin verbirgt? Hin- und hergerissen schaut der Killer zu, wie sie davonfährt. Die Rücklichter ihres Wagens leuchten auf wie Morsezeichen, als sie an der Kreuzung hart auf die Bremse tritt. Das Telefonat scheint sie durcheinandergebracht zu haben. Ungeduldig lässt sie den Motor aufheulen, und schon ist der Entschluss gefällt: Er kann sich die Gelegenheit nicht entgehen lassen, Ruths undurchdringlichen Panzer endlich zu zerschmettern. Ihr Haus wird in ein, zwei Stunden immer noch stehen, auch in drei Stunden noch, und im Schutz der Dunkelheit wird es ohnehin viel leichter sein, sich dort Zutritt zu verschaffen.

39

Dr. Lyall Gaines besaß ein stattliches viktorianisches Haus am jüngst gentrifizierten Ende der Ullet Road, unweit von Sefton Park. Das Gebäude war ein Stück von der Straße zurückgesetzt und hinter einer vielleicht ein Meter zwanzig hohen Mauer aus Sandstein verborgen, die von einer ordentlich getrimmten Buchenhecke gekrönt war. Ruth parkte ihren Wagen draußen auf der Straße, trat durch das imposante Holztor und ging die Einfahrt entlang.

Viele dieser herrschaftlichen Anwesen waren in den Achtziger- und Neunzigerjahren dem Verfall nahe gewesen, doch das neue Jahrtausend hatte die wohlhabende Mittelschicht zurück in diese Gegend gelockt, auf der Suche nach restaurierungsbedürftigen Objekten, aus denen sich ein Zuhause mit »Charakter« machen ließ. Davon hatte dieses Schmuckstück mehr als genug, mit seinem steilen Satteldach und dem ornamentalen Dachschmuck, den Erkerfenstern, der Haustür im gotischen Stil und den Fliesen am oberen Treppenabsatz, die einen ziemlich antiken Eindruck machten. Fehlte nur noch ein kleines Türmchen.

Eine BMW-Limousine stand in der Einfahrt, gleich neben einem Lexus-SUV. Vom Garten hinter dem Haus wehte ein süßlicher Duft nach brennendem Holz heran. Sie drückte auf den Klingelknopf und erwartete fast, dass die Klänge von Westminster durch das Haus schallen würden, es war aber nur eine altmodische elektrische Türklingel zu hören.

Nach etwa einer Minute versuchte sie es erneut, dann ging sie um das Haus herum zur Seite des Gebäudes. Der Weg zum Garten war durch ein Tor versperrt, das abgeschlossen war. Sie rüttelte an der Pforte und rief Gaines' Namen, erhielt aber keine Antwort. Es war halb zwei, DCI Parsons erwartete sie auf dem Revier. Deshalb machte sie kehrt und war schon fast zur Einfahrt hinaus, als sie Gaines ihren Namen rufen hörte.

Er trug die übliche Khakihose und ein Kapuzensweatshirt, aber trotz der Kälte keine Jacke. Er klopfte seine Hände sauber und beäugte sie nachdenklich. »Das ist aber eine Ehre«, sagte er.

»Ich bin gekommen, um Ihnen zu gratulieren. Wie ich höre, haben Sie einen ersten Durchbruch erzielt, was die symbolischen Bedeutungen der Tattoos betrifft. Irgendwas von wegen verborgene Wahrheiten?«

Er strich sich mit den rußgeschwärzten Fingern durch die Haare, und sie glaubte, in der Haltung seines Kinns einen leicht trotzigen Ausdruck zu erkennen. »Ja, wir sprachen darüber, falls Sie sich erinnern.«

»Und ob ich mich erinnere«, sagte sie.

Er rammte die Hände in die Taschen seines Hoodies, zog dann aber einen Lappen heraus, weil ihm eingefallen war, dass sie noch schmutzig waren, und fing an, sie sorgfältig sauber zu wischen.

»Ich hatte das Szenario fast von Anfang an auf dem Radar.« Jetzt klang er, als fühlte er sich angegriffen. »Und ich habe Parsons *gesagt,* dass wir uns darüber unterhalten haben.«

War das seine Vorstellung davon, wie man Zugeständnisse machte? Innerlich tat sie die Sache bereits mit einem Schulterzucken ab – wenn er neue Informationen hatte, wollte sie sie von ihm hören.

»Nun gut. Aber es stand nicht in Ihrem Bericht.«

Ausdruckslos starrte er sie an.

»Ich meine, es muss doch etwas geschehen sein, dass Sie Ihre Meinung so plötzlich ändern? Warum sonst sollten Sie DCI Parsons anrufen, um ihm persönlich davon zu erzählen?«

»Oh«, machte er. »Ja, ich verstehe, worauf Sie hinauswollen. Aber es war nichts, wirklich. Ich wollte nur nicht riskieren, dass Ihren Leuten etwas Entscheidendes entgeht.«

Es gab also keine neuen Erkenntnisse. Gaines wollte bloß sein Image mit anderer Leute Ideen aufpolieren. Sie nickte, ließ ihn aber nicht aus den Augen, bis er peinlich berührt von einem Bein aufs andere trat.

»Wenn ich gewusst hätte, dass Sie diese Theorie für sich beanspruchen, hätte ich erst mit Ihnen Rücksprache gehalten. Wie auch immer, da wäre noch etwas. Etwas, das viel wichtiger ist.«

»Ach ja?«, hakte sie nach.

»Hören Sie, ich friere mir hier draußen alles ab. Lassen Sie uns nach drinnen gehen, dann können wir uns die Füße vor dem Kamin wärmen.«

Ehe sie ihn zurückhalten konnte, war er auch schon durch das Gartentor gegangen. Sie folgte ihm, gerade rechtzeitig, um zu sehen, wie er durch eine Glastür im Haus verschwand. Sie warf einen Blick nach rechts und stellte fest, dass der Garten recht groß war, bestimmt dreißig Meter in der Länge. Ganz am Ende war ein Baum gefällt worden, da war nur noch der riesige flache Stumpf. Der zersägte Stamm war daneben zu einem beachtlichen Stapel angeschichtet. Auf der nackten Erde, die vermutlich im Schatten des Baumes gelegen hatte und deshalb graslos war, stand ein Ölfass, aufgebockt auf zwei Reihen von Ziegelsteinen. Flammen züngelten oben aus der Öffnung, das Feuer darin knisterte. Die Rauchentwicklung war relativ gering, deshalb ging sie davon aus, dass es ziemlich heiß brannte.

»Dann kommen Sie mal herein«, sagte Gaines, der zur Tür zurückgekehrt war. Er führte sie in die Küche, eine Mischung aus Vintage und Moderne, und dann weiter ins Wohnzimmer mit Blick auf den Garten. Ein Feuer brannte im Kamin, in den Nischen rechts und links raumhohe Bücherregale. Die Regale links vom Kamin waren Parapsychologie, Wahrsagerei, Mentalismus und Cold-Reading-Techniken vorbehalten. Ruth erkannte einige der Titel wieder, Kara Grogan hatte sie ebenfalls in ihrer Sammlung gehabt. Die rechte Seite war vollgestopft mit Büchern über Anthropologie, Geschichte, Archäologie, Kulturtheorie und Soziologie, während an den freien Wänden Arrangements mit Zeichnungen von tätowierten Männern und Frauen sowie Fotografien von rituellen Ritzungen aus Afrika hingen, erhabene wulstige Narben in komplizierten Mustern, die die Haut der Leute zierten.

»Faszinierend, nicht wahr?«, meinte Gaines. »Um die gewünschte Form zu erzielen, werden die Wunden mit Erde oder Asche gefüllt oder offen gehalten, indem man die Haut dehnt.«

»Das muss tierisch schmerzhaft sein.«

»Oh, und wie.« Seine Augen weiteten sich, und für einen kurzen Augenblick blähten sich seine Nasenflügel. »Aber derlei Übergangsrituale sind selten angenehm oder leicht zu ertragen. Blut und Schmerzen sind Bestandteil unzähliger Traditionen – für alles muss man leiden, Status, Schönheit, sexuelle Anziehung.«

Sie nickte, konnte sich aber nur schwer mit dem Gedanken anfreunden, dass Narben als ein Zeichen von Schönheit gelten konnten.

Er musterte sie prüfend. »Ich kann Ihnen versichern, das Gefühl von geopferter Haut unter den Fingerkuppen ist ein unheimlich machterfüllendes und sinnliches taktiles Erlebnis – in höchstem Maße sexuell erregend. Ich selbst habe einige Wulstnarben. Hier.« Er legte beide Hände auf seinen Bauch, die Finger gespreizt und in Richtung der Hüftknochen weisend. »Wollen Sie sie sehen?« Seine Augen blitzten spitzbübisch.

Ruth bedachte ihn mit einem eisigen Blick.

»Oh, Sie sind *schüchtern* …« Seine Augen wanderten über ihren Körper. »Sie haben doch sicher auch ein Tattoo, als Zeugnis einer rebellischen Jugend?«

Sie richtete den Blick auf die Zeichnungen von Pflanzen, die in zueinander passenden Rahmen an der Wand hingen. Viele davon erkannte sie als giftig. »Sie sagten, Sie hätten noch etwas Wichtiges für mich.«

Als er nicht sofort antwortete, zwang sie sich, seinem Blick zu begegnen. Das Blitzen in seinen Augen erlosch angesichts ihrer Unerbittlichkeit, und es war nicht zu übersehen, dass er innerlich eine neue Haltung annahm.

»Setzen Sie sich«, sagte er. Sie rührte sich nicht vom Fleck, weshalb er auf das Sofa deutete. »Bitte«, forderte er sie auf.

Ruth nahm Platz und betrachtete den Tisch vor ihr, auf dem weiteres Forschungsmaterial lag: Bücher über Gifte, Tätowierungen, Fetische, Schamanismus. Er wartete ab, bis sie bequem saß, ehe er sich zu einem Stuhl neben dem Kamin umdrehte. Ein Text über keltische Symbole lag aufgeschlagen mit den Seiten nach unten auf dem Polster, über die Lehne gebreitet war ein Zeitungsartikel mit dem Titel *Die zehn giftigsten Pflanzen Großbritanniens.* Die prächtigen Blüten des Eisenhutes funkelten auf der Seite wie Saphire.

»Dient alles Forschungszwecken«, erklärte er und sammelte die Sachen auf, um sie im Bücherregal zu verstauen, ehe er sich setzte. »Wie ich höre, ist es Ihnen immer noch nicht gelungen, den Färberwaid zu identifizieren, aus dem die Tinte für die Tätowierungen hergestellt wurde?«

Das Ermittlerteam hatte den wichtigsten Hersteller von natürlichem Blaufärbstoff in Großbritannien kontaktiert, ein kleines Unternehmen mit Sitz in Birmingham. Der hatte ihnen eine Kundenliste zukommen lassen – handwerklich Interessierte, Kleinbauern und Künstler in erster Linie, aber auch einige Stoffdesigner sowie ein Filmstudio –, auf der allerdings keiner verdächtig wirkte. Das Unternehmen in Birmingham hatte ihnen außerdem die Namen einiger Lieferanten von Färberwaid gegeben, die die Pflanze in ihren privaten Gärten anbauten, aber auch das hatte sie nicht weitergebracht.

»Ich nehme Ihr Schweigen als ein Nein«, sagte er. »Also … Meiner Meinung nach hat er ihn selbst hergestellt. Wissen Sie, wie kompliziert das ist? Man braucht ein Kilo Waidblätter, um ein bis vier Gramm Farbstoff zu gewinnen. Dieser wird der Pflanze in mehreren Schritten entzogen. Zunächst wird Soda hinzugefügt, um den erforderlichen pH-Wert zu erhalten. Dann wird das Ganze gefiltert, konzentriert und getrocknet – was ein gewisses Know-how erfordert sowie eine recht beachtliche Menge an Pflanzen.«

»Worauf wollen Sie hinaus?«

Das Funkeln in seinen Augen war wieder da. »Kommt es

Ihnen nicht seltsam vor, dass er von blauem Farbstoff auf schwarzen gewechselt hat, als er Kara tätowierte?«

Kara Grogan war das eine Mädchen, das nicht so recht ins Bild passen wollte. Es war schwer, eine Logik darin zu erkennen. Ruth schüttelte den Kopf.

»*Kommen* Sie... Er stellt seinen eigenen Farbstoff her, weil er die Aufmerksamkeit der Polizei nicht auf sich lenken will, indem er ihn einer nachweisbaren Quelle abkauft. Warum sollte er wechseln?«

Ruth starrte aus dem Fenster in den winterlichen Garten, der stellenweise matschig, trostlos und kahl war. »Ihm ist der Farbstoff ausgegangen.«

Gaines lächelte. Das erste aufrichtige Lächeln, das sie an diesem Mann gesehen hatte. »Und man braucht frische Blätter, um Indigo herzustellen«, fügte er hinzu.

»Deshalb konnte er keinen neuen produzieren.« Ruth dachte zurück an ihr Gespräch mit der Botanikerin im vergangenen August. Der Killer war umgestiegen vom Dorn einer Berberitze auf einen Pyracantha-Dorn, weil letzterer ein viel präziseres Werkzeug darstellte.

»Das ergibt Sinn«, sagte sie. »Er ist ein pragmatischer Mensch, passt sich den Gegebenheiten an. Natürlich will er auch weiterhin nicht auffallen, deshalb muss die schwarze Tinte etwas sein, das er selber herstellen kann.« Der Wind trug eine Schwade Holzrauch ins Zimmer, und sofort ließ sie den Blick zu Gaines schnellen. »Sie denken, er stellt die Tinte mit Ruß her?«

»Kohle«, verbesserte er sie.

Sie spähte auf Gaines' schmutzige Hände. »Ist es das, womit Sie vorhin beschäftigt waren? Sie stellen Kohle her?«

»Ich pflege meine Nachforschungen sehr ernst zu nehmen und in die Materie einzutauchen.«

Er verbarg noch etwas anderes hinter seiner falschen Bescheidenheit, das verriet ihr seine Miene. »Und, funktioniert es?«, erkundigte sie sich.

Er lachte. »Ich bin noch nicht ganz am Ziel. Fragen Sie mich in ein paar Tagen wieder. Vorerst habe ich nur das hier.« Er klaubte ein Netbook vom Boden neben seinem Sessel auf und kam damit um den Tisch, um sich neben sie zu setzen.

Sie nahm den Geruch nach Holzrauch an ihm wahr und spürte den leichten Druck seines Schenkels an ihrem. Kurz glaubte sie, er versuche aufs Neue sein Glück, doch als er zu ihr sah, erkannte sie in seinem Blick nichts als pures wissenschaftliches Interesse.

Auf dem Bildschirm war ein Arm zu sehen. Braun gebrannt und wettergegerbt, fast ein bisschen wie Leder, nur getrocknet. Es erinnerte sie an Schiffszwieback. Am Handgelenk waren drei parallele Linien zu erkennen.

»Darf ich vorstellen, Ötzi«, sagte er. »Er ist 5300 Jahre alt, obwohl er in seinen Vierzigern war, als er starb. Er hat zahlreiche Tattoos, und sie alle entstanden, indem man Kohle in Wunden streute, die in die Haut geritzt wurden. Es gibt noch Unstimmigkeiten, inwiefern die Haut präpariert wurde, um den Farbstoff aufzunehmen, aber eine Theorie besagt, dass man dafür Dornen verwendet hat.«

40

Carver saß in seinem Lehnstuhl und sah zu, wie die Sonne am Himmel immer tiefer sank. Kurz leuchtete sie noch hinter den kahlen Ästen des Baumes draußen vor dem Fenster auf, dann verschwand sie hinter einer Wolke. Jansen hatte sich seit seiner Festnahme nicht mehr bei ihm blicken lassen, doch Carver hatte keinerlei Zweifel daran, dass der Chief Inspector irgendwo da draußen eifrig Beweise gegen ihn zusammentrug.

Wenn er sich nur an die Reihenfolge der Ereignisse von jener Nacht im Hotel erinnern könnte, aber in seinem Kopf herrschte nach wie vor ein wüstes Durcheinander an Bildern und Geräuschen. Er erinnerte sich, wie er Adela ins Innere des Gebäudes gefolgt war; ihre Nähe – aufregend, quälend. Er wusste noch, dass sie miteinander geschlafen hatten, und danach … Adelas Schreie … Aber der Sex war ihm am lebhaftesten in Erinnerung, ihr Geruch, wie weich ihre Brüste sich angefühlt hatten unter seinen Lippen, ihr Verlangen nach ihm, wie sie sich ihm bei jedem Stoß entgegengebäumt hatte.

»*Herrje*, Greg …«, murmelte er. Emma hatte ihn völlig zu Recht verlassen.

Angewidert von sich selbst, stand er auf. Oder versuchte es zumindest. Der Raum kippte schlagartig nach links, und er merkte, dass er schief im Stuhl saß. Mit höchster Konzentration setzte er seine Füße nebeneinander auf den Boden und richtete seine Beine und seine Arme parallel aus. Vor seiner Verwundung wäre das niemals nötig gewesen. Außer vielleicht, wenn er betrunken war. Er stützte sich auf die Armlehnen und stemmte sich hoch, dann wartete er einen kurzen Moment ab. Er hatte festgestellt, dass Stress sich negativ auf seinen Gleichgewichtssinn auswirkte, und davon hatte er heute wirklich mehr als genug gehabt. Er schien stabil zu stehen, deshalb richtete er seine volle Aufmerksamkeit auf einen Punkt an der Wand gegenüber der offen stehenden Tür, ließ die Fingerkuppen noch einen Augenblick locker auf den Armlehnen ruhen und wagte dann den ersten vorsichtigen Schritt. Das ging so weit ganz gut, deshalb versuchte er gleich noch einen. Angenehm überrascht stellte er fest, dass er es vom Stuhl bis zum Nachtkästchen auf der anderen Seite des Bettes geschafft hatte, ohne sich einmal abstützen zu müssen.

Er hatte das Foto holen wollen. Es lag in der Schublade, seit Dr. Pendinning es am Vortag aus dem Scherbenhaufen inmitten des zerbrochenen Bilderrahmens gerettet hatte.

Mit den Fingern fuhr er die Konturen von Emmas Gesicht nach und verspürte einen physischen Schmerz tief in seiner Brust. Das hatte sie nicht verdient… nichts von alledem.

Nach einer Weile – er hätte nicht sagen können, wie viel Zeit verstrichen war – wurde er sich bewusst, dass er beobachtet wurde. Er drehte den Kopf in der Erwartung, den uniformierten Constable zu sehen, der ihn anstarrte, doch es war Dr. Pendinning. Sie hatte den leicht amüsierten Ausdruck im Gesicht, der ihm inzwischen vorkam wie ein Heilmittel gegen seine eigene verbitterte Selbstversunkenheit.

Sie trat ins Zimmer und schloss die Tür hinter sich. »Dieses Foto bedeutet Ihnen sehr viel«, bemerkte sie.

»Ich habe es auf unserer Hochzeitsreise gemacht.« Carver legte es umgekehrt auf den Nachttisch.

»Finden Sie schmerzhaft, es anzusehen?«

»Es bringt mich fast um«, gab er zu. »Sie so zu sehen, wie sie damals war, und zu wissen, wie wir jetzt zueinander stehen.«

»Sie geben sich selbst die Schuld an allem?«

»Wem sonst könnte ich das vorwerfen?«

»Zu einer funktionierenden Ehe gehören immer zwei, Greg.«

Er schnaubte. »Emma sagt das auch. Aber das Problem ist, dass wir in unserer Beziehung zu dritt waren: wir beide und mein Job – und der hatte immer Vorrang. Daran bin ich schuld.«

»Hat Emma Sie verlassen wegen Ihrer Arbeit oder weil Sie eine Affäre hatten?«

»Jahrelang habe ich versucht, eine Barriere zu errichten, um Emma zu schützen, um ihre Unschuld zu bewahren und sie vor dem abzuschirmen, was ich in diesem Beruf mit ansehen und hören und tun musste. Aber was ich getan habe, war, eine Mauer zwischen *uns* zu errichten. Das sagte ich ihr an dem Tag, als sie ging.« Er seufzte. »Sie entgegnete: ›Du hast vergessen, eine Tür einzubauen, damit ich zu dir kommen und dich besuchen kann.‹« Sie hatte so zart gelächelt bei diesen Worten, dass es ihm beinahe das Herz gebrochen hätte. »Ich habe sie betrogen«, sagte er. »Ich habe die äußeren Umstände geschaffen, die zu alldem geführt haben. Wenn ich nicht so besessen gewesen wäre vom Dornenkiller, wäre ich niemals angeschossen worden.«

»Glauben Sie, es war der Mörder, der die Kugel auf Sie abgefeuert hat?«

»Nein.« Er verbiss es sich, noch hinzuzufügen: *Nicht seit Ruth mir gestanden hat, dass sie die Akten mitgenommen hat.*

»Wie steht es mit Sergeant Lake?«

Kurz bekam er es mit der Angst zu tun – hatte er das etwa doch laut ausgesprochen? »Was meinen Sie?«, stammelte er.

»Glaubt sie, dass der Dornenkiller auf Sie geschossen hat?«

»Nein, das kam ihr nie in den Sinn«, gab er zurück.

Pendinning legte den Kopf schief. »Warum nicht?«

»Sie denkt, das sei nicht subtil genug für ihn.« Er hob das Kinn, riss die Augen auf. *Was war das?*

»Haben Sie sich an etwas erinnert?«, erkundigte sie sich.

»Nein … ich dachte nur, ich hätte etwas gesehen …« Er starrte in die seinen Gast umgebende Luft.

»Ich habe also *doch* eine Aura, stimmt's?« Sie klang hocherfreut.

»Einen Schimmer vielleicht.«

»Welche Farbe?«

Er schüttelte den Kopf. »Ich weiß es nicht, es ist wieder weg.«

Sie schien es aufrichtig zu bedauern. »Ich habe mich mit dem Thema Synästhesie beschäftigt. Es wird sehr viel Mumpitz erzählt in den einschlägigen Foren, klar, aber einige wissenschaftliche Fachmagazine brachten die These vor, dass Hellseher, die um Menschen herum Auren sehen, in Wirklichkeit mit Synästhesie begabt sind. Sie empfangen Stimmungen oder Emotionen, welche ihr Gehirn in Farben und Licht übersetzt.«

»Könnte das durch meine Kopfverletzung verursacht worden sein?«

»Ich konnte nur wenige dokumentierte Fälle finden, wo das zutraf, aber keiner von denen erlebte eine Form von Synästhesie wie die Ihre. Halluzinationen dagegen sind weit verbreitet. Hatten Sie noch Flashbacks oder Wahnvorstellungen, seit wir es mit der Entspannungsübung versucht haben?«

»Nichts«, sagte er.

»Als wir uns schon einmal mit dem Thema beschäftigt haben, sagten Sie, da sei auch ein Geruch. Erinnern Sie sich, was das war?«

»Whisky.« Sofort schwappte eine Welle der Übelkeit über ihn hinweg, und er musste mehrmals schlucken.

»Sie haben Whisky getrunken, als Sie in den Akten lasen.«

»Man hat mir gesagt, ich hätte in dieser Nacht eine ganze Flasche geleert, aber …«

»Die Kopfverletzung hat eine Amnesie ausgelöst.«

»Die oder der Alkohol.«

»Hm«, machte sie nachdenklich. »Der Alkohol. Haben Sie schon einmal etwas von kognitiven Interviews gehört?«

»Selbstverständlich.« Die Polizei wendete diese Technik gelegentlich an, um Augenzeugen Details zu entlocken.

»Also, wir versuchen dabei, Sie zurück in die Situation zu versetzen, in der das Unglück geschah, indem wir den gleichen Kontext und die gleichen Emotionen schaffen und Entspannungstechniken einsetzen. Und dann lassen wir Sie das Ganze noch einmal erleben, aber vielleicht aus der Perspektive einer anderen Person.«

»Okay, versuchen wir's«, erklärte er sich einverstanden.

»Aber das kann ziemlich an die Substanz gehen, gefühlstechnisch, meine ich – und auch körperlich.«

Carver hatte schon mit ansehen müssen, wie Augenzeugen einen Zusammenbruch erlitten und unkontrolliert schluchzten, weil sie sich an die schrecklichen Einzelheiten eines Verbrechens erinnerten. Doch er wusste auch, dass sich die Leute im Verhör unter Anwendung dieser Technik an doppelt so viel erinnerten wie unter normalen Umständen. Blieb nur zu hoffen, dass so mehr zutage kam als das, was er bislang aus seinem Gedächtnis hatte ausgraben können – nämlich nichts.

»Ich muss das versuchen«, sagte er.

Sie half ihm in den Lehnstuhl und sprach leise zu ihm, bis er sich entspannte.

»Erzählen Sie mir von dem Wetter an diesem Tag«, forderte sie ihn auf.

»Es war kalt. Kalt genug für Schnee.«

»Aber es schneite noch nicht.«

»Nein, erst später.«

Sie führte ihn durch die frühen Stunden des Tages, bis er um acht von der Arbeit nach Hause gegangen war und Adela angerufen hatte.

»Springen wir weiter zu dem Zeitpunkt, als Sie das Hotel verließen«, sagte sie. »Sie gehen zurück zu Ihrem Auto. Wie fühlen Sie sich?«

Ein Schauder fuhr durch seine Brust und seine Arme. »Zittrig«, sagte er. »Mir ist übel.« Er hob seine Finger an den Hinterkopf. »Ich… Ich glaube, ich habe den Spiegel zerbrochen.«

»Erinnern Sie sich, wie das passiert ist?«

Er runzelte die Stirn und überlegte krampfhaft. Vage erinnerte er sich an Adelas Schreie. Hatte sie Angst? Sein Atem ging stoßweise, wurde schneller.

»Entspannen Sie sich«, sagte Dr. Pendinning. »Wir kommen später darauf zurück. Gehen wir jetzt zu Ihnen nach Hause.«

Das bange Zittern legte sich, und Carver atmete tief die kalte Luft ein. »Ich bin beim Wagen. Gott, ich bin viel zu betrunken, um noch zu fahren.«

»Keine Sorge. Sie kommen sicher nach Hause. Steigen Sie direkt ein?«

»Nein.« Die Antwort überraschte ihn. »Ich befürchte, ich bin bewusstlos geworden. Ich wache auf...«

»Welche Farbe hat die Uhr am Armaturenbrett?«

»Grün.« Dann, ohne nachzudenken: »Es ist fünf Minuten nach elf.« Das war neu – er hatte sich bislang nicht erinnert, wie er nach Hause gekommen war. »Ich bin völlig verkrampft und durchgefroren. Ich habe mir den Nacken verspannt.«

»Okay, Sie gehen also ins Haus. Ist es in Ihrer Wohnung warm oder kalt?«

»Es ist eisig – gerade hat es zu schneien begonnen. Ich drehe die Heizung hoch, gehe in die Küche und mache mir einen Kaffee. Ich werfe einen Blick auf die Akten, aber sie ergeben keinen Sinn für mich.«

»Weil Ihr Kopf wehtut?«

»Nein, das Paracetamol hat gewirkt.« Nervöse Aufregung steigt in ihm auf: Er erinnert sich an immer mehr Details. »Ich... Ich schaffe es nicht, mir Karas Akten anzusehen. Was wirklich dumm ist, denn Kara ist der einzige Mensch, der mich zum Dornenkiller führen kann.«

»Was bringt Sie auf den Gedanken?«

»Kara war für den Killer etwas Persönliches.« Er sagte es, ohne nachzudenken, doch es kam ihm stimmig vor.

»Etwas Persönliches?«, hakte Pendinning nach. »Sie meinen, er trug ihr etwas nach?«

Vehement schüttelte er den Kopf. »Nein, sie war so was wie ein Geschenk.« Er spürte, dass Pendinning ihm gebannt zuhörte.

»Ein Geschenk für ihren Mörder?«

»Für mich.« Er musste schlucken.

»Wie geht es Ihnen damit?«

»Ich will es nicht haben. Ich will nicht die Verantwortung für Karas Tod tragen müssen.«

»Sie fühlen sich verantwortlich.«

»Ohne mich wäre sie noch am Leben.«

»Aber dann hätte ein anderes Mädchen dran glauben müssen.«

Er riss die Augen auf.

»Schockiert Sie diese Vorstellung?«, fragte sie.

Er überlegte. »Nein. Wenn er nicht Kara gewählt hätte, hätte er sich eine andere ausgesucht.«

»Aber dann wären nicht Sie das Ziel gewesen?«

Carver nickte.

»Schließen Sie Ihre Augen wieder«, forderte sie ihn auf. »Sie machen das sehr gut. Sie sind in Ihrer Küche. Sie riechen Kaffee. Frisch aufgebrüht?«

»Kalt.«

»Sie wollen diese Akte also immer noch nicht aufschlagen …«

»Ich gehe zum Schrank im Wohnzimmer, wo ich meinen Whisky aufbewahre. Ich öffne eine neue Flasche.« Er machte die Augen wieder auf. »Es *war* eine neue Flasche. Ich bin direkt von der Arbeit aus ins Hotel gefahren. Ich … habe nicht … ich trinke nicht während der Arbeit. Ich hatte mit Adela ein Glas Champagner getrunken. Vielleicht auch zwei, aber das spürte ich kaum. Wie kommt es, dass ich so betrunken war, als ich das Hotel verließ?«

Sie antwortete nicht auf seine Frage, wollte wohl, dass er selbst darüber nachdachte.

»Ich *war* nicht betrunken«, stellte er schließlich fest. »Mir war übel, weil ich mir den Kopf gestoßen hatte.« Kurz packte ihn die Euphorie, die jedoch rasch von einer düsteren Beklemmung überschattet wurde. »Warum kann ich mich nicht erinnern, wie ich Adelas Zimmer verlassen habe?«

»Darauf kommen wir zurück«, sagte sie. »Ihr Blutalkoholspiegel war gefährlich hoch, als Sie hier eingeliefert wurden, um operiert zu werden. Sie hatten an diesem Abend eine neue Flasche Whisky geöffnet. Erinnern Sie sich, wie Sie ihn getrunken haben?«

Bedächtig schüttelte er den Kopf. »Ich habe mir einen Schluck eingeschenkt. Stellte die Flasche zurück, überlegte es mir anders und ging damit in die Küche. Danach …« Er seufzte frustriert.

»Sie machen das sehr gut«, sagte Pendinning wieder mit sanfter, beruhigender Stimme. »Als Ruth in Ihre Wohnung kam, was denken Sie, was sich ihr für ein Anblick bot?«

»Ein jämmerlicher Säufer, der in seinem Sessel das Bewusstsein verloren hat«, sagte er ohne eine Spur der Verbitterung.

»Denken Sie, sie hatte Mitleid mit Ihnen?«

»Das spielt keine Rolle«, gab er zurück. »Ich verdiene kein Mitleid.«

»Sie gehen hart mit sich ins Gericht«, sagte sie. Dann: »Sind Sie bereit, noch einmal einen Blick in den Schatten zu wagen?«

»Ja.«

»Nun denn. Ich habe hier eine Miniaturausgabe von dem Whisky. Der Geruchssinn ist viel stärker mit dem Gedächtnis verschränkt als jeder andere menschliche Sinn«, erklärte sie.

»Ich weiß.« War das nicht allgemein bekannt? Der Duft nach Sonnencreme an einem heißen Tag, der Geruch des Parfüms der Geliebten – näher kamen die meisten Menschen nicht an die Erfahrung von Zeitreisen heran.

»Außerdem lösen Düfte starke Gefühle aus«, führte sie weiter aus. »Das hier könnte also Ihre Erinnerungen wachrufen. Nur müssen Sie sich darüber im Klaren sein, dass Sie sich von einem schweren Trauma zu erholen haben. Möglicherweise sind Sie noch nicht so weit, um sich diesen Erinnerungen zu stellen.«

»Ich bin bereit«, sagte er.

»Gut.«

Er hörte das metallische Knistern, als sie die Versiegelung an der Whiskyflasche löste.

Er konnte nicht anders – er schlug die Augen auf. Es war ein Jura, sein Lieblingswhisky. Carvers Herz pochte lebhaft in seiner Brust, und er hörte das Blut durch seine Ohren rauschen.

»Wir können jederzeit abbrechen«, sagte sie. »Wenn Sie sich nicht wohlfühlen mit dem hier, brauchen Sie es nur zu sagen.«

»Nein«, versicherte er ihr. »Ich will das tun. Ich muss es wissen.«

Sie hielt ihm die Flasche unter die Nase, und er wappnete sich. Sein Magen revoltierte bei dem vertrauten Geruch des malzigen Getränks, doch er schluckte und sagte: »Ich will ihn probieren.«

»Ich bin mir nicht sicher, ob das so eine gute Idee ist«, wandte sie ein.

»Jetzt gibt es für mich kein Zurück mehr.« Er griff nach

dem Fläschchen. Sie hielt es fest, ließ aber zu, dass er es an seine Lippen führte.

Furcht. Ein Blitzen. Grelles Licht. Geräusche und Licht werden eins. Dunkelheit durchdringt die Helligkeit, überwältigt sie. Er spürt, wie sein Atem reißend durch seine Brust fährt, und im nächsten Moment bekommt er keine Luft mehr. Bzzz-zzip!

Er kann sich nicht bewegen.

Ruth zeichnet sich über ihm ab, das Gesicht verzerrt, amöbenartig. Das durchdringende Pfeifen eines Wasserkochers – ihr Gesicht zerfällt in zwei Hälften. Ruth hält eine Pistole in der Hand. Der Gestank von Whisky bereitet ihm Übelkeit. Er ertrinkt in einem Meer aus Flammen.

Furcht. Schreckliche Furcht.

Ruths Gesicht zersplittert, rieselt in winzigen Scherben herab, das Licht wirft Facetten von ihr auf den Boden. Hinter ihr ein Schatten. Er muss sie warnen.

Er schlug die Augen auf. Dr. Pendinning war über ihn gebeugt. Sie hielt ihm ein Glas an die Lippen, und nackte Panik durchfuhr ihn. Er stieß die Hand mit dem Glas weg.

»Das ist nur Wasser«, sagte sie. »Einfach nur Wasser.«

Er nahm einen vorsichtigen Schluck, dann noch einen.

»Alles in Ordnung«, beruhigte sie ihn. »Sie sind ohnmächtig geworden. Aber Ihnen geht's gut.« Ihr Gesicht begann unscharf zu werden. Wieder bemerkte er das schwache Licht um ihren Kopf herum.

»Was haben Sie gesehen?«, fragte sie.

Er versuchte, sich an die entsetzlichen Bilder zu erinnern, die er gesehen hatte, kurz bevor er das Bewusstsein verlor. Doch er erinnerte sich lediglich an die Angst, das Gefühl, in Feuer zu ertrinken, und an eine schreckliche Furcht, die mit Ruth Lake zu tun hatte.

41

Auf strikte Anweisung von Parsons verbrachte Ruth ihren Nachmittag damit, ihre Notizen zu Tali Tredwin, Jo Raincliffe und Kara Grogan abzutippen. Der DCI hatte eine Reihe von Detectives damit beauftragt, Familien und Freunde der anderen beiden Opfer, Evie Dodd und Hayley Evans, erneut zu befragen, um herauszufinden, ob sie irgendein Geheimnis gehabt hatten.

Parsons hatte ihr derart Druck gemacht, dass es wenig sinnvoll war, einen Erklärungsversuch zu starten. Die Tatsache, dass Gaines ihnen einen neuen Anhaltspunkt geliefert hatte, um Karas Tattoos noch einmal genauer in Augenschein zu nehmen, bestätigte in Parsons Augen, dass er für die Ermittlungen von Nutzen war. Ruth hatte sofort Rücksprache mit dem Pathologen gehalten – die Theorie wurde im Labor untersucht, und obwohl die Proben noch nicht unter dem Rasterelektronenmikroskop überprüft worden waren, deutete die Vorabuntersuchung von Karas Hautproben darauf hin, dass sie kristallinen Kohlenstoff enthielten. Ruth hätte gewettet, dass es sich um Holzkohle handelte. Als sie ihre Berichte fertiggestellt und abgeliefert hatte, machte sie sich wieder an die langwierige Aufgabe, die Überwachungsbänder aus der School Lane durchzusehen. Die Kamera, die als Nächstes an der Reihe war, war auf die

Straße direkt nach den Bluecoat Chambers gerichtet. Etwa eine Minute nach dem entscheidenden Zeitpunkt auf der letzten Aufnahme sah man Kara ihren Weg die Straße entlang fortsetzen, wo sie einer Frau begegnete. Die beiden blieben stehen und wechselten ein paar Worte.

Ob sie sich nach dem Weg erkundigt hat? Nein. Die beiden schienen sich zu kennen, der Art nach, wie sie miteinander umgingen, aber nichts, was Ruth als enge Freundschaft eingeschätzt hätte. *Vielleicht eine Bekannte? Eine Dozentin?* Möglich, aber eigentlich hatte sie jeden verhört, der an der Schauspielschule in direktem Kontakt mit Kara gestanden hatte. Die beiden Frauen wechselten noch ein paar Worte, dann gingen sie wieder getrennter Wege. Kara lief noch ein Stück weiter, ehe sie aus dem Aufnahmebereich der Kamera verschwand. Ruth spulte die Aufnahme zurück und folgte mit dem Blick der Frau, musste dann aber zweimal die CD wechseln, um ihren Weg vollständig nachzuverfolgen. Schließlich bog sie am Ende der School Lane links ab und war nicht mehr zu sehen.

Ruth sicherte einen Screenshot und machte sich eine Notiz, dass sie die Angestelltenliste des Liverpool Institute of the Performing Arts noch einmal überprüfen lassen musste. Außerdem musste sie Karas Freunde fragen, ob sie die Frau kannten. Es war gut möglich, dass Kara ihrer Bekannten erzählt hatte, wohin sie wollte.

Gerade wollte sie sich über die nächste Aufnahme hermachen, da kam ein Beamter aus John Hughes' Team ins Büro. Er hatte die ungeschnittene Aufnahme von Jasmine Harts Vortrag von dem Blogger bekommen, der es sich zur Aufgabe gemacht hatte, Scharlatane in der Parapsychologie zu entlarven. Ruth bestätigte mit ihrer Unterschrift den Erhalt und konnte kaum erwarten, es sich anzusehen. Der Blogger hatte zunächst seine Kamera über das Publikum geschwenkt und sich um dreihundertsechzig Grad gedreht, sodass man das gesamte Auditorium zu sehen bekam. Der Theatersaal war fast bis auf den letzten Platz gefüllt. Sie erkannte einige der Gesichter wieder, die sie bereits auf den Überwachungsbändern von der Straße gesehen hatte: einige Gruppen in Trauerkleidung, ein junges Liebespaar, wie sie annahm, das sich einen schönen Abend in der Stadt machen wollte. Sie würde sich den gesamten Auftritt später ansehen, aber nun spulte sie vorwärts zu einem Punkt, wenige Minuten vor der Auseinandersetzung zwischen Rollinson und Kara. Sie wollte Ausschau halten nach Leuten, die vielleicht ein übertriebenes Interesse an der Studentin gezeigt hatten. Möglicherweise war ihr ja sogar jemand aus dem Saal gefolgt.

Der Blogger konzentrierte sich voll und ganz auf Jasmine, die sich gerade mit einem »Geist« namens Alf herumschlug. Offenbar wollte keiner im Publikum ihn kennen. Die Kamera schwenkte so schnell herum, dass Gesichter und Farben verschwammen, bis sie auf Rollinson zu ruhen kam. Er stürmte gerade durch den Mittelgang, eine Hand hoch erhoben, und blieb dann am Ende einer Reihe stehen. Dem Aufnahmewinkel und der Anzahl von sichtbaren Reihen nach zu urteilen, befand der Blogger sich auf der anderen Seite des Gangs, vier oder fünf Reihen weiter hinten. Kara drehte sich um und sah zu Rollinson auf, der ihr seine Hand entgegenstreckte. Seine Stimme klang gedämpft, aber er forderte sie offenbar auf, ihm etwas auszuhändigen. Dann griff er nach Kara und riss sie von ihrem Sitz hoch. Entschlossen klammerte sie sich an ihr Tablet und weigerte sich, es aus der Hand zu geben, während Rollinson sie, halb zerrend, halb schubsend, in Richtung Ausgang beförderte.

Der Ausschnitt, den der Blogger im Internet gepostet hatte, hatte damit geendet, dass Rollinson und Kara durch die Tür verschwanden, doch in dieser ungekürzten Fassung ging es noch weiter. Als Nächstes war die Kamera auf das Publikum gerichtet, um die Reaktionen der Leute einzufangen. Jasmine bemühte sich nach Kräften, die Aufmerksamkeit der Leute wieder auf sich zu lenken. Ihre Stimme war über die Lautsprecheranlage klar und deutlich zu hören, als sie zu einem pseudo-wissenschaftlichen Erklärungsversuch der schädlichen Auswirkungen von elektromagnetischen Strahlungen bei medialen Lesungen anhob. Wobei sie noch ergänzte, dass Geister oftmals sehr zurückhaltend waren, wenn man Aufnahmen von ihnen machte.

Während all dieser Zeit streifte die Kamera umher und filmte dabei unter anderem eine Frau, die von dem Vorfall ziemlich schockiert schien. Dann verharrte sie einige Sekunden auf einer Gruppe von drei Frauen, die tadelnd mit den Zungen schnalzten und die Köpfe schüttelten, offenbar entrüstet über Karas Verhalten. Dann bewegte sie sich weiter und traf auf ein Gesicht, das Ruth kannte.

Wütend griff sie nach ihrem Handy. Ihr Anruf wurde unverzüglich entgegengenommen.

»Zweimal an einem Tag, Sergeant – die Leute werden sich über uns das Maul zerreißen.«

Ruth holte tief Luft und stieß sie dann wieder aus, zusammen mit einem Teil ihrer Wut. »Ich sehe mir gerade ein Video von Jasmine Hart bei einer medialen Lesung im Epstein Theatre an. Die Aufnahme stammt von dem Abend, an dem Kara zuletzt gesehen wurde«, erklärte sie. »Kara sitzt im Publikum – oder sie saß vielmehr da, eine Stunde lang. Und jetzt raten Sie mal, wer noch dort war?«

»Tja, Ihrem vorwurfsvollen Ton nach zu urteilen, bin das

wohl ich«, sagte Dr. Gaines. »Wie ich Ihnen schon mehrfach erklärt habe, hege ich ein besonderes Interesse für Wahrsagerei und Parapsychologie.«

»Wie oft haben wir schon miteinander gesprochen, und trotzdem kamen Sie nicht auf die Idee, es mir zu sagen?«

»Warum sollte ich?«

»Kara war im Publikum«, stellte sie nüchtern fest.

»Zusammen mit vierhundert anderen Leuten.«

»Es gab eine unschöne Auseinandersetzung zwischen Kara und Rollinson«, fiel Ruth ihm ins Wort. »Klingelt da nicht was bei Ihnen?«

»Wenn ich es mir recht überlege, erinnere ich mich tatsächlich an einen kleinen Streit«, sagte er. »Aber ich machte mir gerade Notizen.«

Er hatte immer viel zu schnell eine Antwort parat, das würde ihm noch zum Verhängnis werden.

»In Wirklichkeit haben Sie sich doch Notizen zu dem Streit gemacht. Schon witzig, dass Sie sich daran nicht mehr erinnern wollen.«

»Hören Sie …«, sagte er. Seine Stimme klang jetzt zuckersüß und versöhnlich. »Ich dachte, das würde ein schlechtes Licht auf mich werfen, mein …«

»Dass Sie an dem Abend dort waren, an dem man Kara das letzte Mal lebend gesehen hat? Ja«, sagte sie in scharfem Ton. »Das wirft in der Tat ein schlechtes Licht auf Sie.«

»Ich war *im Publikum*«, wandte er ein, als machte das einen großen Unterschied.

»Was die Sache noch schlimmer macht«, fuhr Ruth fort, »ist die Tatsache, dass Sie weder mir noch sonst jemandem gegenüber etwas davon erwähnt haben.«

»Aber das ist – wie lange? – sechs oder sieben Wochen her. Ich habe da keinen Zusammenhang erkennen können.«

»Sie haben keinen Zusammenhang erkannt? War es nicht vielmehr so, dass Sie genau wussten, wie das aussehen würde?«

Er antwortete nicht gleich auf die Frage, aber als er es dann doch tat, geschah es mit steifer Förmlichkeit. »Da Sie unbedingt wollen, dass ich es ausspreche: Anfangs habe ich den Zusammenhang tatsächlich nicht hergestellt, und als er mir dann doch in den Sinn kam, hatte ich die Befürchtung, Sie würden überreagieren – was ja letzten Endes nun auch der Fall war. Jedenfalls ist es irrelevant, weil ich mit ihrem Verschwinden rein *gar nichts* zu tun hatte.«

»Es ist nicht Ihre Aufgabe zu entscheiden, was für unsere Ermittlungen relevant ist und was nicht.«

In der Stille, die nun folgte, spürte Ruth ganz deutlich seine feindselige Haltung ihr gegenüber, vielleicht sogar blinde Wut.

»Sie werden aufs Revier kommen müssen, um eine offizielle Aussage zu machen«, sagte sie. »Heute noch.«

»Ich kann doch nicht… Ich… wollte gerade in ein Meeting.«

Vermutlich war das schon wieder gelogen. Doch Gaines war ein führender Akademiker auf seinem Gebiet und Berater der Polizei von Merseyside. In dieser Position war er erprobt und anerkannt – und war Ruth zudem für diesen speziellen Fall von einem Psychologen empfohlen worden, den sie selbst kannte und respektierte. Recht viel weiter durfte sie ihn nicht bedrängen.

»Dann eben morgen«, lenkte sie ein und unterdrückte ihren Ärger.

»Ich könnte mir den späten Vormittag freischaufeln.«

»Dann um elf Uhr fünfzehn«, entschied sie. »Kommen Sie pünktlich.«

Parsons lauschte interessiert Ruths Ausführungen darüber, was zwischen ihr und Gaines vorgefallen war. Dann kam er um seinen Schreibtisch herum und forderte sie auf, Platz zu nehmen – er machte sich sogar vereinzelte Notizen, während sie erzählte. Doch wie es aussah, zog der DCI es vor, sich für den Anthropologen auszusprechen, da die Lage nicht eindeutig war: Er sei ein viel beschäftigter Mann, noch dazu Akademiker, deshalb stehe es ihm zu, ein wenig exzentrisch zu sein. Sicher entgehe Ruth doch auch gelegentlich die eine oder andere Sache, nicht wahr?

»Er hat mich eiskalt angelogen, Sir«, protestierte sie. »Und ich will wissen, warum.«

Er schien ihren unverblümten Ton nicht eben gutzuheißen. »Ich werde ihm nahelegen, dass er das nächste Mal offener zu Ihnen sein soll«, versprach er.

»Ach, wirklich?« Sie schüttelte den Kopf. »Danke für das Angebot, Sir, aber das kann ich selbst tun.«

»Sicher können Sie das«, sagte er. »Aber das könnte eher nach hinten losgehen, wenn man bedenkt, was für Gefühle Sie diesem Mann gegenüber hegen.«

Sie zog eine Augenbraue hoch. »Gefühle?«

»Bitte nicht falsch verstehen, Sergeant«, beeilte er sich zu sagen. »Ich will damit nur andeuten, dass es da gewisse … Animositäten zwischen Ihnen zu geben scheint.«

»Oh ja, die gibt es«, bestätigte sie rundheraus. »Weil … er mich *belogen* hat.«

Parsons runzelte die Stirn. »*Lügen* ist ein sehr starkes Wort.«

»Er hat geleugnet, Kara begegnet zu sein. Erst als ich ihn mit dem Videobeweis konfrontiert habe, hat er es zugegeben. Ich wüsste nicht, wie ich das sonst nennen sollte.«

»Und trotzdem war er uns letztlich eine große Hilfe. Die Bedeutung der Tattoos zum Beispiel …«

Ruth saugte Luft zwischen den Zähnen ein. Sie wünschte, sie hätte diese Situation anders gemeistert.

»Und der Pathologe denkt, dass der Mörder tatsächlich Kohle verwendet hat für Karas Tattoos …«, fuhr Parsons fort.

»Was uns nicht viel weiter bringt als die Tatsache, dass er bei den anderen Opfern Färberwaid verwendet hat.«

»Ich kann Ihnen nicht folgen.«

»Er hat das Zeug vermutlich selbst hergestellt«, sagte Ruth. »Schon den Blaufärbstoff hatte er eigenhändig gewonnen, was erheblich schwerer ist.«

»Aber Kohle wird doch heutzutage sicher industriell produziert, oder?«, fragte Parsons.

Sie schüttelte den Kopf. »Nicht zwingend. Dr. Gaines war gerade dabei, in seinem Garten welche herzustellen, als ich heute bei ihm vorbeigeschaut habe. Ich habe es im Internet nachgelesen: Man braucht dazu nur Holz und eine Blechtonne.«

Ihr DCI ließ die Schultern sacken. Vermutlich hatte er vorgehabt, irgendeinen armen Tropf zu bitten, herumzutelefonieren und von diversen Produzenten und Händlern die Herausgabe ihrer Kundenkarteien zu verlangen. Doch dann schien ihm plötzlich doch zu dämmern, was Ruth da eben gesagt hatte. »Warum hat Dr. Gaines denn in seinem Garten *Kohle* herzustellen versucht?«

»Das würde ich ihn auch gerne fragen, Sir. Außerdem hätte ich gerne Einsicht in seine Notizen, die er sich bei dem Vortrag des Mediums gemacht hat. Und ich würde nur zu gerne in Erfahrung bringen, ob Kara den Fragebogen ausgefüllt hat, den er in den vergangenen zwei Monaten auf einer eigens zu Forschungszwecken eingerichteten Pseudo-Website stehen hatte.«

Parsons Augenbrauen huschten nach oben. »Einer Pseudo-Website?«

Sie erzählte ihm von Gaines' Alter Ego, *Shadowman,* und der Tatsache, dass er von ahnungslosen Leuten persönliche Daten abgegriffen hatte.

»Hat er Ihnen erklärt, wieso er die Leute auf diese Weise getäuscht hat?«, erkundigte sich Parsons.

»Er behauptet, es diene der Forschung«, sagte Ruth.

»Verstehe.« Seinem besorgten Ausdruck nach zu schließen, schien er tatsächlich langsam zu verstehen. »Aber es könnte doch auch eine ganz plausible Erklärung für all das geben«, fügte Parsons hinzu.

»Wenn es die gibt, würde ich sie nur zu gerne hören.«

Parsons sann eine ganze Weile darüber nach. Bis er schließlich sagte: »Wir kennen uns noch nicht besonders gut, Sergeant Lake. Allerdings habe ich den Eindruck, dass Sie generell besonnen reagieren. Und trotzdem scheint Dr. Gaines Sie ziemlich aus der Fassung zu bringen.« Er machte eine kurze Pause. »Sie sollten sich mal fragen, woran das liegen könnte.«

»Er manipuliert Menschen«, sagte sie. »Und ich mag es nicht, wenn man mich belügt. Aber was mich wirklich auf die Palme bringt, ist die Tatsache, dass er mir entscheidende Informationen vorenthalten und damit das Vorankommen unserer Ermittlungen behindert hat.« Sie hätte noch hinzufügen können, dass er ein arroganter, schnöseliger, sexistischer Scheißkerl war, aber das hätte nur bestätigt, worauf Parsons ohnehin schon hingewiesen hatte. Und er hatte nicht ganz unrecht: Ruth hatte in ihrer Position schon oft genug mit anzüglichen Bemerkungen zu tun gehabt, um zu wissen, dass einige Männer dahinter nicht viel mehr als unschuldiges Geplänkel sahen – und manche machten sich sogar vor, dass Frauen ihre Anspielungen schmeichelhaft fanden. Ranghöhere Beamte wie Gleichgestellte hatten zu diversen Gelegenheiten die Lorbeeren für Ruths Arbeit eingeheimst. Aber wenn es eines gab, das Männer wie Frauen im Job hassten, dann waren es Kollegen, die sich beklagten. Da brauchte es mehr als nur ein reines Bauchgefühl und ein paar unangebrachte Bemerkungen, bis sie sich Parsons anvertrauen würde. Daher beendete sie ihre Rede stattdessen mit folgender Bemerkung: »Er ist schwer einzuschätzen, ich traue ihm nicht, und ich werde es noch einmal sagen – er ist ein Lügner.«

Parsons schürzte die Lippen und hatte eine ernste Miene aufgesetzt. »Tja nun, Sie scheinen ihn ja wirklich bei einer Lüge ertappt zu haben«, gab er zu.

Sie beobachtete, wie er seine Möglichkeiten abzuwägen schien, behielt aber einen festen, ungerührten Blick bei, weil sie wusste, dass er zu einem Kompromiss kommen würde, ehe er den Mund öffnete.

»Na schön«, verkündete er schließlich. »Sie können das Verhör gerne leiten. Aber ich werde mit im Raum sein, und Sie werden sich um einen respektvollen Ton bemühen.«

»Vielen Dank, Sir«, sagte sie. »Das werde ich.«

So respektvoll, wie dieser Widerling es verdient hat.

42

Die abendliche Besprechung fiel zum Glück kurz aus, doch Parsons wollte schriftlich auf den aktuellen Stand gebracht werden zu ihrem Austausch mit Dr. Gaines, deshalb war es schon nach sieben, als Ruth hinaustrat in die kalte, klare Nachtluft.

In Gedanken war sie die ganze Zeit bei Adelas Waffe, und ihr war bewusst, dass das Problem an ihr nagen würde, bis sie etwas unternahm. Aber bis jetzt wusste sie keinen Weg, wie sie die Pistole in die Ermittlungen einbringen sollte, ohne zugeben zu müssen, dass sie sich des Diebstahls schuldig gemacht hatte. Adelas Wohnung war sorgfältig durchsucht worden, genau wie Carvers Wohnung. Sie auf diese Weise einzuschmuggeln war also keine Option.

Sie setzte sich mühsam hinters Steuer, fühlte sich in diesem Moment unendlich alt. Es herrschte dichter Verkehr, nur langsam kroch der Wagen voran, und sie musste an der Einmündung in die Wapping Street dreimal zusehen, wie die Ampel wieder auf Rot wechselte. Gegenüber auf der anderen Straßenseite erstrahlten die niedrigen Gebäude des Albert Dock im Scheinwerferlicht und warfen bronzene, blaue und weiße Reflexe auf die spiegelnd glatte schwarze Oberfläche des Wassers im Dock. Das Wheel of Liverpool, das in gespenstischem Weiß am südlichen Ende des Hafens leuchtete und dessen Gondeln sich Zentimeter um Zentimeter weiterbewegten, schien ihr ein Spiegelbild ihrer eigenen langsam rotierenden Gedanken zu sein. Warum hatte sich jemand Carver als Opfer ausgesucht? Wie hatte sie so dumm sein können, die Pistole aus seiner Wohnung zu entwenden?

Als sie sich endlich in den Verkehr auf der Hauptstraße eingefädelt hatte, tauchte plötzlich eine ganz neue Frage in ihrem Kopf auf. *Was hatte Adela ursprünglich dazu gebracht, sich eine Waffe zuzulegen?* Sie war als Finanzberaterin tätig gewesen, der Crash von 2008 hatte viele Menschen in den Ruin getrieben. Aber nicht Adela. Konnte es sein, dass man sie bedroht hatte? Vielleicht ein verärgerter Kunde, der hatte zusehen müssen, wie sie zu immer mehr Wohlstand kam, während unzählige andere bankrottgingen? Hatte sie sich die Waffe zu ihrem persönlichen Schutz zugelegt? Auch wenn es nicht unbedingt logisch war, besagte die Statistik, dass Frauen von Fremden viel weniger zu befürchten hatten als von den Männern, die ihnen nahestanden. Daraus folgte wiederum, dass Frauen, die Waffen besaßen, sich verstärkt der Gefahr aussetzten, dass diese gegen sie selbst gerichtet wurden, und zwar von ihren eigenen Ehepartnern oder Liebhabern. Und von denen hatte Adela offenbar eine ganze Menge gehabt.

Ruth bog bei nächster Gelegenheit links ab und legte eine Kehrtwende hin, um einen kleinen Abstecher zu Adelas Schützenverein im Norden der Stadt zu machen.

Der Fenton Shooting Club war am Rande von Aintree in einem stillgelegten Eisenbahntunnel untergebracht und mit vier Schießständen ausgestattet, von denen jeder über acht Bahnen verfügte. Der von Flutlicht erhellte Parkplatz war fast voll besetzt, im Clubhaus ging es recht lebhaft zu. Der für die Mitgliederverwaltung Zuständige, mit dem Ruth am selben Tag telefoniert hatte, war leider nicht vor Ort, deshalb bat man sie, im Restaurantbereich zu warten, bis man den Manager gerufen hatte.

Adrian Garvey war ein Geschäftsmann um die vierzig, der seine Erziehung unübersehbar an einer Privatschule genossen hatte. Er war hochgewachsen, nicht sonderlich gut aussehend, aber mit genügend Charisma, um anerkennende Blicke von den weiblichen Clubmitgliedern zu ernten, als er durch die Tür trat.

»Man hat mir gesagt, Sie wollen mich wegen Adela Faraday sprechen«, sagte er und hielt Ruth die Hand hin. »Schreckliche Sache.« Er deutete auf einen Tisch in einer ruhigeren Ecke des Raums, wo Ruth einen Platz wählte, von dem aus sie alles gut im Blick hatte. Paare, Gruppen von Männern und seltsamerweise auch Familien saßen um die anderen Tische versammelt und aßen zu Abend. Eine Bedienung eilte mit einem Tablett voller Essen an ihnen vorüber, und der verlockende Duft nach Fleischpastete und Pommes frites wehte zu ihnen herüber. Ruth wurde bewusst, dass sie seit dem Toast am Morgen nichts mehr gegessen hatte.

»Kann ich Ihnen irgendetwas anbieten?«, fragte Garvey. »Einen Drink …?« Er warf einen Blick zur Bar, von wo aus der Barmann sie neugierig beäugte, wie ihr nicht entging.

»Nein, danke, aber ich hab ein paar Fragen zu Adela«, sagte sie.

»Schießen Sie los, ich will schauen, ob ich Ihnen weiterhelfen kann.«

Ruth nickte. »Welchen Grund nannte sie für ihren Wunsch, eine Waffe zu besitzen?« Das Gesetz erforderte es, dass man auf den Antragsformularen einen expliziten Grund angab. Der Großteil der Leute berief sich ganz allgemein auf »sportliche Gründe«. Ruth erwartete daher, dass Adela es nicht anders gehandhabt hatte, aber sie war dennoch neugierig, die Reaktion des Managers zu sehen.

»Wir sind ein Sportclub«, sagte er. »Wir beschränken uns auf das Zielschießen. Einige von uns besitzen die Lizenz, auf eigenem Grund und Boden auf Schädlinge zu schießen, doch unsere Mitglieder kommen ausschließlich aus sportlichen Gründen hierher. Und aus Gründen der Geselligkeit.«

Er hatte ihre Frage nicht direkt beantwortet, wie ihr nicht entging, aber sie würde noch einmal darauf zurückkommen. »Was war Adela denn wichtiger, das Schießen oder die nette Gesellschaft hier?«

Er lächelte. »Adela war ein richtiges Partygirl. Mit Leib und Seele.«

»Sie kannten sie persönlich?«

»Sie war stets der strahlende Mittelpunkt, wenn sie im Raum war«, sagte er fast zärtlich. »Aber Adela war auch eine ausgezeichnete Schützin. Sie hatte einen der höchsten Punktestände für .22er-Mehrlader-Karabiner.«

Seine Bewunderung für die Tote war nicht zu übersehen, und Ruth fragte sich unwillkürlich, wie weit diese Bewunderung wohl gegangen war.

»Sie hatte ihre eigene Pistole, wie ich hörte.«

»Ja, aber normalerweise kam sie direkt nach der Arbeit hierher, deshalb lieh sie sich meistens eine Waffe aus.«

Wie seltsam, lag Adelas Wohnung am Fluss doch auf der Hauptstraße in Richtung Norden. Es wäre kein Umweg für sie gewesen, kurz zu Hause vorbeizuschauen und ihre eigene zu holen.

»Haben Sie hier Umkleiden?«, erkundigte sie sich.

Er blinzelte. »Wir haben einen Aufenthaltsraum. Warum fragen Sie?«

»Na ja, da Adela Finanzberaterin war, nehme ich an, sie trug schicke Businesskleidung. Sicher hat sie sich umgezogen, bevor sie in den Schießstand gegangen ist.«

»Oh«, sagte er. »Vermutlich ...«

Ruth spürte, dass jemand sie ansah, und warf erneut einen Blick zur Bar. Der Mann dahinter war dünn, mittelgroß, grauhaarig und hatte einen ordentlich gestutzten Bart. Er wirkte panisch, weil sie ihn ertappt hatte, und wandte sich hastig ab.

Ach, was macht Sie denn so nervös? »Könnte ich vielleicht ein Tonic Water haben?«

»Selbstverständlich.« Garvey machte den Barmann auf sich aufmerksam und rief ihm die Bestellung zu. Der Mann wurde nun noch nervöser bei der Aussicht darauf, ihnen die georderten Drinks an den Tisch bringen zu müssen.

»Und, was sind das für Menschen, die sich für den Schießsport interessieren?«, wollte sie wissen, während sie gleichzeitig den Blick durch den Raum schweifen ließ.

»Wie Sie selbst sehen können«, sagte Garvey mit einem amüsierten Lächeln, »sind das alle möglichen Leute.«

»Aber speziell?«

Er blickte zur Decke und schien zu überlegen. »Geschichtsinteressierte, die darauf aus sind, ihre historischen Waffen abzufeuern, Expolizisten und Soldaten, was man typischerweise so erwarten würde. Geschäftsmänner, Geschäftsfrauen ... ein paar Mechaniker ...«

»Mechaniker ...« Das überraschte Ruth, doch als sie darüber nachdachte, ergab es Sinn. »Ich nehme an, die Mechanik einer Waffe wäre genau nach dem Geschmack von technisch Interessierten?«

Das war eindeutig eine Suggestivfrage, doch der Vereinschef ließ sich dadurch nicht beirren.

»Ich denke schon«, sagte er. »Darüber hatte ich noch gar nicht nachgedacht.« Garvey lehnte sich zurück und bezog den Barmann, der gerade mit den Drinks angekommen war, sogleich in das Gespräch ein. »David weiß da sicher mehr.«

»Was soll ich wissen?«, fragte der Mann, der sich so plötzlich im Mittelpunkt vorfand, verunsichert.

»Sie waren doch Mechaniker, bevor Sie in Rente gingen«, sagte Garvey. »David ist fast jeden Tag – und oft auch abends – hier, er springt ein, wenn jemand nicht kann. Detective Sergeant Lake will wissen, warum unter unseren Mitgliedern so viele Mechaniker sind.«

»Das sind meiner Meinung nach Schuljungen, die nicht erwachsen werden wollen«, erklärte der Barmann mit einem kraftlosen Lachen.

»Sie müssen Adela Faraday gekannt haben«, sagte Ruth.

Der Barmann machte Anstalten, es zu leugnen, doch Garvey kam ihm zuvor und sagte: »Sie waren befreundet, nicht wahr, David?«

Der Barmann machte ein bestürztes Gesicht. »Schießpartner«, korrigierte er ihn, stritt aber auch nichts ab.

»Hat Adela in den Wochen vor ihrem Tod einen nervösen Eindruck auf Sie gemacht?«, fragte Ruth. »Wurde sie bedroht, hat man ihr nachgestellt? Wurde sie von irgendwem belästigt?«

»Wir haben uns nie ernsthaft über Privates unterhalten«, sagte er.

Carver hatte mehr oder weniger dieselben Worte verwendet. »Sie hat keine Namen fallen lassen? Vielleicht jemand aus der Arbeit, mit dem sie Ärger hatte?«, hakte Ruth nach.

David schüttelte den Kopf und wich ihrem Blick aus.

»Tja, wenn Ihnen doch noch was einfällt, egal was, rufen Sie mich an.« Sie reichte ihm ihre Visitenkarte. Einen

Augenblick schien er ratlos, was er tun sollte, doch als er die Hand danach ausstreckte, zitterten seine Finger kaum merklich.

Garvey sprach mit leiser Stimme, während der andere Mann sich wieder entfernte. »Adelas Tod hat David ziemlich zugesetzt.«

Ruth nickte und behielt den sich entfernenden Mechaniker im Auge. Dann kehrte sie zurück zu ihrer Frage nach dem Grund für Adelas Wunsch, eine Waffe zu besitzen, und bat Garvey um eine Kopie der Anmeldeunterlagen. Daher führte er sie in sein Büro, ein kleines, ziemlich vollgestopftes Kämmerchen, dessen Backsteinwände weiß getüncht und mit Fotos von Waffen, Schießwettbewerben und geselligen Ereignissen behängt waren.

»Hier, bitte schön«, sagte er und heftete die losen Blätter zusammen, ehe er sie ihr reichte. »Die 1911 Low Bill ist eine umgearbeitete Iver-Johnson-Pistole, und die basiert wiederum auf einem 1911er Colt.«

Ruth sah ihn an, als hätte sie keinen Schimmer, wovon er sprach. Er deutete auf eine Schautafel an der Wand. Darauf war das gleiche Modell und die gleiche Marke Pistole zu sehen wie jene, die wie eine fette, hässliche Kröte zu Hause in ihrem Schrank lauerte. Doch die legale Variante hatte einen verlängerten Lauf und einen zusätzlichen Griff.

»Wie Sie dem Formular entnehmen können, hat Adela als Grund für den Besitz einer Waffe das Zielschießen angegeben.«

Er tippte an der entsprechenden Stelle auf das Blatt.

Ruth musterte das Formular. »So steht es hier, ja. Aber als Polizistin weiß ich natürlich, wie viel so eine Aussage wert ist.«

Er runzelte die Stirn. »Sie denken ernsthaft, sie wurde bedroht?«

»Das ist nur so eine Vermutung«, sagte sie. Als Ruth einen Blick auf die Unterschrift unter Adela Faradays Mitgliedsantrag warf, stellte sie fest, dass Adela dem Verein erst vor sieben Monaten beigetreten war. Das war ungefähr zu derselben Zeit, als sie ihr Haus hinter sich abschloss und in ein Apartment im Stadtzentrum zog, wo sie mehr oder weniger anonym gewohnt hatte.

Als Ruth zurück ins Restaurant kam, um sich noch einmal ungestört mit dem Barmann zu unterhalten, war er verschwunden. Eine der Bedienungen erzählte ihr, er habe sich nicht wohlgefühlt und sei nach Hause gegangen.

Sie eilte hinaus auf den Parkplatz und entdeckte ihn mit einer Gewehrhülle und einer Sporttasche über der Schulter. Gerade, als er den Kofferraum aufsperren wollte, bemerkte er sie, und kurz glaubte sie, er werde abhauen. Doch stattdessen warf er die Tasche ins Auto, legte das Gewehr daneben und stand dann da wie einer, der nur darauf wartete, dass man ihn festnahm.

»In Adelas Mitgliedsantrag steht, dass sie die Waffe zum Zielschießen benötigte.«

Er starrte sie mit ausdruckslosen Augen an, die Arme abwehrend vor der Brust verschränkt.

»Und?«

»Ich hatte eigentlich fast erwartet, dort etwas von *Schädlingsbekämpfung* zu lesen.«

Vielleicht lag es an dem Licht, das die Scheinwerfer über ihnen aussandten, aber für einen kurzen Moment glaubte sie, in seinen Augen ein hartes, weißes Licht aufblitzen zu sehen.

Er senkte den Blick. »Wie kommen Sie darauf? Adela hat

in einer hübschen Wohnung in einer exklusiven Anlage gewohnt.«

»Gute Frage«, sagte Ruth, obwohl sie überzeugt war, dass er verdammt genau wusste, wovon sie sprach. Nämlich von einem Schädling auf zwei Beinen, der kein Nein akzeptieren wollte. Ihr kam außerdem der Gedanke, dass David sehr wahrscheinlich zu den wenigen Menschen gehörte, die wussten, dass Adela in eine Wohnung am Fluss gezogen war.

»Ich hätte da noch eine Frage an Sie«, fügte sie hinzu. »Warum hat Adela eine vereinseigene Waffe benutzt, wenn sie doch selbst eine besaß?«

Er betrachtete sie stirnrunzelnd, und nach einer Weile wandte er sich dem offen stehenden Kofferraum seines Wagens zu. »Sehen Sie sich das hier an ...« Er holte die Gewehrtasche wieder heraus, öffnete sie und brachte nicht ein Gewehr, sondern eine Pistole zum Vorschein.

Der außergewöhnlich lange Lauf und die lange, schwere Stange am Griffende passten in der Realität noch weniger zusammen als auf den Fotos.

»Diese Dinger passen gerade so in eine Gewehrtasche«, erklärte er.

»Ist das nicht der eigentliche Sinn?«, fragte sie. »Weil es verhindert, dass jemand mit einer tödlichen Waffe im Hosenbund durch die Gegend rennt?«

»Wenn man sich an die Regeln hält, ja«, sagte er. »Aber Kriminelle halten meist nicht viel von Vorschriften und Gesetzen, nicht wahr? Der durchschnittliche Halunke kann sich jederzeit eine Vollautomatikwaffe besorgen, das ist nicht viel komplizierter, als in den Supermarkt zu gehen und Milch zu holen. Anständige Bürger dagegen, die sich an die Gesetze halten ... müssen sich mit solchen ... Abscheulichkeiten zufriedengeben.« Er starrte angewidert auf die Waffe in seiner Hand.

»Ich mag generell keine Waffen«, sagte Ruth, weil sie die Zeit für gekommen hielt, einen Gang zurückzuschalten. »Aber ich verstehe, was Sie meinen: Das Ding ist wirklich potthässlich.«

Das entlockte ihm nun doch ein Lächeln. »Tut mir leid«, sagte er. »Tut mir leid. Es ist nur… der Bastard, der Adela das angetan hat, läuft immer noch frei da draußen herum.«

»Sie muss eine bemerkenswerte Frau gewesen sein«, stellte Ruth fest.

Er wirkte fast ein wenig gekränkt. »Was wissen *Sie* schon davon.«

Lange Zeit betrachtete sie ihn. Sie war überzeugt, dass er ihr helfen wollte, aber wenn er es tat, würde er sich selbst verdächtig machen und dem Risiko einer strafrechtlichen Verfolgung aussetzen. Dieses Problem kannte Ruth nur zu gut. Wenn sie eine ehrliche Antwort von ihm erwartete, musste sie ihm etwas liefern, womit er sie in der Hand hatte.

»Ich will Ihnen etwas erzählen, womit ich mir großen Ärger einhandeln könnte.« Sie holte tief Luft. »Das hier ist gar nicht mein Fall.«

Flackernd richtete er den Blick auf sie, verwirrt, aber auch neugierig.

»Und warum sind Sie dann…?«

»Ich versuche nur, einem guten Freund zu helfen«, sagte sie. »Er sitzt ziemlich in der Klemme. Weil er… in einer Beziehung mit Adela war.«

Krampfhaft umklammerte David die Waffe. »Wenn Sie etwas wissen… Wenn *er* das getan hat…« Er verstummte, das Gesicht im grellen Licht der Laternen kreidebleich.

»Er wurde mit einer Waffe vom selben Kaliber angeschossen wie Adela.«

Der Barmann starrte sie ungläubig an, und sie wartete ab, ob er von selbst den Zusammenhang herstellte. Als es ihm offenbar gelang, wurden seine Augen ganz groß.

»Mein Gott – es ist dieser Polizist, nicht wahr?«

Sie erwiderte nichts darauf, doch das Entsetzen und die Fassungslosigkeit in seinem Blick brachten sie zu der Überzeugung, dass der Mann nichts mit dem Schuss auf Greg Carver zu tun hatte.

»Überrascht es Sie, dass sie sich noch mit einem anderen traf?«

»Nein«, gab er zurück, obwohl er offenbar noch nicht ganz verarbeitet hatte, was sie ihm eben erzählt hatte. »Adela war nicht … Sie hielt nichts von Exklusivbeziehungen.« Er machte eine kurze Pause. »Denken Sie, dass derjenige, der sie erschossen hat, es auch auf Ihren Freund abgesehen hatte?«

Ruth hob eine Schulter und ließ sie wieder sinken. »Ich stelle nur Fragen«, sagte sie. »Denn wer immer auf Adela und Greg Carver geschossen hat – fest steht, dass wir ihn finden und seiner gerechten Strafe zuführen müssen.« Er sagte zwar nichts, doch in seinen Augen brannte der Zorn, deshalb hielt Ruth den Zeitpunkt für gekommen, um Folgendes zu sagen: »Kann ich Ihnen eine hypothetische Frage stellen?«

Er nickte vorsichtig.

Sie warf einen Blick auf den Karabiner, den er in der Hand hielt, der Lauf parallel zum Saum seiner Hose. »Kann so eine *Abscheulichkeit*, wie Sie sagen, wieder zurückgebaut werden zu etwas, das aussieht wie eine normale Pistole?«

Jeder Muskel in seinem Nacken spannte sich an, und sie musste sich beschwichtigen, dass kein Mitglied eines Schützenvereins, das etwas auf sich hielt, mit geladener Waffe im Kofferraum herumfahren würde. Dennoch hielt sie seinem Blick stand, weil sie befürchtete, wenn sie noch einmal zu der Waffe schaute, überlegte er es sich doch anders und brachte sie zum Einsatz. Vielleicht erriet er ihre Gedanken, weil er sich nun abwandte und die Waffe in die Tasche steckte, ehe er sie behutsam zurück in den Kofferraum legte. Als er sich wieder aufrichtete, meinte sie förmlich zu hören, wie die Knochen und Sehnen in seinem Rücken und den Schultern vor Anspannung knackten. Dann bemerkte sie ein kleines Wölkchen, als er den Atem mit einem leisen Keuchen ausstieß.

»Sie fragen mich als Mechaniker, natürlich rein hypothetisch, ob man einen 1911er Randfeuer-Karabiner zu einem gewöhnlichen 1911er Randfeuer-Colt umbauen kann?«, fragte er.

»Hypothetisch. Ja.«

Er nickte knapp. »Das ist nicht ganz einfach …« Er hüstelte. »Es *wäre* nicht einfach, meinte ich. Aber ja, möglich ist es. Rein hypothetisch wäre das absolut machbar.«

»Das dachte ich mir.«

Ein verängstigter Ausdruck lag auf seinem Gesicht. »Kann ich Ihnen auch eine hypothetische Frage stellen?«

»Selbstverständlich.«

»Wenn tatsächlich ein Mechaniker ihre Waffe umgebaut hätte, denken Sie, er könnte dem Arschloch, das Adela erschossen hat, versehentlich in die Hände gespielt haben?«

»Das würde ich nicht behaupten. Hören Sie, David, das Ermittlerteam hat die Waffe noch nicht einmal gefunden«, sagte sie wahrheitsgemäß und fügte dann hinzu, jetzt nicht mehr ganz so aufrichtig: »Wir können nicht mit Gewissheit sagen, ob Adela mit ihrer eigenen Waffe erschossen wurde.«

Er wirkte erleichtert, das zu hören.

»Trotzdem«, sagte er. »Ich wünschte, ich könnte es ungeschehen machen. Ich wünschte, ich hätte nie…« Er schien untröstlich zu sein.

»Dieser Mann, vor dem sie sich schützen wollte – hat sie je einen Namen erwähnt?«, fragte sie behutsam.

»Chris«, kam es postwendend.

»Kein Nachname?«

Bedauernd schüttelte er den Kopf.

»Ein Exfreund oder jemand, mit dem sie beruflich zu tun hatte?«

»Das wollte sie nicht sagen – ich weiß das nur, weil es ihr eines Abends rausgerutscht ist. Wir hatten getrunken, und…« Er zuckte mit den Schultern.

»Hat sie erwähnt, warum sie vor ihm Angst hatte?«

»Nur dass er sie belästigt hat.«

Was wiederum erklären würde, warum Adela ihr nettes Häuschen im Vorort aufgegeben hatte und heimlich in eines ihrer Objekte gezogen war, das sie ursprünglich allein als Geldanlage gekauft hatte. »Hat sie diese Belästigung je bei der Polizei zur Anzeige gebracht?«

Wieder ein Kopfschütteln. »Sie meinte, sie käme damit klar.«

43

Tag elf

Um kurz nach Mitternacht fiel Ruth erschöpft ins Bett und träumte von ihrem Vater. Nachdem sie fünfzehn geworden war, hatte sie ihn nicht mehr oft zu Gesicht bekommen, die meisten ihrer Erinnerungen aus dieser Zeit bestanden aus hitzigen Wortgefechten und gewalttätigen Ausbrüchen. Heute Nacht aber war er milde gestimmt. Er machte einen blöden Witz, und sie lachte darüber. Während er sie dabei beobachtete, trat ein zärtlicher Ausdruck auf sein Gesicht.

»Ich liebe dich«, sagte er. »Daran darfst du nie zweifeln.«

Dann war ihr Dad wieder verschwunden, und Ruth hatte Angst, wegen des defekten Haustürschlosses. Sie ging nach unten, um nachzusehen, weil sie Geräusche aus dem Wohnzimmer gehört hatte. Dort traf sie Harry Rollinson an, der auf ihrer Xbox *Hitman* spielte. Was seltsam war, weil sie dieses Spiel gar nicht besaß. Seine Daumen bewegten sich hektisch auf der Steuerung der Konsole, während auf dem Bildschirm der Killer seinem Gegner das Genick brach. Rollinson sah auf und lächelte.

»Wenn Sie für den Bruchteil einer Sekunde nicht aufpassen«, sagte er, »verändert Ihr Leben sich von Grund auf.«

Mit einem Keuchen fuhr sie aus dem Schlaf hoch und lag dann wach, während ihre Gedanken um ihr Gespräch mit dem Mann kreisten. »Nur der Bruchteil einer Sekunde«, hatte er gesagt. »*Sie* wissen, wie das so läuft.« Als sie jetzt wieder darüber nachdachte, wurde ihr klar, dass er die Betonung eindeutig auf das »Sie« gelegt hatte. Vielleicht hatte er gemeint, »*Sie* müssen das wissen, weil Sie Polizistin sind«. Aber der stumpfe Ausdruck in seinen Augen hatte auf etwas anderes hingedeutet: In seinen Worten lag eine tiefere Botschaft verborgen.

Sie ging ins Gästezimmer und öffnete den Schrank. Unter einem Stapel Schuhkartons befand sich ein blaues, ledergebundenes Fotoalbum. Ruth leuchtete mit einer Taschenlampe über die Kartons, während sie es darunter hervorzog, auf der Suche nach Fingerabdrücken oder irgendwelchen Anzeichen, dass jemand hier gewesen war. Sie hatte die Schachteln seit vielen Monaten nicht mehr herausgeholt, eine feine Staubschicht darauf bestätigte, dass auch niemand sonst dies getan hatte.

Sie kniete sich auf den Boden und legte das Album auf ihre Oberschenkel. Nach vielleicht fünf Minuten atmete sie tief durch und klappte es auf. Mit einem schwachen Knarzen öffnete es sich und strömte einen leicht muffigen Geruch aus. Die ersten acht Seiten enthielten das Übliche: Familienschnappschüsse, Schwimmabzeichen, ein Foto von Ruth mit ihrem Bruder, der sein Aikido-Wettkampfoutfit trug. Danach wurde der Inhalt immer düsterer: Zeitungsausschnitte und Kondolenzkarten, eine gepresste Blume aus dem Trauerkranz; der Zettel von ihrem Dad mit der Nachricht: »Ich liebe dich. Daran darfst du nie zweifeln.«

Sie überprüfte jede einzelne Seite. Nichts fehlte.

Nach einer Weile klappte sie das Album wieder zu und

legte es zurück in den Schrank, um die Schachteln eine nach der anderen wieder darüberzustapeln.

Sie erkannte Rollinson nicht, dabei vergaß sie nie ein Gesicht. Aber er schien sie zu kennen – davon war sie überzeugt.

Ruth traf um kurz nach sieben Uhr morgens im Krankenhaus ein. Die Schwestern waren gerade dabei, die Medikamente zu verteilen, das Pflegepersonal brachte das Frühstück. Sie huschte ins Zimmer, als der Rollwagen mit den Frühstückstabletts durch die Tür geschoben wurde, nicht ohne einen missbilligenden Blick von der Schwester zu ernten.

»Was ist aus dem Wachmann geworden?«, fragte Ruth.

Die Schwester verdrehte die Augen. »Vielleicht hatten die höheren Mächte ein Einsehen und haben beschlossen, dass es reine Zeitverschwendung war?«

Ruth hielt es dagegen für sehr viel plausibler, dass DCI Parsons so viele zusätzliche Leute gebraucht hatte, um sich die Opfer des Dornenkillers noch einmal anzusehen, dass Jansen niemanden mehr erübrigen konnte. Carver lag im Bett. Es war noch dunkel, doch Ruth wusste, dass die meisten Patienten um sechs Uhr dreißig geweckt und aus dem Bett gescheucht wurden. Carver sah fahl und schwach aus, und sofort war sie wieder in Sorge um ihn. Er hob eine Hand, um sie ins Zimmer zu bitten, ließ sie dann kraftlos wieder auf die Bettdecke fallen.

»Alles in Ordnung mit dir?«, erkundigte sie sich. »Du siehst schrecklich aus.«

»Mir geht's gut«, versicherte er ihr.

»Im Ernst, Greg, wir können das auch auf ein anderes Mal verschieben.«

»Wage es bloß nicht, wieder zu gehen«, warnte er sie und

kämpfte sich in eine aufrechte Position. »Du hast Neuigkeiten – das sieht man dir förmlich an, so wie du strahlst. Ich will es hören.«

Diese ganze Sache mit den Auren war wirklich beängstigend. Logik und wissenschaftliche Befunde verrieten ihr, dass es sich hierbei um eine neurologische Dysfunktion handelte, dennoch warf sie einen verunsicherten Blick auf ihr Spiegelbild im dunklen Fenster. Doch sie sah nichts weiter als ihr Gesicht, das ihr mit trügerischer Ruhe daraus entgegenstarrte.

»Es geht um den Dornenkiller, nicht wahr?«, fragte er mit schwacher, aber ungeduldiger Stimme. »Was weißt du?« Er machte Anstalten aufzustehen. »Sag schon.«

»*Beruhige* dich erst mal.« Sanft drückte sie ihn zurück auf das Kissen. »Ich will dir ein paar Fragen stellen, das ist alles.« Ruth hatte ein schlechtes Gewissen, weil sie ihn so auf die Folter spannte, aber die Verbindung zwischen den einzelnen Opfern war nach wie vor recht dürftig, und Greg hatte sich buchstäblich fast selbst geopfert auf der Suche nach dem Dornenkiller. Sie würde ihn garantiert nicht auch noch ermuntern, seine Besessenheit von diesem Fall neu aufflammen zu lassen. Die Ermittlungen zu Adela Faraday waren eine andere Sache, wie sie sich selbst einredete, unbedingt musste sie in Erfahrung bringen, was Greg wusste.

Seine Augen wirkten riesig, die Wangen hohl, als hätte er seit der gestrigen Nacht erheblich an Gewicht verloren, was natürlich unwahrscheinlich war.

»Dann raus mit deiner Frage«, drängte er.

»Die Waffe. Erinnerst du dich, dass du sie schon einmal gesehen hast, vor der Nacht, in der du angeschossen wurdest?«

Er runzelte die Stirn. »Gib mir eine Minute.« Er schloss

die Augen, aber nur einen Moment später richtete er sich keuchend auf, und Schweiß glänzte auf seiner Stirn.

»Greg?« Sie goss ihm ein Glas Wasser ein und hielt es ihm an die Lippen. Er nahm einen Schluck, dann noch einen. »Du siehst wirklich fürchterlich aus«, stellte sie noch einmal fest. »Wir können das auch später nachholen – wenn du dich besser fühlst.«

Entschieden schüttelte er den Kopf und legte sich zurück aufs Kissen. »Nein. Mir geht's gut. Ich hatte gestern ein kognitives Interview mit meiner Psychologin, das ist alles. Ich bin etwas durch den Wind.«

»Das kann man wohl sagen.« Sie zögerte, konnte sich die Frage dann aber doch nicht verkneifen: »Ich darf wohl annehmen, dass du dich dabei an nichts erinnert hast, das uns weiterbringen könnte, oder?«

»Doch, da war schon eine Sache …« Er starrte an ihr vorbei. »Es ergibt zwar keinen richtigen Sinn, aber ich wollte dich warnen.«

»Wegen …?«

Er schien um eine Erkenntnis zu ringen, gab dann aber frustriert auf. »Ich weiß es nicht … irgendwas.«

»Du könntest das wohl nicht noch ein bisschen präzisieren für mich?« Die besorgte Miene, mit der er sie ansah, ließ sie ihren flapsigen Ton sofort bereuen.

»Tut mir leid, Ruth. Ich habe mich bemüht, aber …« Mit unsicherer Hand wischte er sich über das Gesicht.

Sie hasste es, ihn so hilflos zu sehen. »Hey, ich hab's kapiert, ich passe schon auf mich auf«, versprach sie. »Wenn dir noch etwas einfällt, kannst du mich ja anrufen, okay?«

Er atmete ein paarmal tief durch und sagte dann einigermaßen ruhig: »Du wolltest mir gerade was über die Pistole erzählen.«

»Okay, ja, aber bitte nicht ausflippen«, sagte sie. »Sie gehörte Adela.«

Er antwortete nicht sofort, dann aber sagte er: »Wie sicher bist du dir?«

»Ganz sicher«, gab sie zurück. »Die Seriennummer ist identisch.«

»Iden...« Er machte große Augen. »Sag mir bitte, dass du nicht im PNC danach gesucht hast.«

»Ich bin ja nicht auf den Kopf gefallen, Greg. Adela war Mitglied in einem Schützenverein. Aber noch interessanter ist, dass es da einen Mann gibt, der denkt, sie hätte Ärger mit einem Verflossenen gehabt.«

»Wie kann es sein, dass Jansen nichts davon weiß?«, fragte Carver.

»Adela hielt sich monatelang in einer leer stehenden Wohnung versteckt«, erklärte Ruth. »Noch nicht einmal der Concierge wusste, dass sie dort wohnte.« Sie legte den Kopf schief. »Obwohl, wenn man es sich genau überlegt, ist es gar nicht mal so verwunderlich, wo sie doch diese ganzen Nächte in verschiedenen Hotels der Stadt verbracht hat.«

»Ich habe dir gesagt, ich habe mich bloß ein halbes Dutzend Mal mit ihr getroffen.« Er klang beleidigt.

»Das mag ja sein, aber du warst nicht der Einzige«, erklärte sie trocken. »Da war außerdem noch Councillor Hill, dem die zweite Prepaid-Nummer auf ihrem Handy gehörte, und ich würde fast schwören, dass sie es noch mit mindestens zwei Männern in diesem Verein getrieben hat.«

Schockiert sah er sie an.

»Nimm es nicht persönlich, Greg«, sagte sie. »Wie es aussieht, ließ sie niemanden zu nahe an sich heran.«

»Oder eben schon, und deshalb musste sie monatelang untertauchen«, entgegnete Carver.

»Das ist eine der Theorien, die ich derzeit untersuche«, sagte sie, erleichtert zu sehen, dass er wieder etwas Farbe bekommen hatte.

»Ich habe gehört, dass man Hill verhaftet hat.«

»Der Fairness halber muss ich sagen, dass Jansen es ihm überlassen hat, ob er freiwillig auf ein kleines Schwätzchen vorbeikommt. Das hat er abgelehnt. Ein Lehrstück zum Thema Verantwortung übernehmen und mit Informationen helfen. Aber er war über Weihnachten und Neujahr mit seiner Familie in Urlaub, deshalb hat er ein Alibi.«

»Und wie lautet deine Theorie?«

»Adelas Freund im Schützenverein hat mir einen Namen genannt, Chris, mehr wusste er auch nicht.«

»Das ist nicht eben viel.«

»Wir wissen bereits, dass Adela im letzten Juni einen hoch dotierten Job hingeschmissen und stattdessen als Freiberuflerin gearbeitet hat. Das deutet auf eine Arbeitsromanze hin, die in die Brüche gegangen ist. Ebenso die Tatsache, dass sie etwa um diese Zeit ihre Stelle aufgab, ihr Haus verließ und in eines ihrer Mietobjekte zog. Das wirkt alles recht verdächtig, würde ich sagen.«

Er nickte zustimmend.

»Falls Adela tatsächlich Anzeige bei der Polizei erstattet hätte, wüsste Jansens Team davon. Dann hätte man diesen Chris zumindest zum Verhör ins Revier beordert. Aber soweit ich weiß, haben sie bislang nur euch zwei, dich und diesen Stadtrat, verhört.«

Er nickte. »Sie hatte nicht Anzeige erstattet.«

»Das dachte ich mir. Das Problem ist, ich kann damit nicht zu Jansen und seinen Leuten gehen, ohne mich einer Reihe von unangenehmen Fragen zu stellen. Deshalb … Ich werde losziehen und selbst Erkundigungen einholen.«

»Das ist keine gute Idee, Ruth«, sagte Carver. »Am Ende wirst du doch einen Haufen unangenehmer Fragen beantworten müssen.«

»Und deswegen hat Gott auch LinkedIn erfunden«, erklärte sie mit einem Grinsen. »Adelas Profil ist ziemlich umfassend – obwohl man sie nur über InMail kontaktieren kann, vermutlich, weil sie sich ihren aufdringlichen Ex vom Leib halten wollte. Ihr beruflicher Lebenslauf gibt Aufschluss darüber, dass sie zuletzt in der Zweigstelle von LC&K Assets hier in Liverpool gearbeitet hat – einer Vermögensverwaltung mit Sitz in London. Ich habe mir deren Website angesehen und bin auf der Seite, auf der das Team vorgestellt wird, auf einen grinsenden Typen gestoßen, ein Draufgänger wie aus dem Bilderbuch.« Sie reichte Carver ihr Handy, damit er den Namen unter dem Foto lesen konnte.

»Chris Barrington …«

Ruth entging nicht, wie er sich das Gehirn zu zermartern schien und sich abmühte, sich an das Gesicht zu erinnern.

»Du erkennst ihn nicht.«

»Ich glaube nicht, nein.« Er starrte auf das Display. »Tut mir leid, ich wünschte, ich könnte dir weiterhelfen.«

»Schon gut, einen Versuch war es wert.«

»Aber du denkst, es könnte sich lohnen, Barrington genauer unter die Lupe zu nehmen?«

»In den Neunzigern wurde Mr. Barrington von einer Kollegin wegen sexueller Belästigung vors Arbeitsgericht gebracht«, erklärte sie. »Er konnte eine Verurteilung abwenden, indem man sich außergerichtlich einigte.«

»Aber von sexueller Belästigung hin zu Stalking und Mord ist es schon ein weiter Weg.«

»Hängt ganz davon ab, welche Form diese Belästigung

hatte, oder nicht? Und manche Männer machen diesen Schritt durchaus. Jedenfalls schadet es nicht, ihm ein paar Fragen zu stellen.«

»Du hast vor, ihm einen Besuch abzustatten?« Wieder flackerte Angst in seinem Blick auf. »Nimm dir bitte jemanden mit«, sagte er.

»Parsons und Jansen haben mich beide gewarnt, mich nicht einzumischen. Sonst kann ich niemanden einweihen.«

»Ruth ...«

Sie sah auf die Uhr. »Ich muss los, wir haben gleich Teambesprechung. Außerdem habe ich am späteren Vormittag ein Verhör mit Gaines und DCI Parsons. Allerdings sollte ich mich zwischendurch eine Stunde davonstehlen können, um mit Mr. Barrington zu reden. Ich bin im Nu wieder zurück, ohne dass mich irgendwer groß vermissen wird.«

»Wer ist denn Gaines?«, erkundigte Carver sich.

»*Doktor* Gaines – ein Anthropologe, der uns berät«, sagte sie und versuchte, möglichst beiläufig zu klingen. Doch innerlich verfluchte sie sich, dass ihr das herausgerutscht war.

»Und warum sprichst du dann von einem *Verhör?*«

Er mochte zwar nicht ganz bei Kräften sein, aber geistig war er hellwach.

»Ich muss los.« Sie war bereits auf dem Weg zur Tür.

»Was verheimlichst du vor mir?«

»*Alles,* okay? Das ist nicht mehr dein Fall.«

Er starrte an ihr vorbei, als wollte er sich auf die Staubpartikel um sie herum konzentrieren. »Da ist etwas faul an diesem Dr. Gaines, nicht wahr?«

»Er hat die besten Referenzen.«

Carver stieß ein ersticktes Lachen aus. »Um dich herum ist es gerade ganz hell geworden, Ruth.«

»Bitte was?«

»Da war ein grelles Grün, und das verrät mir, dass du lügst.«

»Wie praktisch … Weißt du, darüber werden wir uns noch unterhalten müssen … über diese Sache mit den Auren«, sagte sie. »Aber gut: Gaines ist ein widerlicher Typ mit einem aufgeblähten Ego und einem Talent dafür, immer zur falschen Zeit am falschen Ort zu sein. Ich werde mich mit ihm unterhalten müssen deswegen … und wegen ein paar anderer Dinge. Parsons wird mir als Unparteiischer beistehen. Zufrieden?«

»Nicht annähernd«, knurrte er. »Aber ich kann kaum etwas dagegen tun, wo ich doch hier festsitze, nicht wahr?«

»Nein, nicht das Geringste.«

»Tja, können wir dann wenigstens Telefonnummern austauschen?«

»Ich dachte, du dürftest hier drin kein Handy haben?« Abgesehen davon wusste Ruth, dass Carvers Telefon immer noch als Beweismittel unter Verschluss war.

Er rang sich ein knappes Lächeln ab. »Ausnahmegenehmigung. Jemand hat mir ein Prepaid-Handy reingeschmuggelt.«

Eins musste sie ihm zugestehen: Es musste die Hölle für ihn gewesen sein, völlig tatenlos bei allem zusehen zu müssen.

Er gab ihr seine Nummer, und Ruth schickte ihm umgehend eine SMS. *HÖR AUF, DIR SORGEN ZU MACHEN.*

Das entlockte ihm nun doch ein richtiges Lächeln.

Sie war schon fast zur Tür hinaus, als Carver sie noch einmal rief. Eigentlich hätte sie ihn sich selbst überlassen, aber sie wollte nicht riskieren, dass er von allein aufstand und der Länge nach auf dem Boden landete. Deshalb drehte sie sich zu ihm um.

»Was *ist?*«, fragte sie.

»Diese Sache mit Barrington«, sagte er. »Sei bitte vorsichtig.«

»Wird schon schiefgehen«, gab sie zurück, knöpfte ihre Jacke auf und ließ ihn den Schlagstock sehen, der in einem Holster am Gürtel ihrer Hose steckte. »Und falls mir doch was zustößt, weißt du ja, wohin du die Kavallerie schicken musst.«

44

Als sie die morgendliche Besprechung endlich hinter sich hatte, hängte Ruth ihre Jacke über die Stuhllehne und stahl sich aus dem Einsatzraum. Ihr Telefon klingelte, gerade als sie zum Notausgang hinaus verschwinden wollte. Es war Dr. Yi, der forensische Psychologe, der Dr. Gaines für die Ermittlungen empfohlen hatte.

»Tut mir leid, dass Sie so lange auf meinen Rückruf warten mussten«, erklärte er. »Aber Sie wollten Hintergrundinformationen zu Lyall Gaines?«

»Ich wollte nur hören, was Sie allgemein so von ihm halten«, sagte Ruth.

»Ich kenne ihn nicht persönlich«, gestand Yi. »Aber er genießt auf seinem Gebiet hohes Ansehen, und er hat eine recht beachtliche Liste an Publikationen vorzuweisen. Als er sich an dem Fall interessiert zeigte, dachte ich mir, warum nicht? Er schien bestens informiert und wollte nur zu gern bei den Ermittlungen helfen.«

Auf der Treppe verlangsamte Ruth ihre Schritte. »Ach, haben Sie ihn angesprochen, oder ist er auf Sie zugekommen?«

»Ich habe ein wenig die Fühler ausgestreckt in den Fachschaften für Sozialwissenschaften und Anthropologie«, antwortete Yi. »Aber wenn ich jetzt so darüber nachdenke, stand er ursprünglich nicht auf der Liste möglicher Kandidaten. Er rief von sich aus an und bat darum, man möge ihn ebenfalls berücksichtigen.« Yi verstummte. »Gibt es ein Problem?«

»Wollen Sie meine ehrliche Meinung hören, Doktor? Ich weiß es nicht«, gestand Ruth. »Ich will mich später mit ihm unterhalten. Kann ich mich noch einmal bei Ihnen melden, falls es dann noch Bedenken gibt?«

Yi versprach, alles in seiner Macht Stehende zu tun, um ihr behilflich zu sein, dann legte sie auf. Nun war da also noch eine weitere Frage, die sie Gaines bei ihrem Verhör stellen musste.

Sie ging die halbe Meile bis zu Adela Faradays früherer Arbeitsstelle zu Fuß. Die Liverpooler Zweigstelle von LC&K Assets hatte ihren Sitz in einem nagelneuen Gebäudekomplex in der Nähe von Mann Island. In unmittelbarer Nachbarschaft zu den prachtvollsten Bauwerken – dem Port of Liverpool und den Liver Buildings – waren das Büros in Bestlage.

Die Fassade war mit Glas und schwarzem Granit verkleidet, sodass, von der Straße aus betrachtet, eine Art Schachbrettmuster entstand. Die doppelte Glastür glitt mit einem diskreten Seufzen auf, und eine Rezeptionistin im Kostüm begrüßte Ruth genau mit der richtigen Mischung aus Professionalität und Freundlichkeit. Ruth zeigte ihren Dienstausweis und bat darum, mit Mr. Barrington sprechen zu dürfen.

Sofort griff die Dame zum Telefonhörer, und nur wenige Augenblicke später versicherte sie Ruth mit einem Lächeln, Mr. Barringtons Assistent wäre in wenigen Minuten bei ihr. Ob es ihr etwas ausmache, solange die Anmeldeunterlagen auszufüllen? Als die Formalitäten erledigt waren und Ruth den Besucherausweis am Aufschlag ihres Jacketts befestigt hatte, wandte sie sich in Richtung der Fahrstühle. In diesem Moment klingelte ihr Handy. Sie warf einen Blick auf das Display: Greg Carver. Einen Augenblick später gingen die Aufzugtüren auf, und ein Mann trat heraus.

»Miss Lake«, begrüßte er sie.

»Detective Sergeant Lake«, korrigierte sie ihn und sah an seinem Blick, dass er innerlich zusammenzuckte.

»Verzeihen Sie«, sagte er auf eine Art und Weise, wie Männer das immer tun, wenn sie sich eigentlich über eine Frau ärgern, aber nicht die Nerven haben, sie unverblümt als Miststück zu beschimpfen.

Sie drückte Carvers Anruf weg und folgte dem Assistenten in den Fahrstuhl. Um ins vierte Stockwerk zu gelangen, benötigte man einen speziellen Ausweis, den er jetzt an den Kartenleser hielt. Dann drehte er sich um und stellte sich neben sie. Die ganze Fahrt nach oben zappelte er nervös herum. Erst zog er die Karte gerade, die er an einem Band um den Hals trug, dann zupfte er am Saum seiner Jacke, vorne und hinten, und strich schließlich seine Krawatte glatt. Dann glitten die Türen auf, und er führte sie durch eine abgedunkelte Glastür in die zentralen Büroräume.

Mr. Barringtons Arbeitsplatz befand sich in einem abgetrennten Bereich ganz am Ende des Großraumbüros. Er erhob sich und trat um seinen Schreibtisch herum, um sie zu begrüßen. Er war ein massiger Mann, der seine überflüssigen Pfunde hinter einem maßgeschneiderten Anzug verbarg, mit silbergrauen Haaren und stechend blauen Augen. Zum Anzug trug er eine goldene Armbanduhr, die vermutlich mehr gekostet hatte als das, was Ruth in einem halben Jahr verdiente.

»Sergeant Lake«, hieß er sie mit einem fast schon mitleidigen Tonfall willkommen. Er streckte ihr die Hand entgegen, als wollte er eine Verwandte begrüßen, die erst kürzlich einen Trauerfall zu beklagen hatte. Sie ergriff sie und stellte fest, dass sie sich warm und weich anfühlte und gut gepolstert wie der Rest seines Körpers.

Während sie ihn mit festem Griff begrüßte, hielt sie die ganze Zeit Blickkontakt mit ihm. Dabei bemerkte sie eine leichte Anspannung um seine Augen herum und dass die Mundwinkel ganz leicht nach unten gezogen waren.

Mr. Barrington lockerte seinen Griff, noch bevor sie es tat. »Kaffee, Sergeant?«, fragte er. »Oder Wasser?«

»Nein danke«, gab sie zurück.

Er nickte seinem Assistenten zu, worauf der junge Mann sich abwandte und die Tür hinter sich zuzog.

Barrington wies auf einen Sessel in der Ecke und forderte sie auf, Platz zu nehmen. Normalerweise hätte Ruth darauf geachtet, sich unweit der Tür zu positionieren, aber er war ohnehin schon misstrauisch. Wenn sie wollte, dass er etwas lockerer wurde, musste sie diesen Kompromiss eingehen. Er setzte sich ihr gegenüber und beugte sich vor, die Unterarme auf die Knie gelegt, die Hände locker ineinander verschränkt. »Ich nehme an, es geht um die arme Adela?«

»So ist es.« Ruth blickte an ihm vorbei zum Schreibtisch des Assistenten auf der anderen Seite der Glasabtrennung. Er war geschäftig über seine Unterlagen gebeugt, offenbar so nervös wie vorhin, als er an seiner Kleidung herumgezupft und sie geglättet und gesäubert hatte, ohne dass es eine Notwendigkeit dafür gegeben hätte.

»Ich habe mich vor ein paar Tagen schon ausgiebig mit einem Ihrer Constables unterhalten«, sagte Barrington.

»Deshalb wüsste ich nicht, was ich meiner Aussage noch hinzufügen könnte.«

Das war dann wohl jemand aus Jansens Team gewesen. Sie hob ihr Kinn und tat so, als wüsste sie über das vorangegangene Gespräch Bescheid.

»Wir haben neue Erkenntnisse, ich hatte gehofft, Sie könnten mir vielleicht weiterhelfen«, sagte sie.

»Ich werde mein Bestes tun. Immerhin hat Adela diese Firma erst vor ungefähr sieben Monaten verlassen...« Er breitete seine Hände in einer Geste der Hilflosigkeit aus.

»Zufällig hängt es mit etwas zusammen, das vor sieben Monaten *geschehen* ist«, sagte sie und beobachtete seine Reaktion.

In seine Hände kam Bewegung, und fast dachte sie, er würde sie wieder ineinander verschränken, als er es sich plötzlich anders zu überlegen schien, sich aufrichtete und sie auf die Armlehnen legte. Er positionierte seine Füße etwas weiter auseinander und schob dann sogar einen Fuß vor, sodass er fast ihren Sessel berührte. Wenn sie an ihm vorbeiwollte, würde sie über ihn hinwegsteigen müssen. Eine klassische Demonstration seiner männlichen Überlegenheit. Er sagte keinen Ton, sondern wartete ab, dass sie den nächsten Zug machte.

»Ein Zeuge behauptet, er glaube, Adela habe sich belästigt gefühlt.«

»Ernsthaft? Wie kommt er denn auf diese Idee?«

»Ich hatte gehofft, das könnten Sie mir sagen. Der Zeuge sagt aus, es könnte sich um einen ihrer Exfreunde gehandelt haben.«

»Tut mir leid, aber mit Miss Faradays Privatleben bin ich nicht vertraut.«

Ihr entging nicht, dass er sich von Adela distanzierte

und dazu überging, sie bei ihrem Nachnamen zu nennen. Außerdem legte er den Zeigefinger über die Lippen, als wollte er so die Lüge verbergen.

Oh, und ob Sie beide ein Paar waren, dachte sie. »Sie hat diesem Zeugen den Namen ihres Stalkers verraten«, sagte sie.

Die Anspannung breitete sich von seinem Nacken weiter in seine Arme und die Muskeln seiner Oberschenkel aus. Sie beobachtete ihn und machte sich bereit zu reagieren, falls er vorhatte, plötzlich handgreiflich zu werden.

»Sein Name ist laut der Aussage dieses Mannes Chris«, fügte sie hinzu.

Barrington stand abrupt auf. Er bedeutete seinem Assistenten, zu ihm ins Zimmer zu kommen, und als der junge Mann mit dem Stuhl gegen seinen Schreibtisch krachte, um der Aufforderung seines Chefs nachzukommen, hörte Ruth ein lautes Scheppern.

»Begleiten Sie Sergeant Lake nach draußen«, forderte Barrington den Assistenten auf, als dieser den Kopf zur Tür hereinstreckte.

Barrington sah sie nicht an, und auch auf dem Gesicht des Assistenten lag ein panischer Ausdruck, wie Ruth nicht entging. Sie weigerte sich nämlich, sich aus dem Sessel zu erheben. Wenn Barrington schon seine männlichen Angestellten derart herablassend behandelte, konnte Ruth sich sehr gut vorstellen, wie sehr er die weiblichen Mitarbeiterinnen einschüchtern musste.

»Ich bin noch gar nicht dazu gekommen, meine Frage zu stellen«, sagte sie. Sie erhob sich nun doch, sodass er ihr direkt in die Augen sehen musste, als er sich zu ihr umdrehte.

»Die Frage«, sagte er mit angespanntem Kiefer, »hat sich

in Ihrer Feststellung bereits angedeutet. Und ich mag keine Andeutungen.«

»Das ist mir nicht entgangen«, sagte sie freundlich.

Eine tiefe Zornesröte stieg ihm ins Gesicht. »Sollten Sie noch weitere Fragen haben zu diesem ominösen Chris – oder zu Miss Faraday, wo wir schon dabei sind –, dann stellen Sie sie mir bitte im Beisein meines Anwalts«, sagte er.

Ruth musterte ihn nachdenklich. *Ich werde Ihnen ganz bestimmt noch weitere Fragen stellen müssen, Chris Barrington.* Sie würde sich nicht die Mühe machen, einen Bogen um ihn herum zu machen, deshalb wartete sie ab, bis er sich nach einem Moment zusammenriss und sich wieder seinem Schreibtisch zuwandte.

Schweigend trat Ruth auf die Tür des Büros zu, der Assistent immer einen Schritt hinter ihr. Allerdings spürte sie deutlich die nervöse Anspannung, die von ihm ausging wie eine elektrostatische Ladung. Am Aufzug stand er neben ihr und klimperte mit den Münzen in seiner Hosentasche.

»Das lief ja wohl nicht so toll, wie?«, fragte sie mit einem eindringlichen Blick von der Seite.

Er räusperte sich, wobei sein Adamsapfel hüpfte, erwiderte aber nichts darauf.

Irgendetwas schien den Fahrstuhl aufzuhalten, deshalb fragte sie: »Hatte Adela Probleme mit Mr. Barrington?« Sein Atem schien zu stocken, und sie warf einen Blick über die Schulter. »Schon gut – hier hört und sieht uns keiner.«

Er wurde rot. »Ich kann dazu wirklich nichts sagen.«

Der Assistent war ungefähr Ende zwanzig, gut aussehend, wenn man auf den jungenhaften Typ stand, und so wie er seinen Anzug ausfüllte, wäre Ruth nicht überrascht gewesen zu hören, dass er ins Fitnessstudio ging. Doch seine Augen waren viel zu wässrig und mieden den direkten Blickkontakt, seine Hände schienen ständig Beschäftigung zu brauchen, dauernd zupften und zerrten und ordneten sie etwas an seiner Kleidung.

»Vergessen Sie bitte nicht, Ihren Besucherausweis am Empfang abzugeben«, wies er sie noch an, als die Aufzugtüren sich endlich öffneten.

»Sie kommen nicht mit nach unten, um mich zum Ausgang zu begleiten?«, fragte sie.

»Drücken Sie einfach auf den Knopf mit der Null. Um rauszukommen, braucht man keinen Ausweis.«

Sie zuckte mit den Schultern und kramte in ihrer Tasche nach einer Visitenkarte. »Falls Sie doch noch Gesprächsbedarf haben«, sagte sie. Er machte keinerlei Anstalten, sie zu nehmen, deshalb steckte sie sie ihm in die Brusttasche seines Anzugs. Er zuckte zurück, als hätte sie ihn in die Rippen geknufft. Der Mann hatte eine Heidenangst, das war nicht zu übersehen.

Als ihr Handy summte, warf sie einen Blick aufs Display, während sie den Lift betrat. Schon wieder Carver. Seit man auf ihn geschossen hatte, war er ängstlich wie ein altes Weib. Während die automatische Ansage im Aufzug sagte »Türen schließen, Aufzug zum Erdgeschoss«, wandte der Assistent sich ihr das erste Mal richtig zu, der Kiefer angespannt, als hätte er Angst, er könnte mit einer bestimmten Sache herausplatzen. Doch seine Finger verrieten ihn mit ihrer nervösen Rastlosigkeit. Sie strichen über seinen Kragen und griffen dann nach dem Ausweis, der unordentlich zwischen Anzugjackett und Krawatte festhing. Ruth warf einen Blick darauf, und erst da las sie den Namen: Chris Lomax.

Chris.

Im nächsten Moment glitten die Türen des Fahrstuhls zu, und Ruth versuchte hastig, die Hand in den Spalt zu schieben, um sie aufzuhalten. Quietschend bremsten sie ab und öffneten sich dann wieder, und sie wollte schon aussteigen.

Doch wie aus dem Nichts rammte er ihr die Hände gegen die Brust, sodass sie gegen die Fahrstuhlwand prallte und sich den Kopf stieß. Er folgte ihr nach drinnen und verpasste ihr einen weiteren Schlag seitlich gegen den Kopf, sodass sie zusammensackte. Sie kämpfte gegen eine Welle der Übelkeit an und streckte die Hand, noch während sie stürzte, nach ihrem Schlagstock aus. Doch er hielt sie fest, drückte auf einen der Knöpfe des Bedienfelds und verpasste ihr dann einen neuerlichen Hieb gegen den Kopf. In ihrem Schädel explodierten Licht und Schmerz, direkt oberhalb ihres linken Auges, dann spürte sie nichts mehr.

45

Kurz nach Mittag rief Greg Carver in der Zentrale des Polizeireviers an und bat darum, mit DCI Parsons verbunden zu werden.

»Chief Inspector?«, meldete sich Parsons.

Carver entging der misstrauische Ton in der Stimme des Mannes keineswegs.

»Das mag jetzt komisch klingen«, sagte Carver. »Aber geht es Detective Sergeant Lake gut?«

Am anderen Ende der Leitung herrschte Schweigen, und sofort wusste er, dass etwas nicht stimmte.

»Warum fragen Sie?«, wollte Parsons wissen.

»Weil sie nicht an ihr Handy geht und auch nicht an ihr Festnetztelefon zu Hause oder an ihrem Arbeitsplatz. Deshalb mache ich mir Sorgen.«

»Gibt es auch einen konkreten Grund, weshalb Sie sich Sorgen machen?«, hakte Parsons nach.

»Sitzt sie an ihrem Schreibtisch? War sie rechtzeitig für das Verhör zurück?«, fragte er, obwohl er befürchtete, die Antwort längst zu kennen.

»Woher wissen Sie davon?«, fragte Parsons barsch. »Hat Detective Sergeant Lake mit Ihnen über den Fall gesprochen?«

Carver hatte schon mit dem Mann zu tun gehabt und

wusste, dass er ein Pedant war, dementsprechend sachlich und besonnen hätte er Parsons gegenüber sein müssen, aber hier ging es um Ruth, er konnte sich nicht beherrschen. »Um Himmels willen, nehmen Sie jetzt endlich mal den Stock aus dem Allerwertesten und hören mir zu? Ich versuche schon den ganzen Vormittag sie zu erreichen, aber ich kriege sie nicht an die Strippe. Ich befürchte, sie ist in Gefahr.«

»Dr. Gaines hat den Termin verschoben«, antwortete Parsons. »Aber hätte er das nicht getan, hätte sie das Verhör verpasst.«

»Haben Sie es auf ihrem Handy versucht?«

»Sie geht nicht ran«, gab Parsons zu.

»Sie müssen unbedingt bei Chris Barrington vorbeischauen, Manager bei LC&K Assets. Ruth wollte nach der Morgenbesprechung zu ihm, um mit ihm zu reden – und nein, sie hat nicht mit mir über den Dornenkiller gesprochen. Sie dachte nur, Barrington könnte etwas über den Mord an Adela Faraday wissen.«

Verhaltenes Fluchen am anderen Ende der Leitung. »Ich schicke sofort jemanden hin«, versprach Parsons und verblüffte Carver mit dem geschäftsmäßigen Ton seiner Antwort. »Und ich werde jemanden bitten, ihr Handy zu orten.«

»Warten Sie«, drängte Carver. »Bitte versprechen Sie mir, dass Sie mich auf dem Laufenden halten. Ich muss wissen, dass es ihr gut geht.«

Parsons zögerte. Nach einem quälend langen Moment sagte er: »Na schön. Ich rufe Sie an, sobald ich etwas weiß.«

Carver wartete geschlagene fünfzig Minuten auf den Rückruf und verweigerte bis dahin jegliche Nahrungsaufnahme, und er wollte auch nichts trinken. Er saß nur in seinem

Lehnstuhl mit dem eingeschmuggelten Telefon in der Hand, unterbrochen von Phasen, in denen er auf und ab lief oder auf das Display starrte, wie um es zum Aufleuchten zu zwingen. Er stand da und starrte aus dem Fenster, hoffte, Ruth unten über den fleckigen Rasen laufen zu sehen, auf dem Weg zu ihm, um ihm zu erzählen, was sie aus Barrington herausbekommen hatte. Er schrieb ihr eine SMS. Versuchte noch einmal, bei ihr zu Hause anzurufen. Er dachte sogar kurz darüber nach, Barrington persönlich anzurufen, verwarf die Idee dann aber. Zum hundertsten Mal blickte er aus dem Fenster, als er plötzlich Parsons den Weg zum Haupteingang seiner Station herauflaufen sah. Direkt hinter ihm war Jansen, zusammen mit einem jüngeren Mann, der ihm bekannt vorkam.

Plötzlich fröstelte Carver, und er bekam weiche Knie, sodass er sich schwer aufs Bett sinken ließ.

Draußen auf dem Flur war Lärm zu hören, die Stimme einer Schwester versuchte, Jansen und Parsons zu übertönen, dann wurde seine Tür aufgerissen. Carver zwang sich aufzustehen und wandte sich Jansen zu.

»Was zum Teufel treiben Sie für ein Spiel?« Um Jansens Gesicht herum tanzte ein hellblaues Licht, das aussah wie ein Elmsfeuer.

Parsons hob die Hände, Handflächen nach unten. »Das bringt uns jetzt nicht weiter. DCI Carver, sagen Sie uns bitte, was Ruth Ihnen erzählt hat. Warum wollte sie Mr. Barrington befragen?«

»Verrät mir bitte mal jemand, was passiert ist?«

»Ruth ist verschwunden«, erklärte Parsons.

»Barrington?«

»Barrington steht unter Arrest. Sie müssen uns unbedingt alles sagen, was sie Ihnen erzählt hat.«

Carver wurde kalt und übel zugleich. Er holte tief Luft und hasste sich für seine Schwäche, seine Unfähigkeit zu handeln. »Sie sagte, sie habe einen Zeugen gefunden, der ausgesagt hätte, dass Adela Faraday von jemandem namens Chris belästigt wurde …«

Die beiden älteren Detectives wechselten einen Blick. »Es ist Barrington, nicht wahr?«, fragte Carver. »Er hat Ruth etwas angetan.«

»Was hat sie Ihnen sonst noch gesagt?«

»Nichts.«

»Er verschweigt uns etwas«, knurrte Jansen.

»Tue ich nicht«, protestierte Carver, obwohl er genau wusste, dass da wirklich noch etwas war, das sie ihm erzählt hatte. Wenn er doch nur …

»Wollen Sie, dass er sie tötet?«, brüllte Jansen ihn an.

Carvers Herz hämmerte in schnellen, flachen Schlägen. Er konnte keinen klaren Gedanken fassen bei dem Lärmen in seinem Kopf.

Dann hörte es plötzlich auf. Zwei lange Augenblicke setzte das Hämmern in seiner Brust komplett aus, bis sich eine Druckwelle durch seinen Körper ausbreitete, als hätte sich in einer Arterie eine Blockade gelöst.

»Nein – warten Sie. Sie sagte etwas davon, dass Adela in einem Schützenverein war. Daher hatte sie diese Info. Adela hatte irgendjemandem dort erzählt, dass sie belästigt wurde, gestalkt – keine Ahnung, was genau es war. Aber der Mann, der ihr nachgestellt hat, hieß angeblich Chris.«

»Wie lautet der Name dieses Schützenvereins?«, wollte Jansen wissen. »Und wie heißt der Informant?«

Carver schüttelte den Kopf. »Tut mir leid, das hat sie mir nicht gesagt.«

Jansen beäugte ihn kritisch. »Sie sind eine Schande für unseren Berufsstand. Genau wie diese Frau.«

Carver lehnte sich gegen die Scheibe und klammerte sich am Fensterbrett fest, weil er genau wusste, dass er zu Boden sinken würde, wenn er losließ. »Schon möglich«, presste er mühsam hervor. »Aber eins sollten Sie wissen: Alles, was Detective Sergeant Lake getan hat, tat sie nur, um herauszufinden, was wirklich geschehen ist.«

Jansen wandte sich um. »DC Ivey…« Jansen deutete auf Carver, ohne ihn anzusehen. »… behalten Sie ihn bitte im Auge.« Und schon war Jansen zur Tür hinaus, dicht gefolgt von Parsons.

Carver wankte auf den Lehnstuhl zu, wobei er sich an den Möbeln abstützte, um sich aufrecht zu halten.

»Alles in Ordnung?«, fragte der junge Mann. »Soll ich eine Schwester holen?«

Carver schüttelte den Kopf. »Ich könnte etwas Wasser gebrauchen.«

Der Detective schenkte ihm ein Glas lauwarmes Wasser aus dem Krug ein, der auf dem Nachtkästchen stand, und trat dann respektvoll einen Schritt zurück.

Als er sich nach einigen Schlucken wieder besser fühlte, betrachtete Carver den Detective. Seine bleiche Haut und die roten Haare, der eifrige, fast schon hungrige Blick. Plötzlich fiel es ihm wieder ein.

»DC Ivey… Sie waren mit DCI Jansen hier, als er mich das erste Mal verhören wollte.«

Er stand stramm. »Ja, Sir.«

»Wissen Sie, was geschehen ist, Ivey?«

Er bemerkte einen plötzlichen Anflug von Mitleid bei dem jungen Mann, doch Ivey erwiderte mit ruhiger Stimme: »Keiner weiß das, Sir.«

»Aber Sie *wissen* etwas.«

Der junge Mann starrte auf seine Füße, während Carver einen bunten Wirbel an Farben um seinen Kopf und seine Brust herum wahrnahm.

»Sie sorgen sich um sie.«

»Das tun wir alle.«

»Aber Sie kennen sie. Ich sehe das an…« Hastig überlegte er sich eine Alternative zu dem, was er eigentlich hatte sagen wollen. »An Ihrer Reaktion. Sie wissen, dass Ruth Lake ein guter Mensch ist… und eine ausgezeichnete Polizistin.«

Ivey nickte.

»Wollen Sie nicht helfen, sie zu suchen?« Carver musste gar nicht erst die Aura des Mannes sehen, um zu wissen, wie sehr Ivey das wollte. »Dann sagen Sie mir, was Sie wissen.«

»Sie ist zu LC&K Assets gefahren, genau wie Sie sagten«, fing Ivey widerstrebend an. »Chris Barrington gab an, er habe ein paar Worte mit ihr gewechselt, dann habe er sie in Begleitung seines Assistenten rausgeschickt.«

»Kann das jemand bestätigen?«

»Die Angestellten, mit denen wir gesprochen haben, sagten alle, sie sei nur wenige Minuten bei ihm gewesen. Sie haben sie mit Barringtons Assistenten rausgehen sehen. Aber an der Rezeption hat sie sich nicht abgemeldet.«

»Was sagt der Assistent dazu?«

Ivey stieg nervös von einem Bein aufs andere.

»DC Ivey.«

»Er ist ebenfalls verschwunden«, gestand Ivey.

»Was? Und wie heißt er? Sein Name ist Chris, nicht wahr?«

Der junge Detective nickte knapp.

Ihm schien es den Boden unter den Füßen wegzuziehen, weshalb Carver die Augen schloss. »Herr im Himmel, Ruth …«

»Er hat keinerlei Vorstrafen, da ist nichts, wodurch er auffällig geworden wäre, also war es vielleicht nur so, dass sie …«

»Was?«, fragte Carver mit schneidender Stimme. »Dass sie auf einen Kaffee gegangen sind, um ein bisschen zu plaudern?«

»Ich wollte sagen …« Ivey biss sich auf die Lippe. »Ach, egal, spielt keine Rolle, was ich sagen wollte.«

Carvers Gehirn arbeitete momentan sehr langsam, als müsste jedes Informationspaket umgeleitet werden, weil Teile seines Gehirns wegen der Sitzung mit der Psychologin am Tag zuvor beschädigt waren. Jetzt kämpfte sich allerdings eine neue Erkenntnis in sein Bewusstsein: Er hatte das Recht, von jemandem verhört zu werden, der ihm im Rang gleichstand oder ranghöher war. Doch das erklärte nicht, weshalb Parsons und Jansen *beide* zu ihm ins Krankenhaus gekommen waren.

»Da ist noch etwas, nicht wahr?«, hakte er nach.

Ein grüner Glanz umgab Iveys Silhouette.

»Um Himmels willen, junger Mann, ich bin mit ihr befreundet.«

Das helle Leuchten loderte auf und verwandelte sich in ein knalliges Blau, als wäre Iveys geballter Schmerz, den er die ganze Zeit unterdrückt hatte, kurzzeitig außer Kontrolle geraten. Er rieb sich das Kinn und nickte zweimal, als gelangte er nach einem inneren Disput zu einem Entschluss.

»Na schön«, sagte er schließlich. »Sie sollten es wirklich erfahren. Tut mir leid, Sir … aber da war Blut im Fahrstuhl.«

Carver wischte sich mit der Hand über das Gesicht.

»Man hat das Gebäude abgeriegelt«, fügte Ivey rasch hinzu. »Ein erfahrener polizeilicher Berater hilft uns bei der Suche nach ihr.«

Carver schüttelte ungläubig den Kopf. »Mir ist egal, wie erfahren der Berater ist. Sie verschwenden nur ihre Zeit, er ist längst über alle Berge. Und er hat Ruth.«

»Gut möglich«, pflichtete Ivey ihm bei. »Aber wir ermitteln in alle Richtungen, sämtliche verfügbaren Beamten sind auf der Suche nach ihr… nach den beiden, Sir. Wir haben Leute, die sich mit der automatischen Nummernschilderkennung befassen und sich die Bänder aus dem gesamten Stadtgebiet ansehen. Die Fahndungsmeldung für Chris Lomax ist raus. Außerdem war eine Matrix-Einheit auf dem Weg zu seiner Wohnung, als wir das Revier verließen. Wenn sie sich dort aufhält, werden sie sie finden.«

»Ihr Handy?«

»Abgeschaltet oder zerstört«, erklärte der junge Detective mit besorgter Miene. Sein eigenes Handy klingelte, sodass er zusammenfuhr, als hätte es ihm einen Stromstoß verpasst. Er zog es aus der Tasche, um ranzugehen, und hätte es in der Eile um ein Haar fallen gelassen.

Carver sah zu, wie die Besorgnis sich in Verwirrung umwandelte und schließlich zu Verzweiflung wurde. Ivey beendete das Gespräch und sah ihn mit einem entsetzten Gesichtsausdruck an.

»Sie haben Lomax in seinem Wagen gefunden… Er stand in Sichtweite des Polizeireviers von Merseyside.«

»War Ruth bei ihm? Alles in Ordnung mit ihr?«

Ivey schüttelte den Kopf. »Lomax war in den Kofferraum gesperrt – mit schweren Kopfverletzungen. Er starb noch an Ort und Stelle.«

»Und Ruth?«, fragte er wieder.

»Ihr Handy befand sich ebenfalls im Kofferraum – es war zertrümmert. Und …« Er starrte Carver an, als ergäbe das, was man ihm erzählt hatte, keinen rechten Sinn.

»*Was* und?«

»Man fand eine .22er-Pistole im Handschuhfach.«

46

DC Ivey musste kurz nach dem Telefonat weg, sodass Carvers einzige Möglichkeit, sich auf dem Laufenden zu halten, nun die Nachrichten auf BBC News 24 waren. Er starrte gebannt auf den Bildschirm, unfähig zu blinzeln, weil er Angst hatte, er könnte etwas Wichtiges versäumen. Die neuesten Bilder zeigten einen Reporter, der am Rande einer Polizeiabsperrung stand. Der schlammfarbene Gebäudekomplex der Polizeidienststelle Merseyside war in der Ferne zu sehen, doch während die Kamera näher zum Sprecher zoomte, kam ein grauer Audi A3 ins Bild. Das Heck des Fahrzeugs war mit einem weißen Sichtschutz der Spurensicherung versehen.

Carver erkannte den Reporter, er war regelmäßig in den BBC News North West zu sehen. Nun blickte er direkt in die Kamera und überprüfte den Stecker im Ohr, ehe er anfing zu sprechen.

»Der Leichnam eines achtundzwanzig Jahre alten Mannes wurde heute um zwei Uhr fünfundvierzig am Nachmittag im Kofferraum dieses Fahrzeugs gefunden«, sagte er und deutete auf die Limousine in seinem Rücken. »Die Polizei von Merseyside konnte den Mann als Christopher Lomax identifizieren. Nach ihm wurde gefahndet, weil man ihn im Zusammenhang mit dem Verschwinden von

Detective Sergeant Ruth Lake befragen wollte. Diese wurde zuletzt mit Mr. Lomax in den Büroräumen von LC&K Assets gesehen, unweit der Stelle, an der man ihn fand.«

Der Moderator im Studio mischte sich nun ein. »Andy, stimmt es, dass Detective Sergeant Lake ein hochrangiges Mitglied des Teams war, welches in dem Fall des sogenannten Dornenkillers ermittelt, auf dessen Konto die Serienmorde hier in Liverpool gehen?«

»Das ist korrekt«, bestätigte der Sprecher. »Aber das Seltsame ist: Die Polizei geht nicht davon aus, dass Detective Sergeant Lakes Verschwinden mit den Dornenkiller-Ermittlungen in Zusammenhang steht. Viel wahrscheinlicher sei eine Verbindung zum Mord an einer Geschäftsfrau und dem Schuss auf einen weiteren Liverpooler Detective während der Weihnachtsferien. Detective Chief Inspector Simon Jansen, der die Ermittlungen im Falle des Mordes an Adela Faraday leitet, gab in den letzten Minuten ein kurzes Statement ab.« Er senkte das Mikrofon, als der Sender ins Innere eines Besprechungszimmers im Polizeirevier am Canning Place schaltete. DCI Jansen und DCI Parsons saßen an einem Tisch. Auf einer Leinwand hinter ihnen war das Logo der Polizei Merseyside zu sehen.

Vor ihnen stand ein Großaufgebot von mindestens zwanzig Mikrofonen, und als Jansen anhob zu sprechen, setzte das Blitzlichtgewitter der Kameras ein: »Detective Sergeant Ruth Lake sprach heute gegen neun Uhr dreißig in den Büroräumen von LC&K Assets mit einem leitenden Angestellten«, fing er an. »Sie wurde zuletzt gesehen, als dieser Mann – Christopher Lomax – sie aus dem Büro hinausbegleitete.« Ein Foto von einem abweisend wirkenden Mann im Businessanzug und mit Krawatte erschien auf dem Bildschirm. Die Fotografen knipsten wie wild drauflos, und für einige Augenblicke war der Raum in gleißendes Licht getaucht.

Als der Ansturm etwas nachließ, fuhr Jansen fort. »Uns ist noch nicht bekannt, wie es zu den anschließenden Ereignissen kommen konnte, doch wir haben allen Grund zu der Annahme, dass Detective Sergeant Lake verwundet ist.«

Das Blut im Fahrstuhl. Wieder wechselte der Sender die Einstellung und zeigte ein Foto von Ruth. Carver stockte der Atem.

»Wir möchten die Öffentlichkeit bitten, Ausschau zu halten nach Sergeant Lake«, erklärte Jansen und wartete dann erneut ab, bis das Blitzlichtgewitter der Fotografen abebbte. »Ich möchte Sie bitten, jede Sichtung zur Anzeige zu bringen, und zwar auf unserer Hotline, die wir eigens zu diesem Zweck eingerichtet haben.« Er nannte die Nummer, die gleichzeitig im Newsticker am unteren Rand des Bildschirms angezeigt wurde. »Wir möchten betonen, dass Sergeant Lake möglicherweise ohne Orientierung ist, deshalb lassen Sie bitte Vorsicht walten. Rufen Sie die Hotline-Nummer an und warten dann ab, bis Polizei und Rettungskräfte eintreffen, um Hilfe zu leisten.«

Was zum Teufel wollte er damit andeuten? Dass Ruth Lomax zusammengeschlagen und ihn dann in den Kofferraum seines Wagens gepackt hatte?

Eine ganze Flut von Fragen schlug Jansen entgegen, und während er darauf wartete, dass wieder Ruhe einkehrte, leuchtete das Display von Carvers Mobiltelefon auf.

Eine unterdrückte Nummer.

Er wischte über den Bildschirm, um den Anruf entgegenzunehmen.

»Reicht das jetzt endlich aus, damit Sie wieder mitspielen?«

Ein eisiger Schauder durchfuhr ihn. Der Anrufer verwendete einen Stimmenverzerrer, doch Carver wusste auch so, dass es der Dornenkiller war und dass er Ruth hatte.

»Was wollen Sie?«, fragte Carver. Diese Worte sagte er ohne jede Kraft in der Stimme, deshalb stählte er sich innerlich, ehe er es erneut versuchte. »Wollen Sie mich? Geht es darum? Denn mich können Sie haben – lassen Sie sie einfach gehen.«

Ein leises Kichern war zu vernehmen. »Ich dachte, ich hätte mich klar genug ausgedrückt. Ich will nicht *Sie* – ich will nur Ihre Aufmerksamkeit. Habe ich die?«

»Zu hundert Prozent.«

»Schön, dass Sie wieder dabei sind.«

»Und jetzt lassen Sie sie g…« Carver hörte, wie aufgelegt wurde, noch bevor er seinen Satz zu Ende gesprochen hatte.

Er stand auf, streckte die Hand nach dem Alarmknopf an dem Rollwagen neben dem Bett aus, verschätzte sich aber in der Entfernung und riss dabei den Trinkbehälter aus Plastik, den Wasserkrug und die Fernbedienung zu Boden.

Das Poltern ließ eine Schwester herbeieilen.

»Ich muss gehen«, sagte er.

»Machen Sie keine Dummheiten, Sie sind nicht fit genug, um irgendwohin zu gehen. Legen Sie sich wieder ins Bett.«

»Ich gehe«, beharrte er. »Ob Ihnen das gefällt oder nicht.«

Die Schwester versuchte, ihn zurück in den Lehnstuhl zu schieben, doch er schüttelte sie ab. Eine zweite Schwester tauchte in der Tür auf und rief über die Schulter: »Holen Sie den Stationsarzt, vielleicht brauchen wir auch einen Neurologen. Ich befürchte, er hat einen Anfall.«

»Ich habe keinen *Anfall*«, protestierte Carver. »Ich will einfach nur *gehen.*«

Die Schwester gab es auf, ihn zum Hinsetzen zwingen zu wollen, doch sie hielt ihre Arme weit ausgebreitet, um ihn am Gehen zu hindern. Flink bewegte sie sich nach links und nach rechts, während er versuchte, sich an ihr vorbeizudrängen. So hielt sie ihn erfolgreich in Schach.

»Kann ich behilflich sein?«

Carver blickte an der Schwester vorbei und sah Dr. Pendinning in der Tür stehen. Mit unübersehbarer Verblüffung schaute sie auf das Durcheinander auf dem Boden und dann zu der Schwester, die sich ihrem Patienten entgegenstellte.

»Vielleicht können Sie ihn zur Vernunft bringen«, sagte die Schwester, ohne sich zu ihr umzudrehen.

»Na gut. Wollen Sie es mich versuchen lassen?« Pendinning blieb stehen, wo sie war, eine ruhige Präsenz inmitten des Chaos. Carver wurde ganz verlegen, aber auch der Schwester schien die Situation offenbar peinlich zu sein, weil sie jetzt die Arme sinken ließ und ihre Uniform glatt strich.

Mit einem Mal überkam Carver grenzenlose Erschöpfung. Er taumelte einige Schritte zurück und lehnte sich gegen das Fensterbrett, um nicht umzukippen.

»Ich weiß nicht, was in ihn gefahren ist«, sagte die Schwester.

»Ich nehme an, er hat die Nachrichten gesehen«, gab Pendinning zurück und sah auf den Bildschirm.

Die Schwester folgte ihrem Blick und zuckte zusammen. Mit betretener Miene stellte sie das Fernsehgerät aus, und nach einem weiteren wortlosen Blickwechsel mit der Psychologin ging sie aus dem Zimmer. Die Fernbedienung nahm sie mit.

Carver starrte auf das Telefon in seiner Hand.

»Sie können nichts tun, Greg«, sagte Pendinning. In ihrer Stimme schwang Mitleid mit, und dennoch klang sie sachlich.

»Das ist mir klar. Aber leichter wird es dadurch nicht«

»Ich weiß.« Sie schwieg. Und er kam zu der Überzeugung, dass sie ihn tatsächlich verstand. Schließlich fragte sie: »Was glauben Sie denn, tun zu müssen?«

»Von hier verschwinden und nach ihr suchen.«

»Und Sie denken, das bringt etwas?«

Er kniff die Augen zu und stieß ein lang gezogenes Seufzen aus. »Nein.«

»Also …«

Er schaute ihr direkt ins Gesicht. Das letzte Mal, dass er Dr. Pendinning gesehen hatte, hatte sie müde gewirkt, doch heute lag eine leichte Röte auf ihren Wangen. Unwillkürlich fragte er sich, ob sie wohl verstörter war von seinem Verhalten, als sie zugeben wollte. Wie immer hatte sie ihr Haar zu einem Pferdeschwanz zurückgebunden, doch das übliche humorvolle Blitzen war aus ihren Augen verschwunden.

»Ganze Trupps von Polizisten suchen nach ihr«, besänftigte Pendinning ihn. »Wenn sie irgendwo da draußen herumläuft, werden sie sie finden.«

»Das ist es ja gerade«, sagte Carver. »Ich glaube nicht, dass Ruth Lomax überwältigt hat und einfach *davonspaziert* ist.«

Jetzt schien sie ernsthaft interessiert. »Was denken Sie dann, was sie tut?«

»Der Dornenkiller hat sie.« Allein es auszusprechen löste in ihm ein Gefühl der Hilflosigkeit aus.

Sie holte tief Luft. »Wie kommen Sie denn auf die Idee?«

»Ich habe mit ihm gesprochen.« Er biss die Zähne zusammen, um das Zittern zu unterdrücken.

»Du lieber Himmel …«, entfuhr es Dr. Pendinning. »Sie müssen das jemandem sagen.«

Daran hatte er noch gar nicht gedacht. *Was zum Teufel stimmt nicht mit dir?* Er tippte auf seinem Handy herum, rief in der Zentrale am Canning Place an und ließ sich mit Parsons verbinden.

»Da hat sich jemand einen Scherz erlaubt«, sagte Parsons, nachdem Carver ihm alles erzählt hatte. »Anders kann ich mir das nicht erklären.«

»Das glaube ich nicht«, widersprach Carver.

»Die Hotline ist richtiggehend heiß gelaufen.«

»Der Anruf kam auf mein neues Smartphone. Das besitze ich noch nicht einmal einen Tag. Wie sollte …«

»Na schön«, unterbrach Parsons ihn. »Geben Sie mir die Nummer, ich lasse überprüfen, woher der Anruf kam, dann melde ich mich wieder bei Ihnen.«

»Vielen Dank«, erwiderte Carver schwach.

Während des gesamten Telefonats hatte er Dr. Pendinnings Blick auf sich gespürt.

Als er auflegte, sagte sie: »Kann ich irgendetwas für Sie tun?«

Er dachte zurück an das Experiment vom Vortag. Was auch immer in seinem Unterbewusstsein an Informationen über die Nacht, in der er angeschossen wurde, vergraben war, es saß viel zu tief.

»Helfen Sie mir, von hier zu verschwinden«, sagte er.

47

Dunkelheit. Eine Stille in der Luft, die vertraut wirkt, seltsam tröstlich. Der Geruch nach staubigen Spinnweben und herbstlichen Wäldern füllt Ruth mit einer Wärme und einem Frieden, wie sie sie seit fast zwanzig Jahren nicht mehr gespürt hat. Sie stellt fest, dass sie sich im Versteck ihres Großvaters befindet, seinem Allerheiligsten, ein geheimer Ort, so vollgestopft, dass er oft scherzte, wollte man hier einen einzigen klaren Gedanken fassen, müsste man schon den anderen bitten, ein Stück zur Seite zu rutschen.

Das Haus ihrer Großeltern ist ein viktorianisches Reihenhaus, zwei Wohnungen oben und zwei unten, mit einem leicht geneigten Satteldach. Das schmale, beengte Gebäude, in dem es feucht und modrig riecht, steht im Schatten des Goodison-Park-Fußballstadions. Die Haustür öffnet sich auf eine winzige Veranda, das Wohnzimmer ist durch einen roten Samtvorhang vor Blicken von der Straße geschützt. Auf Ruth machte es beim Betreten jedes Mal den Eindruck, als müsste sie diesen Vorhang beiseiteschieben, um durch eine magische Pforte in eine sonderbare, wunderbare Welt zu treten. Manchmal, wenn ihr Großvater in Fabulierlaune war und ihr zauberhafte Geschichten erzählte, erstand diese Welt vor ihr. Ruth wurde es nie langweilig, sich seine Abenteuergeschichten anzuhören.

Doch das ist Jahre her, wie ihr jetzt einfällt. *Granddad ist längst fort… Ich muss schlafen, träumen. Ich muss aufwachen.* Einige Sekunden lang hält das Gefühl von Trost und Wärme noch an, dann nimmt sie ein Geräusch wahr. Schritte.

Jemand bewegt sich durch die Finsternis, die sie umgibt. *Lass dich nicht einlullen. Sei wach.* Doch sie ist unfähig, sich zu bewegen, bekommt nicht einmal die Augen auf.

Ihr fällt der Fahrstuhl wieder ein. Der Assistent, der sich auf sie gestürzt hat. Sie sieht, wie Lomax mit der Faust ausholt, um sie ein weiteres Mal zu schlagen. Ein greller Blitz, als er die Faust in ihr Gesicht rammt, ein stechender Schmerz fährt in ihren Kopf. Dann der Geruch nach Öl und Abgasen. Lomax, der sie in den Kofferraum eines Autos zwingt. Ihr Herz rast so schnell, dass es schmerzt. Sie packt ihn am Handgelenk, hat aber nicht genügend Kraft. Er schüttelt sie ab, holt erneut mit der Faust aus. Sie wartet auf den nächsten Hieb. Hört schwach ein dumpfes Geräusch. Lomax dreht sich um, einen verwunderten Ausdruck im Gesicht, die Arme abwehrend erhoben. Er ist zu langsam. Ruth spürt, wie Spritzer von Lomax' Blut sie treffen, warm rinnt es ihr über das Gesicht. Er sackt zu Boden, dann vernimmt sie einen dumpfen, feuchten Aufprall, und sie weiß, dass es sein Kopf ist, der auf dem Asphalt aufschlägt.

Sie versucht, sich aus dem Kofferraum zu stemmen, doch eine starke Hand packt sie. Schnell wird aus der anfänglichen Erleichterung Panik, als die Hand sie zurück ins Wageninnere zwingt. Sie spürt einen heißen, stechenden Schmerz.

Wach auf! Ruth öffnet die Augen. Versucht zu verstehen, was sie sieht. *So dunkel…* Ihre Kehle ist wie ausgedörrt;

der metallische Geschmack am Gaumen erinnert sie an eine Novocain-Injektion, die sie einmal beim Zahnarzt bekommen hat. Da wird ihr schlagartig bewusst, dass er sie betäubt hat. Sie spürt den Schatten zu ihrer Rechten mehr, als dass sie ihn sieht, kann aber den Kopf nicht drehen, um sich zu vergewissern, ob da wirklich etwas ist. Sie will die Hand heben, hat aber kein Gefühl darin.

Ein greller Blitz. Sie schließt die Augen, und als sie sie wieder aufschlägt, nimmt sie die Umrisse einer Gestalt wahr, die riesenhaft wirkt wegen der intensiven Helligkeit und ihrer verschwommenen Sicht. Groß und dunkel scheint sie über ihr zu lauern. Sie winselt, presst die Augen zu vor Schmerz, hört das laute Krachen einer Metalltür, die zufällt, dann ist sie wieder in Dunkelheit gehüllt.

48

Gegen Viertel vor vier stieg Carver vor Ruths Haus aus dem Taxi. Dr. Pendinning hatte in seinem Namen bei Emma angerufen, da sie seine Nummer geblockt hatte, und hatte sie davon überzeugen können, ihm Kleidung und seine persönlichen Sachen zu bringen.

Die Sonne stand bereits tief und tauchte die Straße in ein leuchtend rotes Licht. Sein Schatten fiel lang und bedrohlich über den grauen Asphalt wie ein fremdartiges Wesen. Die Haustür war abgeschlossen, und nach einer kurzen Erkundungstour zur Rückseite der Häuserzeile stellte er fest, dass die Gasse dahinter durch ein Eisentor gesichert war, das er in seinem derzeitigen Zustand unmöglich bezwingen konnte.

Sein Handy klingelte. Es war Parsons.

»Wo stecken Sie?«, blaffte er.

»Konnten Sie den Anruf zurückverfolgen?«, wollte Carver wissen.

»Ja. Ich habe jemanden zu Ihnen ins Krankenhaus geschickt, aber Sie waren nicht da.«

»Konnten Sie die genaue Position bestimmen?«

Er hörte, wie sein Gesprächspartner am anderen Ende der Leitung ausatmete. »Der Anruf kam von einem öffentlichen Fernsprecher in der Klinik.«

Carver lehnte sich gegen die Hauswand.

»Wir haben unsere Leute jetzt vor Ort«, sagte Parsons.

»Sie werden ihn nicht finden. Er hat mich von dort angerufen, weil er …«

»Weil er was?«, hakte Parsons nach.

»Weil er mir etwas mitteilen wollte. Er wollte meine Aufmerksamkeit.«

»Hören Sie, ich bin ja ganz Ihrer Meinung. Vielleicht liegen Sie richtig. Aber wenn er irgendwelche Spuren hinterlassen hat, werden wir sie finden.«

»Ja, viel Glück damit.« Carver beendete das Gespräch, lief zurück zur Straße und klingelte an der Tür des Nachbarhauses. Niemand öffnete ihm. Er versuchte es auf der anderen Seite. Wieder nichts. Gegenüber ging eine Haustür auf, und eine Frau mittleren Alters spähte nach draußen, offenbar eine Pakistanerin.

Er setzte ein Lächeln auf und wollte auf sie zueilen, da knallte sie die Tür wieder zu. Er griff in die Tasche, zog sein Portemonnaie heraus und zückte seinen Dienstausweis. Dann klopfte er an, rief, er sei von der Polizei, doch die Tür blieb fest verschlossen. Das konnte man ihr kaum verübeln: ein Mann, der sich unsicher wie ein Betrunkener bewegte – die Haare ungleichmäßig kurz geschoren, die Narbe unter den nachwachsenden Haaren deutlich sichtbar – und durch die Fenster des Nachbarhauses spähte.

Er wandte sich ab, verlor das Gleichgewicht und klammerte sich am nächstbesten Torpfosten fest, um nicht der Länge nach hinzufallen. Er setzte sich auf die niedrige Mauer vor dem Haus, während die Straße sich ganz langsam um dreihundertsechzig Grad zu drehen schien, dann hörte er eilige Schritte und das Geräusch von Kinderwagenreifen.

»Alles in Ordnung mit Ihnen, junger Mann?«

Er blickte auf, doch statt einer jungen Mutter stand eine ältere Dame mit einem Einkaufstrolley vor ihm. Sie war so breit wie hoch und trug eine regendichte Jacke, die sich bis oben hin zugeknöpft um ihren Leib spannte.

»Ich … hatte nur einen kleinen Schwächeanfall«, sagte Carver.

Sie verschränkte die Arme vor ihrer Körpermitte und musterte ihn prüfend. »Kommen Sie«, sagte sie schließlich. »Ich mache Ihnen ein hübsches Tässchen Tee.«

Er warf ihr einen fragenden Blick zu. »Finden Sie nicht, Sie sollten vorsichtig sein, wen Sie zu sich ins Haus bitten?«

»Ach, hören Sie auf …« Sie grinste und ließ ihr künstliches Gebiss sehen, das zu groß für ihren Mund wirkte. »Jeder kennt Sie. Sie waren im Fernsehen – und Sie sind Ruthies Boss.«

»Ruthie?«, wiederholte er.

Sie kehrte ihm den Rücken zu und rief über die Schulter: »Ihre Mum und ihr Dad zogen neunzehnfünfundsiebzig nebenan ein – kurz nach ihrer Hochzeit war das.« Den Trolley als Gehhilfe benutzend überquerte sie die Straße. Ohne auch nur einen Moment mit dem Reden aufzuhören, zog sie ein riesiges Schlüsselbund aus der Jackentasche und ging vor der Haustür einen Schlüssel nach dem anderen durch. »Sie ist hier aufgewachsen, hat schon mit meinen Enkelkindern auf den Stufen vor der Haustür gespielt.« Die alte Dame schob einen Schlüssel ins Schloss und sah ihm direkt in die Augen. »Ihr Sergeant Lake wird für mich immer Ruthie bleiben.«

Er folgte ihr den Flur hinunter in eine moderne Wohnküche, wo sie ihn aufforderte, sich hinzusetzen, während sie

Tee aufbrühte und ihm ein Sandwich zubereitete. Er wollte höflich ablehnen, weil ihn das panische Gefühl überkam, wenn er noch mehr Zeit hier vergeudete, wäre Ruth in noch größerer Gefahr. Aber die Frau fuchtelte mit dem Brotmesser vor seiner Nase herum und wies ihn scharf zurecht. »Wann war das letzte Mal, dass Sie etwas zu sich genommen haben?«, wollte sie wissen.

Er gab zu, dass das vermutlich am Vorabend gewesen war, worauf sie mit einem missbilligenden Schnalzen der Zunge reagierte. »Kein Wunder, dass Sie mitten auf der Straße in Ohnmacht fallen, oder?« Sie schüttelte den Kopf, murmelte etwas von *Krankenhausfraß* und stellte ihm einen Augenblick später eine Tasse Tee und ein Sandwich hin, das bestimmt zehn Zentimeter dick war.

»Hier wären wir, ordentlich was drauf, wie es sich gehört.«

Mit einem Mal überfiel ihn ein derartiger Heißhunger, dass er sofort einen gierigen Bissen nahm.

Sie lachte. »Das ist schön zu sehen, wie ein Mann mit einem solchen Appetit isst«, sagte sie. Sie setzte sich ihm gegenüber und plauderte munter weiter. Sie stellte sich als Peggy Connolly vor, Mutter von sieben Kindern, Großmutter von fünfzehn Enkeln und Urgroßmutter von mehr Kindern, als dass sie sich die Mühe machen wollte, sie zu zählen. Sobald er mit dem Sandwich fertig war, fixierte sie ihn mit einem bohrenden Blick.

»Also, jetzt rücken Sie raus mit der Sprache, was führen Sie im Schilde? Was hatten Sie vor Ruths Haus zu suchen? Sie werden sie da nämlich nicht finden, wissen Sie.«

Er starrte sie an. *Sie weiß es nicht.*

Zögernd fing er an zu sprechen, weil er um das Herz der alten Dame fürchtete. »Mrs. Connolly …«

»Peggy.«

»Peggy«, wiederholte er. »Ich… ich habe schlechte Neuigkeiten…«

»Herrje, sie haben sie noch nicht gefunden, oder?«

»Sie wissen, dass sie verschwunden ist?«

»Wir leben ja nicht mehr im Mittelalter – ich habe schließlich einen Fernsehanschluss«, entgegnete sie fast ein wenig feindselig. »Und ich besitze ein Digitalradio.«

»Sie wird immer noch vermisst«, bestätigte er und fühlte sich, als hätte man ihn geohrfeigt.

Die alte Frau bekreuzigte sich. »Jesus, Maria und Josef, ich dachte schon, Sie würden mir mitteilen, dass sie *tot* ist.« Doch sie kam schnell über den ersten Schreck hinweg, verengte die Augen und tippte energisch gegen seinen Arm.

»Sie sind sicher gekommen, weil Sie wissen wollen, was sie die ganze Nacht getrieben hat.« Offenbar war ihr der überraschte Ausdruck auf seinem Gesicht nicht entgangen, denn jetzt fügte sie hinzu: »Ich bin alt, ich schlafe nicht mehr so gut wie früher. Sie war bis weit nach Mitternacht in ihrer Küche zugange und dann schon wieder auf den Beinen, bevor der Milchmann kam. Ich sehe über den Garten hinten, wenn bei ihr Licht brennt.«

Sie hatte die inoffiziellen Fallakten durchgearbeitet, so viel stand fest. Früher oder später würde es Parsons oder Jansen oder sonst irgendwem einfallen, dass man ihre Wohnung durchsuchen könnte. Er musste sich Zugang zu ihrem Haus verschaffen, wenn auch nur, um die Beweise da wegzubringen, die Ruth gestohlen hatte. Peggy Connolly schien seine Gedanken zu lesen. Sie warf das Schlüsselbund auf den Tisch und ging die einzelnen Schlüssel durch, bis sie ihm einen kupferfarbenen hinhielt.

»Mit dem kommen Sie rein«, sagte sie.

Staunend sah er sie an.

»Ich wohne hier, seit die Deutschen in Polen eingefallen sind«, erklärte sie. »Es gab Zeiten, da ließ man den Haustürschlüssel einfach bei einem Nachbarn, wenn man nicht zu Hause war, für Notfälle und so was. Ich habe Schlüssel für die halbe Straße.« Sie hielt das ganze Bund an dem einen Schlüssel hoch und klimperte damit, dabei lächelte sie in sich hinein. »Da hängen viele schöne Erinnerungen dran, an dem Ding.« Sie reichte Carver das Bund, damit er sich den Schlüssel zu Ruths Haus herunternehmen konnte. »Natürlich sind nicht mehr viele von den Alteingesessenen übrig«, sagte sie, und ihr Lächeln wirkte mit einem Mal traurig. »Einige von den neuen Anwohnern hier sind umgestiegen auf diese Plastiktüren, aber die alten Schlüssel habe ich trotzdem behalten – aus sentimentalen Gründen.«

Carver erhob sich vorsichtig und stellte fest, dass er sich wieder etwas sicherer auf den Beinen fühlte. »Es wäre das Beste, wenn keiner etwas davon wüsste, dass ich hier war«, sagte er.

»Ich habe Sie aus dem Taxi steigen sehen«, sagte sie. »Keine Polizeifahrzeuge. Keine Sirenen.« Sie nickte ihm wissend zu. »Versteht sich von selbst, mein Lieber.«

Sanft drückte er ihre Hand und schleppte sich zur Küchentür.

Sie rief ihn noch einmal, ihr Ton absolut sachlich. »Mr. Carver?«

Er drehte sich zu ihr um, die Hand bereits am Türgriff.

»Den werden Sie mir zurückgeben müssen«, sagte sie mit einem Blick auf den Schlüssel in seiner Hand. »Aber erst bringen Sie mir Ruthie wohlbehalten nach Hause.«

49

Als Carver das Haus betrat, nahm er einen leicht nussigen, schokoladigen Duft nach Kaffee wahr – Ruth liebte ihren Kaffee frisch gemahlen. Es war kalt, und trotzdem ging von dem Haus eine Wärme aus, die mit der Lufttemperatur nichts zu tun hatte. Doch hatte er jetzt keine Zeit für solche Gefühlsduseleien.

Er fing im hinteren Bereich des Hauses in der Küche an, weil das der Ort war, an dem Ruth meistens arbeitete, wie Peggy anzunehmen schien. In den Schränken fand sich nichts außer Küchenutensilien und Kochzutaten. Im Wohnzimmer, das ein Stück den Flur entlang zur Rechten lag, gab es einen Durchbruch ins Esszimmer, dort hing an einer Wand ein riesiger Flachbildfernseher. Ein Blu-Ray-Player und eine Xbox 360 standen auf einem schwarzen Glasregal unterhalb des Fernsehers. Er hatte gar nicht gewusst, dass Ruth auf Videospiele stand. Zwei eingebaute Regale in den Nischen des Wohnzimmers waren vollgestopft mit allen möglichen Büchern, von populärwissenschaftlichen bis hin zu forensischen Texten, und wenn dazwischen hier und da ein Roman stand, dann ausschließlich Science Fiction und Fantasy. Noch mehr Dinge, die er nicht über Ruth gewusst hatte … oder sich nicht die Mühe gemacht hatte, in Erfahrung zu bringen. Aber für Schuldgefühle und Selbstvorwürfe wäre später noch genügend Zeit. Blinzelnd ließ er den Blick über die Regale schweifen und machte sich das Licht der tief stehenden Sonne zunutze: Eine feine Staubschicht auf den Oberflächen verriet ihm, dass schon länger niemand mehr an den Büchern war. Hier konnte sie die Akten nicht versteckt haben.

Als Nächstes ging er nach oben, wo er feststellte, dass die Vorhänge im Gästezimmer, das nach vorne hinausging, zugezogen waren. Er betätigte den Lichtschalter, sah sich von der Tür aus im Zimmer um und entdeckte sofort die Kiste mit den Akten oben auf dem Schrank. Er hob sie herunter und stellte sie aufs Bett, ehe er den Deckel entfernte. Die Pistole lag nicht dabei. Das hatte er mehr oder weniger erwartet. Als Ivey ihm mitgeteilt hatte, dass man in Chris Lomax' Wagen eine Kaliber .22 gefunden hatte, musste er sofort an die Waffe denken, die Ruth in der Nacht, in der er angeschossen wurde, aus seiner Wohnung mitgenommen hatte. Es war nur eine Frage der Zeit, bis die Leute von der Ballistik herausfanden, dass Adela Faraday mit dieser Waffe getötet worden war.

Unwillkürlich hob Carver die Hand zu der allmählich verheilenden Wunde in seiner Brust. Sehr wahrscheinlich hätten sie die Kugel unweit seiner Wirbelsäule ebenfalls mit der Waffe in Verbindung bringen können – wenn die Chirurgen es geschafft hätten, sie herauszuholen. In seiner Wohnung hätte man eigentlich eine leere Patronenhülse finden müssen. Vermutlich hatte Ruth die ebenfalls mitgenommen – so etwas Grundlegendes wäre ihr nicht entgangen, jedenfalls schätzte er sie so nicht ein. Der Dornenkiller dagegen hätte wahrscheinlich nicht an eine leere Hülse gedacht. Er hob eine Akte nach der anderen aus der Schachtel, doch sie war nirgends zu finden. Der Dornenkiller hatte es geschafft, die Waffe als Beweismittel in die Ermittlungen einzubringen und es so aussehen zu lassen, als wäre Lomax der Schütze gewesen. Auf diese Weise entlastete er sowohl Carver selbst als auch Ruth. Doch dass der Killer im Interesse der Gerechtigkeit gehandelt hatte, glaubte Carver nicht eine Sekunde. Dieser Mann tat nichts, das nicht seinen eigenen Zwecken diente. Immerhin hatte er Ruth gerettet, um sie als Köder zu missbrauchen, damit Carver sich wieder an den Ermittlungen beteiligte.

Fast genauso sicher war Carver sich, dass Ruth das nächste Opfer des Killers werden sollte. Wie sonst hätte er Carvers ungeteilte Aufmerksamkeit bekommen, als ihn mit Gedanken daran, was sie durchmachen musste, zu quälen? Die anderen Opfer hatten wochenlange Folter erdulden müssen, ehe er sie tötete, deshalb war es ein herber Trost, dass Ruths Leben nicht unmittelbar in Gefahr war, wenn auch einzig aus dem Grund, weil der Dornenkiller sich bei der Realisierung seines »Kunstwerks« nicht hetzen lassen wollte.

»Okay …« Er atmete tief ein und dann wieder aus. Er musste sich an das halten, was er hatte, und dann entscheiden, was sich daraus machen ließ. Das entwendete Beweisstück war verschwunden; dagegen konnte er nichts tun. Doch der Rest war noch da, soweit er das überblicken konnte.

Eine destruktive kleine Stimme flüsterte in seinem Kopf: *Die Akten sind nutzlos, der Killer hätte sie nicht hiergelassen, wenn er geglaubt hätte, dass sich darin etwas findet, das dich weiterbringt.* Doch Hochmut war die größte Schwäche des Psychopathen: Schon so mancher Mörder war zu Fall gebracht worden, weil er die Intelligenz der Ermittler unterschätzt hatte.

Also zwang Carver sich, sich die Zeit zu nehmen und

alles noch einmal durchzugehen: die Berichte vom Tatort und der Autopsie, die Fotos, seine und Ruths Notizen, wobei letztere viel ordentlicher geführt waren. Er stieß auf die Anmerkungen, die er auf die Abschriften der Verhöre von Kara Grogans Freunden, Kommilitoninnen und Kommilitonen gekritzelt hatte. Als er sie jetzt noch einmal durchlas, erkannte er, was sie eigentlich darstellten: verzweifelte, alkoholbefeuerte, wütende Tiraden. Er hatte sich überhaupt nicht im Griff gehabt.

Ruths präzise, objektive Ergänzungen machten es ihm leicht: Sie hatte herausgefunden, dass Kara dabei war, sich auf eine Filmrolle vorzubereiten, dass sie eine höllische Angst vor Aussetzern auf der Bühne hatte. Er las Ruths Protokolle ihrer Gespräche mit den Parapsychologen und Medien und versuchte, ihre Eindrücke von den Leuten, mit denen sie sich unterhalten hatte, nachzuvollziehen. Vor allem bewunderte er ihre Fähigkeit, die angeblichen Wahrsager perfekt zu durchschauen, dank ihrer ausgezeichneten Cold-Reading-Fähigkeiten.

Er entdeckte Ruths Handschrift außerdem auf seinen Schaubildern und Diagrammen und glaubte, ein Echo seiner eigenen Besessenheit zu erkennen. *Ist ihr eigentlich klar, wie sehr die Sache ihr Leben bestimmt? Genau wie es bei mir der Fall war?* Sie hatte Recherchen über Lampenfieber, Medien und Wahrsager und sogar zur symbolischen Bedeutung von Tattoos angestellt. Er fand Ausdrucke von Sigillen und keltischen Symbolen, die er von den Körpern der Opfer her kannte. Ein Bild zeigte ein Mustertuch aus dem neunzehnten Jahrhundert. Der Text, der kunstvoll von einem Mädchen im Teenageralter in den Stoff gestickt worden war, legte nahe, dass es Opfer einer Vergewaltigung geworden war und deshalb versucht hatte, Selbstmord zu begehen.

Sind die Tattoos mit konfessionellen Mustertüchern vergleichbar?, hatte Ruth in ihrer sauberen Handschrift an den Rand geschrieben. Sie hatte sich Notizen gemacht zu den Geheimnissen, die die Opfer vor ihren Familien verborgen gehalten hatten – von Tali Tredwins Essstörung und ihren Selbstmordversuchen als junge Erwachsene hatten sie gewusst, ebenso von Jo Raincliffes Doppelidentität als Lehrerin und Stripperin »Jolene«. Allerdings hatten sie diese nicht mit ihrer Entführung und anschließenden Ermordung in Zusammenhang gebracht. Karas Lampenfieber, das Jobangebot, der grausame Streich, den ihre Mitbewohner ihr gespielt hatten, das alles war ihm neu.

Die Augentattoos auf den Körpern der Opfer sind symbolisch zu sehen, hatte Ruth in ihren Recherchenotizen geschrieben. *Das Auge der Vorsehung steht für Wissen, Weisheit und die Offenbarung verborgener Wahrheiten.*

Darunter stand in fetten Buchstaben getippt und unterstrichen: *Dem Dornenkiller geht es in erster Linie um Geheimnisse. Doch wie findet er seine Opfer?*

Ein paar Zeilen weiter unten hatte sie folgende handschriftliche Notiz hinzugefügt: *Haben wir einen von KGs Dozenten übersehen?* Sie hatte eine Beweismittelnummer ergänzt. *CCTV, School Lane – nachdem KG aus dem Theater geworfen worden war.* Sie hatte den entsprechenden Zeitpunkt auf der Aufnahme angegeben. *20:34:05. Frau hat mit Kara gesprochen. Hat K ihr erzählt, wo sie hinwollte? Rendezvous mit dem DK??? Mit Uniangestellten/Studenten reden.*

Als er den Rest der Unterlagen durchblätterte, stieß er noch auf einen E-Mail-Wechsel zwischen Ruth und Dr. Gaines – jenem Mann, den sie eigentlich am Vormittag hatte befragen wollen. Ihre Notizen gaben Auskunft, dass er Anthropologe war und dem Ermittlerteam beratend zur Seite stehen sollte.

Auf einem separaten Dokument mit der Überschrift *Gesprächsnotizen, Dr. Lyall Gaines,* las Carver mit wachsender Besorgnis, dass Gaines sich als ein Medium namens Shadowman ausgegeben hatte. Diese Identität hatte er verborgen, bis Ruth ihm auf die Schliche gekommen war.

Ein vom Innenministerium empfohlener Berater, der als karnevalesker Alleinunterhalter auftritt – was zum Teufel soll das?

Carver las weiter und fand heraus, dass der Anthropologe bei einer medialen Lesung von Jasmine Hart gewesen war, und zwar im Epstein Theatre, in derselben Nacht, in der Kara zuletzt gesehen wurde. Noch beängstigender aber war die Tatsache, dass er erneut aufgetaucht war, als Ruth bei demselben Medium auf einer weiteren Veranstaltung war, und dass er ihr im Anschluss daran gefolgt war.

Alles, was er sagt, scheint darauf ausgelegt, mich in Verlegenheit zu bringen, hatte sie geschrieben. *Er ist aalglatt, selbstverherrlichend und oberflächlich.*

Dr. Gaines schien ihm in jedem Fall einen näheren Blick wert.

50

Als Ruth Lake zu sich kommt, ist da ein Licht über ihr, so stark, dass sie die Hitze davon abstrahlen spürt. *Bin ich im Krankenhaus?*

Etwas Eigenartiges geschieht: Jemand umkreist sie jenseits der gleißenden Helligkeit. Sie presst die Augenlider zu.

»Endlich.« Die Stimme klingt verzerrt, tief und volltönend wie ein Mann, der durch eine Regenrinne spricht. »Eine Schande, das mit den Verletzungen«, sagt er. »Aber bis Sie bereit sind, sind alle verheilt.«

Bereit? Ruths Herzschlag beschleunigt sich um das Dreifache. Sie versucht, sich zu rühren. Es geht nicht. Ihr Kopf ruht auf einer Art Nackenstütze aus Schaumstoff, sie liegt leicht erhöht. Sie ist nackt bis auf die Unterwäsche. Ihre Handgelenke, Oberarme, Schenkel und Knöchel sind am Tisch fixiert, aber sie kann keine Gurte fühlen. Sie spürt ihre Gliedmaßen überhaupt nicht mehr.

Die Innenseite ihres Unterarms ist bereits mit einem Symbol versehen: ein Gesicht, keine Augen, keine Nase und kein Mund. Eine Maske auf einem lang gezogenen Stiel.

Oh Gott …

»Der erste Test«, sagt die Stimme. »Unterschiedliche Hauttypen nehmen Farben unterschiedlich gut auf. Das nächste Mal werden Sie wach sein.«

Sie will sich bewegen, sich zur Wehr setzen – will *irgendetwas* tun –, doch ihr Körper gehorcht ihr nicht, es fühlt sich an, als laste ein schweres Gewicht auf ihrer Brust.

»Der lähmende Effekt des Gifts«, erklärt der Killer, der ihre Bewegungen richtig deutet. »Wobei, ein bisschen geschummelt habe ich – ich verabreiche allen meinen Mädchen einen neuromuskulären Blocker. Das ist zuverlässiger, weniger … riskant.«

»Tali«, lallt Ruth undeutlich. »Deshalb sind Sie nicht fertig geworden.«

»Ja, das mit Tali war … bedauerlich. Es ist schwer vorhersehbar, wie stark die Akonitin-Mischung wirkt. Sie hat besonders sensibel reagiert, und ich kannte mich mit dem Gift noch nicht so gut aus.«

Ruth versucht sich zu erinnern, wie sie hierhergekommen ist. Ihr fällt das Bürogebäude ein, dass sie mit Adelas früherem Chef gesprochen hatte, der nervöse Assistent. Sie hatte auf seinen Mitarbeiterausweis geschaut. Schmerz war in ihrem Kopf explodiert.

»Lomax«, murmelt sie. »Bastard … Die werden Sie kriegen … Ich habe eine Nachricht hinterlassen …«

»Armer Sergeant Lake. Sie sind ja ganz durcheinander. Ich habe Sie vor Lomax *gerettet,* schon vergessen?«

Sie weiß es noch. Sie lag im Kofferraum des Autos und dachte: So endet es also. Lomax holte mit der Faust aus. Dann drehte er sich um, einen Arm abwehrend erhoben. Sie erinnert sich an den dumpfen Aufprall, als sein Kopf auf den nassen Asphalt schlug.

»Lomax?«, sagt sie wieder.

»… ist tot. Sie wissen, dass er Adela umgebracht hat?«

Ruth versucht zu nicken. Kann nicht. »Ja«, sagt sie.

»Braves Mädchen.« Der Mann im Schatten tätschelt ihre

Schulter. Die Berührung ist grob, gefühllos. »Die Polizei hat die Pistole im Handschuhfach von Lomax' Wagen gefunden. Seine Fingerabdrücke sind darauf. Dafür habe ich gesorgt.«

Wie hat er die Waffe in die Finger bekommen? Der Nebel lichtet sich, und auf einmal weiß sie es. *Er war bei mir zu Hause.*

»Sie wirken nicht recht erfreut«, sagt der Killer. »Carver ist entlastet, Adelas Mörder tot – und Sie werden als Heldin gefeiert werden. Sie sollten sich freuen.«

Sie legte einen verächtlichen Unterton in ihre Stimme: »Sie waren also bei mir im Haus. Tja, umso besser. Denken Sie nicht, dass Sie Spuren hinterlassen haben, die Sie verraten? Verbrecher sind selten so vorsichtig oder schlau, wie sie denken.«

»In Chief Inspector Carvers Wohnung scheine ich meine Spuren ja durchaus recht erfolgreich verwischt zu haben.«

»Also hatte Carver recht«, sagt Ruth. »Sie waren *tatsächlich* dort in der Nacht, als er angeschossen wurde.«

»Nein, ich meine zu früheren Gelegenheiten.«

Er war schon öfter in Carvers Wohnung gewesen? Wie lange beobachtete er sie alle schon?

»Ich habe mich ein paar Nächte nach dem Schuss noch einmal reingeschlichen, um für Greg etwas zu holen«, fuhr er fort. »Aber in jener Nacht war da nur Chris Lomax – und natürlich Sie. Ja, Sergeant, ich habe Ihnen zugesehen. Habe Sie kommen sehen. Habe zugeschaut, wie Sie die Wohnung von allem befreiten, das den Ermittlungen gedient hätte. Das hat meine Neugier geweckt, wie ich zugeben muss.«

Ruth schließt die Augen. *Du hast es vermasselt, Ruth. Was hast du bloß für ein Chaos angerichtet.*

»Keine schlaue Retourkutsche, Sergeant?«, sagt die gesichtslose Stimme. »Nun, machen Sie sich nicht allzu viel draus. Carver ist schon dabei, sich zu revanchieren. Er ist bei Ihnen zu Hause, während wir uns unterhalten, und sucht nach den Akten. Die Polizei sollte jeden Moment dort eintreffen.«

Er kann deine Gedanken lesen. Du musst dich mehr anstrengen, Ruth. »Carver ist viel gewiefter, als Sie glauben«, sagt sie.

»Wirklich?« Der spöttische Ton ist verschwunden; sie glaubt, Verlangen aus seiner Stimme herauszuhören.

Er will mehr. Und instinktiv weiß sie, dass sie aus diesem Grund weniger geben muss. Sie konzentriert sich auf ihre Gesichtsmuskulatur. Sie fühlt ihre Lippen, ihre Wangen, wie wenn die Betäubungsspritze beim Zahnarzt allmählich nachlässt: Sie fühlen sich fülliger an, größer, nur ansatzweise kontrollierbar.

»Sie sind Detective. Sie können Tatorte einschätzen, quasi darin lesen. Und Sie behaupten, Verbrecher könnten ihre Spuren niemals restlos verwischen«, sagt er. »Nun, ich lese in Menschen. Selten gelingt es ihnen, ihre wahren Gefühle so geschickt zu verbergen, wie sie selbst glauben. Ich habe die Betäubungsmittel ein wenig reduziert, das sollte helfen.«

Verhalte dich ruhig, denk an ein weißes Blatt Papier. Im grellweißen Schein der Deckenstrahler fällt ihr das nicht schwer.

»Anfangs leisten alle Widerstand«, erklärt ihr Entführer. »Aber irgendwann geben sie ihre Geheimnisse doch preis.«

»Sie sind wie ein Kind, das Pokémon-Karten sammelt.« Ruths Zunge fühlt sich dick an in ihrem Mund. Es kostet sie große Anstrengung, deutlich zu sprechen.

»Und das von einer früheren Kriminaltechnikerin mit

einem zweitklassigen Abschluss von einer drittklassigen Provinzuni.«

Er lässt sich auf dich ein, sieht dich nicht länger als Objekt. Er will dir wehtun. Dir höchstpersönlich, nicht irgendeiner Puppe, die er mit Tinte beschmiert. Und er ist wütend. Mach dir das zunutze. Sie kontrolliert ihre Atmung, während sie ins Licht blinzelt. »Sie halten mich also für provinziell. Was Sie zu einem … tja, zu was, zu einem Mann von Welt macht? Wollen Sie mir etwa weismachen, Frauen zu quälen und zu ermorden sei ein intellektueller Zeitvertreib?«

Er lehnt sich vor, und Ruth kann seine Augen sehen, aber statt einer Nase ist da eine Schnauze wie von einem Hund mit Maulkorb. Sie zuckt zusammen, wartet darauf, dass er sie beißt. Doch im nächsten Moment ist er verschwunden, sie hört nur noch das aggressive Rasseln seines Atems.

Sie atmet tief ein und fährt fort: »Ich nehme an, es stimmt, was die Leute sagen: Kratzt man an einem Narzissten, stößt man auf ein verletztes Kind.«

»Wissen Sie, was man auch sagt?« Der Stimmenverzerrer tut dem Entführer keinen Gefallen, denn er verstärkt jedes einzelne Kratzen und Stocken in seiner Atmung. »Kritisiert man einen Narzissten, sollte man sich auf den Gegenschlag gefasst machen.«

Wieder nimmt sie für den Bruchteil einer Sekunde die Schnauze wahr. *Ruhig bleiben, versuche, klar zu denken. Es ist nichts weiter als ein Stimmenverzerrer.* Sie tut alles, damit die Angst sich nicht auf ihrer Miene und in ihrem Blick zeigt. Doch sie kann das Pochen ihres Blutes in den Adern nicht verlangsamen und weiß genau, dass ihm das nicht entgangen ist.

»Haben Sie Angst, Sergeant?«

»Ja, sicher, immerhin bin ich klar im Nachteil«, sagt sie.

»Das sollten Sie nie vergessen.«

Trotz der Warnung bemerkt sie, wie die Anspannung im Raum etwas nachzulassen scheint. *Er weiß, dass er die Oberhand hat. Aber ihn treibt auch eine gewisse Neugierde an.* Diese Neugier muss sie irgendwie nutzen.

»Ich bin immer noch am Rätseln«, sagt sie.

Er fängt wieder an, auf und ab zu gehen, sein Schatten erst in einem Lichtkreis, dann im nächsten. »Weshalb denn?« Ruth hört aus diesen Worten eine Warnung und eine Drohung heraus.

»Warum haben Sie mich vor Lomax gerettet?« Sie bedient sich seiner eigenen Formulierung, um seinem Ego zu schmeicheln. »Haben Sie das getan, um DCI Carver dazu zu bringen, sich wieder an den Ermittlungen zu beteiligen?«

Keine Antwort.

»Sie wissen genau, dass Sie viel eher davonkommen mit dem, was Sie tun, wenn DCI Parsons die Verantwortung trägt.«

»Parsons fehlt das Feuer.«

»Sie sind also gelangweilt?«

»Das, und ich wollte sehen, was Carver unternimmt, wenn ich mir Sie schnappe.«

»Manipulation«, stellt Ruth fest.

»Ein Feldversuch.«

Feldversuch. Der Schock der Erkenntnis muss sich auf ihren Zügen abgezeichnet haben, weil er nun leise vor sich hin kichert. »Sie denken doch nicht, ich hätte Sie gerettet, weil Sie es wert wären, gerettet zu werden?«

»Oh, ich weiß, dass es so ist«, gibt sie zurück, erleichtert, dass er ihr Entsetzen als Enttäuschung missdeutet.

»Schließlich steckt in jedem von uns ein kleiner Narzisst, nicht wahr?«

Sie hört ein leises Zischen, weil das Mikrofon des Stimmenverzerrers jedes noch so leise Atmen aufschnappt. Sie muss sein Gesicht nicht sehen, um zu wissen, wie er reagiert. In dem Schweigen, das folgt, kann sie nicht sagen, wo er sich genau befindet, weshalb sie schon wieder Panik verspürt und am liebsten gegen die Fesseln ankämpfen würde.

»Sehen Sie?«

Sie hört das Zischen seiner Stimme an ihrem Ohr und hat Mühe, nicht zurückzuzucken.

»Gerade jetzt unterdrücken Sie den Impuls zu fliehen. Mit jeder Faser Ihres Körpers wollen Sie weg.« Sein Atem auf ihrer Haut ist eine Qual. »Ich kenne Sie, Ruth Lake. Ich war in Ihrem *süßen* kleinen Häuschen. Ich habe gesehen, mit welcher Sorgfalt und Mühe Sie es renoviert und modernisiert haben. Ich habe Ihr *Schmuckstück* von einem Garten gesehen. Und Ihr Album fand ich wirklich rührend.«

Ihre Kopfhaut prickelt, und sie verspürt eine plötzliche Enge um ihr Herz. *Er hat das Album gefunden.* Rollinson?

»Schon eigenartig, dass Sie es so versteckt aufbewahren?«

Jeder einzelne Nerv in Ruths Körper rebelliert. Es fühlt sich an, als würden sich tausend Schlangen über ihr nacktes Fleisch winden; sie will schreien. Aber sie drängt den Schrei zurück.

»Zu viele schmerzhafte Erinnerungen?«

Sie würde ihn am liebsten umbringen.

Er nähert sich ihr, flüstert ihr ins Ohr: »Ich. Sehe … dich.«

»Da gibt es nicht wirklich viel zu sehen«, sagt sie und übernimmt die Kontrolle. »Ich arbeite, ich laufe, ich lese hin und wieder.«

»Nein, nein, nein. Da ist mehr.«

»Ich hege eine heimliche Leidenschaft für Videospiele …«

»So geheim ist das nun auch wieder nicht. Ihr Spielzubehör liegt offen bei Ihnen zu Hause herum. Dafür würde ich aber nur zu gerne erfahren, warum Sie Ihr Familienalbum versteckt aufbewahren.« Er macht eine kurze Pause, während der sie seinen Schatten von einer Lampe zur nächsten huschen sieht. Er bewegt sich die gesamte Länge des Tisches entlang, auf dem sie liegt.

»Obwohl einige von diesen Zeitungsausschnitten tatsächlich nichts in einem Familienalbum zu suchen haben. Es hat also vielleicht etwas mit Schuldgefühlen zu tun.«

Ihre Eingeweide gefrieren zu Eis. Doch sie schafft es trotzdem, forsch zu klingen: »Sind es Schuldgefühle, die Sie dazu bringen, Ihr Gesicht zu verbergen? Oder glauben Sie, dass Ihnen das mehr Macht verleiht über die Frauen, die Sie so brutal behandeln?«

»Das ist nun wirklich viel zu seicht und einfallslos.« Er klingt beleidigt. »Konnten Sie an einer meiner Leichen auch nur eine einzige Verletzung finden?«

»Es gibt viele Wege, ein Opfer zu quälen«, sagt Ruth. »Sie haben diese Frauen ihrer Identität beraubt, haben sie sich zurechtgeschnitzt zu Ausgeburten Ihrer eigenen kranken Fantasie.«

»Ich habe ihre wahre Identität *offenbart*.«

»Fünf Frauen. Erniedrigt, eingeschüchtert, gefoltert, vergiftet …«

»Menschen«, korrigiert er sie. »Ich interessiere mich für *Menschen* – und für die Geheimnisse, die sie verbergen.«

»*Menschen* würde bedeuten Männer *und* Frauen. Sie aber haben es ausschließlich auf Frauen abgesehen.«

»Frauen neigen von Natur aus viel mehr dazu, Geheimnisse zu haben. Sie verbergen Dinge, um zu überleben, ordnen ihre eigenen Bedürfnisse unter, verbergen ihre Ressentiments vor denen, die ihnen am nächsten stehen, verschleiern ihre Wut gegen die, mit denen sie allein aufgrund ihres Geschlechts gezwungen sind, ihr Leben zu verbringen, und sublimieren ihre Verbitterung zu etwas Wunderschönem: der Liebe zur Familie und zu ihrem Zuhause. Deshalb sind sie für mich von vornherein interessanter.«

»Frauen ordnen ihre Bedürfnisse unter?«, wiederholt Ruth. »Und das ist *nicht* banal?«

Sie hört ein missbilligendes Knurren und sieht für einen kurzen Moment die Augen wieder aufblitzen, als er sein Kinn hebt, aber nur ganz undeutlich wie ein Gesicht hinter einem Laken. Dann ist er wieder verschwunden.

»Also, warum Kara oder Tali oder Jo und nicht jemand wie Adela? Sie hatte mehr Geheimnisse als die anderen zusammen.«

Er schnaubt verächtlich. »Adelas einziges echtes Geheimnis war, dass sie dachte wie ein Mann.«

»Weil sie es genoss, Sex zu haben ohne irgendwelche Verpflichtungen?«, hakt Ruth nach, weil sie mehr und mehr das Gefühl von Kontrolle bekommt.

»Weil sie Sex als Waffe benutzt hat.«

»Als Waffe?« Ruth kann nicht anders, ihre Neugier ist geweckt.

»Adela bezog ihre finanzielle Inspiration nicht aus irgendwelchen Tabellen, sondern fand sie zwischen den Laken.«

»Bettgeflüster?«, fragt Ruth. »So wurde sie also zu einem solchen Senkrechtstarter in der Finanzwelt?«

»Eigentlich hätte ich erwartet, dass Sie das längst wissen. Da bekommt das Wort *Insider*-Handel eine ganz neue Bedeutung, nicht wahr?« Er lacht – ein kehliges, hässliches

Geräusch. »Sie hat ihren Charme bei Chris Lomax spielen lassen, nachdem sie feststellen musste, dass Barrington nach dem Koitus nicht sonderlich gesprächig war.«

»Sie hat also den Assistenten gevögelt, um an den Boss heranzukommen.«

»Fairerweise muss man sagen, dass es nicht allein um Sex ging«, sagt ihr Entführer. »Und Adela hat keine Informationen *verlangt,* sie hat sich nur interessiert gezeigt. Zum Beispiel hat sie Lomax nach seinem Arbeitstag gefragt. Dabei ging es ihr natürlich eigentlich um *Barringtons* Arbeitstag. Adela hat sich seine Informationen – und *ihn* – ganze drei Jahre lang zunutze gemacht. Gerade lange genug, um genügend Geld anzuhäufen, um ihren Job hinschmeißen und etwas Eigenes aufziehen zu können. Und als sie die Firma verließ, brach sie sämtliche Verbindungen ab.« Er schnippt mit dem Finger. »Einfach so.«

Ruth erinnert sich an den nervösen, unsicheren Assistenten. »Grausam«, sagt sie.

»Frauen haben von Natur aus schlechte Karten«, sagt er. »Und wenn Sex Macht bedeutet – nun, niemand hat je behauptet, dass die Macht immer in der Hand von Männern liegen muss.«

Ruth nimmt im Ton des Entführers Verbitterung wahr und hat das Gefühl, dass ihr etwas entgeht. »Woher wissen Sie das alles?«, fragt sie.

Zunächst steht er schweigend am Fußende des Tischs, seine Silhouette grotesk vergrößert durch den grellen Schein des Lichts. »Ich habe es mir zur Aufgabe gemacht, alles, was es über Detective Chief Inspector Carver zu wissen gibt, in Erfahrung zu bringen. Er führt die Ermittlungen gegen mich.«

»Sie haben ihn gestalkt.«

»Überwacht«, verbessert er sie. »Ihn, Adela, Lomax und Councillor Hill – der übrigens ziemlich in Adela *verschossen* war. Und kurzzeitig auch Sie. Mr. Hills Ehefrau schien mir für eine Weile auch vielversprechend«, fügt er nachdenklich hinzu. »Aber dann sah ich Sie, wie Sie zitternd im Schnee draußen vor Carvers Haus standen …«

»Und da war es um Sie geschehen.«

»Sagen wir, meine Neugier war geweckt. Bis zu diesem Punkt waren Sie stets verschlossen gewesen, ich hielt Sie einfach nur für … langweilig. Aber in jener Nacht wurde mir klar, wie viel Sie tatsächlich zu verbergen haben.«

51

Carver hob den Blick, als hinter den zugezogenen Vorhängen des Schlafzimmers etwas aufblitzte. Er musste gar nicht erst näher hinsehen, um zu wissen, dass es sich um das Blaulicht eines Einsatzfahrzeuges der Polizei handelte. Sollte er die Kiste mit den Akten nun stehen lassen oder mitnehmen?

Lass sie lieber hier, dachte er. *Das könnte sie zu Gaines führen.*

Eilig machte er einige Schnappschüsse mit seiner Handykamera, steckte die Akten zurück in die Box und lief humpelnd die Treppe hinunter.

Im nächsten Moment klingelte es an der Tür, unmittelbar gefolgt von einem Hämmern.

»Ruth Lake«, rief der Beamte. »Polizei. Bitte machen Sie auf.«

Carver blieb zögernd auf der untersten Stufe stehen. Von der Treppe war es nicht weit bis zur verglasten Innentür. Hinter der Haustür zeichneten sich drei massige Gestalten ab. *Ob sie mich sehen können?* Ruths Haustür befand sich noch im Originalzustand: Sie war aus Holz, mit zwei schmalen hohen Fenstern darin. Blieb ihm nur zu hoffen, dass die Schatten im Flur ihn verbargen. Langsam bewegte er sich um den Treppenpfosten herum und ging in gebückter Haltung dicht am Geländer entlang in Richtung Küche. Die Tür stand offen und war seitlich etwas zum Flur versetzt, sodass die Männer draußen das Licht vermutlich nicht wahrnehmen würden, falls er die Tür noch weiter aufstieß. Doch er wollte nichts riskieren, deshalb schlich er sich in das gut beleuchtete Zimmer, ohne die Tür zu berühren, und flehte innerlich, dass sie noch niemanden zur Rückseite des Hauses geschickt hatten.

Wieder wurde gegen die Tür gehämmert.

Die Hintertür hatte ebenfalls Glaseinsätze und war dreifach gesichert. Ein Schlüssel steckte nicht im Schloss.

Verdammt. Mit pochendem Herzen wühlte er in der nächstbesten Schublade und brachte einen Schlüssel zum Vorschein, den er, ohne eine Sekunde Zeit zu verlieren, ins Schloss rammte, als er hörte, wie die Haustür aufgesperrt wurde. Sie hatten es hier mit dem Zuhause einer verwundeten Polizistin zu tun und nicht mit der Bude von irgendeiner Prostituierten. *Natürlich* hatten sie gleich den Schlüsseldienst gerufen.

In der Hoffnung, sie würden sich noch etwas Zeit lassen, um sie nicht zu erschrecken, falls sie hier war, trat er hinaus in die eisige Nachtluft und zog die Tür leise hinter sich zu. Dann huschte er so schnell, wie es ihm mit seinen schwachen Beinen möglich war, durch den Garten. Das Tor war zum Glück nicht abgeschlossen, es hatte nur jeweils einen Riegel oben und einen unten, die sich beide mühelos aufschieben ließen. In Sekundenschnelle war er draußen auf dem schmalen Gässchen, wo ihm ein Gestank nach Hundepisse und vollen Mülltonnen entgegenschlug.

In einer Entfernung von wenigen Metern sah er eine schwarze Gittertür. Das Sicherheitstor hatte er völlig vergessen.

Plötzlich hörte er die Beamten im Haus Ruths Namen rufen, und im nächsten Moment erklang es von der Hintertür: »Hier ist nicht abgesperrt.« Und nach einer kurzen Pause: »Ruth? Ruth Lake? Polizei – könnten Sie bitte antworten?«

Carver sah sich panisch nach einem Versteck um. Eine Gartentür vielleicht, die nicht abgeschlossen war. Doch dann wäre er nur in einem anderen Garten gefangen, und dort *würden* sie suchen, ganz bestimmt. Und dann würden sie ihn erwischen.

Im selben Augenblick hörte er das Schnappen eines Riegels, als die Tür nebenan aufging. Er machte sich bereit. Wie es aussah, gab es keinen Ausweg mehr. Er drehte sich um und sah, wie Peggy ihren grauen Haarschopf herausstreckte.

Sie bedeutete ihm mit einer Geste, in ihren Garten zu kommen, und wies schweigend auf ihre Hintertür. Ungeduldig scheuchte sie ihn darauf zu. Sie blieb, wo sie war, nur in Pantoffeln und Regenjacke, die sie sich locker um die Schultern gelegt hatte.

»Was ist denn da drüben los?«, rief sie in entrüstetem Tonfall über die Mauer. »Ihr haut besser ab, ich habe nämlich die Polizei gerufen.«

»Wir *sind* die Polizei«, antwortete eine Stimme.

»Das können Sie Ihrer Großmutter erzählen.«

Inzwischen war Carver ungesehen in die Küche der alten Frau gelangt.

Einen Moment später hörte er Peggy rufen: »Herr im Himmel, Sie Hornochse. Wollen Sie einer alten Frau einen solchen Schrecken einjagen, dass sie einen Herzinfarkt kriegt?«

Er nahm an, dass einer der uniformierten Polizisten über die Mauer schaute, um den Nachbargarten zu überprüfen. Jedenfalls hörte er ein gemurmeltes: »Entschuldigen Sie.«

»Los, verschwinden Sie von hier«, fauchte Peggy, ehe sie die Tür zuschlug und absperrte.

Als sie sich zu Carver umdrehte, hatte sie ein breites Grinsen im Gesicht. »Ich glaube nicht, dass die so bald bei *mir* gegen die Tür hämmern«, sagte sie. »Haben Sie, was Sie wollten?«

Carver nickte. »Jedenfalls zum Teil.«

Sie führte ihn weiter in den Flur und ließ ihn auf der Treppe sitzen, während sie zur Haustür ging, um sie einen Spaltbreit zu öffnen.

»Ich halte Wache und sage Ihnen, sobald die Luft rein ist.«

Nach wenigen Minuten drehte sie sich zu ihm um. »Sie sind jetzt alle drinnen. Schaffen Sie den Weg?«

Carver stand auf und setzte vorsichtig einen Fuß vor den anderen. »Ja. Ja, ich glaube, das geht.«

»Sicher? Ich könnte Ihnen nämlich meinen Trolley zum Aufstützen borgen, wenn Sie möchten.«

»Ich schaffe das schon«, sagte er mit einem Lächeln.

Noch einmal überprüfte sie die Straße, ehe sie ihn herbeiwinkte. »Gehen Sie nach links, bis zur Smithdown Road sind es nur ungefähr fünfzig Meter. Von dort können Sie ein Taxi nehmen.«

Carver starrte sie voller Bewunderung an.

»Was ist?«, fragte sie.

»Sie sind mir schon eine, Peggy Connolly.«

»Ach, Sie hätten mich früher erleben sollen, als ich jung war«, entgegnete sie.

52

Ruth Lake steht in Flammen. Hellwach, aber ohne ein Gefühl in den Muskeln, zu keiner Bewegung fähig. Ihre Augen sind zugeklebt, sie ist mit Gurten fest an den Tisch geschnallt. Ihr Unterarm fühlt sich an wie nach einem Sonnenbrand, den man mit Schleifpapier behandelt hat.

Er macht sich wieder an ihrem Arm zu schaffen. Tausendmal hat er ihre Haut durchlöchert, zwischendurch ersetzt er die Dornen, die er dazu verwendet. Sie hört, wie er sie ungefähr alle fünfzehn Minuten auswechselt und in eine Plastikbox wirft wie ausrangierte Bleistifte.

»Mit einer Nadel wäre es einfacher«, sagt er. »Aber es wäre weniger authentisch.« Seine Stimme klingt wegen des Verzerrers immer noch tief und dröhnend.

Sie fragt sich, warum er ihn trägt, wo ihr doch die Augen verbunden sind. *Weil du ihn kennst und er nicht will, dass du eine Verbindung zu ihm herstellst. Und er will, dass du für ihn nichts weiter als ein Objekt bist.*

In regelmäßigen Abständen hält er inne und reibt ihr Kohlepulver in die wunde Haut. Es brennt wie glühende Kohlen. Dann macht er sich wieder an die Arbeit und sticht erneut auf die geschwollene, entzündete Hautfläche ein.

»Ihr erstes Auge der Wahrheit ist schon halb fertig.«

So nennt er es also?

»Wie fühlt es sich an?«

Ihr Atem geht flach und schnell, Schweiß dringt ihr aus jeder einzelnen Pore. Schmerzhaft hämmert ihr Herz gegen ihren Brustkorb.

»Verpissen Sie sich«, sagt sie, und er lacht.

»Wenn wir erst einmal richtig anfangen, werden Sie keinen Pieps mehr von sich geben, also brüllen Sie ruhig, solange Sie noch in der Lage sind dazu.«

Sie schlägt ihm eine alternative Verwendung für seine Dornen vor, eine, die mit einer gewissen Körperöffnung zu tun hat.

Er übergeht ihre Bemerkung. »Ich habe dieses Mal nur ein Muskelrelaxans und Barbiturate verwendet, weshalb Sie bloß leicht betäubt sind. Für die größeren Flächen werde ich Sie vollständig bewegungsunfähig machen müssen, selbstverständlich mit Venenkatheter und Beatmungsgerät, aber ohne Anästhesie oder Schmerzmittel. Sie werden es bei vollem Bewusstsein erleben.«

Vor Schmerzen fiebernd, versucht Ruth, ihn auszublenden, doch seine Stimme bohrt sich beharrlich in ihren Schädel. Sie kommt nicht dagegen an; eine Träne quillt unter ihrem Lid hervor.

»Das brennt, nicht wahr?«, fragt er.

Gehe auf Distanz dazu, denkt sie. *Achte nicht auf den Schmerz. Du weißt, wie das funktioniert.* Sie verlangsamt ihre Atmung und konzentriert sich auf die Wolke, die sie in ihrer Vorstellung heraufbeschwört. Auf einem kühlen Luftzug wird sie von ihr davongetragen, meilenweit weg, ihr schmerzender Arm ist nicht länger ein Teil von ihr.

Jetzt, da sie die Schmerzen unter Kontrolle hat, ist ihr Kopf frei, und sie kann wieder denken. Die Gedanken rasen, sie geht ihren letzten Wortwechsel noch einmal durch:

Er hat Carver und Adela und Lomax überwacht. *Und Sie,* hört sie die Stimme in ihrem Inneren sagen. So hat er Lomax auf dem Parkplatz von LC&K Assets abfangen können; so ist es ihm geglückt, ihnen im Laufe der Ermittlungen stets einen Schritt voraus zu sein. Er war in Carvers Wohnung, in ihrem Haus – hat vielleicht sogar Carvers Notizen gelesen, noch während er sie ausarbeitete, wurde Zeuge seines rapiden Verfalls, nachdem man Karas Leichnam gefunden hat.

Aber er hat Lomax am helllichten Tag mitten auf einem Parkplatz im Stadtzentrum ermordet. Das sah ihr ganz nach einer Verzweiflungstat aus.

»Sie haben es vergeigt«, sagt sie.

Sie hört, wie er überrascht nach Luft schnappt, fühlt einen stechenden Schmerz, als er den Dorn versehentlich tiefer in ihre Haut treibt als beabsichtigt.

»Vorsicht«, sagt er. »Wir wollen doch keinen Fehler machen.«

»Ich sollte den Zusammenhang zwischen Lomax und Adela nicht herstellen – Sie dachten, dazu wäre ich gar nicht in der Lage.«

»Soweit ich mich erinnere, waren Sie dort, um mit seinem Chef zu sprechen«, sagt er.

Doch ihr entgeht nicht, dass er sich nicht wieder an die Arbeit am Tattoo gemacht hat.

Ruth verspürt eine brennende Taubheit in ihrem Arm. Gerät das Akonitin allmählich in ihren Organismus? *Lass nicht zu, dass deine Angst die Kontrolle übernimmt.* Sie zwingt sich, sich wieder auf das gegenwärtige Problem zu konzentrieren.

»Wie hat Lomax Adela gefunden? Sie war so vorsichtig. Sie hat ihr Haus aufgegeben, ist anonym in eine Wohnung gezogen, ohne selbst dem Concierge etwas davon zu sagen …« Sie verstummt. »Ist es Ihnen so gelungen? Haben Sie Lomax in dieser Nacht zu Adela ins Hotel geschickt?«

Ein weiterer stechender Schmerz durchfährt sie, dann beginnen die Qualen von Neuem. *Okay, diesmal bist du am Ziel vorbeigeschossen.* Sie kümmert sich nicht um die höllische Pein, sondern lässt sich darauf treiben. Er *hat* einen Fehler gemacht, so viel ist sicher. Man kannte Adela im Old Bank Hotel – sie war dort Stammgast –, aber der Mann an der Rezeption meinte, sie kam erst seit etwa sechs Monaten dorthin. Also muss sie vorher woanders abgestiegen sein. Wenn Lomax in jener Nacht nicht im Hotel war, konnte er Adela auch nicht nach Hause gefolgt sein. *Es sei denn …*

»Sie haben Lomax die Adresse zu Adelas Wohnung am Fluss gegeben.«

»Sie sind nicht ganz klar im Kopf«, sagt er.

»Sie fanden Vergnügen daran zu beobachten, wie Carver zusehends tiefer sank. Aber Adela war eine Art Ventil für ihn, etwas, das ihn von dem Fall abgelenkt hat. Sie wollten sie loswerden, deshalb haben Sie ihr Lomax auf den Hals gehetzt. Womit Sie allerdings nicht gerechnet hatten, war, dass er sich auch Carver vornehmen würde.«

Der Atem des Killers gerät hinter der Maske ins Stocken, und sie weiß, dass sie einen wunden Punkt getroffen hat.

»Lomax hat überreagiert«, sagt er. »Deswegen habe ich mich um ihn gekümmert.«

»Sie haben ihn eiskalt ermordet.«

»Ich habe Ihnen das Leben gerettet.«

»Sehr witzig«, sagt Ruth.

»Warum lachen Sie dann nicht?«

»Sie haben ihm in Adelas Namen eine E-Mail geschickt. Nein«, korrigiert sie sich. »Eine Nachricht aufs Handy. Vermutlich von einem Prepaid-Handy aus, ganz wie in den guten alten Zeiten. Vielleicht haben Sie ihm eine Geschichte aufgetischt von wegen, wie sehr sie es bereue, mit ihm Schluss gemacht zu haben. Er ging in Adelas Wohnung; ich nehme an, dass sie die Waffe zog, es kam zu einem Handgemenge, dann erschoss er sie aus Versehen und entschied, es so aussehen zu lassen, als wäre Carver der Mörder.«

Es folgt ein Augenblick der Stille. »Ihre Theorie hat nur eine Schwachstelle«, sagt er, während er mit dem Daumen unsanft weiteres Kohlepulver in die frisch gestochenen Wunden reibt. »Woher hätte Lomax wissen sollen, wo Carver wohnt?«

Gegen ihren Willen stöhnt Ruth vor Schmerzen auf. *Er will dich ablenken, weil du der Sache fast auf den Grund gegangen bist. Bleib dran.* Lomax war besessen. Und was macht so eine Besessenheit mit einem in einer Beziehung? Plötzlich weiß sie es.

»Er hat Adela gestalkt, bevor sie untergetaucht ist.«

Er treibt den Dorn wieder und wieder in ihre Haut, nur dass sie es kaum mehr spürt; ihre Aufregung betäubt den Schmerz.

»Und inwiefern ist das relevant?«, will er wissen.

»Er hat das getan, was Stalker tun«, sagt Ruth. »Er ist ihr gefolgt, hat sie beobachtet, hat ihre Gewohnheiten ausgekundschaftet: wann sie geschäftliche Meetings hatte, wann sie sich mit ihren Dates im Hotel traf, in welches Zimmer sie eincheckte. Vielleicht hat er sich sogar zu ihrem Hotelzimmer geschlichen und sie belauscht. Hat zugesehen, wie die Männer bei ihr ein und aus gegangen sind. Hat er Sie ein paarmal gesehen, wie Sie sie beobachtet haben? Hatten Sie Angst, er könnte Sie erkennen?«

Ein plötzliches Klicken, und der Raum ist in tiefe Dunkelheit getaucht. Die Schwärze wird noch verstärkt durch das Pflaster, das er ihr über die Augen geklebt hat. Ihr Körper kühlt allmählich ab, während der linke Arm in Flammen steht. Ruth lauscht auf Schritte und wagt kaum zu atmen.

Ein kühler Luftzug, dann fällt die Tür mit einem lauten Scheppern ins Schloss. Sie ist wieder allein.

»Volltreffer«, murmelt sie.

53

Als Carver im Taxi saß, wählte er Gaines' Handynummer, die Ruth sorgfältig in ihren Unterlagen notiert hatte. Er meldete sich nicht. Also versuchte er es auf dem Festnetz, doch der Anruf wurde direkt weitergeleitet auf die Mailbox. Die Nummer hatte die Vorwahl 727, er musste also in derselben Gegend wohnen wie Carver. Allerdings erstreckte sich dieser Vorwahlbereich über ein recht großes Stadtgebiet, vom Sefton Park bis Aigburth und dann weiter bis zur Ullet Road.

An der nächsten Ampel schob der Fahrer die Trennscheibe beiseite und rief ihm zu: »Wissen Sie denn jetzt, wo Sie hinwollen? Ich muss nämlich bald mal eine Pause einlegen.«

Carver steckte ihm eine Zwanzig-Pfund-Note zu. »Fahren Sie einfach weiter um den Block«, sagte er.

Er versuchte es in der Telefonzentrale der Universität; wo man ihn zu Dr. Gaines' Büro durchstellte, doch auch dort ging niemand ran. Vielleicht bekam er in der Personalabteilung jemanden dazu, ihm die Adresse zu nennen? Noch einmal probierte er es in der Zentrale, hatte aber auch diesmal kein Glück. Er bekam nur eine Bandansage zu hören mit dem Hinweis, die Personalabteilung sei ab sechzehn Uhr wegen einer Fortbildung unbesetzt.

Jetzt blieb ihm nur noch eine Möglichkeit. Eine Inverssuche. Er tippte an die Scheibe und bat den Fahrer, ihn zum Canning Place zu fahren, wo er im letzten Licht der Dämmerung im Polizeirevier eintraf. Er benutzte den Hintereingang, erleichtert, dass sein Mitarbeiterausweis ihm nach wie vor die Tür öffnete. Er nahm den Aufzug, hinauf zum Einsatzraum des Dornenkiller-Teams, und sah sich unterwegs mit keinen schlimmeren Hürden konfrontiert als mit vereinzelten schiefen Seitenblicken. Der Raum lag verlassen da: Offenbar war jeder verfügbare Beamte draußen unterwegs auf der Suche nach Ruth. Man hatte einiges umgestellt, um mehr Platz für Mitarbeiter zu schaffen, und im ersten Moment hatte er Schwierigkeiten, Ruths Schreibtisch zu finden. Zum Glück half ihm eine junge Assistentin aus, die zufällig reinkam, und führte ihn hin. Dann wartete sie ab, bis er sich gesetzt hatte.

»Wie geht es Ihnen?«, erkundigte sie sich.

»Nicht ganz so gut«, gab Carver zu. »Irgendwelche Neuigkeiten?«

»Man hat ein Team zu ihr nach Hause geschickt. Keine Spur von Ruth, aber jemand hat dort herumgeschnüffelt. Die Spurensuche ist jetzt vor Ort.«

Er nickte, fühlte sich aber zugleich schuldig, dass seinetwegen personelle Ressourcen verschwendet wurden, die woanders viel dringender gebraucht wurden.

»Kann ich Ihnen irgendetwas bringen?«, fragte sie. Offenbar wollte sie nicht gehen.

»Nein«, sagte er. »Danke. Ich werde nur …« Er deutete auf den Stapel Unterlagen auf Ruths Schreibtisch, ohne weiter auszuführen, was er damit vorhatte.

Endlich ging sie, aber erst, nachdem sie ihn gebeten hatte, sie zu rufen, falls er etwas brauchte.

Carver benutzte Ruths Passwort, um sich an ihrem Computer einzuloggen, und wählte sich in das System für die Rückwärtssuche ein, um zu Gaines' Nummer die entsprechende Adresse zu erhalten. Dann rief er die Website der Universität auf und fand ein Foto des Akademikers: ein gepflegter, grauhaariger Mann mit einem Hauch New-Age-Hippie. Er wirkte im Grunde harmlos, doch aus seinen vielen Jahren Berufserfahrung im Polizeidienst wusste Carver, dass der äußere Eindruck täuschen konnte. Während er sich innerlich wappnete, um aufzustehen, fiel sein Blick auf den Beweismittelbeutel im Posteingangsfach am Rand des Schreibtischs. Darauf stand gut lesbar »CCTV, School Lane«. Er warf einen kurzen Blick auf Ruths Notizen zu den Videobändern. Vor allem einen Vorfall, den sie auf den Aufnahmen gefunden hatte, hatte sie dokumentiert: Eine Frau hatte sich in der Nacht, als Kara Grogan zuletzt gesehen wurde, mit ihr unterhalten. Ruth hatte sich gefragt, ob Kara der Frau gesagt hatte, wohin sie wollte. Er nahm den Beutel zur Hand und fand noch vier weitere darunter.

Verdammt. Er konnte nicht einfach mit den Bändern hier rausspazieren. Wie lautete die Beweismittelnummer, die Ruth sich notiert hatte? Er wühlte in seiner Tasche und scrollte durch die Fotos, die er bei ihr im Haus gemacht hatte. Er glich die Nummer mit denen auf den Beuteln ab und stellte fest, dass es der zweite im Stapel war. Er drehte sich auf dem Stuhl herum und wollte gerade gehen, als er registrierte, dass Ivey ihm den Weg versperrte.

»Sie können nicht einfach damit von hier verschwinden, Sir«, sagte er freundlich, aber bestimmt.

»Der Dornenkiller hat Ruth«, sagte Carver.

Der junge Mann runzelte die Stirn. »Nein... Lomax hat versucht, sie zu entführen, und sie...«

»Ich weiß, was die sagen, aber das ist Quatsch.«

Ivey schüttelte den Kopf.

»Überlegen Sie doch«, sagte Carver. »Lomax' Wagen stand in Sichtweite des Polizeipräsidiums. Warum hat sie nicht einfach die Straße überquert und ist hier reinspaziert?«

»Sie hatte einen Schlag auf den Kopf bekommen, vermutlich hatte sie eine Gehirnerschütterung.«

Carver holte Luft. »Okay … falls sie tatsächlich eine Gehirnerschütterung hatte, dann ist sie vielleicht eine Weile durch die Straßen geirrt. Aber bei den vielen Überwachungskameras im Stadtzentrum hätte man sie doch in maximal zehn Minuten finden müssen. Hat man aber nicht. Wenn sie eine Gehirnerschütterung hatte und *verstört* war, wäre sie vermutlich in ein Taxi gesprungen und nach Hause gefahren. Ich weiß, Parsons hat ein Team zu ihr nach Hause geschickt. Dort ist sie aber nicht, stimmt's?«

Ivey schüttelte wieder den Kopf.

»Haben unsere Leute dort *irgendwas* gefunden?«

Gehetzt sah Ivey sich im Zimmer um. »Ihre … äh … inoffiziellen Akten.« Er senkte seine Stimme. »Sie hat zu Hause an dem Fall gearbeitet. Parsons ist gar nicht glücklich damit.«

»Ich würde sagen, das ist vorerst unser geringstes Problem, finden Sie nicht?«

Ivey wurde rot. »Sie werden auf diesen Aufnahmen ohnehin nichts Interessantes finden«, sagte er. »Ruth hätte darauf hingewiesen, wenn sie auf etwas Bedeutsames gestoßen wäre.«

»Manchmal weiß man im ersten Moment nicht, ob eine Sache von Bedeutung ist oder nicht«, sagte Carver. »Erst wenn sich die Tatsachen verdichten, gewinnen die Dinge an Signifikanz.«

Iveys Stirnrunzeln vertiefte sich, und Carver zwang sich, Ruhe zu bewahren und sich die Zeit zu nehmen, Ruths Erkenntnisse darzulegen. Geduldig erzählte er Ivey von der Frau, die mit Kara gesprochen hatte, kurz nachdem sie das Theater verlassen hatte.

Der junge Detective Constable trat von einem Fuß auf den anderen. »Ich weiß nicht … ich habe ohnehin schon Kopf und Kragen riskiert, Sir.«

Carver holte tief Luft und versuchte es erneut: »Hören Sie, wenn Kara dieser Frau wirklich erzählt hat, wohin sie wollte, dann könnten wir uns wenigstens die Überwachungsbänder von den Kameras entlang ihres Wegs ansehen. Was uns wiederum helfen könnte, den Ort zu lokalisieren, an dem man sie aufgegabelt hat. Dann bekommen wir vielleicht ein Nummernschild oder ein Bild des Entführers …«

Ivey stieß ein Seufzen aus. »Okay … okay … Ich werde mit DCI Parsons reden, vielleicht können wir ein paar Leute darauf ansetzen.«

»Sehen Sie sich doch um, mein Junge«, sagte Carver und deutete mit einer Geste in den leeren Raum. »Alle sind da draußen auf der Suche nach Ruth, es könnte *Stunden* dauern, bis da ein Team zusammengestellt ist. Sie sind hier, und ich bin hier. Jetzt, hier, mit den Beweisstücken. Was soll es schaden, wenn wir einen kurzen Blick darauf werfen?«

Als Ivey den Kopf sinken ließ, wusste Carver, dass er gewonnen hatte. Er hielt dem jungen Detective die CD hin, die dieser widerstrebend ergriff.

»Konzentrieren Sie sich auf die Minuten, nachdem Kara während der Vorstellung von Jasmine Hart vor die Tür gesetzt worden war.« Carver kniff die Augen zu, teils um sich zu konzentrieren, zum Teil aber auch, weil der Raum begonnen hatte, sich zu drehen. »Acht Uhr vierunddreißig am Abend«, sagte er matt.

Als er hörte, dass Ivey das Siegel an dem Beweismittelbeutel löste, richtete er sich auf und öffnete vorsichtig die Augen. Der Raum lag ruhig da. Bedächtig stellte er die Füße nebeneinander, richtete den Blick auf die etwa fünf Meter entfernte Tür und machte sich bereit, sich vom Stuhl hochzustemmen.

»Warten Sie, wo wollen Sie hin?«, fragte Ivey.

»Wenn ich mir bewegte Bilder ansehe, muss ich mich möglicherweise übergeben«, sagte Carver. »Was wissen Sie über Dr. Lyall Gaines?«

Der jüngere Beamte zuckte mit den Schultern. »Nichts.« Anscheinend sagte ihm noch nicht einmal der Name etwas.

»Na schön«, gab Carver zurück. »Finden Sie diese Frau auf den Bändern. Vielleicht kann sie uns weiterhelfen.«

54

Ruths Entführer umkreist sie rastlos. Verborgen im Schatten, schleicht er um sie herum wie eine Katze. Er achtet sorgfältig darauf, sich hinter dem Vorhang aus Licht zu halten, der Ruth in seinen grellen Schein taucht. Er ist nichts weiter als eine Silhouette, so verzerrt wie seine elektronisch veränderte Stimme. Der lodernde Schmerz in ihrem Arm hat etwas nachgelassen, weshalb sie sich die Frage stellt, ob sie unter Schock steht. Entweder er hat wieder an ihr gearbeitet, oder das Gift dringt allmählich in ihr System vor, denn das dumpfe, heiße Pochen erstreckt sich mittlerweile von ihrem Unterarm bis hinauf über den Ellbogen.

»Warum *verstecken* Sie sich?«, fragt sie.

»Eine viel interessantere Frage wäre, warum *Sie* es tun«, entgegnet er.

Ruth ignoriert die Gegenfrage. »Wir wissen beide, dass ich hier nicht lebend rauskomme. Ich werde Sie also nicht identifizieren müssen. Nun sagen Sie schon, *warum* tun Sie es?«

Ihr Entführer scheint darüber nachzudenken. »Lesen Sie in der Bibel, Sergeant?« Sie antwortet nicht auf seine Frage, deshalb fährt er fort: »Das sollten Sie, wirklich. Der Name Ihrer Mutter lautete Jacobs, soviel ich weiß. Und weil im Judentum die Matrilinearität gilt, macht Sie das zu einer

Jüdin. Das Alte Testament ist also ein elementarer Bestandteil Ihres Erbes.«

»Ich gehöre keiner Religion an.«

»Sie können Ihre Religion leugnen«, sagt er, »aber Ihre Abstammung können Sie nicht verhehlen. Sie sollten das Buch Ruth lesen: Ihre Namensvetterin war eine Moabiterin, die einen Israeli heiratete. Eine loyale, selbstbewusste, listenreiche Frau. Als ihr Ehemann starb, hätte sie zu ihren eigenen Leuten zurückkehren können, doch sie suchte sich einen neuen Mann. Allerdings blieb sie bei ihrer Schwiegermutter.« Er macht eine Pause. »Sehen Sie schon, worauf ich hinauswill?«

»Nein.« Ihre Antwort ist absolut aufrichtig, doch Ruth ist sich mit jedem Wort, das der Mann spricht, zunehmend sicherer… der belehrende, wichtigtuerische Ton, die herablassende Haltung, die Bezüge auf Herkunft und kulturelles Erbe.

»Gut, gut, wir werden noch darauf zurückkommen«, sagt er. »Jo Raincliffe verstand die Vorzüge der Anonymität in Beichtangelegenheiten: Sie hat mir Geheimnisse und Fehltritte verraten, die bis zurück in ihre Kindheit reichten – nur dass sie römisch-katholischen Glaubens war, da ist man der Beichte gegenüber feindseliger eingestellt.«

»Sie verbergen also Ihre wahre Identität, damit ich… was… die Beichte ablegen kann, ohne dass ich mich vor Ihnen *schämen* muss?«

»Das ist eine einzigartige Gelegenheit. Werden Sie sie wahrnehmen?«, fragt er, weil er ihren Sarkasmus entweder nicht bemerkt oder nicht anerkennen will.

»Ich bin keine Expertin, aber haben Sie da nicht was falsch verstanden? Ist es nicht normalerweise so, dass der Sünder genau weiß, wem er seine Vergehen gesteht?«

»Wir haben es hier nicht mit einer konventionellen Beichtsituation zu tun.« Sie glaubt, einen amüsierten Unterton herauszuhören. »Aber Jo hat ihr Leben mit einem reinen Gewissen beendet und mit leichtem Herzen.«

»Jo hat ihr Leben nicht beendet – das waren Sie.« Ihrer Stimme fehlt es an Kraft, aber ihre Worte scheinen ins Schwarze getroffen zu haben. Er hält inne, und für kurze Zeit hört das ständige Wechseln von Licht und Schatten auf.

»Da ist was dran«, sagt er schließlich. »Aber man sagt, so eine Beichte sei gut für die Seele.«

Ruth erwidert nichts darauf, sondern denkt nur über das Gehörte nach. Trotz seiner klaren Aussprache nimmt sie in seiner verzerrten Stimme eine Spannung wahr – möglicherweise sogar eine gewisse Gereiztheit.

»Da Sie Ihren eigenen Angaben nach nicht religiös sind, haben Sie vielleicht Kafka gelesen?«, fragt er und beginnt wieder, auf und ab zu laufen. »In einer seiner Erzählungen, *In der Strafkolonie* heißt sie, kommt ein Apparat vor, der die Körper der Verurteilten mit Hunderten von Nadelstichen durchbohrt. Wieder und wieder schreibt die Maschine den Gefangenen die Gesetze auf den Leib, gegen die sie verstoßen haben, treibt sie tiefer und tiefer in ihre Haut hinein. Bis es sie nach etwa zwölf Stunden tötet. Die Schönheit dieses Prozesses besteht darin, dass dem Verurteilten nicht mitgeteilt werden muss, was man ihm vorwirft oder wie seine Strafe lautet. Das übernimmt der Apparat, bis es die verurteilte Person letzten Endes versteht. Sie gelangt zur Erleuchtung.«

»Sie sehen sich also als Richter und Henker in einem?«

»Das wäre eine zu vereinfachende Interpretation«, sagt er. »Sie hören nicht richtig auf das, was ich Ihnen mitzuteilen versuche.«

»Oh … Ich habe Sie enttäuscht.«

»Kümmert Sie das?«, fragt er. »Haben Sie Ihre Eltern enttäuscht, Ruth? Damit dass Sie zur Polizei gingen, wo Sie doch einen anständigen Beruf hätten ergreifen können wie jedes gute jüdische Mädchen?«

Er hat sie falsch eingeschätzt. Ruth versucht schon seit ihrer Kindheit, Leute zu durchschauen. Dieser Mann verfügt nicht über das gleiche Talent wie sie. Er macht sich Schmerz und Angst zunutze, holt die Geständnisse aus seinen Opfern mithilfe von Grausamkeit heraus. Diese Erkenntnis verleiht ihr Macht.

»Jüdisches Mädchen, das der Mutter gefallen will – was Besseres kriegen Sie nicht zustande?«, fragt sie.

Er stößt ein leises Lachen aus. »Ablenkungen, Irreführungen, auf Fragen mit Gegenfragen kontern; Sie haben ein beachtliches Arsenal auf Lager.«

Nicht auf den Schmerz in ihrem Arm achtend, zwingt Ruth ihre Mundwinkel zu einem angedeuteten Lächeln. »Ich bin wie ein offenes Buch. Lesen Sie in mir.«

»Oh, *das* tue ich.«

Lügner. »Na schön. Dann sagen Sie mir doch, was ich in diesem Moment denke.«

Ein kaum merkliches Zögern. »Sie haben Angst.«

»Ach was …«

Sie hört ihn scharf einatmen. Durch den Stimmenverzerrer klingt es wie Wasser, das gurgelnd durch eine Regenrinne rauscht.

Sie hat diese abfällige Bemerkung ganz gezielt eingesetzt, weil sie genau wusste, dass ihn das vor den Kopf stoßen würde. »Jedenfalls ist es nicht meine Angst, die Sie wollen, nicht wahr? *Geheimnisse* sind es, die Ihnen einen Kick geben.«

»Das ist primitiv und unangebracht.«

»Hey, Sie sind doch derjenige, der mich quasi nackt an einem Tisch festgeschnallt hat«, entgegnet Ruth.

In diesem Moment hat sie schreckliche Angst. Aber sie zwingt sich dazu weiterzumachen, setzt noch den letzten Rest ihrer Willenskraft ein, um ihn weiter zu bedrängen. Denn wenn sie einfach aufhört, knickt sie garantiert ein und sagt ihm alles, was er wissen will. »Wie würden Sie das nennen?«

»Ich bin nicht hier, um Ihre Fragen zu beantworten.«

»Nein«, gibt Ruth zurück. »Sie wollen Antworten. Nun, erwarten Sie nicht, dass ich es Ihnen allzu leicht mache.«

»Sie klingen zwar ruhig, aber der Puls in Ihrer Halsschlagader verrät Sie.«

Bastard. Elender Bastard... Sie konzentriert sich auf ihre Atmung, und als sie bereit ist, sagt sie: »Es ist wahr – ich scheine keine Kontrolle mehr über meine Herzfrequenz zu haben. Meine Atmung lässt sich leichter regulieren. Aber ich bin ein Ass, was Mikromimik, Mikrogesten, Veränderungen der Haltung und Stimmenmodulation betrifft – die ganze Bandbreite an Ausdrucksformen. Damit arbeite ich schon seit vielen Jahren.«

»Selbst gefesselt und so gut wie nackt an einen Tisch geschnallt sind Sie also noch zu einer derartigen Prahlerei fähig. Wie *schön* für Sie.«

Er tätschelt ihren Arm, sodass Ruth wie schon zuvor seine rauen Finger spürt. Sie atmet den Drang, angesichts seiner Berührung zu schreien, weg und versucht vorauszudenken: Es reicht nicht, bloß am Leben zu bleiben – sie muss einen Weg finden, von hier zu verschwinden.

»Was ich gerne wüsste, ist, wie Sie sich diese Strategien angeeignet haben. Mussten Sie sich vor jemandem *verste-*

cken? Hat Daddy heimlich Spielchen mit Ihnen gespielt, als Sie noch ein kleines Mädchen waren?«

Er tappt völlig im Dunkeln. Mit zunehmendem Selbstvertrauen schaltet Ruth ihr analytisches Denken ein. Sie kennt die Details jedes einzelnen Obduktionsberichts auswendig. Keine der Frauen wies irgendwelche Wunden auf, es gab keine Druckstellen, deshalb muss er ihnen erlaubt haben, sich frei zu bewegen. Oder zumindest hat er sie von Zeit zu Zeit ihre Position auf dem Tisch wechseln lassen. Das bedeutet, dass er die Gurte entfernt hat. So etwas wäre für sie die perfekte Gelegenheit zu entkommen, aber nicht, solange er sie mit Drogen unbeweglich macht.

»Sergeant?«

»Sie wissen nichts über meinen Vater.«

»Ich weiß, dass er tot ist. Ich weiß, *wie* er gestorben ist. Haben Sie denn schon vergessen, dass ich mir Ihr Album angeschaut habe?«

Ruth verweigert ihm eine Antwort. Stattdessen lässt sie die Augen zufallen.

»Antworten Sie mir.«

Ruth spürt den boshaften Stich eines Dorns, tief stößt er in ihr Fleisch. Sie japst nach Luft, erlebt dann aber einen Augenblick des Triumphs. Er lässt sie damit seinen Frust und seine Verärgerung spüren. *Treib es bloß nicht zu weit mit ihm.* Sie fährt sich mit der Zunge über die Lippen, schlägt die Augen auf. »Wie lautete noch einmal die Frage?«

»Mit Ihren Spielchen kommen Sie bei mir nicht durch«, sagt er.

»Hey«, erwidert Ruth, ihre Aussprache plötzlich wieder undeutlich. »Wenn Sie massenhaft Muskelrelaxanzien und Beruhigungsmittel in mich reinpumpen, was erwarten

Sie?« Ihre Botschaft ist unmissverständlich: Wenn er etwas aus ihr herausholen will, wird er sich mit der chemischen Keule etwas zurückhalten müssen.

Es folgt längere Stille. Angestrengt lauscht sie auf ein Geräusch von ihm, doch er muss den Stimmenverzerrer ausgeschaltet haben, denn sie kann noch nicht einmal das übertrieben laute Rasseln seines Atems hören. Nach einer Weile vernimmt sie deutlich ein Klicken, als er den Schalter betätigt.

»Wollen Sie mit mir *verhandeln,* Sergeant?«

»Ein Handel«, sagt sie. »Ich gebe Ihnen etwas, dafür geben Sie mir etwas.«

Wieder entsteht eine Pause. »Das könnte tatsächlich ganz unterhaltsam werden«, sagt er. »Fangen Sie an.«

Sie lacht. Ein Lachen, das nicht viel mehr ist als ihr mühsam hervorgepresster Atem, doch sie merkt, wie sein Schatten sich hastig aufrichtet, als hätte sie ihm einen regelrechten Stoß verpasst.

»Wir wollen doch fair bleiben«, sagt sie. »Sie haben meine Akten gelesen, in meinem Album geblättert – darin sind viele Geheimnisse enthalten. Deshalb schulden Sie mir etwas.«

Sie hört, wie er dreimal tief durchatmet: ein … aus, ein … aus, ein … aus, es klingt wie das maschinelle Atmen eines Weltraumbösewichts. Dann sagt er völlig unerwartet: »Fragen Sie.«

»Ich bin noch nicht drauf gekommen, wie Sie Ihre Opfer aufgetrieben haben …«

»›Noch nicht‹. Glauben Sie denn, dass Sie dazu Gelegenheit haben werden, Sergeant Lake?«

Sie schließt die Augen, um nichts von ihrer heimlichen Hoffnung preiszugeben. »Nein«, sagt sie und legt bewusst ein Zittern in ihre Stimme. »Ist es denn zu viel verlangt, endlich Klarheit zu wollen?«

Er zieht sich zurück, tiefer in den Schatten, ein sicheres Zeichen seiner Verletzlichkeit. Endlich sagt er: »Fahren Sie fort.«

»Ich denke, diese Frauen haben allesamt mediale Lesungen besucht.«

»Sie halten mich also für ein Medium?«

»Nein, ich halte Sie für einen Opportunisten.«

»Nicht schlecht. Aber Kara hat nicht an Parapsychologie oder Medien geglaubt. Warum hätte sie sich Hilfe bei einem holen sollen?«

»Sie stand kurz vor dem Vorsprechen zu einem Film. Sie wollte eine überzeugende Vorstellung liefern.«

»Hm, der Film … Ja, dass Sie darauf gekommen sind, war schon ein starkes Stück.«

Sein Ton klingt herablassend, deshalb passt sie sich ihm an. »Oh ja, und um das herauszufinden, musste ich sie gar nicht erst foltern.«

»Ihre Frage?«

»Sie saßen im Publikum und hörten zu, wie die Menschen ihre tragischen Geschichten vortrugen. Unter denen haben Sie sich die Schwächsten ausgesucht.«

»Ich habe keinerlei Interesse an Leuten, die gern im Mittelpunkt stehen und völlig ungeniert Hunderten von Fremden ihr Herz ausschütten.«

Ruth überlegt und formuliert das, was sie als Nächstes zu sagen hat, als Feststellung, weil sie befürchtet, er würde ihr nur eine einzige Frage zugestehen: »Sie haben jene Frauen ausgewählt, die um private Sitzungen baten.«

Er schnaubt verächtlich. »Wieder falsch. Diese Sorte ist doch kein bisschen besser als die widerlichen Selbstbeweihräucherer, die ihr schäbiges Dasein vor anderen ausbreiten.«

»Dann verstehe ich das alles nicht«, sagt Ruth.

»So schnell wollen Sie aufgeben?«, fragt er. »Sie haben schon verstanden. Immerhin führen Sie doch laufend Zeugenverhöre.«

Er hat angebissen. Jetzt denk scharf nach! Ruth erinnert sich an ihr Gespräch mit Karas Mitbewohnern. Angela, vorlaut, aggressiv, redete nur zu bereitwillig über Karas Fehler; Lia, die nichts als hohle Phrasen von sich gab über Karas angebliche Reserviertheit. Doch hatte sie sich vor allem auf Jake konzentriert, diesen ruhigen Jungen, der ständig von Sorgen geplagt schien, der ihr aber die hilfreichsten Informationen geliefert hatte.

»Sie haben diejenigen ausgewählt, die etwas zu verbergen hatten oder nicht offen sein *konnten.*«

Sie hört, wie er die Luft aus der Lunge presst. »Das sind die Geheimnisse, die zu hören sich wirklich *lohnt.*«

»Wie überzeugen Sie sie, mit Ihnen zu reden?«

»Jetzt kommen wir also endlich zu Ihrer Frage.« Er scheint den Moment richtiggehend auszukosten. »Na schön, ich werde Ihnen antworten. Dazu bedarf es nur einer diskreten, einfühlsamen und professionellen Herangehensweise – und einer Visitenkarte mit einem eindrucksvollen geprägten Logo«, fügt er mit einer schalkhaften Geste hinzu.

»Was für ein Logo?«, wollte sie wissen und dachte im Stillen: *Gaines. Ich weiß, dass Sie es sind. Lyall Gaines.*

Schweigen.

Unvermittelt wird das Licht gelöscht, und die Tür fällt mit einem lauten Krachen ins Schloss.

»Falsche Frage, Ruth«, murmelt sie. *Am Ende wird ihm noch klar, dass ich weiß, wer er ist.*

Sie wartet ab und lauscht auf seine Rückkehr, wobei ihr Körper sehr rasch abkühlt. Eigenartigerweise fühlt sie sich ohne die Hitze der Deckenstrahler viel nackter, verletzlicher.

Versuchsweise ruft sie ihn, doch ihre Stimme ist zu schwach, und ihre Worte klingen gedämpft, als wäre der Raum schallisoliert – oder als läge er unter der Erde.

55

Wieder zurück auf dem Parkplatz draußen, traf die kalte Luft Carver, als hätte er eine Viertelflasche Whisky geleert. Er konzentrierte sich auf das Backstein-Wachhäuschen an der Schranke und spürte den Blick des wachhabenden Officers durch das verspiegelte Glas auf sich.

Auf der Liver Street winkte er ein Taxi heran und nannte dem Fahrer Dr. Gaines' Adresse. Er musste eingenickt sein, denn das Nächste, was er wahrnahm, war der Taxifahrer, der die Scheibe beiseitegeschoben hatte und ihn rief. »Aufwachen, Schlafmütze. Hier steigen Sie aus.«

Sie standen vor einem gepflegten Gebäude mit Sandsteinmauer und Hecke zur Straße hin. »Fahren Sie doch bitte in die Einfahrt, ja?«, bat er den Mann.

Der Fahrer warf ihm einen schiefen Blick zu. »Was ist los, wollen die Beine nicht mehr, oder was?«

Carver reichte ihm eine Zehn-Pfund-Note für die Fahrt und hielt einen zweiten Schein hoch. »Sie können sich noch einen Zehner dazuverdienen, wenn Sie auf mich warten.«

Der Fahrer steckte das Geld ein und parkte in der Einfahrt.

Das Tor zum Garten stand offen, es schlug in der leichten Brise auf und zu. Der würzige Duft von Holzrauch lag in der Luft.

Carver klingelte an der Haustür. Im Flur brannte Licht, deshalb spähte er durch den Glaseinsatz in der Haustür. Leider konnte er keine Einzelheiten erkennen. Er versuchte es erneut mit Klingeln, dann drehte er am Türknauf. Es war nicht abgeschlossen, die Innentür stand sperrangelweit offen. Er trat ein und rief Gaines' Namen. Keine Antwort.

Der Raum direkt zur Linken war leer und unbeheizt. Das Zimmer gegenüber war mit Tischleuchten erhellt, der Parkettboden glänzte in dem sanften Schein wie sonniger Honig. Es gab einen Durchbruch in die Küche, doch das Licht der Lampen reichte nicht weit in den Nebenraum hinein.

Die Wände hingen voller Bilder, eine Horrorshow von über und über tätowierten und durch Narben entstellten Körpern. Daneben fanden sich Aquarelle von Pflanzen: *Digitalis, Aconitum,* Lorbeer und *Pulsatilla,* die so unschuldig aussehende Küchenschelle. Nachdem er nun ein Jahr lang an diesem Fall gearbeitet hatte, wusste er, dass jede einzelne von ihnen giftig war.

Der Wohnzimmertisch, die Stühle und der Boden waren über und über mit Unterlagen bedeckt. Keltische Symbole, Tattoos, Sigillen – Seiten über Seiten zum Thema Symbolismus. Ein Ladegerät für einen Laptop hing vom Tisch herunter. Er ließ den Blick durch den Raum schweifen; kein Laptop. Die Reproduktion eines schwarzen Bakelit-Telefons stand neben einem Ohrensessel neben dem Kamin am Boden, als hätte Gaines es noch vor wenigen Minuten benutzt. Unter einer Ecke des Apparats lagen ein Dutzend Ausdrucke aus dem Internet. Sie zeigten einen mumifizierten Leichnam mit Tätowierungen an den Handgelenken, an den Armen und sogar auf dem Brustkorb. Zumindest hatte es den Anschein, als handle es sich um Tattoos. Notizen,

Diagramme und Ausdrucke der Symbole, die der Dornenkiller auf die Körper seiner Opfer tätowiert hatte, lagen über den Wohnzimmertisch verstreut und waren zum Teil auf den Boden gefallen. Darunter waren auch Fotos vom Pyracantha-Strauch, mit Vergrößerungen der Dornen. Und dann entdeckte er den Zweig eines Feuerdorns, der gegen einen Aschenbecher gelehnt dalag, ungefähr zwanzig Zentimeter lang und so dick wie sein Daumen. Jeder Seitentrieb und jede Dorne entlang des Stiels waren entfernt worden, nur der Dorn an der Spitze war geblieben, fünf Zentimeter in der Länge und extrem spitz. Kein Wunder, dass Ruth misstrauisch geworden war.

Auf einem Bücherregal entdeckte er ein gerahmtes Foto von einem jüngeren Gaines, auf dem er mit nacktem Oberkörper den Arm um die Schulter eines kleineren Mannes gelegt hatte, möglicherweise ein Malaie. Seine freie Hand hatte Gaines um den Griff eines Dolches gelegt, der in einer Scheide an seinem Gürtel steckte. Er lachte; auch wenn er erschöpft wirkte, schien er glücklich, und er trug stolz ein frisches Tattoo an der Schulter zur Schau, die Haut um die Tinte herum noch gerötet und entzündet.

Unvermittelt stach Carver ein Bild ins Auge, auf dem Gaines mit einer Dolchspitze einen Schnitt in dunkle Haut setzte. Ein Strudel aus blauen und orangen Farbtönen formte sich um das Foto herum und saugte das Licht ins Zentrum der Aufnahme. Carver geriet ins Wanken, sein Magen revoltierte, deshalb stützte er sich auf einer Stuhllehne ab, um nicht umzukippen. Er musste die Augen verschließen vor der Gewalt, die aus dem Bild sprach, und zum Glück konnte er sie von sich fernhalten.

Halluzination oder Erkenntnis?, fragte er sich. Er hatte sich heute derart ans Limit getrieben, dass es beides sein konnte. Doch bei einer Sache war er sich sicher: Gaines war ein blutlüsterner Sadist.

Carvers Gesicht und Körper waren schweißgebadet, er schmeckte einen galligen Geschmack in seiner Kehle und zitterte am ganzen Leib. Er wischte sich den Schweiß von der Stirn und sah sich um. Das Haus war riesig. Ob er wohl die Kraft aufbringen würde, es von oben bis unten zu durchsuchen? Ein kalter Luftzug strich durch den Raum, brachte die Blätter zum Rascheln und jagte ihm eine Gänsehaut über Arme und Rücken. Erst da wurde ihm bewusst, dass die Fenstertür auf der anderen Seite der Küche einen Spalt offen stand. Er schluckte die aufsteigende Übelkeit hinunter und bewegte sich um die Kochinsel herum darauf zu. Beim nächsten Schritt stieß er mit der Fußspitze gegen etwas Weiches. Er stützte sich mit der flachen Hand auf der glatten Granitoberfläche ab, um nicht zu stürzen. Als er nach unten sah, bemerkte er eine dunkle Masse auf dem Boden. Ein Körper.

Ruth?

Panik erfasste ihn; er merkte, wie der Raum in Schieflage geriet, und wartete einen Moment ab, ehe er sich langsam in die Hocke sinken ließ und dann am Schrank entlang nach unten rutschte.

Nicht Ruth. Zum Glück… Er aktivierte die Taschenlampenapp an seinem Handy, um besser sehen zu können. Es war ein Mann mit grauen Haaren, er trug geflochtene Armbänder an den Handgelenken. Lyall Gaines. Seine Haut war bläulich verfärbt, und er schien nicht mehr zu atmen.

Carver berührte mit dem Handrücken Gaines' Gesicht. Es war kalt. Aber es war auch ein kalter Abend, die Fenstertür stand offen, und er würde natürlich nicht gleich annehmen, dass jemand tot war, bloß weil er sich kühl anfühlte.

Unwillkürlich kam ihm etwas in den Sinn, das Ruth gerne sagte: »Niemand ist tot, solange er nicht warm und tot ist.«

Carver bemerkte einen winzigen Blutstropfen an der Kehle des Mannes. Als er sich in der Hocke seitwärts im Krebsgang um ihn herumbewegte, entdeckte er auch die leere Spritze auf dem Boden neben Gaines' Körper. Die Anstrengung war nicht spurlos an ihm vorübergegangen, deshalb war er sich nicht sicher, ob er in der Lage wäre aufzustehen, ohne gleich wieder zu Boden zu sacken. Deshalb blieb er lieber, wo er war, und verständigte den Notruf.

Als er das Gespräch beendet hatte, ließ er sich einige Minuten Zeit, um langsam und regelmäßig zu atmen, bis die Übelkeit und der Schwindel etwas abklangen.

Plötzlich war die Veranda in helles Licht getaucht. Sofort war Carver wieder in Alarmbereitschaft, doch der neuerliche Adrenalinstoß verlieh ihm Energie. Draußen im Lichtschein kauerte eine Katze, die Ohren flach angelegt, die Lefzen zu einem Fauchen verzogen. Nachdem sie sich vergewissert hatte, dass keine unmittelbare Gefahr drohte, trottete sie mit einem letzten hochmütigen Blick in seine Richtung weiter über die Veranda und verschwand in den tiefen Schatten dahinter.

Carver sah zu, wie sie in die Dunkelheit abtauchte, als eine schwarze Rußflocke durch sein Blickfeld schwebte, dann noch eine. Er stemmte sich hoch auf die Füße und trat zu der Tür, um einen Blick hinaus in den hell erleuchteten Garten zu werfen. Gekräuselte Fetzen von verbranntem Papier wirbelten im Kreis um die Veranda herum.

Plötzlich gingen die Lichter wieder aus.

Carver blinzelte die Nachbilder weg und glaubte, einen roten Lichtpunkt zu sehen. Er schloss kurz die Augen. Der Punkt war immer noch da, als er sie wieder aufschlug; und dann sah er noch einen und noch einen. Drei flackernde rote Punkte ganz am Ende des Gartens, in der Nähe der Mauer. Er trat hinaus ins Freie und löste den Bewegungsmelder aus, sodass die Notbeleuchtung ansprang. Mit seiner Taschenlampenapp gewappnet, für den Augenblick, da der Garten wieder in Dunkelheit getaucht wäre, überquerte er den Rasen. Der Geruch nach verbranntem Holz wurde stärker; das rote Licht schien von einem riesigen Ölfass auszugehen, das auf Ziegelsteinen inmitten von Holzscheiten und abgesägten Ästen stand. Als er sich dem Fass näherte, wurde ihm schlagartig klar, dass er auf glühende Asche schaute, die durch vereinzelte Luftlöcher unten im Fass zu sehen war.

Ein zweiter, kleinerer Behälter stand umgedreht im Inneren des Fasses, die Lücke dazwischen war zugestopft mit Zweigen und Stöckchen, die zum Großteil verbrannt waren. Es war nur noch eine Schicht von etwa zehn Zentimetern am Boden vorhanden. Vereinzelte Flocken von verrußtem Papier stoben daraus empor, und als er mit seinem Handy hineinleuchtete, entdeckte er vier oder fünf Blätter, die zerknüllt und in die Tonne gestopft worden waren. Auf dieser Seite war das Feuer fast ausgegangen, doch das Metall war zu heiß, um es anzufassen. Als er versuchte, das Papier herauszufischen, verbrannte er sich die Finger daran.

Der Wind frischte auf und blies ihm ins Gesicht, Blätter und verbranntes Papier wehten durch den Garten. Er spürte, wie die Hitze zunahm; die verbliebenen Reste konnten jederzeit wieder aufflammen und damit verloren sein. Er griff sich einen etwas dickeren Ast und benutzte ihn, um die Tonne zu kippen. Sie war überraschend leicht und fiel daher sofort um, sodass die Asche herausquoll und emporwirbelte, während Kohlestücke aus dem inneren Behälter ins feuchte Gras purzelten. Carvers Beute allerdings steckte in der äußeren Tonne fest. Er benutzte das Handy, um den Lichtstrahl auf die darin verbliebenen Aschereste und die Kohlestücke zu richten, und stellte fest, dass die Fragmente der Blätter für ihn jetzt gut mit der Hand zu erreichen waren. Als er hineingriff, trieb ein plötzlicher Windstoß ihm Asche und Ruß in die Augen, und das Feuer flammte auf. Haare und Augenbrauen versengt, packte er, was er fassen konnte, und ließ sich dann hustend zurück ins Gras fallen. Er wischte sich die Augen mit dem Ärmel seines Mantels und öffnete vorsichtig die Faust. Asche, verkohlte Fetzen, ein paar verbrannte Zweige.

Und ein winziges Stück Papier, kleiner als eine Briefmarke. Er fasste es zwischen Zeigefinger und Daumen und hielt es behutsam hoch ins Licht. Es war eine Art Logo. Grün. Zwei Buchstaben ganz unten waren lesbar, »NS«, der dritte vielleicht ein »C« oder »G«, der Rest war zu verkohlt, um es zu entziffern. In der Mitte eine senkrechte Linie, zwischen zwei breiteren grünen Streifen, die am unteren Ende spitz zuliefen. Der rechte war fast noch vollständig, er war geformt wie der Kopf eines Vogels, der Schnabel nach außen weisend. Oder war es eine Flamme? Aber eine *grüne* Flamme? Das ergab doch keinen Sinn. Na gut, ein Vogel also. Vielleicht. Drei tränenförmige Umrisse gingen strahlenförmig von der mittleren Linie ab.

Carver hörte sich nähernde Sirenen; mindestens zwei Einsatzfahrzeuge und ein Krankenwagen, zumindest hörte es sich so an.

Er ging zurück in die Küche, legte den Papierfetzen auf den Tresen und machte mit seinem Handy ein halbes Dutzend Fotos davon. Hastig sah er sich um und entdeckte ein Glas auf dem Abtropfbrett, das er über das Fragment stülpte. Dann kehrte er zurück zum Taxi, das zum Glück immer noch draußen auf ihn wartete, und bat den Fahrer, in Richtung Sefton Park zu fahren.

Der Mann bog in den Aigburth Drive ab, gerade als das erste Polizeifahrzeug in der Gegenrichtung vorbeijagte.

Carver rief Parsons an.

»Haben Sie mit Gaines gesprochen, als er das Verhör heute Morgen verschieben wollte?«

»Nein, er hat mir eine E-Mail geschickt.« Parsons klang abgelenkt. »Was hat das mit unserem Fall zu tun?«

»Ich denke nicht, dass er selbst abgesagt hat«, erklärte Carver. »Weil ich ihn nämlich gerade auf dem Boden der Küche liegend gefunden habe. Ich glaube, er ist tot.«

»Herr im Himmel – haben Sie einen Krankenwagen verständigt?«

»Ist bereits am Tatort. Hören Sie, im Garten wurde Papier verbrannt. Ich konnte ein winziges Stück retten, darauf war eine Art Logo zu sehen. Wer immer da bei Gaines war, hat versucht, Unterlagen zu vernichten. Sie müssen für mich herausfinden, was dieses Symbol zu bedeuten hat.«

»Ich bin schon auf dem Weg«, gab Parsons zurück. »Wenn es Fingerabdrücke auf dem Papier gibt …«

»Die einzigen Fingerabdrücke, die Sie finden werden, sind vermutlich meine«, fiel Carver ihm ins Wort. »Ich musste es aus den Flammen retten.«

»Mist. Na schön. Bleiben Sie, wo Sie sind.«

»Ich bin schon wieder weg«, gestand Carver.

»Was? Sie können doch nicht einfach so einen *Tatort* verlassen?«

Parsons hatte natürlich recht, aber er konnte nicht zulassen, dass man ihn stundenlang dort festhielt. »Sie finden das Stück Papier unter einem Glas auf der Kochinsel.« Carver vernahm einen Laut des Protests am anderen Ende der Leitung, als er das Gespräch beendete. Er schaltete das Telefon ganz aus, falls Parsons es sich in den Kopf setzte, ihn orten zu lassen. Nicht dass er jemanden losschickte und ihn festnehmen ließ.

Er tippte gegen die Scheibe, und der Taxifahrer schob sie beiseite. »Haben Sie ein Smartphone?«, fragte er.

»Ja, aber…«

»Wie viel verlangen Sie, wenn ich es mir für eine Stunde borge?«

56

Ruth Lake gleitet abwechselnd hinein in die Bewusstlosigkeit und wieder heraus, den Geruch nach feuchter Erde und morschem Holz in der Nase. Sie träumt von ihrem Großvater.

Wenn sie in dem kleinen Haus in Everton zu Besuch war, war er meistens beschäftigt damit, Programme für Pferderennen zu studieren oder die Rennen im Fernsehen mitzuverfolgen. Ihr Großvater war Spieler und hatte sein gesamtes Erwachsenenleben lang jeden Samstag auf Pferde gewettet. Ihre Großmutter bestand deshalb darauf, dass er sich die Rennen zu Hause ansah, wo sie ihn im Auge behalten konnte. »Damit er mir nicht davongaloppiert«, wie sie immer sagte.

Es war in diesem Zimmer, dass sie lernte, über die Chancen von diesem oder jenem Pferd zu diskutieren, während diese sich auf der Koppel aufwärmten, und sie lernte, ihr Urteil auf mehr zu begründen als nur auf der glänzenden Flanke eines Tieres.

Doch Grandma gelang es nicht immer, seine Wettsucht zu zügeln, deshalb schlief ihr Großvater zu diesen Gelegenheiten im Luftschutzunterstand hinter dem Haus. Dieses Überbleibsel aus dem Zweiten Weltkrieg war tief in die Erde gegraben und mit Wellblech verkleidet, das mit Erde überdeckt war. Ihr Großvater hatte den Schutzraum entdeckt, als sie in das Haus gezogen waren, rostzerfressen und halb verfallen. Er hatte ihn mit Holz ausgekleidet, um ihn zu stützen, und ein paar Stühle sowie einen Primuskocher hineingestellt, mit einem behelfsmäßigen Kamin aus leeren Bohnendosen in Industriegröße. Er nannte den Raum sein *Allerheiligstes*, wenn er milde gestimmt war, und *die Hundehütte*, wenn er vor dem Zorn seiner Frau floh.

Ihr Großvater war sechsundsiebzig gewesen, als Ruth Zeugin der Messerstecherei hinter ihrem Haus wurde. Die besonnenen Ratschläge, die er ihr in der friedlichen Stille seines Allerheiligsten erteilte, trugen mehr zu ihrer Genesung bei als die wechselnden psychologischen Berater, die das Gericht ernannt hatte, um sich im Vorfeld der Verhandlung um ihr Wohlergehen zu kümmern.

Warum muss ich daran ausgerechnet jetzt denken?, fragt Ruth sich. Und noch während sie im Geiste diesen Gedanken formt, kennt sie die Antwort: Es ist der Geruch. Erde und Wurzelwerk, der mulchige, herbstliche Duft nach Pilzen und langsam dahinrottendem Holz, das alles erinnert sie an die Zuflucht ihres Großvaters. Sie befindet sich *tatsächlich* unter der Erde, das weiß sie jetzt. In der undurchdringlichen Dunkelheit lauscht sie auf das Rasseln ihrer Atmung. Es ist kühl hier drin, aber nicht eiskalt. Sie spürt ein Prickeln in den Fingern, deshalb versucht sie, sie zu bewegen. Ihr kleiner Finger zuckt ganz leicht. Die Betäubung lässt allmählich nach.

Eine halbe Stunde später spürt sie die Ledergurte, und es gelingt ihr, Schultern und Beine zu bewegen. Vielleicht besteht die Chance, dass sie sich doch gegen ihn wehren kann.

Plötzlich ein kalter Luftzug, das leise Klicken eines Schalters, dann ist sie wieder in gleißendes Licht getaucht. Ganz bewusst entspannt sie ihre Gliedmaßen, reagiert schwerfällig und öffnet die Augen, als koste es sie unendlich viel Mühe.

»Die Medici hatten einen Giftgarten in Padua«, fängt ihr Entführer an. Er benutzt nach wie vor den Stimmenverzerrer und hält sich außerhalb ihres Blickfeldes auf. »Die gegenwärtige Duchess of Northumberland hat sich in Alnwick Castle ebenfalls einen anlegen lassen. Er ist eingezäunt und nicht zugänglich, allerhand Giftpflanzen wachsen darin. Über dem Tor prangen ein Totenschädel und gekreuzte Knochen, eine Schmiedearbeit aus Metall, darunter ist der Schriftzug *These Plants Can Kill – diese Pflanzen töten* zu lesen. Sie wusste, dass es vor allem zwei Dinge waren, die die Menschen faszinierten: Geheimnisse und das Risiko. Und damit lag sie goldrichtig: Sie kommen zu Tausenden, um sich den Garten anzusehen.«

»›Alle Dinge sind Gift, und nichts ist ohne Gift‹«, zitiert Ruth und spricht ganz bewusst undeutlich.

»Paracelsus«, sagt der Killer. »Sehr gut. Aber es ist die *Dosis,* die das Gift macht, Ruth.«

Arroganter Mistkerl, denkt Ruth. Sie lässt zu, dass ihre Augen zufallen, öffnet sie wieder, als würde es sie immense Anstrengung kosten, dann lässt sie die Lider sinken und tut so, als wäre sie eingeschlafen.

Ein stechend heißer Schmerz in ihrem Oberschenkel, wie von einer Nadel.

Sie keucht auf, wird von plötzlicher Klarheit und einem Schub an Energie erfasst. Aus der Energie wird jedoch rasch Panik, das Prickeln in ihren Fingern jagt ihr Furcht ein. Nacktes Entsetzen packt sie, und sie bäumt sich gegen die Gurte auf, die sie festhalten, hört ihr Knarzen.

»Ihr Herz rast ja«, stellt er fest. »Sie haben einen stark erhöhten Blutdruck.« Achtlos wirft er eine leere Spritze auf ihren Bauch, sodass sie zusammenzuckt. »Epinephrin – oder Adrenalin, wenn Ihnen das lieber ist. Nun, wenn Sie dann wach sind, sind Sie dran mit Reden.«

Keuchend ringt Ruth darum, die Kontrolle über sich wiederzuerlangen. »Was … was wollen Sie wissen?«

»Wie haben Sie sich gefühlt, als Sie Greg Carver zusammengesackt in seinem Sessel vorgefunden haben? Mit einer Kugel in der Brust?«

»Ich war schockiert.«

»Lügnerin.«

»Das ist die Wahrheit.« Der panische Unterton in ihrer Stimme ist nicht zu überhören, und sie spürt ein unruhiges Flattern in ihrer Brust. *Das ist nicht die Angst, das ist das Adrenalin. Spiel einfach mit.* »Es war schrecklich.«

»Das kommt der Wahrheit schon näher. Aber ein richtiger Schock war es nicht. Sie müssen gewusst haben, dass etwas Schlimmes passieren würde, so wie er getrunken hat, wie er auf Kara reagiert hatte. Ich meine, immerhin ist er ziemlich abgestürzt, nicht?«

Ruth zögert. »Ja, schon.«

»Also … Ich stelle die Frage noch einmal: Wie … haben … Sie sich … *gefühlt?*«

»Wütend«, sagt Ruth und hasst sich selbst dafür, dass sie ihren Freund verrät.

»Nur wütend?«

Ruth gelingt es nicht, ihre Nerven zu beruhigen. Die üblichen Strategien greifen nicht, sie hat ihre Gefühle nicht unter Kontrolle. Das Blut scheint in ihren Adern zu summen, und ein durchdringendes Geheul schrillt in ihren Ohren. »Das sagte ich doch«, gibt sie zurück und vernimmt den Zweifel in ihrer Stimme.

»Vorerst richtet das Epinephrin noch keinen Schaden an«, sagt er. »Aber bei wiederholter Verabreichung droht ein Herzinfarkt, vielleicht sogar ein Schlaganfall.« Er entfernt die leere Spritze und legt an dieselbe Stelle einen unbenutzten EpiPen. »Die Dosis macht das Gift, Ruth.«

Sie murmelt das eine Wort, das wirklich beschreibt, wie sie sich gefühlt hat, als sie Carver zusammengesackt in seinem Sessel vorfand, nach Alkohol stinkend.

»Ich kann Sie nicht hören«, sagt er. »Reden Sie lauter.«

»Ich war angewidert«, gibt sie zu. »Habe ihn verachtet dafür.«

Er seufzt, ein lang gezogenes Entweichen von Luft, zittrig, weil er so überwältigt ist von Gefühlen. »Jetzt kommen wir der Sache endlich näher.«

Ruth wacht auf und weiß, dass einige Zeit verstrichen ist. Sie hat den Stich der Injektionsnadel kaum gespürt, hat nicht mitbekommen, wie sie in die Bewusstlosigkeit hinübergeglitten ist. Doch sie weiß genau, dass er an ihr gearbeitet hat, weil ihr Arm höllisch brennt und ihre Augen zugeklebt sind. Sie kann sich nicht bewegen.

Er spricht sie im Plauderton an. »Ein Meilenstein, das erste Mal, dass Sie etwas Wahres sagen – das erste geöffnete Auge.« Er reibt Kohlestaub in die Wunden, und sie fängt an zu wimmern. »Viele Meilen noch bis hin zum Schlaf«, fügt er hinzu.

Er tätschelt ihren Schenkel. »Und nun sorgen wir mal dafür, dass Sie alles bei wachem Verstand mitbekommen.«

»Nnnn…« Ruth will sich wehren, doch obwohl sie den Schmerz in ihrem Arm deutlich spürt, wollen ihre Gliedmaßen ihr nicht gehorchen. Sie fühlt, wie die Nadel sich in ihren Schenkel bohrt. Dann: Eine Flüssigkeit, kalt wie

Quecksilber, schießt durch ihren Körper. Sie spürt, wie sie vom Schenkel ausgehend in ihren Unterleib jagt; von ihrem Bauch in ihre Brust. Ihr Herz hämmert wie verrückt und pumpt die Droge hoch bis in ihr Gehirn.

Er entfernt das Klebeband von ihren Augen.

Licht, so intensiv, dass sie sich sicher ist, blind davon werden zu müssen. Und *Schmerz*. Ihr Fleisch verflüssigt sich, ihr Arm steht in Flammen. Sie schreit, bäumt sich auf, hört die Lederriemen knarzen, während sie daran zerrt, mit Körper und Geist voll und ganz auf die Qualen in ihrem Arm fokussiert.

Er drückt sie zurück auf den Tisch. »Psssst… Entspannen…«

Ruth will ihn anflehen, endlich aufzuhören, doch den Gefallen tut sie ihm nicht, deshalb schreit sie ihren Schmerz erneut hinaus. »Verfluchter *Mistkerl!*«

»Ich sage Ihnen was«, entgegnet er. »Wenn Sie sich diesmal entgegenkommender zeigen, sehen wir mal, ob Sie beim nächsten Frage-Antwort-Spiel ohne Epinephrin auskommen.«

Er klingt nervös. *Hat er Angst vor mir? Will er mit mir verhandeln?*

»Mist…kerl«, presst sie erneut hervor und hört ihren Atem in ihrer Kehle stocken. »Sie wollen die Wahrheit hören?«, fragt sie. »Sie sind ein jämmerlicher Feigling. Deswegen verstecken Sie sich. Weil Sie schwach sind und Angst haben.«

»Und dennoch sind Sie es, die zittert«, stellt er seelenruhig fest. »Der Puls an Ihrem Hals geht erstaunlich schnell. Die Schmerzen von der Tätowierung fühlen sich an wie Verbrennungen dritten Grades. Der kalte Schweiß bricht Ihnen aus.«

Sie knirscht mit den Zähnen. »Erzählen … Sie mir … etwas« – *Herrgott, diese Schmerzen!* –, »das ich noch nicht … weiß.«

»Na schön. In ein bis zwei Minuten wird Ihr Herzschlag langsamer werden, dann wird das größte Risiko darin liegen, dass die kleinen Blutgefäße in Ihrem Gehirn sich verengen. Sie könnten jederzeit einen Schlaganfall erleiden.«

Der Druck in ihrem Schädel nimmt zu. Sie hat das Zittern nicht mehr im Griff. Eigentlich sollte sie längst in Schockstarre verfallen sein, ihr Körper sollte die Schotten dicht machen, das Schmerzzentrum stilllegen, doch es wird immer noch schlimmer.

»Konzentrieren Sie sich auf meine Stimme«, sagt er. »Und antworten Sie mir wahrheitsgetreu. Ich gebe Ihnen etwas, das die Schmerzen erträglicher macht.«

Er wartet ab, bis sie so weit ist, dass sie ihn anbettelt, seine Frage zu stellen.

»Sie sagen, Sie waren angewidert, als Sie Carver in jener Nacht fanden. Sie dachten, er hätte einen Selbstmordversuch unternommen.«

»Mhmmm«, presst Ruth mühsam hervor.

»Und warum haben Sie dann die Beweise dafür zerstört? Warum haben Sie die Waffe aus seiner Wohnung entwendet?«

»Sch-schützen.« Ruth zwingt das Wort über ihre Lippen, die Zähne fest aufeinandergebissen.

»Schützen? Wen, Carver? Seinen Ruf?«

»Mhm.«

»Sie müssen doch gewusst haben, dass das ein Nachspiel haben würde. Sie sind ausgebildete CSI *und* Detective.«

»Damals … nicht«, sagt Ruth knapp, weil ihre Zähne viel

zu unkontrolliert klappern. Ihr gesamter Körper reißt an den Gurten, so heftig bebt er.

»Sie sind in Panik geraten.«

Ruth schließt die Augen.

»Macht es denn wirklich einen so großen Unterschied, wenn man einen Tatort betritt und das Opfer kennt?« Er klingt aufrichtig interessiert.

»Ja.« Sie schlägt die Augen auf und starrt in den grellen Lichtkreis, der das Gesicht des Dornenkillers umgibt. Sie hört ein zufriedenes Grunzen.

Jetzt mach, dass das aufhört.

Sie nimmt einen leichten Druck in ihrem rechten Arm wahr, dann durchströmt eine unerwartete Wärme sie. Das Brennen ist unvermindert vorhanden, doch es scheint keine so große Rolle mehr zu spielen. Das Zittern hört auf, sie ist in der Lage, wieder normal zu atmen.

»Morphium«, sagt er. »Nicht allzu viel. Dann nehmen wir die Sache wieder in Angriff, jetzt, da wir so gute Fortschritte machen.«

57

Carver ging das Risiko ein, sein Handy kurz einzuschalten, damit er die Fotos mittels Bluetooth übertragen konnte. Anschließend stellte er es sofort wieder aus und öffnete die Downloads auf dem geborgten Handy, vergrößerte jedes einzelne Bild, konnte aber keine weiteren Details auf dem Stück angesengten Papiers erkennen: nur die drei Buchstaben »NSC« und den stilisierten Vogel – ein Reiher vielleicht oder ein exotischer Vogel?

Bei all den Unterlagen, die über Gaines' Haus verstreut lagen, hatte der Killer ausgerechnet das hier verbrennen wollen – außerdem hatte er Gaines' Laptop mitgenommen. Gaines musste im Internet auf etwas gestoßen sein, das ihnen den Weg zum Dornenkiller hätte weisen können.

Er durchsuchte das Netz und stieß auf einen Sicherheitsdienst namens NSC, außerdem einen Computerspezialisten und einen Hersteller für Hightech-Verbundwerkstoffe, doch deren Logos sahen anders aus: falsche Farbe, falsche Form.

Er tippte gegen die Scheibe, die ihn vom Fahrer trennte. »Fahren Sie mal bitte kurz an den Straßenrand?«

Er reichte dem Mann das Telefon mit dem Logo auf dem Display. »Wonach sieht das für Sie aus?«

»Ich seh da nicht viel, wenn ich ehrlich bin.« Er verdrehte die Augen. »Hände, die ein Zahnrad halten?«

Carver nahm das Handy wieder an sich. Er konnte nachvollziehen, was der Taxifahrer meinte, aber was sollten zwei Hände darstellen, die sich schützend um ein Zahnrad legten?

Er gab bei Google »Logos mit Händen« ein. Es gab Hunderte von Treffern. Na gut, wofür standen die Hände symbolisch gesehen? Schutz? Erhalt? Doch auch in diesem Zusammenhang passte das Zahnrad nicht. Er versuchte es mit »Vogelschutz«, doch auch das führte ihn in eine Sackgasse. Okay … Drei tränenförmige Gebilde, mit der Spitze nach innen weisend, die bogenförmig um das obere Ende einer Linie angeordnet waren. Oder um einen *Stiel?*

Er googelte »NSC« und »Pflanzenschutz«. Sechs Zeilen nach unten stieß er auf eine Gesellschaft, die sich dem Pflanzenschutz verschrieben hatte. Er klickte auf den Link, und da war es: das Logo der National Society for the Conservation of British Plant Species. Der Taxifahrer hatte recht gehabt, was die Hände betraf. Die Linie in der Mitte war tatsächlich ein Pflanzenstängel, und die Tränen waren in Wirklichkeit Blütenblätter. Die »Pflanze« entwuchs der Buchstabenfolge »NSCBPS«. Aber warum sollte das von Bedeutung sein? Was hatte der Killer zu verbergen?

Er klickte im Drop-down-Menü auf das Feld »In Ihrer Region«, dann wählte er »Merseyside« aus. Unter »Bestands-Koordinator, Wirral« fand er einen Namen, den er kannte. Eine Weile starrte er wie gebannt auf den Bildschirm, seine Finger taub. Dann riss er sich aus seiner Starre, gab dem Fahrer die genaue Adresse und stellte sein Handy an, um seine Kontaktliste aufzurufen. Kurz schwebte sein Daumen über Parsons Nummer, doch im letzten Moment entschied er sich anders und scrollte zurück zu Ivey: Er glaubte kaum, dass Parsons in Stimmung war, ihm zuzuhören.

»Wo stecken Sie?«, wollte Ivey sofort wissen, doch er hielt seine Stimme gedämpft. Carver stellte sich vor, wie er aus dem Einsatzraum huschte, den Kopf eingezogen. »Parsons ist *fuchsteufelswild.* Jansen will Sie an den Eiern aufhängen, für alle gut sichtbar am Royal Liver Building.«

»Haben Sie auf diesen Überwachungsbändern etwas gefunden?«

»Nichts«, gab Ivey zu.

»Ruth schien keinen Zweifel zu haben und hat ganz genaue Angaben gemacht«, sagte Carver. »Eine Frau, mit der Kara gesprochen hat.«

»Die Frau habe ich gefunden, sie hat sich aber nur ganz kurz mit Kara unterhalten. Ich habe einen Screenshot gemacht und ihn Karas Mitbewohnern und ihren Dozenten an der Uni gezeigt. Keiner kennt sie.«

»Ich glaube, ich schon«, gab Carver zurück. »Können Sie mir das Bild auf mein Handy schicken?«

Sekunden später starrte er auf das Foto.

»Boss?« Iveys Stimme drang nur ganz schwach zu ihm durch.

»Hören Sie mir jetzt genau zu«, sagte Carver. »Die Frau auf dem Foto ist Dr. Laura Pendinning. Sie ist Koordinatorin einer Pflanzenschutzgesellschaft. In dieser Funktion hat sie seltene Unterarten von *Aconitum, Pulsatilla* und *Buxus* in ihrer Sammlung. Diese Pflanzen sind allesamt hochgiftig, und wir wissen, dass der Dornenkiller an seinen Opfern Akonitin verwendet hat.« Er atmete tief durch. »Außerdem arbeitet sie in der Abteilung für Kopfverletzungen des Krankenhauses, in dem ich lag, ich hatte bei ihr Reha. Sie ist klinische Psychologin.«

»Oh mein Gott…«

Er gab Ivey die wichtigsten Hintergrundinfos und nannte

ihm Pendinnings Adresse. Er ließ das Handy eingeschaltet und sorgte dafür, dass das GPS aktiviert war: Von jetzt an hatte er nichts dagegen, wenn man ihn aufspürte, er *wollte* es sogar. Blieb ihm nur zu hoffen, dass Ivey Parsons überzeugen konnte. Schließlich konnte Pendinnings Interesse an Pflanzen auch völlig harmlos sein, und überhaupt war sie bei ihm, als der Dornenkiller ihn im Krankenhaus anrief.

Nein, fiel ihm jetzt wieder ein, sie kam erst *kurz danach* in sein Zimmer. Und es war Pendinning gewesen, die ihm das Handy überhaupt erst besorgt hatte.

Aber sie hatte doch versucht, ihn *aufzuhalten,* als er das Krankenhaus verlassen wollte …

»Jetzt mach aber mal einen Punkt, Greg«, murmelte er vor sich hin. Eine Person ausgerechnet von etwas abhalten zu wollen, das man sie eigentlich tun sehen wollte, war ein simpler psychologischer Trick – und er war darauf reingefallen.

Pendinning schien außerdem mehr zu wissen, als er ihr erzählt hatte: Welche Sorte Whisky er trank zum Beispiel und die Sache mit dem Foto von Emma auf ihrer Hochzeitsreise, das ihm so viel bedeutete. Emma war wütend geworden, als er ihr vorwarf, sie hätte es ihm ins Krankenhaus gebracht. Dann war er zu der Überzeugung gelangt, Ruth wollte wieder einmal Ehevermittlerin spielen. Aber was, wenn es keine von beiden war? Der Tag, an dem er den Rahmen zerbrach, weil er das Bild Emma nachgeschmissen hatte, was hatte Pendinning da gesagt? »Manchmal ist es gut, sich an das zu erinnern, was uns am meisten bedeutet … sogar dann, wenn es uns Schmerz bereitet.«

Er erinnerte sich an den Ausdruck auf Pendinnings Gesicht, als er aus dem Krankenhaus stürmen wollte, um

Ruth zu suchen. Nachdem Pendinning tagelang ziemlich erschöpft gewirkt hatte, waren ihre Wangen plötzlich gerötet, und sie schien aufgeregt.

»Es gibt nichts, das Sie tun können, Greg«, hatte sie gesagt.

In dem Moment hatte er geglaubt, sie wolle ihn zur Vernunft bringen, aber jetzt wurde ihm bewusst, dass sie ihn verhöhnt hatte.

Sein Handy summte, kurz bevor es klingelte, und er fuhr erschrocken zusammen. *Ivey.* Er wischte über den Bildschirm, um den Anruf entgegenzunehmen.

»Ein bewaffnetes Matrix-Team ist auf dem Weg zu Dr. Pendinnings Haus«, sagte Ivey ihm.

58

Ein schwaches, schlagendes Geräusch dringt durch die Wände von Ruths Gefängnis, der Dornenkiller fährt herum. Nach dem Abebben der ersten Hitzewelle – ausgelöst durch das Morphium, das durch ihren Körper gejagt ist – sind ihre Sinne überempfänglich, sie hört seine Schuhe über den glatten Lehmboden schlittern. Er rennt ans andere Ende des Raums, und für einen Augenblick ist das Heulen einer Polizeisirene zu hören.

»Nein …«, flüstert er.

Er hat Angst. Ein angenehm berauschendes Gefühl durchströmt Ruth.

»Sie sind hier«, sagt Ruth. »Sie haben Sie gefunden.«

»Seien Sie still.« Er rammt die Tür zu, schließt den Lärm aus, sodass nur noch sein keuchender Atem zu hören ist, verfälscht durch den Stimmenverzerrer.

»Geben Sie auf«, sagt Ruth. »Es ist vorbei.«

»Ich sagte, seien Sie still!« Er nimmt den EpiPen zur Hand. »Es ist vorbei, wenn ich es sage.«

Pendinnings Haus wimmelte von Polizisten, als Carver eintraf. Ein Matrix-Sprinter und zwei Einsatzfahrzeuge der Polizei waren zehn Minuten zuvor an der Einfahrt zum Mersey-Tunnel an ihnen vorbeigeprescht.

Als das Taxi am Bordstein hielt, drehte der Fahrer sich zu ihm um. »Heilige Scheiße, Kumpel. Sind Sie sicher, dass Sie da reinwollen?«

»Ich habe keine Wahl.« Carver gab dem Mann sein Handy zurück und drückte ihm einen Packen Geldscheine in die Hand. Pendinnings Haus lag in einer ruhigen Seitenstraße in Upton, dahinter nur noch freies Feld. Man war gerade dabei, die äußere Polizeiabsperrung zu errichten, doch er huschte problemlos durch. Erst an der Haustür wurde er von dem Beamten aufgehalten, der sämtliche Anwesende am Tatort in einer Liste registrierte.

Carver zückte seinen Dienstausweis.

»Ich weiß, wer Sie sind, Sir«, sagte der Beamte. »Aber ich kann Sie da nicht reinlassen.«

»Haben Sie Sergeant Lake gefunden?«, erkundigte sich Carver. »Ist alles in Ordnung mit ihr?«

Der Polizist sah an ihm vorbei, den Mund zu einer schmalen Linie verzogen.

»Um Himmels willen, Mann …« Carvers Kopf pochte so sehr, dass der Boden hin und her zu wogen schien, im gleichen Rhythmus wie der pulsierende Schmerz in seinem Schädel.

Ein Mitglied des Matrix-Teams kam aus dem Haus und stieg die Stufen vor der Tür hinunter. Als er Carver bemerkte, nickte er ihm bedauernd zu und ging weiter.

Carver lehnte sich gegen die Wand und versuchte, den Schwindel mit reiner Willenskraft zu besiegen.

Ein Van der Crime Support Unit traf wenige Minuten später ein, und sofort machte das Team sich daran, die Ausrüstung zu entladen. Als Crime Scene Manager John Hughes seine Leute zum Haus führte, setzte der Schneefall ein. Carver richtete sich auf und spannte seine Muskulatur an, um das Zittern in seinen Gliedmaßen unter Kontrolle zu bekommen.

»Greg.« Hughes machte einen schockierten Eindruck. »Sie sehen schrecklich aus. Haben sie …?«

»Ich weiß es nicht, John. Die wollen mir nichts sagen«, erklärte Carver.

»Okay. Los, setzen Sie sich in den Van«, gab Hughes zurück. »Ich werde sehen, was ich rauskriegen kann.«

Zehn Minuten später kehrte er zurück, zog Handschuhe und Overall aus und kletterte auf den Fahrersitz.

»Das Haus ist leer«, sagte er. »Aber wie es aussieht, hatten Sie recht – sie hat Trophäen gesammelt, Haare und Schmuck. Und es fanden sich auch Fotografien. Sie hat die einzelnen Arbeitsschritte bildlich festgehalten, während sie ihre fünf Opfer tätowierte.«

»Herrje …« Carver wischte sich mit der Hand übers Gesicht. »Ruth?«

»Nichts.«

Carver betrachtete seine zitternden Hände.

»Greg, hören Sie zu? Es finden sich keine Spuren von Ruth in diesem Haus.« Hughes wartete ab, bis Carver ihn ansah.

»Ist gut«, sagte Carver. »Ich habe Sie gehört.«

»Sie hat Zeitungsausschnitte zu den Morden gesammelt. Und …« Hughes zögerte.

Unwillkürlich blickte Carver auf. »Was?«

»Es gibt eine Vitrine mit Präparaten von tätowierter Haut. Aber es ist noch zu früh, um zu sagen, ob sie von Menschen stammen.«

»Scheiße. Hat man auch schon den Dachboden und den Keller überprüft?«

»Das Matrix-Team hat jedes einzelne Zimmer durchsucht, jeden Schrank, jedes Schlupfloch, jeden Spalt, der sich fand. Sie sind gerade dabei, ihre Sachen zu packen, damit wir reinkönnen. Und ich *verspreche* Ihnen, wir werden alles finden, was es zu finden gibt. Aber im Moment deutet nichts darauf hin, dass Ruth hier war.«

Carver dankte Hughes mit einem Nicken für seine aufmunternden Worte, war gedanklich aber schon ein Stück weiter: »Computer, Telefone, Tablets. Falls Pendinning sich irgendetwas notiert hat zu dem Ort, an dem sie …«

»Parsons hat bereits den Befehl gegeben, sämtliche elektronischen Geräte zu beschlagnahmen. Er ist persönlich vor Ort und weiß, was zu tut ist.«

Carver öffnete die Beifahrertür.

»Hey, was haben Sie vor?«, fragte Hughes alarmiert. »Sie sind doch nicht fit genug, um …«

»Ich brauche frische Luft«, murmelte Carver nur. Er taumelte zu der Gartenmauer, die Dr. Pendinnings Grundstück vom nächsten abgrenzte, und stützte sich halb sitzend darauf ab. Panisch kämpfte er gegen die Übelkeit und die wachsende Angst an. Er allein hatte Ruth in diese Lage gebracht. Seine egoistische, feige Flucht in den Alkohol, seine sinnlose Affäre mit Adela Faraday. Hätte er seinen Job zuverlässig ausgeführt, wäre Ruth niemals in die Schusslinie geraten.

Zwei Matrix-Beamte traten aus dem Haus, dicht gefolgt von einem weiteren. Schon waren sie in den Van gestiegen, bereit zur Abfahrt. Parsons kam als Nächster heraus. Carver brachte es nicht über sich, mit ihm zu reden, daher zog er sich in den Schatten neben dem Gebäude zurück, als John Hughes auf das Haus zuging.

Ein stechender Schmerz bohrt sich in Ruths Herz, ausgelöst durch nackte Angst. *Wie dumm,* denkt sie. »Vorbei«, ein dümmeres Wort hätte sie gar nicht benutzen können. Ruth hat die Opfer gesehen; sie weiß, was er ihnen antut, wenn er mit ihnen fertig ist.

Unternimm etwas. Sag etwas. Er will deine Geheimnisse. Locke ihn damit. Und dann verweigere sie ihm.

»Ich weiß, wer Sie sind«, sagt sie.

»Das *denken* Sie nur.«

»Lyall Gaines«, sagt Ruth.

Ein harsches Lachen. »Ja, sicher, genau das sollten Sie glauben. Aber Greg Carver hat bereits herausgefunden, dass das nicht zutrifft. Ich fände es wirklich nicht gut, wenn jemand anderer die Lorbeeren für meine Arbeit einheimsen würde. Also Folgendes: Gaines ist ein Idiot. Seine Fähigkeiten werden seinem aufgeblähten Ego längst nicht gerecht.«

Ruth versucht, einen gefassten Eindruck zu machen. »Wollen Sie einfach nur hier herumsitzen und warten, bis man Sie holt?«, fragt sie. »Sie wissen genau, dass die das Haus komplett auseinandernehmen, bis sie mich gefunden haben.«

»Warum die plötzliche Sorge? *Wollen* Sie denn nicht, dass man mich erwischt?«

Oh, Sie wissen ja nicht, wie sehr ich das will. Aber wenn er sie woanders hinbringt, muss er ihre Fesseln lösen, und dann hat sie noch eine Chance. Wenn sie hierbleiben, beschließt er vielleicht, den einfachen Ausweg zu wählen, und dann nimmt er sie am Ende noch mit. Falls er nicht schon von selbst auf diesen Gedanken gekommen ist, will sie ihn nicht unbedingt darauf stoßen. »Wenn nicht Gaines, wer dann?«

»Oh, Sie wissen genau, dass es nicht so leicht ist. Eine Hand wäscht die andere, es ist ein Geben und Nehmen.«

Gib ihm etwas – aber nur so viel, dass es ihn nach mehr verlangt.

»Der Geruch hier drin«, sagt Ruth. »Der erinnert mich an

den Luftschutzunterstand hinter dem Haus meines Großvaters.«

Seine Atmung wird leiser. Er hört aufmerksam zu.

»Das war sein Schlupfloch, wenn er Ärger mit Gran hatte. Irgendwann hat er ihn umgegraben und einen Gemüsegarten angelegt.«

»Haben Sie deshalb Ihren Garten so hübsch bepflanzt, Ruth?«

Es ist das erste Mal, dass er sie bei ihrem Vornamen nennt. In der psychologischen Fachliteratur ist die Rede davon, dass das ein gutes Zeichen ist, wenn einem jemand seinen Namen zugesteht. Aber ganz sicher ist Ruth sich nicht. Der Dornenkiller ist nicht wie die anderen Serienmörder, von denen sie bislang gelesen hat: Der Großteil von ihnen weigert sich, die Opfer als Personen zu betrachten.

Der Dornenkiller dagegen ist an ihnen als Menschen interessiert und will alles in Erfahrung bringen, was es über seine Opfer zu wissen gibt. Und wenn er glaubt, da ist nichts mehr zu holen, bringt er sie um.

Du musst ihm bewusst machen, dass es sich bloß um ein Häppchen handelt – sorge dafür, dass ihn nach mehr hungert.

»Granddad wollte immer einen Garten haben«, sagt sie. »Aber er hatte nur ein Loch im Boden. Als ich sechzehn war, habe ich den Garten hinter dem Haus meiner Eltern bepflanzt, für ihn. Um ihm zu danken, nachdem …« Sie verstummt und hofft, er möge nicht sehen, wie sehr sie künstlich auf die Tränendrüse drückt.

»Nachdem?«, fordert er sie auf. Für den Bruchteil einer Sekunde sieht sie dieses unförmige Gesicht aufleuchten, als er durch den Schleier aus grellem Licht huscht, dann zieht er sich wieder zurück.

»Nachdem mir etwas Schlimmes zugestoßen war«, sagt sie. »Er saß gern hinten bei uns im Garten, genoss den Duft der Blumen, lauschte auf das Surren der Insekten.«

»Die Messerstecherei, die Sie als Kind miterlebt haben.«

»Ja.«

»Aber das weiß ich doch längst. Es gibt noch andere, weit interessantere Dinge in Ihrem geheimen Familienalbum.«

»Sie haben darin gelesen«, stellt sie fest und gibt sich Mühe, klar und sachlich zu klingen. »Dann wissen Sie alles, was es zu wissen gibt.«

»Oh, das bezweifle ich. Ich habe die Zeitungsartikel gelesen, aber Sie haben keine Anmerkungen dazu gemacht. Dabei machen Sie sich doch so gern Notizen, Ruth, ist es nicht so? Also sind die Kommentare fest in Ihrem Gedächtnis verankert, oder Sie verbergen ein weit größeres Geheimnis – und da ich jetzt weiß, was in Ihrem Album steht, würde ich sagen, dass es etwas von großer Wichtigkeit ist.«

Ruth antwortet nichts darauf.

»Nun ja, ich hatte auch nicht erwartet, dass Sie Ihre Geheimnisse leicht preisgeben. Fangen wir doch mit einer etwas leichteren Frage an: Holen Sie es ab und an aus seinem Versteck und lesen darin?«

Was will er hören? »Ja«, lügt sie.

»Hm, *das* war aber jetzt gelogen. Denn wissen Sie, wenn es wahr wäre, hätten Sie es nicht so schnell zugegeben.« Er drückt Zeige- und Mittelfinger seitlich an ihre Luftröhre, und für einen kurzen Moment denkt sie, er will sie ersticken.

»Kinderleicht«, sagt er. »Noch eine Frage: Als Sie das, was Ihnen der Beweis für Carvers Selbstmordversuch zu sein schien, verschwinden ließen, dachten Sie da an Ihren Vater?«

Ruths Puls beschleunigt sich.

»Sie müssen mir nicht antworten«, sagt er. »*Ihr Puls* ist die Antwort. Nächste Frage: Weiß Carver, dass Sie nicht sofort den Krankenwagen gerufen haben, weil Sie erst noch Beweismittel aus seiner Wohnung entfernt haben?«

Ruth beißt sich auf die Zunge, um ein Schluchzen zurückzudrängen.

Er nimmt die Finger weg, worauf sie ein Keuchen ausstößt.

»Wollen Sie leben, Ruth?«

»Ja«, sagt sie. Eine schmachvolle Träne rollt aus ihrem Augenwinkel.

»Dann will ich alles wissen, was passiert ist. Alles, was Sie je an schändlichen Dingen getan haben.«

»Ja.«

»Sie werden mir nichts verschweigen?«

»Nein.«

»Natürlich lügen Sie«, sagt er. »Vermutlich liegt das daran, dass Sie in einer benachteiligten Position sind.« Er schweigt eine gefühlte Ewigkeit. Ruth bietet alle ihre Erfahrung und Übung auf, aus den vielen Jahren, in denen sie ihre wahren Gefühle verschleiern musste, und es gelingt ihr, ruhig zu bleiben und ihre Angst zu verbergen.

Plötzlich schießt seine Hand vor zu ihrem Gesicht. Sie hält den Atem an, aber der Angriff bleibt aus. Stattdessen entfernt der Killer den Riemen, der ihren Kopf ruhigstellt, und lockert die Gurte an ihren Schultern.

»Ich werde die Wahrheit *dennoch* aus Ihnen herausholen«, sagt er. »Es wird eine langwierige und nicht ganz einfache Prozedur werden, aber langsam glaube ich, dass Sie es absolut wert sind.«

Ruth atmet wieder regelmäßig.

»Also, das läuft nun folgendermaßen. Gleich werde ich die Fesseln an Ihren Händen lösen. Auf mein Kommando richten Sie sich langsam auf und lösen die Gurte um Ihre Beine und Fußgelenke. Sie legen die Hände hinter Ihren Rücken, damit ich Sie wieder fesseln kann, dann gehen wir.«

Ruth starrt geradeaus und spannt die Muskeln in Armen, Oberkörper, Beinen abwechselnd an und lockert sie wieder, damit das Blut zirkulieren kann. So wappnet sie sich für das, was nun kommt. Wenn er ihr auch nur die geringste Chance lässt, muss sie schnell handeln. Ihr Kopf ist klar, aber sollte es zu einem Kampf kommen, wird es schwer werden. Sie ist sich nicht sicher, ob sie es mit einem erwachsenen Mann aufnehmen kann. Sie hört das Klirren eines Glasstöpsels in einer Flasche, das Plätschern einer Flüssigkeit, das leise Klimpern von Metall an Glas.

Er zeigt ihr eine Spritze. »Die hier enthält ein Akonitextrakt, aufgelöst in Alkohol und Wasser. Das habe ich bei allen Frauen verwendet, natürlich in niedrigerer Dosierung. Der zuständige Pathologe hat Ihnen sicher erklärt, welche Folgen eine Akonitvergiftung haben kann?«

Ruth schluckt und hört ein trockenes Klicken in ihrer Kehle. »Taubheitsgefühle, Muskelschwäche, niedriger Blutdruck, Herzrhythmusstörungen.«

»Und Tod«, ergänzt er. »Nicht zu vergessen.« Er löst den Riemen an ihrem linken Handgelenk. »Übernehmen Sie die andere Seite«, sagt er.

Er befürchtet, sie könnte die Situation ausnutzen. Und das bedeutet, dass er mehr Angst vor ihr hat, als er zugeben will. Ruth spannt sämtliche Muskeln in ihrem Körper an und macht sich bereit.

Er rammt ihr die Nadel mit einem kalten Brennen in den

Nacken, sodass Ruth vor Schmerz aufkeucht. Sie wartet darauf, dass die betäubende Wirkung des Gifts einsetzt, und denkt: *Ich will nicht sterben. Nicht hier. Nicht auf diese Weise.*

»Eine falsche Bewegung, und ich drücke Ihnen den gesamten Inhalt der Spritze in den Hals. Dann sind Sie in weniger als dreißig Sekunden tot. Glauben Sie mir das?«

»Ja. Ja, ich glaube Ihnen. Absolut.«

Der Schneefall wurde heftiger. Große, weiche Flocken legten sich über den vereisten Boden und bildeten eine immer dicker werdende Decke. Carver hatte sich hinter das Haus begeben; jemand hatte auf der Terrasse Licht gemacht, deshalb konnte er sehen, dass die Fußspuren des Matrix-Teams sich kreuz und quer über den frostüberdeckten Rasen zogen.

In der Mitte des Gartens befand sich ein Beet, durch niedrige Hecken unterteilt in kleinere Abschnitte. Carver war nie ein großer Blumenliebhaber gewesen, aber im Laufe des vergangenen Jahres war er nach und nach zum Experten geworden, was giftige Pflanzen betraf. Und von denen gab es hier eine ganze Menge. Durch den Schnee lugten Christrosen hervor, die ein hochgiftiges Herzglykosid produzierten. Sie standen in voller Blüte und beugten sich unter der zunehmenden Last des Schnees. Daneben waren reinweiße Büschel von Schneeglöckchen zu sehen, welche Scillitoxin enthielten, dessen Wirkung auf den Herzmuskel ebenso tödlich ist wie das der Digitaloide. Selbst die Hyazinthen, deren wächserne Speere gerade mal ein winziges Stück aus dem Boden spitzten, enthielten ein gefährliches Alkaloid.

Der hintere Bereich des Gartens wirkte verwildert und ungepflegt. Wirres Gestrüpp und Sträucher, deren Äste voller Beeren hingen, drängten sich dicht entlang der Gartenmauer.

Pyracantha?, überlegte er. *Hat sie hier ihren Vorrat an Dornen her?* Aus dieser Entfernung konnte er das nicht beurteilen.

Schwerfällig schleppte er sich zu der Ansammlung von Büschen. In der Tat, es handelte sich um den Feuerdorn, und es war deutlich zu erkennen, dass stellenweise Zweige abgeschnitten worden waren. Neben dem Gestrüpp stand eine Tonne aus Metall, ähnlich jener, in der Gaines Holzkohle hergestellt hatte. Dr. Pendinning hatte ihr Handwerkszeug also tatsächlich eigenhändig produziert.

Er ging weiter, vorbei an dem Dickicht, bis er sich mit dem Fuß an einem Brombeerzweig verfing. Er geriet ins Stolpern, fiel, streckte die Arme aus, um den Sturz abzufedern, und tauchte durch ein Gewirr an Zweigen und Ästen. Die Dornen zerkratzten ihm Hände und Gesicht, verfingen sich an seinen Ärmeln und zerrissen sie. Unter dem Dickicht traf er auf etwas Kaltes, Hartes. Er wandte den Kopf ab und tastete mit der Hand zwischen den Stämmen der Sträucher den Boden ab, wo er nur kiesiges Gestein spürte. Ein Stück Mauer vielleicht, das vom Gestrüpp verdeckt wurde.

Er stemmte sich hoch und setzte sich zurück auf seine Fersen. Einige Zweige hatten sich in der Wolle seines Mantels verfangen, diese zupfte er nun ab. Als er näher hinsah, stellte er fest, dass sie allesamt die gleiche Länge hatten und dass sie sauber abgeschnitten worden waren. Da waren noch mehr abgesägte Äste. Er holte sein Handy hervor und benutzte es zum Leuchten. Jetzt erkannte er, dass sie zusammengebunden waren und eine dichte Matte bildeten. Er zwang die Finger seiner freien Hand durch das Geflecht und zog, nicht auf den Schmerz achtend. Als die

Matte sich löste, sah er, dass darunter eine Treppe zum Vorschein kam, die hinunterführte zu einer Metalltür.

Hastig tippte er eine Nachricht an DC Ivey, zwängte sich durch das Gestrüpp und schlich sich auf Zehenspitzen die Stufen nach unten.

Ruth spürt, wie der Druck nachlässt.

»Sagen Sie mir, was ich hören will.«

»Ich werde mich nicht wehren«, sagt sie. »Ich weiß, dass Sie die Macht haben, darüber zu bestimmen, was aus mir wird.«

»Hat man Ihnen das während Ihrer Ausbildung beigebracht? Im Rahmen des Themas Geiselnahmen?«, fragt er. »Dass man dem Geiselnehmer seine Macht zugestehen soll?«

»Ich denke nicht, dass man auf solche Situationen vorbereitet werden kann«, antwortet Ruth.

Ein kurzes, bellendes Lachen. »Na, das ist nun endlich mal ein wahres Wort. Wissen Sie, was die meisten Psychologen für ein Problem haben? Sie vereinfachen die komplexe Natur zwischenmenschlicher Beziehungen, indem sie Verhalten kodieren. Ich habe nie daran gezweifelt, dass die Frauen, die ich mir ausgesucht habe, vielschichtige Persönlichkeiten waren. Deshalb fand ich sie ja so faszinierend. Sie wählten die Anonymität, verbargen ihr wahres Gesicht. Ich habe sie demaskiert – vor sich selbst und vor der ganzen Welt.«

»Und wer gibt Ihnen das Recht dazu?«, stellt Ruth ganz leise die Frage.

»Niemand *gibt* einem das Recht«, sagt er. »Man muss es sich *nehmen*. Sie müssten das doch wirklich wissen.«

Ruth wendet den Blick ab. *Weiß er, was ich getan habe?*

»Ich sehe genau, dass Ihnen das nur zu klar ist«, sagt der Killer. »Das ist übrigens auch der Grund, weshalb Sie Ihre Gefühle unter Verschluss halten. Sie tragen diese undurchdringliche Maske doch nur, um den Männern Unbehagen einzujagen. Das ist Ihre persönliche Waffe. So verteidigen Sie sich und halten Ihre Kontrolle und Autorität aufrecht.«

Ruth erwidert nichts. Es macht ihr Angst, dass er so viel über sie weiß.

»Na gut, machen Sie weiter«, sagt er. »Lösen Sie den Gurt, und dann richten Sie sich ganz langsam auf.«

Am Fuß der Treppe hatte sich eine Schicht Laub angesammelt. Die Tür musste also nach innen aufgehen. Den Griff schnell nach unten gedrückt und ein kurzer Stoß, das dürfte genügen – er musste das Überraschungsmoment nutzen. *Und wenn abgeschlossen ist?* Doch Carver erlaubte es sich nicht, lange darüber nachzudenken.

Mit beiden Händen packte er den Griff, drückte ihn nach unten und schob gleichzeitig. Problemlos gab die Tür nach, und Carver taumelte hinein in den Raum, der in gleißend helles Licht getaucht war. Sofort bemerkte er die betonierten Wände, die vielen Regale, den Operationstisch. Ruth, die fast nackt darauf saß. Pendinning hatte ihr den linken Arm um die Brust gelegt, in der rechten Hand hielt sie eine Spritze. Die Nadel steckte tief im Nacken seiner Kollegin. Pendinning trug eine Art Maske über dem Gesicht, und für einen kurzen, schrecklichen Moment glaubte er, es handelte sich um eine Gasmaske, weil sie im Raum etwas freigesetzt hatte. Aber als sie ihn sah, zog sie die Maske herunter.

»Sie haben schon einmal miterlebt, was das hier anrichten kann, wenn man es in eine Vene injiziert«, sagte sie.

»Ich weiß.« Forschend starrte er Ruth in die Augen und sah darin nichts als blankes Entsetzen, aber auch Verwirrung. Er wandte sich an Dr. Pendinning. »Laura, Sie brauchen sich nicht länger zu verstecken.«

»Keinen Schritt näher«, warnte sie ihn.

»Ruth, das ist Laura Pendinning. Ich glaube nicht, dass du ihr im Krankenhaus begegnet bist – sie ist Psychologin.«

»Sie?«, fragte Ruth ungläubig.

»Schließen Sie die Tür«, forderte Pendinning ihn auf.

Carver wollte ihrem Befehl schon Folge leisten, als er sah, wie um Ruth herum ein oranges Licht aufloderte, wie Feuer. Ihre linke Hand schoss seitwärts und packte Dr. Pendinnings rechten Daumen, den sie in einer blitzschnellen, entschlossenen Bewegung nach hinten bog. Carver hörte ein Knacken wie von einem Zweig.

Pendinning jaulte auf.

Ruth zog die Spritze aus ihrem Nacken und warf sie fort, dann befreite sie sich von dem Riemen um ihre Beine.

Pendinning stürzte sich auf sie, doch Carver sprang auf sie zu, verlor dabei das Gleichgewicht und riss die Psychologin mit sich, als er zu Boden ging. Sie krachten gegen die Regale, und er verspürte einen stechenden Schmerz in seinem Rücken. Er fiel auf die Knie und entdeckte die Spritze, die unter den Operationstisch gerollt war. Pendinning kroch bereits darauf zu. Er versuchte aufzustehen, hatte aber kein Gefühl in den Beinen. Er brüllte auf.

Ruth ließ sich vom Tisch rollen und trat Pendinning auf die verletzte Hand, gerade als sie damit nach der Spritze greifen wollte.

Die Frau schrie auf vor Schmerzen. »Schlampe! Du verdammte Schlampe!«

Ruth stützte Carver, indem sie sich seinen Arm um die

Schultern legte. »Beweg dich«, herrschte sie ihn an. Aber er schaffte nicht, dass seine Beine ihm gehorchten. »Greg, du *musst* dich bewegen!«

Sie zerrte ihn ein Stück vorwärts, sodass sie auf die Tür zutaumelten.

Im Garten wurden Stimmen laut. Carver hörte das Trampeln schwerer Stiefel. Ivey erschien oben an der Treppe, gerade als Ruth ihren Kollegen halb stützend, halb ziehend aus dem Bunker schleifte.

»Helfen Sie uns!«, rief Ruth ihm zu, und sofort stürzte er die Stufen hinunter und packte Carvers anderen Arm.

Als Greg einen Blick hinter sich warf, sah er, wie Pendinning auf sie zugeschossen kam. Sie rammte die Tür zu.

Oben angekommen, ließen Ruth und Ivey Carver zu Boden sinken. »Mir geht's gut. Kümmern Sie sich um Ruth«, keuchte er, an den jungen Detective gewandt.

Ivey legte Ruth den Mantel um die Schultern. In dem Moment kamen John Hughes und ein weiterer Beamter angerannt.

»Gift«, presste Carver hervor. Er schien gar nicht mehr zu Atem zu kommen. Schuld war der höllische Schmerz in seinem Rücken. »Sie hat Gift im Blut. Richten Sie Parsons aus, sie werden gasundurchlässige Schutzanzüge benötigen. Und Körperpanzerung.«

Das Letzte, was er hörte, war Ruth, die ihn zähneklappernd ermahnte, er solle den Mund halten und sich hinlegen. Dann gab sie den Befehl, die Rettungssanitäter kommen zu lassen.

Epilog

Carver stöhnte auf und bewegte sich. Sofort fuhr Ruth hoch und war hellwach. Sie hatte bereits die dritte Nacht in Folge in dem Familienzimmer im Krankenhaus geschlafen und gebannt auf diesen Moment gewartet.

»Hey«, krächzte er.

Sie hielt ihm einen Trinkbecher an die Lippen, und er nahm einen Schluck.

»Bist du jetzt wach?«, fragte sie. »Ich meine, so richtig?«

»Ich bin wach«, bestätigte er. »Aber ich fühle mich, als hätte man mir einen Schlag in die Nieren verpasst.«

»Nahe dran«, sagte sie. »Weißt du noch, was passiert ist?« Die Ärzte hatten sie informiert, dass er möglicherweise wieder an einer retrograden Amnesie leiden würde.

»Wer will das wissen?«, murmelte er. Offenbar stand ihr die Bestürzung ins Gesicht geschrieben, denn nun beeilte er sich zu sagen: »Nur ein Witz. Tut mir leid – tut mir wirklich leid, Ruth.«

»Das sollte es auch.«

»Haben sie sie erwischt? Wurde jemand verletzt?«

»Pendinning ist tot. Sie hat sich die Spritze mit dem Gift selbst verabreicht.«

»Was ist mit dir? Bist du …«

»Mir geht's gut«, sagte sie, wobei sie unwillkürlich am

Ärmel zerrte, um die Tattoos an ihrem Arm zu verbergen. »Besser als dir jedenfalls.«

»Ich bin nur müde, das ist alles.«

»Greg, du wurdest operiert. Du hast mit ihr gekämpft, erinnerst du dich?«

Er nickte verunsichert.

»Die Kugel in deinem Rücken hat sich dabei bewegt. Der Chirurg hatte keine Wahl, er musste die Kugel entfernen. Sie sind über den Rücken rangegangen, statt deinen Brustkorb zu öffnen, deshalb hoffen sie, dass du dich schnell erholen wirst.«

Er nickte. »Die Kugel?«

»Sie ist identisch mit der, die man aus Adela Faraday herausgeholt hat.«

Wieder ein knappes Nicken. Etwas an seinem nachdenklichen Gesichtsausdruck brachte sie dazu zu fragen: »Erinnerst du dich inzwischen, was in jener Nacht passiert ist?«

»Nur bruchstückhaft«, gab er zurück. »Ich denke nicht, dass ich betrunken war, als ich aus dem Hotel nach Hause kam. Aber ich war wie benebelt. Ich war sogar eine Weile bewusstlos, als ich im Auto saß.«

»Die Gehirnerschütterung«, mutmaßte Ruth.

»Möglich. Ich bin reingegangen und wollte an den Akten arbeiten. Ich schenkte mir einen Drink ein, vielleicht auch zwei, dann rief ich bei dir an. Anschließend … da war ein Mann, der mich zwang zu trinken.«

»Lomax?«, fragte sie.

»Genau. Ich dachte mir: *Warum tun Sie das? Ich kenne Sie doch gar nicht.*«

»Pendinning wollte Lomax dazu benutzen, Adela aus dem Weg zu räumen. Lomax hatte dir und Adela wochenlang nachgestellt. Er wusste, wo du wohnst, wo sie sich verkrochen hatte. Wir konnten einige der Textnachrichten zurückverfolgen, die er ihr geschickt hatte. Er war dreimal draußen vor dem Hotel, als du dich mit ihr getroffen hast – darunter auch in der Nacht, als du angeschossen wurdest. Tatsächlich hat er bei ihr angerufen, kurz bevor der Sicherheitsdienst zu euch ins Zimmer geschickt wurde.«

»Jesus …«, keuchte Carver.

»Hast du dich dort mit ihm geprügelt?«

»Ich … Ich weiß es nicht mehr.«

»Die Kriminaltechnik sucht bereits nach Spurenmaterial«, sagte sie. »Wir werden es bald wissen. Was wir mit Sicherheit sagen können, ist, dass Lomax bei ihr vor der Wohnung auftauchte. Man hat ihn auf den Überwachungsbändern aus ihrem Wohnhaus entdeckt. Wegen der Feiertage war der Sicherheitsdienst personell nur knapp besetzt. Ich weiß nicht, was ihn in jener Nacht geritten hat: Vielleicht hatte er diesen Streit zwischen dir und Adela im Hotel mitbekommen und dachte, er könnte doch noch eine Chance bei ihr haben. Doch wie auch immer seine Pläne aussahen, sie machte sie zunichte, als sie ihre Waffe zog. Eine Waffe zu besitzen, damit auf eine Zielscheibe zu schießen – das ist nicht das Gleiche, wie wenn man auf einen anderen Menschen zielt. Entweder schaffte sie es nicht, den Abzug zu ziehen, oder er konnte ihr die Waffe entwenden. Anschließend ist er hinter dir her.«

Carver machte große Augen. »Ich weiß jetzt, ich habe ihm die Tür aufgemacht.«

Ruth hielt den Atem an: Er erinnerte sich – er erinnerte sich wahrhaftig.

»Ich dachte, du wärst das gewesen«, sagte Carver erstaunt. »Er drängelte sich an mir vorbei, zog die Waffe und hielt sie auf mich gerichtet, um mich zum Trinken zu zwingen. Er wollte, dass ich den Scotch leere. Nachdem ich gut zwei Drittel geschafft hatte, ließ ich die Flasche fallen. Sie rollte über den Boden. Er war abgelenkt, deshalb nutzte ich die Gelegenheit und wollte mir die Pistole schnappen. Wir kämpften, aber ich hatte keine Chance gegen ihn.« Sein Blick verdüsterte sich, dann hob er eine Hand, als wollte er einen Angreifer abwehren. Er blinzelte. »Ich erinnere mich an einen Blitz. Einen Schlag. Als würde man mich boxen, hier.« Er berührte seine Brust.

»Und danach?« Ruth wollte sich gar nicht ausmalen, was war, wenn er sich bewusst wurde, dass sie ein und aus gegangen war und Beweismittel beseitigt hatte, ohne sich um ihn zu kümmern. Dabei lag er quasi im Sterben. Mit Erleichterung registrierte sie das schwache Lächeln, das seine Mundwinkel umspielte.

»Die Schatten machten mir Angst. Dann sah ich dich, und ich dachte: *Ruth ist da. Alles wird gut.*«

»Wie man sich doch täuschen kann«, sagte sie. »Ich war schon kurz vor dem Einschlafen, als du anriefst. Ich dachte, du wärst total betrunken und wolltest mir was vorheulen. Ich habe mich bloß bereit erklärt vorbeizukommen, damit ich dir einen Tritt in den Hintern verpassen konnte. Und als ich bei dir eintraf, war mir jemand zuvorgekommen.«

»Ich hatte es nicht anders verdient.« Tatsächlich machte er ein reumütiges Gesicht.

»Hey, das war ein Witz.« Sie lachte, wandte sich aber rasch von ihm ab, weil sie eigentlich weinte.

Er schwieg eine ganze Weile. »Weißt du, ich war wirklich nicht bei Adela in der Wohnung.«

»Das wissen wir doch«, sagte sie und sah ihn wieder an. »Lomax hat die Beweise dort platziert, Dinge, die er aus deiner Wohnung entwendet hatte. Eines der guten Whiskygläser von deinem Dad, das deine Fingerabdrücke trug, Haare, Stofffasern und ein paar andere Sachen, die den Verdacht auf dich lenken sollten. Du hast Lomax' Pläne durchkreuzt, als du beschlossen hast, nicht zu sterben.«

»Ja, ich kann ein echter Spielverderber sein. Aber du hast auch deinen Teil beigetragen, indem du die Tatwaffe geklaut hast.« Sie zuckte zusammen. »Herrje, Ruth, tut mir leid.«

»Du brauchst dich für nichts zu entschuldigen.« Er wirkte nicht überzeugt. Mitleid würde ihn auch nicht aufmuntern, deshalb ging sie zum Angriff über: »Abgesehen vielleicht von den Akten. Parsons hat mir die Hölle heißgemacht, als man sie in meinem Gästezimmer fand. Außerdem lagst du völlig falsch.«

»Wie meinst du das?«

»Du warst besessen von diesen Unterlagen. ›Besorg mir die Akten. Die Antwort liegt in diesen Akten.‹«

»So war es doch auch.«

Sie schnaubte verächtlich. »Wir haben den Dornenkiller nicht aufgespürt durch das, was in den Akten stand, Greg. Es war Gaines, der die Verbindung zwischen Pendinning und ihrer tödlichen botanischen Sammlung herstellte.«

»Aber ohne die Akten wäre ich niemals auf Gaines gekommen«, entgegnete er.

»Du meinst, wenn *meine Notizen* in deinen Akten nicht gewesen wären.«

Scherzhaft drohte er ihr mit erhobenem Finger. »Ich weiß genau, was das hier wird. Du willst doch nur von der Tatsache ablenken, dass du dich in Gaines getäuscht hast. ›Aalglatt, selbstverherrlichend und oberflächlich.‹ Das waren deine Worte. Gib es zu, du dachtest, er wäre der Dornenkiller.«

»Aber alles, was ich über ihn gesagt habe, trifft zu«, wehrte sie sich. »Ich kann mich beim besten Willen nicht erinnern, jemals behauptet zu haben, Gaines wäre der Dornenkiller. Ich weiß nur, dass meine Notizen dich zu Pendinnings Haustür geführt haben.«

Er im Bett, sie auf dem Besucherstuhl, saßen sie eine Weile da und betrachteten einander. Ruth sah in seinem Blick und in seinem Lächeln nichts als tiefe Zuneigung. Nach einer Weile wurde die Stille unangenehm, deshalb sagte sie: »Siehst du dir gerade meine Aura an? Denn wenn du das tust, mein Freund, will ich dir eins sagen: Lass das besser.«

»Würdest du dich auch noch über mich lustig machen, wenn ich, keine Ahnung, plötzlich schielen würde oder so was?«

»Vielleicht nicht«, sagte sie mit einem verschmitzten Grinsen. »Aber das mit den Auren ist *viel* gruseliger.«

»Tja, du gewöhnst dich besser dran«, sagte er mit einem vergnügten Blitzen in den Augen. »Weil ich nämlich nicht glaube, dass das wieder weggeht.«

»Du siehst dir *wirklich* meine Aura an«, sagte sie mit gespielter Entrüstung.

»Kitschiges Rosa und Lila, falls du es wissen willst«, sagte er.

Sie täuschte ein Schaudern vor, was ihn zum Lachen brachte. Doch schnell verstummte er wieder und versank in Grübelei.

»Was ist?«, fragte sie.

Er schüttelte den Kopf. »Ich kann nicht glauben, dass ich Pendinning nicht als das gesehen habe, was sie war.«

»Ist doch klar, dass du sie nicht richtig einschätzen konntest«, sagte Ruth. »Diese Frau war eine Psychopathin – diese

Menschen haben keine Gefühle, nicht so wie wir anderen.« Das schien ihm kein großer Trost, deshalb fügte sie hinzu: »Ich habe mit deinem Neurologen gesprochen. Er hatte nie im Sinn gehabt, dass Pendinning dir bei deinen Halluzinationen hilft. Sie war lediglich als Forschungspsychologin tätig, hatte gar keine klinische Ausbildung absolviert. Sie hatte nur aus dem Grund einen Mitarbeiterausweis fürs Krankenhaus, weil sie zu Forschungszwecken Patienteninterviews durchführte. Er wollte ihr sogar Hausverbot erteilen, nachdem einige Familien sich bei ihm über sie beschwert hatten, wegen dubioser Praktiken.«

»Ach, wollte sie sie mit Alkohol gefügig machen?«, fragte Carver.

Ruth starrte ihn an. »War das so bei dem kognitiven Interview, das du erwähnt hast?«

»Sie meinte, das könnte helfen, mein Gedächtnis in Schwung zu bringen.«

Ruth erinnerte sich, wie krank und schwach er am Tag danach ausgesehen hatte.

»Mach dir keine Gedanken. Das Gute an der ganzen Sache ist doch, dass ich von jetzt an keinen Alkohol mehr anrühren darf. Das ist toll, oder?«

Ihr entging der gezwungen fröhliche Ton seiner Stimme nicht.

»Es gibt einfachere Wege, um abstinent zu werden«, sagte sie.

Carver lächelte. Allmählich fielen ihm die Augen zu. »Warum hatte Pendinning es ausgerechnet auf dich abgesehen?«, wollte er wissen. Er hielt die Augen geschlossen, wofür sie sehr dankbar war.

»Eigentlich hatte sie dich im Visier.«

»Ich muss deine Aura nicht sehen, um sagen zu können,

dass das eine glatte Lüge ist«, murmelte er. Wieder umspielte ein Lächeln seine Mundwinkel. »Sie wollte, dass ich mich wieder um den Fall kümmere, aber sie hat *dich* auserkoren, und dafür gibt es einen bestimmten Grund.« Ruth wusste nicht, was sie darauf erwidern sollte, und er schlug die Augen wieder auf. »Du hast doch selbst gesagt, ihr ging es die ganze Zeit um Geheimnisse. Also, Ruth, was ist *dein* Geheimnis?«

»Diese Frau war verrückt. Wer weiß, was sie in mir zu sehen glaubte?« Sie zuckte mit den Schultern. »Wie auch immer, denkst du nicht, einige Geheimnisse sollte man lieber für sich behalten?«

Ruth sah zu, wie er ihr forschend ins Gesicht sah, auf der Suche nach einer verborgenen Wahrheit. Währenddessen leerte sie ihren Geist von allem, abgesehen von dem unerträglichen Jucken der Tattoos auf ihrem Unterarm. Sie errichtete eine Mauer aus weißem Rauschen um sich herum und vertraute darauf, dass sie sicher dahinter verborgen war.

Danksagung

Vielen gebührt mein aufrichtiger Dank, da sie entscheidend zur Entstehung dieses Buches beigetragen haben. Für ihre glänzende Arbeit danke ich Felicity Blunt und dem Foreign-Rights-Wunderweib Melissa Pimentel von Curtis Brown; wie ihr beide mit eurer Genialität die Rechte für dieses Buch beworben habt, ist erstaunlich. Mein aufrichtiger Dank gilt außerdem Jennifer Joel von ICM, weil sie auf dem US-Markt mit William Morrow ein wunderbares Zuhause für meinen Roman gefunden hat. Danke auch James Gurbutt, meinem Verleger, der so erfrischend aufrichtig ist. Danke, dass du hinter den Kulissen von Anfang an wahre Wunder vollbracht hast; du bist die unerschütterliche graue Eminenz, die hinter alldem steht. Danke auch dem Rest des wunderbaren Teams bei Corsair, Little, Brown. Euer Enthusiasmus und euer Tatendrang sind einfach unglaublich.

Ann Cleeves, Sue Mortimer, Mo Hayder und Sara MacDonald werde ich ewig dankbar sein: dafür, dass ihr für mich da wart, für eure Unterstützung und euren Rat – und die vielen Male, die wir zusammen gelacht haben.

Dieses Buch hätte niemals veröffentlicht werden können ohne die großzügige Unterstützung durch den Royal Literary Fund; ich danke Ihnen allen von ganzem Herzen.

Das Recherchieren für *Tattoo* war mir eine wahre Freude, zumal mir Oliver Sacks' *Drachen, Doppelgänger und Dämonen: Über Menschen mit Halluzinationen* nicht nur eine große Inspiration war, sondern mich auch regelmäßig in Erstaunen versetzte, wie erfinderisch, anpassungsfähig und belastbar der menschliche Geist doch ist. John Robertsons ausgezeichnete Website über Giftpflanzen (www.thepoisongarden.co.uk) war für mich eine umfassende und zuverlässige Informationsquelle; ich versichere Ihnen, Sie wären erstaunt, wie viele so unschuldig wirkende Gartenpflanzen in Wahrheit ein tödliches Geheimnis bergen ... Tätowierungen waren mir schon immer ein Rätsel, deshalb war ich umso erfreuter, auf die Website, Artikel und YouTube-Videos des Anthropologen Lars Krutak zu stoßen. Ich fand sie alle unheimlich lehrreich, was die kulturelle Bedeutung von Tätowierungen und Narbenbildungen angeht.

Diesen Roman zu schreiben war für mich eine wertvolle Lektion in Sachen Durchhaltevermögen, doch war es nicht meine Leidenschaft und meine Entschlossenheit allein, die zum Ziel führten. Es waren auch andere Personen nicht ganz unbeteiligt daran. Mein besonderer Dank gilt deshalb dir, Felicity, für deine unerschütterliche Unterstützung, egal, wen ich gerade darstelle. Ich hoffe, ich werde deinem Glauben an mich voll und ganz gerecht.